포참군집주 1
鮑參軍集注

An Annotated Translation of "Baocanjunjizhu : or Annotations on the Collection of Bao Zhao' Works"

옮긴이

송영정 宋永程, Song Youngjong
서울대학교 인문대학 중어중문학과를 졸업하고, 동 대학원 중어중문학과에서 문학석사와 문학박사 학위를 취득했다. 육군사관학교 교수부 아주어과에서 중국어 교관으로 군 복무를 마친 후, 계명대학교 중국어문학과 교수로 재직했다. 재직 중 대만 대북의 대만국립사범대학 국문연구소와 중국 상해의 부단대학 중문과에서 방문학자로 연구했다. 주요 연구 논저로는 박사학위 논문인 「포조 시 연구」 외에 다수 논문을 발표했고, 『음갱(陰鏗) 시』(계명대학교 출판부), 『포조시선(鮑照詩選)』(문이재), 『하손(何遜) 시 역주』(중문), 『중국 어문학의 이해』(공저, 신아사) 등의 저·역서가 있다.

포참군집주 1

초판인쇄 2023년 10월 20일 **초판발행** 2023년 10월 31일
지은이 포조 **옮긴이** 송영정 **펴낸이** 박성모 **펴낸곳** 소명출판 **출판등록** 제1998-000017호
주소 서울시 서초구 사임당로14길 15 서광빌딩 2층
전화 02-585-7840 **팩스** 02-585-7848
전자우편 somyungbooks@daum.net **홈페이지** www.somyong.co.kr

값 37,000원
ISBN 979-11-5905-834-9 94820
ISBN 979-11-5905-833-2 (전4권)

이 저서는 2017~2019년 대한민국 교육부와 한국연구재단의 지원을 받아 수행된 연구임(NRF-2017S1A5A7021130)

한국연구재단
학술명저번역총서

포참군집주 1

鮑參軍集注

An Annotated Translation of "Baocanjunjizhu : or Annotations on the Collection of Bao Zhao's Works"

포조 저
전중련 증보 집설 교감
송영정 역

서울 출판

일러두기

1. 이 책은 1980년 11월 상해고적출판사(上海古籍出版社)의 초판본 『포참군집주(鮑參軍集注)』(전중련(錢仲聯) 증보집설교(增補集說校))를 우리말로 옮긴 것이다.
2. 작품 원문의 번역은 직역을 위주로 했다. 시부(詩賦)는 가능한 한 압운과 음수율에 맞추어 번역하려고 노력했으며, 부의 경우 부득이한 경우 산체(散體)로 번역했다.
3. 주석과 평설에 인용된 자료는 중간송본(重刊宋本) 『십삼경주소(十三經注疏)』, 점교본(點校本) 『이십사사(二十四史)』, 중간송순희본(重刊宋淳熙本) 『문선(文選)』 등을 비롯해, 중국·대만과 국내에서 출판된 자서(子書)·별집(別集) 및 전산 자료 등을 통해 교감하여, 원서에 오류가 있는 경우 이를 수정해 번역했다. 다만 『문선』 이선 주에 인용된 문장은 통행본과 다르더라도 가능한 한 그대로 번역하고, 통행본의 해당 문장을 역주에 인용해 번역했다.
4. 이 책의 작품별 번역 체제와 문장부호 등은 다음과 같다.
   (1) 역주는 기본적으로 원문 전문을 제시한 다음 번역문을 붙이고, 이어서 해제와 주석을 달았다. 다만 권2의 「황하가 맑아짐을 기리는 송-서와 함께(河淸頌-幷序)」는 '서'와 '명'이 모두 너무 길어서 '서'와 '명'을 분리했고, '해제'는 '서'의 번역 뒤에 붙였다.
   (2) 원서의 제목에 대한 주석이 '주석 1'인 경우 이를 '해제'로 처리했다. 작품의 주제, 창작 시기 등에 대한 보충 설명은 '해제'의 역주로 처리했다. 원서에 제목 주석이 없는데 보충 설명이 필요한 경우 '해제' 난 제목만 적고 거기에 역주를 달았다.
   (3) 원서의 전진륜 '주(注)'는 [전진륜]으로 처리하고, 권3-6의 황절 '보주(補注)'와 '집설(集說)'은 [황절]로, 권1-2의 전중련 '보주(補注)'와 '집설(集說)' 및 권3-6의 전중련 '증보(增補)'와 '보집설(補集說)'은 [전중련]으로 각각 표기했다.
   (4) 원서의 주석에서 인용한 문장은 출처마다 행을 바꾸어 번역하고, 원서에서 '왈(曰)'로 인용한 문장은 모두 '『설문해자』: "'肜(동)'은 붉은색 장식이다."'처럼 출처와 내용 사이에 '쌍점(:)'을 넣어 처리했다.
   (5) 원서에서는 출처가 서명(書名)만 제시된 경우가 대부분인데, 번역에서는 편명이나 작품명을 확인해 밝혔다. 또 원서에서 출처가 "漢書注(한서주)"처럼 제시된 경우, 구체적인 용례를 찾아 '『한서』 「○○전」 '원문(번역문)'' 형식으로 제시했다.

(6) 원서에서 『옥편(玉篇)』이나 『강희자전(康熙字典)』 등 자서(字書)에서 인용한 재인용을 원전의 직접인용처럼 처리한 것으로 보이는 경우가 상당히 많은데, 원전에서 일일이 확인하려고 했으며, 확인하지 못한 것은 역주에서 자서 인용인 것 같다고 밝혔다.

(7) 역주는 모두 각주로 처리하되 별도 표시를 하지 않았다. 머리말과 책머리에서 전중련의 원주가 각주로 처리된 경우는 이를 '[원주]'로 표기하여 역주와 구별했다.

(8) Robert Shanmu Chen(진산목, 陳山木)의 박사학위논문 부록에 실린 「포조 연표」를 번역하여 권말 부록에 실어서 원서의 부록에 실린 전중련의 「포조 연표」와 비교할 수 있게 했다.

(9) 번역문은 한글전용 원칙을 지키되, 고유명사와 동음이의어로 혼돈의 여지가 있거나 특별히 한자의 제시가 필요한 경우, '포조鮑照', '공력功力'처럼 위첨자로 처리했다. 단 『이아(爾雅)』·『설문해자(說文解字)』·『강희자전(康熙字典)』 등의 뜻풀이를 인용하는 경우는, '彤동'처럼 한자를 먼저 적고 우리 음을 위첨자로 처리했다. 또 위첨자에서 우리말과 한자를 같이 적는 경우, '조조曹肇 : 자 장사(長思)'처럼 괄호로 구분했다.

(10) 주석에 인용된 작품의 제목은 관용적으로 써오거나 단순한 어구로 된 것은 '「감천부(甘泉賦)」'처럼 원제목의 발음으로 표기하고, 서술식 문장의 경우에는 '「화자강에 들어서니 마원의 제삼곡이다[入華子岡是麻源第三谷]」'처럼 번역했다.

(11) 한자어의 독음은, 우리말을 먼저 적고 한자를 괄호에 적을 경우는 '역(歷)'처럼 두음법칙을 적용하되, 한자를 먼저 적는 경우는 '歷(력)'처럼 원음을 적었다.

(12) 원서의 인용에는 빠졌지만 필요하다고 판단하여 원문을 추가해 번역한 것은 대괄호('[ ]') 안에 넣어 구분하되, 그 양이 많지 않을 때는 별도로 구분하지 않았다. 원문에 없지만 역자가 보충 설명을 가한 부분은 필요한 경우 소괄호('( )')로 처리했다.

(13) 원서에는 '절록(節錄)' 즉 발췌 인용이 모두 전문 인용으로 처리되어 있는데, 번역에서는 생략된 부분은 모두 (…중략…)으로 처리했다. 또 '의인(意引)' 즉 간접인용이나 개요설명이 직접인용으로 처리된 곳도 적지 않은데, 모두 인용부호를 없애 '의인'으로 처리하고 역주에서 밝혔다.

(14) 저자의 주석은 본문의 주석문으로 처리했고, 옮긴이의 주석은 각주로 처리했다.

역자 서문

포조鮑照, 414?~466는, 문벌귀족시대에 한문寒門과 다름없는 몰락 사족의 후예로서, '연작燕雀'처럼 평범하게 살기를 거부하고, 문인을 애호했던 임천왕臨川王 유의경劉義慶을 찾아가 시를 바쳐 지우를 받고 막료가 됨으로써 관리 생활을 시작했을 정도로, 적극적이고 진취적인 기상을 품은 문인이었다. 그러나 비가 새는 지붕을 손수 수리하기 위해, 병환 중인 모친의 간병과 또 본인의 치료를 위해 장기간의 휴가를 청원했을 정도로, 여전히 가난과 질병에서 벗어나지 못했다. 관직도 주로 지방의 현령이나 제후왕의 시랑·참군 등 중·하급 관리로 전전했고, 그 와중에 동료들의 무고를 받기도 하고 몇 차례 금지형을 당하기도 하는 등 벼슬길도 그다지 평탄치 못했다. 그래서 수없이 진퇴를 고민하던 중, 마지막으로 모시고 있던 주군이 가담한 반란 사건의 와중에서 아이러니하게도 반란군에게 살해당함으로써 파란만장한 생을 마감했다. 그는 남북조의 극심한 대립과 왕실 내부의 살벌한 권력 투쟁 등 내우와 외환이 점철된 시대를 살다 간, 때를 못 만난 시인이었다.

포조의 시문 특히 시는 대부분 이러한 여의치 못한 삶에서 오는 수많은 고뇌와 갈등을, 때로는 격정적으로 때로는 체념적으로 토해낸 불평지명不平之鳴이다. 그의 시는 생전에도 어느 정도는 평가를 받았고 사후 남북조 후기에도 그를 배우려는 시인들이 있었지만, 주류 평단의 평가는 험속險俗한 변체變體라는 것이 대세였다. 긍정적인 평가가 나온 것은 사후 3백 년 가까이 지난 뒤 성당의 대시인 두보杜甫, 712~770로부터였다. 두보는 이백李白, 701~762의 시를 "필적할 사람이 없다無敵"라고 극찬하면서 "준일한 면에 있어서는 포조와 같다俊逸鮑參軍"라고 하여, 포조 시의 '준일'을 인정했다.

파란만장한 삶 때문에 그의 시는 내용과 형식을 막론하고 매우 다양하고 복잡하며 난해하다. 우선 시어와 수사 면에서 정교한 대우와 수많은 전고를 활용하여 사물의 모습을 형상적으로 그려내는 이른바 '형사形似'에 주력하여, 경물의 형상화와 정감의 구상화 추구가 주조를 이루는데, 이것은 원가 문단을 휩쓴 일반적 경향이었다. 반면 남조 민가에 흔히 사용되는 구어·속어·방언도 피하지 않아서 속되다는 평가를 받기도 했다. 시의 제재도 사회의 여러 문제에서부터 자연 경물에 이르기까지 다양하다. 적극적인 포부의 피력과 우국지심憂國之心의 토로, 왕실과 주군에 대한 찬송 등이 있는가 하면, 실의와 좌절로 인한 불평지명과 사회의 부패와 부조리에 대한 풍자와 비판도 있고, 소극적인 은퇴와 명철보신明哲保身 사상을 드러낸 것도 있다. 또 자연 속에서 현실에 지친 심신의 안식을 추구하려고 하는가 하면, 어떤 때에는 경물 묘사 속에 자신의 파란 많은 인생 역정을 투영하거나 인생의 고독감을 이입하기도 하고, '입세入世'와 '출세出世' 사이의 갈등을 드러내기도 했다.

포조의 시문은 어렵기로 정평이 나 있다. 중화민국 초기의 학자 황절黃節, 1873~1935은 북경대학 문학원 교수 시절 출판한 『포참군시주鮑參軍詩注』의 서문에서, 포조의 시의 난독성難讀性을 언급하고, 주석 달기 어려운 이유 두 가지를 제시했는데, 그중의 하나가 불우한 일생으로 인해 사용한 전고가 너무 은미隱微한 데다가 독창적인 시어와 신기하고 변화가 많은 장법章法이 많은 점이다. 포조 시에 대한 해석은 학자마다 다른 경우가 많고 심지어 시의 주제를 정반대로 설명하는 상황도 왕왕 있다. 포조의 시에는 번역조차 잘 안 되는 경우도 허다하고 번역을 하고서도 무슨 의미인지 내용 파악이 어려운 경우도 적지 않다. 황절의 말을 빌리면, 전자는 대체로 포조가 창안한 어휘와 낯선 장법 때문이고 후자는 은미한 전고를 많이 사용한 것 때문이라고 할 수 있다.

역주자가 포조 시에 관심을 기울이게 된 지는 퍽 오래되었고, 선후배 동료 학자들의 도움도 매우 많았다. 석사 시절이던 1978년 가을 당시 중화민국 대사관 앞의 한 중국서점에서 대만臺灣 세계서국世界書局에서 출판한 황절黃節의 『포참군시주鮑參軍詩注』『도정절집주(陶靖節集注)』와 합본한 1974년4판를 구입하여 86수의 악부시를 중심으로 읽으면서 포조 시를 처음 접했다. 그 후 육군사관학교 교관으로 군 복무 중이던 1981년 여름 홍콩의 삼련서점三聯書店에서 이 역주의 저본이 된 전중련錢仲聯의 『포참군집주鮑參軍集注』를 우편으로 구입하여, 파일 노트에 시문의 원문을 옮겨 적어놓고 이따금 번역을 채워넣기 시작한 것이 이 역주 작업의 출발이 되었다. 그러나 작업 진척이 무척 더딘 데다 처음 맡는 강의의 준비에도 적잖은 시간이 필요한 등의 여러 이유로 사실상 원문만 정리한 채 번역은 말 그대로 작심삼일로 끝나고 말았다. 전역하고 계명대학교 중문과로 부임한 후 박사과정을 다니면서, 포조의 시를 학위논문 주제로 확정하게 되었다. 그것이 80년대 후반인데, 당시 국립대만사범대학國立臺

灣師範大學 국문연구소國文研究所에 유학 중이던 제해성 선생현 계명대 교수이 오덕풍吳德風의 「포조생평급기작품교정鮑照生平及其作品校正」과 임숭산林嵩山의 『포조악부휘해鮑照樂府彙解』를 비롯한 수많은 중요 자료의 사본을 구입해 주었다. 이것이 이 역주 작업을 본격적으로 시작한 계기가 되었다. 제 교수는 그 후에도 북경사범대학北京師範大學 박사과정 재학 중일 때와 학위 취득 후 중국의 학회 출장 때마다 많은 연구자료를 구해 주었으니 사부비요四部備要 본 『포씨집鮑氏集』선장본(線裝本)과 정복림丁福林 · 총영령叢玲玲의 『포조집교주鮑照集校注』는 앞의 두 대만 자료와 함께 이 역주 작업에 불가결한 자료가 되었다. 1989년 캐나다 밴쿠버의 브리티시컬럼비아 대학교에서 Robert Shanmu Chen진산목(陳山木)이 포조 시를 주제로 박사학위논문을 발표했는데, 논문의 제2부가 포조 시 완역이라는 정보를 입수하고, 마침 90년대 초 당시 영남대학교에 재직 중이던 선배 박운석 교수가 연구년에 미국 시애틀을 방문하게 되어서, 부탁드려 논문 사본을 우편으로 받았다. 이 자료를 바탕으로 포조의 시 원문에 대한 번역은 일차로 완성을 보게 되었다. 또 계명대학교에 함께 근무할 적에 필자의 성가신 질문에 정성을 다해 응해주며 특히 주석의 독해에 많은 도움을 준 팽철호 교수현 국민대 교수의 도움 역시 매우 크다. 팽 교수는 또 이 역주 작업이 진행 중이던 2018년 연말 저서 『우리가 잘못 알고 있는 중국문학 속의 동식물』을 보내주어, '蘭란' · '蓬봉' · '柏백' · '薇미' 등 우리가 잘못 알고 있는 식물의 명칭을 바로잡는 데도 도움을 주었다. 1999년경 만든 중국 경사자집經史子集의 주요 문헌 전산화 자료 CD를 선물해

준 강민호 선생현서울대교수과 2003년 연구년으로 대만사범대학에 머물 때 국문연구소에서 박사학위논문을 작성 중이던 김이식 선생현영진진문대교수도 자료 구입에 큰 도움을 주었다. 이 역주 작업에는 이분들의 도움이 매우 컸기에 이 기회를 통해 특별히 깊은 감사를 드린다. 비슷한 시기에 같은 대학에 전임이 되었고, 93년 초여름부터 한 해 남짓 밤늦도록 학교 연구실에 남아 '동구동작同究同酌'하면서 박사학위논문을 작성하여 같은 학기에 학위를 취득했으며, 한 학기 차이로 정년을 맞은 익우益友 임진수 교수의 격려에도 감사를 드린다.

이처럼 오랜 시간에 걸쳐 이처럼 많은 분의 도움과 격려에도 불구하고 이 졸역이 이렇게 늦어진 것은 순전히 역주자의 천학비재淺學菲才와 나태함 탓이다. 필자의 이 작업은 그야말로 다그칠 때는 하루 반짝 일하고 아흐레는 쉰 '일일구치구일한一日驅馳九日閑'이요, 느슨할 때는 하루 반짝 일하고 한 달을 쉰 '일일구치삽일한一日驅馳卅日閑'으로 진행되었다. 이처럼 더딘 작업임에도 주밀周密하지도 못하고 소루疏漏한 점이 한두 군데가 아니어서 '호랑이는 근처에도 못 가고 개 비슷하게 되고畵虎不成反類狗' 말았다. 독자 제현의 따끔한 질정叱正과 후현後賢들의 완벽한 보완을 진심으로 바란다. 아울러 이 책의 편집에 정성을 다한 소명출판 편집부 여러분과 사장님에게도 감사를 드린다.

2023년 9월

송영정

일찍이 대시인 두보杜甫, 712~770로부터 '준일俊逸'[1]이라는 칭호를 받은 포조는 중국 남조 유송劉宋의 저명한 문학가이다. 그는 남조 문단의 쇠미한 기풍 속에서 "자못 스스로 떨쳐 일어나",[2] 현실주의 문학의 전통을 계승하고 발전시켰다. 그의 창작은 문학 동산, 특히 고대 시가의 동산에서 놀랄 만큼 신기한 꽃을 피웠다.

포조는 자는 명원明遠이고 본적은 상당上黨[3]사람으로 뒤에 동해東海[4]

---

1) **[원주]** 두보, 「봄날 이백을 그리며(春日憶李白)」: "청신한 면은 유신(庾信)이요, 준일한 면은 포조이다[淸新庾開府, '俊逸'鮑參軍]."
[역주] 두보가 여기서 말한 '준일(俊逸)'은 단순히 시의 풍격만을 개괄한 것은 아니다. '준일'은 처음에는 재주가 출중하다는 의미로 사용되었다. '俊'은 '俊才(준재)'로, 『회남자』「태족훈(泰族訓)」에서 "지혜가 만 사람을 초과하는 것을 '英(영)'이라고 하고, 천 사람을 초과하는 것을 '俊(준)'이라고 하며, 백 사람을 초과하는 것을 '豪(호)'라고 하고, 열 사람을 초과하는 것을 '傑(걸)'이라고 한다[智過萬人者謂之英 千人者謂之俊 百人者謂之豪 十人者謂之傑]"라고 한 '준'이다. '逸'은 회의자로 토끼처럼 잘 달리는 것이 본뜻인데(『설문해자』: "从辵·兔, 兔謾訑善逃也"), 출중하다는 뜻이 파생되었다. 의미가 비슷한 두 글자를 합친 복합어로 쓰인 용례는 『후한서』「원소전(袁紹傳)」에 보인다. "구강태수 변양은 탁월한 재주가 '준일했다'[九江太守邊讓, 英才'俊逸']"라고 한 '준일'이다. '준일'은 문학 풍격으로는 "준발(峻拔)하고 간련(幹練)하며 표일(飄逸)하고 쇄탈(灑脫)한 것[峻拔幹練 飄逸灑脫]"(오회동(吳懷東), 『두보와 육조 시가 관계 연구[杜甫與六朝詩歌關係硏究]』, 合肥: 安徽敎育出版社, 2002, 157쪽)을 가리킨다. '청신'은 남달리 맑고 산뜻한 느낌을 주는 것을 말한다.

2) **[원주]** 왕응린(王應麟), 『시수(詩藪)』: "頗自振拔."

3) **[원주]** 상당은 남조(南朝)에 교치(僑置)한 현 이름으로, 서주(徐州) 회양군(淮陽)에 속했는데, 지금의 강소성 숙천현(宿遷: 1987년 12월에 시로 승격) 지역이다.

4) **[원주]** 동해군은 서주에 속한다.

로 옮겼다. 살았던 연대약414~466는 같은 시대의 저명한 시인 도연명陶淵明, 365~427보다 약간 뒤진다. 그는 한문寒門 가정에서 태어났으며, 자칭 "가래를 멘 하층 농민"5)이면서 "밭 갈기를 그만두고 글을 배운"6) 사람이다. 그는 포부를 지닌 재사로 당시의 문벌 제도에 굴종하기를 거부하고 정치상의 지위를 쟁취하려고 했다. 그러나 세족 호문豪門의 억압 아래에서, 그는 정치적으로 줄곧 뜻을 얻지 못했다. 20여 세 때, 임천왕臨川王 유의경劉義慶에게 시를 지어 바치고, 임천왕국의 시랑侍郎으로 발탁되었는데, 그것은 가장 낮은 사무원이었다. 이어서 형양왕衡陽王 유의계劉義季와 시흥왕始興王 유준劉濬의 왕국에서 시랑侍郎을 맡았는데, 늘 빈곤과 질병에 시달리는 생활을 해야 했다. 나중에 유송 왕조 직속의 관부官府에서 태학박사太學博士·중서사인中書舍人·해우령海虞令·말릉령秣陵令·영가령永嘉令 등의 관직을 역임했다. 재사를 시기하던 유송 세조世祖 효무제孝武帝, 453~464 재위의 시기를 피하려고, 일찍이 고의로 "비루하고 하자 있는 표현"7)의 문장을 지음으로써 목숨을 구차하게 보전했다. 마지막으로 임해왕臨海王 유자욱劉子頊의 참군參軍을 맡아, 통치 계급의 내부 투쟁 중에 반란군에게 살해되었다. 봉건 통치자의 억압과 박해가 포조의 비극적 일생을 빚어내었다.

5) [원주]「삼베옷을 벗고 시랑이 됨을 감사하는 표[解褐謝侍郎表]」: "負鍤下農."
6) [원주]「시랑의 임기 만료를 보고하고 궁문을 떠나며 올리는 소[侍郎報滿辭閤疏]」: "廢耕學文."
7) [원주]『송서(宋書)』「임천열무왕전(臨川烈武王傳)」부(附)「포조전(鮑照傳)」: "鄙言累句."

포조는 시인이면서 변문騈文 작가인데, 주요한 성취는 시가 창작 방면에 있다. 그가 살았던 시대는 민족 간의 갈등과 계층 간의 갈등이 매우 첨예했다. 그의 "가문은 대대로 빈천했기"[8] 때문에, 그는 하층 백성들과 비교적 가까이 다가가서 그들과 접촉한 생활면이 비교적 넓었다.

그 때문에 그의 작품은 먼저 그 시대의 현실을 반영했다. 「'지독한 무더위'를 본떠代苦熱行」, 「'동무의 노래'를 본떠代東武吟」, 「'갈 길은 험난하고'를 본떠擬行路難」 제14수, 「'고시'를 본떠擬古」 제3수 등의 작품에서는, 불리佛貍가 양자강揚子江 이남을 엿보는[9] 위협 아래, 전쟁이 백성들에게 가져다준 고통과 통치 계층의 사병들에 대한 잔혹한 압박을 묘사하고, 외적을 제어하고자 하는 자기의 굳은 포부를 토로했다. 「'고시'를 본떠」 제6수에서는 귀족 대지주가 농민들의 머리 위에 가하는 많고 무거운 조세와 요역을 폭로했다. 「'갈 길은 험난하고'를 본떠」 제3수에서는 통치자 간의 내분으로 인한 전쟁이 민간 가정에 가져다준 이별의 슬픔과 원한을 호소했다. 이러한 작품들은 포조의 전체 작품 중에서 가장 빛나는 부분으로, 그것은 당시의 민족 간의 갈등과 계층 간의 갈등을 어느 정도 반영하고 백성들의 사상 감정을 드러내었다.

다음으로, 비교적 많은 것은 불합리한 문벌 제도에 대한 폭로이다. 「'갈 길은 험난하고'를 본떠」 제6수, 「'소년 협객들의 노래'를 본떠代結

8) **[원주]** 우염(虞炎), 「포조집서(鮑照集序)」: "家世貧賤."

9) **[원주]** 불리(佛貍)는 북위 태무제 탁발도(拓跋燾)의 아명이다. 유송 문제 원가(元嘉) 27년(450), 탁발도는 송을 남침하여 곧장 양자강 북안의 과보(瓜步)에까지 왔다.

客少年場行」, 「'목 놓아 부르는 노래'를 본떠代放歌行」 등의 작품에서는 한문寒門 지식인의 회재불우懷才不遇의 울분과 어두운 현실에 대한 불만을 토로했다.

이것을 제외하면, 일부분은 자연 경물을 묘사한 작품이다. 그 중 "솔빛은 들판 따라 깊어지는데, 달빛 이슬 풀에 맺혀 새하얗구나松色隨野深, 月露依草白",[10] "안개 서린 나무는 파르라니 어둡고, 하늘 등진 바위는 높다랗게 건너온다靑冥搖煙樹, 穹跨負天石",[11] "나뭇잎 떨어지니 강은 추위 건네오고, 기러기 돌아오니 바람은 가을 보내온다木落江渡寒, 雁還風送秋",[12] "바람 일어 모래톱은 쌀쌀해지고, 구름 피어 태양은 빛을 잃었다風起洲渚寒, 雲上日無輝",[13] "서광은 수중 족속 밝게 비추고, 새벽 기운 수풀 위로 퍼져나간다晨光被水族, 曉氣歇林阿",[14] "첩첩한 골짝 물엔 솔바람이 숨어 있고, 겹겹의 벼랑에는 구름 빛을 간직했다複澗隱松聲, 重崖伏雲色",[15] "차갑게 이는 먼지 너른 둔치 어둑하고, 솟구치는 파도는 키 큰 나무 가린다. 외로운 햇빛은 저 홀로 배회하고, 허공의 구름은 순식간에 명멸한다凉埃晦平皐, 飛潮隱修樾. 孤光獨徘徊, 空煙視升滅",[16] "들쭉날쭉 북두칠성 높이 오르고, 어둑어둑 정수는 잠기어 간다. 널따란 강기슭엔 저녁 구름 모여들

---

10) [원주] 「동산을 지나며 황정을 캐다[過銅山掘黃精]」를 볼 것.
11) [원주] 「향로봉을 시종하여 오르며[從登香爐峯]」를 볼 것.
12) [원주] 「황학기에 올라[登黃鶴磯]」를 볼 것.
13) [원주] 「오흥 황포정에서 유 중랑을 송별하며[吳興黃浦亭庾中郞別]」를 볼 것.
14) [원주] 「서울로 돌아오는 길에 삼산에 이르러 석두성을 바라보며[還都至三山望石頭城]」를 볼 것.
15) [원주] 「경구로 가는 길에 죽리에 이르러[行京口至竹里]」를 볼 것.
16) [원주] 「후저를 출발하며[發後渚]」를 볼 것.

고, 깎아지른 절벽에는 지는 달이 걸려 있다差池玉繩高, 掩藹瑤井沒. 廣岸屯宿陰, 懸厓棲歸月"[17] 등은 모두 형상이 선명하고 신기하다.

일부 나그네의 심정을 그린 시편, 이를테면 「'동문의 노래'를 본떠代東門行」, 「황혼 녘 강을 바라보며 - 순 좌승에게日落望江贈荀丞」, 「오흥 황포정에서 유 중랑을 송별하며吳興黃浦亭庾中郎別」, 「부 도조와의 이별에 부쳐贈傅都曹別」, 「심양에서 서울로 돌아오는 길에上潯陽還都道中」, 「후저를 출발하며發後渚」, 「양기에서 바람이 잦아들기를 기다리며岐陽守風」 등도 모두 애수가 처절한 정경을 생동감 넘치게 그려서 감동적인 매력이 있다.

포조의 시는 내용 면에서 사회 현실을 반영하고 개인의 진실한 감정을 표현할 수 있어서, 동시대의 일반 귀족 시인들이 짐짓 현언玄言을 농하고 산수 간에 탐닉하는 것과 달랐을 뿐만 아니라, 형식 면에서도 사영운謝靈運, 385~433과 안연지顔延之, 384~456가 과도하게 화려한 수사를 다듬고 전고를 겹쳐 쌓은 것과는 다른 길을 갔다. 포조는 민간 시가를 잘 학습하여 "내용 없이 화려하기만 함을 제거하고 혼후渾厚하고 질박함으로 돌아가고자"[18] 했다. 그의 시가 창작은 한위漢魏시대의 악부와 동시대 강남의 오가吳歌 및 형초荊楚의 서곡西曲에서 얻은 바가 많다. 오가와 서곡의 학습으로 말하자면, 그는 역시 육조에서 첫 번째 인물이다. 그는 민간 시가로부터 영양을 섭취하여, 시가의 어휘를 풍부히 하고, 시가의 표현 형식을 발전시켜, 대량의 악부시를 창작했다. 그는 적잖

17) [원주] 「양기에서 바람이 잦아들기를 기다리며[岐陽守風]」를 볼 것.
18) [원주] 호응린(胡應麟), 『시수(詩藪)』: "欲汰去浮靡, 返於渾樸."

은 오언 악부를 지었을 뿐만 아니라, 20여 편의 칠언 악부도 지어 칠언 시를 성숙의 단계로 발전시켰다. 이로부터 칠인시라는 새 형식은 점차 시인들에게 광범하게 채용되었다. 당대唐代에 이르러 칠언시는 중국 고대 시가의 주요 형식이 되었다. 중국 시가 발전의 역사에 있어서, 그는 "위로는 조식曹植, 192~232과 유정劉楨, 186~217의 뛰어난 발걸음을 이어받고, 아래로는 이백李白, 701~762과 두보의 선구적 역할을 한"[19] 중요한 시인이라고 말할 수 있다. 포조의 창작은 도연명과는 다르다. 도연명은 악부시를 짓지 않고 전력을 기울여 오언시를 발전시켰고, 포조는 악부와 오언고시를 동시에 창작했는데, 두드러진 성취는 바로 악부 쪽에 있다. 포조가 악부를 지은 것은 또 육기陸機, 260~303와 다르다. 육기의 모의 악부는 모두 모방일 뿐이지만, 포조는 창조적으로 새로운 제목을 스스로 만들거나, 옛 제목을 빌려 새로운 주제를 담아낼 수 있었다. 그는 현실주의적 창작 수법을 운용하고 민간 시가의 풍격을 녹여 넣어, 생동감 넘치고 활발하면서 세련되고 참신한 대량의 시가 언어를 창조했다. 이로써 그의 작품은 안연지·사영운 일파의 "전아·단정하여 취할 만한 것도 있지만, 정리情理에는 매우 부합하지 않는"[20] 형식주의 경향과는 취지를 달리한다. 당시에 그가 형식주의 흐름을 거스른 것은 사실은 투쟁을 진행한 것이었다. 그는 일찍이 당시 시단의 지도적 위치에 있던 안연지의 시작을 "비단을 펼치고 수를 늘어놓아 아름

19) [원주] 위의 책 : "上挽曹劉之逸步, 下開李杜之先鞭."
20) [원주] 『남제서(南齊書)』「문학전론(文學傳論)」: "典正可採, 酷不入情."

다운 무늬가 눈에 가득한 것 같다"[21]라고 대놓고 비평했다. 그래서 안연지가 "평생토록 그것을 원망하도록"[22] 했다. 이것 때문에 그도 안연지의 폄훼와 배척을 더욱 받았다. 안연지는 평소에 승려 탕혜휴湯惠休의 작품을 "뒷골목의 노래일 뿐"[23]이라고 평가했는데, 또 고의로 포조와 탕혜휴 두 사람을 함께 열거하면서 "'휴·포休·鮑'라는 논리를 세워"[24] 포조를 탕혜휴의 뒤에 놓아 폄하의 뜻을 드러내었다. 이렇게 해서 "재주는 뛰어났으나 사람이 미천하여 당대에 인멸해버린"[25] 포조는 남조 시단에서 더욱 많은 경시를 받게 되었다. 『남제서南齊書』「문학전론文學傳論」을 지은 대귀족 소자현蕭子顯, 489~537은, 비록 객관적으로 포조의 시풍이 이미 당시 세 유파[26]의 하나가 되었음을 인정하지 않을 수 없었지만, 그러나 여전히 "사조詞藻를 조탁함이 지나치게 염려艶麗하여, 사람의 영혼을 뒤흔들어 어질하게 만드니, 역시 정색인 오색五色 가운데에 간색間色인 진홍색과 자주색이 섞여 있는 것 같고, 정성인 팔음八音 가운데에 변성變聲인 정성鄭聲과 위성衛聲이 섞여 있는 것과 같다"라고 평가했다. 『시품詩品』을 지은 종영鍾嶸, 468?~518?도 포조 시를 「중품」에 넣고, 그가 "매우 흡사하게 묘사하는 것을 귀중히 여겨 숭상하면서, 위

---

21) [원주] 『남사(南史)』「안연지전(顔延之傳)」: "如鋪錦列繡, 雕繢滿眼."
22) [원주] 위의 글: "終身病之."
23) [원주] 위의 글: "委巷中歌謠耳."
24) [원주] 종영(鍾嶸), 『시품(詩品)』: "立休·鮑之論."
25) [원주] 위의 책: "才秀人微, 取湮當代."
26) 소자현은 당시의 문학 유파를 사영운파, 부함(傅咸)·응거(應璩)파, 포조파의 셋으로 나누었다. 부록의 「제가 평론」 참조.

태롭고 편벽된 표현도 피하지 않아서 청아한 정조를 상당히 해쳤다. 그래서 험하고 속된 표현을 중시하는 사람들이 대부분 포조에게 귀의한다"라고 했다. 이러한 지적은 포조가 민간 시가를 학습하여 애정을 묘사한 작품을 가리키는 것이 분명하다. 사실상 포조 악부 중에 애정을 묘사한 작품은 주로 민간 가요에 연원을 두어, 진지한 정감이 풍부하고 내용은 건강한 것이다. 그러나 '지나치게 고운', '진홍색과 자주색'이라고 일컬을 만한, 건강하지 못한 작품은 오히려 저 남조 귀족들이 지은 궁체시宮體詩이다. 포조의 안연지에 대한 비평과 안연지 등의 포조에 대한 폄하와 배척으로부터, 당시 문학 영역 안에서의 두 개의 창작 노선 간의 투쟁을 알 수 있다.

포조 시의 내용에도 어느 정도 봉건적 잔재가 남아 있다는 점은 반드시 지적해야 할 것이다. 포조는 평생 뜻을 얻지 못했고 지위는 낮고 미미했다. 물론 이 때문에 그는 사회의 하층에 비교적 가까이 다가가고 백성의 질고에 동정을 느껴, 백성들의 사상 감정을 표현하는 적잖은 현실주의 시편을 썼지만, 동시에 사상 면에서 갈등을 빚기도 했다. 그는 한편으로는 낮은 지위에 머물고 불우한 상황에 머물 수밖에 없는 자신의 처지에 대하여 분노와 불평을 느끼면서도, 다른 한편으로는 오히려 시에서 "구중궁궐 심궁을 출입하면서, 조상曹爽·하안何晏 무리와 교유를 하고, 수레와 말 함께 타고 질주하는데, 손님과 벗 용모 모두 수려한出入重宮裏, 結友曹與何. 車馬相馳逐, 賓朋好容華",[27] 그러한 생활을 동경하는 마음을 표현하

27) [원주] 「'당상의 노래'를 본떠[代堂上歌行]」를 볼 것.

고 있다. 자신의 "십 년을 배워도 성취가 없음十載學無就"으로 인해, "좋은 관직에 하루아침에 오르는善官一朝通" 사람을 대하면, 선망의 마음을 똑같이 드러내기도 했다. 따라서 그는 또 귀족 번왕에게 충성을 드러냄으로써, 시에는 "운명은 복된 세상 만나 넘치는 은총 입어, 황금 비녀 비단옷으로 궁중 연회에 올랐구나. 그대의 후덕함이 산처럼 두터움을 생각하면, 맑고 깨끗한 정성 다해 죽도록 갚으리니, 까마귀 하얘지고 말머리에 뿔 돋는 것 말할 필요 있는가命逢福世丁溢恩, 簪金藉綺升曲筵. 思君厚德委如山, 潔誠洗志期暮年. 烏白馬角寧足言"[28]라거나 "견마가 주인을 그리는 정犬馬戀主情"[29] 같은 유의 아첨하는 말도 들어 있다. 문집에는 또 연회와 유람을 시종하면서 지은 작품도 있다. 「시종하여 옛 궁궐에 들러서從過舊宮」, 「임해왕을 시종하고 형주로 가려고 막 신저를 출발하며從臨海王上荊初發新渚」, 「복주산의 연회에 시종하여侍宴覆舟山」, 「배릉에 시종하여 경현산에 올라서從拜陵登京峴」, 「산산에서 시흥왕의 명으로 짓다蒜山被始興王命作」 등이 그것이다. 그와 동시에, 뜻을 실현하지 못하는 환경의 자극으로 숙명론적인 사상이 생겨, "술을 대하고 긴 노래를 하면서, 궁핍함과 운명은 하늘에 맡기려對酒敍長篇, 窮途運命委皇天"[30]는 슬픈 한탄을 자아내기도 했다. 이러한 사상의 영향 아래, 그는 어두운 사회 현실 앞에서 자신의 안위를 걱정하는 명철보신과 소극적이고 은퇴를 고려하는 태도를 보이면서, "사슴은 깊은 풀숲에

---

28) **[원주]** 「'흰 모시 춤의 노래'를 본떠[代白紵舞歌辭]」 제4수를 볼 것.

29) **[원주]** 「임해왕을 시종하고 형주로 가려고 막 신저를 출발하며[從臨海王上荊初發新渚]」를 볼 것.

30) **[원주]** 「'갈 길은 험난하고'를 본떠[擬行路難]」 제18수를 볼 것.

서 울음을 울고, 매미는 높은 가지에 숨어서 운다鹿鳴在深草, 蟬鳴隱高枝"[31]라고 함으로써 자신의 처지를 빗대고, "후생들에 내 말을 전하려 하네, 즐기는 것 마땅히 청춘에 할 거라고寄語後生子, 作樂當及春",[32] "덧없는 인생살이 얼마나 이어질까, 즐겁게 마신 술에 마음 홀연 벅차오른다浮生會當幾, 歡酌忽盈衷",[33] "막다른 길에서 계책 부족 뉘우치고, 만년의 생각은 불로장생 중시한다窮途悔短計, 晩志重長生"[34] 등과 같이 일종의 퇴폐적 정서를 표현하기도 했다. 이런 것들은 그의 작품에서는 찌꺼기이다. 형식 면에서, 시를 아름답게 다듬는 원가元嘉시대의 기풍이 포조에게도 닥쳐오지 않을 수 없었다. 일부의 오언시에 사영운에 가까운, 지나치게 꾸며 부자연스러운 일부 어구도 있고, 어떤 때에는 몇몇 동음의 대체자代替字를 사용하여 신기함을 즐겨 드러내기도 했다. 이 점은 후세에 일부 부정적인 영향을 끼쳐, 한유韓愈, 768~824와 맹교孟郊, 751~814 일파처럼 낯설고 편벽되고 기이한 표현에 진력하는 자들이 본받는 바가 되었다. 그러나 이러한 형식상의 결점은 결코 포조의 '준일'한 풍격에 심각한 손실을 초래하지는 못했다.

포조의 변문은 종래 문예 이론가들에게 추앙되어, "구름과 바람을 조각하고 가지와 꽃을 새겨 넣어", "그 기운이 솟아오르고, 그 꽃이 찬

31) [원주] 「'짝 잃은 학의 노래'를 본떠[代別鶴操]」를 볼 것.
32) [원주] 「'변방 생활의 노래'를 본떠[代邊居行]」를 볼 것.
[역주] 이 2구는 「'변방 생활의 노래'를 본떠」가 아니라, '소년에서 노쇠하기까지의 노래'를 본떠[代少年時至衰老行]의 마지막 2구이다.
33) [원주] 「외로운 바위를 바라보며[望孤石]」를 볼 것.
34) [원주] 「'승천의 노래'를 본떠[代昇天行]」를 볼 것.

란하게 피었으니",[35] "사조詞藻가 찬란히 빛나는 데다가 풍골風骨을 갖춰 높이 솟아올랐다"[36]라는 좋은 평가를 들었다. 지금은 마땅히 합당한 평가를 해야 한다. 변문이라는, 귀족 계층의 호사스러운 생활과 서로 어울리는 이 문학 형식은 진晉 이래 세족 호문豪門 세력의 발전을 따라서 발전했다. 모순茅盾은 "이 한 바탕의 바람은 모든 문자 영역에 불어 닥쳤다. 기사·철학이나 문학 이론과 실용문을 막론하고 모두 변체駢體를 사용했다. 이로 인해 선진 제자백가와 사마천司馬遷, 145 B.C.~?이 발전시킨 산문의 좋은 전통은 돌연 중단되고, 동시에 문언과 구어의 거리는 갈수록 벌어지게 되었다"[37]라고 했다. 유감스러운 것은, "육조의 걸출한 시인들이 비록 일찍이 의식적으로, 내용 없이 아름답기만 한 당시의 시 스타일에 반대하고, 아울러 민간 가요로부터 깨우침을 받아 당시 유행하던 기풍과 달리했으나, 그들은 변문에 대해서는 아직 크게 기치를 내걸고 반대하지 않았다는 것"[38]이다. 한문 출신의 진보적 시인 포조도 역시 이러한 변려駢儷 형식을 답습하여, 시대 풍조의 한계를 전혀 뛰어넘지 못했다. 예를 들어, 유송 왕조의 '공덕'을 찬양한 「황하가 맑아짐을 기리는 송河清頌」, 귀족 통치자의 은혜에 감사하고 보답을 도모하는 「거위 부野鵝賦」, 「시랑 직을 제수하심에 올리는 소拜侍郎上疏」, 「좌상

35) [원주] 장혜언(張惠言), 「칠십가부초서(七十家賦鈔序)」.
[역주] 부록의 「제가 평론」 참조.
36) [원주] 이상(李詳), 「손덕겸(孫德謙)에게 보낸 편지[與孫隘堪書]」.
[역주] 부록의 「제가 평론」 참조.
37) [원주] 모순(茅盾), 「야독우기(夜讀偶記)」, 『문예보(文藝報)』 1958년 제1기.
38) [원주] 위와 같음.

시로 전임시켜주심에 감사하는 상소轉常侍上疏」, 불교 사상을 선전하는 「불영을 기리는 송佛影頌」과 같은 작품들은 의심할 것 없이 많은 봉건직 잔재가 섞여 있다. 그렇지만, 포조 변문의 내용은 결국 남조 어용 문인의 작품과 완전히 일치하지는 않는다. 그의 문집에서 더욱 많이 보이는 것으로는, 문벌 제도의 불합리함을 대담하게 폭로한 「과보산 갈문瓜步山楬文」이 있고, 통치 집단의 내전이 백성들에게 가져다준 중대한 재난을 반영한 「황폐한 성 부蕪城賦」 등이 있는데, 이러한 작품들은 모두 어느 정도의 현실적 의의를 지니고 있다. 「자벌레 부尺蠖賦」에서는 명철보신明哲保身의 소극적 사상의 먼지를 털어내고 "정의를 보면 용기 있게 지키려는見義而守勇" 정의감을 의연히 드러내었다. 「불나방 부飛蛾賦」에서는 현실에 대담하게 맞서는 앙양된 정신 상태를 표현했다. 그밖에 예술적으로 비교적 높은 성취를 지닌 몇 편의 작품이 있다. 「대뢰안에 올라서 누이에게 부친 편지登大雷岸與妹書」는 여산廬山의 경색을 묘사했는데, 채색이 곱고 아름다워 마치 휘황찬란한 누대와 같다. 「석범산 명石帆銘」은 또 기이하게 돌출한 산천의 형상을 잘 그려내었다. 이러한 회화화繪畫化한 서경문은, 남조에는 도홍경陶弘景과 오균吳均의 서경 서찰의 창작에 영향을 주었고, 북방에서는 역도원酈道元, 472~527이 쓴 『수경주水經注』에 어느 정도 영향을 주었다. 또 「비백서의 필세 명飛白書勢銘」은 중국 고대 서법의 예술적 경계를 형상적으로 묘사했다. 포조의 변문은 그의 문학 창작의 한 중요한 구성 성분으로, "멀리 양웅揚雄, 53 B.C.~18 A.D.과 사마상여司馬相如, 179?~118 B.C.를 좇고",[39] "기세와 풍격이 활달하고 웅장한"[40] 가작이다.

포조 문집의 판본 문제와 돌아가신 조부전진륜께서 주를 달기 시작한 후 나의 교감과 증보에 이르기까지의 과정에 관해서는, 돌아가신 조부의 원서와 황절黃節, 1873~1935 선생의 서문과 나의 부지附識에 이미 상세히 밝혀져 있어, 여기서는 다시 췌언을 보태지 않겠다.

1958년 9월 전중련錢仲聯이 강소사범대학江蘇師範學院에서 쓰다.

---

39) [원주] 오여륜(吳汝綸), 「『하청송』 평어(評河清頌語)」: "遠追揚馬."
40) [원주] 손덕겸(孫德謙), 『육조여지(六朝麗指)』: "氣體恢宏."

전진륜서錢序

나는 『번남문집보편樊南文集補編』 주를 달아서 이미 출판한 뒤, 명 장부張溥, 1602~1641의 『한위육조백삼가집漢魏六朝百三家集』에서, 강엄江淹, 444~505과 포조 두 시인을 뽑아내어 스스로 서序를 짓고 주를 달려 했으나, 실천하지 못했다. 기력이 쇠약해진 데다 오吳 제부制府[1]도 떠나버려 책조차 빌릴 수 없게 되었다. 그 중 『포명원집鮑明遠集』은 더욱이 진심으로 아끼는 것이다. 그러나 늘 틈을 낼 수가 없어서, 생각나는 바가 있으면 그때그때 서미書眉에 표지를 가했다. 오래되어 점차 많아지고 고치고 보충한 것이 빼곡히 차자, 한 차례 따로 필사하여 책을 만들었다. 포조의 시와 문장 중 『문선文選』에 보이는 것은 이선李善, 630~689의 주를 수록했다. 시 중 『옥대신영玉臺新詠』에 보이는 것은 근인近人 오조의吳兆宜, 1672 전후의 주가 있고, 왕사정王士禎, 1634~1711의 『고시선古詩選』에 들어 있는 것은 문인담聞人倓의 주가 있어서, 모두 그대로 수록하되 그들의 이름을 빠뜨리지 않았다. 이선이 『문선』에 주를 달면서 설종薛綜 · 유규

---

1) '制府'는 총독에 대한 존칭이다. 이 무렵 절강성(浙江省)과 복건성(福建省)은 민절총독(閩浙總督)이 관장했다. 전진륜이 이 글을 쓸 무렵에 재임한 '오씨 총독'으로는, 이 서를 쓴 동치 7년이 되기 직전에 민절총독 직을 떠난 오당(吳棠)이 있다. 그는 동치(同治) 5년(1866)에 민절총독으로 부임해 동치 7년에 사천총독(四川總督)이 되어 이임했다.

劉逵 등의 주를 채용했는데, 그 체례體例는 원용할 만하기 때문이다. 『수서隋書』「경적지經籍志」와 『당서唐書』「예문지藝文志」에 의하면, 『포조집鮑照集』은 모두 10권이라고 적고 있다. 하작何焯, 1661~1722은 「황폐한 성부蕪城賦」를 비주批注하면서, "'重江複關之隩중강복관지오'는 송각본 『포씨집鮑氏集』에는 '重關複江중관복강'으로 되어 있다"라고 했으니, 그는 당연히 송본을 보았을 것이다. 지금 『사고전서』에 들어 있는 『포참군집』 10권 통행본은 명대 도목都穆, 1458~1525이 집일輯佚한 것이어서, 기윤紀昀, 1724~1805이 본 것은 이미 송본이 아니다. 권수만 10권으로 『수서』「경적지」나 『당서』「예문지」와 우연히 일치하지만, 송본보다 잔결이 얼마나 많은지도 알 수 없다. 이 밖에 또 정덕正德 경오년庚午(1510) 주응등朱應登의 간행본이 있는데, 도목본과 같다. 장부 역시 명나라 사람인데 수록한 시문은 2권에 불과하니, 또 여타 판본들보다 얼마나 결루가 있는지도 모른다. 『한위육조백삼가집』에는 원서原序를 수록했는데, 장부는 우염虞炎, 488 전후의 서가 있는 것을 알면서도 채록하지 않은 것도 이해가 안 된다. 예전 항주杭州에서 강의할 때를 생각해보면, 진급珍笈을 찾을 때마다 문란각文瀾閣[2]에서 빌려 보았다. 당시 송본은 얻을 수 없어도 통행본은 그래도 얻을 수 있었다. 이제 고향은 아득히 멀어지고 병란으로 소실되어 알아볼 길조차 없게 되었다. 간혹 계해計偕[3]로 서울에

2) 청 『사고전서』 수장 장서각의 하나로, 건륭(乾隆) 49년(1784) 절강성 항주(杭州) 서호(西湖) 북서쪽 고산(孤山)에 건축했는데, 함풍(咸豐) 10년(1860) 무너져 광서(光緒) 6년(1880) 중건했다.

3) 거인(擧人)으로 서울에 과거 보러 가는 사람을 말한다.

가는 사람이 있으면, 책방을 찾아보도록 부탁했으나 전혀 구할 수가 없었다. 이 단편산간短篇殘簡만 끌어안고 부지런히 전주箋註해도 도저히 마칠 수가 없었다. 그렇지만 『번남문집』도 애초에는 유서類書에서 주워 모아 이룬 것일 뿐인데, 서徐와 풍馮의 주가 나오면서[4] 수집이 점차 풍부해졌다. 그런데 내가 흠정欽定 『전당문全唐文』에서 채록하고 보완하여 주를 단 것이 수량 면에서 거의 동등하다.[5] 책 만든다는 것이 이처럼 쉽지 않다. 앞으로 누군가가 『포조집』의 완본完本을 구하여 완성한다면, 이것으로 태로大輅의 추륜椎輪으로 삼으면 좋고, 그렇지 않다면 가난한 집안의 해진 빗자루가 되어도 좋다. 이로써 서에 가름한다.

동치同治 7년1868 10월

귀안歸安 전진륜이 원포袁浦: 항주(杭州) 강사講舍에서 적다

4) 서형(徐炯)·서수곡(徐樹谷)의 『이의산문집전주(李義山文集箋注)』 10권과 풍호(馮浩)의 『번남문집상주(樊南文集詳注)』 8권 및 『옥계생시집전주(玉溪生詩集箋注)』를 말한다.

5) 전진륜은 아우 전진상(錢振常)과 함께 1864년에 『번남문집보편병전주(樊南文集補編并箋注)』 12권을 편찬했다.

*

선조고先祖考의 『포참군집주鮑參軍集注』 6권은 만년에 손으로 쓰신 것이다. 1923년에 순덕順德 : 지금의 광동성 불산시(佛山市) 황절黃節, 1873~1935 선생이 우리 집에서 초본抄本을 빌려 가서, 시집 부분 4권에 '보주補注'와 '집설集說'을 추가하여, 북경대학北京大學에서 인쇄하여 출판했는데, 널리 유포되지는 못했다. 나는 강의 틈틈이 원주原注에다 '보주'와 '집설'을 보태되, 체례體例는 황 선생과 똑같이 했다. 시주詩注 부분에는, 황절의 보주에도 아직 하루罅漏가 있어서 아울러 보충을 하고 또 '집설' 중에도 빠진 것을 보태었다. 나아가 함분루涵芬樓[6]에서 영인한 모의毛扆 교감 송본, 『육신주문선六臣註文選』 영송본影宋本, 엄가균嚴可均, 1762~1843의 『전송문全宋文』 및 『예문유취藝文類聚』·『초학기初學記』·『태평어람太平御覽』 등에 인용된 것을 취하여, 전집을 한 차례 교감하고, 주문註文의 뒤에 교어校語를 보태었다. 선조고의 '원주'에 "○로 쓴 곳도 있다一作某"라고 한 것은, 여전히 그대로 두었다. 권1·2의 2권은 내가 주를 보탠 부분에 '보주補注' 2자를 보태어 '원주'와 구분했다. 글 뒤에 '집설'을 첨가한 것 역시 내가 보탠 것이다. 권3-6의 4권은 황 선생의 '보주'를 원래 매 시의 뒤에 따로 실었는데, 지금은 각 해당 시구의 아래에 흩어 넣고 '보주' 2자를 보태어 '원주'와 구별했으며, 내가 주를 더 보탠 것은 '증보增補' 2자를 보

6) 상해(上海) 상무인서관(商務印書館)에서 선본(善本) 도서를 수장한 장서루(藏書樓)인데, 1932년 일본의 침략으로 훼멸(毁滅)되었다.

태어 '황절의 보주'와 구별했다. 시 뒤의 '집설'은 황 선생이 모은 것이며, '보집설補集說'은 내가 보탠 것이다. 권말에는 내가 엮은 '연표'를 첨부하여, 독자들이 시대 배경과 작가의 생애를 통하여 작품을 이해하는 데 도움이 되도록 했다. '집설' 외에 별도로 선인들이 포조 시문을 총괄적으로 평론한 것을 골라 모아 권말에 첨부했는데, 역시 원주 및 황절의 보주에는 없는 것이다.

1957년 7월

전중련 적다

황절서黃序

신유辛酉, 1921 12월에 나는 사영운의 시에 주를 다는 일을 마치고, 포조의 시가 어렵기가 사영운보다 심하다는 것을 생각하고, 계속하여 주를 달려고 했다. 강산江山 : 절강성 구주시(衢州市)의 하급 시 유육반劉毓盤, 자 자경(子庚), 1867~1927 선생에게 말씀드렸더니, 귀안歸安 전진륜 선생께 주를 단 원고가 있는데 아직 간행하지는 않았으며, 전순錢恂, 1853~1927[7]이 보관하고 있다고 말씀하셨다. 속으로 포조의 시에 나보다 먼저 주를 단 사람이 있다는 것이 다행이라고 생각하면서, 유 선생께 대신 좀 빌려달라고 부탁을 드려, 전편을 베껴 적었다. 전진륜錢振倫, 1816~1879이 주를 단 『포참군집』은 문장이 2권, 시가 4권이고 포조의 여동생 포영휘鮑令暉 시 6수를 책 끝에 첨부했다. 나는 마침 대학에서 시를 강의하고 있어서, 시주詩註만을 취하여 정리했다. 학생들에게 강습하면서 때때로 증주增註를 하고, 또한 선인들이 포조 시를 논한 여러 주장을 모아서 덧붙였다. 이렇게 한 지가 어느덧 2년이 되었다.

포조 시에 주를 다는 데에는 대체로 두 가지 어려움이 있다. 전진륜이 주를 달면서 근거로 삼은 판본은 장부張溥, 1602~1641. 자 천여(天如)의 『한위육조백삼명가집漢魏六朝百三名家集』본 『포참군집鮑參軍集』인데, 송본은 보지 못했다고 이미 탄식했다. 이제 내가 전에 베껴 적어둔, 왕이王伊가 교감한 송본 및 함분루涵芬樓에서 영인한 모의毛扆, 자 계부(季斧) 교감 송본을 근거로

7) 전진륜의 아우인 전진상의 장남으로, 자가 염구(念劬)이다.

살펴보니, 문자상의 오류는 송본 역시 피할 수가 없었다. 「'동무의 노래'를 본떠」의 "倚杖牧雞豚의장목계돈"은 송대의 왕안석王安石의 시[8] 및 주희朱熹의 말[9]에 보이는 것인데, 송본에는 '杖牧장목'이 '仗族장족'으로 되어 있다. 「오 지방 노래吳歌」 제2수의 "曹公却月樓조공각월루"는 송본에는 '曹조'가 '魯로'로, '公공'은 '都도'로, '月월'은 '丹단'으로 되어 있다. 「그윽한 택란幽蘭」 제3수의 "抱梁輒乖忤포량첩괴오"는 송본에는 '梁량'이 '渠거'로 되어 있다. 「삼짇날 남원을 유람하며三日遊南苑」의 "騰蒨溢林疏등천일림소"는 송본에는 '騰蒨등천'이 '勝舊승구'로 되어 있다. 「후저를 출발하며發後渚」의 "華志分馳年화지분치년"은 송본에는 '分분'이 '公공'으로 되어 있다. 「장송을 출발하면서 눈을 만나發長松遇雪」의 "土牛既送寒토우기송한"은 송본에는 '土토'가 '出출'로 되어 있고, "冥陸方浹馳명륙방협치"는 송본에는 '冥陸명륙'이 '尊陵존릉'으로 되어 있다. 「임천왕의 복상을 마치고 고향으로 돌아가며臨川王服竟還田里」의 "送舊禮有終송구례유종"은 송본에는 '舊구'가 '佳가'로 되어 있다. 「단비喜雨」의 "何用知柏皇하용지백황"은 송본에는 '皇황'이 '篁황'으로 되어 있다. 이러한 예가 셀 수 없을 정도로 많다. 이것은 그래도 알기 쉬운 것이다. 「정원에서 가을 시름을 달래며園中秋散」의 "復切夏蟲酸부절하충산"이 송본에는 '夏하'가 '夜야'로 된 것, 「'백마의 노래'를 본떠代白馬篇」의 "要途問邊急요도문변급"이 '송본에는 '問문'이 '間간'으로 된 것, 「마름을 따며採菱歌」의 "含傷捨泉花함상

---

8) 왕안석의 「두순 선생을 애도함(悼四明杜醇)」의 제5구가 "藜杖牧雞豚[명아주 지팡이로 닭과 돼지를 친다]"이다.

9) 『주자어류(朱子語類)』에 실린 포조 시평에 인용되어 있다.

사천화"가 송본에는 '捨사'가 '拾습'으로 된 것 등은 시 전편을 깊이 따져보지 않으면, 그 잘못을 알 수가 없다. 아마도 당唐 이후로 포조 시를 읽는 사람이 적어져서 작품이 많이 산일散佚되었고, 문자상으로 와오訛誤가 생겼기 때문에, 완전한 판본을 구할 수 없게 되었을 것이다. 따라서 모든 판본을 다 교감한들 어느 판본을 따라야 할 것인가? 하물며 모든 판본이 다 틀린 것도 있으니, 「오 지방 노래」 제2수의 "觀看水流還관간수류환" 같은 것은 교감을 할 도리가 없다. 주를 달기 어려운 첫 번째 이유가 바로 이것이다.

포조는 태어난 때를 잘 못 만나, 그의 시에는 우려하고 두려워하는 말이 많고 공명의 뜻은 적은 데다가, 또 시기심 많은 군주를 만나 전고의 인용이 지나치게 은미隱微하다. 게다가 스스로 조어를 잘하고 문장 구성 방법이 신기하고 변화가 많아 『이소離騷』와 유사한 점이 있다. 「뽕을 따며採桑」에서 "길게 한숨짓는綿歎" 사람이 누구이며, "소리 높여 노래하는揚歌" 것이 의미하는 것은 무엇인가? 「'뱃노래'를 본떠代櫂歌行」에서는 왜 진퇴가 여의치 않음을 탄식하는가? 「'백마의 노래'를 본떠」에서는 왜 군신君臣이 오랑캐를 잊어버리고 있는 것을 마음 아파하는가? 「'승천의 노래'를 본떠」에서는 왜 세상을 피해 돌아오지 않겠다는 생각이 견고한가? 「'밝은 달의 노래'를 본떠代朗月行」에서는 왜 사대부의 부끄러움을 모르는 풍조를 드러내 보이는가? 「'당상의 노래'를 본떠」와 「부풍의 노래扶風歌」에서는 왜 감개에 젖어 중원을 생각하는가? 「중흥의 노래中興歌」에서는 왜 조야를 풍자하는가? 또 「배릉에 시종하여 경현산에 올라서」에서의 배릉이 황후의 장례인 것, 「유 중랑을 따라 원산의 석실에 놀러 가서從庾中郎遊園

山石室」의 원산이 화림원華林園 : 남경 소재인 것, 「봄날의 유림春羈」이 팽성왕彭城王 유의강劉義康을 슬퍼한 것, 「주역을 말함講易」이 빈한한 선비를 존숭하는 것 등은 전고의 의미가 불분명하다. 이와 같은 것 역시 셀 수 없을 정도로 많다. 주를 다는 사람이 단지 전고만을 찾을 뿐 시인의 마음에 연결하지 않는다면, 담긴 뜻이 드러나지 않아 모두 수사적인 시어만 되고 말 것이다. 이것이 주를 달기 어려운 두 번째 이유이다.

전진륜 선생은 천여 년 이래 아무도 말하지 않은 포조 시에 의연히 주를 달았는데, 해박하고 상세하면서도 확실하여 후학의 존경을 받는다. 내가 강습하는 틈틈이 그때그때 그 내용을 찾아서 학생들에게 제시한 것은 전진륜의 주에서 얻은 바가 적지 않았다. 옛날 남송의 왕십붕王十朋, 1112~1171. 자 귀령(龜齡)이 소식蘇軾, 1037~1101. 호 동파거사(東坡居士)의 시에 주를 달았는데, 시원지施元之, 1102~1174가 그 상략에 따라 가감하고 또 따로 천착하여 별도로 수록하는 근거로 삼았다.[10] 내가 전진륜의 주에 감히 가감할 수는 없지만, 별도로 수록할 만한 다른 견해가 없을 수는 없다. 원고가 막 판각을 끝내자마자 이미 가감할 것이 생겼지만, 손댈 겨를이 없는 것을 안타까워하며 후일을 기약한다.

계해년1923 12월 23일

순덕順德 황절黃節

---

10) 각각 『집주분류동파시(集注分類東坡詩)』 25권과 『주동파선생시(注東坡先生詩)』 42권을 말한다.

우염서虞炎序

포조는 자가 명원明遠으로, 본래 상당上黨 사람인데 가문이 대대로 빈천했다. 어려서부터 문재文才가 있었다. 유송의 임천왕臨川王 유의경劉義慶이 그 재주를 아껴 임천왕국의 시랑侍郞으로 삼았다. 임천왕이 죽자 시흥왕始興王 유준劉濬이 또 시랑으로 불러서 썼다. 효무제 초에 해우령海虞令을 제수받고, 태학박사太學博士로 전임하여 중서사인中書舍人을 겸임했다.[11] 그 후 외직으로 나가 말릉령秣陵令이 되었고, 또 영가령永嘉令으로 전임했다. 대명大明 5년461 전군행참군前軍行參軍에 제수되었다. 임해왕臨海王 유자욱劉子頊을 시종하여 형주荊州 : 치소[12]는 지금의 호북성 강릉시(江陵市)에 부임하여 내명內命을 관장하는 일을 맡았으며, 얼마 후 전군형옥참군사前軍刑獄參軍事로 옮겼다. 유송 명제明帝, 465~472 재위 초에 강북에서 항명했다.[13] 유자훈劉子勛의 반란이 실패하자 형주 지역도 소란스러워졌는데, 강릉 사람 송경宋景이 혼란을 틈타 성을 약탈했다. 포조는 이때 송경에게 살해되었는데, 당시 나이 50여 세였다. 몸이 환난을 입자 문

11) [원주] 다른 판본에는 "당시 군주가 질투가 많고 스스로 문장이 뛰어나다고 자부하여, 좌우의 시종들이 그 뜻을 잘 알아서, 그 때문에 글을 지을 때 그 재사(才思)를 다하지 않았다"라고 했다.

12) '치소(治所)'는 지방정부 소재지의 옛 칭호이다.

13) 명제 태시(泰始) 2년(466) 당시 강주자사(江洲刺史)이던 진안왕(晉安王) 유자훈(劉子勛)이 심복 등완(鄧琬) 등의 추대를 받아 심양(尋陽 : 지금의 강서성 구강시(九江市))에서 칭제(稱帝)하고 연호를 의가(義嘉)로 고쳤는데, 유자욱도 이에 동조한 사건을 말한다.

장도 유실되어 버렸다. 사람들 사이에 흘러 떠도는 것이 왕왕 아직도 남아 있다. 태자[14]께서 여러 사람의 저술을 두루 채집하고 문예를 애호하시어, 한 마디 문장이라도 수집하지 않는 것이 없다. 포조가 지은 것은 비록 정치精緻하고 전아한 점은 결핍되어 있지만, 초일超逸하고 화려한 점은 있다. 명령을 받들어 배종하면서 꼼꼼하게 찾아다녔다. 연대가 차츰 멀어져 없어져 버린 것이 많으니, 지금 남아 있는 것은 절반이나 될 수 있을지 모르겠다.

산기시랑散騎侍郎 우염이 교지를 받들어 짓다

14) 제 문혜태자(文惠太子) 소장무(蕭長懋, 458~493)를 말한다. 그는 무제(武帝) 소색(蕭賾, 440~493)의 태자로 영명(永明) 10년(493)에 죽었고, 아들 소소업(蕭昭業)이 즉위한 후 문황제(文皇帝)로 추증되었다. 우염은 문혜태자와 경릉왕(竟陵王) 소자량(蕭子良, 460~494)과 사이가 좋았다.

장부제사張溥題辭

포조는 재능은 빼어났으나 출신이 미천하여 정사正史에 전기가 별도로 실리지 않았다. 그래서 관직의 임면任免 연월年月은 고찰할 근거가 없다. 그런대로 의거할 만한 것이 산기시랑 우염虞炎이 칙령을 받들어 지은 「서」 하나뿐이다. 포조의 「송백의 노래」의 서에서, 위급한 병중에 『부휴혁집傅休奕集』을 읽으면서 영원히 떠나가는 말을 보니 구슬퍼 마음이 쓰리다고 스스로 말했다. 또 시에서는 무덤 위 풀은 갈수록 우거지고 무덤 앞 찾아오는 사람은 자취가 스러진다고 하면서, 생명에 대해 우려하는 것이 참으로 깊다. 나중에 임해왕의 서기직을 맡았다가 끝내 반란군에게 살해되었다. 사영운謝靈運은 "요절의 슬픔은 보통 죽음의 배夭枉兼常"[15]라고 했는데, 이 사람이 바로 그런 사람이 아닌가! 임천왕 유의경은 문학文學을 애호했는데, 포조는 스스로 연작燕雀이 되는 것을 부끄러워하며 시를 지어 바쳐 포부를 피력했다.[16] 문제文帝[17]가 자신의 글재주를 자랑하자 또 자신을 낮추었다. 시기를 살펴 주군에게 의탁하여 자신의 장점을 잘 활용했으니, 예형禰衡, 173~198. 자 정평(正平)・양수楊修, 175~219. 자 덕조(德祖)의 부류는 아니다.[18] 문집에 실린 문장에는 기실 "비

---

15) 사영운의 「여릉왕의 묘에서 짓다[廬陵王墓下作]」 시에서 "약하고 촉급함은 실로 애처로운 것, 요절하는 슬픔은 보통 죽음의 배이다[脆促良可哀, 夭枉特兼常]"라고 했다.

16) 『남사(南史)』 「포조전」에 실린 일화이다.

17) '문제(文帝)'는 『송서』에 의하면 '효무제(孝武帝)'의 잘못이다. 『송서』 「포조전」에는 '世祖'로 되어 있는데, '효무제'이다.

루하고 하자 있는 표현"은 없다. 그런데 당시 어떻게 이런 말이 보태졌는지 모르겠다. 강엄江淹, 444~505. 자 문통(文通)은 양 무제武帝, 502~549 재위를 만난 것이 만년을 바라볼 때이지만, 감히 문장으로 임금을 능가하지 못했다. 그 내용이 포조와 같아서 재주가 다했다는 기롱譏弄을 받았지만, 사신史臣이 그 일을 드러내어 전기에 밝히지 않았다. 심약沈約, 441~513. 자 휴문(休文)이 후인을 몰래 비웃을 것이다.[19] 포조의 문장으로 가장 유명한 것은 「황폐한 성 부」와 「황하가 맑아짐을 기리는 송」 및 「대뢰안에 올라서 누이에게 부친 편지」이다. 『남제서』 「문학전론」에서 말한, "노래하는 기세가 놀랄 만큼 힘차고, 시어의 가락이 험하고 급박하며, 사조詞藻를 조탁함이 지나치게 염려艶麗하여, 사람의 영혼을 뒤흔들어 어질하게 만든다"라는 것이 아마도 이를 두고 말한 것은 아닌지 모르겠다. 시편은 매우 참신하니, 악부와 오언시는 이백과 두보의 먼 원조이

18) 예형은 공융(孔融)과 친하여 공융이 조조(曹操)에게 추천했으나 나아가지 않았다. 재주를 믿고 오만하게 굴다가 강하태수(江夏太守) 황조(黃祖)에게 살해되었다. 양수는 재능이 뛰어났고 한때 조조의 신임을 받았으나, 조비(曹丕)와 조식(曹植)의 갈등 등 복잡한 정치적 상황에서 결국 조조에게 살해되었다.

19) 『송서』의 저자 심약은 「포조전」에서 포조가 제왕의 시기 때문에 고의로 비루한 문사로 글을 지었다고 한 데 반해, 요사렴(姚思廉)이 편찬한 『양서』 「강엄전」에는 강엄이 젊어서는 문재(文才)가 뛰어났으나 노년에 재주가 다했다는 정도만 언급했고, 『남사』 「강엄전」에는 종영(鍾嶸) 『시품(詩品)』 「중품(中品) · 제광록 강엄(齊光祿江淹)」에 나오는 꿈 이야기만 수록했을 뿐, 제왕의 시기를 언급하지 않은 것을 말한다. 『시품』과 『남사』에는, 강엄이 선성(宣城) 태수를 그만둔 뒤, 꿈에 스스로 곽박(郭璞)이라고 하는 미남자가 나타나, 빌려준 붓을 돌려달라고 하여 돌려준 이후, 글재주가 다하여 '江淹才盡'이라는 말이 나왔다는 일화가 실려 있다.

다. 안연지顔延之가 사영운과 이름을 나란히 했는데, 포조에게 사적으로 우열을 물어 포조는 성심으로 판단해주었다. 선비는 재능이 어떤지를 따질 뿐이지 관작과 벌열閥閱을 어찌 논해야 하겠는가!

누동婁東 : 강소성 태창시(太倉市) 소재 장부 쓰다

사고전서총목제요四庫全書總目提要

『포참군집』 10권은 포조가 지었다. 포조의 자는 명원明遠으로 동해東海 사람이다. 조공무晁公武, 1105~1180의 『군재독서지郡齋讀書志』에 상당上黨 사람이라고 했는데, 아마도 우염 「서」의 "'본래' 상당 사람"이라는 말을 잘못 읽은 것 같다. '照'를 '昭소'로도 적는데, 대개 당대唐代 사람들이 측천무후則天武后의 이름[20]을 피하려고 바꾼 것이다. 위장韋莊, 836?~910?의 「강가를 걸으면서 서쪽을 바라보다江行西望」 시에 "西望長安白日遙, 半年無事駐蘭橈. 欲將張翰松江雨, 畫作屛風寄鮑'昭' 서쪽으로 장안 보니 태양은 아득한데, 반년 동안 일없이 작은 배에 머물렀네. 장한의 고향 오송강에 내리는 비를, 병풍에 그려 넣어 포조에게 부칠까"라고 하여, 평성zhāo으로 압운을 했으니, 사실에서 너무 멀어져 버렸다.[21] 심약의 『송서』와 이연수李延壽의 『남사』·『북사北史』는 측천무후가 칭제하기 전에 지어진 것이어서, 사실 모두 '照'로 적었지 '昭'로 적지 않았다. 포조는 임해왕 유자욱劉子頊의 참군이 되었다가 반란군의 손에 목숨을 잃었다. 유고는 흩어졌는데 제 산기시랑 우염虞炎이 처음으로 편차를 정하여 문집을 완성했다. 『수서』 「경적지」에 10권으로 밝혀 적으면서 주에 "양梁대에는 6권"이라고 했으니, 후인이 또 이어서

---

20) 측천무후는 본명은 '珝(후)'인데, 뒤에 '照(조)'로 개명했고, 다시 글자를 '曌(조)'로 바꾸었다.

21) **[원주]** 송대 예부(禮部)의 공거(貢擧) 규정에 따르면, '齊桓(제환 : 제 환공)'은 (송 흠종(欽宗) 조환(趙桓의) 이름을 피하여) '齊威(제위)'로 적었는데, 이것은 시구의 중간에 쓸 수는 있어도 '微(미)' 운으로 압운할 수는 없었다.

보탰을 것이다. 이 판본은 명 정덕正德 경오년庚午(1510)에 주응등朱應登이 간행한 것으로 도목都穆, 1458~1525의 집에서 얻었다고 했다. 권수卷數는 『수서』「경적지」와 합치하고 우염의 「서」를 첫머리에 넣었으나, 『수서』「경적지」에 기록한 구본舊本인지는 확실하지 않다. 그 편차를 살펴보면, 이미 악부를 별도로 1권으로 독립시키고서도, 「뽕을 따며」와 「매화는 지고梅花落」, 「'갈 길은 험난하고'를 본떠」 등도 모두 악부인데도 고시에 넣었다. 당 이전 문인들은 모두 성률을 다 알고 있었으니, 이처럼 어그러졌을 리가 없다. 또 「'갈 길은 험난하고'를 본떠」 제7수 '蹲蹲준준' 아래의 주에서 "'문집集'에는 '樽樽준준'으로 되어 있다"라고 하고, '啄탁' 자 아래의 주에서 "'문집集'에는 '逐축'으로 되어 있다"라고 했는데, 만약 정말로 원집原集이라면 어째서 "'문집集'에는 ○로 되어 있다"라고 할 수 있겠는가? 이는 후인이 다시 모아서 만들었다는 명백한 증거이다. 그러나 문장은 이미 모두가 수미首尾가 갖춰져 있고, 시부詩賦 역시 왕왕 포조의 자서自序와 자주自註가 있어서, 육조의 다른 문집이 유서類書에서 뽑아낸 것과는 다르다. 아마도 구본이 전해져 내려오면서 차츰차츰 고쳐지고 바뀌었기 때문이 아닌가 여겨진다. 종영의 『시품』은 "포조를 배우면서 겨우 '日中市朝滿한낮에 번화가가 사람으로 가득 차니' 정도밖에 못 미치고, 사조謝脁, 464~499를 배우면서 겨우 '黃鳥度靑枝꾀꼬리가 푸른 가지를 건너간다'를 얻었다"라고 했다. 지금의 문집에는 이 구절이 없으니 아마도 양나라 때의 판본은 아니리라는 것은 알 수 있다.[22]

22) 『시품』 인용문은 「서」에 나오는 말인데, 표현에 다소 차이가 있다. 『시품』의 문

장은 "포조를 스승으로 삼지만 끝내 포조의 '日中市朝滿'에는 못 미치고, 사조를 배우지만 '黃鳥度靑枝'를 겨우 얻었다[師鮑照, 終不及'日中市朝滿'; 學謝朓'黃鳥度靑枝']"로 되어 있다. 『제요』는 『시품』의 글을 잘못 읽은 것으로 보인다. 『시품』의 본뜻은, 당시 일반인들이 포조와 사조를 존중하여 그들을 배웠지만, 포조의 「소년 협객들의 노래」 중의 '日中市朝滿' 수준에는 못 미쳤고, 사조의 「옥섬돌에서의 비원(玉階怨)」을 본떠 우염이 겨우 '黃鳥度靑枝' 같은 졸렬한 구절만 얻었다는 것을 말한 것이다. 부록의 「제가 평론」 참조.

표 · 소(表疏)

권2

계(啓)

포참군집주 전체 차례

부첨 : 포영휘 시(鮑令暉詩)

부록

『포참군집주(鮑參軍集注)』와
포조의 시문

포조 연표(鮑照年表)

첨부 : 송본 『포씨집』 목차[宋本鮑氏集目錄[1]]

권1

권2

권3

---

1) **[원주]** 송본의 문집 명칭과 분권 및 차례는 모두 장부본과 다르다. 「시흥왕에게 '흰 모시 춤의 노래'를 바치는 계[奉始興王白紵舞曲啓]」가 「'흰 모시 춤의 노래'를 본떠[代白紵舞歌辭]」 4수 앞에 실려 있지, 별도로 산문 부분으로 뽑아내지 않았다. 장부본의 「부풍의 노래[扶風歌]」 1수, 「오 지방의 노래[吳歌]」 제1수, 「늙음에 부쳐[詠老]」 1수, 「봄에 부쳐[春詠]」 1수, 「묵조참군 고 아무개에게[贈顧墨曹]」 1수 등 5수는 송본에는 없다. 여기에 송본 목차를 첨부하여, 상호 참고에 도움이 되도록 한다.

2) 이하는 포씨집의 목차에 실린 원주이다.
[원주] 이하 작품에 모두 '代(대)' 자가 없는 판본도 있다.

「지독한 무더위의 노래」를 본떠[代苦熱行]
「흰머리 될 때까지」를 본떠[代白頭吟]
「호리의 노래」를 본떠[代蒿里行]
「목놓아 부르는 노래」를 본떠[代放歌行]
「승천의 노래」를 본떠[代昇天行]
「짝 잃은 학의 노래」를 본떠[代別鶴操]
「꿩은 아침부터 나는데」를 본떠[代雉朝飛]
「회남왕」을 본떠 2수[代淮南王二首]
「황성의 참새」를 본떠[代空城雀]
「기러기는 우는데」를 본떠[代鳴鴈行]
「밤에 앉아 읊조리며」를 본떠[代夜坐吟]
「북풍은 쌀쌀하고」를 본떠[代北風涼行]
「봄날의 노래」를 본떠[代春日行]
「소장에서 노쇠하기까지의 노래」를 본떠[代少壯時至衰老行]
「봄날 형산에 올라」를 본떠[代陽春登荊山行][3)]
「밝은 달의 노래」를 본떠[代朗月行]
「당상의 노래」를 본떠[代堂上歌行]
「빈천의 고통」을 본떠[代貧賤愁苦行]
「변방 생활의 노래」를 본떠[代邊居行]
「대문 밖에 수레 탄 손님이 있어」를 본떠[代門有車馬客行]
「슬픔의 노래」를 본떠[代悲哉行]
「뱃노래」를 본떠[代櫂歌行]
「규가의 노래」를 본떠[代邽街行][4)]
진사왕 조식의 「백마의 노래」를 본떠[代陳思王白馬篇]
진사왕 조식의 「낙양의 노래」를 본떠[代陳思王京洛篇]
육기의 「군자가 생각할 것」을 본떠[代陸平原君子有所思行]
「흰 모시의 노래」를 본떠 2수[代白紵曲二首]
「흰 모시 춤의 노래」를 본떠 4수[代白紵舞歌辭四首][5)]

---

3) [원주] '荊(형)'은 '京(경)'으로 된 판본도 있다.
4) [원주] 「去邪行(거사행)」으로 된 판본도 있다.
5) [원주] 시흥왕의 명을 받들어 짓다―계(啓)와 함께.

권4

「고시」를 본떠 8수[擬古八首]
「푸르고 푸른 언덕 위의 측백나무」를 본떠[擬靑靑陵上柏]
공간 유정(劉楨)의 체를 본받아 5수[學劉公幹體五首]
완적(阮籍)의 「밤중에 잠 이룰 수 없어」를 본떠[擬阮公夜中不能寐]
도연명(陶淵明)의 체를 본받아[學陶彭澤體][6]
「옛 시」를 이어 7수[紹古辭七首]
그윽한 택란 5수[幽蘭五首]
「고시」를 본받아[學古][7]

권5

심양에서 서울로 돌아오는 길에[潯陽還都道中]
서울로 돌아오는 길에 3수[還都道中三首][8]
환도의 송시[還都口號]
서울로 돌아오는 길에 삼산에 이르러 석두성을 바라보며[還都至三山望石頭城]
동산을 지나며 황정을 캐면서[過銅山掘黃精]
황혼 녘 강을 바라보며 – 순 좌승에게[日落望江贈荀丞]
약효를 위한 걷기로 성 동쪽 다리까지 가면서[行藥至城東橋]
손님에게 답함[答客]
흰 구름[白雲]
왕 비서승의 시에 화답하여[和王丞]
가을밤 2수[秋夜二首]
농부가 채소 심는 것을 보고[觀圃人藝植]
뽕 따기에 부쳐[詠採桑]
쌍 제비에 부쳐 2수[詠雙燕]
후저를 출발하며[發後渚]
수시(數詩)
건제(建除)

---

6) [원주] 의흥태수 왕승달의 시에 삼가 창화하여.
7) [원주] 「北風雪(북풍설)」로 된 판본도 있다.
8) 이 제목은 저본 목차에는 빠져 있다.

시종하여 옛 궁궐에 들러서[從過舊宮]
배릉에 시종하여 경현산에 올라서[從拜陵登京峴]
임천왕의 복상을 마치고 고향으로 돌아가며[臨川王服竟還田里]

권6

경구로 가는 길에 죽리에 이르러[行京口至竹里]
번거현에 올라[登翻車峴]
겨울날[冬日]
역사를 읊다[詠史]
유 중랑을 따라 원산의 석실에 놀러 가서[從庾中郎游園山石室]
여산에서 동쪽으로 진택을 바라보며[自廬山東望震澤]
운양의 구리보에 올라[登雲陽九里埭]
오 시랑과 이별하며[與伍侍郎別]
오홍 황포정에서 유 중랑을 송별하며[吳興黃浦亭庾中郎別]
선성 태수 왕승달(王僧達)을 송별하며[送別王宣城]
종제 포도수를 송별하며[送從弟道秀別]
부 도조와의 이별에 부쳐[贈傅都曹別]
부 대농의 「동료와 이별하며」에 화답하여[和傅大農與僚故別]
성 시랑을 전송하며 후정에서 전별연을 베풀어[送盛侍郎餞候亭]
순 중서와 이별하며[與荀中書別]
단비[喜雨][9]
소사에 부쳐[詠蕭史]
벗 마자교에게 6수[贈故人馬子喬六首]
마름을 따며 7수[採菱歌七首]
산길을 가면서 외로운 오동나무를 보고[山行見孤桐]

권7

옥기 파는 사람을 보고 – 서와 함께[見賣玉器者 – 幷序]
향로봉을 시종하여 오르며[從登香爐峯]
꿈속의 귀향[夢歸鄉]

---

9) [원주] 칙명을 받들어 짓다.

임해왕을 시종하고 형주로 가려고 막 신저를 출발하며[從臨海王上荊初發新渚]
외로운 바위를 바라보며[望孤石]
황학기에 올라[登黃鶴磯]
양기에서 바람이 잦아들기를 기다리며[岐陽守風]
강릉에서 세월을 탄식하고 늙음을 슬퍼하며[在江陵歎年傷老]
성 서문의 관아에서 달을 감상하며[翫月城西門廨中]
「만가」를 본떠[代挽歌]
밤에 가기(歌妓)의 노래를 듣고[夜聽妓]
매화는 지고[梅花落]
옛 체의 시[古辭]
사랑스러운 것[可愛]
밤에 소리를 들으며[夜聽聲]
술 마신 뒤에[酒後]
『주역』을 말함[講易]
왕소군(王昭君)
중흥의 노래 10수[中興歌曲十首]
오 지방 노래 2수[吳歌二首]
상서 사장(謝莊)과의 세 번째 연구[與謝尙書莊三連句]
형주에서 장 사군, 이 거사와의 연구[在荊州與張史君李居士連句]
달빛 아래 누각에 올라서 지은 연구[月下登樓連句]
글자수수께끼 3수[字謎三首]

권8

「갈 길은 험난하고」를 본떠 19수[擬行路難十九首]
송백의 노래—서와 함께[松柏篇—幷序]
복주산의 연회에 시종하여 2수[侍宴覆舟山二首][10]
여산에 올라 2수[登廬山二首]
장송을 출발하면서 눈을 만나[發長松遇雪]
산산에서 시흥왕의 명으로 짓다[蒜山被始興王命作]
동지(冬至)
촉의 네 현인을 읊다[蜀四賢詠]

10) [원주] 칙명으로 유원경을 위해 짓다.

가을날－혜휴 스님에게[秋日示休上人]

의흥태수 왕승달의 「칠석」 시에 화답하여[和王義興七夕]

시랑 포조에게[贈鮑侍郎][11]

혜휴 스님에게 답함[答休上人]

호군장군 왕승달(王僧達)의 「가을 저녁」 시에 화답하여[和王護軍秋夕]

멀리 있는 이를 그리며[懷遠人]

봄날의 유랑[春羈]

삼짇날[三日]

궂은비[苦雨]

삼짇날 남원을 유람하며[三日游南苑]

세밑 슬픔[歲暮悲]

정원에서 가을 시름을 달래며[園中秋散][12]

가을에 부쳐[詠秋]

가을 저녁[秋夕]

물을 바라보며[望水]

흰 눈에 부쳐[詠白雪]

권9

유원경을 위해 쓴 표기장군직의 제수에 감사하는 표[爲柳令謝驃騎表]

삼베옷을 벗고 시랑이 됨을 감사하는 표[解褐謝侍郎表]

말릉령 직의 제수에 감사하는 표[謝秣陵令表][13]

치료약을 하사하심에 감사하는 계[謝賜藥啓]

영안령 직에서 금지령을 해제하심에 감사하는 계[謝永安令解禁止啓]

왕국의 제도를 논하는 계[論國制啓]

승직 조칙을 거둬주시기를 청하는 계[謝上除啓]

세자에게 해직을 간청함[通世子自解]

거듭 세자에게 올리는 계[重與世子啓]

휴가에 감사하는 계 2수[謝假啓二首]

시랑으로 올리는 소[侍郎上疏]

---

11) [원주] 釋惠休(석혜휴).

12) [원주] 「園中載散(원중재산)」으로 된 판본도 있다.

13) [원주] 이때 중서사인(中書舍人)이었다.

권10

포참군집

鮑參軍集

권1

귀안 전진륜 주

전중련 보주집설

부賦

遊思賦

雲徑兮海衝, 上潮兮送風.[1] 秋水兮駕浦, 涼煙兮冒虹.[2] 暮氣起兮遠岸黑, 陽精滅兮天際紅.[3] 波茫茫兮無底, 山森森兮萬重.[4] 平隰兮亘岸, 通川兮瀉壑.[5] 仰盡兮天經, 俯窮兮地絡.[6] 望波際兮曇曇, 眺雲間兮灼灼.[7] 乃江南之斷山, 信海上之飛鶴. 指煙霞而問鄉, 窺林嶼而訪泊.[8] 撫身事而識苦, 念親愛而知樂.[9] 苦與樂其何言, 悼人生之長役.[10] 捨堂宇之密親, 坐江潭而爲客.[11] 對蒹葭之遂黃, 視零露之方白.[12] 鴻晨驚以響湍, 泉夜下而鳴石.[13] 結中洲之雲蘿, 託綿思於遙夕.[14] 瞻荊吳之遠山, 望邯鄲之長陌.[15] 塞風馳兮邊草飛, 胡沙起兮雁揚翮.[16] 雖燕越之異心, 在禽鳥而同戚.[17] 悵收情而抆淚, 遣繁悲而自抑.[18] 此日中其幾時, 彼月滿而將蝕.[19] 生無患於不老, 奚引憂而自逼? 物因節以卷舒, 道與運而升息.[20] 賤賣卜以當壚, 隱我耕而子織.[21] 誠愛秦王之奇勇, 不願絶筋而稱力.[22] 已矣哉! 使豫章生而可知, 夫何異乎叢棘.[23]

떠도는 생각

구름의 길이여 바다의 한길에, 조수가 솟구치고 바람이 불어온다.

가을 물은 포구를 내달려 가고, 찬 안개는 하늘을 뒤덮고 있다.

저녁 기운 일어나니 먼 기슭은 어두워지고, 태양이 스러지니 하늘 끝은 붉어진다.

물결은 끝도 없이 아득히 출렁대고, 산들은 천 겹 만 겹 빽빽이 겹쳐 있다.

평원의 진펄은 기슭까지 뻗쳐 있고, 흐르는 시내는 골짜기로 쏟아진다.

하늘을 까마득히 올려다보고, 땅을 끝까지 내려다보니,

물결이 이는 곳은 바라보니 어둑하고, 구름이 솟는 곳은 바라보니 찬란한데,

바로 강남의 깎아지른 산이요, 실로 바다 위를 나는 황학이네.

구름 노을 바라보며 고향을 찾아보고, 숲과 섬을 살피면서 정박할 곳 찾아가네.

제 처지를 위무하면 괴로움을 알게 되고, 친한 이를 그려보면 즐거움을 알게 되지.

괴로움과 즐거움을 말로 어찌 다 하랴, 인생이라는 끝없는 고달픔이 슬프도다.

집안에 가까운 육친을 버려두고, 강가에 홀로 앉아 나그네 되었구나.

갈대는 이미 모두 시들어버렸고, 내린 이슬 하얗게 엉기기 시작한다.

기러기는 여울에서 새벽에 푸드덕대고, 샘물은 돌 위에서 밤새도록 울어댄다.

섬의 자등紫藤 엮어서 거처를 만들고, 끝없는 생각을 긴긴밤에 실어 본다.

남방 형오荊吳의 먼 산을 쳐다보고, 북방 한단邯鄲의 가없는 길 바라본다.

변새 바람 세게 일어 변방 풀이 흩날리고, 북방 모래 솟구치니 기러

기가 비상한다.

연燕과 월越처럼 마음 전혀 달라도, 새들도 둥지 떠난 슬픔은 같으리라.

마음을 추스르며 눈물을 닦아내고, 많은 비애 달래면서 스스로 억누르네.

이 해는 얼마나 중천에 머무를까, 저 달은 차자마자 곧바로 기울겠지.

인생에서 늙지 않는 고통은 없는 것, 뭣 때문에 근심하며 스스로 핍박할지?

사물은 계절 따라 성쇠가 갈마들고, 도리는 운행 따라 흥망을 반복하네.

비천하면 점을 치고 술 팔면서 살아가고, 은거하면 나는 밭 갈고 그대는 베를 짜네.

진 무왕이 용사를 중시한 것 좋지만, 힘줄이 끊기도록 힘 자랑은 아니 하리.

두어라!

녹나무를 움 터면서 알 수 있다 하더라도, 대저 가시덤불과 무엇이 다르리.

【해제】

[전중련] 『송서宋書』에 의하면, 임천왕臨川王 유의경劉義慶은 문제文帝 원가元嘉 16년439에 강주江州 자사가 되어 포조를 하급 관료로 끌어 썼다.

이 부는 포조가 강주로 부임할 때 지은 것으로 보인다. 『남사南史』 「임천열무왕전臨川烈武王傳」에 첨부된 「포조전」에서, 포조는 처음에 유의경을 알현하여 시를 바쳐 뜻을 피력했다고 했다. 이 부의 끝 몇 구는 특별히 반어로 말한 것이다.[1)]

【주석】

1 **[전진륜]** 『설문해자(說文解字)』: "'衝(충)'은 사방으로 통하는 큰길이다." 매승(枚乘, ?~140 B.C.) 「칠발(七發)」: "강물은 거꾸로 흐르고, 바닷물은 '조수가 솟구친다'[江水逆流, 海水'上潮']."

[전중련] 『예문유취(藝文類聚)』 권27에는 '徑(경 : 길)'이 '遙(요 : 멀다)'로 되어 있다.

2 **[전진륜]** 『설문해자』: "'浦(포)'는 물가이다."

[전중련] 송본(『포씨집(鮑氏集)』) 및 『초학기(初學記)』 권3에는 '虹(홍 : 무지개)'이 '江(강)'으로 되어 있다.[2)]

---

1) 작품의 정조는 포조가 강주로 부임할 때, 도중인 대뢰안에 올라가서 누이에게 보낸 편지(「登大雷岸與妹書」)와는 많은 차이가 있다. 정복림(丁福林)은 "형오의 먼 산을 쳐다본다[瞻荊吳之遠山]"라는 구절에 주목하고, 이 부는 포조가 형주(荊州)로 가는 도중에 지은 것으로 보면서, 그 시기를 포조가, 형주자사 임해왕(臨海王) 유자욱(劉子頊)의 막료가 되어 형주로 간, 효무제(孝武帝) 대명 6년(462) 가을 이후로 보았다(정복림·총영령(叢玲玲), 『포조집교주(鮑照集校注)』, 北京 : 中華書局, 2012, 54~55쪽. 이하 『교주』로 약칭함).

2) 주응등(朱應登)본과 『전송문』도 같다. 오덕풍(吳德風)은 '駕浦(가포)'와의 대응관계로 보면 '冒江(모강)'이 더 낫다고 보았다(「포조의 생애 및 그 작품 교정[鮑照生平及其作品校正]」, 臺灣政治大 中文研究所 碩士論文, 1966. 이하 '오덕풍'으로 약칭함). 정복림은 장부본을 따라 '虹'으로 고쳤다(『교주』, 55~56쪽). 압운

『모시(毛詩)』「패풍(邶風) · 일월(日月)」 제2장 '下土是冒(이 세상 대지를 덮으시네)' 모전(毛傳) : "'冒(모)'는 '覆(부 : 덮다)'와 같다."

3 **[전진륜]** 장형(張衡, 78~139) 「영헌(靈憲)」 : "태양[日]은 '양의 정기[陽精]'의 정종(正宗)이다."

4 **[전중련]** 송본에는 '茫茫(망망 : 드넓은 모양)'이 '沄沄(운운)'으로 되어 있다.[3] 『예문유취』에는 '森森(삼삼 : 빽빽한 모양)'이 '嵾嵾(참참 : 울쑥불쑥한 모양)'으로 되어 있다.

5 **[전진륜]** 『공양전(公羊傳)』「소공(昭公) · 원년」 : "높고 평평한 것을 '原(원 : 평원)'이라고 하고, 낮고 평평한 것을 '隰(습 : 진펄)'이라고 한다."[4]

사마상여(司馬相如) 「상림부(上林賦)」 : "'물이 흐르는 큰 내'가 정원 가운데를 지나간다['通川'過於中庭]."

6 **[전진륜]** 『한서(漢書)』「천문지(天文志)」 : "무릇 '천문(天文)'으로 책에 기록

면에서 '風(풍)' '虹' '紅(홍)'은 '東(동)'운이고 '重(중)'은 '冬韻(동운)'으로 자연스럽지만, '江'은 '江韻(강운)'이어서 다소 문제가 있고, 내용 면에서도 처음부터 하늘과 바다를 대비면서 시작한 점을 고려하면, '虹'이 더 낫다.

3) 『초사(楚辭)』 왕일(王逸) 「구사(九思) · 애세(哀歲)」의 "窺見兮溪澗, 流水兮'沄沄'(시냇물을 굽어 살펴보니, 흐르는 물 '용솟음치는구나')" 주에 "'沄沄'은 용솟음치며 흐르는 것[沸流]"이라고 했는데, 오덕풍은 이를 근거로 '沄沄'이 옳다고 했다(21a쪽). 제2구에서 "조수가 솟구치다[上潮]"라고 한 표현과 호응 관계를 고려하면 더 나아 보인다.

4) '平隰(평습)'은 평원의 습지이다. 『관자』「형세(形勢)」에 "'平原之隰', 奚有於高('평원의 습지'에 작은 언덕이 있다 하더라도 그것이 어찌 높은 것이겠는가)"라고 했다. '亘(긍)'은 저본에는 '互(호)'로 되어 있는데 잘못이다. '亘'은 '亙(긍)'으로도 적는데 자형이 '互'와 비슷하여 비롯된 오식(誤植)으로 보인다. 송본에는 '亘'으로 되어 있다.

된 것 중 분명히 알 수 있는 것은, '경성(經星 : 항성)'과 경상적으로 나타나는 별들, 그것들을 주관하는 내외의 관원 118명과 총 783개의 별인데, 그것들은 모두 주읍(州邑)과 봉국(封國), 관품(官品)과 궁실(宮室) 및 온갖 사물을 상징한다."[5]

『후한서(後漢書)』「외효전(隗囂傳)」: "전 신도후(新都侯) 왕망(王莽)이 (…중략…) 군국(郡國)을 분열하고 '지락(地絡 : 땅의 맥락. 지맥)'을 끊어놓았다."

7 **[전진륜]** 『옥편(玉篇)』: "'曇曇(담담)'은 먹구름이 모인 모양이다."

『모시』「주남(周南)·도요(桃夭)」 제1장 : "그 꽃이 '화사하다'['灼灼'其華]."

모전 : "'灼灼(작작)'은 꽃이 활짝 핀 것이다."[6]

8 **[전진륜]** 좌사(左思, 250?~305) 「오도부(吳都賦)」 "'섬들' 아득히 멀다['島嶼'綿邈]." 이선 주 : "'嶼(서)'는 바다 가운데 있는 육지로, 위에는 산석(山石)이 있다."

---

5) '天經(천경)'은 '天象(천상)'과 같으며 여기서는 하늘을 뜻한다.

6) '灼灼(작작)'은 여기서는 밝은 모양을 나타낸다. 진 부현(傅玄)의 「명월편(明月篇)」에 "皎皎明月光, '灼灼'朝日暉(보름달 달빛은 교교히 밝고, 아침 해 햇살은 '찬란히 빛난다')"라고 했다. 다음 구의 '斷山(단산)'은 깎아지른 듯이 가파르게 높은 산이다. 『수경주(水經注)』 권7 「제수(濟水)·주」에 "夾城之間有'絶澗斷山', 謂之廣武澗(하남성 광무산(廣武山)의 동광무성(東廣武城) 양쪽을 끼고 있는 일대는 '깊고 험한 골짜기와 깎아지른 높은 산'이 있는데, 그것을 광무간이라고 한다)"라고 했다. '飛鶴(비학)'은 『문선』 권29 「잡시·상」에 실린 '소무(蘇武)'가 지었다고 하는 「시」 4수 중 제2수 "黃鵠一遠別, 千里顧徘徊(황학은 한 번 날아 멀리 떠나서, 천 리 길 돌아보며 배회를 한다)"의 '黃鵠(황학)'을 연상케 한다. 이 2구는 문집 권3 「진사왕 조식의 '낙양의 노래'를 본떠[代陳思王京洛篇]」의 주석 11 및 역주를 볼 것. '황학'에 대해서는 권1 「춤추는 학[舞鶴賦]」 및 권5의 「황학기에 올라[登黃鶴磯]」 등을 볼 것.

『광운(廣韻)』: “배가 물가에 바짝 다가가는 것을 ‘泊(박)’이라고 한다.”

9 **[전중련]** 조식(曹植)「백마왕 조표에게[贈白馬王彪]」 제3장 : “‘사랑하는 사람’과 헤어져야 하는구나[‘親愛’在離居].”[7)]

10 **[전중련]** 『초사(楚辭)』「원유(遠遊)」: “[천지의 무궁(無窮)함을 생각하면서] 인생의 ‘끝없는 고달픔’을 슬퍼한다[哀人生之‘長勤’].”[8)]

11 **[전진륜]** 육기(陸機, 261~303)「낙양으로 가는 도중에[赴洛道中作]」 제1수 : “오열하며 ‘매우 가까운 친척’을 이별한다[嗚咽辭‘密親’].”

『초사』「어부(漁父)」: “굴원이 이미 추방당한 뒤에, ‘강가’를 유랑했다[屈原既放, 遊於‘江潭’].”

12 **[전진륜]** 『모시』「진풍(秦風) · 겸가(蒹葭)」 제1장 : “‘갈대’는 무성하게 우거지고, ‘이슬은 하얘져’ 서리가 된다[‘蒹葭’蒼蒼, ‘白露’爲霜].”

[전중련] 『모시』「정풍(鄭風) · 야유만초(野有蔓草)」 제1장 : “[들판에 덩굴풀 있는데,] ‘풀잎에 내린 이슬’ 흥건하다[‘零露’漙兮].”

13 **[전진륜]** 『설문해자』: “‘湍(단)’은 물살이 빠른 여울이다.”

14 **[전진륜]** 『초사』「구가(九歌) · 상군(湘君)」: “아, 누구 때문에 ‘수중의 섬’에 머물러 있는가[蹇誰留兮‘中洲’]?”

『설문해자』: “‘蘿(라)’는 ‘莪(아 : 물쑥. 아호(莪蒿), 누호(蔞蒿))’이다.”[9)]

---

7) ‘身事(신사)’는 자신이 처한 상황이다.

8) ‘長役(장역)’은 「원유」의 ‘長勤(장근)’과 같다.

9) ‘蘿(라)’는 덩굴을 뻗어 자라는 식물의 명칭으로도 쓰여서 ‘여라(女蘿)’ ‘소나무겨우살이(송라(松蘿))’ ‘담쟁이덩굴’을 가리키기도 한다. 포조 부의 ‘雲蘿(운라)’는 자등(紫藤)을 가리킨다. ‘운라’는 나중에는 깊은 산속 은거지의 비유로 쓰이게 된다.

한 악부 「장성의 굴에서 말에게 물 먹이며[飮馬長城窟行]」 : "면면한 그리움에 먼 길 떠난 이 생각한다[綿綿思遠道]."

15 **[전진륜]** 『한서』 「제후왕 표(諸侯王表) · 서(序)」 : "동쪽은 강과 호수를 두르고 회계산(會稽山 : 지금의 절강성 소흥시(紹興市) 남동부)으로 접근하는데, '형오(荊吳)'라고 한다."[10)]

『사기(史記)』 「장석지전(張釋之傳)」 : "문제를 시종하여 패릉(霸陵 : 지금의 섬서성 서안시 파교구(灞橋區) 남동)에 이르렀는데, 문제가 북쪽을 향해 바라보았다. 이때 신부인(愼夫人)이 수종했는데, 문제가 신부인에게 손가락으로 신풍(新豐 : 지금의 섬서성 서안시 임동구(臨潼區) 북동) 길을 가리키며 말했다. '이것은 "한단(邯鄲 : 지금의 하북성 남단의 시)"으로 가는 길이오.'"

16 **[전진륜]** 『이아(爾雅)』 「석기(釋器)」 : "날개(羽)는 본래 '깃 촉[翮]'이 있다."

17 **[전진륜]** 『진서(晉書)』 「재기(載記) · 모용외(慕容廆)」 : "모용외가 사신을 파견하여 태위(太尉) 도간(陶侃)에게 서찰을 보내왔다. '(…중략…) 왕궁으로 가는 길이 험하고 멀어[嶮遠][11)] "연과 월[燕越]"만큼이나 떨어져 있어, 강기

10) 『한서』에서 말하는 '荊吳'는 서한 초에 봉한 9개 동성(同姓) 제후국 중의 하나인 제후국 이름이다. '형오'는 원래 춘추시대 양자강 중류 호북성을 중심으로 한 초(楚)와 그 하류 오(吳) 지역을 병칭하는 말인데, 나중에는 양자강 중하류 지역을 가리키게 되었다. 포조 부에서는 '남방'을 가리킨다. '邯鄲'은 '북방'을 나타낸다.

11) 표점교감본에는 '嶮(험)' 다음에 '遠(원)'자가 있어서 보충했다. '燕越(연월)'은 춘추시대 연과 월로, 각각 황하의 북쪽 지금의 하북성 지역과 양자강 남쪽 지금의 절강성 지역에 있어서, 두 나라 사이의 거리가 매우 멀었다. 그래서 지역적으로 서로 멀리 떨어져 있거나 견해차가 매우 큰 것을 비유한다. 또 먼 곳에 있는 고향을 가리키기도 한다. 이 2구는 생각은 서로 전혀 달라도 고향을 그리는 마음은 누구나 같음을 말했다.

슭을 바라볼 때마다 먼 변방에서 고개를 길게 빼곤 합니다."

18 **[전진륜]** 『광아(廣雅)』: "'抆(문)'은 닦는 것이다."

[전중련] 『초사』「구장(九章)·비회풍(悲回風)」: "외로운 사람 슬피 한숨 쉬며 '눈물을 닦는다'[孤子唫而'抆淚'兮]."

『초사』「구장·회사(懷沙)」: "내 마음 어루만지며 뜻하는 바를 살펴보며, 잘못도 없이 뜻 굽히고 '자신을 억누른다'[撫情效志兮, 冤屈而'自抑']."

19 **[전진륜]** 『주역(周易)』「풍괘(豐卦)·단전(彖傳)」: "해는 하늘 복판에 오면 기울어지고, 달은 가득 차면 이지러진다[日中則昃, 月盈則食]."

20 **[전진륜]** 『회남자(淮南子)』「숙진훈(俶眞訓)」: "지극한 도는 무위자연에 있으니, 용과 뱀이 '몸을 움츠리고 펴는 것[盈縮卷舒]'을 때에 따라 변화를 주는 것과 같다."[12]

21 **[전진륜]** 『한서』「왕공양공포전 서(王貢兩龔鮑傳序)」: "엄군평(嚴君平)은 성도(成都 : 지금의 사천성 성도시)의 저자에서 '점을 치는데(卜筮)', (…중략…) 겨우 하루에 몇 사람만 보고 백 전을 벌어 자신의 생계에 충분하면, 가게를 닫고 발을 내리고는 『노자(老子)』를 전수했다."

『한서』「사마상여전(司馬相如傳)」: "사마상여는 탁문군(卓文君)과 함께 임공(臨邛 : 지금의 성도시 남서부 공래시(邛郲市))으로 가서, 수레와 말 따위를 다 팔아 술집을 사서 탁문군에게 '목로에서 술을 파는 일[當壚]'을 시키고, 자신은 쇠코잠방이를 입고 하층 잡부들과 함께 일하며, 저자에서 그릇을 씻었다."[13]

---

12) '升息(승식)'은 '盛衰(성쇠)'와 같다.
13) '壚(로)'는 '酒壚(주로) 또는 '목로(木壚)'로 술청을 말한다. '當壚(당로 : 술정을

『열녀전(列女傳)』「초접여처(楚接輿妻)」: “접여의 아내가 말했다. ‘(…중략…) 제가 선생을 모시면서, “직접 농사를 지어[躬耕]” 먹을거리를 마련하고, “몸소 길쌈을 하여[親績]” 옷을 만들었습니다’.”

22 **[전진륜]**『사기』「진기(秦紀)」: “진(秦) 무왕(武王)은 ‘힘이 세고[有力]’ 유희를 좋아해, 역사(力士) 임비(任鄙) · 오획(烏獲) · 맹열(孟說)을 모두 대신으로 삼았다. 왕은 맹열과 궁궐 앞의 대정(大鼎) 들기 시합을 하다가 ‘슬개골이 부러졌다[絶臏]’.”[14]

23 **[전진륜]**『회남자』「수무훈(脩務訓)」: “키 큰 나무인 편나무[楩] · 남나무[枏] · ‘녹나무[豫章]’가 자라는 모습은 7년이 지난 뒤에라야 커진 것을 알 수 있어서 [널과 배를 만들 목재로 쓸 수 있다.]”[15]

『주역』「감괘(坎卦) · 상륙」: “[죄수를 포박해] ‘뭉쳐나는 가시나무’ 속에 가둔다[寘於‘叢棘’].”

마주함)’는 술청에서 술을 파는 것이다.

14) 여기서 나온 성어가 ‘거정절빈(擧鼎絶臏)’이다. ‘臏’은 ‘臏骨(빈골)’로 슬개골(종지뼈 · 무릎뼈)이다. ‘絶筋(절근)’은 힘줄이 끊어지는 것이다.『순자』「수신(修身)」에 나온다. 노마(駑馬)도 열흘이면 천리마가 하루에 달리는 길을 갈 수 있지만, 무궁(無窮) 무극(無極)한 것을 이루려 하다가는 ‘뼈가 부러지고 힘줄이 끊어지도록[折骨絶筋]’ 애를 써도 끝내 미칠 수 없다고 했다.

15) ‘豫章(예장)’은 ‘녹나무(장수(樟樹) 즉 장목(樟木))’로, 뛰어난 인재 즉 동량지재(棟梁之材)를 비유한다.

觀漏賦－幷序

客有觀於漏者, 退而歎曰 :“夫及遠者箭也, 而定遠非箭之功; 爲生者我也, 而制生非我之情. 故自箭而爲心, 不可憑者紘; 因生以觀我, 不可恃者年. 憑其不可恃, 故以悲哉! 況乎沈華密遠, 輕波潛耗, 而感神嬰慮者, 又自外而傷壽, 以是思生, 生亦勤矣![1]” 乃爲賦云 :

佩流歎於馳年, 纓華思於奔月.[2] 結蘭茗以望楚, 弄參差以歌越.[3] 撫凝肌於遷滯, 鑑雕容於髣髴.[4] 景有墜而易昏, 憂無方而難歇.[5] 歷玫階而升隩, 訪金壺之盈闕.[6] 觀騰波之呑寫, 視驚箭之登沒.[7] 箭既沒而復登, 波長瀉而弗歸. 注沈穴而海漏, 射懸塗而電飛.[8] 墐戶牖而知天, 掩雲霧而測暉.[9] 創百齡於纖隱, 積千里於空微. 彼崢崢而行溢, 此冉冉而愈衰.[10] 撫寸心而未改, 指分光而永違.[11] 昔傷矢之奔禽, 聞虛弦之顚仆.[12] 徒嬰刃而知懼, 豈潛機之能覺. 惟生經之靃靡, 亦悲長而懽促.[13] 恒證古而秉心, 抱空意其如玉.[14] 波沈沈而東注, 日滔滔而西屬.[15] 落繁馨於纖草, 殞豐華於喬木. 對戾離而後歌, 據窮蹊而方哭.[16] 雖接薪之更傳, 寧絶明之還續.[17] 貫古今而幷念, 信寡易而多難. 時不留乎激矢, 生乃急於走丸.[18] 既河源之莫壅, 又吹波而助瀾.[19] 神怵迥而多慮, 心輵轕而尠歡.[20] 望天涯而佇念, 擢雄劍而長歎.[21] 嗟生民之永迷, 躬與後而皆恤.[22] 死零落而無二, 生差池之非一.[23] 理幽分於化前, 算冥定於天秩.[24] 與艾骨而招病, 猶刳腸而興疾.[25] 情殊用而俱盡, 事離方而同失. 聊弭志而高歌, 順煙雨而沈逸.[26] 於是隨秋鴻而汎渚, 逐春鷰而登梁.[27] 進賦詩而展念, 退陳酒以排傷. 物不可以兩大, 時無得而雙昌.[28] 薰晩華而後落, 槿早秀而前亡.[29] 姑屏憂以愉思, 樂玆情於寸光.[30] 從江河之紆直, 委天地之圓方.[31] 漏盈兮漏虛, 長無絶兮芬芳.[32]

물시계를 보고—서와 함께

물시계를 본 어떤 사람이 물러나서 탄식하면서 말했다. "무릇 멀리까지 날아가는 것은 화살이지만 멀리까지 가도록 결정하는 것은 화살의 공이 아니요, 삶을 영위하는 것은 자신이지만 자신의 삶을 제어하는 것은 제 뜻이 아니로다. 따라서 화살의 처지에서 생각하면 의지할 수 없는 것이 활시위요, 삶이라는 측면에서 자신을 살펴보면 믿을 수 없는 것이 수명이로다. 그 믿을 수 없는 것에 의지하고 있으니, 그런 까닭에 슬프도다! 하물며 사라지는 세월은 살그머니 멀어져가고 가벼운 물결은 남몰래 다 없어지는 데다, 정신을 쓰게 하고 걱정에 빠뜨리는 일들이 또 외부에서 찾아와 목숨을 상하게 되니, 이를 통해 삶을 생각해보면 삶도 또한 고달픈 것이로다!" 이 말을 듣고 이 부를 짓는다.

끝없는 탄식은 달리는 해에 매달고, 화려한 생각은 질주하는 달에 묶는다.

택란 꽃을 엮으며 초 땅을 바라보고, 퉁소를 불면서 월 지방을 노래한다.

부드러운 살결을 천천히 쓰다듬고, 아름다운 용모를 아련히 살펴본다.

해는 질 때가 있어 어둡기가 쉽지만, 근심은 방향이 없어 끝나기가 어렵다.

옥섬돌을 지나서 방으로 올라가, 청동의 누호가 차고 빔을 알아본다.

내달리는 물결이 삼켜짐을 살피고, 재빠른 화살이 뜨고 잠김 바라본다.

화살은 잠기어도 다시 떠오르지만, 물결은 쏟아질 뿐 돌아오지 않는다네.

깊은 구멍 흘러들어 바다로 새버리고, 높은 하늘 쏘아져서 번개처럼 날아가네.

문과 창에 흙 발라도 하늘 이치 알 수 있고, 운무가 뒤덮여도 해그림자 헬 수 있네.

가늘고 희미한 데에 백 년 한 생을 만들고, 텅 비고 미세한 데에 천리 먼 길을 쌓는다네.

저 물시계 깊이깊이 넘쳐나면 날수록, 이 인생은 차츰차츰 쇠약해져 간다네.

마음을 달래 봐도 바뀌는 것 하나 없이, 덧없는 시간만이 영원히 사라지네.

그 옛날 화살 맞아 달아나던 기러기가, 빈 시위 소리 듣고 떨어졌다 하던가.

칼날에 닿아봐야 두려움을 아는 것, 감춰진 기미를 어찌 알 수 있으랴.

생각하면 삶의 길은 미약한 데다, 슬픔 길고 기쁨은 촉박하구나.

항상 옛일 거울삼아 마음을 다잡아서, 깨끗한 생각을 보옥처럼 지니리라.

물결은 넘실넘실 동쪽으로 흘러들고, 해는 뉘엿뉘엿 서쪽으로 달리누나.

짙은 향기는 여린 풀에서 사라져 가고, 풍성한 꽃은 교목에서 떨어져 간다.

해 지는 것 보고 나서 노래 부르고, 막다른 골목 이르러서 통곡도 했다.

땔감을 계속 넣어 불을 전한다 했지만, 사라진 밝음을 이을 수가 있으랴.

고금을 꿰뚫어서 아울러 생각하면, 쉬운 일은 적었고 어려움은 많았지.

시간은 날아가는 화살에 머물러 있지 않고, 삶은 비탈을 구르는 탄환보다 더 급하지.

황하의 수원을 막을 수 없는 데다, 바람도 불어와서 큰 물결을 일으키니,

정신은 유혹과 핍박으로 근심이 많고, 마음은 뜻 못 이뤄 기쁨이 적네.

하늘가를 바라보며 멍하니 서서, 장검을 뽑아 들고 길게 탄식하네.

아, 생민들은 영원히 미망에서 못 벗어나, 제 몸과 사후 일을 모두 다 걱정한다.

죽어서 사라짐은 다르지가 아니한데, 삶이란 들쑥날쑥 제각각 다 다르다.

죽음의 이치는 죽기 전에 나도 몰래 결정되고, 수명은 천질天秩 속에 은밀히 정해져 있다.

뼈에다 쑥뜸 놓다 외려 병을 부르고, 내장을 수술하다 되려 병을 초

래한다.

마음은 용처가 달라도 다하는 점은 같고, 일은 처리 방도가 달라도 사라지는 점은 같다.

잠시간 생각을 멎고 소리 높여 노래하며, 안개비를 따라서 즐거움에 빠지련다.

그리하여,

가을 기러기 따라서 물가에 노닐고, 봄 제비를 쫓아서 산마루에 오르리.

나아가면 시 읊으며 생각을 펼치고, 물러나면 술 마시며 슬픔을 물리치리.

사물은 모든 것이 다 좋을 수는 없고, 시간은 항상 번창할 수는 없으니,

향초는 늦게 피어 나중에 지고, 무궁화는 일찍 피어 먼저 사라지지.

잠시 근심 물리치고 생각을 유쾌하게, 이 마음을 잠시라도 즐겁게 해야지.

장강 대하는 굽었다가 곧아졌다 하고, 하늘과 땅은 둥글고 모남이 있지.

누호가 차거나 누호가 비거나, 향기로움 영원토록 끊이지 않으리.

【해제】

[전진륜] 『속한서續漢書』「율력지律曆志」: "병에 구멍을 뚫어 물이 새는 '누漏'를 만들고 화살을 띄워 시각을 표시하는 '각刻'으로 삼아, 28수의

별자리가 운행하여 매월 남중하는 것을 살피는데, 밤과 낮이 여기에서 생긴다."[16]

『남사』「하승천전何承天傳」: "원가력元嘉曆[17]을 개정하고 각루刻漏를 고쳐 25전箭[18]을 사용하도록 했다. 그것을 따랐다."[19]

---

16) '漏(루)'는 고대의 물시계로, 물이 일정한 속도로 새게 하는 단지가 주요 부품이어서 누호(漏壺) 또는 호루(壺漏)라고도 하고, 누호 안에 시각을 표시하는 부호를 새긴(刻) 누전(漏箭)이 설치되어 있기 때문에 누각(漏刻) 또는 각루(刻漏)라고도 한다. 초기에는 주로 물이 일정하게 새도록 하는 파수호(播水壺)에 누전을 설치해 누전이 가라앉으면서 나타내는 눈금으로 시각을 읽는 침전루(沈箭漏)가 사용됐고, 다시 물이 일정하게 흘러드는 수수호(受水壺)에 누전을 설치해, 누전이 떠오르면서 나타내는 눈금으로 시각을 읽는 부전루(浮箭漏)의 단계를 거쳐, 최종적으로는 파수호와 수수호를 결합한 형태로 발전했다. 포조의 부에서 '箭(전)'은 고대의 물시계 즉 각루의 부품의 하나로, 시각을 표시하는 눈금을 새겨 시각을 알려주는 역할을 하는 '누전'을 말한다. 포조는 누전의 '箭(전)' 자가 궁전(弓箭)의 '箭' 자와 같은 점에 착안해, 그것을 '멀리까지 날아가는 것'이라고 했고, 그것이 멀리 날아가게 만드는 것은 '활시위[弦]'라고 했다.

17) '원가력'은 유송의 대신이자 천문학자인 하승천(370~447)이 창안해서, 원가 20년에 상소해 원가 22년(445)에 시행된 태음태양력이다. 『송서』「역지(曆志)·중」에는, 하승천의 상소문과 찬반 논의 및 시행에 대한 과정이 상세히 기록되어 있다. 이에 의하면, 하승천은 자신의 외숙인 전 비서감 서광(徐廣, 352~425)이 역수(曆數)에 밝아, 태화(太和)에서 태원(太元)에 이르는 40여 년 동안 기존의 '칠요력(七曜曆)'에 대한 잘잘못을 살펴 기록했는데, 자신도 그것을 근거로 해마다 고찰한 지가 40여 년이 되어, 그 소밀과 차이를 잘 알고 있다면서, 위 명제(明帝) 경초(景初) 원년(237) 이후 사용하던 경초력(景初曆)의 문제점을 지적하고, 역법 개정의 필요성을 상세하고 구체적으로 제시하여 원가력을 시행할 것을 상소했고, 문제는 그것을 대신들에게 논의토록 하고, 결국 '송 22년(445)'부터 이를 시행하기로 결론을 내렸다. 원가력은 양 무제 천감(天監) 8년(509) '대명력(大明曆)'으로 대체될 때까지 사용됐다.

18) 각루에 사용하는 누전의 수는, '일기일역(一氣一易)' 즉 24절기마다 교체하는 방식의 48전 혹은 25전과 '매차일각위일전(每差一刻爲一箭)' 즉 동지에서 하지 사이 주야의 길이 차가 20각인 점에 착안해, 1각의 차이가 날 때마다 누전을 교체하는 방식의 41전 혹은 21전이 있었다. 유송 이전에는 48전이 사용됐다. 그것은 24

【주석】

1 **[전중련]** 엄가균(嚴可均)의 『전상고삼대진한삼국육조문(全上古三代秦漢三國六朝文)』의 『전송문(全宋文)』에는 '亦(역)'이 '㠯(이 : '以'의 이체자)'로 되어 있다.[20]

절기별로 주야로 구분하여 눈금 표시를 각각 달리한 누전 48개를 사용한 것이었다. 하승천은 동지를 전후한 11절기는 동지를 중심으로 대칭되는 두 절기가 주야의 시각이 같다는 점에 착안해 11절기의 주·야 누전 22개를 제외할 수 있고, 동지와 하지의 낮에는 같은 누전을 사용할 수 있다고 하면서, 기존의 48개에서 23개를 제외한 25개를 사용할 것을 제안한 것이다. 수대 이후에는 41전 혹은 21전이 통용되었다. 『수서(隋書)』「천문지(天文志)·상」; 진미동(陳美同), 「중국고대의 누전 제도[中國古代的漏箭制度]」, 『광서민족학원학보(廣西民族學院學報)』(自然科學版) 제12권 제4기, 2006.11 참조.

19) "'옥섬돌'을 지나 방으로 올라가서[歷'玫階'而升奧]" 구의 '玫階(매계)'는 미옥(美玉)으로 만든 섬돌로, 『예문유취(藝文類聚)』에는 '玉階(옥계)'로 되어 있다. '옥계'는 일반적으로 궁궐의 섬돌을 일컬으며 조정을 비유하기도 한다. 소서륭(蘇瑞隆)은 '매계'는 궁중의 대내(大內)에서만 볼 수 있다는 점과 작품에 드러나는 늙음을 탄식하는 작품의 슬프고 처량한 어조에서, 포조가 효무제 효건(孝建) 2년(455)에 태학박사(太學博士)로 재직한 이후의 만년 작품으로 추론했다(『포조시문연구(鮑照詩文研究)』, 北京 : 中華書局, 2006, 73~74쪽). 후반부에 나오는 "뼈에 쑥뜸 치료를 하다가 병을 부르기도 하고, 내장을 파내는 수술을 하다가 병을 일으키기도 한다[與艾骨而招病, 猶刳腸而興疾]"처럼, 물시계를 보고 생명의 덧없음을 떠올리면서 질병과 관련한 표현을 사용한 것은, 당시 포조가 위중한 병을 앓고 있었거나 앓은 직후일 가능성이 크다는 것을 방증한다. 문집 권3의 「송백의 노래[松柏篇]」 역시 포조가 중병으로 침구와 약물치료 등을 받으며 고통을 견디는 상황에서 지은 만가(挽歌) 성격의 시이다. 두 작품의 정조가 매우 비슷하여서 같은 시기에 지어졌을 가능성이 크다. 그 시기는 포조가 효무제의 태학박사로 재임하면서 중병을 앓았던 효건 3년(456) 봄에서 여름 사이이다. 송영정, 「포조(鮑照)의 「관루부(觀漏賦)」」, 『중국어문학지(中國語文學志)』 63집, 영남중국어문학회, 2018.6 참조.

20) '沈華(침화)'는 '침락(沈落)하는 세화(歲華)'로 풀이했다. 그런데 본문 제11·12구에 '騰波(등파)'와 '快箭(쾌전)'을 대우로 활용했는데, 이를 참고하면, '沈華'는 '沈箭(침전)'의 잘못으로 볼 여지도 있다. 그러면 '輕波(경파)'와 서로 호응하

2 **[전진륜]** '奔月(분월)'은 해와 달이 달려가듯이 빠르다는 의미인 것 같다.

3 **[전진륜]** 곽박(郭璞, 276~324) 「유선시(遊仙詩)」 제3수 : "물총새는 '택란 꽃'에서 장난을 친다[翡翠戲'蘭苕']." 이선 주 : "'蘭苕(난초)'는 택란 꽃이다."[21]
『모시』 「용풍(鄘風) · 정지방중(定之方中)」 제2장 : "저 높은 언덕에 올라, '초구(楚丘)를 바라본다'[升彼虛矣, 以'望楚'矣]."
『초사』 「구가 · 상군(湘君)」 : "'參差(참치)'를 불면서 누구를 그리는가[吹'參差'兮誰思]?" 왕일(王逸) 주 : "'參差'는 퉁소[洞簫]이다."[22]
『사기』 「장의열전(張儀列傳) · 진진(陳軫)」 : "[진진이 진(秦) 혜왕(惠王)에게 말했다.] 월(越) 사람 장석(莊舃)이 초(楚)에서 벼슬을 하며 집규(執珪 : 재상)가 되었는데, 얼마 지나지 않아 병이 났습니다. 초왕이 말했습니다. '장석은 월의 미천한 사람인데, 이제 초에 벼슬하여 집규가 되어 부귀해졌는데, 그런데도 고향인 월을 그리워하지는 않는지?' 중사(中謝 : 왕후의 근신 직함)가 대답했습니다. '무릇 사람들이 고향을 그리워하는지는 그 병을 보면 알 수 있습니다. 그 사람이 월을 그리워한다면 "월 노래[越聲]"를 부를 것이고, 월을 그

여, 각각 파수호에서 수수호로 빠져나가는 물(輕波 · 騰波)과 물 높이에 따라 잠겼다 떠오르다 하는 누전(沈箭 · 快箭)을 가리키는 것이 된다.

21) '蘭(란)'은 '택란(澤蘭 : 등골나물)'이다. 자세한 것은 「'봄날 형산에 올라'를 본떠[代陽春登荊山行]」 주석 8의 역주를 볼 것.

22) 응소의 『풍속통의』 「음성(音聲) · 소(簫)」에 "순(舜)임금이 소(簫 : 배소(排簫))를 만들었는데, 그 생김새가 '들쑥날쑥하여[參差]' 봉황의 날개를 닮았다"라고 했다. '簫'는 길이가 서로 다른 10~24개의 죽관(竹管)을 하나의 틀에 한 줄로 꽂은 관악기이다. 이 죽관의 배치 모양이 들쭉날쭉 봉황의 날개를 닮아서 '參差'라고 부른다는 뜻이다. 왕일 주에서 말한 '洞簫'는 '排簫'이다. 고대의 '簫'는 '笙(생 : 생황)'과 비슷했다. '퉁소'로 번역했다.

리워하지 않는다면 초 노래를 부를 것입니다.' 사람을 보내서 듣게 했는데, 여전히 '월 노래'를 부르고 있었습니다."

4 **[전진륜]** 『모시』「위풍(衛風)·석인(碩人)」 제2장 : "피부는 '엉긴 기름'처럼 새하얗다[膚如'凝脂']."

『설문해자』 : "'髣髴(방불)'은 흡사한 것이다."

[전중련] 『전송문』에는 '雕(조)'가 '彫(조)'로 되어 있다. 『초학기(初學記)』 권25에는 '髣髴'이 '髡髮(곤발 : 정수리 부분의 머리를 밀어버린 것)'로 되어 있다.[23]

5 **[전진륜]** 조비(曹丕, 187~226) 「선재행(善哉行)」 : "근심은 '방향도 없이' 찾아오니, 그것을 아는 사람이 아무도 없다[憂來'無方. 人莫知之]."

6 **[전진륜]** 『설문해자』 : "'玫(매)'는 불에 고르게 그을린 듯한 색깔의 옥, 즉 매괴옥(玫瑰玉)이다. 일설에는 아름다운 옥이라고 한다."

『상서(尚書)』 「요전(堯典)」 : "그 백성들이 '방에서 살기' 시작했다[厥民'隩']." 공안국(孔安國) 전 : "'隩(오)'는 방이다."

육기 「물시계 부[漏刻賦]」 : "'청동 누호'를 가져다 남쪽에 진열해두고, 그윽한 물 거두어 북쪽에 간직했다[挈'金壺'以南羅, 藏幽水而北戢]."

『예기(禮記)』 「예운(禮運)」 : "달은 따라서 한 달 중 앞 15일은 '차기 시작하여 보름달이 되고[盈]', 그 뒤 15일은 '기울어지기 시작하여 그믐달이 된다[闕]'."

[전중련] 『예문유취』 권68 및 『초학기』에는 '玫(매)'가 '玉(옥)'으로 되어 있다.

---

23) '雕'와 '彫'는 '조각하다, 꾸미다, 부화(浮華)하다'라는 뜻으로는 통용한다. '遷滯(천체)'는 동작이 느린 모양이고, '髣髴(방불(彷彿))'은 흐릿하거나 어렴풋한 모양이다.

7 **[전진륜]** 목화(木華, 생졸년 미상) 「해부(海賦)」 : "'솟구치는 파도'는 수세가 호대한 바다로 흘러간다['騰波'赴勢]."

[전중련] '寫(사)'는 '瀉(사)'와 같다. 「효갱군신사 비(殽阬君神祠碑)」 : "그 흐름을 이어받아 '쏟아진다'[承'寫'其流]."

8 **[전진륜]** 곽박 「강부(江賦)」 : "'큰 골짜기'와 옥초로 쏟아져 들어간다[淙'大壑'與沃焦]." 이선 주 : "『열자(列子)』「탕문(湯問)」에 '발해의 동쪽 몇 만억 리나 되는지 모르는 곳에 "큰 골짜기"가 있는데, 사실은 바닥이 없는 골짜기여서 그 아래에 바닥이 없는데, 이름을 귀허(歸墟)라고 부른다'라고 했다. 곽박의 『현중기(玄中記)』에 '천하의 큰 것으로는 동해의 옥초(沃焦)가 있는데, 물이 흘러 들어가는데 끝이 없다'라고 했다. 옥초는 산 이름인데, 동해의 남쪽에 있고 사방이 삼만 리이다."

『집운(集韻)』 : "堋(붕)은 '사날(射埒 : 과녁 뒷부분에 흙으로 둘러싼 곳 즉 무겁)'이다."[24)]

9 **[전진륜]** 『모시』 「빈풍(豳風) · 칠월(七月)」 제5장 : "북창을 막고 '문틈을 바른다'[塞向'墐戶']." 모전 : "'墐(근)'은 흙을 바르는 것이다."

『노자』 제47장 : "'창문'을 내다보지 않아도 '하늘의 이치를 안다'[不窺'牖', 知'天道']."

『세설신어(世說新語)』 「상예(賞譽)」 : "위백옥(衛伯玉)이 상서령(尚書令)이 되어, 악광(樂廣, ?~304)이 서진의 명사들과 청담을 논하는 것을 보고, 그

24) '沈穴(침혈 : 깊은 동굴)'과 '海漏(해루 : 해저의 물이 새는 곳)'는 「강부」에서 말한 '大壑(대학)'과 '沃焦'이다. '懸塗(현도 : 매달린 길)'는 공중을 말한다.

를 빼어나게 여겨, (…중략…) 자기의 자제들에게 찾아가 만나도록 하면서 말했다. '이분은 사람들 속의 거울이다. 그를 보면 "운무가 걷히고 푸른 하늘을 보는 것[披雲霧, 觀靑天]"과 같을 것이다.'"[25]

10 **[전진륜]** 『설문해자』: "'崝(쟁)'은 산이 가파른 것이다." 서개(徐鍇, 920~974) 계전(繫傳): "요즘은 속자로 '崢(쟁)'으로 적는다."

『초사』「이소(離騷)」: "늙음이 '차츰차츰' 다가오려 한다[老'冉冉'其將至兮]."

[전중련] 『광아』「석훈(釋訓)」: "'崢嶸(쟁영)'은 매우 어두운 것이다."[26]

『초사』「칠간(七諫)·유간(謬諫)」: "목숨은 '차츰차츰' 더욱 노쇠해 간다[壽'冉冉'而愈衰]."

「이소」'老"冉冉"其將至兮(늙음이 "차츰차츰" 다가오는구나)' 여향(呂向) 주: "'冉冉(염염)'은 차츰차츰 진행하는 모양[漸漸]이다."

11 **[전진륜]** 『열자』「중니(仲尼)」: "문지(文摯)가 용숙(龍叔)에게 (…중략…) 말했다. '(…중략…) 저는 그대의 "심장(心)"을 보았습니다. "사방 한 치 되는 곳[方寸之地 : 심장]"이 비었군요. [거의 성인이 다 되었습니다.]'"

『진서』「도간전(陶侃傳)」: "일찍이 사람들에게 말했다. '우임금은 성자이신데도 촌음(寸陰 : 한 치의 해그림자)을 아끼셨는데, 평범한 중인들은 마땅히 "분음(分陰 : 한 푼의 해그림자)"을 아껴야 한다.'"

12 **[전진륜]** 『전국책(戰國策)』「초책(楚策)·4」: "옛날 경리(更羸)가 위왕(魏

---

25) 다음 구의 '纖隱(섬은 : 가늘고 희미함)'과 '空微(공미 : 텅 비고 미세함)'는 모두 아주 미세하고 적은 것을 말한다.

26) '崢崢(쟁쟁)'은 매우 높은 모양, 또는 매우 깊은 모양이다.

王)에게 말했다. '신은 (…중략…) 화살 없이 쏘아 새를 떨어뜨리겠습니다.' (…중략…) 기러기가 동쪽에서 날아왔다. 경리는 빈 활을 쏘아서 그것을 떨어뜨렸다. 위왕이 말했다. '그렇다면 활쏘기가 이러한 경지에까지 이를 수 있단 말인가?' 경리가 말했다. '저놈은 상처를 입은 놈입니다.' (…중략…) '그것이 (…중략…) 나는 속도가 느린 것은 전에 다친 상처가 아프기 때문이고, 울음소리가 슬픈 것은 오래도록 무리를 잃었기 때문입니다. 옛 상처는 아물지 않고 놀란 마음은 사라지지 않았는데, 시위 소리를 들었으니 날개를 세게 쳐 높이 날려다가 옛 상처가 터져 떨어진 것입니다.'"[27]

『석문(釋文)』[28] : "'顚(전)'은 넘어지는 것이다."

『이아』「석언(釋言)」: "疐(체)는 '仆(부 : 엎어지는 것)'이다." 곽박 주 : "넘어지고 엎어지는 것[頓躓倒仆]이다."

13 **[전진륜]** 『초사』「초은사(招隱士)」: "번초가 '보드랍게 바람에 나부낀다'[薠草'靃靡']." 왕일 주 : "('靃靡(확미)'는) 바람 따라 나부끼는 것이다."[29]

14 **[전진륜]** 『모시』「용풍 · 정지방중」 제3장 : "'마음을 다잡고' 성실하고 심원하다['秉心'塞淵]."

---

27) 저본의 '更嬴(경영)'은 '更羸(경리)'의 잘못이어서 바로잡았다. 권3 「'동문의 노래'를 본떠[代東門行]」의 주석 1 참조. 다음 구의 '潛機(잠기)'는 드러나지 않고 잠복해 있는 기미, 또는 숨겨진 쇠뇌를 말한다.

28) 저본의 '釋名(석명)'은 '釋文'의 잘못이어서 바로잡았다. 육덕명(陸德明) 『경전석문(經典釋文)』 권2 [주역 · 정괘(鼎卦) · 초륙(初六)」 효사 중 '鼎顚趾(솥발이 넘어진다)'에 대한 풀이이다.

29) '번초'는 항부자와 비슷하면서 약간 더 큰 풀이다. '生經(생경)'은 살아가는 방도 즉 '生道(생도)', '生計(생계)'이다.

『모시』「소아(小雅)·백구(白駒)」 제4장 : "그 사람 인품은 '옥처럼 고상하다'[其人'如玉']."

[전중련] 송본에는 '恒(항 : 항상)'이 '橫(횡 : 횡으로)'으로 되어 있다.[30)]

15 **[전진륜]** 『모시』「대아(大雅)·문왕유성(文王有聲)」 제5장 : "풍수가 '동쪽으로 흘러든다'[豐水'東注']."

[전중련] 『초사』「칠간·유간」 : "세월은 '끊임없이 흘러' 절로 멀어져 간다[年'滔滔'而自遠兮]." 왕일 주 : "'滔滔(도도)'는 흘러가는 모양이다."[31)]

16 **[전진륜]** 『주역』「이괘(離卦)·구삼」 : "해가 '기울어 서산에 붙어 있는 것[昃之離]'이다. 장구를 치면서 노래를 부르지 않는다면, [늙은이가 한숨을 쉬게 될 것이다.]"[32)]

『삼국지(三國志)』「위서(魏書)·완적전(阮籍傳)」 : "완적은 생각나는 대로 홀로 수레를 몰고 길이 아닌 곳을 달려 '수레가 갈 곳이 다하면[車迹所窮]' 번번이 '통곡을 하고[痛哭]' 돌아왔다."

17 **[전진륜]** 『장자』「양생주(養生主)」 : "손가락으로 '땔나무가 타버리도록 밀어 넣고, 새로운 땔나무를 보태어' 불씨가 꺼지지 않게 하면, 불은 언제까지나 꺼지지 않고 '계속 전해진다'[指窮於'爲薪', 火'傳'也, 不知其盡也]." 곽상(郭象, ?~312) 주 : "'窮(궁)'은 다하는 것이다. '爲薪(위신)'은 '前薪(전신 : 땔나무를

30) 의미상 '恒'이 낫다. 정복림은 장부본을 따라 '恒'으로 고쳤다(『교주』, 75~76쪽). '空意(공의)'는 욕심을 버린 청허(淸虛)한 마음이다.

31) '沈沈(침침)'은 물이 많은 모양, 또는 깊은 모양이다.

32) '昃離(측리)'는 해가 기울어 서산에 붙어 있는 것으로 곧 질 것임을 말한다. 이 효는 곧 노년이 닥칠 것이므로 거기에 순응하여 즐기지 않으면 노후에 탄식만 남을 것임을 말한다.

앞으로 밀다)'과 같다. 땔나무를 앞으로 밀어 넣는 것은 손가락으로 한다. 손가락은 땔나무를 앞으로 미는 도리를 다한다. 따라서 불은 계속 전해져 꺼지지 않는다. 마음이 기운을 받아들여 양생하는 가운데서 얻는다. 따라서 목숨은 계속 이어져 끊어지지 않는다. 저 양생이 바로 삶을 살아가게 하는 소이임을 알 수 있다."33)

18 **[전진륜]** 가의(賈誼, 200~168 B.C.) 「복조부(鵩鳥賦)」: "물은 부딪히면 더욱 세차게 되고, '화살은 부딪히면' 더욱 멀리 간다[水激則旱兮, '矢激'則遠]."
『한서』 「괴통전(蒯通傳)」: "[괴통이 범양령(范陽令) 서공(徐公)을 설득하러 가서 말했다. '(…중략…) 변방 성의 장수들이 서로 이렇게 이야기할 것입니다.] "범양령이 먼저 항복하여 부귀하게 되었다"라고. 그러고는 반드시 서로를 독려하며 투항할 것이니, 항복해오는 형세가 마치 비탈에 "둥근 탄환을 굴리는 것처럼 신속할 것[如阪上走丸]"입니다.'"

19 **[전진륜]** 『산해경』 「북산경(北山經)」: "[대함산(大咸山)에서] 또 북쪽으로 320리에 돈홍산(敦薨山)이 있다. (…중략…) 돈홍수(敦薨水)가 거기서 발원하여 서쪽으로 흘러 요택(泑澤)으로 흘러든다. 곤륜산의 북동쪽을 감돌아 나오는데 사실은 이것이 '황하의 원류[河源]'이다."
『이아』 「석수(釋水)」: "큰 물결이 '瀾(란)'이다."

20 **[전진륜]** 『옥편』: "'轁轞(감람)'은 수레가 순탄하게 나아가지 못하는 것이다."
장형 「서경부(西京賦)」: "비참하면 '즐거움이 드물다'[慘則'尠於驩']."
[전중련] 오벽강(吳辟疆, 1879~1950): "'迥(형)'은 마땅히 '迫(박)'이 되어야

33) 인용한 곽상 주의 마지막 부분 '明盡生也'는 '明夫養生乃生之所以生也'의 잘못이다.

할 것 같다."[34)]

21 **[전진륜]** 왕가(王嘉, ?~390) 『습유기(拾遺記)』: "곤오산(昆吾山)에 구리와 철을 먹는 짐승이 있었는데, 오왕(吳王)이 검공(劍工)을 불러들여, 그 짐승의 쓸개와 콩팥으로 '검'을 주조하도록 했다. 하나는 암 칼이고 하나는 '수 칼[雄]'로, 간장(干將)으로 불리는 것은 '수 칼'이고, 막야(莫邪)로 불리는 것은 암 칼이다."

[전중련] 『방언(方言)』: "'擢(탁)'은 뽑는 것이다."

22 **[전진륜]** 『모시』 「패풍(邶風) · 곡풍(谷風)」 제3장: "내 '몸'도 받아들여지지 않는데, 어느 겨를에 '나 떠난 뒤를 염려하랴'[我'躬'不閱, 遑'恤我後']."

23 **[전진륜]** 『설문해자』: "무릇 풀이 시드는 것을 '零(령)'이라 하고, 나뭇잎이 지는 것을 '落(락)'이라고 한다."

『좌전』 「양공(襄公) · 22년」: "초목으로 비유하자면, 우리는 다 같이 뿜어져 나오는 냄새처럼 같은 무리인데, 어찌 감히 '들쭉날쭉 다를[差池]' 수가 있겠는가?"

[전중련] 「고동도행(古董逃行)」: "노년의 나이와 죽을 운명은 차츰차츰 나에게 닥쳐오네. '시들어 떨어져' 저 산으로 돌아가야 하리[年命冉冉我遒, '零落'

---

34) 『예문유취』 권68 「의식부(儀飾部) · 누각(漏刻)」에는 '迫'으로 되어 있다. 의미상 '迫'이 낫다. '怵迫(출박)'은 유혹과 핍박이다. 『관자』 「심술(心術) · 상」에 "不怵乎好, 不迫乎惡(좋아하는 것에 '유혹되지' 않고, 싫어하는 것에 '핍박받지' 않는다)"라고 했다. 가의(賈誼)의 「복조부(鵩鳥賦)」에도 "'怵迫'之徒兮, 或趨西東('유혹되고 핍박받는' 무리는 동서로 달려간다)"라는 말이 있는데, 『한서』 「가의전(賈誼傳)」에 실린 이 작품 주에서 맹강(孟康)은 "'怵'은 이익에 유혹되는 것이고, '迫'은 빈천에 핍박당하는 것이며, '東西'는 이익을 좇아가는 것['怵', 爲利所誘怵也; '迫', 迫貧賤; '東西', 趨利也]"이라고 했다.

下歸山丘].”

24 **[전진륜]** 『상서』「고요모(皐陶謨)」: “‘천질(天秩 : 하늘이 정한 질서)’에는 정한 예법이 있다.”

[전중련] 『회남자』「정신훈(精神訓)」: “‘변화하는 것[化者]’ 즉 육신은 무형으로 다시 돌아간다.”[35)]

25 **[전진륜]** 『후한서』「화타전(華佗傳)」: “[화타는 약의 처방에 정통하여, 약의 처방전은 몇 종류에 불과했고,] 푼[分 : 1냥의 1/100]과 수(銖 : 1냥의 1/24)의 미세한 차이를 마음으로 다 알 수 있어 저울로 약의 무게를 달 필요가 없었으며, 침과 뜸을 놓는 곳도 몇 곳에 불과했다. 만약 ‘병’이 안에서 맺히어 침과 약으로 치료가 미칠 수 없다면, 먼저 마비산(痲沸散)을 술과 함께 복용하고 취하여 감각이 없어지면, 그 사이에 배와 등을 ‘갈라[刳]’ 적취(積聚)를 도려냈다. 만약 병이 ‘창자[腸]’와 위(胃)에 있다면, 잘라내서 씻어서 더러운 것을 제거했다, 그것이 끝나면 봉합을 하고 신비한 고약을 발랐는데, 너덧 날이 지나면 상처가 아물고 한 달 안에 모두 평상으로 회복됐다.”[36)]

26 **[전진륜]** 『광운』: “‘弭(미)’는 멈추는 것이다.”

27 **[전진륜]** 『모시』「빈풍 · 구역(九罭)」 제2장 : “큰기러기가 나네, 모래톱을 따라서[鴻飛遵渚].”

---

35) ‘理(리)’는 죽어야 하는 도리이고, ‘筭(산)’은 산가지인데 여기서는 수명을 뜻한다. ‘化(화)’는 죽음을 말한다.

36) ‘艾骨(애골)’은 골상(骨傷)에 쑥뜸[艾灸]을 뜨는 것이고, ‘刳腸(고장)’은 내장으로 번진 질병 부위를 수술로 긁어내는 것이다. 다음 구의 ‘殊用(수용)’은 용도가 서로 다르다는 뜻이고, ‘離方(리방)’은 다루는 방도가 서로 다르다는 뜻이다.

『광아』: "'제비[燕]'는 크기는 참새만 하고 몸이 길며 집게처럼 생긴 주둥이에 날개를 펼치면 꼬리가 갈라져 있다. 들보 사이에 둥지를 짓는다. 춘사(春社 : 입춘 후 다섯 번째 무일(戊日)) 무렵에 와서 추사(秋社 : 입추 후 다섯 번째 무일) 무렵에 떠난다. 그래서 그것을 사연(社燕)이라고도 부른다."

28 **[전진륜]** 『좌전』「장공(莊公) · 22년」: "'사물은 두 가지가 다 성대해질 수는 없으니[物莫能兩大]', 진(陳)나라가 쇠퇴하게 되면 이는 그 사람 즉 전완(田完)이 창성하게 되는 것이 아니겠는가!"

29 **[전진륜]** 『설문해자』: "'薰(훈)'은 향초이다." 서개 계전: "'薰草(훈초)'는 미무(蘼蕪 : 천궁이)이다. 또 『박물지(博物志)』에 '동방 군자국(君子國)의 "훈초의 꽃[薰草華]"은 아침마다 꽃을 피운다'라고 했다."

『이아』「석초」: "椴(단)은 '木槿(목근 : 무궁화나무)'이다. 櫬(친)은 '木槿'이다." 곽박 주: "두 가지 명칭으로 구분했다.[37] 자두나무 비슷하며 꽃은 아침에 피었다가 저녁에 지는데, 먹을 수 있다. 또 일급(日及)이라고도 하고 왕증(王蒸)이라고도 한다."

30 **[전진륜]** '寸光(촌광)'은 앞('分光'에 대한 주)에서 보았다.[38]

31 **[전진륜]** 『세설신어』「임탄(任誕)」: "어떤 사람이 상서좌복야(尙書左僕射) 주의(周顗, 269~322)가 친구들과 실없는 말을 하고 행동이 난잡하며 무절제하다고 비난을 했다. 주의가 말했다. '내가 만약 "만 리를 흘러가는 양자강이라

---

37) 『강희자전』에는 이 구 다음에 "白曰椴, 赤曰櫬(흰 꽃이 피는 것을 '椴'이라고 하고, 붉은 꽃이 피는 것을 '櫬'이라고 한다)" 6자가 더 있다.

38) '屛憂(병우)'는 근심을 물리치는 것이다.

면, 어찌 천 리에 한 번 구부러지지 않을 수 있겠는가[萬里長江, 何能不千里一曲]"?"

『이아』「석수」: "'황하[河]'는 곤륜산에서 발원하는데 물빛이 희다. 흘러드는 도랑이 모두 1천 7백 개가 합쳐져 하나의 하천이 되면서 물빛이 누렇게 된다. '백 리에 한 번 작은 굽이가 있고, 천 리에 한 번 구부러졌다가 똑바로 흐르다가 한다[百里一小曲, 千里一曲一直]'."

『대대예기(大戴禮記)』「증자천원(曾子天圓)」: "'하늘의 도는 둥글고, 땅의 도는 네모지다[天道曰圓, 地道曰方]'. 네모진 것은 어둠[幽]이고, 둥근 것은 밝음[明]이다."

[전중련] 『초사』 가의 「석서(惜誓)」: "황학은 한 번 거동하면 '산천의 구불구불함'을 알게 되고, 두 번째 거동하면 '하늘과 땅의 둥글고 모남'을 목격하게 된다[黃鵠之一擧兮, 知'山川之紆曲'; 再擧兮, 睹'天地之圜方']."[39)]

32 **[전진륜]** 『초사』「구가 · 예혼(禮魂)」: "봄에는 택란이요 가을에는 국화로, '오래오래 끊임없이' 영원토록[春蘭兮秋菊, '長無絶'兮終古]."

---

39) 저본의 '覩(도)'와 '圓方(원방)'은 석음헌총서본(惜陰軒叢書本) 『초사보주(楚辭補注)』, 臺北 : 藝文印書館, 1974)에는 '睹(도)'와 '圜方(원방)'으로 되어 있어서 고쳤다.

傷逝賦

晨登南山, 望美中阿.[1] 露團秋槿, 風卷寒蘿.[2] 悽愴傷心, 悲如之何![3] 盡若窮煙, 離若翦絃.[4] 如影滅地, 猶星殞天.[5] 棄華宇於明世, 閉金扃於下泉.[6] 永山河以自畢, 眇千齡而弗旋. 思一言於向時, 邈衆代於古年. 逝稍遠而變體, 浸幽明而改時.[7] 覽篇迹之如旦, 婉遺意而在玆.[8] 忽若謂其不然, 自惆悵而驚疑.[9] 循堂廡而下降, 歷幃戶而升基.[10] 服委襟而褫帶, 器蒙管而韜絲.[11] 志存業而遺績, 身先物而長辭. 豈重歡而可覯, 追前感之無期. 寒往暑來而不窮, 哀極樂反而有終.[12] 燧已遷而禮革, 月旣逾而慶通.[13] 心微微而就遠, 跡離離而絶容.[14] 白日藹而回陰, 閨館寂而深重. 冀憑靈於前物, 佇美目乎房櫳.[15] 徒望思於永久, 邈歸來其何從?[16] 結單心於暮條, 掩行淚於晨風.[17] 念沈悼而誰劇? 獨嬰哀於逝躬. 草忌霜而逼秋, 人惡老而逼衰. 誠衰耄之可忌, 或甘願而志違. 彼一息之短景, 乃累恨之長暉.[18] 尋生平之好醜, 成黃塵之是非. 將滅耶而尙在, 何有去而無歸?[19] 惟桃李之零落, 生有促而非夭.[20] 觀龜鶴之千祀, 年能富而情少.[21] 反靈質於二塗, 亂感悅於雙抱. 日月飄而不留, 命倏忽而誰保?[22] 譬明隙之在梁, 如風露之停草.[23] 髮迎憂而送華, 貌先悴而收藻. 共甘苦其幾人? 曾無得而偕老.[24] 拂埃琴而抽思, 啓陳書而遐討.[25] 自古來而有之, 夫何怨乎天道.[26]

죽은 이를 애도하며

새벽에 남산에 올라가서, 언덕 속의 미인을 바라본다.

이슬은 가을 무궁화에 방울지고, 바람은 차가운 쑥 말아 올린다.

애통하게 마음이 저려오니, 이 슬픔을 어찌할거나!

사라짐은 타버린 연기와 같고, 떠나감은 끊어진 현과 같다네.

그림자가 땅에서 사라지는 듯하고, 별똥별이 하늘에서 떨어지는 듯하네.

밝은 이승 화려한 집 버려두고서, 지하 저승 쇠 빗장을 닫아걸었네.

영원히 산하에서 스스로 마감하고, 아득히 천 년 가도 돌아오지 않을 테지.

접때 했던 그 한마디 생각해보니, 아득히 여러 세대 이전 일 같네.

점점 멀리 사라져서 육신은 변화하고, 유와 명이 달라져 세월도 바뀔 테지.

남긴 글 읽어보니 아침의 일 같은 데다, 담긴 뜻이 완곡하여 여기 있는 듯도 하네.

홀연한 일이라 그럴 리가 없을 듯해, 절로 슬퍼하면서도 놀랍고도 못 믿겠네.

대청과 회랑 돌아 내려와서는, 휘장과 문을 지나 대문 앞을 올라가네.

옷은 깃을 없애고 허리띠도 풀었고, 관악기를 덮어두고 현악기도 넣어뒀네.

그의 뜻은 업으로 남아 있지만, 몸은 먼저 영원히 떠나갔다네.

거듭 올 기쁨을 어찌 다시 만날까, 지나간 감회마저 좇을 기약 없다네.

추위 가면 더위 옴은 영원하지만, 비애 가면 환락 옴은 끝이 있구나.

계절은 바뀌어서 상례도 끝이 나고, 한 달이 지났으니 좋은 일이 형통할까.

마음은 희미해져 점점 멀어져가고, 자취는 까마득히 모습마저 사라졌다.

밝은 해는 아련하게 어둠으로 돌아가고, 규방은 적막하게 깊숙이 잠겨 있다.

생전 쓰던 물건에 혼 깃들길 바라고, 창 앞에서 멍하니 고운 눈길 기다린다.

부질없이 영구히 그리워만 할 뿐이니, 아득하다 어느 길로 돌아오려나?

외로운 마음을 저녁 나무에 묶어두고, 흐르는 눈물을 새벽바람에 닦는다.

생각하면 침통한 슬픔 무엇보다 심하니, 떠나간 육신에 슬픔 묶어둘 뿐이다.

서리 내려 가을 옴을 풀은 꺼리고, 늙어서 쇠약해짐 사람은 싫어하지.

진실로 노쇠함은 꺼리는 것이지만, 간절한 바람은 어긋나기 십상이네.

저 짧은 한 호흡의 해그림자가, 쌓인 한의 영원한 시간이 되네.

평생의 미추美醜를 찾아보지만, 황진黃塵의 시빗거리 되어버렸네.

육신 장차 사라져도 영혼 남아 있다는데, 어찌하여 떠나갈 뿐 돌아오지 않는지?

복숭아와 자두가 시드는 것 생각하면, 인생살이 짧아도 요절은 아니로다.

거북과 학의 천 년 살이 생각해보면, 나이는 많을 수 있어도 정은 점점 줄 거라.

아름다운 자질은 다른 길로 돌아가고, 감격하여 기뻤던 일 두 회포에 어지럽다.

해와 달은 빨라서 머물지도 않는데, 목숨은 덧없으니 어느 누가 보장하랴?

틈새를 지나는 빛 대들보에 잠시 있고, 바람과 이슬이 풀에 머무는 것 같구나.

머리카락은 근심 속에 고운 윤기 사라지고, 용모는 일찍 초췌하여 아름다움 거두었다.

달고 씀을 함께할 이 몇이나 되는가? 일찍이 해로한 이 아무도 없었다.

먼지 앉은 금을 당겨 마음을 풀어내고, 묵은 편지 펼쳐서 먼 옛일을 찾아본다.

예로부터 언제나 있어 온 일이니, 천도를 대저 어찌 원망할 수 있으랴.

【해제】

[전진륜] 포조의 아내에 대해서는 사전史傳에서 찾아볼 수가 없다.[40)]

---

40) '傷逝(상서)'라는 제목의 부는 이것이 최초이다. 포조가 아내를 읊은 작품으로는 「꿈속의 귀향[夢還鄕]」이 있는데, 내용을 보면 당시 포조의 아내는 살아있었다. 이 시의 창작 시기를 조도형(曹道衡)은 원가 29년에서 30년 사이(452~453) 영안령(永安令) 재임 시에 지은 것으로 보았고(조도형, 「포조 몇 편 시문의 창작

【주석】

1 **[전진륜]** 『모시』「소아 · 청청자아(菁菁者莪)」 제1장 : "[무성하게 우거진 쑥은,] 저 '언덕 가운데'에 있네[在彼'中阿']" 모전 : "'中阿(중아)'는 언덕 가운데[阿中]이다."

[전중련] 『초사』「구가 · 소사명(少司命)」 : "'미인을 기다려도' 오지를 않네['望美人'兮未來]."

2 **[전진륜]** ('槿(근)'과 '蘿(라)'는) 앞 2편의 부에서 보았다.41)

3 **[전진륜]** 『예기』「제의(祭義)」 : "틀림없이 '처량한 마음[悽愴之心]'이 생길 것이다."

4 **[전진륜]** '窮煙(궁연)'은 앞의 부에서 보았다.42)

시기[鮑照幾篇詩文的寫作時期]」, 『중고문학사논집(中古文學史論文集)』, 北京 : 中華書局, 1986, 390~391쪽. 이하 「창작 시기」로 약칭함.), 정복림은 효무제 대명 7년(463) 이후로 보았다. 또 포조가 형주(荊州) 자사로 부임하는 임해왕(臨海王) 유자욱(劉子頊)을 수행하여, 당시 형주의 치소인 강릉으로 가서 지은 시, 「강릉에서 세월을 한탄하고 늙음을 슬퍼하며[在江陵歎年傷老]」에는 아내에 대한 언급이 없다. 조도형은 그것은 아내가 이미 죽었기 때문이라고 보았다. 정복림은 조도형의 견해에 근거하여 「죽은 이를 애도하며」는 이 시보다는 빨라야 한다고 보았다. 이 시의 창작 시기를 전중련이 대명 7년(463)으로 본 데(『포참군집주』, 389 · 436쪽. 이하 『집주』로 약칭함) 반해, 정복림은 명제 태시 원년(465)으로 보면서, 이 부는 대명 8년(464)경으로 보는 것이 가장 합리적이라고 했다(『교주』, 100쪽).

41) '槿(무궁화)'은 「물시계를 보고」 주석 30, '蘿(자등)'는 「떠도는 생각」 주석 14에서 보았다.

42) 앞 「물시계를 보고」에는 '窮煙'에 대한 주석은 없다. 주석 17에 '窮(다하는 것)'에 대한 설명만 있다. '窮煙'은 거의 다 스러져가는 연기이다.

『역림(易林)』「곤지췌(困之萃)」: "오는 것은 회오리바람 같고, 가는 것은 '끊어진 현[絶絃]' 같다."

[전중련] 송본에는 '翦絃(전현)'이 '翦弦(전현)'으로 되어 있다. 『초학기』 권14에는 '斷絃(단현)'으로, 『전송문』에는 '箭弦(전현)'으로 되어 있다.[43)]

5 **[전진륜]** 육운(陸雲, 262~303) 「세모 부(歲暮賦)」: "해는 하늘을 돌아 '그림자(자취)가 사라지는'구나[日回天而'滅影'兮]."[44)]

『춘추(春秋)』「장공·7년」: "'별이 떨어지는 것[星霣]'이 비가 쏟아지듯 했다."[45)]

『주역』「구괘(姤卦)·구오」: "하늘로부터 '떨어지는 것이 있다[有殞]'."[46)]

6 **[전진륜]** 응양(應瑒, 177~217) 「정부(征賦)」: "'화려한 집'은 찬란하게 광채를 발한다['華宇'爛而舒光]."

『설문해자』: "'扃(경)'은 밖에서 잠그는 빗장이다."

[전중련] 『모시』「조풍(曹風)·하천(下泉)」 제1장: "차가워라, 저 '지하에서 솟아나는 샘물'이여[冽彼'下泉']."

---

43) 『예문유취』에도 '箭弦(전현)'으로 되어 있다. 주응등본과 장부(張溥)의 태창장씨원간본(太倉張氏原刊本. 이하 '장씨원간본'으로 약칭함)에는 '剪弦(전현)'으로 되어 있다. '翦絃'·'剪絃'·'剪弦'은 모두 '絶絃(절현)'과 같은 의미이다. '絶絃'은 『여씨춘추』「본미(本味)」에 나오는, 지음(知音)인 종자기(鍾子期)가 죽자 백아(伯牙)가 금현(琴絃)을 끊어버리고 평생 연주하지 않았다고 하는, '백아절현(伯牙絶絃)'의 의미가 있다. '箭弦(전현)'도 의미상 성립한다. 시위를 떠난 화살은 다시 시위를 만나기 어려운 것처럼 한 번 헤어지면 다시 만나기 어려운 것을 비유하는 뜻으로 사용되기 때문이다.

44) '而滅影(이멸영)'은 『전진문(全晉文)』에는 '以滅景(이멸영)'으로 되어 있다.

45) '霣(운)'은 중간송본에는 '隕(운)'으로 되어 있다. '霣'은 떨어진다는 뜻일 때는 '隕'과 통용한다.

46) '殞(운)'은 중간송본에는 '隕(운)'으로 되어 있다. '殞'은 떨어진다는 뜻일 때는 '隕'과 통용한다.

7 **[전중련]** 반악(潘岳, 247~300) 「과부부(寡婦賦)」: "망혼은 '영원히 떠나가는구나', '세월은 덧없이' 사라져간다[亡魂'逝而永遠兮', '時歲忽'其遒盡]."

『주역』「계사상전(繫辭上傳)」: "천문과 지리를 관찰함으로써 '음양과 사생의 유·무형의 현상[幽明之故]'을 알게 된다."

8 **[전진륜]** 반악 「도망시(悼亡詩)」: "문장과 필묵에는 남아 있는 자취가 있다[翰墨有餘迹]."

9 **[전진륜]** 송옥(宋玉) 『초사』「구변(九辯)」: "실의에 젖어 슬퍼하며 홀로 스스로 연민하네[惆悵兮而私自憐]."

[전중련] 『초사』「구장·애영(哀郢)」: "'홀연히' 쫓겨났으니, 신임을 받지 못했기 때문이네['忽若'去不信兮]."

10 **[전진륜]** 『설문해자』: "'廡(무)'는 당하(堂下)에 둘러쳐진 집(곁채, 회랑, 복도)이다."

『모시』「주송(周頌)·사의(絲衣)」: "'묘당'으로부터 '문안'으로 들어간다[自'堂'徂'基']." 모전: "'基(기)'는 대문 좌우에 있는 방[門塾]의 토대이다."

11 **[전진륜]** 『주역』「송괘(訟卦)·상구」: "혹 '예복의 가죽 띠[鞶帶]'를 하사하는데, 하루에 세 번 그것을 '빼앗아[褫]' 간다."47)

12 **[전진륜]** 『주역』「계사하전(繫辭下傳)」: "추위가 물러가면 더위가 온다[寒往則暑來]."

『예기』「상복사제(喪服四制)」: "복상하는 기간은 삼 년을 넘기지 않으며, 참

47) '委(위)'와 '褫(치)'는 떼고 없애는 것이고, '蒙(몽)'과 '韜(도)'는 덮고 감추는 것이다.

최(斬衰) 상복은 해지더라도 꿰매지 않으며, 분묘는 흙을 더 덮지도 않는다. 대상(大祥)을 지내는 날에 장식이 없는 소금(素琴)을 켜는데, 사람들에게 '상기가 끝났음[有終]'을 알리는 것이다."

13 **[전진륜]** 『예기』「단궁(檀弓)・상」: "노나라 사람 중에 아침에 대상을 치르고 탈상을 하고 나서 저녁에 노래를 부른 사람이 있었다. (…중략…) 공자가 말했다. '그 또한 많은 세월을 기다린 것이다. "한 달을 넘겼으면[踰月]" 좋은 것이다'."

14 **[전중련]** 하안(何晏, ?~249)「경복전부(景福殿賦)」'離離列錢(벽 들보 위의 무늬가 엽전처럼 가지런히 늘어서 있다)' 장선(張銑) 주: "'離離(리리)'는 하나하나 떨어져 나열되어 있는 모양이다."

15 **[전진륜]** 『설문해자』: "'櫳(롱)'은 방의 틈새(창문)이다."

장협(張協, ?~307?)「잡시(雜詩)」제1수: "'방안(방과 격자창)'에는 다닌 흔적도 없다['房櫳'無行迹]."

[전중련] 육기「탄서부(嘆逝賦)」: "'생전에 지녔던 물건'을 바라보며 그리워한다[覽'前物'而懷之]."

『모시』「위풍・석인」제2장: "'고운 눈'은 눈자위가 또렷하다['美目'盼兮]."

16 **[전진륜]** 『한서』「여태자전(戾太子傳)」: "무제는 태자가 억울하게 죽은 것을 가련히 여겨, 사자궁(思子宮)을 짓고, 호현(湖縣: 지금의 하남성 영보시(靈寶市) 북서부의 문향현(閿鄉縣) 남서쪽)에 '귀래망사대(歸來望思臺)'를 지었는데, 천하 백성들이 다 슬퍼했다."

[전중련] 송본에는 '於(어)'가 '以(이)'로 되어 있다.[48]

48) 주응등본과 『전송문』도 '以'로 되어 있다.

17 **[전진륜]** 이릉(李陵, 134~74 B.C.) 「답소무시(答蘇武詩)」 : "'새벽바람'[49]을 타고서라도, 이 몸이 그대를 보내드리려 합니다[欲因'晨風'發, 送子以賤軀]."

18 **[전진륜]** 곽박 「객오(客傲)」 : "준랑의 '긴 햇빛'과, 현륙의 '짧은 낮'[駿狼之'長暉', 玄陸之'短景']"[50]

[전중련] 육운 「세모부」 : "천 년이 '한 호흡'보다 더 빠르다[千歲疾於'一息']."

19 **[전진륜]** 반악 「자전부(藉田賦)」 : "'누런 먼지[속진, 俗塵]'는 그 때문에 사방을 에워싼다['黃塵'爲之四合兮]."

[전중련] 『한서』 「외척전(外戚傳)」 : "무제(武帝)가 죽은 이부인(李夫人)을 잊지 못하자, 제(齊) 출신의 방사 소옹(少翁)이 그 영혼을 불러올 수 있다고 했다. 그래서 밤에 등촉을 켜고 휘장을 둘러치고 술과 고기를 진설해 놓고, 무제를 다른 휘장에 머물게 했는데, 이부인 모습의 미녀가 휘장 안의 자리로 돌아와 걷는 것이 멀리서 보였다. 또 다가가 볼 수는 없었기에 무제는 더욱 그리움

---

49) 『문선』 권29에는 제목이 '與蘇武(여소무)'로 되어 있다. 이선은 '晨風'을 '이른 아침에 부는 바람[早風]'이라고 풀이했다. '晨風'에는 '새매'라는 뜻도 있다.

50) 「객오」는 『진서(晉書)』 「곽박전」에 전문이 실려 있다. '駿狼'과 '玄陸'은 미상이다. 『강희자전』에서 '駿'에 대해 "또 '駿狼'은 산 이름이다"라고 하고, 『회남자』 「천문훈」의 '駿狼之山'을 인용하고 '峻'으로 적기도 한다고 했다. 금본 『회남자』에는 ''峻狼'으로 되어 있는데, 남극(南極)에 있는 산 이름이다. "자궁(紫宮)은 북두칠성의 두병(斗柄)이 왼쪽으로 돌게 하는데, 하루에 1도씩 돌아서 하늘을 일주한다. 동지에는 '준랑(峻狼)'에 있다가, 하루에 1도씩 이동하여 모두 182와 5/8도를 가서 하지에는 북방 극지인 우수산(牛首山)에 있게 된다. 반복하여 365와 1/4도가 되면 한 해가 된다." '玄陸'은 북방 땅을 말하는 것으로 보인다. '玄'은 북방의 색으로 사신(四神) 중 북방 신은 '현무(玄武)'이다. 『이아』 「석천」에 "겨울은 '현영(玄英)'이다"라고 했고, "태세성[大歲]이 (…중략…) 임방(壬方 : 북북서)에 있는 것을 '현익(玄黓)'이라고 한다"라고 했다.

으로 인해 비감에 젖었다. 그래서 시를 지었다. '진짜인가, 가짜인가? 서서 바라보아도 사뿐사뿐 걸어오는 게 왜 그렇게 느린가[是邪, 非邪? 立而望之, 偏何姍姍其來遲]!'"

20 **[전진륜]** 완적(阮籍, 210~263) 「영회시(詠懷詩)」 제3수 : "좋은 나무 아래에 오솔길이 생겼네, '동쪽 동산 복숭아와 자두나무'. 가을바람 불어와 콩잎이 날리니, '시들어 떨어짐은 이로부터 시작된다'[嘉樹下成蹊, '東園桃與李'. 秋風吹飛藿, '零落從此始']."

21 **[전진륜]** 곽박 「유선시(遊仙詩)」 제3수 : '寧知龜鶴年(거북과 학의 나이 어찌 알 수 있으리)' 이선 주 : "『양생요론(養生要論)』에 '거북과 학[龜鶴]'의 수명은 '수천 수백[千百]'이라는 햇수가 있으니, 타고난 목숨이 장수하는 동물이다."

[전중련] 송본에는 '鶴(학)'이 '鵠(학)'으로 되어 있다.[51]

22 **[전진륜]** 『초사』 「구장 · 비회풍(悲回風)」 : "마침내 '순식간에' 솟아올라 하늘을 붙잡는다[遂'儵忽'而捫天]."

23 **[전진륜]** 『예기』 「삼년문(三年問)」 : "만약 도덕 수양을 중시하는 군자의 처지에서 본다면, 삼년상은 25개월이면 끝이 나니 마치 '네 필 말이 끄는 수레가 틈새를 지나가는 것[駟馬過隙]'과 같이 짧을 것이다."

육기 「탄서부」 : "'풀'에는 '이슬이 머물러 있는' 아침이 없다['草'無朝而'遺露']."

[전중련] 『장자』 「지북유(知北遊)」 : "사람이 이 세상에 머물러 사는 것은 마치 '흰색 준마가 좁은 틈새를 지나가는 것[白駒過隙]'과 같은 것이다."

24 **[전진륜]** 『모시』 「용풍 · 군자해로(君子偕老)」 제1장 : "군자와 해로하기로

---

51) '二塗(이도)'와 '雙抱(쌍포)'는 죽은 자와 산 자의 가는 길과 회포(懷抱)를 말한다.

했건만[君子偕老]"

25 **[전중련]** 『초사』「구장 · 추사(抽思)」: "미인에게 '내 마음을 토로하네'[與美人'抽思'兮]."

26 **[전중련]** 『논어』「안연(顔淵)」: "공자가 말씀하셨다. '예로부터 모두가 다 죽음에서 벗어날 수는 없었다[自古皆有死].'"

『논어』「헌문(憲問)」: "하늘을 원망하지 않는다[不怨天]."

『사기』「백이열전(伯夷列傳)」: "[어떤 이는 '천도(天道)는 편애함이 없이 항상 선인(善人)을 편든다'라고 한다. 그러나 (…중략…) 나는 심히 곤혹스러움을 느낀다.] 만약 이것이 이른바 '하늘의 도리[天道]'라면, 그것은 정말인가 아닌가?"

蕪城賦

瀰迆平原,[1] 南馳蒼梧漲海, 北走紫塞雁門.[2] 柂以漕渠, 軸以崑崗.[3] 重江複關之隩, 四會五達之莊.[4] 當昔全盛之時, 車挂轊, 人駕肩,[5] 廛閈撲地, 歌吹沸天.[6] 孳貨鹽田, 鏟利銅山.[7] 才力雄富, 士馬精妍.[8] 故能奓秦法, 佚周令,[9] 劃崇墉, 刳濬洫, 圖修世以休命.[10] 是以板築雉堞之殷, 井幹烽櫓之勤,[11] 格高五嶽, 袤廣三墳,[12] 崒若斷岸, 矗似長雲,[13] 製磁石以禦衝, 糊頳壤以飛文.[14] 觀基扃之固護, 將萬祀而一君.[15] 出入三代, 五百餘載, 竟瓜剖而豆分.[16] 澤葵依井, 荒葛罥塗.[17] 壇羅虺蜮, 階鬪麏鼯.[18] 木魅山鬼, 野鼠城狐,[19] 風嗥雨嘯, 昏見晨趨.[20] 飢鷹厲吻, 寒鴟嚇雛.[21] 伏虣藏虎, 乳血飡膚.[22] 崩榛塞路, 峥嶸古馗.[23] 白楊早落, 塞草前衰.[24] 稜稜霜氣, 蔌蔌風威.[25] 孤蓬自振, 驚沙坐飛.[26] 灌莽杳而無際, 叢薄紛其相依.[27] 通池既已夷, 峻隅又以頹.[28] 直視千里外, 唯見起黃埃.[29] 凝思寂聽, 心傷已摧.[30] 若夫藻扃黼帳, 歌堂舞閣之基. 琁淵碧樹, 弋林釣渚之館,[31] 吳蔡齊秦之聲, 魚龍爵馬之玩,[32] 皆薰歇燼滅, 光沈響絶.[33] 東都妙姬, 南國麗人,[34] 蕙心紈質, 玉貌絳脣,[35] 莫不埋魂幽石, 委骨窮塵;[36] 豈憶同輿之愉樂, 離宮之苦辛哉?[37] 天道如何, 呑恨者多, 抽琴命操, 爲蕪城之歌.[38] 歌曰 : “邊風急兮城上寒, 井逕滅兮丘隴殘.[39] 千齡兮萬代, 共盡兮何言![40]”

황폐한 성

평원은 비스듬히 뻗어,

남으로는 창오와 창해로 내달리고, 북으로는 장성과 안문으로 달리네.

운하를 인도하고, 곤강崑崗을 축으로 삼아,

겹겹의 강과 첩첩의 관문 굽이에, 사통팔달의 큰 길이 있다.

옛날 전성하던 시절에는,

수레는 굴대 끝이 서로 걸리고, 사람은 어깨가 서로 부딪히며,

주거지와 이문은 땅을 뒤덮고, 노랫소리는 하늘에까지 끓어올랐지.

염전에서 재산을 불리고, 구리광산에서 이익을 캐었으며,

재력은 풍부하고, 병마는 정예했지.

그래서 진나라 법을 능가하고, 주나라 법령을 앞지를 수 있었다.

높은 성곽을 쌓고, 깊은 해자를 파서, 영원무궁토록 아름다운 천명을 도모했다.

따라서 성가퀴를 커다랗게 쌓고, 성 위 봉수대를 정교하게 쌓아 올렸으니,

규모는 오악五嶽만큼 높고, 넓이는 삼분三墳만큼 넓으며,

험준하기는 깎아지른 절벽 같고, 우뚝하기는 길게 뻗친 구름 같았지.

자석으로 문을 만들어 충돌을 방어하고, 붉은 흙을 발라 찬란한 무늬를 넣었지.

성궐城闕의 견고함을 살펴보면, 만 년이나 한 왕조가 계속될 만했었지.

그러나 한漢·위魏·진晉의 삼대, 오백여 년을 거치면서,

마침내 오이처럼 갈라지고 콩처럼 쪼개졌네.

이끼가 우물가를 가득 메우고, 우거진 칡덩굴이 길을 덮었구나.

제단에는 독사와 물여우가 즐비하고, 섬돌에는 노루와 날다람쥐가 싸운다.

나무 정령과 산도깨비, 들쥐와 성의 여우가,

비바람 불면 울부짖고, 어두워지면 출몰한다.

굶주린 매는 부리를 갈고, 추운 올빼미는 어린 새를 위협한다.

잠복한 백호와 숨은 범은, 피를 빨고 고기를 뜯는다.

넘어진 나무 덤불이 길을 막아, 옛길을 컴컴하게 뒤덮고 있네.

은백양은 일찍 잎이 지고, 성 위의 풀은 먼저 시드네.

서리 기운은 혹독하게 차고, 바람은 씽씽 위세를 떨치네.

외로운 망초는 절로 날아다니고, 놀란 모래는 까닭 없이 흩날리네.

관목 숲은 어둑어둑 끝없이 이어지고, 초목은 우거져서 어지러이 얽혀있네.

해자는 이미 막혀 편편해졌고, 높은 성벽 또한 벌써 무너져버렸네.

천 리 밖을 곧바로 바라보노니, 누런 먼지 자욱하게 이는 것만 보이네.

생각을 모으고 조용히 들으니, 마음은 슬퍼져 무너질 듯하네.

저 화려한 문과 보불黼黻의 휘장, 노래하던 대청과 춤추던 누각의 터,

아름다운 연못과 벽옥의 나무, 새 잡던 숲과 낚시 섬의 집이며,

오吳와 채蔡, 제齊와 진秦의 온갖 음악, 어룡魚龍과 작마爵馬 등 갖가지 오락이여,

모두 향기는 사라지고 재도 날아갔으며, 빛도 어두워지고 소리도 끊어졌네.

낙양의 미녀와 강남의 가인들아,

택란 같은 마음에 깁 같은 바탕이요, 옥 같은 용모에 붉은 입술 지녔으나,

어두운 돌 밑에 혼을 묻고, 궁벽한 흙 속에 뼈를 버리지 않은 이 없구나.

총애 받아 임금과 함께 수레 타던 즐거움, 버림받아 이궁에서 지내던 괴로움을 어찌 생각하리?

하늘의 도는 어떠하던가? 한을 품은 자가 많기도 하네.

금을 당겨 한 곡조 읊어, 「황폐한 성의 노래」를 불러보네.

노래에 이르기를,

"변방 바람 급하고 성 위는 쌀쌀하며,

논밭 길은 없어지고 언덕은 무너졌네.

천 년이며 만 대를 누린다는 일,

모두 다 끝났으니 무슨 말 하리?"

【해제】

[전진륜] 『문선』의 이선李善 주를 수록한다.

[이선] 문집에서는 "광릉의 고성에 올라서登廣陵故城"라고 했다.[52)]

---

52) '문집'은 송본 『포씨집』을 말한다. 이 말은 본래 제목 아래에 붙어 있는 자주(自註)인데, 원문은 '登廣陵城作(등광릉성작)'으로 되어 있다.

『한서』「지리지地理志·하」: "광릉국은 고조高祖, 206~195 B.C. 재위 (…중략…) 11년196 B.C. 오吳에 귀속시켰으며, 경제景帝, 156~141 B.C. 재위는 이름을 강도江都로 바꿨고, 무제140~87 B.C. 재위는 이름을 광릉으로 바꿨다. (…중략…) 강도역왕江都易王 유비劉非, 168~128 B.C. 경제의 아들와 광릉여왕廣陵厲王 유서劉胥, ?~54 B.C. 무제의 아들가 모두 이곳에 도읍했다."

[전진륜] 『문선』 이주한 주: "송 효무제 시기454~464 임해왕 유자욱이 형주를 다스릴 때, 포조는 그의 밑에서 참군이 되어 광릉으로 따라갔다. 유자욱이 반역하자, 포조는 광릉의 고성이 황폐한 것을 보고, 이곳이 바로 한의 오왕吳王 유비劉濞, 216~154. 고조 유방의 조카가 도읍한 곳으로, 유비도 반란을 일으켰다가 한 왕실에 의해 멸망되었는데, 유자욱의 일이 유비의 일과 같다고 여겨 마침내 이 부를 지어 풍자한 것이다."

하작何焯: "송 세조 효무제 효건 3년456 경릉왕竟陵王 유탄劉誕, 433~459이 광릉을 근거로 반역하여 심경지沈慶之가 토벌하여 평정했는데, 성안의 성인 남자는 모두 죽이고 여자는 군인들에게 상으로 주도록 명령을 내렸다. 포조는 아마도 이 일에 느낀 바 있어 이 부를 지었을 것이다."

내전진륜 견해는 이렇다. 유자욱은 대명 6년462에 형주에 자사로 부임하여 명제 태시 2년466에 사사되었는데 나이가 겨우 11세였다. 이 이전에는 반드시 역모가 있었을 것이라는 근거가 없으니, 하작의 견해가 더 합리적인 것 같다.

[전중련] 송본의 제목 아래 주에 "광릉성에 올라 짓다登廣陵城作"라고 했다.

양장거梁章鉅 『문선방증文選旁證』: "이주한의 주는 심약의 『송서』에 보이지 않는다. 「효무십사왕전孝武十四王傳」을 보면, 유자욱이 피살된 때의 나이는 겨우 11세로, 이 이전에 군사를 일으키라는 명을 받지 않고, 도리어 진안왕晉安王 유자훈劉子勛에 호응한 사람은 장사長史 공도존孔道存이다. 그렇다면 이주한이 '포조는 유비의 일과 같다고 여겨 마침내 이 부를 지어 풍자한 것'이라고 한 것은 억설이며 견강부회일 뿐으로 전혀 근거가 없다."

임해왕 유자욱이 대명 6년 형주에 자사로 부임하여 태시 2년466 피살되기까지 모두 5년 사이에 포조도 형주에서 함께 화를 당했으며, 그 사이에 광릉으로 따라간 일은 없다. 경릉왕 유탄이 광릉에서 반역한 일은 대명 3년459으로, 하작이 말한 효건 3년456도 틀렸다. 송 문제 원가 27년450 겨울 12월에는 북위北魏 태무제太武帝가 남침하여, 군대가 과보산瓜步山에까지 이르렀고, 광릉태수 유회지劉懷之는 오히려 성과 해자와 창고를 불태우고, 배를 타고 백성들을 모두 이끌고 양자강을 건너 피난했다. 대명 3년 4월 경릉왕 유탄이 광릉을 근거로 반역하고, 7월에 심경지가 토평했다. 이 10년 사이 광릉은 두 번 병화를 만났으니, 포조는 아마 이에 느낀 바 있어 부를 지었을 것이다. 그래서 "해자는 이미 막혀 편편해졌고, 높은 성벽도 벌써 무너졌다. 천 리 밖을 곧바로 바라보니, 누런 먼지만 자욱이 일고 있다", "변방 바람 급하고 성 위는 쌀쌀하며, 논밭 길은 없어지고 언덕은 허물어졌다"라고 하여, 대전 후에 천 리에 뻗친 황량한 모습을 마음껏 서술했다. 또 "낙양의 미녀와 강남의 가인은, 택란 같은 마음에 깁 같은 바탕이요, 옥 같은 용모에 붉은 입술 지녔지만, 어두운 돌 밑에 혼을 묻고, 궁벽한 흙 속에 뼈를 버리지 않은 이 없으니, 총애 받아 임금과 수레 함께 타던 즐거움, 버림받아 이궁에서 지내던 괴로움을 어찌 생각하리?"라고 하여, 경릉왕의 권속이 모두 죽었음을 말한 것이다. 대명 3·4년 사이459~460에 포조는 「황혼 녘 강을 바라보며-순 좌승에게日落望江贈荀丞」 시를 지었다. 순승荀丞은 순만추荀萬秋로 대명 3·4년에 상서좌승尙書左丞이었으니, 『송서』 「예지」에 보인다. 시에 "목을 길게 빼고 '강의 남쪽'을 바라보오延頸望'江陰'" 및 "그대는 서울에서 편안하게 살면서, 고상한 연회에서 날로 돈을 뿌릴 테니, 생각이나 하시겠소, 벗 그리는 나그네가, 해 지는 것 아쉬워서 한숨짓고 있는 것을君居帝京內, 高會日揮金, 豈念慕群客, 咨嗟戀景沈" 등 구가 있다. 물의 남쪽을 '음陰'이라고 한다. 이는 포조가 강북에서 강남의 서울을 바라보며 멀리 순승荀丞에게 부친 것이다. 이 부의 자주自註에서 "광릉성에 올라서 짓다"라고 했다. 시로써 부를 증명하면, 대명 3·4년 사이에 강북에 나그네로 머물 때 지은 것임을 알 수 있다.[53]

53) 조도형은, 유탄의 반란을 심경지가 잔혹하게 진압한 것은 전적으로 효무제의 명령에 따른 것이기 때문에, 포조가 그것을 슬퍼한 것은 이치에 맞지 않는다는 등의 이유를 제시하며, 전중련의 견해를 반박하고, 북위가 과보를 점령한 뒤인 원가 27년에서 28년(450~451) 사이에 지어졌을 가능성이 크다고 보았다(「창작시기」, 394쪽). 정복림은 조도형의 견해에 동의하면서 원가 28년(451) 봄에서 여름 사이가 가장 가능성이 크다고 보았다(『교주』, 22쪽). 송영정, 「포조(鮑照)의 「무성부(蕪城賦)」, 『중국어문학(中國語文學)』 55집, 영남중국어문학회, 2010.6, 36~45쪽 참조.

【주석】

1 **[이선]** '瀰(미)'는 이어지면서 점점 평평해지는 모양이다.

『광아』 : "'迆(이)'는 비스듬한 것이다."[54)]

'平原(평원)'은 바로 광릉성이다.

2 **[이선]** '南馳北走(남치북주)'는 멀리까지 두루 뻗어나간다는 뜻이다.

『한서』 「지리지 · 하」에 '蒼梧郡(창오군 : 치소는 지금의 광서성 오주시(梧州市))'이 있다.

사승(謝承) 『후한서』 : "진무(陳茂)가 일찍이 '창해(漲海 : 지금의 남중국해)'를 건넜다."

『한서』 여순(如淳) 주 : "'走(주)'의 독음은 '奏(주)'이고, 달리는 것[趨]이다."[55)]

최표(崔豹) 『고금주(古今注)』 : "진(秦)이 쌓은 장성(長城)은 흙빛이 모두 자줏빛이고, 한(漢)의 변새(邊塞) 역시 그랬다. 그래서 북방의 장성과 변새를 '자새(紫塞)'라고 불렀다."

『한서』 「지리지 · 하」에 '雁門郡(안문군 : 삼국 이후 치소는 지금의 산서성 대현(代縣) 남서)'이 있다.

[전중련] 『광아』 : "'馳(치)'는 달리는 것[犇 · 奔]이다."

설전균(薛傳均) 『문선고자통소증(文選古字通疏證)』 : "장형(張衡) 「사현부(思玄賦)」의 '將往走乎八荒[장차 팔황의 끝까지 갈 것이다]' 주에 '이선은

---

54) '瀰迆(니이)'는 평탄하게 뻗어나가는 모양이다.
55) 『사기』 「장석지전」 '此走邯鄲道也(이것은 한단으로 가는 길이다)'의 「집해」에 인용된 여순 주이다. 표점교감본 『한서』 「장석지전」의 여순 주에는, '趨也(달리는 것이다)'가 '奏, 趨也("주"는 달리는 것이다)'로 되어 있다.

"'走'의 음은 '奏(zòu)'"라고 했다'라고 했다. 매승 「상서하여 오왕을 간함[上書諫吳王]」의 '走上天之難(하늘을 달려 올라가는 어려움)'의 안사고(顏師古) 주에 "'走"는 "趨(달리는 것)"이다. "走"의 독음은 "奏"이다'라고 했다(『한서』「매승전」). 또 『모시』「대아・면」 제9장에 '予曰有奔奏(나에게는 사방으로 명령을 받아 분주한 신하가 있다)'라고 했는데, 육덕명(陸德明)의 『경전석문(經典釋文)』에 "'奏"는 본음(zòu)대로 읽는다. 본래는 또 "走"로 쓰기도 하는데 [발음도 같다]'고 했다."[56)]

3 **[이선]** 『광아』: "'拖(타)'는 끌어당기는 것[引]이다."

'漕渠(조거)'는 한구(邗溝 : 양자강과 회수(淮水)를 잇는 옛 운하)이다.

『좌전』「애공・9년」: "가을에 오(吳)는 '한(邗 : 지금의 강소성 양주시 북동)'에 성을 쌓고 '운하[溝]'를 뚫어 양자강과 회수와 소통하게 했다." 두예 주: "군량을 운반하는 길을 소통한 것이다[通糧道]."

『설문해자』: "'漕'는 물길로 곡식을 운반하는 것[轉穀]이다."

『설문해자』: "'軸(축)'은 바퀴를 지탱하는 굴대이다."

'崑崗(곤강)'은 광릉의 진평(鎭平)으로, 차축이 바퀴를 지탱해주는 것과 같은 역할을 한다.[57)]

---

56) 『강희자전(康熙字典)』에는 "또 협운으로, 則(즉)과 古(고)의 반절 즉 음은 '珇(조, zǔ)'이다"라고 하고, 『모시』의 이 구절을 인용한 뒤, 시의 다음 구절 마지막 자인 '侮(wǔ)'와 협운을 한다고 했다. 이 경우의 '奏'는 '走'처럼 상성으로 읽으라는 것이다.

57) '崑崗'은 '蜀岡(촉강)'이라고도 하는데, 강소성 남경시 육합구(六合區)에서 동쪽으로 의징시(儀徵市)를 거쳐 양주시 광릉구 북서쪽에 이르는 40여 리의 구릉이다. 전체적으로 해발 30미터 정도 높이인데, 그중 해발 40미터 정도 되는 동쪽

『하도괄지상』: "'곤강산(崑崗山)'은 가로로 뻗어서 땅을 지탱하는 지축이 된다."

'拖'는 '阹(거)'로 된 판본도 있다.

'軸'은 '袖(수)'로 된 판본도 있다.

[전중련] 송본에는 '柂(이 : 키)'가 '拖(타 : 당기다)'로 되어 있다.

『문선』 여연제(呂延濟) 주 : "'柂'는 배의 용구[舟具]이다."

양장거 『문선방증』: "육신본 『문선』에서 교감을 하여, '"柂"는 이선 본은 "弛(이)"로 되어 있다'라고 했는데, 옳지 않다. 이 주에서 『광아』를 인용하여 '"拖"는 끌어당기는 것'이라고 했으니, 이선본이 '拖'로 된 명확한 증거이다. 여연제의 주는 "'柂'는 배의 용구"라고 했으니, 대체로 고쳐 적어서 아래 구의 '軸' 자와 짝을 맞춘 것으로, 오신본이 '柂'로 된 명확한 증거이다. 단옥재(段玉裁)는 '拕(타 : 당기다)'로 교감했다."

주천(朱珔) 『문선집석(文選集釋)』: "『환우기(寰宇記)』에 있다. '"한구성(邗溝城)"은 양주 서쪽 4리 촉강(蜀岡) 위에 있다. 『좌전』「애공·9년」에 오나라는 '한(邗)'에 성을 쌓고 '운하[溝]'를 파서 양자강과 회수와 소통시켰다고 했는데, 당시 장차 제(齊)를 정벌하여 북쪽으로 중원을 제패하기 위해서였다. 한(漢) 이후 황폐해져서 무너졌으니, 그래서 그것을 "무성(蕪城)"이라고 했다.' 호삼성(胡三省, 1230~1302)은 말했다. '위 조비(曹丕)가 광릉의 고성에 올라갔는데, 바로 "蕪城"이다.' 내 견해는 이렇다. '구거(溝渠)'라고 한 것은 오

주봉을 따로 '蜀岡'이라고도 하는데, 남동쪽으로 낮아져서 양자강과 운하에 면한 지역이 해발 2미터 정도 되는 옛 광릉의 진산(鎭山) 역할을 한다. 뒤에 인용된 주천의 『문선집석』을 볼 것.

(吳) 시기 이미 군량의 통행을 위한 수로로 만들었으니 바로 지금의 '운하(運河)'이다. 옛날에는 '관하(官河)'라고 불렀다. 주에서 『광아』를 인용하여 "'拖'는 끌어당기는 것'이라고 했는데, 지금의 『광아』에는 '拕'로 되어 있다. 『설문해자』에 "'拕(타)"는 끄는 것[曳]'이라고 했다. 오신 주에서 '柂'를 '배의 용구'라고 한 것은 틀렸다."

『좌전』「애공·9년」 두예 주 : "오(吳)가[58] '한강(邗江)'에 성을 쌓고 운하를 뚫어, 북동으로는 사양호(射陽湖 : 강소성 양주시 보응현(寶應縣) 동쪽 교외)와 통하고, 북서로는 송구(宋口)에 이르러 회수로 들어가는데, (…중략…) 지금의 광릉 한강(韓江)이 그것이다."

지금 강도(江都 : 강소성 양주시 강도구) 북서쪽에서 회안(淮安 : 강소성 중북부)에 이르는 370리 운하가 바로 고대의 한구(邗溝)이다.

『문선방증』 : "『태평어람』 권169에 『군국지(郡國志)』를 인용했다. '광릉성(廣陵城)은 "능(陵)" 위에 쌓았는데, 큰 언덕을 "능"이라고 한다. 일명 "부강(阜岡)"이라고 하고 일명 "곤륜강(崑崙岡)"이라고도 하기에, 포조의 「무성부」에서는 "곤강을 축으로 한다"라고 한 것이다.'"

주천 『문선집석』 : "『방여기요(方輿紀要)』에서 말했다. '지금의 양주부(揚州府) 성의 북서쪽 4리 지점이 촉강인데, 40여 리를 뻗쳐 서쪽으로는 의진현(儀眞縣 : 지금의 강소성 의징시(儀徵市))과 육합현(六合縣 : 지금의 강소성 남경시 육합구)과 경계를 접한다. 위에 촉정(蜀井)이 있는데, 지맥이 촉(지금의 사천성 성도 일대)과 통한다고 전해진다.' 또 말했다. "'곤륜강"은 양주부의

58) 중간송본에는 '吳(오)' 자가 없다.

북서쪽 8리 지점에 있는데, 일명 부강(阜岡)이라고 하고 또 광릉강(廣陵岡)이라고도 하며, 촉강(蜀岡)과 맞닿아 있다.' 대체로 촉강의 다른 이름인 것 같다. 포조의 「황폐한 성」에서 말한 것은 이것이다."

4 **[이선]** [광릉성이] 남쪽으로 두 강을 접하고 있어서 '重(중)'이라고 하고, 강남 지방을 띠처럼 두르고 있어서 '複(복)'이라고 했다.

『창힐편(蒼頡篇)』: "'隩(오)'는 간직하는 것이다."

『낙양기(洛陽記)』: "청동 낙타 조각 두 개를 [궁궐 남쪽의] '사방으로 통하는 길[四會]' 어귀에 두었다."

『이아』「석궁」: "'다섯 방향으로 통하는 길[五達]'을 '康(강)'이라고 하고, 여섯 방향으로 통하는 길을 '莊(장)'이라고 한다."

[전중련] '重江複關之隩(중강복관지오)'는 송본에는 '重關複江之奧(중관복강지오)'로 되어 있다.[59]

양장거『문선방증』: "육신본에는 '臨(림)' 아래에 '二(이)' 자가 있고, '帶(대)' 위에는 '濱(빈)' 자가 없다. 모본(毛本)[60]에는 '南臨三江'으로 되어 있다."

호극가『문선고이』: "이 주에 의하면,『포씨집』에서 '重關複江'이라고 한 것은 아마 잘못된 도치인 것 같다."

내(전중련) 견해는 이렇다. '複關(복관)'은 광릉에 내성과 외성의 두 성이 있음을 말한 것이다.『남사』「경릉왕탄전(竟陵王誕傳)」에 의하면, "심경지가 유탄을 토벌하면서, (…중략…) 먼저 성에 오르는 자에게 상을 주겠다고 하면서,

---

59) 정복림은 장부본과『문선』을 따라 고쳤다(『교주』, 23~24쪽).
60) 명 모진(毛晉)의 급고각본(汲古閣本)을 말한다.

만약 '외성(外城)'을 점령하면 봉화를 한 번 피우고, '내성(內城)'을 점령하면 봉화를 두 번 피우고, [유탄을 사로잡으면 봉화를 세 번 피우게 했다]"라고 했다.

5 **[이선]** '全盛(전성)'은 한(漢) 때를 말한다.

『사기』「소진열전(蘇秦列傳)」: "소진이 제왕에게 유세했다. '임치(臨菑 : 지금의 산동성 치박시(淄博市) 북동)의 거리는 "수레는 바퀴가 서로 부딪고, 사람은 어깨가 서로 스칠[車轂擊, 人肩摩]" 정도로 번화합니다.'"

『설문해자』: "'轊(여)'는 수레의 바퀴 굴대의 끝이다."

『좌씨전』 두예 주[61] : "'駕(가)'는 陵(릉)으로, 상대를 핍박하는 것을 말한다."

[전중련] 장선(張銑) 주 : "'전성'하던 시기는 오왕 유비 때를 말한다."

양장거 『문선방증』: "지금의 『설문해자』에는 "'軎(여)"는 수레의 바퀴 굴대의 끝이다. "車(거)"의 뜻을 취하고 모양을 본떴다'라고 했다. 이체자는 '轊(여)'인데, 주[62]에 "'軎(여)"는 혹 "彗(혜 : 살별, 빗자루)"의 모양을 취하기도 한다'라고 했다."

6 **[이선]** 『주례』「지관(地官)·전인(廛人)」 정현(鄭玄, 127~200) 주 : "'廛(전 : 집터)'은 백성들이 거주하는 구역의 명칭이다."

『설문해자』: "'閈(한 : 이문)'은 대문이다."

『방언』: "'撲(박)'은 남김없이 다하는 것이다." 곽박 주 : "지금 땅에 뿌리를 박

61) 중간송본 『좌전』에 따르면, '駕'를 '陵'의 의미로 쓴 예는 「소공·원년」의 "子木之信稱於諸侯, 猶詐晉而駕焉(초의 영윤 자목의 신의는 제후 사이에 칭송되는데도 그는 진을 속여 능멸하고 있다)"밖에 없는데, 두예의 주는 "'駕'는 '陵'과 같다['駕', 猶'陵'也]"뿐이다.

62) 『설문해자』의 본문이다. 단옥재 주는, "'車(거)'의 뜻을 취하고 '彗(혜)'의 발음을 취했다[从車彗聲]"로 되어 있다.

은 식물들이 모두 자라나는 것을 '온 땅에 두루 퍼져[撲地]' 난다고 한다."

7 **[이선]** 『성류(聲類)』: "'孳(자)'는 불어나는 것이다" '孳'와 '滋(자)'는 고자(古字)는 통용했다.

『사기』「오왕비열전(吳王濞列傳)」: "오 지역에 예장군(豫章郡)의 '구리광산[銅山]'이 있어서, 오왕(吳王)[63] 유비는 (…중략…) 몰래 엽전을 주조하고, '바닷물을 끓여 소금을 만들었다[煮海水爲鹽]'."

[전중련] 호극가 『문선고이』: "'孳'는 '滋'가 되어야 한다. 주에 (…중략…) '"孳"와 "滋"는 고자는 통용했다'라고 했는데, 이선은 틀림없이 '滋' 자로 적었을 것이다. 그래서 이 말을 했을 것이다. 오신은 그 때문에 '孳'로 고쳤을 것이다. 각 판본에 보이는 것이 다 이러하여서, 이선을 혼란에 빠트린 것이다."

8 **[이선]** 반고 『한서』「서역전(西域傳)·찬(贊)」: "'재력(材力)'[64]은 남아돌고, '군대(士馬)'는 강성했다."

9 **[이선]** 『성류』: "'奓(차)'는 '侈(치 : 사치하다)' 자이다. '軼(일)'은 앞지르는 것이다. '佚(일)'은 '軼'과 통한다."

「'서도부(西都賦)'」: "'진나라의 제도'를 살펴보고, '주나라의 법'을 넘어선다[覽'秦制', 跨'周法']."

[전중련] 송본에는 '奓'가 '侈'로 되어 있다. 이선 주에서 '西都賦'라고 인용한 것은 장형의 「서경부(西京賦)」 문장이다.

10 **[이선]** 『자림(字林)』: "작은 칼[로 긋는 것][65]을 '劃(획)'이라고 한다."

---

63) 표점교감본에는 '吳王' 두 자가 없다.
64) '材力(재력)'은 표점교감본에는 '財力(재력)'으로 되어 있다.

'刳(고)'는 그곳의 흙을 파내는 것을 말한다.

『주역』「계사하전」: "'통나무의 속을 파내어[刳木]' 배를 만든다."

『서경부』 설종(薛綜) 주: "'墉(용)'은 성(城)을 말한다."

'洫(혁)'은 못이다.

『좌전』「양공·31년」: "북궁문자(北宮文子)가 말했다. (…중략…) 그 국가를 보유하여 아름다운 명성이 '먼 후대[長世]'까지 전해질 수 있다."66)

『상서』「무성(武成)」: "하늘의 '아름다운 명령'을 기다린다[俟天'休命']."

[전중련] 『문선』 유량(劉良) 주: "사치함이 진나라와 주나라의 법령보다 지나쳐서, 높은 성을 쌓고, 깊은 해자를 파서, 영원무궁한 아름다운 천명을 도모한다는 것을 말한다."

11 **[이선]** 곽박 『삼창해고(三蒼解詁)』: "'板(판)'은 담장을 쌓을 때 양쪽에 대는 담틀이고, '築(축)'은 흙을 다지는 공이의 철판이다."67)

『주례』 정현 주: "'雉(치)'는 길이가 3장(丈)이고 높이가 1장이 되는 성곽 담장의 규격을 표시하는 단위이다."68)

『좌전』「양공·6년」 '堙之環城, 傅於堞(성벽 주위에 흙을 쌓아 성가퀴에까지 덮었다)' 두예 주: "'堞(첩)'은 여장(女墻: 성가퀴)이다."

'殷(은)'은 왕성한 것이다.

---

65) 『설문해자』 단옥재 주본에는 '錐刀' 다음에 '畫(획)' 자를 추가했다.
66) 중간송본에는 '其有(기유)'가 '有其'로, '令問(영문)'은 '令聞(영문)'으로 되어 있다.
67) 저본의 단구는 "板, 築牆上下板; 築, 杵頭鐵沓也"가 되어야 한다.
68) '雉'는 성벽에 기어오르는 적을 쏘기 위해 성벽 밖으로 군데군데 내밀어 쌓은 돌출부를 말하기도 한다.

『회남자』「본경훈(本經訓)」: "재목을 크게 엮어 궁실(宮室)을 건축하는데, (…중략…) 닭의 홰처럼 층층이 높고 '우물 난간처럼 반듯하다[井幹]'."

허신 『회남홍렬해고(淮南鴻烈解詁)』: "('井幹' 등은) 모두 집 구조의 장식이다."

사마상여 「상림부(上林賦)」 곽박 주 : "'櫓(로)'는 망루이다."

[전중련] '井幹(정간)'은 우물 위의 나무 난간이다. 무릇 누대를 지을 때는 반드시 많은 나무를 차곡차곡 포개되 서로 엇갈리게 하여 '井幹'처럼 한다.

'烽櫓(봉로)'는 봉화를 피우는 망루로, 위를 노출하여 덮개가 없게 한 것이다. 이 구는 '봉로'를 만드는 것은 반드시 '정간'과 같은 구조의 힘에 의지해야 한다는 것을 말한다. 앞 구는 '雉堞(치첩 : 성가퀴)'을 만드는 것은 반드시 '판축'으로 단단히 다진 성과에 의지해야 한다는 것을 말한다.

12 **[이선]** 『창힐편』: "'格(격)'은 양을 측량하는 표준이다."

『이아』「석산」: "태산(太山·泰山)은 '동악'이고 화산(華山)은 '서악'이며, 형산(衡山)은 '남악'이고 상산(常山 : 즉 항산(恒山))은 '북악'이며 숭고(崇高 : 즉 숭산(崇山))는 '중악'이다."69)

남북의 너비를 '袤(무)'라고 한다.

'三墳(삼분)'은 미상이다. 어떤 사람은, 『모시』「주남·여분(汝墳)」에 "저 '여수 방죽'을 따라간다[遵彼'汝墳']"라고 했고, 또 「대아·상무(常武)」에 "'회수 방죽'에서 치고 죽인다[鋪敦'淮墳']"라고 했으며, 『이아』「석지(釋地)」에 "'방죽'으로는 '황하 방죽'보다 더 큰 것이 없다['墳'莫大於'河墳']"라고 했으니, 이

69) 증간송본에는 '太山'은 '泰山', '衡山'은 '霍山(곽산)', '常山'은 '恒山'으로 되어 있다.

세 가지가 아마 '삼분'인 것 같다고 했다.

[전중련] 주친 『문선집식』 : "이선 주에 『모시』를 인용하여 "'회수 방죽[淮墳]"에서 치고 죽인다'라고 하면서, 이것을 「주남」의 '汝墳', 『이아』의 '河墳'과 함께 인용했다. 그런데 그 두 곳에서는 본래 모두 '墳'이라고 되어 있지만, '淮墳'은 지금의 『시경』에는 '濆(분)'으로 되어 있다. 「모전」에서는 '淮濆'에서는 '물가(涯)'라고 하고, '汝墳'에서는 '큰 방죽[大防]'이라고 하여, 양자를 구분했다. 정현의 전에서는 '淮濆'의 '濆'도 '큰 방죽'이라고 풀이했다. 또 『주례』 「지관 · 대사도」 '墳衍(분연)'의 주에서는 "'물가[水涯]"를 "墳"이라고 한다'라고 했다. 아마도 동음(同音) 자로 통용했던 것 같다. 그래서 『이아』 「석수」에서 『모시』 「여분(汝墳)」을 인용하면서 '濆'으로 적었고, 『문선』의 이 주에서는 『모시』 '회분(淮濆)'을 인용하면서 마침내 '墳'으로 적은 것이다."

손지조(孫志祖) 『문선이주보정(文選李注補正)』 : "전예형(田藝蘅, 1524~?)이 말했다. '연주(兗州)의 흙은 "검으면서 걸차고[黑墳]", 청주(青州)의 흙은 "희면서 걸차고[白墳]", 서주(徐州)의 흙은 "붉으면서 차지고 걸차다[赤埴墳]". 이 세 지역은 양주와 인접하고 있다.'"

서반봉(徐攀鳳) 『문선규리(選注規李)』 : "이선 주는 아직 확정하지 않았다. 지금 (전예형이) 『상서』 「우공」을 인용하여 풀이한 것은, 내가 세어보니 '黑墳(흑분)' '白墳(백분)' '墳壚(분로 : 걸차며 검고 굳음)' '赤埴墳(적식분)'의 '四墳'이지 '三墳'이 아니다."

홍량길(洪亮吉) 『효독서재잡록(曉讀書齋雜錄)』 : "이선 주는 틀렸다. 만약 경전을 총괄해서 말한다면 '墳'은 '셋'에 그치지 않는다. 포조의 「황폐한 성」은 대개 「천문(天問)」의 '地方"九則", 何以"墳"之(구주의 땅이 "아홉 등급"이 있다면, 무엇으로 그것을 "구분했는가")?'를 인용한 것이다. 왕일의 장구에 "'墳"은 나누는 것[分]이다. 구주의 땅은 모두 아홉 등급이 있는데 우임금은 무엇으로 그것을 구별할 수 있었는가 하는 뜻이다'라고 했다. '삼분'은 '구주'의 땅을 가리켜서 한 말이다. 그래야 앞의 '오악'과 제대로 어울린다. 만약 '河' '淮' '汝'의 물가에 얽매이면, 황하와 여수는 '무성(蕪城)'에서 제법 많이 떨어져 있는데, 포조가 무엇 때문에 오히려 양자강을 버려두고 황하와 여수를 말했겠는가? 이로써 「천문」의 왕일 주를 활용하여 이것의 주를 다는 것이 낫다는 것을 알 수 있다."70)

13 **[이선]** '崒(줄)'은 높고 험준한 것이다. '矗(촉)'은 가지런하고 평평한 것이다.

14 **[이선]** 『삼보황도(三輔黃圖)』: "아방궁은 '자석(磁石)'으로 문을 만들어서 무기를 가진 사람들을 멈추게 했다."

『광아』: "'衝(충)'은 부딪는 것이다."

『자서(字書)』: "'糊(호)'는 풀이다."

『모시』 「주남 · 여분」 제3장 '魴魚赬尾(방어는 붉은 꼬리지느러미)' 모전: "'赬(정)'은 붉은 것이다."

조식 『칠계(七啓)』: "'찬란한 문채'가 빛난다[耀'飛文']."

15 **[이선]** 『설문해자』: "'扃(경)'은 밖에서 닫는 빗장이다." 무릇 문필에 종사하는

70) 이 2구에 대해 오신의 이주한은 '삼분'을 삼황오제시대의 사서인 '삼분'과 '오전(五典)'의 삼분으로 보고, "규격과 제도는 오악에 있는 제후들의 성궐(城闕)보다 도 높고, 둘러친 넓이는 '三墳'의 옛 서적을 읽으면서 열국의 규모를 보아도 이만한 것은 없었음을 말한다"라고 했다. 참고할 만하다. 『교주』, 30쪽 참조.

이가 '基扃(기경 : 터와 빗장)'이라고 한 것은 '城闕(성궐 : 성과 궁궐)'을 총칭한 것이다. 마치 '수레[車]'를 '뒤턱나무[軫]'라고 하고 '배[舟]'를 '이물[艫]'이라고 하는 것과 같다. '빗장[扃]'만 지칭하는 것은 아니다.[71]

'固護(고호)'는 견고한 것이다.

[전중련] 유문전(劉文典) 『삼여찰기(三餘札記)』 : "『예기』「곡례(曲禮)」'毋固護(무고호)'의 정현 주에 '혼자 독차지하려는 것을 "固"라고 하고, 앞다퉈 차지하려는 것을 "護"라고 한다'라고 했으니, 옳은 풀이이다. 마융(馬融)의 「장적부(長笛賦)」에 '或乃聊慮固護, 專美擅工(혹은 오로지 외곬의 마음으로 아름답고 정교하게 한다)'이라고 한 것에 대해, 이선은 '오로지 한결같은 마음을 가지는 모양'이라고 주를 달았는데, 역시 통한다. 이 글의 '固護'는 앞글의 '殷勤(은근)'과 의미가 사실 서로 비슷하다. 이선이 ('견고한 것'이라고 한) 주는 글자만 보고 견강부회한 해석을 하여 잘못을 저질렀다."[72]

내 견해는 이렇다. 「곡례」에는 '固獲(고획)'으로 되어 있는데, ('護'와 '獲'은) 같은 성모로 의미가 서로 통한다.

16 **[이선]** 『이아』「석천」: "'載(재)'는 해[歲]이다. 하(夏) 때에는 歲(세)라고 하고, 은(殷) 때에는 祀(사)라고 하고, 주(周) 때에는 年(년)이라고 했다."

왕일 『광릉군도경(廣陵君圖經)』: "군의 성은 오왕 유비가 쌓은 것이다." 그렇다면 한(漢)으로부터 동진 말까지인데, 그 때문에, "한 · 위 · 진의 삼대, 오

---

71) 차대(借代 : 대유법)의 수사법을 활용했다는 의미이다.

72) 문맥으로 보면 이선이 '견고한 모양'이라고 한 주석이 더 알맞다. 유문전이 "앞글의 '殷勤(은근)'"이라고 한 것은 주석 11에 해당하는 원문 "板築雉堞之'殷', 井幹烽櫓之'勤'"의 '殷'과 '勤'을 말한다.

백여 년을 거치면서"라고 한 것이다.

『한서』「가의전(賈誼傳)」: "가의가 상소하여 말했다. '고조께서는 천하의 땅을 "오이처럼 나누어[瓜分]" 공신들에게 왕의 작위를 주셨습니다.'"

[전중련] 송본 및 송간 『문선』 육신본에는 '剖(부)'가 '割(할)'로 되어 있다.[73)]

『사기』「평원군우경열전(平原君虞卿列傳)」: "천하의 제후들이 진(秦)의 분노로 인해서 조(趙)가 피폐해진 틈을 타서 조(趙)를 '오이처럼 쪼개었을[瓜分]' 것입니다."[74)]

17 **[이선]** 『초사』 왕일 주: "'風萍(풍평)'[75)]은 '水葵(수규: 순채)'로 못에서 자란다." '罥(견: 옭다)'은 '結[맺다]'과 같다.

[전중련] 여연제 주: "'澤葵(택규)'는 '莓苔(매태: 이끼)'이다."

주천 『문선집석』: "'水葵(수규)'는 오늘날의 순채(蓴菜)이다. 혹자는 노랑어리연꽃[荇菜]이라고도 한다. 그러나 양자는 모두 우물가에서 자랄 수 있는 식물은 아닌 것 같다. 방이지(方以智)의 『통아(通雅)』에 '"택규"는 "莓苔(매태)"이다. 총칭은 "매태"인데, 흙에 붙어서 작은 솔잎처럼 자라는 것은 "택규"류이고, 그것보다 조금 더 큰 것은 "장송(長松)"이다'라고 했다. 이것은 우물에 의지한다는 것과 부합되지만, 근거가 무엇인지는 모르겠다. 그런데 『본초』에 '"石韋(석위)"[76)]는 바위 옆 음습한 곳에 자란다. 낡고 묵은 기와지붕 위에 자

---

73) 정복림은 장부본·『문선』·『초학기』를 따라 '剖'로 고쳤다(『교주』, 23~24쪽).

74) '豆分(두분)'은 콩깍지가 터지면서 콩이 흩어지는 것이다. 국토가 분열된다는 의미의 성어 '瓜剖豆分(과부두분)'은 여기서 나왔다.

75) 이선이 인용한 것은 『초사』「초혼(招魂)」'紫莖屛風(자줏빛 줄기의 순채)'의 주인데, 서음헌총서본에는 '風萍'은 '屛風(병풍)'으로 되어 있다.

76) '石葦(석위)'라고도 하며 학명은 Tongue fern으로, 고란초과의 상록 양치식물

라는 것은 "瓦韋(와위, 瓦葦)"라고 부른다'라는 말이 있는데, '석위(shíwéi)'는 발음이 '택규(zékuí)'와 비슷하니, 이 종류일 것으로 여겨지는데, 역시 이끼 부류이다."

『옥편』: "'葛(갈 : 칡)'은 덩굴풀이다."

18 **[이선]** 『초사』「대초(大招)」'南房小壇(남쪽 곁방 작은 마루)' 왕일 주 : "'壇(단)'은 堂(당)이다."

『모시』「소아・하인사(何人斯)」제8장 : "귀신인가 '물여우'인가[爲鬼爲'蜮']."

「모전」: "'蜮(역)'은 단호(短狐 : 물여우)[77]이다."

『공양전(公羊傳)』「애공・14년」: "[서쪽으로 사냥을 나가 기린을 잡았다[獲麟]. (…중략…) 고하는 자가 말했다.] "'노루[麇]"인데 뿔이 있는 것이 있습니다.'"

유조(劉兆) : "'麇(균)'은 노루이다." '麏(균)'과 '麇'은 발음과 뜻이 같다.

'鼯(오)'는 날다람쥐이다.

[전중련] 송본 및 송간 『문선』 육신본에는 '麏'이 '麢(균 : 노루)'으로 되어 있다.

『이아』「석어(釋魚)」: "'鰒(복)'은 살무사[虺]로 굵기가 세 치이고, 대가리 크기는 엄지손가락만큼 굵다." 형병(邢昺) 소 : "사인(舍人)[78]은 말했다. '"鰒" 은 일명 "虺(훼)"라고 한다. 양자강과 회수 이남 지역에서는 "鰒"이라고 하고,

---

이다. 바위나 나무줄기에 붙어서 모여 사는데 잎은 똑바로 서고, 두꺼운 혁질(革質)이다.

77) 모래를 머금어 물속에 비치는 사람 그림자를 향해 쏜다고 하는 괴물이다. 그 모래를 맞으면 몸에 쥐가 나고 머리가 아프고 열이 나며 심하면 죽는다고 한다. 권3 「지독한 무더위」 주석 6 참조.

78) 저본에는 '郭舍人(곽사인)'으로 되어 있는데, '郭' 자는 '案(안)'의 오자이다. '사인'은 『이아주(爾雅注)』 3권을 지은 서한 시기 학자이다.

양자강과 회수 이북 지역에서는 "虺"라고 한다.""

진탁(陳倬) 『과경필기(敤經筆記)』: "『모시』 「하인사(何人斯)」[79]편에 '귀신인가 "물여우"인가'라고 했는데, '鬼'는 '螝(회 : 살무사)'의 생략이다. '螝'는 바로 『장자』에서 말한 '螝二首'[80]의 '螝'로 『안씨가훈(顔氏家訓)』 「면학(勉學)」 편에서 『고금자고(古今字詁)』를 인용하여 '虺'의 고자라고 했다. 삼가시(三家詩)에서는 응당 '爲虺爲蜮'[81]으로 적었을 것이다. 『문선』의 포조 「황폐한 성」에서 '檀羅虺蜮'이라고 한 것은 아마 삼가시에 바탕을 둔 것 같다. 『초사』 「대초」에도 '虺'와 '蜮'을 함께 언급했다.[82]"

19 **[이선]** 『설문해자』: "'魅(매 : 도깨비)'는 오래된 사물의 정령이다. 음은 '莫(막)'과 '愧(괴)'의 반절 즉 '매'이다."

『초사』 「구가」에 '산의 정령[山鬼]'에게 제사를 지내는 작품이 있다.[83]

---

79) 저본에는 「巧言」으로 되어 있는데, 「何人斯」의 잘못이어서 고쳤다.

80) 금본 『장자』에는 없는 일문(佚文)이다. 『고금자고』 인용까지가 모두 『안씨가훈』 「면학」 편에 실린 내용이다. 『안씨가훈』의 해당 부분은 다음과 같다. "내가 처음 『장자』의 '"螝"는 대가리가 둘이다'와 『한비자』에 '파충류 중에 "螝"라는 것이 있어 몸 하나에 입이 둘이라 먹이를 다투어 서로 깨물어 마침내 서로 죽인다'라고 한 것을 읽었는데, 이 글자의 음이 무엇인지 전혀 알 수가 없어 만나는 사람마다 물었지만 풀이해주는 사람이 전혀 없었다. (…중략…) 나중에 『고금자고』를 보고 이 글자 역시 옛날의 '虺' 자임을 알고서, 여러 해 묵은 체증이 시원하게 풀렸다[吾初讀莊子'螝二首', 韓非子曰 : '蟲有螝者, 一身兩口, 爭食相齕, 遂相殺也.' 茫然不識此字何音, 逢人輒問, 了無解者. (…중략…) 後見古今字詁, 此亦古之虺字, 積年凝滯, 豁然霧解]."

81) 왕선겸(王先謙)의 『시삼가의집소(詩三家義集疏)』에는 『모시』와 같이 '爲鬼爲蜮'으로 되어 있다.

82) 「대초」에 "鰅鱅'短狐', '王虺'騫只(옹용과 '단호' 같은 물여우 부류와, '큰 독사'가 대가리를 쳐들고 기다린다)"라고 했다.

83) 「산귀(山鬼)」를 말한다.

『한서』「이광소건전(李廣蘇建傳)」: "소무(蘇武)는 '들쥐[野鼠]'가 감춰둔 야초(野草)의 열매를 파서 먹었다."

조예(曹叡, 204~239)「장가행(長歌行)」: "'큰 성'에는 '여우'와 토끼가 자라고, 높은 성벽에는 새 울음도 많이 들려온다['大城'[84)]育'狐'兎, 高墉多鳥聲]."

[전중련] 허손행(許巽行)『문선필기(文選筆記)』: "'掘野鼠(굴야서)' 다음에 '去' 자가 빠졌다. 안사고는 '"去"는 감춰두는 것을 말한다'라고 했다."[85)]

『한비자』[86)]: "토지묘(土地廟)에 굴을 파고 사는 쥐는 불에 그을릴 염려가 없고, 성벽에 굴을 파고 사는 여우는 물에 빠질 염려가 없다[社鼠不燻, 城狐不灌]."

20 **[이선]**『좌전』「양공·14년」: "승냥이와 이리가 '울부짖는[嘷]' 곳입니다."

21 **[이선]** '厲(려)'는 숫돌에 가는 것[磨]이다.

『주례』「동관(冬官)·재인(梓人)」 정현 주: "'吻(문)'은 입가[口邊[87)]]이다."

亡(망)과 粉(분)의 반절[문(wěn)]이다.

『모시』「대아·상유(桑柔)」 '反予來赫(도리어 내게 화를 내네)' 정현 전: "입으로 겁을 주어 사람을 물러나게 만드는 것을 '嚇(하)'라고 한다." 火(화)와 嫁(가)의 반절[하(xià)]이다.[88)]

---

84) 저본에는 '久城(구성)'으로 되어 있는데,『악부시집』과『전삼국시』를 따라 '大城'으로 바로잡았다.

85) '去'는 '弆(거 : 감추다)'와 같은 뜻이다.

86) 이 말은 홍매(洪邁)의『용재수필(容齋四筆)』 권2 '성호사서(城狐社鼠)'에 나오는 말로,『한비자』「외저설(外儲說)·우상(右上)」의 '社鼠' 이야기와『안자춘추(晏子春秋)』「내편(內篇)·문상(問上)」의 '사서'와 '城狐' 이야기를 한데 모아 엮은 성어이다. '城狐社鼠'는 권세에 빌붙어 악행을 저지르지만 제거하기도 어려운 악인을 일컫는 말이다.

87) '口邊(구변)'은 중간송본에는 '口膯(구권 : 입술)'으로 되어 있다.

『이아』「석조(釋鳥)」 곽박 주[89] : "'雛(추)'는 태어나서 스스로 먹이를 먹을 수 있는 것으로, 새의 새끼를 말한다."

[전진륜] 『장자』「추수(秋水)」 : "남방에 새가 있으니 그 이름이 '원추(鵷鶵 : 봉황새의 새끼)'인데, 그대는 아는가? 대저 원추는 남해에서 출발해서 북해로 날아가는데, 오동나무가 아니면 앉지 않고, 대나무 열매[練實]가 아니면 먹지 않으며, 단맛이 나는 샘물[醴泉]이 아니면 마시지 않는다네. 그때 올빼미가 썩은 쥐를 얻고는 원추가 지나가는 것을 쳐다보고는 말했다네. '야[저리가 : 嚇]!'"

[전중련] 송본에는 '雛'가 '鶵(추)'로 되어 있다.[90]

양장거 『문선방증』 : "강고(姜皋)가 말했다 : '육덕명의 『경전석문』 및 사마표(司馬彪)의 『장자주』에 모두 "화내는 소리"라고 했다. 이선이 인용한 『모시』 정현 전과 『이아』 주는 어느 것인지 잘 모르겠다.'"

여소객(余蕭客) 『문선음의(文選音義)』 : "'嚇'는 '하(罅)'와 '혁(赫)' 두 발음이 있다."[91]

22 **[이선]** 『자서』 : "'虣(포 : 사납다)'는 '暴(포 : 사납다)'의 고문자로 蒲(포)와 到(도)의 반절[포(bào)]이다." '虣'는 '虥(함)'으로 적기도 한다. 『이아』에 "'虥'은

---

88) '拒人(거인)'은 중간송본에는 '距人(거인)'으로 되어 있는데 같은 뜻이다. 또 '嚇(혁)'은 '赫(혁)'으로 되어 있는데, 『경전석문』에서는 "본래 '嚇'으로도 적는다"라고 했다. 모전은 음을 '혁'[許白反]이라고 했고 정현은 '하'[許稼反]라고 했다.

89) 인용문은 형병의 소이다. 중간송본의 원문은 "鳥子, 生而能自啄食者, 名雛[새의 새끼가 태어나서 스스로 먹이를 쪼아 먹는 것을 이름하여 '雛'라고 한다]"로 되어 있다.

90) 새의 새끼를 뜻할 때 통용하는 이체자이다.

91) 일반적으로 감탄사거나 '으르다, 협박하다'라는 뜻일 때는 '하'로 읽고, '벌컥 화를 내다, 으르다, 위협하다'라는 뜻일 때는 '혁'으로 읽는다.

백호"라고 했다. 戶(호)와 甘(감)의 반절[함(hān)]이다.

[전중련] 송본 및 송간 『문선』 육신본에는 '虣'가 '暴'로 되어 있다. 송본에는 '飧(손 : 먹다)'이 '湌(손 : 먹다)'으로 되어 있다.

양장거 『문선방증』 : "'虣'은 마땅히 『설문해자』에 따라 '虣(멱 : 백호)'으로 적어야 한다."

유문전 『삼여찰기』 : "'虣'는 '暴'의 고자이다. '伏暴'는 의미가 통하지 않는다. 손지조(孫志祖, 자 이곡(貽谷 · 頤谷), 1737~1801)의 『문선고이(文選考異)』에 '마땅히 다른 판본을 좇아 "虣"으로 적어야 한다'라고 했는데, 역시 옳지 않다. 『설문해자』에 '"虣"은 백호'라고 했는데, '伏虣'과 '藏虎(장호)'는 의미가 꼭 서로 대응이 된다. 양장거의 견해가 일리가 있다. '虣'은 '冥(명)'의 생략된 글자의 발음을 취한 것으로 고음은 '멱(覓)'이다. 이 글자를 '虣'으로 쓰기도 하는 것이, 그 증거이다. '汨(멱)' 자 역시 '冥'의 생략된 글자의 발음을 취한 것이기 때문에, '汨羅'의 '汨'은 발음이 '멱'이다. 『옥편』에서는 '虣'을 속자라고 했는데, 옳지 않다."

23 **[이선]** 『한서』 복건(服虔)[92] 주 : "'榛(진)'은 나무가 뭉쳐 자라는 것이다."

『광아』 : "'崢嶸(쟁영)'은 매우 어두운 것이다."

『한시(韓詩)』 「주남 · 토저(兔罝)」 제2장 : "얼기설기 토끼그물을, '한길 가운

92) 표점교감본 『한서』에는 이러한 주가 없다. 『설문해자』 단옥재 주에 "『창힐편(蒼頡篇)』, 『회남자』 고유 주[淮南高注], 『한서』 복건 주[漢書服注], 『광아(廣雅)』에 모두 '木叢生曰榛'이라고 했다"라고 했다. 『사기』 「사마상여열전」의 장수절(張守節) 『사기정의(史記正義)』에도 『광아』를 인용해, "木叢生爲'榛'"이라고 한 것이 있다. 『광아』 「석목(釋木)」에는 '叢'이 '蘩'으로 되어 있는데, 속자이다.

데'에 쳐놓았네[肅肅免罝, 施于'中馗'].”

설군(薛君) : “'中馗(중규)'는 '馗中'으로 아홉 방향으로 통하는 큰길이다.” 仇(구)와 悲(비)의 반절[규(kuí)]이다.

[전중련] 유문전 『삼여찰기』 : “『설문해자』에 “'馗”는 아홉 방향으로 통하는 큰길'이라고 했다. 혹은 '逵(규)'로 적는다. 『모시』에는 '逵'로 되어 있다. 『이아』 「석궁」에 '아홉 방향으로 통하는 큰길을 “逵”라고 한다'라고 했다. 『음의(音義)』에 “'逵”는 본래 “馗”로 적기도 한다'라고 했다. '逵'와 '馗'는 본래 한 글자이며, 고대에는 모두 '구(求)'로 읽었다.”

24 **[이선]** 최표 『고금주』 : “'백양(白楊 : 사시나무)'은 잎이 둥글다.”

이릉 「답소무서(答蘇武書)」 : “서늘한 가을 구월에 '변방에는 풀이 시듭니다[塞外草衰]'.”[93] '塞(새)'는 '寒(한)'으로 된 곳도 있다.

25 **[이선]** '稜稜(릉릉)'은 서리가 내려 찬 기운으로, 엄동(嚴冬) 모습이다.

'蔌蔌(속속)'은 바람 소리로 빠르고 매서운 모양이다. '蔌'은 素(소)와 鹿(록)의 반절[속(sù)]이다.

[전중련] 송본 및 송간 『문선』 육신본에는 '蔌蔌'이 '莿莿(랄랄)'로 되어 있다. 허손행 『문선필기』 : “'稜稜'은 부수가 '木'이 되어야지 '禾'가 아니다. '蔌蔌'은 소리부가 '敕(수)'이지 '敊(수)'가 아니다. 허가덕(許嘉德)의 견해는 이렇다. '棱(릉)'은 모서리이다. 부에서 '棱棱霜氣'라고 하여 매우 서늘한[嚴棱] 모양의 뜻으로 가차했다. '禾'부의 글자는 잘못 쓰인 글자이다. '蔌'은 음이 '속'이다.

93) 저본의 '塞草前衰(새초전쇠)'는 '塞外草衰(새외초쇠)'의 잘못이어서 고쳤다. 『문선』 권41에 '塞外草衰'로 되어 있다.

『모시』「소아 · 정월(正月)」에 "'비루한' 소인배들이 바야흐로 복록을 누린다['蔌蔌'方有穀]"94)라고 했는데, '바람 소리'로 풀이하기도 한다. '敕'를 취한 글자(蔌)와는 다르다. '莿莿'은 바람의 위세로, 바람이 가시처럼 날카롭다는 것을 말한다. '柧稜(고릉)'의 '稜'자로 서리 기운을 형용한 것과 꼭 같은 예이다.

26 **[이선]** '까닭 없이 나는 것[無故而飛]'을 '坐飛(좌비)'라고 한다. 장상(張相)의 『시사곡어사회석(詩詞曲語辭匯釋)』에서 "'까닭 없이 나는 것'은 '저절로 난다[自然飛]'라고 하는 것과 같다. '坐'에는 '自'의 뜻도 있으니 '坐'와 '自'는 동의어이다"라고 했다.95)

---

94) 번역은 「모전」에 근거했다. '蔌蔌'을 의성어로 보고, '穀'을 '轂'으로 보아 '다달다달 수레바퀴 나란히 달리거늘'로 풀이하기도 한다(김학주 역저, 『시경(詩經)』, 서울 : 明文堂, 1984, 317쪽).

95) '孤蓬(고봉)'은 『문선』 여향(呂向) 주에 "'孤蓬'은 풀이다. 뿌리가 없어서 바람 부는 대로 정처 없이 떠돌아다니는 것이다[草也, 無根而隨風飄轉者]"라고 했다. 『한어대사전(漢語大詞典)』에서는 '蓬' 자에 대해 다음과 같이 설명했다. "풀이름이다. 잎 모양은 '버들잎' 같은데, 가장자리에 톱니가 있으며, 꽃은 바깥은 백색이 둘러싸고 중심은 황색이다. 가을에 시들면 뿌리가 뽑혀 바람이 불면 맴돌며 날아다닌다. 그래서 또 '飛蓬(비봉)'이라고도 한다[草名. 葉形似柳葉, 邊緣有鋸齒, 花外圍白色, 中心黃色. 秋枯根拔, 遇風飛旋, 故又名'飛蓬']." 여기서 말하는 '蓬'은 우리가 흔히 '쑥'으로 번역하는 식물이 아니라 '망초(개망초 · 민망초)'이다. 『백도(百度)』 「백과(百科)」에는 학명을 'Erigeron acris'라고 했는데, 『두산백과』에 이 학명을 가진 식물은 '민망초'이다. 이 식물은 줄기는 곧추서고 높이 자라는 데 반해, 뿌리가 약해 바람이 불면 잘 뽑혀 뒹군다. 그래서 '飛蓬(비봉)' · '轉蓬(전봉)' 등의 단어를 이루어, 정처 없이 떠돌거나 불안정한 신세의 비유로 흔히 사용된다(괭철호, 『우리가 잘못 알고 있는 중국문학 속의 동식물』, 서울 : 사회평론아카데미, 2018, 29~35쪽; 반부준(潘富俊), 『시경식물도감(詩植物圖鑑)』 제1판, 上海書店出版社, 2003, 56~57쪽 참조). 이런 의미일 경우 모두 '망초'로 번역한다. 다만 헝클어진 머리를 나타내는 '蓬髮(봉발)' · '蓬頭(봉두)' · '蓬首(봉수)'의 경우는 이미 굳어진 우리말 번역인 '쑥대머리'로 번역한다.

27 **[이선]**『광아』: "'灌(관)'은 뭉쳐나는 것[叢]이다."

『초사』「구장·섭강(涉江)」 왕일 주: "초목이 이리저리 엇갈려 뒤섞인 것을 '薄(박)'이라고 한다."[96)]

28 **[이선]** '通池(통지)'는 해자(垓字)이다.

'峻隅(준우)'는 성의 구석에 쌓은 성가퀴이다.

[전중련]『설문해자』: "'夷(이)'는 평평한 것이다."

마융『문선』「장적부(長笛賦)」'感迴飆而將頹(회오리바람에 부딪혀 장차 떨어지려 하네)' 이선 주: "'頹(퇴)'는 무너져 떨어지는 것[落]이다."

29 **[이선]**『초사』「이소」'溘埃風余上征(순식간에 먼지바람 일으켜 나는 하늘로 올라간다)' 왕일 주: "'埃(애)'는 먼지이다."

30 **[이선]** 손작(孫綽)「천태산 유람 부[遊天台山賦]」: "높은 산의 바위에서 '고요히 생각에 잠긴다'['凝思'高巖]."[97)]

『광아』「석고(釋詁)」: "'宗(적)'은 고요한 것이다." '寂(적)'은 '宗'과 같다.

31 **[이선]** '藻扃(조경)'은 바닷말의 그림을 그린 문이다.

사마상여「미인부(美人賦)」: "은은한 방향이 강렬하게 피고 '화려한 휘장'을 높이 펼쳤다[芳香芬烈, '黼帳'高張]."

'琁淵(선연)'은 아름다운 못[玉池]이다.

'碧樹(벽수)'는 아름다운 나무[玉樹]이다.

---

96) 석음헌총서본『초사보주』에는 '交' 다음에 '錯' 자가 있다. '灌莽(관망)'은 잡목이 우거진 숲이고, '叢薄(총박)'은 우거진 풀숲 또는 초목이 무성한 것이다.
97) '高巖'은『문선』권11에는 '幽巖(유암: 깊은 산의 그윽한 바위)'으로 되어 있다.

[전중련] 조식 『문선』 「칠계」 '華藻繁縟(화려한 무늬 흐드러지다)' 이선 주 : "'藻(조)'는 아름다운 무늬[文采]이다."

『설문해자』 : "'扃(경)'은 밖에서 잠그는 빗장이다."

『주례』 「고공기(考工記)」 : "직물이나 옷에 그림을 그리고 염색하는 일에서 (…중략…) 흰색과 검정을 섞어서 그린 무늬를 '黼(보)'라고 한다.

여소객 『문선음의』 : "'琁'은 '璿(선 : 아름다운 옥)'과 같다."

『회남자』 「지형훈(地形訓)」 : "곤륜산 중턱에 (…중략…) '벽수(碧樹 : 옥수(玉樹))'가 (…중략…) 그 남쪽에 있다."98)

32 **[이선]** 『초사』 「초혼」 : "오나라 노래와 채나라 노래[吳歈蔡謳]"

『한서』 「예문지(藝文志)」에 '제나라 노래[齊歌]'와 '진나라 노래[秦歌]'가 있다.

「서경부」 : "바다에 사는 큰 물고기[海鱗]가 변해서 '용(龍)'이 된다."

「서경부」 : "'타조'가 걸어 다닌다['大雀'踆踆]."

「서경부」 : "'작마'가 나란히 달린다['爵馬'同轡]."99)

[전중련] 『한서』 「서역전찬」 : "[이 이후로 명주(明珠) · 대모(玳瑁) (…중략…) 등의 진보(珍寶)가 후궁(後宮)에 가득하고, 포초(蒲梢) · 용문(龍文) · 어목(魚目) · 한혈(汗血)의 준마가 황문(黃門) 안에 가득하며, 큰 코끼리[大象] · 사자(獅子) · 맹견(猛犬) · '대작(大雀 · 大爵 : 타조)' 등의 무리가 대궐

98) 원문은 "崑崙, (…중략…) '碧樹' (…중략…) 在其南"으로 되어 있다. 번역은 이를 따랐다. '弋林(익림)'은 새를 사냥하는 숲이고 '釣渚(조저)'는 물고기를 낚는 섬이다.

99) 『문선고이』에서 지적하는 것처럼 「서경부」는 '百馬同轡(수많은 말들이 나란히 달린다)'로 되어 있다.

동산에서 먹이를 먹게 되었으니, 먼 곳의 진기한 이물(異物)이 사방에서 모여들었다. (…중략…)] 파군과 유수 지역(지금의 가릉강(迦陵江) 일대)의 악무(樂舞)와 도로국(都盧國)의 잡기, 해중(海中)과 탕극(碭極)의 음악, 만연(漫衍)과 '어룡(魚龍)'의 '마술', 각저(角牴)의 잡기를 연희하여, 그것들을 관람한다." 안사고 주 : "'어룡'이란 것은 사리수(舍利獸 : 불교에서 나오는 괴물로 물고기를 닮은 용)인데, 먼저 마당 꼭대기에서 공연하고, 끝나면 전각 앞의 여울물로 들어가 비목어로 변해서 뛰어오르면서 물을 쳐서 안개를 일으켜 해를 가리면 마무리하고, 8장 길이의 황룡으로 변해서 물에서 나와 마당으로 가서 마음껏 공연하는데, 태양처럼 현란하다. 「서경부」에서 '바닷속에 사는 큰 물고기가 변해서 용이 된다'라고 한 것이 바로 이것을 말한 것이다."[100)]

호극가 『문선고이』 '『서경부』 爵馬同轡(작마동비) 주' : "'爵'은 마땅히 '百'이 되어야 한다. 그것은 포조 부의 본문에서 '爵馬'라고 한 것에 기인한 오자이다. '爵' 자는 이미 앞에서 '大雀踆踆(대작준준)'을 인용하여 주를 다 달았기 때문에 여기서는 '馬' 자의 주만 달아야 한다는 것을 인식하지 못한 것이다. 각 판본이 모두 틀렸다."

33 **[이선]** 『좌전』 「희공 · 4년」 '一薰一蕕, 十年尙猶有臭(향기 나는 풀과 악취 나는 풀이 함께 있으면 십 년이 지나도 악취만 난다)' 두예 주 : "'薰(훈)'은 향초이다."

---

100) 「서역전 · 찬」의 인용문에 의하면, '魚龍(어룡)'과 '爵馬(작마)'는 고대의 각종 기예(技藝)를 공연한 '雜耍(잡사)'의 종류이다. 다만 인용하지 않은 앞의 기록을 참고하면 진기한 동물로 볼 수도 있다. 진기한 동물을 뜻하는 성어 '雀馬魚龍(작마어룡)'이 바로 여기서 나왔다.

『좌전』「성공·2년」'請收合餘燼(남은 병사들을 거두어 모아서)' 두예 주: "'燼(신)'은 불타고[火][101] 남은 나무이다."

34 **[전중련]** 송본 및 송간『문선』육신본에는 '麗(려)'가 '佳(가)'로 되어 있다.

35 **[이선]** 육기「'동성은 어찌 저리 높은지'를 본떠[擬東城一何高]」: "'서울인 낙양'에는 예쁜 여인 많은데, '옥 같은 얼굴'은 아름다운 꽃과 같다['京洛'多妖麗, '玉顔'侔瓊蕤]." 그러므로 '京洛(경락)'은 바로 '동도 낙양[東都]'이다.

조식「잡시」제7수: "남국에 가인이 있어, '고운 용모' 복사꽃 자두꽃 같네[南國有佳人, '華容'若桃李]."[102]

좌구빈(左九嬪)「무제가 황후를 맞는 것을 기리는 송[武帝納皇后頌]」: "'택란'과 같이 무성하다[如'蘭'之茂]."

송옥「등도자호색부(登徒子好色賦)」: "허리는 묶어놓은 '흰 비단'처럼 날씬하다[腰如束'素']." '蘭(란: 택란(澤蘭), 등골나물)'은 '蕙(혜: 패란(佩蘭), 향등골나물)'와 같은 부류이고, '紈(환: 흰 비단)'은 '素(소)'와 겸용하는 명칭이다. 문사들은 색다르게 쓰기를 좋아해서 표현을 바꾼 것이다.[103]

송옥「적부(笛賦)」: "붉은 얼굴들 모여들고, '옥 같은 용모' 일어난다[赬顔臻, '玉貌'起]."

양웅「촉도부(蜀都賦)」: "붉은 얼굴을 치켜들고, '빨간 입술'을 살짝 연다[眺

---

101) 중간송본에는 '火(화)' 다음에 '之(지)' 자가 없다.『좌전』에서 '餘燼(불타고 남은 깜부기불)'은 패잔병의 비유로 쓰였다.

102) '華容'은『문선』권29 조식「잡시」의 본문에는 '容華'로 되어 있다.

103) '蘭'은 난초가 아니라 택란(澤蘭) 즉 등골나물이다.「'봄날 형산에 올라'를 본떠[代陽春登荊山行]」주석 10의 역주를 볼 것.

朱顏, 離'絳脣'].”

36 **[이선]** '委(위)'는 積(쌓다)과 같다.

37 **[이선]** 『삼국지』「위서 · 명도모황후전(明悼毛皇后傳)」: “(명제 조예의 첫 부인인) 명도 모황후는 (…중략…) 총애를 입어 출입할 때 황제와 '수레를 같이 탔다[同轝輦]'.”

사마상여 「장문부(長門賦)」: “성 남쪽의 '이궁'인 장문궁(長門宮)에서 만나기로 했지[期城南之'離宮'].”

[전중련] 송본 및 송간 『문선』 육신본에는 '輿(여)'가 '輦(련)'으로 되어 있다. 『자치통감』「송기(宋紀) · 11」: “경릉왕 유탄은 어머니와 아내가 모두 자살했다.” 호삼성 주: “유탄의 모친은 문제의 은수화(殷脩華)이고 아내는 서비(徐妃)이다.”

38 **[이선]** 『한시외전(韓詩外傳)』 권1: “공자(孔子)가 '금을 끌어당겨[抽琴]' 기러기발을 빼고 자공(子貢)에게 주었다.”

『광아』: “'命(명)'은 명명하는 것이다.”

「금도(琴道)」: “옛 금곡(琴曲)에 「백이조(伯夷操)」가 있다. 처지가 특이할 때는 '궁하면 자기 한 몸의 처신을 온전히 하는 데[窮則獨善其身]' 치중했으므로 그 가락을 '操(조)'라고 부른 것이다.”

[전중련] 양장거 『문선방증』: “「금도」는 『신론(新論)』의 편명이다.”

39 **[이선]** 『주례』「지관 · 소사도(小司徒)」: “아홉 장정(九夫)이 경작하는 1리 사방의 땅이 '井(정)'이다.”

『주례』「지관 · 수인(遂人)」: “각 장정이 경작하는 전답 사이에는 도랑[遂]이 있고, 도랑 가에는 '길[徑]'이 있다."

[전중련] 송본 및 송간『문선』육신본에는 '急(급)'이 '起(기)'로 되어 있고, '逕(경)'이 '徑(경)'으로 되어 있다.

허손행『문선필기』: "『설문해자』에 "徑"은 사람이 걸어 다니는 길로 "彳(척 : 걷다)"과 "巠(경 : 수맥)"의 뜻을 취했다'라고 했으니, '逕'은 옳지 않다."[104]

40 **[이선]**『장자』[105] : "음양의 변화가 끝이 나고 '운명이 다하는[數盡]' 것을 일러 죽음이라고 한다."

【평설】

[전중련] 요내姚鼐 : 호매하고 황량한 기운과 마음을 놀래고 혼백을 감동케 하는 문사가 모두 부가賦家의 최고 경지에 올랐다.『고문사유찬(古文辭類纂)』권70「사부류(辭賦類)」

장운오張雲璈 : 광릉성은 오왕 유비가 쌓은 것이다. 부에서 "성가퀴를 커다랗게 쌓고, 성 위 봉수대를 정교하게 쌓아 올렸다", "험준하기는 깎아지른 절벽 같고, 우뚝하기는 길게 뻗친 구름 같으며, 자석으로 문을 만들어 충돌을 방어하고, 붉은 흙을 발라 찬란한 무늬를 넣었다" 등의 구절은 모두 성곽에 대해서 깊이 탄식하는 것이다. 읊은 대상이 성이기 때문에 후단에서 궁실과 건축은 생략하고 상세히 읊지 않았다.

---

104) '逕'은 본의가 쭉 뻗은 산비탈 길을 걸어 오르는 것이어서 '논밭길'에 어울리지 않는다는 것이다. 지금은 '徑'과 통용한다.

105) 이선 주의 '莊子'는 '孔子家語(공자가어)'의 잘못이다. 이 말은『공자가어』「본명해(本命解)」에 나오는 공자(孔子)의 말이다.

처음은 "영원무궁하도록 아름다운 천명을 도모했다"라고 하고, 다시 "만 년이 되도록 한 왕조가 계속될 만했다"라고 했으니, 오왕 유비가 그 나라를 오래도록 다스리지 못함을 매우 애석해한 것이다. 그리고 "한·위·진의 삼대, 오백여 년을 거치면서" 운운한 것은 대개 오왕 유비까지 곧장 거슬러 올라가서 지금에 이르기까지, 하늘을 거스르는 자는 멸망해 끝내 무로 돌아감을 보여주는 것이다.『선학교언(選學膠言)』

오여륜吳汝綸 : 기세는 빼어나지만, 표현은 이미 고부의 색채와 풍격을 잃었다.『한위육조백삼가집선(漢魏六朝百三家集選)·포참군집선(鮑參軍集選)』

임서(林紓) : 글은 세조 효무제가 무고한 사람을 살육했음을 감히 지적해 말하지 못하고, 또한 경릉왕 유탄이 난을 도모했음도 말하지 못했다. 도입부에서 광릉의 뛰어난 지세 및 그 번성함을 말한 후에 비로소 그 조락하고 쇠퇴한 모습을 그려냈다. 굽어보고 쳐다보면 일망무제하고 눈에 가득 들어오는 슬프고 처량한 모습이 매우 생동적으로 묘사되었으니, 참으로 매우 감동적이다.『임서선평고문사유찬(林紓選評古文辭類纂)』

芙蓉賦

感衣裳於楚賦, 詠憂思於陳詩.[1] 訪群英之艷絶, 標高名於澤芝.[2] 會春帔乎夕張, 搴芙蓉而水嬉.[3] 抽我衿之桂蘭, 點子吻之瑜辭.[4] 選群芳之徽號, □□□□□□□.[5] 抱玆性之清芬, 稟若華之驚絶.[6] 單藍陽之妙手, 測淲池之光潔.[7] 爍彤輝之明媚, 粲雕霞之繁悅.[8] 顧椒丘而非偶, 豈園桃而能埒.[9] 彪炳以蒨藻, 翠景而紅波.[10] 青房兮規接, 紫的兮圓羅. 樹妖嬈之弱幹, 散菡萏之輕荷.[11] 上星光而倒景, 下龍鱗而隱波.[12] 戲錦鱗而夕映, 曜繡羽以晨過.[13] 結游童之湘吹, 起榜妾之江歌.[14] 備日月之溫麗, 非盛明而謂何?[15] 若乃當融風之暄盪, 承暑雨之平渥.[16] 被瑤塘之周流, 繞金渠之屈曲.[17] 排積霧而揚芬, 鏡洞泉而含綠. 葉折水以爲珠, 條集露而成玉.[18] 潤蓬山之瓊膏, 輝蔥河之銀燭.[19] 冠五華於仙草, 超四照於靈木.[20] 雜衆姿於開卷, 閱群貌於昏明. 無長袖之容止, 信不笑之空城.[21] 森紫葉以上擢, 紛緗蘂而不傾.[22] 根雖割而瑄徹, 柯既解而絲縈.[23] 感盛衰之可懷, 質始終而常清. 故其爲芳也綢繆, 其爲媚也奔發.[24] 對粉則色朱, 比蘭則香越.[25] 汎明彩於宵波, 飛澄華於曉月.[26] 陋荊姬之朱顏, 笑夏女之光髮.[27] 恨狎世而貽賤, 徒愛存而賞沒.[28] 雖凌群以擅奇, 終從歲而零歇.

연꽃

『초사』에선 치마저고리 생각했었고, 「진풍陳風」에선 근심 마음 노래하였네.

온갖 꽃 중 절륜하게 빼어난 걸 찾아서, 택지澤芝를 으뜸으로 치켜세웠네.

봄 못에서 만날 기약 저녁으로 정하여, 부용芙蓉을 걷으면서 물놀이를 나서네.

내 옷에선 계수 택란 뽑아 내오고, 그대 입술에선 아름다운 말 꾸며 나오네.

뭇 꽃 중에 아름다운 이름을 골라, □□□□□□.

본성으로 맑고 고상한 이 절조를 지녔고, 약목若木 꽃의 빼어난 밝음을 타고났다.

따사로운 양기의 묘수 남김없이 발휘하고, 표지滮池의 맑고 깨끗함을 헤아리게 하는구나.

붉은빛 밝게 빛나 선명하게 아름답고, 고운 노을 찬연하게 흐드러져 아름답다.

산초 언덕 바라봐도 연꽃 짝이 아닌데, 동산의 복숭아가 대등할 수 있으랴?

표범처럼 빛나서 찬연히 아름답고, 비취의 빛깔 위에 붉은 물결 일렁이네.

푸른 연밥 송이는 그림쇠처럼 붙어 있고, 자줏빛 연밥은 둥글게 벌어져 있네.

연약한 줄기를 아리땁게 세우고, 가벼운 연꽃을 소담스레 펼쳐 흩네.

위에서는 별빛이 그림자를 드리우고, 아래에선 용 비늘이 물결에 숨어 있네.

비단 비늘 흔드는 것 저녁에 반사되고, 화려한 깃 반짝이며 새벽에 지나가네.

물놀이하는 아이들은 상수湘水 노래 끝내고, 노 젓는 여인들은 양자강 노래 시작하네.

해와 달의 따스하고 아름다움을 갖췄으니, 성대한 밝음이 아니라면 무엇이라 할 것인지?

초봄에 북동풍이 따스하게 일렁이고, 여름비가 고르게 적셔줄 적에는,

옥 연못에 두루두루 널리 퍼지고, 황금 도랑에 굽이굽이 얽혀 서린다.

쌓인 안개 걷어내고 향기를 흩날리고, 깊은 물에 비추어서 푸르른 빛 머금었다.

잎사귀는 물을 잘라 진주가 되고, 가지는 이슬 모아 옥을 만든다.

봉래산 옥고玉膏처럼 광택이 있고, 총령하蔥嶺河의 은촉처럼 환히 빛난다.

선초로는 신비한 오색 꽃 중 으뜸이요, 영목靈木으론 사방을 비추는 미곡迷穀보다 뛰어나다.

피었다 닫음에 뭇 자태가 섞여 있고, 밤낮으로 온갖 모습 남김없이 보여주네.

긴 소매 옷 무희의 동작이 없고, 안 웃어도 실로 경국의 미색이네.

자줏빛 잎 빽빽이 위로 향해 솟아 있고, 담황색 꽃술 흐드러지게 아래로 기울었네.

뿌리가 쪼개져도 물관은 통철通徹하고, 잎자루가 찢어져도 연실은 감겨 있네.

성쇠 변화 감회를 느낄 만도 하지만, 본바탕은 한결같이 맑기만 하다네.

그래서 그 향기로움 더욱 그윽이 감돌고, 그 아름다움 더욱 충분히 피어난다.

분에 견주어도 그 빛깔이 더욱 붉고, 택란에 비기어도 그 향기가 더 빼어나다.

밝은 광채 밤물결에 환히 띄우고, 맑은 빛을 새벽달에 높이 날린다.

초 미인의 붉은 얼굴 누추하게 만들고, 하 미녀의 윤나는 머리카락 비웃는다.

세속에 영합하여 천시될 것 한스러우니, 애완만 남아 있고 상찬賞讚은 사라질 거라.

무리를 능가하고 기이함이 빼어나도, 흐르는 세월 따라 끝내 시들고 말리라.

【해제】

[전진륜] 『초사』「이소」에서 "마름 잎을 잘라서 저고리를 만들고, '부용'을 모아서 치마를 만든다製芰荷以爲衣兮, 集'芙蓉'以爲裳"라고 했다. 왕일은 주에서 "'芙蓉'은 연꽃蓮華"이라고 했다. 『송서』「부서지·하」에 의하

면, 문제 원가 연간에 '두 송이 연꽃이 하나의 꽃받침에 달린 것二蓮一蔕'[106]이 모두 아홉 번 보이고, '두 포기 연이 하나의 줄기에 꽃을 피운 것二蓮同幹'이 모두 여섯 번 보인다.[107]

【주석】

1 **[전진륜]** 앞 구("感衣裳於楚賦")는 [해제]에서 보았다.

『모시』「진풍(陳風)·택피(澤陂)」 소서(小序) : "「택피」는 시대를 풍자했다. 영공(靈公)과 그의 신하가 그 나라 안에서 음란하게 남녀 간의 밀회를 즐기자, '걱정하는 마음[憂心]'으로 슬픔에 젖은 것이다."

「택피」 제1장 : "저 못의 '방죽' 안에는, 부들과 '연꽃'이 있다[彼澤之'陂', 有蒲與'荷']." 모전 : "'荷(하)'는 '부거(芙蕖 : 연꽃)'이다."

[전중련] 『한서』「예문지」 : "굴원(屈原) '부(賦)' 25편"

2 **[전진륜]** 최표 『고금주』 : "'芙蓉'은 일명 하화(荷花), 일명 수지(水芝), 일명 '택지(澤芝)', 일명 수화(水花)라고 한다."[108]

3 **[전진륜]** 『설문해자』 : "홍농(弘農 : 지금의 하남성 영보시(靈寶市) 북동)에

---

106) 저본의 '帶(대)'는 '蔕(체)'의 오자여서 바로잡았다. 아울러 「부서지」의 내용은 본문이 아니라 통계를 종합한 것이어서 인용부호를 없앴다.

107) 연꽃은 진흙탕 속에서도 고결함을 지니고 있어서[出淤泥而不染] 성결(聖潔)함을 상징한다. 이 부는 이러한 연꽃을 빌려 자신의 고결함을 읊은 작품이다. 마지막 4구 "세속에 영합하여 천시될 것 한스러우니, 애완만 남아 있고 상찬은 사라질 거라. 그리되면 비록 무리를 능가하고 기이함이 빼어나지만, 끝내 흐르는 세월 따라 시들고 말 것"이라는 표현을 보면, 회재불우(懷才不遇)에 대한 감개가 강렬했던 중년 이후의 작품으로 보인다. 『교주』, 42쪽 참조.

108) '水芝'와 '澤芝'는 물에서 자라는 지초(芝草)라는 의미이다.

서는 '帬(군 : 치마)'을 '帔(피)'라고 한다."[109]

『초사』「구가・상부인」: "가인과의 만날 기약은 '저녁으로 마련했네'[與佳期兮'夕張']."

「구가・상군」: "[물속에서 노박덩굴[薜荔]을 캐려 하고,] 나무 끝에서 '연꽃을 따려' 하네['搴芙蓉'兮木末]."

장형 「서경부」: "이때 배를 맡은 관리에게 명하여, '물놀이'를 나간다[於是命舟牧, 爲'水嬉']."

4 **[전진륜]** '吻(문 : 입술)'은 「황폐한 성」(주석 21)에서 보았다.

『예기』「빙의(聘義)」: "옥의 겉에 있는 흠이 '옥 안의 아름다움[瑜]'을 가리지 않는다." 정현 주 : "'瑜(유)'는 그 내부가 아름다운 것이다."[110]

[전중련] 장형 『칠변(七辯)』: "'계피와 택란'으로 비린내를 제거한다[拂以'桂蘭']."

5 **[전진륜]** 『예기』「대전(代奠)」: "[성인이 남면하여 천하를 다스림은 반드시 인간의 도리에서 시작한다. (…중략…) 정삭(正朔)을 개정하고, 복색(服色)을 바꾸고,] '휘호(徽號)'를 달리한다."[111]

---

109) '帔(피)'는 송본・주응등본・장씨원간본과 『전송문』에는 모두 '陂(피)'로 되어 있다. 주석 1에 인용된 『모시』「택피(澤陂)」 원문을 고려하면 '陂'가 옳은 것 같다. "봄 못에서 만날 기약 저녁에 하기로 했다[會春陂乎夕張]"라고 하면, '夕張(석장)'의 출처인 「상부인」의 "가인과의 만날 기약은 저녁에 하기로 했다[與佳期兮夕張]"의 의미도 잘 살렸을 뿐만 아니라, 다음 구와의 연결도 자연스럽다. 반면 '會春帔'는 매우 부자연스럽다.

110) '點(점)'은 꾸미는 것이다. '點辭(점사)'는 '飾辭(식사 : 말을 아름답게 꾸밈)'와 같다. '瑜辭(유사)'는 아름다운 언사(言辭)이다.

111) '徽號(휘호)'는 황제나 황후 사후에 그들을 추존하여 올리던 존호(尊號)로, 남의

6 **[전진륜]** 육기「문부」: "선인들의 '고결한 덕'을 찬송한다[誦先人之'淸芬']."

『회남자』「지형훈」: "'약목(若木 : 서방의 신수(神樹))'은 건목(建木 : 신수의 이름)의 서쪽에 있는데, 나무 끝에 열 개의 태양(日)이 있어서 그 '빛[華]'이 아래의 땅을 비춘다."112)

[전중련]『초사』「천문」: "'약목의 꽃'은 어떻게 빛나는가['若華'何光]?" 왕일 주: "약목(若木)은 어떻게 그 환하고 붉은 꽃을 피울 수 있는가 하는 뜻이다."

7 **[전진륜]**『태현경(太玄經)』: "양기가 만물을 '따뜻하게 해준다[陽蓲萬物]."113)

『설문해자』: "'滮(표)'는 물이 흐르는 모양이다."

『모시』「소아 · 백화(白華)」 제3장: "'표지'는 북쪽으로 흐른다['滮池'北流]."114)

내 견해는 이렇다. 지금 판본에는 '淲(표)'로 되어 있다.

[전중련]『모시』「주송(周頌) · 호천유성명(昊天有成命)」'單厥心(그 마음을 다하다)' 모전: "'單(단 : 殫(탄))'은 다하는[盡] 것이다."

8 **[전진륜]**『설문해자』: "灼(작)은 '매우 빛나는[爍光]' 것이다."

『설문해자』: "'彤(동)'은 붉은색 장식이다."

『모시』「소아 · 대동(大東)」 제4장: "의복이 '곱고 화려하다'['粲粲'衣服]." 모전: "'粲粲(찬찬)'은 선명하고 성대한 모양이다."115)

이름에 대한 존칭의 뜻으로도 쓰인다. 고대 황제의 칭호는 휘호 · 시호(謚號) · 묘호(廟號) · 연호(年號)의 4종이 있었다.

112) 저본에는 오자가 많다. 인용 부분의 원문은 "若木在建'木'西, '末'有十'日', 其'華'照下地"이다. 고유(高誘)의 주에 의하면, 이 태양은 연꽃 모양을 하고 지상으로 빛을 비춘다. '驚絶(경절)'은 놀랍도록 절륜하게 빼어난 사물이나 그러함을 말한다.

113) '蓲陽(구양)'은 만물을 따뜻하게 해주는 양기, 즉 태양을 말한다. '光潔(광결)'은 밝고 깨끗한 것이다.

114) '滮池'는 섬서성 서안시 북쪽에 있는 물 이름이다.

9 **[전진륜]** 『초사』「이소」: "'산초 자라는 언덕'[116]으로 말을 달려 올라가 거기서 잠시 쉬리라[馳'椒丘'且焉止息]."

『좌전』「환공(桓公) · 6년」: "제(齊)는 큰 나라여서 '나의 짝[吾偶]'[117]이 아니다."

『모시』「위풍(魏風) · 원유도(園有桃)」 제1장: "정원에 복숭아가 있네[園有桃]."

『진어(晉語)』[118]: "진(晉)의 숙향(叔向 즉, 양설힐(羊舌肸))과 정(鄭)의 자산(子産 즉, 공손교(公孫僑))과 제(齊)의 안영(晏嬰)의 재능은 서로 '동등하다[等埒]'."

10 **[전진륜]** 좌사 「촉도부」: "옥의 무늬처럼 아름답고 '표범의 무늬처럼 밝게 빛난다'[符采'彪炳']"

속석(束晳) 「보망시(補亡詩)」 제2수 '蒨蒨士子(맑고 고결한 선비)' 이선 주: "'蒨蒨(천천)'은 밝고 고운 모양이다."

『습유기』: "곤륜산 남쪽에 붉은 비탈과 '붉은 물결[紅波]'이 있는데, 천 겁에

---

115) '明媚(명미)'는 맑고 아름다운 것이고, '繁悅(번열)'은 흐드러지게 고운 것이다. 이 2구는 만개한 연꽃의 아름다움을 묘사했다.

116) 「부용부」의 문맥에 따라 "산초가 많이 자라는 언덕"이라고 풀이한 홍흥조 보주의 견해를 따랐다. 왕일은 "흙산이 높고 사방이 가파른 것"이라고 했다.

117) 중간송본에는 '吾耦(오우)'로 되어 있다. 같은 뜻이다. 이 2구는 『초사』에서 충정(忠貞)한 현신(賢臣)의 비유로 택란(蘭) · 패란(蕙) · 구릿대[芷] · 계수나무[桂] 등과 함께 자주 등장하는 산초나무[椒]나, 『모시』「주남(周南) · 도요(桃夭)」처럼 미인을 상징하는 복사꽃도 연꽃의 적수가 못 된다는 것을 말했다.

118) 이것은 『강희자전(康熙字典)』에서 '埒(날)'이 '동등하다[等]'라는 의미로 쓰인 예로 인용한 글인데, 출처를 『진어』라고 한 것이다. 지금의 통행본 『국어』에는 없고, 소옹(邵雍)의 『황극경세서(皇極經世書)』「관물외편(觀物外篇)」에 실려 있는데, '晏嬰'은 '晏子'로 되어 있다.

한 번 마르고 천 겁에 물이 다시 생겨난다."[119]

11 **[전진륜]** 『이아』「식초」: "'荷'는 연꽃[芙蕖]이다. 그 줄기는 '茄(가 : 연대)'라고 하고, 잎은 '蕸(하)'라고 하며, 그 밑동은 '蔤(밀)'이라고 하고, 꽃은 '菡萏(함담 : 연꽃봉오리)'이라고 하며, 그 열매는 '蓮(연 : 연밥 송이)'이라고 하고, 뿌리는 '藕(우)'라고 하며, 그(연밥 송이) 중심을 '的(적(菂) : 연밥)'이라고 하고 '的'의 중심을 '薏(억 : 연밥 알)'이라고 한다."[120]

왕연수(王延壽) 「노영광전 부(魯靈光殿賦)」: "둥근 못과 네모난 우물에 연꽃을 거꾸로 심었네. 꽃봉오리를 맺고 꽃이 피어, '연꽃봉오리'가 활짝 열렸네. 초록색 연밥 송이와 자주색 연밥에는 실에 꿴 진주 같은 연밥 알이 들어 있네[圓淵方井, 反植荷蕖. 發秀吐榮, '菡萏'披敷. 綠房紫菂, 窋咤垂珠]."[121]

『설문해자』: "'媄(요)'는 여자가 웃는 모습이다."

『설문해자』: "'媱(요)'는 어깨를 구부리고 걷는 모습이다."

[전중련] 『모시』 모전: "'媄'는 젊은 것이다."[122]

12 **[전진륜]** 양웅 「감천부(甘泉賦)」: "'모든 풍경이 뒤집혀 있는 하늘의 가장 높은 곳'을 지나서 구름다리를 건너간다[歷'倒景'而絶飛梁]."[123]

---

119) '翠景(취경)'과 '紅波(홍파)'는 포조 부에서는 연잎과 연꽃을 묘사한 것이다.

120) '青房(청방)'은 연밥 송이이고, '紫的(자적)'은 연밥 송이 안에 들어 있는 연밥이다.

121) 『문선』 권11에는 '圜淵(원연)'은 '圓淵(원연)'으로, '芙蕖(부거)'는 '荷蕖(하거)'로 되어 있어서 고쳤다.

122) 중간송본에는 '媄' 자는 없고 '夭(요)'로 된 것 중에서 모전의 풀이가 전중련의 인용과 연관이 있는 것이 두 군데 있다. 「주남·도요(桃夭)」와 「회풍(檜風)·습유장초(隰有萇楚)」이다. 「모전」에서는 전자에 대해서는 "'夭'는 젊고 씩씩한[少壯] 모양", 후자에서는 "'夭'는 젊은[少] 모양"이라고 했다.

123) '倒景(도영(倒影))'은 여기서는 물속에 비친 그림자를 가리킨다. 손작(孫綽)의

곽박 「강부」 : "출렁이며 이는 물결은, '용의 비늘[龍鱗]'처럼 끊임없이 이어진다[瀖減瀘涓, '龍鱗'結絡]." 이선 주 : "반악의 「금곡시(金谷詩)」에 '솟구치는 샘물은 "용의 비늘"처럼 일렁인다[濫泉"龍鱗"瀾]'라고 했다."

내 견해는 이렇다. '波' 자의 운각(韻脚)은 '紅波'에 이어 중복하여 사용했다.

13 **[전중련]** 송본에는 '映(영)'이 '暎(영)'으로 되어 있다. 『초학기』 권27에는 '曜(요 : 빛나다)'가 '濯(탁 : 씻다)'으로 되어 있다.[124]

14 **[전진륜]** 『수경주』 : "형산(衡山)의 동쪽과 남쪽 두 면은 '상수[湘川]'에 거꾸로 비친다. 장사(長沙)에서 이곳까지 '양자강과 상수[江湘]'를 따라가는 칠백 리 물길이 아홉 번은 산을 향하고 아홉 번은 산을 등진다. 그래서 어부들이 이렇게 노래한다. '배가 상수를 따라 방향을 틀면서, 형산의 아홉 면을 바라본다네[帆隨湘轉, 望衡九面]'."

장협 「칠명(七命)」 : "'뱃사람들'이 「마름 따는 노래」를 부른다['榜人'奏采菱之歌]."

[전중련] 송본에는 '游(유)'가 '遊(유)'로 되어 있다. 『예문유취』 권82에는 '江歌(강가)'가 '吳謌(오가)'로 되어 있다.

15 **[전중련]** 반첩여(班婕妤, 48 B.C.~2 A.D.) 「자신을 애도하는 부[自悼賦]」 : "[성명(聖明)하신 황상의 도타운 은혜 입고,] '해와 달 같은 창성한 밝음을 만났

「천태산 유람 부(遊天台山賦)」에 "或倒景於重溟(바다에 그림자를 거꾸로 비추기도 한다)"에 대해, 이선은 "산이 물에 이르러 그림자가 거꾸로 비치기 때문에 '도영'이라고 한다[山臨水而影倒, 故曰'倒景'也]"라고 주를 달았다.

124) '錦鱗(금린 : 비단 비늘)'은 물고기의 미칭이고, '繡羽(수우)'는 색깔이 수놓은 깃처럼 알록달록 아름다운 새를 가리킨다. '暎'은 '映'의 속자이다. 이 2구는 연못에 물고기가 헤엄치고 새들이 날아가는 모습을 그렸다.

다[當日月之盛明].”

16 **[전진륜]** 『좌전』「소공 · 18년」 ‘是謂“融風”, 火之始也(이를 “융풍”이라고 하는데 불의 시초이다)’ 두예 주 : “북동풍을 ‘融風(융풍)’이라고 한다.”125)

17 **[전진륜]** 유정(劉楨) 「공연시(公讌詩)」 “연꽃이 황금 연못에 가득 넘친다[菡萏溢金塘].”

『설문해자』 : “‘渠(거 : 도랑, 해자)’는 물이 머무는 곳이다.”

[전중련] 『예문유취』에는 ‘瑤(요)’가 ‘碧(벽)’으로 되어 있고, ‘屈(굴)’이 ‘空(공)’으로 되어 있다.126)

18 **[전진륜]** 하후담(夏侯湛) [연꽃 부(芙蕖賦)] : “금빛 상아로 가장자리를 두르고, ‘흰 진주’를 점점이 박아 넣었다[纓以金牙, 點以‘素珠’].”

[전중련] 『예문유취』와 『초학기』에는 ‘以(이)’가 ‘而(이)’로 되어 있다.

19 **[전진륜]** 『산해경』「해내북경(海內北經)」 : “‘봉래산(蓬萊山)’은 바다 가운데에 있다.”

『산해경』「서산경(西山經)」 : “밀산(峚山)인데, 그 위에는 단목(丹木)이 있다. [(…중략…) 단수(丹水)가 여기에서 나온다. (…중략…)] 그 속에 백옥이 많고 거기에서 ‘옥고(玉膏 : 옥 기름, 전설 속 선약(仙藥))’가 나온다. 그것이 생산되는 원천에서는 물이 용솟음치는데, 황제(黃帝)가 그것을 먹고 마셨다.

---

125) 입춘(立春) 무렵에 부는 바람을 말한다. ‘暄盪(훤탕)’은 따뜻한 기운을 싣고 불어오는 것이다. ‘平渥(평악)’은 사방에 고르게 내려 적셔주는 것이다.

126) ‘瑤塘(요당)’과 ‘金渠(금거)’는 연못의 미칭이고, ‘周流(주류)’와 ‘屈曲(굴곡)’은 연꽃이 연못을 가득 메워 퍼지는 모양을 표현했다. 다음 구의 ‘洞泉(동천 : 깊은 샘)’도 연못을 말한다.

그곳에 현옥(玄玉)이 난다. 솟아 나오는 이 '옥고'로 단목에 물을 대준다."

『한서』「서역전」: "황하는 두 개의 원천이 있다. 하나는 '총령(蔥嶺)'에서 나오고 하나는 우전(于闐)에서 나온다. 우전은 남산(南山 : 기련산(祁連山))에 있는데, 그 물은 북쪽으로 흘러서 '총령하(蔥嶺河)'와 합쳐진다."

『목천자전(穆天子傳)』: "천자의 보배로는 옥과(玉果)·선주(璇珠)와 '은촉(銀燭)'이 있다." 곽박 주 : "('은촉'은) 은인데 촛불처럼 밝은 빛을 내는 것이다."

20 **[전진륜]** 풍연(馮衍) 「현지부(顯志賦)」: "'다섯 가지 지초의 무성한 꽃잎'을 먹는다[食'五芝之茂英']."[127]

『산해경』「남산경(南山經)」: "남산경의 첫머리 산맥[128]을 작산(鵲山)이라고 한다. (…중략…) 여기에 나무가 있는데 그 모습은 꾸지나무 같으면서 검고 '거기서 발하는 빛이 사방을 비추는데[其華四照]', 이름을 미곡(迷穀)이라고 한다. 그것을 몸에 지니면 길을 잃지 않는다."

21 **[전진륜]** 『한비자』「오두(五蠹)」: "옷소매가 길면 춤을 잘 출 수 있다[長袖善舞]."

송옥 「등도자호색부」: "아리따운 웃음 한 번에 '양성과 하채의 뭇 남자들을 다 홀렸다'[嫣然一笑, '惑陽城·迷下蔡']."[129]

22 **[전진륜]** 『석명』: "'緗(상 : 담황색)'은 '桑(상)'이다. 뽕잎이 처음 돋아나올 때의 색깔과 같다."

---

127) 이것이 '五華(오화)'인데, 다섯 가지 선초(仙草)의 꽃이라는 뜻이다. '靈木(령목)'은 신령스러운 나무인데, '四照(사조)'라는 표현에 걸맞은 것은 『산해경』의 '미곡수(米穀樹)'이다. 이상 4구는 연꽃의 신비스러움을 묘사했다.

128) 저본의 '之首山'은 금본에는 '經之首'로 되어 있어서 번역은 이를 따랐다.

129) '空城(공성 : 성을 비우다)'은 '傾城(경성 : 성을 기울게 하다)'과 같다. '경성지색(傾城之色)' 즉 '경국지색(傾國之色)'을 말한다.

『광운』: "꽃송이 밖에 있는 것을 '蕚(악 : 꽃받침)'이라고 하고, 꽃송이 안에 있는 것을 '蘂(예 : 꽃술)'라고 한다.

[전중련] 송본에는 '不(불)'이 '下(하)'로 되어 있다.[130)]

23 **[전진륜]** 『설문해자』: "'琯(관 : 옥피리)'은 본래 '管(관 : 대롱)'으로 적는다"[131)] 조식 「부용부(芙蓉賦)」[132)]: "'부드러운 꽃가지'는 진주를 매달고 있고, 붉은 꽃송이는 비췻빛을 드러낸다['絲條'垂珠, 丹榮吐綠]."

24 **[전진륜]** 『모시』 「당풍(唐風) · 주무(綢繆)」 제1장 : "'빈틈없이 꼼꼼하게' 땔나무를 묶는다['綢繆'束薪]." 모전 : "'綢繆(주무)'는 얽어 묶는 것이다."[133)]

25 **[전중련]** 송본에는 '粉(분 : 분)'이 '粧(장 : 단장하다)'으로 되어 있고, '殊(수 : 다르다)'가 '姝(주 : 예쁘다)'로 되어 있다.[134)]

26 **[전중련]** 송본에는 '彩(채)'가 '綵(채)'로 되어 있다.

27 **[전진륜]** 『초사('楚'辭)』 「초혼」: "미인이 이미 취하니, '고운 얼굴[홍안(紅顔)]'이 불그레해졌다[美人既醉, '朱顔'酡些]."

---

130) 출구의 '上'과 호응하므로 '下'가 낫다.

131) '管'은 연의 뿌리줄기 · 잎줄기 · 꽃대에 있는 구멍 즉 물관을 말한다. '柯(가)'는 줄기이다. 장형의 「서경부」에 "濯靈芝以朱柯(영지의 붉은 줄기를 씻는다)"라고 했는데, 이선은 "지초의 '줄기'는 붉은색이다[芝草'莖'赤色也]"라고 주를 달았다. '絲(사)'는 뿌리줄기 · 잎줄기 · 꽃대에 있는 섬유질 즉 연실[藕絲(우사)]을 말한다.

132) 저본에는 '芙蕖賦(부거부)'로 되어 있는데 『전삼국문』에 따라 「芙蓉賦」로 바로잡았다.

133) '奔發(분발)'은 마음껏 발산하는 것이다.

134) 노문초(盧文弨, 1717~1795)의 『군서습보(群書拾補)』 중의 『포조집교정병보(鮑照集校正并補)』(이하 '노문초'로 약칭함)는 '妝(장)'으로 교감했다. 오덕풍은 이를 근거로 '妝'은 속체로 '粧'으로 쓰는데 여기서 '粉'으로 잘못 쓰게 된 것이라고 보았다(25a쪽).

『좌전』「소공·28년」: "유잉씨(有仍氏)가 딸을 낳았는데, '검은 머리카락(黰)'이 새까만 것이 매우 아름다워서, 그 '광택[光]'은 거울로 쓸 수 있었다."[135]

28 **[전진륜]** 『진서』「도잠전(陶潛傳)」: "내 천성이 '세속에 영합하지[狎世]'[136] 않는데, [질병으로 인하여 한적하게 지내고 있다.]"

135) '荊姬(형희)'는 초나라 미녀이고, '夏女(하녀)'는 하나라 초기 '有仍氏(유잉씨)'의 딸이다.

136) 저본의 '狎也(압야)'는 '狎世(압세)'의 잘못이므로 바로잡았다. '狎世'는 세속에 영합하는 것이다. '貽賤(이천)'은 나중에 천시될 씨앗을 남긴다는 뜻이다. 『진서(晉書)』「모용위재기(慕容暐載記」에 '尸祿貽殃(시위소찬(尸位素餐)함은 재앙을 남기는 것이다)'의 '貽殃(이앙)'과 같은 용법이다. '愛(애)'는 외형의 아름다움을 애완(愛玩)하는 것이고 '賞(상)'은 내면의 고결한 성품을 상찬(賞讚)하는 것이다. 이 2구에는, 「이소」에서 굴원이 난(蘭)과 혜(蕙), 유이(留夷)와 게거(揭車), 두형(杜衡)과 방지(芳芷) 등의 향초를 심고 가꿔, "가지와 잎이 크고 무성해지기를 바라며, 때가 되면 수확을 하길 바라는데, 비록 그것들이 시들어 떨어진다 해도 마음 아프지 않지만, 뭇 향초가 거칠고 더러워지는 것이 슬프다[冀枝葉之峻茂兮, 願俟時乎吾將刈. 雖萎絶其亦何傷兮, 哀衆芳之蕪穢]"라고 한 것과 같은 심정이 담겨있다.

園葵賦

風暖凌開, 土昌泉動.[1] 游塵曝日, 鳴雉依隴.[2] 主人拂黃冠, 拭藜杖,[3] 布蔬種, 平圻壤.[4] 通畔修直, 膏畝夷敞.[5] 白莖紫蔕, 豚耳鴨掌.[6] 溝東陌西, 行三畦兩,[7] 旣區旣鉏, 乃露乃映.[8] 句萌欲伸, 叢芽將放.[9] 爾乃晨露夕陰, 霏雲四委,[10] 沈雷遠震, 飛雨輕灑, 徐未及晞, 疾而不靡,[11] 柔莩爰秀, 剛甲以解.[12] 稚葉萍布, 弱陰競抽,[13] 萋萋翼翼, 沃沃油油,[14] 下葳蕤而被莖, 上參差而覆疇,[15] 承朝陽之麗景, 得傾柯之所投.[16] 仕非魯相, 有不拔之利;[17] 賓惟二仲, 無逸馬之憂;[18] 顧堇荼而莫偶, 豈蘋藻之薦羞.[19] 若乃隣老談稼, 女嫗歸桑,[20] 拂此葦席, 炊彼穄粱,[21] 甃壺援醢, 曲瓢卷漿,[22] 乃羹乃瀹, 堆鼎盈筐,[23] 甘旨蒨脆, 柔滑芬芳,[24] 消淋逐水, 潤胃調腸.[25] 於是旣飫, 徹盤投筯,[26] 回小人之腹, 爲君子之慮.[27] 近觀物運, 遠訪師聖, 聲數後彰, 律理前定.[28] 烏非黔黑, 鶴豈浴淨?[29] 彼圓行而方止, 固得之於天性,[30] 伊冬箑而夏裘, 無雙功而竝盛.[31] 盪然任心, 樂道安命. 春風夕來, 秋日晨映.[32] 獨酌南軒, 擁琴孤聽. 篇章間作, 以歌以詠.[33] 魚深沈而鳥高飛, 孰知美色之爲正?[34]

남새밭 아욱

바람 따스해지면 얼음 창고 열리고, 땅이 비옥해지면 샘물이 유동한다.

떠다니는 먼지가 햇볕을 쬐고, 꿩은 언덕에서 울음을 운다.

주인은 밀짚모자 떨쳐 쓰고서, 명아주 지팡이 끌며,

채소 씨앗 뿌리고, 평평하게 흙 고르네.

넓은 밭두렁은 길고 곧게 벋었고, 기름진 밭이랑은 펀펀하고 널따랗네.

흰 줄기 아욱과 붉은 뿌리 아욱, 돼지 귀 아욱에 오리 발바닥 아욱이,

도랑의 동쪽과 밭길의 서쪽에, 서너 줄 두어 이랑 심겨있네.

구역을 나누어서 김을 매는데, 땅 위로 드러난 것도 있고 땅속에 숨은 것도 있어서,

굽은 싹은 곧게 뻗으려 하고, 뭉쳐나는 싹들도 막 돋아나려 하네.

이리하여

새벽에 이슬 내리고 저녁에는 흐려져, 뭉게뭉게 이는 구름 사방을 뒤덮는다.

낮게 우는 우레는 멀리서 울리며, 흩날리는 빗줄기는 가볍게 뿌린다.

천천히 내려도 땅은 안 마르고, 빨리 내려도 아욱은 안 쓰러진다.

씨껍질이 부드러워져 이에 터지고, 떡잎에 붙은 껍질을 막 털어낸다.

어린잎이 부평처럼 널리 퍼져나가, 부드러운 그늘이 다투어 벋는데,

무성하게 우거지고, 부드럽고 윤기가 있어,

아래로는 무성하게 줄기를 덮고, 위로는 들쑥날쑥 밭을 뒤덮네.

아침 해의 아름다운 빛을 받아서, 줄기를 기울여 그곳으로 향하네.

벼슬은 노나라 재상 아니니, 뽑히지 않을 이점이 있는 데에,

손님은 오직 두 중씨仲氏뿐이니, 달아난 말이 밟을 염려도 없다네.

생각하면 바꽃과 씀바귀에 비길 것 아니니, 어찌 네가래와 말藻을 제물로 올릴 수 있으리.

이웃 노인과 농사를 이야기하고, 아낙네들 뽕을 따서 돌아올 때,

이 갈대로 엮은 자리를 펼치고, 저 검은 기장과 수수를 삶아,

둥근 단지에 젓갈을 채우고, 굽은 표주박에 초장을 퍼 담아,

국을 끓이고 또 삶아서, 솥에 넣고 광주리에 담아,

달콤한 맛이 풍성하고 상쾌하며, 부드럽고 매끄러워 향기로운 데다,

임증淋症을 없애주고 소변을 배출하며, 위를 윤택하게 장을 부드럽게 할 것이다.

그리하여 이미 배부르면, 쟁반을 물리고 젓가락을 던지니,

소인의 배부름으로 미루어, 군자의 마음을 헤아린다네.

가까이 사물의 운행을 보고, 멀리 훌륭한 스승을 찾아 물어본다.

성률聲律과 수리數理는 나중에 빛나지만, 율려의 이치律理는 앞서서 정해진다.

까마귀는 검은 칠로 검어진 것 아니고, 학은 몸을 씻어 깨끗해진 것 아니다.

저 둥글어서 굴러가고 모나서 멈추는 것은, 실로 천성에서 얻은 것이라,

겨울 부채와 여름 갖옷은, 언제나 쓸모 있고 성한 것은 아니다.

되는 대로 마음에 맡기고, 도를 즐기며 운명을 편히 여길 것이라.

봄바람이 저녁에 불어오고, 가을 해가 새벽에 비춘다.

남쪽 마루에서 홀로 술 마시고, 금 끌어안고 홀로 들으며,

시문을 간간이 지어, 노래 부르고 읊조리네.

물고기는 깊이 잠기고 새는 높이 날아가 버리니, 미색이 올바른 것이라고 누가 알리?

【해제】[137)]

【주석】

1 **[전진륜]** 『주례』 「천관(天官) · 능인(凌人)」 '凌人掌冰(능인은 얼음의 저장과 제공을 담당한다)' 정현 주 : "'凌(릉)'은 빙실(冰室 : 빙고)이다."

『예기』 「월령」 : "중춘(仲春)의 달에, (…중략…) 천자는 신선한 새끼 양(鮮羔)과 '빙고에서 갓 꺼낸 얼음[開冰]'으로 [종묘에 제사를 지낸다.] (…중략…) 중동(仲冬)의 달에, (…중략…) 하천과 '샘물이 [흘러 움직인다[泉動]'."[138)]

『장자』 「재유(在宥)」 : "무릇 '온갖 생물들[百昌]'은 모두 '흙[土]'에서 나서 흙으로 돌아간다."

[전중련] 송본에는 '昌(창 : 성하다)'이 '冒(모 : 뚫고 나오다)'로 되어 있다.[139)]

---

137) 남새밭의 아욱을 읊은 영물부인데, 「물시계」와 마찬가지로 영물보다는 서정(抒情)에 더욱 치중한 작품이다. 그 중 "소인의 배부름을 가지고서, 군자의 마음으로 삼는다", "둥글어서 굴러가고 모나서 멈추는 것은, 실로 천성에서 얻은 것", "물고기는 깊이 잠기고 새는 높이 날아가 버리니, 미색이 올바르다는 것을 누가 알겠는가?" 등의 표현을 보면, 벼슬길에서 뜻을 이루지 못한 실의의 감개와 냉소가 드러나고 있어서, 중년 이후의 작품으로 보인다. 『교주』, 109쪽 참조. '葵(규)'는 동규(冬葵 : 아욱, Malva verticillata), 금규(錦葵 : 당아욱, Malva sylvestris), 촉규(蜀葵 : 접시꽃, Althaea rosea), 추규(秋葵 : 닥풀, Hibiscus manihot, 黃蜀葵), 향일규(向日葵 : 해바라기, Helianthus annuus) 등을 통칭하는데, '원규(園葵)'는 텃밭에 심은 아욱을 말한다. 아욱은 『모시』 「빈풍(豳風) · 칠월(七月)」 제6장에 "七月亨'葵'及菽(칠월에는 아욱과 콩을 삶아 먹는다)"라고 한 것처럼 고대 중국의 주요 채소 중의 하나였다.

138) 번역에 보충한 부분은 각각 '先薦寢廟'와 '動'이다.

139) 『전송문』과 노문초에도 '冒'로 되어 있고, 『사고전서』본(이하 '사고본'으로 약칭함)에는 '膏(고)'로 되어 있다. '膏'가 옳은 것 같다. 『국어(國語)』 「주어(周語) · 상」에 "따뜻한 봄기운이 모두 피어오르고, '땅속의 기름진 영양분'이 움직이기 시

2 **[전진륜]** 『장자』「소요유(逍遙遊)」: "아지랑이[野馬]랑, '먼지[塵埃]'랑, 살아 있는 생물이 다 이 기운의 숨결 즉 바람이 불어주어 움직이는 것이다."

주 : "'野馬(야마)'는 '햇빛[日光]'이다."140)

『안씨가훈』「서증(書證)」: "'暴曬(폭쇄 : 햇볕을 쬐어 말림)'의 '暴[㬥]' 자는 '暴疾(포/폭질 : 갑작스럽게 생기는 질환)'의 '暴[曓]' 자와 서로 닮았는데, 다만 아래가 약간 다를 뿐이다. 후인들이 독단적으로 '日'자를 ('暴' 자) 옆에 보태어 구분했다."141)

장협「잡시」제9수 : "못 가의 꿩은 언덕에 올라가 운다[澤雉登壟雊]"

3 **[전진륜]** 『예기』「교특생」: "'黃冠(황관)'은 초복(草服 : 풀로 엮은 복식)이다."142)

『이아익(爾雅翼)』「석초(釋草)」: "'藜(려 : 명아주)'는 줄기와 잎은 왕추(王芻 : 조개풀) 비슷하다. 연주(兗州 : 산동성 서부, 하남성 북동부, 하북성 남동

작한다(陽氣俱蒸, '土膏'欲動)"라고 했다. '膏'의 윗부분이 떨어져 나가 '冒'가 되어 의미가 통하지 않게 되자, '昌'으로 고친 것으로 보인다. 정복림은『예기』「월령(月令)·맹춘지월(孟春之月)」의 '草木萌動(초목이 싹이 난다)'의 정현 주 "『농서(農書)』에 말했다. '흙이 솟아 나뭇등걸이 돋아나오면', 묵은 뿌리는 뽑아낼 수 있게 된 것이라 농부는 급히 전답으로 나간다[土長冒橛, 陳根可拔, 耕者急發]"에 나온 '土長冒橛(토장모궐)'을 줄인 표현이 '土冒'라고 했다(『교주』, 110~111쪽).

140) 『강희자전』'馬'자의 풀이 중 '들판에 피어오르는 기운[田野浮氣]'의 예로『장자』의 이 문장을 인용하고 제시한 '주'이다.

141) 왕이기(王利器) 집해『안씨가훈』은 포본(鮑本)과 포경당본(抱經堂本)에 근거하여, 앞 글자는 '㬥(폭, pù)', 뒷글자는 '曓(포, bào)'로 교정했다. 또 '輒(첩)' 앞에는 '專(전)'이 있는데, '專輒'은 '專擅(전천 : 독단적으로 처리함)'과 같다. '暴灑'의 경우 후인들이 '曝灑'로 적어 구별했다는 의미이다. '游塵(유진)'은 공중에 부유하는 먼지이다. 보잘것없는 사물의 비유로도 사용된다.

142) 여기서 '황관'은 풀로 엮어 만든 초라한 삿갓 종류로 농부가 쓰는 것이다. '밀짚모자'로 풀이했다.

부 일대)에서는 [어린잎을] 쪄서 먹는다. (…중략…) 또 [다 자란 줄기는] 지팡이를 만들 수도 있다."[143)]

4 **[전진륜]** 서진 양천(楊泉) 『물리론(物理論)』: "粱(량 : 기장)이라는 것은 서직(黍稷 : 메기장과 찰기장)의 총칭이고, [稻(도 : 벼)라는 것은 관개하여 파종하는 것의 총칭이며, 菽(숙 : 콩)이라는 것은 뭇 콩[豆]의 총칭이다.] 세 가지 곡물[三穀]이 각각 20'종(種)'이 있어서 모두 60가지인데, '채소[蔬]'와 과수[果]의 무리[屬]로 곡식을 보충하는데 각각 20종이다. 모두 다 합하면 백곡(百穀)이 된다."[144)] 그래서 『모시』「소아 · 대전(大田)」 제1장에서 "그 '백곡'을 파종한다[播厥'百穀']"라고 한 것이다. '곡물의 종[穀種]'이라는 것은 '온갖 종[衆種]'의 총칭이다.[145)]

『설문해자』: "'垠(은)'은 땅의 가장자리[地垠咢]이다. ['土(토 : 흙)'의 의미를 취하고 '艮(간, gèn)'의 음을 취했다. 혹은 '물가 언덕[岸]'이라고 한다. '圻(은)'은 '垠'이니,] 혹 의미부를 '斤(근, jīn)'으로 취하기도[从土斤] 한다."[146)]

『설문해자』: "'壤(양)'은 부드러운 흙이다."

5 **[전진륜]** 『설문해자』: "'畔(반)'은 전답의 경계이다."

---

143) 명아주의 대로 만든 지팡이를 청려장(靑藜杖)이라고 한다. 가볍고 튼튼하여 주로 노인의 지팡이로 사용되었다. 중국에서는 후한시대에 사용되었다는 기록이 있고, 한국에서는 통일신라시대부터 장수한 노인에게 왕이 직접 하사했다고 한다.

144) 『이아익』에도 같은 내용이 있는데, 저본의 '實'은 '屬'으로 되어 있어서 고쳤다. '屬'이 옳다.

145) '布'는 씨앗을 뿌리는 것이고, '蔬種(소종)'은 채소의 씨앗이다.

146) 경운루장판(經韻樓藏版) 단옥재(段玉裁) 주 『설문해자』에는 '地垠' 뒤에 '咢(악, 堮)' 자가 있고, '从土斤'은 '从斤'으로 되어 있는데, 단옥재는 '从斤'에 대해 '斤'은 발음(소리부)이라고 주를 달았다.

응거(應璩) 「만공형에게 부친 편지[與滿公衡書]」147) : "모래밭은 '평탄하고 넓소'[沙場'夷敞']."

6 **[전진륜]** 『설문해자』 : "'莖(경)'은 초목의 줄기이다."

『고금운회거요(古今韻會擧要)』 : "'蔕(대, dài)'는 음이 '帶(대, dài)'로 초목의 뿌리이다."148)

『격물론(格物論)』 : "아욱에는 '오리발[鴨脚]'이라는 이름도 있다."

나머지는 자세히 알 수 없다.

[전중련] 가사협(賈思勰) 『제민요술(齊民要術)』 : "아욱에는 '붉은 줄기[紫莖]'와 '흰 줄기[白莖]'의 2종(二種)이 있는데, 종별(種別)로 또 크기의 차이가 있으며, 또 '압각규(鴨脚葵)'도 있다."149)

7 **[전진륜]** 『풍속통의(風俗通義)』 : "남북으로 뻗은 길을 천(阡)이라고 하고 동서로 뻗은 길을 '맥(陌)'이라고 한다."150)

『설문해자』 : "전답 50 묘(畝)를 '畦(휴)'라고 한다."151)

---

147) 『문선』 권42에는 제목이 '여만공염서(與滿公琰書)'로 되어 있다. '公衡(공형)'은 만위(滿偉)의 자이고, '公琰(공염)'은 그 아우 만병(滿炳)의 자로, 모두 위(魏)나라 장군 만총(滿寵, ?~242)의 아들이다.

148) '蔕'는 '蒂'와 같으며, '꽃받침'의 뜻일 때는 음이 '체(dì)'이고, '초목의 뿌리'의 뜻일 때는 '대(dài)'이다. 『문선』 권19 송옥(宋玉)의 「고당부(高堂賦)」에 "綠葉紫裹, 丹莖白蔕(녹색 잎에 자줏빛 열매, 붉은 줄기에 흰색 꽃받침)"에 대해 이주한은 "'裹(과)'는 열매껍질[實皮]이고, '蔕'는 꽃받침[花根]이다"라고 했는데, 이 대목은 임목(林木)에 대한 묘사이다.

149) 『이아익』 「석초」에도 같은 내용이 있는데, '二種種別' 4자는 없다.

150) 일문(逸文)이다. 『옥편』, 『사기』 「진본기」 색은 등에 인용되어 있다.

151) 1'묘'는 중국에서는 약 667m²이다. 우리나라에서는 30평으로 약 99.174m²에 해당한다.

8 **[전진륜]** 『증운(增韻)』: "'區(구)'는 음은 구(丘)이고 나누는 것이다."

『설문해자』: "'鉏(서(鋤): 긴 자루 호미)'는 서서 김을 매는 데 사용하는 것이다."

내 견해는 이렇다. 『설문해자』에서 "'映(영)'은 밝은 것[明]이다. 숨기는 것[隱]이다"라고 했으니, 본래 두 가지 풀이가 있다. 『광운』에서는 발음을 "於(어)와 敬(경)의 반절[영(yìng)]"이라고 했다.

반악 「사치부(射雉賦)」: "'기우는 태양[映日]'이 어두워질까 두렵다." 양 원제(元帝, 552~554 재위)의 『찬요(纂要)』[152]에 "태양이 오시(午時)에 있는 것을 정(亭)이라고 하고, 미시(未時)에 있는 것을 '映(영)'이라고 한다"라고 했다. 뒤에 나오는 "秋日晨'映'"은 마땅히 英(영)의 거성(yìng)으로 읽어야 한다. 『광운』에서는 또 "烏(오)와 朗(랑)의 반절[앙(yǎng)]"이라고 했다. 『옥편』에서는 "'映䀮(앙망, yǎngwǎng)'은 흐린 것"이라고 했다. 이곳의 '映'자는 마땅히 독음이 '坱(앙, yǎng)'이 되어야 한다.[153]

9 **[전진륜]** 『예기』「월령」: "[계춘(季春)의 달에] '구부러진 싹[句]'도 반드시 싹터 나오고, '곧은 싹[萌]'도 반드시 싹터 나온다."

[전중련] 송본에는 '放(방)'이 '散(산)'으로 되어 있다.[154]

10 **[전진륜]** 『설문해자』: "'霏(비)'는 눈이 내리는 모양이다."

『관자(管子)』「치미(侈靡)」: "'구름[雲]'이 고루 퍼져 있으면 비가 많이 내리

---

152) 명 양신(楊愼)의 『단연속록(丹鉛續錄)』 권6, 『강희자전』 등에 인용되어 있다.

153) '映'은 '비치다, 비추다, 덮다, 햇빛, 미시(未時)' 등의 뜻일 때는 독음이 '영(yìng)'이고, '희미하다, 밝지 않다'라는 뜻일 때는 '앙(yǎng)'이다. '露(로: 땅 위로 드러나다)'와 대비되어 있어서 땅속에서 아직 돋아나지 않은 것을 가리키는 것으로 보는 것이 낫다. 압운 면에서도 '앙'이 옳다.

154) 운각(韻脚)이므로 '放'이 되어야 한다. ''叢芽(총아)'는 한데 뭉쳐나는 싹이다.

지 않고[雨不密], ‘두껍게 쌓여 드리워진 구름[無委雲]’이 없으면 비는 금방 그친다[速止].”155) 주 : “‘委(위)’는 ‘委佩(위패)’의 ‘委(늘어뜨리다)’와 같다.

11 **[전진륜]** 『설문해자』 : “‘晞(희)’는 마르는 것이다.”

『설문해자』 : “‘靡(미)’는 풀이 바람에 쓰러지는 것이다.”156)

12 **[전진륜]** 『석명』 「석언어(釋言語)」 : “‘莩(부)’157)는 孚(부 : 껍질이 갈라짐)이다. ‘씨껍질이 갈라져[孚甲]’ 거죽에 붙어 있는 것을 말한다.”

『석명』 「석언어」 : “‘甲(갑)’은 ‘孚’이다. 만물이 갈라진 껍질을 벗어버리고 돋아나는 것이다.”

13 **[전진륜]** 『후한서』 「마융전(馬融傳)」 : “‘넓게 흩어져 있어서’, 다 셀 수가 없다[‘葩葉蔣布’, 不可勝計].”158)

14 **[전진륜]** 『모시』 「주남 · 갈담(葛覃)」 제1장 : “잎사귀가 ‘무성하다’[維葉‘萋萋’].” 모전 : “‘萋萋(처처)’는 무성한 모양이다.”

『모시』 「소아 · 초자(楚茨)」 제1장 : “내 기장 ‘무성히 자라네’[我黍‘翼翼’].”159)

정현 전 : “‘翼翼(익익)’은 흐드러지게 무성한 모양이다.”

---

155) 금본에는 ‘密(밀)’은 ‘甚(심)’으로, ‘速止(속지)’는 ‘遬已(칙이)’로 되어 있다. 뜻은 같다. ‘委佩’는 패옥이 땅에 닿을 정도로 몸을 크게 굽히는 공경스러운 자세를 말한다.

156) 앞 구의 ‘沈雷(침뢰)’는 낮게 가라앉아 크게 울리는 우레이다.

157) 사부총간(四部叢刊) 초편에는 ‘莩’가 ‘浮(부)’로 되어 있다.

158) 마융의 작품 「광성송(廣成頌)」의 문장이다. 표점교감본에는 ‘葩葉(파엽)’이 ‘葩華(파화)’로 되어 있는데, ‘葩華(파화)’는 꽃이라는 의미로 사용되기도 하지만, 「광성송」에서는 분산되어 있는 모양을 나타낸다. ‘弱陰競抽(약음경추)’는 어린 잎이 텃밭에 그늘을 만들면서 퍼져나가는 모양을 묘사한 것으로 보았다.

159) 중간송본 『모시』에는 “我‘黍’與與, 我‘稷’翼翼(메기장도 무성하고, 찰기장도 우거졌다)”으로 되어 있는데, 이 2구를 잘못 합친 것 같다.

『모시』「위풍(衛風)·맹(氓)」 제3장 : "그 잎사귀 '윤기가 흐르네'[其葉'沃若']." 모전 : "'沃若(옥약)'은 '沃沃然(옥옥연 : 윤기가 있는 모양)'과 같다."

『사기』「송미자세가(宋微子世家)」: "보리 이삭 점점 자라는구나, 벼와 기장 '무성하고 기름지구나[油油]'."

15 **[전진륜]** 동방삭 「칠간」: "위로는 잎사귀 '무성하여서' 이슬을 막아준다[上'葳蕤'而防露兮]." 주 : "'葳蕤(위유)'는 무성한 모양이다."

『옥편』: "'參差(참치)'는 가지런하지 않은 것이다."

『국어』「제어(齊語)」 주 : "삼밭[麻地]을 '疇(주)'라고 한다."[160]

[전중련] 송본에는 '徑(경)'이 '逕(경)'으로 되어 있다.

『옥편』: "'葳蕤'는 초목의 열매가 드리워진 모양이다."

16 **[전진륜]** 『좌전』「성공·17년」: "'아욱'도 자신의 발을 보호할 줄 안다[葵猶能圍其足]." 두예 주 : "아욱은 '잎을 기울여 태양을 향함으로써[傾葉向日]' 스스로 자기 뿌리를 가려준다."[161]

17 **[전진륜]** 『사기』[162] 「동중서전(董仲舒傳)」: "공의자(公儀子)는 '노나라의

---

160) '疇'는 통상적으로는 경작하는 전답을 뜻한다. 또 밭두둑이나 전답의 경계를 뜻하기도 한다. 『맹자(孟子)』「진심(盡心)·상」에 "자신의 '논밭'을 잘 건사하게 하고 세금을 줄여주면 백성들은 부유해질 수 있다[易其'田疇', 薄其稅斂, 民可使富也]"의 '田疇(전주)'가 그 예이다.

161) 저본의 '自蔽其根'은 중간송본에는 '以蔽其根也'로 되어 있다. '麗景(려경)'은 아침 해[朝陽]의 찬란한 햇살이다. '傾柯(경가)'는 잎줄기를 태양을 향해 기울어지게 하는 것이다.

162) 『한서』「동중서전」의 기록이다. 『사기』에는 「순리열전(循吏列傳)」에 비슷한 이야기가 실려 있으나 표현이 다르다. 표점교감본에는 '出, 其妻食於舍'가 '出其妻; 食於舍'로 되어 있는데, 옳다. 또 '工女(공녀)'는 '紅女(공녀 : 방적하는 여성)'로 되어 있다. '乎(호)'는 '虖(호)'로 되어 있는데 어기조사일 때는 통용한다.

재상이 되었다[相魯]'. 집에 가서 비단 짜는 것을 보고는 성을 내며 아내를 내쫓았다. 집에서 식사하는데 아욱을 먹게 되자, 성을 내며 '그 아욱을 뽑아버리고[拔其葵]' 말했다. '나는 이미 녹봉을 먹고 있는데, 또 농사꾼과 베 짜는 여인의 이익을 뺏는단 말인가?'"

18 **[전진륜]** 『삼보결록(三輔決錄)』: "장후(蔣詡)는 자가 원경(元卿)이다. 은거하던 집 정원의 세 오솔길[三徑]에는 오직 '양중(羊仲)과 구중(求仲) 두 사람만'이 그를 따라 노닐었다. 이 '두 중씨[二仲]'는 모두 청렴해서 좌절을 겪고, 명성을 피해 숨어 사는 인사이다."

『열녀전』「노칠실녀(魯漆室女)」: "노나라의 칠실녀가 말했다. '(…중략…) 전에 진(晉)의 손님이 우리 집에 머물면서, 말을 마당에 매었는데 "말이 달아나 우리 아욱을 짓밟아[馬佚馳走踐吾葵]", 내가 일 년 내내 아욱을 먹을 수 없게 했다'."[163]

19 **[전진륜]** 『모시』「대아·면」 제3장: "'바꽃과 씀바귀'가 엿처럼 달다['菫荼' 如飴]."

『좌전』「은공·3년」: "'네가래[蘋]'·개구리밥[蘩]·붕어마름[蘊]·'말[藻]' 등의 나물은, (…중략…) 귀신에게 '제물로 바칠[薦]' 수 있고, 왕공(王公)에게 '드릴[羞]' 수 있다."

20 **[전진륜]** 『설문해자』: "'嫗(구)'는 어머니이다."[164]

---

163) 통행본에는 '繫馬于園, 馬佚'은 '繫馬園中, 馬佚馳走'로 되어 있고, '園葵'는 '葵'로 되어 있으며, '不厭葵味'는 '不食葵'로 되어 있다.

164) '嫗'는 나이가 든 여인을 가리킨다.

21 [전진륜]『예기』「잡기(雜記)」: "사(士)의 상여 덮개는, '갈대 자리[葦席]'로 덮개를 하고, [부들자리[蒲席]로 휘장[帷]을 한다]."

『설문해자』: "'炊(취)'는 불을 때는 것이다."

『설문해자』: "'粱(량 : 조)'은 볏과 곡식의 이름이다."

『목천자전』 주 : "'穄(제 : 검은 기장)'는 보리 비슷하면서 차지지 않은 것이다."

22 [전진륜]『설문해자』: "'甃(추)'는 우물 벽돌[井甓]이다."

『설문해자』: "'醢(해)'는 육류의 젓갈[肉醬]이다."

『설문해자』: "'漿(장)'은 신맛이 나는 음료[酢漿]이다. 일설에는 물과 쌀의 즙을 섞어서 만든 음료라고 한다."165)

23 [전진륜]『옥편』: "'瀹(약)'은 데치는 것이다."

『모시』「주남 · 권이(卷耳)」: "기울어진 대바구니 채우지 못한다[不盈頃筐]." 모전 : "'頃筐(경광)'은 삼태기[畚] 종류로 채우기 쉬운 그릇이다."

24 [전진륜]『격물론』: "'葵'는 몇 종류가 있다. 이것은 채규(菜葵 : 아욱, 동규(冬葵))로 '맛이 감미롭고 성질이 미끌미끌하다[味甘美, 性滑利]'."

25 [전진륜]『설문해자』: "'痳(림)'은 산증(疝症)이다." 서개 : "소변이 시원하지 않고 저리고 쑤시며 방울방울 떨어진다."166)

26 [전진륜]『광운』: "'飫(어)'는 배부른 것, 물리는 것이다."

---

165) 경운루장판 단옥재 주본에는 '一曰' 이하는 없다. '甃壺(추호)'는 둥글거나 동글납작한 단지이다. '援(원 : 끌어당기다)'과 '卷(권 : 거두다)'은 펴서 담는 것이다.
166) 저본의 '痲(마)'는 '痳'의 잘못이다. '痳'은 '淋(림)'과 통하며 임증(痳症) · 산증 · 대하증 등의 질병이다. 『설문해자』에서는 '산증'이라고 했는데, 오늘날 '산증'은 아랫배와 생식기에 탈이 생겨 붓고 아픈 병으로, 서개가 말한 증세와는 다소 차이가 있다. 서개가 설명한 증세는 '임증'이다.

『설문해자』: "'盤(반)'은 승반(承槃 : 쟁반)이다."

『설문해자』: "'저(箸 : 젓가락)'는 밥을 먹을 때 사용하는 도구이다." 서개 : "지금 시속에서는 '筯(저)'로 잘못 쓰고 있다."

27 **[전진륜]** 이 2구는 반악의 「서정부(西征賦)」에도 보이는데, 실은 모두 『좌전』 「소공 · 28년」의 "'저희와 같은 소인이 배 채우기를 바라는 마음[小人之腹]'으로 '군자의 마음[君子之心]'도 똑같을 것이라고 여겨, 배만 부르면 만족할 거라고 여겼습니다"[167]를 인용한 것이다.

28 **[전진륜]** 『한서』 「율력지(律曆志) · 1상」: "첫째는 '수를 갖추는 것[備數]'이요, 둘째는 '소리를 조화롭게 하는[和聲]' 것이며, [셋째는 (…중략…)]"[168]

---

167) 진(晉) 경공(頃公) 때 옥사를 처리하던 위헌자(魏獻子)에게 피의자가 뇌물을 바치려 해서 위헌자가 받으려는 조짐이 있자, 대부 염몰(閻沒)과 여관(女寬)이 넌지시 위헌자에게 간하면서 한 말이다. '소인'은 두 대부 자신들을 말하고 '군자'는 위헌자를 지칭한다. 『국어』 「진어 · 9」에도 같은 내용이 실려 있다.

168) 「율력지」에는 인용문 뒤에 '수(數)'와 '성(聲)'에 대한 설명이 다음과 같이 이어진다. "수(數)라는 것은, '일 · 십 · 백 · 천 · 만'인데, 사물을 셈하여 인성과 천명의 이치에 순응하는[算數事物, 順性命之理] 데 쓰는 것이다. (…중략…) 본원은 '황종의 수[黃鍾之數]'에서 시작하는데, (황종의 수인) 1에서 시작하여 3이 되고, 3승(乘)씩 누적하여 12시진(時辰)의 수에 이르면 177,147이 되니, '오행과 음양의 변화를 나타내는 수 즉 오수(五數)가 갖춰지는 것'이다. (…중략…) 소리(聲)라는 것은 '궁 · 상 · 각 · 치 · 우'인데, 음악을 제작하는 자가 팔음(八音)과 조화를 이루고 사람의 사특한 마음을 깨끗이 씻어, 그 올바른 본성을 온전하게 하고 풍속을 올바르게 고치는[作樂者, 諧八音, 蕩滌人之邪意, 全其正性, 移風易俗] 데 쓰는 것이다. (…중략…) '오성의 본원은 황종의 율[黃鍾之律]에서 시작'된다." '黃鍾'은 양(陽)의 육률(六律)과 음의 육려(六呂)로 이루어진 12율려(律呂)이다. 12율려는 음악에서의 음이름[音名], 시각의 12시진, 인체의 12경락(經絡) 등 만사에 적용된다. 포조 부에서 말한 '律理(률리)'는 이것을 가리키는 것으로 보인다. 『맹자』 「이루(離婁) · 상」에서 맹자는 "악사 사광이 밝은 귀를 가지고 있어도 '육률'을 이용하지 않으면, '오음'을 올바르게 활용할 수 없다[師曠之聰, 不以'六

29 **[전진륜]** 『장자』「천운(天運)」: "학은 매일 몸을 씻어서 하얘진 것이 아니고, 까마귀는 매일 검은 칠하여 검어진 것이 아니다[鵠不日浴而白 烏不日黔而黑]."

30 **[전진륜]** 『남사』「장충전(張充傳)」: "쇠는 단단하고 물은 부드러운 것[金剛水柔][169]은 '성질[性]'이 달라서 그렇고, '둥글면 잘 굴러가고 모나면 멈추는 것[圓行方止]'은 기물의 모양이 다르기 때문이다."

31 **[전진륜]** 『회남자』「정신훈(精神訓)」: "'겨울의 부채[冬日之箑]'와 '여름의 갖옷[夏日之裘]'이 자기에게 쓸모없음을 알게 되면, 만물의 변화라는 것이 나에게는 먼지와 같은 하찮은 것이 될 것이다."[170]

32 **[전중련]** 송본에는 '秋日(추일)' 아래의 주에서 "'秋月(추월)'로 된 판본도 있다"라고 했다.

33 **[전진륜]** 반고 「양도부서」: "때때로 '틈을 내어 지었다'[時時'間作']."

34 **[전진륜]** 『장자』「제물론(齊物論)」: "모장(毛嬙)과 여희(驪姬)는 사람들은 아름답다고 여기지만, 물고기는 보면 물속으로 깊이 들어가 버리고[171] 새는 보면 하늘로 높이 날아가 버린다."

律', 不能正'五音']"라고 했다.

169) '木(목)'은 표점교감본과 『전양문(全梁文)』에 수록된 장충의 「왕검에게 주는 편지[與王儉書]」에 모두 '水(수)'로 되어 있다.

170) '雙功(쌍공)'과 '竝盛(병성)'은 부채와 갖옷이 여름과 겨울에 모두 효용이 있고 다 성행함을 말한다.

171) '深潛(심잠)'은 금본에는 '深入(심입)'으로 되어 있다.

舞鶴賦

散幽經以驗物, 偉胎化之仙禽.[1] 鍾浮曠之藻質, 抱淸迥之明心.[2] 指蓬壺而飜翰, 望崑閬以揚音.[3] 帀日域以廻鶱, 窮天步而高尋.[4] 踐神區其旣遠, 積靈祀而方多.[5] 精含丹而星曜, 頂凝紫而煙華.[6] 引員吭之纖婉, 頓修趾之洪姱.[7] 疊霜毛而弄影, 振玉羽而臨霞.[8] 朝戲於芝田, 夕飮乎瑤池.[9] 厭江海而遊澤, 掩雲羅而見羈.[10] 去帝鄕之岑寂, 歸人寰之喧卑.[11] 歲崢嶸而愁莫, 心惆悵而哀離.[12] 於是窮陰殺節, 急景凋年.[13] 涼沙振野, 箕風動天.[14] 嚴嚴苦霧, 皎皎悲泉.[15] 冰塞長河, 雪滿群山.[16] 旣而氛昏夜歇, 景物澄廓.[17] 星飜漢廻, 曉月將落.[18] 感寒鷄之早晨, 憐霜雁之違漠.[19] 臨驚風之蕭條, 對流光之照灼.[20] 唳淸響於丹墀, 舞飛容於金閣.[21] 始連軒以鳳蹌, 終宛轉而龍躍.[22] 躑躅徘徊, 振迅騰摧.[23] 驚身蓬集, 矯翅雪飛.[24] 離綱別赴, 合緖相依.[25] 將興中止, 若往而歸. 颯沓矜顧, 遷延遲莫.[26] 逸翮後塵, 翱翥先路.[27] 指會規翔, 臨歧矩步.[28] 態有遺姸, 貌無停趣. 奔機逗節, 角睞分形.[29] 長揚緩鶩, 竝翼連聲.[30] 輕迹凌亂, 浮影交橫.[31] 衆變繁姿, 參差洊密.[32] 煙交霧凝, 若無毛質.[33] 風去雨還, 不可談悉.[34] 旣散魂而盪目, 迷不知其所之.[35] 忽星離而雲罷, 整神容而自持.[36] 仰天居之崇絶, 更惆惕而驚思.[37] 當是時也, 燕姬色沮, 巴童心恥.[38] 巾拂兩停, 丸劍雙止.[39] 雖邯鄲其敢倫, 豈陽阿之能擬.[40] 入衛國而乘軒, 出吳都而傾市.[41] 守馴養於千齡, 結長悲於萬里.[42]

춤추는 학

『상학경相鶴經』을 펼쳐 어떤 동물인지 알아보니, 위대하다 태생하는 선금이로세.

가뿐하고 소탈한 미질美質을 타고났고, 맑고 원대한 밝은 마음 지녔네.

봉래산을 향하여 날개를 펼치고, 곤륜산을 바라보고 소리를 드날리네.

하늘 끝을 휙 휘돌아 신속하게 돌아오고, 우주공간 끝까지 높이 솟아 찾아가네.

신선이 사는 곳을 이미 멀리 가보았고, 신령의 나이를 이미 많이 축적했다.

눈알은 붉은빛 머금어 별처럼 빛나고, 이마는 자줏빛 엉겨 자연紫煙처럼 화려하다.

가늘고 고운 둥근 목을 당기며 노래하고, 크고 고운 긴 발로 우아하게 멈춰 선다.

서리 빛 깃 첩첩이 그림자를 희롱하고, 옥빛 깃을 떨치며 노을로 다가간다.

아침에는 영지밭에서 장난을 치고, 저녁에는 요지瑤池에서 물을 마셨지.

강과 바다에 싫증 나서 작은 못에 놀러 왔다, 구름 그물에 걸려들어 붙잡히게 되었네.

천제 거처 조용한 세상 떠나와서는, 인간 세상 시끄러운 곳에 오게 되었네.

속절없이 세월 흘러 저물어 감 시름하고, 비통해져 마음은 이별을 슬퍼하네.

이때는

음기 성한 숙살肅殺의 계절이요, 급한 세월 조락의 시절이라,

찬 모래는 들판에 흩날리고, 거센 바람 하늘을 뒤흔든다.

짙은 안개 지독히도 자욱하고, 슬픈 샘물 새하얗게 깨끗하다.

얼음이 긴 강물을 막아버리고, 눈이 뭇 산을 뒤덮었다.

이윽고

연무 덮인 흐린 밤이 끝나고, 경물 모습 또렷해지네.

별 뒤치고 은하는 기울며, 새벽달은 지려고 하네.

첫새벽 가을 닭 울음에 마음이 울컥하고, 북방 사막 떠나온 기러기에 슬픔을 느끼네.

쏴아쏴아 불어오는 거센 바람 마주하고, 부챗살처럼 퍼지는 햇빛을 받으며,

붉은 지대址臺 위에서 맑은 울음 날리고, 황금 누각 위에서 비상하며 춤추네.

처음에는 너울너울 봉처럼 춤추다가, 마지막엔 구불구불 용처럼 도약하네.

머뭇머뭇 배회하고, 훌쩍 날다 홀연히 멈춘다.

퍼덕이며 망초처럼 모이고, 날개 치며 눈처럼 난다.

행렬 떠나 홀로 날다가, 무리와 합쳐 서로 의지한다.

날아오를 듯하다가 멈추고, 떠나갈 듯하다가 되돌아온다.

함께 얼려 서로를 돌아보고, 느릿느릿 뒤로 물러나네.

빠른 날개 먼지보다 앞서고, 경쾌한 비상 갈 길보다 앞서네.

넓은 데선 그림쇠처럼 비상하고, 갈림길에선 곱자처럼 걸어가네.

자태는 아름다움 넘치는데, 모습은 멈추려는 기색도 없네.

가락에 맞춰서 달리고 멎으며, 곁눈으로 살피며 뿔뿔이 흩어진다.

유장하게 날아올라 천천히 달리고, 나란히 날면서 울음으로 응한다.

가벼운 자취는 어지럽게 얽히고, 떠도는 그림자 이리저리 교차한다.

수많은 변화와 풍부한 자태가, 들쑥날쑥 다양하고 빽빽하여 빈틈없네.

구름 속에 섞이고 안개 속에 엉기니, 깃털조차 없는 듯 보이지 않네.

바람처럼 떠나서 비처럼 돌아오니, 말로는 다 형용할 도리도 없네.

넋을 흩어 놓은 데다 눈마저 뒤흔드니, 어질어질 어지러워 가는 바를 모르겠다.

홀연 별처럼 흩어지고 구름처럼 펼쳐서, 몸과 마음 가다듬어 자신을 다잡는다.

하늘 저쪽 먼 고향을 우러러 바라보니, 더더욱 처량해져 속으로 놀란다.

이때가 되어서는,

연燕나라 미녀는 안색이 꺾이고, 파촉巴蜀의 소년은 속으로 부끄럽네.

건무巾舞와 불무拂舞를 모두 멈추고, 환검丸劍의 잡기도 다 멎게 하네.

한단邯鄲의 노래인들 어찌 감히 견주며, 양아陽阿의 곡조인늘 어찌 능히 비기리.

위衛의 국도 들어가서 초헌을 타고, 오吳의 도읍 나가서는 저자를 휩쓸었네.

천 년의 긴 세월에 사람 손에 순치되어, 만 리 먼 하늘에 긴 슬픔을 맺었네.

【해제】

[전진륜] 『문선』 이선 주를 수록한다.[172)]

【주석】

1 **[이선]** 『상학경(相鶴經)』이라는 것은 부구공(浮丘公)에게서 나왔다. 공이 그것을 왕자진(王子晉)을 지목해[目][173)] 전수했다. 최문자(崔文子)라는 사람

---

172) "아침에는 선약 밭에서 놀고, 저녁에는 요지에서 물을 마시다가", "천제가 사는 조용한 세상을 떠나서, 인간의 시끄러운 세상으로 와서", "천 년의 긴 세월에 사람 손에 순치되어, 만 리 먼 하늘에 긴 슬픔을 맺은" 학(鶴 : 두루미)을 통해, 벼슬길에서의 속박에 지쳐 자연의 자유로움을 갈구하는 심정을 토로했다. 중년 이후의 작품으로 보인다. 정복림은 "본래 하늘의 정원에 있어야 하지만 인간 세상으로 오게 된 학을 통해 자유를 추구했지만 어쩌다가 벼슬길에 들어서게 된 사인(士人)을 읊은 것"으로, 마무리 부분은 "인간에게 순치된 학이 겉으로는 영화롭지만 실은 자유를 잃고 인간의 통제를 받고 있음을 통해, 뜻을 잃은 비애를 최고조로 끌어올렸다"라고 했다(『교주』, 1쪽).

173) 저본의 '經(경)'은 '목(目)'의 오자이다. 현재 통행하는 이선본·육신본(이선주+오신주)·육가본(오신주+이선주)에 모두 '自'로 되어 있는데, 호극가는 『문선고이』에서 '目(목)'의 오자라고 했다. '부구공'은 부구자(浮丘子) 또는 호구자(壺

이 왕자진에게서 선술(仙術)을 배우면서 그 글을 얻어 숭고산(嵩高山 : 지금의 嵩山) 석실에 간직해두었는데, 회남(淮南) 팔공(八公)[174]이 약초를 캐다가 입수하여 드디어 세상에 전해지게 되었다. 『상학경』에서 말했다. "'학(鶴)'[175]은 양(陽)의 기운을 받은 새로, 금기(金氣)에서 연유하여 화정(火精)에 귀의한다. 화(火)의 수는 7이고 금(金)의 수는 9이다. 그래서 16년이면 조금 변하고, 60년이면 크게 변한다. 1,600년이면 형체가 확정되고 빛깔은 하얘진다." 또 말했다. "2년이면 배내털[子毛]이 빠지고, 3년이면 머리가 붉어지며, 7년이면 은하수[雲漢]까지 날아오르고, 또 7년이면 춤추기를 배운다. 다시 7년[176]이면 절기에 호응을 해[應節], 밤낮으로 열두 번을 운다. 60년이면 큰 털이 빠지고 솜털이 생긴다. 색이 눈처럼 새하얀데, 흙탕물에도 더럽혀지지 않는다. 160년이면 암수가 서로 만나면 눈알도 굴리지 않고, 1,600년 동안 회임하는데, 물은 마시지만 모이는 먹지 않는다. 물속에서 먹기 때문에 부리가 길고, 앞을 쳐들기 때문에 뒤가 짧다. 뭍에서 깃들기 때문에 발은 높고 꽁지는 빠졌고, 구름 속에서 날기 때문에 털은 풍부하고 살은 적다. 움직일 때는 반드시 모래톱과 섬에 의지하고, 멎을 때는 반드시 숲과 나무에 모인다. 대체로 우족(羽族) 중의 으뜸이니, 선인(仙人)이 타는 준마이다. 코가 높고 주둥이가 짧으

丘子)라고도 하는데, 전설 속의 선인(仙人)이다. '왕자진'은 주(周) 영왕(靈王)의 태자로 이름을 교(喬)라고도 하는데, 부구공에게 선술을 배워 신선이 되었다고 한다.

174) 회남왕 유안(劉安)의 문객인 소비(蘇非)·이상(李尙)·좌오(左吳)·전유(田由)·뇌피(雷被)·모피(毛被)·오피(伍被)·진창(晉昌) 8인을 말한다.

175) 저본의 '鶴(학)'은 이선본·육신본·육가본에 모두 '鶴'으로 되어 있다.

176) 저본의 '三(삼)'은 '七(칠)'의 오자이다.

면 잠이 적고, 눈에 붉은 정기가 드러나면 멀리 보며, 머리가 날카롭고 몸이 짧으면 울기를 잘하고, 네 개의 깃이 가슴에 바짝 붙어 있으면 몸이 가볍다. 봉황의 날개에 공작의 깃 모양이면 잘 날고, 거북의 등에 자라의 배 모양이면 새끼를 잘 낳으며, 앞을 쳐들고 뒤를 드리우면 춤을 잘 추고, 넓적다리가 넓고 발목이 가늘면 잘 달린다."

[전중련] 양장거 『문선방증』 : "주의 『鶴經』의 '鶴' 앞에는 '相' 자가 있어야 한다."

양장거 『문선방증』 : "주에서는 '胎化(태화)'에 대해 풀이하지 않았다. 내가 본 바로는 금본 『상학경』에는 다음과 같이 말했다. '1,600년이면 형체가 확정되며, 물만 마시고 모이를 먹지 않으며, 난조(鸞鳥)와 봉황과 함께 어울리며 "태화(胎化)"해서 새끼를 낳는다. 선인의 천리마이다.' 또 『박물지』에서 말했다. '큰 기러기와 학[鴻鵠]은 모두 태생(胎生)한다.' '鵠(학)'과 '鶴(학)'은 고자와 금자이다."

여소객 『문선음의』 : "『운교유요(雲嶠類要)』에 나온다, '학은 태생하는 것으로, 형체가 단단하고 작으며, 벼와 기장 등 곡식만 먹고, 오래되면 반드시 날아서 다른 곳으로 떠나간다. 황새[鸛]는 반드시 난생(卵生)하며 그 몸집이 크고 물고기와 새우 등을 먹고 뱀과 쥐를 먹으며, 떠나지 못한다.' 『채란잡지(採蘭雜志)』에 있다. '학은 일명 선자(仙子), 일명 심상서(沈尚書), 일명 봉래우사(蓬萊羽士)라고 한다.'"

2 **[이선]** 조식(曹植) 「구영(九詠)」 장구(章句) : "'鍾(종)'은 '만나다[當]'라는 뜻이다."[177]

---

177) 『문선』 권37 유곤(劉琨) 「사마예에게 등극을 권하는 표[勸進表]」 '鍾百王之季

3 **[이선]** 동방삭(東方朔) 『해내십주기(海內十洲記)』: "'곤륜산(崑崙山)'은 세 개의 봉우리[角]가 있다. 하나의 봉우리는 정북방인데 (…중략…) '낭풍전(閬風巓)'이라고 하고, (…중략…) 하나의 봉우리는 정동방인데 '곤륜궁(崑崙宮)'이라고 한다."

[전중련] 송본에는 '以(이)'가 '而(이)'로 되어 있다.

허손행 『문선필기』: "이선 주는 "'봉호(蓬壺)"와 "곤랑(崑閬)"은 앞의 주에서 이미 보았다[已見上注]'[178]라고 했다. 지금 인용한 것은 여향(呂向) 주[179]인데 정문(正文)으로 잘못 들어갔다."

내 견해는 이렇다. 「육기의 '군자가 생각할 것'을 본떠[代陸平原君子有所思行]」에서 "산을 쌓은 것은 봉호(蓬壺)를 본뜨고, 못을 판 것은 명발(溟渤)과 흡사하다"라고 했는데, 이선 주는 여기에서 "'蓬壺(봉호)'는 두 개의 산 이름이고, '溟渤(명발)'은 두 개의 바다 이름"이라고 했다. 이 부에서는 '蓬壺'와 '崑閬'을 짝 지웠는데, 역시 각각 두 개의 산 이름이다. '蓬壺'는 하나의 산 이름으로 풀이해도 되고 두 개의 산 이름으로 풀이해도 된다. 하나의 산 이름으로 쓰

(여러 왕의 말대를 만나)'의 이선 주도 같다. 금본 『조자건집(曹子建集)』과 『전삼국문』에 수록된 조식의 「구영」에는 '鍾' 자가 없다. '鍾'에는 모은다는 뜻도 있다. '浮曠(부광)'은 풍채가 시원스럽고 소탈한 모양이다.

178) 이선본에는 주에 '已(이)'와 '注(주)' 2자는 없고, 육가본에는 '注'가 '也(야)'로 되어 있으며, 육신본에는 이 부분이 없다. 이선이 「무학부」보다 먼저 '東方朔十洲記'를 인용하여 '蓬壺'와 '崑閬'을 같이 언급한 것은 없다. 권2 장형 「서경부(西京賦)」의 '閬風(랑풍)' 주에서 "東方朔十洲記: 崑崙其北角曰閬風之巓(동방삭의 「십주기」에서 '곤륜산' 북쪽 봉우리를 '낭풍전'이라고 했다)"라고 한 것이 전부이다.

179) 여향의 주는 육신본과 육가본에 모두 "蓬壺崑閬, 皆仙山名(봉호와 곤랑은 모두 선산 이름이다)"이라고만 되어 있다.

인 것은 왕가(王嘉)의 『습유기』에 보인다. "바다 가운데에 세 개의 산이 있는데 그 모양이 단지처럼 생겼다. 그래서 방장산(方丈山)을 방호(方壺)라고 하고, 봉래산(蓬萊山)을 '봉호(蓬壺)'라고 하며 영주산(瀛洲山)을 영호(瀛壺)라고 한다." 두 산의 이름으로 쓰인 것은 『열자』 「탕문」에 보인다. "발해의 동쪽 몇억만 리나 되는지도 모르는 곳에 큰 골짜기가 있다. 사실은 바닥이 없는 골짜기여서 그 아래에 바닥이 없는데, 이름을 귀허(歸墟)라고 부른다. 그 가운데에 다섯 개의 산이 있는데, 첫째가 대여(岱輿), 둘째가 원교(圓嶠), 셋째가 '방호(方壺)', 넷째가 영주(瀛洲), 다섯째가 '봉래(蓬萊)'이다." 포조 부에서는 아마 '방호'와 '봉래' 두 산을 가리키는 것 같다.[180]

4 **[이선]** 『상학경』: "한 번에 천 리를 날며, 새벽부터 아침밥 먹을 때까지도 안 되는 짧은 시간[崇朝][181]에 사해를 두루 도는 것이다."

양웅 「장양부(長楊賦)」: "동쪽으로는 '해 뜨는 구역'을 진동케 한다[東震'日域']."

『모시』 「소아 · 백화」 제2장: "'하늘의 행보' 즉 시운이 힘들고 어렵다['天步'艱難]."

육기 「의고(擬古) · '아득히 먼 견우성'을 본떠[擬迢迢牽牛星]」: "찬란하게 '하늘을 밝히며 운행한다'[燦爛'光天步']." 그러나 ['天步(천보)'라는] 표현은 이들에게서 빌려왔지만, 의미는 다 다르니, 표현에 구애되어 의미를 해쳐서는 안 된다.[182]

---

180) 정복림은 '崑閬'도 '곤륜산'과 '낭산(閬山 : 낭풍전(閬風巓))'의 두 산이라고 했는데(『교주』, 5쪽), 낭풍전은 곤륜산 세 봉우리 중 하나이므로, '곤륜산의 낭풍전'이 더 적확하다. '봉래산'과 '곤륜산'으로 번역했다.

181) 『문선』 권14에는 '崇朝(숭조)' 앞에 '不(불)' 자가 있다. 번역은 이를 따랐다.

182) '天步'는 「백화」에서는 '시운(時運)'의 뜻으로 쓰였고, 「'아득히 먼 견우성'을 본떠」에서는 '은하수가 하늘에 밝게 흐르는 것'을 말했지만, 포조 부에서는 '천체

[전중련] 허손행 『문선필기』: "육신본에서 '이선본에는 "日(일)"이 "目(목)"으로 되어 있는데, 또한 잘못된 판본에 근거해서 말한 것'이라고 했다. 주에서 「장양부」를 인용한 것을 보면 이선 본이 본래 '日'로 되어 있음을 알 수 있다."

유량 주: "'日域天步'는 매우 먼 것을 말하며, 온 세상 끝까지 두루 노닐 수 있다는 뜻이다."

5 **[이선]** 한 번에 천 리를 날기 때문에 '이미 멀다[旣遠]'라고 했고, 수명이 천 년이 넘기 때문에 '바야흐로 많다[方多]'라고 했다.

[전중련] 육기 「열선부(列僊賦)」: "'신령스러운 지역'에서 온갖 신비한 변화를 본다[觀百化於'神區']." 여연제 주: "'神區'는 하늘과 땅의 신령스러운 구역이다. '祀(사)'는 해[年]이다. 돌아다닌 곳[踐歷]이 많은 데다, 나이도 많은 것이다."

여소객 『문선음의』: "'多(다)'는 得(득)과 雅(아)의 반절[다(dá)]로 협운을 한다."

6 **[이선]** 『상학경』: "눈의 붉은 정기가 드러나면[露目赤精] 멀리 본다."[183]

[전중련] 송본에는 '曜(요)'가 '耀(요)'로 되어 있다.

『상학경』: "학의 최상의 생김새[上相]는 여윈 머리에 '붉은 정수리[朱頂]'이다."

7 **[이선]** 『이아』 「석조」: "'吭(항)'[184]은 새의 목구멍이다."

『상학경』: "'다리가 길고 관절 사이가 길면[高脚疏節]' 힘이 세다."

『초사』 왕일 주: "'姱(과)'는 아름다운 모양[185]이다."

(天體)의 운행'을 나타낸다.

183) '精(정)'은 『초학기』에는 '睛(정)'으로 되어 있다. 여연제 주에는 '눈이 별처럼 붉은[目赤如星]' 것이라고 주를 달았다.

184) 중간송본 『이아』에는 '亢(항)'으로 되어 있다.

185) 저본의 '好也(호야)'는 석음헌총서본 『초사보주』 「구가·소사명(少司命)」, 「구가·예혼(禮魂)」, 「초혼(招魂)」, 「대초(大招)」의 왕일 주는 모두 '好貌'로 되어 있다.

'吭(항)'은 胡(호)와 絳(강)의 반절[항(hàng)]이다.

[전중련] 송본 및 송간 『문선』 육신본에는 '員(원 : 둥글다)'이 '圓(원)'으로 되어 있다. 송본에는 '洪(홍)'이 '鴻(홍)'으로 되어 있다.[186)]

양장거 『문선방증』 : "『설문계전(說文繫傳)』에 있다. '"亢(항)"은 목구멍[喉孔]이다. [따라서 포조가] 「춤추는 학」에서 "引員吭之纖婉"이라고 한 것은 본래 이 글자 즉 "亢"으로 쓴 것이다.'"[187)]

8 **[이선]** 삼국 민홍(閔鴻) 「우선부(羽扇賦)」 : "'짙은 서리'와 똑같이 희다[同皦素於'凝霜']."

강유(江逌, 301?~365?) 「선부(扇賦)」 : "'옥 연못' 속의 얼음처럼 깨끗한 물고기['瓊澤'冰鱗]"[188)] '瓊(경)'도 '玉(옥)'이다.

9 **[이선]** 『해내십주기』 : "종산(鍾山)은 북해 가운데에 있어서, 속세에 사는 신선인 지선(地仙) 수십만 호가 '밭[田]'을 일궈 '지초(芝草)'를 심는데, 경묘(頃畝) 단위로 계산할 정도로 면적이 넓다."[189)]

『목천자전』 : "천자가 '요지(瑤池)'에서 서왕모에게 술잔을 건넸다."

---

186) '洪'과 '鴻'은 '크다'라는 뜻으로는 통용한다.

187) 『문선방증』에서 인용한 『설문계전』의 내용은 인용문 전체이다. 사고전서본 『설문계전』에는 '舞鶴賦' 3자의 앞에는 '故鮑昭' 3자가 있고, 뒤에는 '曰' 자가 있으며, 앞의 '亢'은 '吭'으로 되어 있어서 고쳤다. 번역은 이를 따랐다.

188) 저본의 '麟'은 '鱗'의 오자이다. 이선본 『문선』 권14에는 '鱗'으로 되어 있어서 고쳤다.

189) 금본 『해내십주기』에는 '종산(鍾山)'은 「곤륜(崑崙)」조에 나오고, '지선(地仙)' 이하는 「방장주(方丈洲)」조에 실려 있는데, '地'자는 없고 '千(천)'은 '十(십)'으로 되어 있다. '頃畝'는 토지 면적 단위로 1'頃'은 100'畝'이다. '瑤池(요지)'는 고대 전설에 등장하는, 곤륜산 서왕모(西王母)의 거처에 있었다는 못이다. 못의 미칭으로 사용된다.

10 **[이선]** 『신서(新序)』 : "진(晉) 문공(文公)이 사냥을 나갔다. (…중략…) 어부가 말했다. '홍곡(鴻鵠)은 사해 안에 있어야 보호를 받지, "싫증을 내고[厭]" "작은 못[小澤]"으로 옮겨가면 틀림없이 주살을 만날 염려가 있을 것입니다.'"190)

예형(禰衡) 『앵무부(鸚鵡賦)』 : "'구름과 무지개'보다 더 높이 '그물'을 친다[冠'雲霓'而張'羅']."

11 **[이선]** 『장자』 「천지(天地)」 : "저 흰 구름을 타고서 '천제가 사는 곳[帝鄕]'에 이른다."

'岑寂(잠적)'은 '高靜(고정 : 높고 고요하다)'과 같다.

『춘추곡량전(春秋穀梁傳)』 「은공(隱公) · 원년」 : "'천자 직할의 영토[寰]' 안에 있는 제후는 천자의 명령이 있지 않으면 나가서 회동할 수 없다."191)

12 **[이선]** 『광아』 : "'崢嶸(쟁영)'은 높은 모양이다." 한 해가 저물려 하는 것은 사물이 자라서 키가 높아지는 것과 같다.

송옥 『초사』 「구변」 : "'비애에 젖어' 스스로 슬퍼한다['惆悵'而私自憐]."

[전중련] 송본 및 송간 『문선』 육신본에는 '惕(척)'이 '悵(창)'으로 되어 있다.

양장거 『문선방증』 : "육신본에는 '愁(수)'가 '催(최)'로 되어 있다. 오신본에

190) 『태평어람』 권832에 인용된 『신서』의 내용은 다소 차이가 있다. '鴻鵠'은 '鴻乃(홍내)'로, '河海(하해)'는 '大海(대해)'로, '矰弋(증익)'은 '丸矰(환증 : 탄환과 주살)'으로 되어 있다. '鴻鵠'은 통상 '홍곡(혹)'으로 읽고 큰 새인 큰기러기와 고니(백조)를 가리키면서, 작은 새인 '연작(燕雀 : 제비와 참새, 도량이 좁은 사람의 비유)'과 대비하여 '포부가 원대하고 큰 인물'의 비유로 쓰인다. 이선 주는 '鶴'과 통용하는 의미로 보고 인용했다.

191) 중간송본에는 '비(非)' 다음에 '유(有)' 자가 있고 '출(出)' 다음에 '會(회)' 자가 더 있다. '人寰(인환)'은 인간 세상이고, '喧卑(훤비)'는 소란스럽고 비속한 것을 말한다.

는 '悵'이 '惕'으로 되어 있고, 아래의 '更"惆悵"以驚思' 역시 '惆惕'으로 되어 있다. 장선 주가 방증이 된다."

주천 『문선집석』: "이선 주에서 『광아』를 인용하여 '"崢嶸"은 높은 모양'이라고 했는데, 금본 『광아』에는 이 말이 없고, 저 『이아』「석고(釋詁)」편에서 '"崝嶸(쟁형)"은 깊은 것'이라고 했다. 「석훈(釋訓)」에서는 '"崝嶸"은 깊고 어두운 것'이라고 했다. '崝嶸'이 바로 '崢嶸'이다. 『설문해자』에서는 '"崝嶸"은 높고 험준한 모양'이라고 했다. 또 이 책(이선 주 『문선』)의 「천태산 유람 부[遊天台山賦]」 주 및 『자림』에서는 '"崝嶸"은 산이 높은 모양'이라고 했다. 아마 '『광아』' 두 자는 '『자림』'의 잘못인 것 같다. 송옥 「고당부(高唐賦)」 '"崝嶸(쟁영)"을 굽어본다'에 대한 주 역시 『광아』를 인용해 '"崝嶸"은 깊고 곧은[深直] 모양'이라고 했지만, 호극가가 『문선고이』에서 '"直(직)"은 "冥(명)"의 오자'라고 했는데, 옳다."

유문전 『삼여찰기』: "「노 영광전 부(魯靈光殿賦)」에 '아득히 끝도 없이 "까마득히 높다[嶒峵]"'고 했는데, 이선 주에 '"嶒峵(증굉)"은 매우 심원하고 공활한[深空] 모양'이라고 했다. 이것은 『광아』의 '"崝嶸"은 깊은 것' 또 '깊고 어두운 것'이라고 한 의미와 꼭 들어맞는다. 발음 역시 서로 같다. 주천의 견해가 옳다."[192]

장선 주: "'惆惕(추척)'은 슬프고 쓰라린 모양이다."

13 **[이선]** 『예기』「월령 · 계동지월(季冬之月)」: "섣달에는 (…중략…) 태양이

192) '崢嶸(쟁영)'은 세월이 가파르게 흐르는 모양이고, '愁莫(수모)'는 세월이 저무는 것에 시름겨워하는 것이다. 송본·주응등본·장씨원간본과 『문선』 오신본·육가본에는 '催暮(최모 : 밤을 재촉하다)'로 되어 있고, 이선본과 육신본과 『전송문』에는 '愁暮'로 되어 있다.

황도를 순행하는 성차(星次)에서 '마지막[窮]'에 이른다."

『신농본초경(神農本草經)』: "가을과 겨울은 '음(陰)'의 계절이다."

『예기』「월령」: "중추의 달에는 (…중략…) '만물을 시들게 하는 한기[殺氣]'가 점점 강성해진다."

[전중련] 육기 「연연주(演連珠)」 제50수 : "'매서운 음기가 만물을 죽이는 계절도[勁陰殺節]' [추위를 이기고 시들지 않는 송백(松柏)과 같은 나무의 본성을 시들게 하지 못한다.]"[193]

14 **[이선]** 『역'괘통'험(易'卦通'驗)』: "손기(巽氣 : 남동방의 기운)가 '이르[지 않으]면[至]' 큰바람이 '모래를 흩날린다[揚沙]'."

『춘추위(春秋緯)』: "달이 그 운행의 질서를 잃고 '기수(箕宿)'로 다가가면 '바람이 인다[風]'."

『역위(易緯)』: "'달이 기수를 지날 때 부는 큰바람[箕風]'은 돌을 날아오르게 하고 나무를 부러뜨린다."

[전중련] 양장거 『문선방증』: "'卦通'은 '通卦'가 되어야 한다. '至(지)' 앞에는 '不(불)' 자가 있어야 한다."[194]

15 **[전중련]** 이주한 주 : "'嚴嚴(엄엄)'은 매우 처참하고 가혹한 것이다. 차가운 안

---

193) '急景凋年(급영조년)'은 시간이 빨리 흘러 한 해가 다하려 한다는 뜻의 성어가 되었다. '景'은 '影(영)'으로 읽으며 광음(光陰)이라는 뜻이다.

194) 『북당서초(北堂書鈔)』 권159 「지부(地部)·사(沙)」에는 "巽氣不至, 則城中多火風, 發屋揚沙稼盡臥(손기 즉 남동풍이 이르지 않으면 그해에 큰바람이 많이 불어 집을 무너뜨리고 모래를 흩날리며 농작물을 다 쓰러뜨린다)"로 되어 있고, 취진본(聚珍本)에는 '城(성)'이 '歲(세)'로, '火風(화풍)'이 '大風(대풍)'으로, '稼(가)'가 '禾稼(화가)' 2자로 되어 있다.

개가 만물을 죽이기 때문에 '고통스럽다[苦]'라고 한 것이다."

『모시』「소아·백구(白駒)」: "'새하얀' 흰 망아지['皎皎'白駒]" 『경전석문(經典釋文)』: "'皎皎(교교)'는 古(고)와 了(료)의 반절[교(jiǎo)]로 희고 깨끗한 것이다."

16 **[이선]** 목화 『해부』: "'뭇 산'은 이미 다 다스렸고['群山'旣略], [온갖 냇물도 소통시켰다.]"

17 **[이선]** 『광아』: "'廓(곽·확)'은 공허하고 적적한 것이다."

[전중련] 송본에는 '氛(분)'이 '雰(분)'으로 되어 있다.[195]

여향 주: "'氛昏(분혼)'은 어둡고 침침한 기운이다. '歇(헐)'은 다하는 것이다."

18 **[이선]** 위 문제 조비 「잡시」: "'은하수'는 서쪽으로 돌아간다['天漢'迴西流]."

[전중련] 장운오 『선학교언(選學膠言)』: "학이 춤을 추는 것은 대부분 추운 겨울밤이다. 그래서 '얼음이 긴 강물을 막고, 눈이 뭇 산을 뒤덮었다', '별은 자리를 바꾸고 은하수는 서쪽으로 기울고, 새벽달은 지려고 한다' 등의 표현이 있는 것이다."

19 **[이선]** 『설문해자』: "'漠(막)'은 북방의 유사(流砂)이다."

『한서』「이광소건전」: "이릉(李陵)이 (…중략…) 노래했다. '만 리 길 지나와서 "사막"을 건넌다[徑萬里兮度"沙漠"].'"[196]

[전중련] 여향 주: "'違漠(위막)'은 기러기가 '사막을 등지고' 따뜻한 곳으로 가

---

195) 주응등본과 장씨원간본에도 '雰'으로 되어 있다. 『문선』에는 '氛'으로 되어 있다. '氛昏(분혼)'은 운무가 가득 낀 모양 또는 어둡고 우매한 모양을 나타내기도 한다.

196) 저본의 '沙漠(사막)'은 표점교감본에는 '沙幕(사막)'으로 되어 있다. 통용한다.

는 것이다."

20 **[이선]** 부현(傅玄) 「잡시」: "[낙엽이 바람 따라 떨어지는데,] 한 번 떨어지면 '흘러가는 달빛'처럼 덧없다['一紀'如流光]."[197)]

[전중련] 송간 『문선』 육신본에는 '驚(경 : 세찬)'이 '淸(청 : 맑은)'으로 되어 있다. 여향 주: "'蕭條(소조)'는 바람 소리이다."

조식 「칠애시(七哀詩)」: "밝은 달은 높은 누각을 비추어, '흐르는 빛'은 쉬지 않고 흘러간다[明月照高樓, '流光'正徘徊]."

21 **[이선]** '唳(려)'는 학의 울음소리이다.

『진팔왕고사(晉八王故事)』: "육기가 탄식하며 말했다. '화정(華亭)[198)]에서 "학의 울음[鶴唳]"을 들어보고자 했으나 다시 들을 수가 없구나.'"

『한전직의(漢典職儀)』: "단사로 지대(址臺) 바닥을 칠했기 때문에 '붉은 지대[丹墀]'라고 한다."

『상학경』에서 '춤추며[舞]' '날아가는[飛]' 것을 말했는데, 주는 앞(주석 1)에서 보았다.

---

197) 저본의 '一紀(일기)'는 『문선』 권29 부현 「잡시」에는 '一絶(일절)'로 되어 있다. 『전진시(全晉詩)』에도 '一絶'로 되어 있다. 번역은 이를 따랐다.

198) 화정은 지금의 상해시 남서부 송강구(松江區)의 옛 이름이다. 이곳은 절강성 항주시 북서부 천목산(天目山)에서 이어져 온 '구봉삼묘(九峰三泖)'로 불리는 야산과 물이 있어서 '화정곡(華亭谷)'이라 불렸는데, 육기는 오나라가 멸망하기 전 동생 육운(陸雲)과 함께 이곳을 자주 찾았다고 한다. 육기는 패전한 후 모함을 받아 처형을 당하고 삼족이 멸하는 벌을 받았는데, 형 집행 전에 이렇게 탄식했다고 한다. '화정학려(華亭鶴唳)'라는 성어는 해를 당하는 사람이 생전에 그리워던 일을 가리키며, 애통하고 안타까워하는 마음을 담고 있다. 이 이야기는 『세설신어』 「우회(尤悔)」에도 실려 있다.

[전중련] 송본에는 '淸(청)'이 '靑(청)'으로, '飛容(비용)'이 '容飛(용비)'로 되어 있다.[199]

22 **[이선]** 목화 「해부」 : "안개처럼 비상하며 '훨훨 춤을 춘다'[翔霧'連軒']."

『상학경』 : "'날개가 봉황새 같으면[鳳翼]' 잘 난다."

『상서』 「익직(益稷)」 : "날짐승 길짐승도 '즐겁게 춤을 춘다[蹌蹌]'."

『주역』 「건괘 · 효사(구이 · 구사)」 : "'지상으로 드러난 용[見龍]'이 전답에 있으니, (…중략…) '혹 하늘로 뛰어오르려 하거나[或躍]' 깊은 물에 있다."

[전중련] 여연제 주 : "'連軒(련헌)' 2구는 학이 춤추는 모습이다."

「해부」 이선 주 : "'軒(헌)'은 날아오르는 것이다."

장선 주 : "'連軒'은 나는 모습이다."

23 **[이선]** ('騰摧(등최)'는) 높이 날아올랐다가 아래로 꺾어 내려왔다 하는 것이다.

[전중련] 『모시』 「빈풍 · 칠월」 제5장 : "베짱이가 '날개를 떤다'[莎鷄'振羽']."

모전 : "베짱이는 날개가 다 자라면 그것을 '떤다[振訊]'."

『경전석문』 : "'訊(신)'은 음이 '신(信)'으로 본래는 또 '신(迅)'으로 쓰는데 같은 글자이다."

『광아』 : "'振訊(진신)'은 진동하는 것이다."[200]

24 **[이선]** '蓬集雪飛(봉집설비)'는 망초처럼 한데 모였다가 눈처럼 날아가 버린다는 뜻이다.

---

199) 정복림은 두 곳 모두 장부본과 『문선』 등을 따라 '淸'과 '飛容'으로 고쳤다(『교주』, 2~3쪽).

200) '振迅(진신)'은 날개를 떨치고 날아오르는 것이다.

『상학경』: "큰 털이 빠지고 솜털이 생기는데, 색이 '눈처럼 새하얗다[雪白]'."

[전중련] 송간 『문선』 육신본과 『전송문』에는 '雪(설)'이 '雲(운)'으로 되어 있다.

유량 주 : "펄쩍펄쩍 뛰고 높이 날아오르는 것이 마치 바람에 나부끼는 망초대와 휘날리는 눈 같다는 것이다."

25 **[이선]** '綱(강 : 벼리)'과 '緒(서 : 실마리)'는 춤추는 행렬을 말하는 것이다. 때로는 무리와 떨어져 따로 가다가 때로는 합쳐서 서로 의지한다는 뜻이다.

[전중련] 송본에는 "綱'이 '網(망 : 그물)'으로, '緒'가 '渚(저 : 모래섬)'로 되어 있다.201)

26 **[이선]** '颯沓(삽답)'은 무리 지어 나는 모습이다.

'矜顧(긍고)'는 긍지를 가지고 서로 돌아보는 것이다.

'遷延(천연)'은 서서히 물러나는 것이다.

송옥 『고당부』: "서서히 몸을 빼내어 물러나다[遷延引身]."

『초사』 「이소」: "미인(회왕(懷王))이 '늙어갈까' 두렵다[恐美人之'遲暮']."

왕일 주 : "'莫(모)'는 저무는 것이다."202)

[전중련] 이주한 주 : "떠나려다 다시 멈추고, 갈 것처럼 하다가 다시 돌아온다. '무리 지어 날다가 놀라서 돌아보는 것[颯沓驚顧]'은 자신을 가련히 여겨 뒤돌아본다는 뜻이다. '遷延遲莫(천연지모)'는 느리고 더딘 것이다."

27 **[이선]** 나는 것이 빨라서, 먼지가 일어나는 것이 학의 뒤에 있고, 학이 나는 것

---

201) 정복림은 두 곳 모두 장부본과 『문선』 등을 따라 고쳤다(『교주』, 2~3쪽).

202) 금본 『문선』에는 「무학부」 원문과 이선 주 모두 '莫(모)'가 '暮(모)'로 되어 있다. 『초사』 역시 같다. 왕일의 주는 "'遲(지)'는 저무는 것"이라고 했다.

이 갈 길보다 앞서 있다는 뜻이다.

『초사』「이소」: "제가 '앞길'을 인도하겠습니다[來吾導夫'先路']."[203]

28 **[이선]** '會(회)'는 사방으로 통하는 길이다.

'岐(기)'는 갈림길이다.

'四會(사회 : 사방으로 통하는 길)'는 이미 「황폐한 성」(주석 4)에서 보았다.

『이아』「석궁」: "두 방향으로 이르는 길을 '岐'라고 한다." 곽박 주 : "갈림길이 옆으로 난 것이다."

[전중련] 유량 주 : "'指會(지회)'와 '臨岐(임기)'는 모두 춤의 가락이다. 그 가락에 '임하고[臨]' '지향해서[指]', '날고[翔]' '걷는[步]' 것이 모두 법식에 맞는다는 뜻이다."[204]

29 **[이선]** '機(기)'와 '節(절)'은 춤의 가락이다.

'奔(분)'은 '獨赴(독부)'이다.

『설문해자』: "'逗(두)'는 멈추는 것이다."

'角(각)'은 競(경 : 다투다)과 같다.

『광아』: "'睞(래)'는 보는 것이다."

[전중련] 호극가 『문선고이』: "주의 '"奔"은 "獨赴"이다'에서 '獨'은 마땅히 '猶(유 : 같다)'가 되어야 한다. 여러 판본이 모두 잘못되었다."[205]

---

203) 금본 『문선』에는 '來(래)'자는 없다. '導(도)'자는 석음헌총서본 『초사보주』에는 '道(도 : 인도하다)'로 되어 있다.

204) 저본의 단구(斷句) "臨指, 其節翔步皆中規矩"는 "臨指其節, 翔步皆中規矩"로 되어야 한다.

205) 이 구의 의미를 유량(劉良)은 "'機'는 모이는 것이고, '睞'는 곁눈질로 보는 것이다. 빠르게 모이고 멈춰 절제하면서 눈초리로 곁눈질하면서 각자 나뉘어 한쪽으

30 **[전중련]** 송본에는 '揚(양)' 자 아래의 주에서 "('長揚(장양 : 길게 날아오름)'은) '揚翹(양교 : 날개를 들다)'로 된 판본도 있다"라고 했다.

오여륜 : "'長揚'은 '揚翹'로 되는 것이 옳다."

31 **[이선]** (이 2구는) 서로 오르락내리락하면서 엇갈리는 것이다.

32 **[이선]** 부현 「승여마부(乘輿馬賦)」 : "'풍부하고 다양한 자태'가 거듭거듭 드러난다['繁姿'屢發]."

『자서』 : "'洊(천)'은 '거듭'이다."[206]

33 **[이선]** 학의 깃털이 연무와 같은 빛이어서 '없는 것 같다'라고 했다.

34 **[이선]** 비바람이 이미 걷히자 빛깔이 더욱 깨끗해졌기 때문에 상세히 설명하기 어렵다고 한 것이다.

[전중련] 허손행 『문선필기』 : "앞 2구와 이 2구에서 말한 '風雨'와 '煙霧'는 모두 비유하는 말이다. 이선의 주는 옳지 않다."

손지조 『문선이주보정』 : "김씨(김신(金甡), 1702~1782)가 말했다. '이것은 춤추는 모습이 비바람이 오가는 것 같아서 말로 일일이 다 설명하기 어렵다는 것을 말한다. 이선 주는 부합하지 않는다.'"

여향 주 : "'悉(실)'은 남김없이 다하는 것이다. 비바람이 오가는 것 같아서, 말로는 그 아름다움을 다 설명할 것이 아니라는 뜻이다."

35 **[이선]** 『한시(韓詩)』 「정풍 · 출기동문(出其東門)」 : "잠시 '내 혼'[207]을 즐겁

로 물러나는 것을 말한다['機', 會也; '睞', 斜視也. 言奔會止節, 以眼角斜視, 各分退一邊也]"라고 풀이했다.

206) '洊密(천밀)'은 겹쳐서 빽빽하게 되는 것이다.

207) 왕선겸(王先謙)의 『시삼가의집소(詩三家義集疏)』(北京 : 中華書局, 1987)에는

게 하기 바란다[聊樂'我魂'].” 설군(薛君) 주 : “'魂(혼)'은 정신이다.”

36 **[이선]** '星離(성리)'는 흩어지는 것이다. '雲罷(운파)'는 '함께[俱]' 멈추는 것이다. 『한비자(韓非子)』「난세(難勢)」 : “[하늘을 나는 용은 구름을 타고 날고, 공중으로 오르는 뱀은 안개 속에서 헤엄치는데,] '구름이 사라지고[雲罷]' 안개가 흩어지면 그 용과 뱀은 지렁이 · 개미와 같아진다.”

'自持(자지)'는 자기 자신을 단정하게 유지하는 것이다.

「신녀부(神女賦)」 : “노기 띠고 살짝 화를 내지만 '스스로 가다듬는다'[頩薄怒而'自持'].”

[전중련] 송본 및 송간 『문선』 육신본에는 '罷(파)'가 '羅(라)'로 되어 있다. 육신본에는 이선 주에 '俱(구)' 자가 없다.[208]

장선(張銑) 주 : “'별처럼 흩어지고 구름처럼 펼치는 것[星離雲羅]'은 학이 흩어져 서 있는 모양이고, ['정신과 용모를 가다듬는 것[整神容]'은 학이 곧 날아가려고 하는 모양이다.]”

37 **[이선]** 채옹(蔡邕, 133~192) 「술행부(述行賦)」 : “황실 가옥이 휘황하여 '하늘의 거처' 같다[皇家赫赫而'天居'].”

'嵩絶(숭절)'은 높으면서 험준하고 가파른 것이다.[209]

'魂(혼)'이 '員(원)'으로 되어 있고, 주에 『한시』와 『한설(韓說)』을 인용했는데, 이선 주와 같다. 『모시』에도 '員'으로 되어 있고, 공영달 소에서 '云(운)'과 '員(원)'은 고자(古字)와 금자(今字)로 조구사(助句辭)라고 했다.

208) 번역은 '羅'를 취했다.

209) 이 부분(“崇高而懸絶”)을 저본에서는 「술행부」의 인용으로 처리했는데, 포조 부 본문의 어휘 '嵩絶'에 대한 이선 주이다. 금본 『문선』에는 '崇' 다음에 '絶' 자가 있다.

[전중련] 『문선』 이선본에는 '惕(척)'이 '悵(창)'으로 되어 있다.

호극가 『문선고이』 : "이선 주의 '赫(혁)' 자는 중첩하면 안 된다. 모든 판본이 다 잘못 추가했다."

장선 주 : "'天居(천거)'는 학의 옛날 거처이고, '嵩絶'은 높고 먼 것이다. 이 구절은 옛 거처를 우러러보니 까마득히 높고 멀어, 그 그리움에 슬프고 두려워하며 놀란다는 것이다."

38 **[이선]** 『좌전』 「소공 · 6~7년」 : "제후(齊侯 : 경공(景公))가 '북연(北燕)'을 정벌했다. (…중략…) 연나라 사람들이 연 혜공(惠公)의 총희(寵姬) '연희(燕姬)'를 제 경공에게 보냈다."

'巴童(파동)'은 파유(巴渝) 지역(지금의 중경시 일대)의 아동이다.

모장(毛萇) 『시전』 : "'沮(저)'는 '壞(괴 : 무너뜨리다)'와 같다."[210)]

[전중련] 송본에는 '童(동)'이 '僮(동)'으로 되어 있다.

양장거 『문선방증』 : "섭수번(葉樹藩)이 말했다. '『습유기』에 있다. "'연(燕)' 소왕(昭王) 때에 광연국(廣延國)에서 '무용수[舞者]' 두 사람을 바쳤는데, 하나는 선연(旋娟)이라고 했고 하나는 제모(提嫿)라고 했다. 몸이 가뿐하고 향기가 넘치며 걸으면 자취와 그림자가 없었다. 왕이 숭하대(崇霞臺)에 올라 두 사람을 불러 "춤추게[舞]" 했다. 그 춤을 영진(縈塵) · 집우(集羽) · 선회(旋懷)라고 했다."' 또 『고악록(古樂錄)』에 있다. "'파서군[巴西]"의 낭중현[閬中 : 지금의 사천성 낭중시]에 유수(渝水)가 있다. 요족(獠族)이 그 물가에 사는

210) 『모시』 「소아 · 소민(小旻)」의 제1장 "何日斯沮(언제 그것[처벌]이 그치는가)"에 대한 주인데, 중간송본에는 '猶(유)' 자는 없다.

데, 강직하고 용맹하며 "춤추기를 좋아했다[好舞]". 고조가 군대를 모집해 삼진(三秦 : 섬서성 남서 섬북(陝北)과 관중 일대)을 평정했다. 나중에 악부의 인사들에게 그 춤을 익히게 했으니 바로 "파유무(巴渝舞)"이다.'"

39 **[이선]** 심약 『송서』 「악지(樂志)」 '공막무(公莫舞)' : "진(晉)나라 초기에 공막무(公莫舞)가 있었는데,[211] 지금의 '건무(巾舞)'이다. 전해지는 바에 의하면 항장(項莊)이 유방(劉邦)을 해치려고 '검무(劍舞)'를 추자 항백(項伯)이 소매로 막았다고 한다. 지금 건(巾)을 사용하는 것은 대체로 항백의 옷소매를 본떠 전해져 내려온 방식이다."

『송서』 「악지 · 불무(拂舞)」 : "강동으로 천도한 초기에 '불무(拂舞)'가 있었다. 예전에는 불무는 오(吳) 지방의 춤이라고 했다."

「서경부」 : "'환검(丸劍)'[212]의 춤을 경쾌하게 춘다."

40 **[이선]** 『한서』 「예악지(禮樂志)」에 '한단의 고수[邯鄲鼓員]'가 있다.

고악부 「계명(鷄鳴)」 : "황금으로 그대 집 대문을 만들었고, 벽옥으로 전당을 꾸몄구나. 그 위에 두 개의 술 단지 놓여 있으니, '한단의 노래하는 여인' 불러 써야겠네[黃金爲君門, 白璧爲君堂. 上有雙樽酒, 使作'邯鄲倡']."[213]

『회남자』 「인간훈(人間訓)」 : "무릇 「채릉(采菱)」과 '「양아(陽阿)」'를 노래하는데, 비루한 사람들은 듣고서 「연로(延路)」로 창화(唱和)하는 것이 낫다고 한다."[214]

---

211) 표점교감본에는 '晉初有(진초유)' 3자는 없다.
212) 고대 잡기의 일종으로 방울(丸)과 검을 이용한다.
213) 금본 『악부시집』에는 '白璧(백벽)'은 '璧玉(벽옥)'으로, '使作(사작)'은 '作使(작사)'로 되어 있다. 번역은 이를 따랐다.

[전중련] 『회남자』 고유 주 : "'陽阿'는 고대의 저명한 가무 예인 이름이다."

41 **[이선]** 『좌전』 「민공(閔公) · 5년」 : "'위(衛)' 의공(懿公)은 학을 좋아해서 학 중에는 '초헌을 타고 다니는[乘軒]' 것이 있었다." 두예 주 : "'헌(軒)'은 대부가 타는 수레이다."

『오월춘추(吳越春秋)』 「합려내전(闔閭內傳)」 : "오왕 합려에게 어린 딸이 있었는데, 왕은 부인과 딸과 함께 모여서 생선을 쪄서 먹었다. 왕이 절반을 맛보자 딸이 원망했다. '왕이 생선을 먹으면서 나를 욕보였으니 차마 오래 살 수가 없다.' 그리고는 자살했다. 합려가 애통해하면서 도읍의 서쪽 창문(閶門) 밖에 장사를 지냈다. 못을 파고 흙을 쌓아 산을 만들었다. 돌로 덧널을 만들고, 황금 솥[金鼎], 옥배(玉杯), 은제 술 단지[銀樽], 진주 장식 저고리[珠襦] 등의 보물을 부장품으로 삼아 딸을 보냈다. 그리고는 '오나라 국도의 저자[吳市]'에서 '백학을 춤추게 했는데[舞白鶴]', 수많은 사람이 보며 따라갔다. 마침내 남녀와 학을 모두 묘문(墓門)으로 들어가게 하고는 즉시 그것을 막아 딸의 죽음에 순장했다."215)

42 **[이선]** 『양생요(養生要)』 : "학의 수명은 '수천 수백의 수[千百之數]'를 헤아린다."

---

214) 이선의 주는 "'양아(陽阿)'는 이미 앞에서 보았다[陽阿已見上]"이다. 『문선』 권5 좌사 「오도부(吳都賦)」의 '采菱(채릉)' 주에는 '陽和(양화)'가 '陽阿(양아)'로 되어 있다. 금본 『회남자』에는 '延路' 앞에 '此(차)' 자가 있고, '以和(이화)'는 '陽局(양국)'으로 되어 있는데, '延路'와 함께 통속적인 노래 명칭이다.

215) 『문선』에는 '都西(도서)'가 '邦西(방서)'로 되어 있다. 금본 『오월춘추』의 원문은 다음과 같다. "吳王有女滕玉, 因謀伐楚, 與夫人及女會蒸魚, 王前嘗半而與女, 女怒曰 : '王食魚辱我, 不忍久生.' 乃自殺. 闔閭痛之, 葬於國西閶門. 外鑿池積土, 文石爲槨, 題湊爲中, 金鼎玉杯銀樽珠襦之寶, 皆以送女. 乃舞白鶴於吳市中, 令萬民隨而觀之, 還使男女與鶴俱入羨門, 因發機以掩之. 殺生以送死, 國人非之."

완적 「영회시」 제43수 : "'기러기와 학' 함께 나는데, 함께 날아 먼 변방까지 간다. 두 날개에 멀리서 부는 바람 스며들어, 순식간에 '만리'를 지나간다['鴻鵠'相隨飛, 隨飛適荒裔. 雙翮浸長風, 須臾'萬里'逝]."216)

【평설】

[전중련] 장병린章炳麟 : 순자荀子의 다섯 편의 부는 사물을 묘사하여 실정實情을 드러냈으니, 「잠부蠶賦」와 「침부箴賦」 등 다섯 편은 굴원의 「귤송橘頌」과는 그 형태가 다르다. 그 뒤에 예형의 「앵무부」, 장화張華의 「초료부鷦鷯賦」 등은 때로 사물로 자기의 뜻을 빗대었는데, 유송에 이르러 사혜련謝惠連의 「설부雪賦」, 사장謝莊의 「월부月賦」, 포조의 「춤추는 학부」, 안연년顔延年의 「자백마부赭白馬賦」 등 여러 부가 이를 본떴다. 『국고논형(國故論衡)』 「변시(辨詩)」

---

216) 금본에는 두 번째 구의 '隨飛(수비)'는 '飛飛'로, '浸(침)'은 '臨(림)'으로 되어 있다.

野鵝賦－幷序

有獻野鵝於臨川王,[1] 世子愍其樊縶, 命爲之賦.[2] 其辭曰:

集陳之隼, 以自遠而稱神;[3] 栖漢之雀, 乃出幽而見珍.[4] 此璅禽其何取? 亦則景而承仁,[5] 捨水澤之驩逸, 對鐘鼓之悲辛.[6] 豈徇利而輕命? 將感愛而投身.[7] 入長羅之逼脅, 悵高繳之樊縈,[8] 邈辭朋而別偶, 超煙霧而風行,[9] 跨日月以遙逝, 忽瞻國而望城,[10] 踐非迹於瑤塗, 昇弱羽於丹庭,[11] 瞰東西之繡戶, 眺左右之金局,[12] 貌纖殺而含悴, 心飜越而慙驚,[13] 若墜淵而墮谷, 怳不知其所寧.[14] 惟君囿之珍麗, 實妙物之所殷.[15] 翔海澤之輕鷗, 巢天宿之鳴鶉,[16] 鶡程材於梟猛, 翬薦體之雕文,[17] 既敷容以照景, 亦避翮而排雲,[18] 雖居物以成偶, 終在我以非群. 望征雲而延悼, 顧委翼而自傷, 無靑雀之銜命, 乏赤雁之嘉祥,[19] 空穢君之園池, 徒慙君之稻粱,[20] 願引身而翦迹, 抱末志而幽藏.[21] 於是流歲遂遠, 慘節方崇, 雲纏海岱, 風拂崤潼,[22] 飛雰馳霰, 飄沙舞蓬,[23] 視淸池之初涸, 望綠林之始空, 立菰浦之寒渚, 託隻影而爲雙,[24] 宛拔啄而掩背, 悲結悵而滿胸.[25] 處朝晝而雅念, 假外見而遷排,[26] 涉修夜之長寂, 信專思而知哀.[27] 風梢梢而過樹, 月蒼蒼而照臺,[28] 冰依岸而早結, 霜託草而先摧, 歛雙翮於水裔, 翹孤趾於林隈,[29] 情無方而雨集, 事有限而星乖,[30] 在俄頃而猶悼, 矧窮生之所懷. 聞宿世之高賢, 澤無微而不均, 育草木而明義, 愛禽鳥而昭仁, 全殞卵而來鳳, 放乳麑而感麟,[31] 雖陋生於萬物, 若沙漠之一塵,[32] 苟全軀而畢命, 庶魂報以自申.[33]

거위—서와 함께

이떤 사람이 임천왕에게 거위를 바쳤는데, 세자가 묶여 있는 것을 불쌍히 여겨 그것을 위해 부를 짓도록 명했다. 그 글은 이렇다.

진나라에 모인 새매, 먼 곳에서 왔기에 신비롭다 칭찬받고,

한나라에 깃든 신작神雀, 그윽한 데서 나왔기에 진기하게 여겨졌네.

보잘것없는 이 새가 취할 점이 뭐라고, 서조瑞鳥 축에 함께 끼여 은총 받아서,

즐겁고 편안한 수택 생활 버려두고, 슬프고 괴로운 종고鐘鼓 연주 대했는지?

이익 좇아 목숨을 가벼이 여겼으랴? 총애에 감격하여 뛰어든 것이지.

끝도 없는 그물의 압박에 걸려들고, 슬프게도 높이 뻗친 주살에 얽히자

벗을 멀리 하직하고 짝과도 헤어져, 초연히 연무처럼 달리고 바람처럼 날아,

해와 달을 넘어서 멀리멀리 떠나다가, 홀연히 이 나라의 도읍을 보게 됐다.

귀한 옥 길에 천한 발자국 남기고, 화려한 붉은 뜰에 연약한 날개 올려놓아,

동서로 이어진 아름다운 문을 보고, 좌우로 늘어선 황금 대문 바라봤다.

용모는 여위어서 초췌한 데다, 마음은 불안하여 부끄럽고 깜짝 놀라, 연못에 빠진 듯 골짜기에 떨어진 듯, 놀라서 망연자실 어쩔 줄 몰라 했다.

아, 임금의 동산은 진귀하고 화려하여, 실로 신묘한 사물들이 풍부한 곳이니,

바다와 호수를 나는 경쾌한 갈매기에, 남쪽 하늘 깃든다는 주작朱雀이 있으며.

갈색귀꿩은 용맹하고 날쌘 재주 드러내고, 금계는 자기 몸의 고운 무늬 자랑하네.

아름답게 단장하여 제 모습 비춰보고, 날개를 떨쳐 펴고 구름 위로 비상하네.

여기 있던 새들과 짝 되기는 했지만, 결국에 나에게는 동류가 아니라네.

떠가는 구름 보며 목을 빼고 슬퍼하고, 처진 날개 돌아보며 스스로 슬퍼한다.

파랑새의 명령을 지니지도 않았고, 붉은 기러기의 상서로움도 없는 데다가,

임금님의 정원과 못 공연히 더럽히고, 임금님의 곡식 먹기 부끄러울 뿐이라.

몸 빼내어 물러나서 자취를 숨기고, 볼품없는 뜻 품은 채 조용히 숨으련다.

이때,

빠른 세월 마침내 멀리 흘러서, 엄혹한 계절이 바야흐로 한창이니,

발해와 태산에는 구름이 자욱하고, 효산崤山과 동수潼水에는 바람이 진동하네.

안개가 휘날리고 싸락눈이 쏟아지며, 모래가 흩날리고 흙먼지가 춤을 추네.

맑은 물 넘치던 못 마르기 시작하고, 푸르러던 수풀은 비어가기 시작하네.

줄과 부들 뒤덮은 차가운 모래톱에서, 외로운 제 그림자를 짝으로 삼아서,

우두커니 부리 내밀고 눈가를 문지르며, 가슴 가득 한이 맺혀 슬픔에 젖네.

아침부터 낮 동안엔 슬픈 생각 일어도, 눈에 뵈는 사물 빌려 시름을 달래지만,

긴긴밤 적막함을 지새우면서, 곰곰이 생각하면 비애를 알게 된다.

바람은 쏴아쏴아 나무를 스치고, 달은 어둑어둑 누대를 비춘다.

얼음은 강기슭서 먼저 얼어붙고, 서리는 풀에 내려 일찍 시들게 한다.

물가에서 두 날개를 잔뜩 움츠리고, 숲 가에서 외로운 발 높이 치켜든다.

생각은 방향도 없이 비처럼 모여들고, 일은 한계가 있어 별처럼 흩어진다.

잠시간만 그러해도 애통할 일인데, 한평생이 다하도록 품어야 할 숙명임에랴.

전대의 어진 이들 이야기를 들어보면, 은택은 언제나 고르게 미쳤으니,

초목을 길러서 의로움을 밝히고, 조수를 사랑하여 어짊을 밝혔으며,

떨어지는 새알 지켜 봉황을 오게 하고, 어린 사슴 놓아주어 기린을 감동케 했지.

온갖 사물 가운데서 비루한 생물이라, 드넓은 사막의 모래알 같은 신세,

이 한 몸 건사하여 천명을 다한다면, 혼백이 되어서도 보답할 것 다짐하네.

【해제】

[전진륜] 『이아』「석조」: "鵱鷜륙루는 '鵝아: 거위'이다." 곽박 주: "지금의 '野鵝야아: 거위'이다."

『사기』「사마상여열전」: "「자허부」에 있다. '고니를 주살로 잡으니, "가아"가 함께 걸려든다弋白鵠, 連"鴐鵝".'" 『색은』: "'鴐鵝': 『이아』「석조」에 따르면 '서안舒雁: 거위은 "鵝"'라고 했는데, 곽박은 주에서 '野鵝'라고 했다."

[전중련] 고사손高似孫, 1158~1231 『위략緯略』: "송 포조의 「거위 부」에서, '벗을 멀리 하직하고 짝과도 헤어져, 초연히 연무처럼 달리고 바람처

럼 난다'라고 했다. 장적張籍, 767?~830?의 「개주자사 위처후韋處厚의 '성산십이수'에 창화하여和韋開州盛山十二首 · 호로소胡蘆沼」 시에서는 단지 '굽이진 못에는 봄 물결이 그득하고, 새 포구에는 "야아"가 비친다曲沼春流滿, 新波映"野鵝"'라고만 했을 뿐이니, 거위가 어떻게 구름 위로 올라가 바람 따라 달릴 수 있겠는가? 장형의 「서경부」에 의하면, '새로는 숙상鷫鷞, 재두루미鶬, 느시鴇[217]와 "駕鵝", 큰기러기鴻, 곤계鶤가 있다'라고 했는데, 장읍長揖의 「상림부」 주에 '"駕鵝"는 "야아野鵝 : 들거위"'라고 했으니, 포조가 읊은 것은 아마도 '駕'일 것이다."[218]

【주석】

1 **[전진륜]** 『송서』「임천열무왕도규전」: "임천왕 유도규(劉道規, 370~412)는 자는 도칙(道則)이며 고조 무제의 막내아우이다. 고조가 즉위한 뒤 임천왕으

---

217) 저본의 '鵓(발 : 집비둘기)'은 『문선』 권2에 '鴇(보 : 느시)'로 되어 있어서 고쳤다.

218) '숙상'은 녹색의 긴 목을 지닌 기러기의 일종이고, '鶤(곤)'은 '鵾'으로도 적는데, 학 비슷하며 큰 담황색 물새인 곤계(鵾鷄)이다. '駕鵝'는 '개리(Anser cygnoides, swan goose)'이다. 개리는 기러기목 오릿과 기러기속에 속하는 야생조류로, 기원전 1000년경에 중국에서 길들여 가금(家禽)인 '거위(鵝)'가 되었다고 한다. 그래서 '野鵝(야아 : 야생 거위, 들거위)'라고도 한다. 현대 중국에서는 일반적으로 '鴻雁(홍안)' 또는 '大雁(대안)'으로 부른다. 포조는 야생인 '개리'가 가금이 되어 인간에게 종속된 '거위'로 된 것을 가련히 여기는 마음으로 이 작품을 지은 것 같다. 이 작품의 창작 시기에 대해, 전중련은 「포조연표」에서 원가 16년(439)에 넣었다(『집주』, 432쪽). 정복림은 작품 속에 재화(災禍)를 만날까 두려워하면서 은퇴해 목숨을 보전하고 싶어 하는 심리가 짙게 드러나고 있는 점에서, 유의경 막료로 재직하던 후기 작품일 가능성이 짙은데, 원가 21년 정월에 유의경이 사망했으므로, 원가 20년(443) 유의경이 살아 있을 때 지어졌을 가능성이 크다고 보았다(『교주』, 84~86쪽).

로 추시(追謚)됐다. 아들이 없어 장사경왕(長沙景王) 유도련(劉道憐, 368~422)의 2남 유의경(劉義慶, 403~444)이 후사가 되었다. 유의경은 영초(永初) 원년(420)에 임천왕 작위를 세습했다. 원가 9년(432)에 형주(荊州) 자사로 부임했다. 16년(439)에 강주(江州) 자사로 옮겼다. 17년(440)에 남연주(南兗州) 자사가 되었다. 문사(文辭)를 좋아해서 글솜씨가 뛰어난 인재들을 초빙하니, 원근에서 다 모여들었다. 태위(太尉) 원숙(袁淑, 408~453)은 문장이 당시에 으뜸이었는데, 유의경이 강주에 있을 때 위군자의참군(衛軍諮議參軍) 직으로 초빙했다. 그 밖에 오군(吳郡)의 육전(陸展), 동해(東海)의 하장유(何長瑜)와 '포조' 등이 모두 문장의 아름다움으로 초빙되어, 임천왕국에서 보좌하는 시신(侍臣)이 되었다. 아들 애왕(哀王) 유엽(劉燁)은 자가 경서(景舒)이고 관직은 통직랑(通直郎)까지 올랐는데, '원흉' 유소(劉劭, 424~453)[219]에게 살해되었다."

2 **[전진륜]** 『설문해자』: "'愍(민)'은 가슴 아파하는 것이다."

『설문해자』: "'樊(번)'은 묶여서[鷙] 움직이지 못하는 것이다." 서개 : "'鷙(지)'는 '縶(집 : 매다)'과 같다. 송골매나 새매 따위가 새장에 갇혀 밖으로 나가지 못하고 좌우에서 붙잡아 밖으로 끌어내는 것이다."

3 **[전진륜]** 『국어』「노어(魯語)·하」: "공자가 '진(陳)'에 있을 때, '새매[隼]'가 진후(陳侯)의 뜰에 모여서 죽은 것이 있었다. 싸리나무 화살대가 그것을 관통했는데, 살촉은 돌 촉이고 화살의 길이가 한 자 여덟 치였다. (…중략…) 공자

219) '유소'의 시역 사건은 「유원경을 위해 쓴, 표기장군 직의 제수를 사양하는 표[爲柳令讓驃騎表]」 주석 6 '전중련' 등 여러 곳에 언급된다.

가 말했다. '새매는 "멀리[遠]"서 왔다. 이것은 숙신(肅愼)의 화살이다."'

4 **[전진륜]** 『한서』「선제기(宣帝紀)」: "'신작(神雀)' 원년" 응소 주: "그 앞 해에 신작(神雀: 봉황새)이 장락궁(長樂宮)에 모였다. 그래서 연호를 이렇게 바꾸었다."

5 **[전진륜]** 장형 「동경부」 '薄狩于敖, 既璅璅焉(주왕이 오에서 사냥을 한 것은 매우 소소한 일이다)' 설종(薛綜) 주: "'璅璅(소소)'는 작은 것이다."

『광운』: "'厠(측)'은 사이에 뒤섞는 것[間]이다. 정밀하지 못한 것[次]이다."

6 **[전진륜]** 『예기』「월령」: "[섣달에] '못[水澤]'에 얼음이 두껍고 단단하게 언다."

『장자』「지락(至樂)」: "옛날 '바닷새[海鳥]'가 노나라 교외에 머물렀는데, 노후(魯侯)가 사당으로 가져오게 해서 술을 따라주고, 주 왕실의 아악인 '구소(九韶)의 음악'을 연주하여 즐겁게 해주고, 사직의 제사에 쓰는 태뢰(太牢)의 희생을 갖추어 먹이로 주었다. 그러나 새는 우두커니 보며 '슬퍼하다가[悲憂]' (…중략…) 사흘 만에 죽었다."

7 **[전진륜]** 『후한서』「주목전(朱穆傳)」: "전제(專諸)[220]와 형가(荊軻)[221]가 감격을 하고, 후영(侯嬴)[222]과 예양(豫讓)[223]이 '몸을 바친[投身]' 것은, '진

---

220) 춘추 시기 오나라 당읍(棠邑, 지금의 남경시 육합구 북서) 사람으로, 오자서(伍子胥)의 추천을 받아, 오공(吳公) 자광(子光: 나중의 오왕 합려(闔閭))의 자객이 되어, 기원전 515년 어장검(魚腸劍: 물고기 배 속에 감춘 비수)으로 오왕 오료(吳僚)를 죽이고 자신은 오료의 시위에게 살해됐다.

221) 전국 말기 위(衛)나라 조가(朝歌) 사람으로, 나중에 연나라 태자 단(丹)을 위해, 기원전 227년 연나라로 망명한 진(秦)나라 장군 번오기(樊於期)의 수급(首級)과 독항(督亢, 지금의 하북성 탁현(涿縣)·역현(易縣)·고안현(固安縣) 일대)의 지도를 가지고 진왕의 궁에서 진왕을 죽이려고 했으나, 지도 속에 감춘 검이 드러나는 바람에 실패하고, 진왕과 그 시위(侍衛)에게 살해됐다.

222) 전국 시기 위(魏)나라 사람으로, 노년에 신릉군(信陵君)의 상객이 되었다. 기원전 257년, 진(秦)나라가 조(趙)나라를 공격하여 한단(邯鄲: 지금의 하북성 한단

정은 은혜를 위해 사용하고, 생명은 의를 위해 가벼이 여긴 행위[情爲恩使,[224] 命緣義輕]'이다."

8 **[전진륜]** 『이아』 「석기(釋器)」 : "새그물을 '羅(라)'라고 한다."

『진서(晉書)』 「유량전(庾亮傳)」 : "'핍박하고 위협을 한[逼脅]' 죄를 용서했다."

『한서』 「장량전(張良傳)」 '雖有矰繳, 尙安所施(주살과 묶은 줄이 있다 한들 어디에다 쓸 수 있는지)!' 안사고 주 : "'繳(작 : 주살의 줄)'은 오늬에 줄을 묶은 화살로 새를 쏘는 것[弋射]이다."

『광운』 : "'縈(영)'은 얽어 싸는 것이다."[225]

[전중련] 송본에는 '悵(창 : 슬프다)'이 '恨(한 : 한스럽다)'으로 되어 있고, 『예문유취』 권91에는 '負(부 : 걸리다)'로 되어 있다.

9 **[전중련]** 『예문유취』에는 '朋(붕)'이 '群(군)'으로 되어 있다. 송본에는 '霧(무 : 안개)'가 '騖(목 : 달리다)'으로 되어 있다. 엄가균은 "마땅히 '騖'이 되어야 할 것 같다"라고 했다.[226]

시)을 포위하자, 조나라는 위나라에 구원을 요청했다. 위왕은 장군 진비(晉鄙)더러 십만의 원병을 인솔하고 구원하게 했으나 중도에서 멈추자, 후영이 병부(兵符)를 훔쳐 대신 군대를 지휘하여 진나라 군사를 물리치고 조나라를 구원했다. 그러나 스스로 위나라 군주에 대해 불충했다고 생각하고 자살했다.

223) 춘추전국 시기 진(晉)나라 사람으로 진의 경(卿)인 지요(智瑤) 즉, 지백(智伯)의 가신이다. 진나라 출공(出公) 22년(453 B.C.) 조(趙)·한(韓)·위(魏)가 힘을 합쳐 지백을 멸망시키자, 예양은 온몸에 칠을 하고 숯을 먹어 벙어리가 된 뒤, 다리 아래에 매복하고 있다가 조양자(趙襄子)를 암살하려고 했으나 실패하고 도리어 체포된다. 처형되기 전 그는 조양자의 옷을 달라고 하여 검으로 그 옷을 찢어 원수를 갚는 행위를 하고는 자살했다.

224) 저본의 '死(사)'는 표점교감본에는 '使(사)'로 되어 있어서 고쳤다.

225) '樊縈(번영)'은 얽어 묶이는 것이다.

226) '霧(무)'는 주응등본에도 '騖(목)'으로 되어 있고, 노문초에도 '騖(목)'으로 교감

10 **[전중련]** 송본에는 '以(이)'가 '而(이)'로 되어 있다.

11 **[전진륜]** 반고 「서도부」: "옥섬돌과 '붉은 뜰'[玉階'彤庭']"[227)]

12 **[전진륜]** 『박아』: "'瞰(감)'은 보는 것이다."

『옥편』: "'眺(조)'는 바라보는 것이다."

장형 「동성가(同聲歌)」: "이중의 문에는 '황금 빗장'을 장식했다[重戶結'金扃']."

13 **[전진륜]** 『설문해자』: "'纖(섬)'은 가는 것[細]이다."

『모시』「빈풍·치효(鴟鴞)」 제4장: "내 깃털은 '빠지고'[予羽'譙譙']" 모전: "'譙譙(초초)'는 '깃털이 빠지는 것[殺]'이다."

『增韻(증운)』: "'翻(번(飜))'은 뒤집는 것이다."

『상서』「태갑(太甲)·상」: "그 명하신 가르침을 '잃지[越]' 마라." 공안국 전: "'월(越)'은 떨어뜨려 잃어버리는 것[墜]이다."

[전중련] 송본에는 '含(함)' 자 아래의 주에서 "'悆(여: 잊어버린다)'로 된 판본도 있다"라고 했다.[228)]

14 **[전진륜]** 『예기』「단궁·하」: "사람을 퇴출하는 것을, 장차 '깊은 물 속으로 떨어뜨릴 것[墜諸淵]'처럼 한다."

『초사』「구가·소사명」: "바람을 맞으면서 '멍하니 넋을 놓고' 마음껏 노래한다[臨風'怳'兮浩歌]."[229)]

했다. 출구와의 대우를 생각하면 엄가균의 견해가 옳다. '煙鶩(연목)'은 연무처럼 질주하는 것이고, '風行(풍행)'은 바람처럼 달려가는 것이다.

227) '瑤塗(요도)'와 '丹庭(단정)'은 조정을 가리킨다.

228) '纖殺(섬살)'은 약하고 말라 초췌한 것이고 '含悴(함췌)'도 파리해 보이는 것이며, '飜越(번월)'은 마음이 불안한 것이고, '慙驚(참경)'은 부끄럽고 두려운 것이다.

229) '怳(황)'은 놀라서 망연자실한 모양이고, '寧(녕)'은 안정시키는 것이다.

15 **[전진륜]** 『후한서』「풍연전(馮衍傳)」「현지부(顯志賦)」: “도덕이라는 ‘진기하고 미려한 것’을 소홀히 하는구나[忽道德之‘珍麗’兮].”

『주례』「천관총재(天官冢宰)・태재(太宰)」‘陳其殷(대부에게 많은 사를 설치해준다)’ 정현 주: “‘殷(은)’은 많은 것[衆]이니, [중사(衆士: 대부의 많은 신료인 사)를 말한다.]”

16 **[전진륜]** 『열자』「황제(黃帝)」: “바닷가에 사는 사람으로 ‘구조(漚鳥: 갈매기)’를 좋아하는 자가 있어 아침마다 바닷가로 가서 갈매기 떼와 어울려 놀았다. 새 중에 그에게 다가온 것이 백 마리[百住][230]에 그치지 않았다. 그 부친이 말했다. ‘듣자니 갈매기가 모두 너를 따르면서 놀았다고 하던데, 나도 좀 데리고 놀게 잡아 와라.’ 다음날 바닷가로 갔더니 갈매기들은 춤추기만 할 뿐 내려오지 않았다.”

『비아』: “남방의 주조(朱鳥) 즉 주작의 일곱 별자리[七宿]는 ‘순수(鶉首)・순화(鶉火)・순미(鶉尾)’이다.”[231]

17 **[전진륜]** 『속한서』「여복지(輿服志)」: “‘鶡(할: 할계(鶡鷄))’이란 것은 ‘용감한 꿩 종류의 새[勇雉]’로 그 싸움은 상대가 죽어야 끝난다. 그래서 전국시대

---

230) 장담(張湛)의 주에 “‘住(주)’는 마땅히 ‘數(수)’가 되어야 한다”라고 했다. 앞의 ‘漚’는 ‘鷗(구)’와 통용한다.

231) ‘天宿(천수: 하늘의 별자리)’는 남방의 7수인 ‘정(井)・귀(鬼)・유(柳)・성(星)・장(張)・익(翼)・진(軫)’을 가리키는데, 그 중 ‘정・귀’를 ‘鶉首’, ‘유・성・장’을 ‘鶉火’, ‘익・진’을 ‘鶉尾’라고 한다. 이 7수를 ‘朱雀(주작)’, 또는 ‘朱鳥(주조)’라고 하는데, 붉은 봉황(鳳凰)으로 형상화했다. 포조가 말한 ‘鳴鶉(명순)’은 메추라기가 아니라 ‘鶉首’, ‘鶉火’, ‘鶉尾’로 이루어진 주작이다. 실존하는 새로는 ‘붉은양진이(Carpodacus erythrinus)’를 ‘朱雀’이라고 부른다.

조(趙) 무령왕(武靈王)은 그것으로 무사를 나타냈다."[232]

유기 「문부」: "문장의 수사는 '작가의 재능을 발휘하여' 예술 기교를 드러내야 한다[辭'程才'以效伎]."

『한서』 「고제기(高帝紀)」 '北貉·燕人來致梟騎助漢(북맥과 연나라 사람이 용맹한 기병을 보내와서 한을 도왔다)' 응소 주: "'梟(효)'는 씩씩하고 용맹스러운 것이다."

『이아』 「석조」: "이수(伊水)와 낙수(洛水) 이남 지역에서는 흰 바탕에 오색을 다 갖춰 무늬를 이룬 꿩을 '翬(휘: 금계(金鷄))'라고 한다."

『한서』 「경제기(景帝紀)」: "'[집이나 도구 등에] 화려한 무늬를 새겨 넣어 꾸미는 것[雕文刻鏤]'은 [농사일을 해치는 것이다.]"

18 **[전진륜]** 유경숙(劉敬叔) 『이원(異苑)』: "'꿩은 '물에 모습을 비추면 춤을 춘다[山鷄映水則舞]'. 위 무제(조조) 때 남방에서 헌상했다. 무제가 울고 춤추게 하고 싶었지만, 방법이 없었다. 공자 창서(蒼舒)[233]가 그 앞에 큰 거울을 놓게 하자 꿩은 '제 모습을 비춰보고는[鑑形]' 춤을 추었다."

'翮(핵: 깃촉)'은 「떠도는 생각[遊思賦]」(주석 16)에서 보았다.

[전중련] 송본에는 '避(피)'가 '選(선)'으로 되어 있고,[234] '而(이)'가 '以(이)'로

---

232) 『후한서』 「여복지·하」에도 똑같은 기록이 있다. '鶡'은 현대 중국어로는 '鶡馬鷄(할마계, hèmǎjī)'라고 하는데, 학명은 'Crossoptilon mantchuricum'이고, 우리말로는 '갈색귀꿩'이라고 한다.

233) 조조와 환부인(環夫人) 사이에 태어난 아들 조충(曹冲, 196~208)의 자가 창서(倉舒)이다. 어려서부터 신동이었던 것으로 알려져 있다.

234) '避'와 '選'은 모두 오자로 보인다. 두 자와 자형이 비슷한 글자로는 '逸(일)'자가 있는데, '逸翮'의 용례는 곽박의 「유선시(遊仙詩)」 제5수 "逸翮思拂霄(빠른 날개

되어 있다.

19 **[전진륜]** 『산해경』 「서산경(西山經)」 : "삼위산(三危山)에 '파랑새[靑鳥]'가 산다." 주 : "파랑새는 서왕모를 위해 음식을 구해오는 일을 주재하는 새이다." 『한서』 「무제기」 : "동해로 거동하여 '붉은 기러기[赤鴈]'를 얻어 「주안가(朱鴈歌)」를 지었다."

반고 「동도부」 : "'상서로운 일이 일어날 조짐'이 갖추갖추 나타났다[備致'嘉祥']."235)

[전중련] 『산해경』 「대황서경(大荒西經)」 : "'파랑새[靑鳥]'가 셋이 있는데, 하나는 이름을 대려(大鵹)라고 하고, 하나는 소려(小鵹)라고 하며, 하나는 '청조(靑鳥)'라고 한다." 주 : "모두 서왕모가 부리던 새이다."

20 **[전진륜]** 『한시외전』 권2 : "[전요(田饒)가 노 애공(哀公)에게 말했다.] (…중략…) 닭은 이 다섯 가지 덕[五德]이 있는데도, 임금께서 매일 그것을 삶아서 먹는 것은 무엇 때문입니까? 그것은 닭이 가까운 데서 왔기 때문입니다. 그런데 저 황학(黃鵠)은 한 번에 천 리를 날아 임금의 '정원과 못[園池]'에 머물면서 임금이 기르는 물고기와 자라 같은 것을 잡아먹고, 임금이 기르는 '메기장과

로 하늘을 날아오르고 싶다)"가 있다. 그러나 이때의 '逸'은 동사로 보기에는 무리가 있다. 다른 용례로는 '施翮(시핵)'과 '騫翮(건핵)', '騰翮(등핵)'이 있다. 각각 조식의 「송응씨(送應氏)」, 도연명의 「잡시(雜詩)」 제5수, 정풍(鄭豐)의 「육운(陸雲)에게 답함[答陸士龍]」 시에 보인다. 모두 날개를 떨쳐 하늘에 오른다는 의미이다. 포조 부에서도 이런 의미로 보인다. 정복림은 조식의 「송응씨(送應氏)」의 "'施翮'起高翔(날개를 떨쳐 높이 날아오른다)"를 '選翮'의 전고로 제시했다(『교주』, 93쪽). 다음 구의 '居物(거물)'은 본래 물자를 축적한다는 뜻인데, 여기서는 '임금의 동산[君囿]'에 모아 놓은 온갖 조류들을 가리키는 것으로 보았다.

235) 장형의 「동경부(東京賦)」에 나오는 말이다.

찰기장 같은 곡식[黍粱]'을 쪼아 먹기만 할 뿐, 이런 다섯 가지 덕도 없는데 임금께서 귀중하게 여기는 것은 그것이 먼 데서 왔기 때문입니다."

21 **[전진륜]** '引身(인신 : 물러남)'은 「춤추는 학(舞鶴賦)」의 '遷延(천연)' 주(주석 26)에서 보았다.

『좌전』「선공 · 12년」 주 : "'翦(전)'은 잘라내는 것[削]이다."

22 **[전진륜]** 『상서』「우공」 : "'발해에서 태산 사이 지역[海岱]'은 청주(青州)이다."

『좌전』「희공 · 32년」 : "'효산(殽 : 즉 崤山. 지금의 하남성 낙녕현(洛寧縣) 북서)'에는 두 개의 구릉이 있는데, 남쪽 구릉은 하후고(夏后皐 : 하나라 제15대 군주)의 무덤이고, 북쪽 구릉은 주 문왕(文王)이 풍우를 피한 곳이다."

반악 「서정부(西征賦)」 '愬黃巷以濟潼(황항정을 향하여 동수를 건너다)' 이선 주 : "『옹주도경(雍洲圖經)』에 있다. '"동수(潼水)"는 화음현[華陰 : 지금의 섬서성 위남시(渭南市)에 속함] 경계에 있다.'"

23 **[전진륜]** 『옥편』 : "'雰(분)'은 안개이다."

『설문해자』 : "'霰(산)'은 싸라기눈[稷雪]이다."

『박물지』 : "서주(徐州) 사람들은 흙먼지[塵土]를 '蓬塊(봉괴)'라고 하고, 오(吳) 지역 사람들은 埃坱(애앙)이라고 한다."

[전중련] 송본에는 '雰'이 '雲(운)'으로 되어 있고, "'雰'으로 된 판본도 있다"라고 주를 달았다.[236)]

24 **[전진륜]** 『박아』 : "'菰(고)'는 줄풀[蔣]이다."

『설문해자』 : "'蒲(포 : 부들)'는 물풀이다."

---

236) 정복림은 장부본을 따라 '雰'으로 고쳤다(『교주』, 86 · 88쪽).

『이아』「석수(釋水)」: "작은 삼각주를 '渚(저)'[237]라고 한다."

25 **[전진륜]** '啄(탁 : 쪼다)'은 '喙(훼 : 부리)'가 되어야 할 것 같다.[238]

『설문해자』: "'喙'는 부리[口]이다."

『설문해자』: "'眥(자)'는 눈초리[目厓]이다."

26 **[전중련]** 송본에는 '雅(아)'가 '雖(수)'로 되어 있다.[239]

27 **[전중련]** 한 무제 「이부인을 애도하는 부[悼李夫人賦]」: "문득 해도 뜨지 않는 '끝없는 긴 밤'이로구나[奄'修夜'之不暘]."

28 **[전진륜]** 『이아』「석목(釋木)」: "'梢(초)'는 '梢櫂(초탁)'[240]이다." 곽박 주 : "나무가 가지가 없이 '우듬지가 쭉 뻗어 자라서[梢櫂長]' 죽은 것이다. [(…중

---

237) 중간송본에는 '陼(저)'로 되어 있다.

238) 『전송문』과 노문초에도 '喙'로 되어 있다. 오덕풍은 '拔喙(부리를 내밀다)'와 '掩眥(눈가를 문지르다)'가 정확하게 짝이 되므로 '喙'가 되어야 하며, '啄'은 형사(形似)로 인한 오자로 보았다(27b쪽).

239) '雅'보다는 '雖'가 낫다. '雖念'은 '비록 가엽게 생각되지만'의 의미가 된다. '惟(유)'의 오자일 가능성도 있다. 『한서』의 「선제기(宣帝紀)」·「원후전(元后傳)」·「조충국전(趙充國傳)」과 『후한서』의 「등즐전(鄧騭傳)」·「구순전(寇恂傳)」·「반초전(班超傳)」 등에 '惟念'이라는 표현이 있는데, 모두 '생각한다'라는 의미로 사용되었다. 「등즐전」에는, 등즐이 후(侯)에 봉해진 뒤 올린 사양 상소에, "退自惟念, 不寒而慄(물러나 스스로 '생각해보니', 춥지 않은데도 두려워서 오싹 소름이 돋습니다)"라고 한 표현이 있다. 그러면 "낮 동안에는 가만히 생각하면서, 사물들을 빌려 잠시 시름을 잊겠지만, [밤이 되어 깊은 생각에 잠기게 되면 비애를 절감하게 될 것]"이라는 의미가 된다. '遷排(천배)'는 시름을 배제하고 자신을 위로하는 것이다.

240) 중간송본에는 '擢(탁)'이 '櫂(탁)'으로 되어 있어서 고쳤다. 곽박 주에서 음을 '濁(탁)'이라고 했다. 형병(邢昺)의 소에 "나무가 가지가 없이 자라다 죽은 것을 '梢(초)'라고 부르고 일명 '梢擢(초탁)'이라고 한다. 『소이아』에 '뿌리를 뽑는 것[拔根]을 "櫂(탁)"이라고 한다'라고 했다"라고 했다. 단구가 '梢, 梢櫂'이 되어야 하는데, 저본에서 '梢梢, 櫂也'라고 단구한 것은 옳지 않다. '梢梢'는 바람 소리이다.

략…) '櫂'은 음이 '濁(탁)'이다.]"

29 **[전진륜]** 『초사』「구가·상부인」: "교룡이 어찌하여 '물가'에 나와 있는가[蛟何爲兮'水裔']?"

『이아』「석언(釋言)」: "'趾(지)'는 발이다."

도연명「병진년 팔월 중순 저습한 전가(田家)에서 수확하며[丙辰歲八月中於下潠田舍穫]」: "'동쪽 숲 굽이'에서 힘써 일한다[戮力'東林隈']."

30 **[전진륜]** 왕포(王褒)「사자강덕론(四子講德論)」: "그래서 해내(海內)에서 기꺼이 추앙하여 바람처럼 빠르게 '비처럼 빽빽하게 몰려들지[雨集]' 않는 이가 없다."

육기「고영(顧榮)을 위해 지은, 아내와 주고받은 시[爲顧彦先贈婦]」: "육신과 그림자 같은 밀접한 사람이 '삼성(參星)과 심성(心星)처럼 떨어져 있다'[形影'參商乖']."[241]

『난진자록(嬾眞子錄)』: "오각육장(五角六張)은 옛말이다. 그 뜻은 5일에는 [동방 창룡 7수 중의 첫 번째 별자리인] 각수(角宿)를 만나고, 6일에는 [남방 주작 7수 중의 다섯 번째 별자리인] 장수(張宿)를 만난다는 것인데, 이 이틀에는 '일을 해도[作事]' 대부분 '성사되지 않는다[不成]'."

[전중련] 『장자』「천운(天運)」: "[악기 소리가] '일정한 방향이 없이[無方]' 퍼져나간다."

---

241) '삼성'은 서방 백호(白虎) 7수의 일곱 번째 별자리이고 '상성(商星)'은 동방 창룡(蒼龍) 7수의 다섯 번째 별자리인 '심성(心星)'이다. 두 별은 동시에 나타날 수가 없다. '星乖(성괴)'는 별처럼 흩어지는 것이다.

31 **[전진륜]** 『사기』「공자세가」: "삼을 도려내고 갓 태어난 짐승을 죽이면 '기린(麒麟)'이 교외에 나타나지 않고, 소택(沼澤)의 물을 다 퍼내고 말려서 물고기를 잡으면 교룡이 음양의 조화를 이루지 않고, 둥지를 엎고 '알을 깨면[毁卵]' '봉황(鳳凰)'은 날아오지 않는다."

『한비자』「설림(說林)·상」: "맹손(孟孫)이 사냥을 해서 '새끼사슴[麑]'을 잡아, 진서파(秦西巴)더러 가지고 돌아가도록 했다. 그 어미가 따라오면서 울자 진서파는 잔인하게 하지 못하여 '어미한테 돌려보내 주었다'. 맹손이 돌아와서 새끼사슴을 찾자, 진서파는 대답했다. '저는 차마 데려올 수가 없어 그 어미에게 돌려주었습니다.' 맹손이 벌컥 화를 내고 그를 내쫓았다. 석 달이 지나고 다시 그를 자기 아들의 스승으로 부르면서 (…중략…) 말했다. '대저 새끼사슴에게도 잔인하게 하지 못했는데, 또 장차 내 아들에게 잔인하게 하겠는가?'"[242]

32 **[전진륜]** '沙漠(사막)'은 앞의 부(「춤추는 학」 주석 19)에서 보았다.

33 **[전진륜]** 사마천 「임안(任安)에게 보낸 답서[報任少卿書]」: "'자신의 한 몸을 보전하고[全軀]' 처자식을 지키기에 급급한 신하들이 [이어서 그 단점을 만들어 모함하니 정말 통탄할 일입니다.]"

조식 「구자시표(求自試表)」: "자신의 능력을 헤아려서 맡을 만한 관작을 받는 자는 '목숨을 다 바쳐 충성할[畢命]' 신하입니다."

오균(吳均) 『속제해기(續齊諧記)』: "양보(楊寶)는 아홉 살 때 화음산(華陰

---

242) 이상 6구는 미물에게도 은택이 미치기를 바라는 마음을 피력했다. '宿世(숙세)'는 본래 불교에서 전생을 뜻하는 말로, 여기선 전대(前代)의 뜻이다. '澤(택)'은 은택이고, '無微不均(무미불균)'은 아무리 미세한 데라도 은택을 고루 베푼다는 뜻이다.

山)에 갔는데, 검은머리방울새[黃雀] 한 마리가 올빼미에게 잡혔다가 나중에는 땡깅아지와 개미에게 시달리는 것을 보았다. 양보는 그것을 품고 돌아와서 두건 상자에 넣어두고 국화꽃을 먹였다. 십여 일이 되어 깃털이 다 나자 보내줬다. 그날 밤 삼경에 누런 옷을 입은 동자가 찾아와서 말했다. '나는 서왕모의 사자인데, 그대의 인자한 사랑을 입어 목숨을 구했소.' 그리고 네 개의 백옥 고리를 주면서 말했다. '이 백옥 고리가 그대의 자손들이 이것처럼, 청렴결백하여 삼공(三公)의 직책에 종사하게 할 것이오.'"[243]

243) '魂報(혼보)'는 사후에 보답하는 것이고, '自申(자신)'은 자신을 타일러 깨우치는 것이다.

尺蠖賦

智哉尺蠖! 觀機而作, 伸非向厚, 屈非向薄.[1] 當靜泉渟, 遇躁風驚,[2] 起軒軀以曠跨, 伏累氣而併形.[3] 冰炭弗觸, 鋒刃靡迕,[4] 逢險蹙蹐, 值夷舒步,[5] 忌好退之見猜, 哀必進而爲蠹,[6] 每驤首以瞰途, 常駐景而翻露.[7] 故身不豫託, 地無前期, 動靜必觀於物, 消息各隨乎時, 從方而應, 何慮何思?[8] 是以軍算慕其權, 國容擬其變.[9] 高賢圖之以隱淪, 智士以之而藏見.[10] 笑靈蛇之久蟄, 羞龍德之方戰,[11] 理害道而爲尤, 事傷生而感賤, 苟見義而守勇, 豈專取於弦箭.[12]

자벌레

지혜롭도다, 자벌레여! 기미를 살펴 움직이는구나.

폄은 두터움을 향해서가 아니고, 굽힘은 얇음을 향함은 아니다.

고요함을 만나면 샘물처럼 멎어 있고, 다급함을 만나면 바람처럼 신속하네.

일어나면 몸을 높여 멀찍하게 건너가고, 엎드리면 숨죽이고 몸을 바짝 움츠리네.

얼음과 숯불은 만지지 않고, 창과 칼도 건드리지 않는다.

험준함을 만나면 움츠리고 살살 걷고, 평탄함을 만나면 점잖게 걷는다.

후퇴하기 잘해서 의심받기 싫어하고, 전진만을 하다가 해 당함도 슬퍼한다.

매양 머리를 들고 앞길을 살피며, 항상 정황을 살펴 움직이기 시작한다.

따라서

제 몸은 미리 움직여 맡기지 않고, 갈 곳은 먼저 정해놓지 않는다네.

움직이고 멈춤은 반드시 사물을 살펴서 하고, 나아가고 물러섬은 각각 시기를 따르네.

알맞은 방도 좇아 맞추어서 행동하니, 무엇을 염려하고 무엇을 근심하리.

이리하여

군사전략은 그것의 권모를 본받고, 국가의 제도와 법령은 그것의 임기응변을 본뜬다.

덕망 높은 어진 선비는 그를 본떠 은둔하고, 지혜로운 인사는 그에 따라 물러나고 나타난다.

영사靈蛇가 오래도록 칩거함을 비웃고, 용덕龍德을 지니고서 다툼을 부끄러워한다.

이치를 추구하다 도를 해치면 허물이 되고, 일에 매몰되어 삶을 해치면 천박하게 느껴진다.

실로 의로움을 보면 용기를 지켜야 하나니, 어찌 오로지 시위에 당겨진 화살에서만 취할 것인가?

【해제】

[전진륜] 『비아埤雅』: "'자벌레尺蠖'는 몸을 구부렸다 폈다 하는 벌레이다. 다른 이름은 즉축蝍蠍이며, 보굴步屈이라고도 한다. 누에 비슷하고 나뭇잎을 먹으며, 늙으면 역시 실을 토해내어 집을 짓는다. (…중략…) 옛날 사람들의 말에 자벌레의 고치가 화하여 나비가 된다고 했는데, 이것은 번데기가 나방으로 변하는 것과 같다."[244)]

【주석】

1 **[전진륜]** 『주역』「계사하전」: "군자는 '기미를 살펴서 움직인다[見幾而作]'."

『주역』「계사하전」: "자벌레가 구부리는 것은 몸을 펴기 위한 것이다[蚇蠖之屈以求信]."[245)]

[전중련] 『예문유취』 권97에는 '向薄(향박)'이 '俞薄(령박 : 박하게 하다)'[246)]

---

244) "후퇴하기 잘해서 의심받기도 싫어하고, 전진만을 하다가 해를 당하는 것도 슬퍼해서", 상황에 맞게 굴신을 하는 자벌레를 통해, 덕망 높은 이는 은둔의 태도를 배우고, 지혜로운 인사는 진퇴의 인생 태도를 배움을 읊었다. 이러한 태도는 장기간의 벼슬길에서 온갖 좌절을 겪은 후의 모습이라고 할 수 있다. 정복림은 효무제 효건 2·3년(455~456) 사이 중서사인(中書舍人) 임직 시기, 포학하고 시기심 많은 제왕의 지나친 위협 하에서 어찌할 수 없는 심정을 표현한 것이라고 보았다(『교주』, 67~68쪽).

245) 한강백(韓康伯) 주에 '信(신)'은 음이 '申(신, shēn)'이라고 했다. '申'은 '伸(신 : 펴다)'의 뜻이다.

246) 저본의 '今(금)'은 '俞'의 오자여서 고쳤다. '觀機(관기)'는 '見幾(견기, 見機)'와 같다. '厚(후)'와 '薄(박)'은 '부귀'와 '빈천' 또는 '이익'과 '손해'를 말한다. 이 2구는 자신에게 이로운 상황을 만나면 나아가고 불리한 상황을 만나면 물러나는 것은 아니라는 뜻이다.

으로 되어 있다.

2 **[전진륜]** 『비창(埤蒼)』: "'渟(정)'은 물이 괴어 움직이지 않는 것이다."

3 **[전진륜]** 『후한서』「당고열전(黨錮列傳)·유우(劉祐)」'州郡累氣(주군에서는 숨을 죽였다)' 이현(李賢) 주: "'累氣(루기)'는 두려워서 소리를 못 내고 숨을 죽이는 것이다."

4 **[전진륜]** 도연명 「잡시」 제4수: "누가 이 시대의 속된 인사들이 하듯이, '얼음과 숯불 같은 갈등'을 가슴 가득 안고 있겠는가[孰若當世士, '冰炭'滿懷抱]."

『상서』「비서(費誓)」: "너의 '봉인(鋒刃: 창이나 칼 같은 무기의 날카로운 날)'을 갈아라."

『후한서』「진번전(陳蕃傳)」'王甫時出, 與蕃相迕(왕보가 이때 나와서 진번과 조우했다)' 이현 주: "'迕(오)'는 '遇(우: 만나다)'와 같다."

[전중련] 송본에는 靡(미: ~하지 않다)'가 '歷(력: 겪다)'으로 되어 있다.247)

『회남자』「제속훈(齊俗訓)」: "녹위를 탐하는 자는 이익을 보면 제 몸도 돌보지 않고 달려들지만, 명성을 아끼는 자는 의롭지 않은 이익은 구차하게 얻지 않는다. 이들을 비교해서 말하자면, '얼음과 숯불[冰炭]', 낫과 새끼의 관계와 같으니 언제 서로 합치될 수 있겠는가."

『초사』「칠간(七諫)」: "'얼음과 숯'은 서로 만나서는 안 되는 것이다['冰炭'不可以相竝兮]."248)

---

247) '靡'가 옳다. 정복림은 장부본을 따라 '靡'로 고쳤다(『교주』, 68~69쪽).

248) 『회남자』와 「칠간」의 '冰炭(빙탄)'은 얼음과 숯처럼 정반대이어서 서로 용납하지 못한다는 뜻으로, 사물이 서로 화합하기 어려움을 일컫는 말인 '빙탄불상용(冰炭不相容)'의 뜻이지만, 포조 부에서는 물과 불처럼 위험한 상황을 비유한다.

5 **[전진륜]**『설문해자』: "'嶮(험)'은 험난한 것이다."

『설문해자』: "'蹴(축)'은 밟는 것이다."

『설문해자』: "'蹐(척)'은 잔걸음으로 걷는 것이다."

『유편(類篇)』: "'蹴'은 '蹙(축)'으로 적기도 한다."

『모시』「주송·천작(天作)」: "평탄한 길을 갈 수 있다[有'夷'之行]." 모전: "'이(夷)'는 평탄한 것[易]이다."[249)]

6 **[전진륜]**『설문해자』: "'蠹(두 : 나무좀)'는 나무를 먹는 벌레이다."[250)]

7 **[전진륜]** 응양(應瑒)「가련한 천리마 부[慜驥賦]」: "세차게 달릴 생각을 하며 '고개를 쳐든다'[思奮行而'驤首'兮]."

[전중련] 송본에는 '駐(주)'가 '佇(저)'로, '露(로)'가 '路(로)'로 되어 있다.[251)]

8 **[전진륜]**『주역』「풍괘(豐卦)·단사」: "천지 만물의 생성변화는 시간의 추이와 함께 소멸하고 생장한다[與時消息]."

『주역』「계사하전」: "천하의 일은 '무엇을 생각하며 무엇을 근심할 것인가

---

249) '蹙蹐(축척)'은 잔걸음으로 조심스럽게 걷는 것이고, '舒步(서보)'는 여유 있게 걷는 것이다.

250) '蠹'는 동사로는 해를 끼친다는 뜻을 지닌다.

251) 주응등본,『전송문』및 노문초도 같다. 주석찬(周錫瓚) 교감본('주응등본'을 말한다. 이하 '주석찬'으로 약칭함)은 '飜露(번로)'를 '翻路(번로)'로 고쳤는데, 정복림은 오히려 장부본을 따라 '路'를 '露'로 고쳤다(『교주』, 68~69쪽). '飜露'는 자벌레가 숨어 있듯 고요히 있다가 모습을 드러내어 움직이기 시작함을 표현한 것이다. 번역은 이를 취했다. '翻路'는 가던 길을 변경한다는 뜻이다. '駐'와 '佇'는 모두 오래 머물러 살핀다는 뜻이고, '景(경)'은 '景況(경황 : 정황(情況))'의 뜻이다.『한서』「매복전(梅福傳)」에 "건시(32~28 B.C.) 이래로 (…중략…) 음기가 성하고 양기가 쇠하며 주전(鑄錢)이 하늘로 날아갔는데, 이것이 '무슨 상황'입니까[建始以來, 陰盛陽衰, 金鐵爲飛, 是'何景'也]?"의 '景'과 같다.

[何思何慮]'."

[전중련] 『주역』「간괘(艮卦) · 단사」: "'움직이고 멈추는 것[動靜]'을, 그 알맞은 시기를 놓치지 않고 한다."

『예기』「예기(禮器)」: "안으로 예절에 밝지 않은 자는 '사물을 보고서도[觀物]' 그 본질을 살피지 못한다."

『예기』「심의(深衣)」: "각진 옷깃[曲袷]은 곱자[矩]처럼 만들어 '품행이 방정해야 한다는 의미에 상응하도록[應方]' 해야 한다."[252)]

9 **[전진륜]** 앞 구는 자세히 알 수 없다.

『안자춘추(晏子春秋)』「외편 · 불합경술자(不合經術者)」: "(현장(弦章, 제나라 대부 빈서무(賓胥無)의 자)이 경공에게 말했다.) 자벌레는 누런 잎을 먹으면 몸이 누렇게 되고, 푸른 잎을 먹으면 몸이 푸르게 된다고 합니다."[253)]

『항상자(亢桑子)』「정도(政道)」: "대저 사람의 풍속이 '국정(國政)의 방원(方圓)'을 따르는 것은 자벌레가 먹는 나뭇잎의 색깔에 따라 몸의 색깔이 변하는 것과 같다."

10 **[전진륜]** 곽박 「자벌레 찬[尺蠖贊]」: "고귀한 것 중에도 천시할 만한 것이 있고, 미천한 것 중에서도 진귀하게 여길 만한 것이 있다. 아, 이 자벌레는 이 굴신의 도리를 실천하고 있으니, 주장은 '용과 뱀'에 맞먹고, 견해는 성인을 찬탄케 한

---

252) '從方(종방)'은 상황에 맞게 행동하는 것을 말한다. 『송서』「공기전(孔覬傳)」에 공기(416~466)가 한 말로 '鳧鶴從方(부학종방)'이 있다. 오리와 학은 타고난 삶의 방식이 다른데 각자가 그 방식을 따라 살게 해야 한다는 의미로 사용되었다.

253) 앞부분은 상황을 개괄한 말로 『안자춘추』의 원문은 아니어서, 번역을 괄호 안에 넣었다. 『설원(說苑)』「군도(君道)」에도 같은 내용이 실려 있다.

다[貴有可賤, 賤有可珍. 嗟玆尺蠖, 體此屈伸, 論配'龍蛇', 見歎聖人]."[254]

환담(桓譚, 23 B.C. 전후~A.D 56 전후) 『신론(新論)』 권하 「변혹(辨惑)」 : "천하의 신비스럽고 비범한 사람[神人]은 다섯 등급이 있다. 첫 번째가 신선(神仙)이고, 두 번째가 '은륜(隱淪 : 은자)'이다."

부현(傅玄) 「잠통부(潛通賦)」 : "자벌레는 몸을 구부림으로써 '펴기를 추구한다'[尺蠖屈體以'求伸']."

11 **[전진륜]** 『주역』 「계사하전」 : "'용과 뱀이 칩거하는 것[龍蛇之蟄]'은 몸을 보존하기[存身] 위해서이다."

『주역』 「곤괘 · 상륙」 : "용이 들판에서 싸운다[龍戰于野]."

[전중련] 『주역』 「건괘 · 문언(文言) · 구이」 : "[용이 지상에 나타나 있어서 대인을 만나기에 이롭다고 하는 것은] '용의 덕[龍德]'을 지니고 있으면서 바르고도 가운데에 있는 자라는 것이다."

『주역』 「건괘 · 문언(文言) · 초구」 : "[잠겨 있는 용이니 쓰지 말라고 하는 것은] '용의 덕을 지니고 있으면서 은둔한 자[龍德以隱者]'라는 것이다."

12 **[전진륜]** 진림(陳琳)의 「원소를 위해 쓴 조조 토벌 격문[爲袁紹檄豫州文]」 주에 『위지(魏志)』를 인용했다. "진림이 조조에게 귀의하자 조조가 말했다. '그대는 옛날 본초(本初 : 원소의 자)를 위해 격문(檄文)을 썼는데, 나의 죄상만을 적어 알렸으면 되는데, 어찌 나에게만 그칠 것을 무엇 때문에 위로는 나의 조상에게까지 언급했는가?' 진림이 사죄하여 말했다. '화살이 시위에 메겨져 있어서 쏘지 않을 수가 없었습니다[矢在弦上, 不得不發].'"[255]

254) '龍蛇(룡사)'는 비범한 인물을 비유한다.

[전중련] 『논어』「위정(爲政)」: "의로움을 보고도 하지 않으면 용기가 없는 것이다[見義不爲無勇也]."

255) 『문선』 권44 '격(檄)'에 실린 진림의 글 제목 아래의 이선 주에 인용되어 있다. 『삼국지』「위서·진림전」에는 "矢在弦上, 不得不發" 8자는 없다.

飛蛾賦

仙鼠伺闇, 飛蛾候明.[1] 均靈舛化, 詭欲齊生.[2] 觀齊生而欲詭, 各會住以憑方.[3] 凌燋煙之浮景, 赴熙焰之明光.[4] 拔身幽草下, 畢命在此堂.[5] 本輕死以邀得, 雖糜爛其何傷.[6] 豈學山南之文豹, 避雲霧而巖藏.[7]

불나방

박쥐는 어둠을 찾고, 불나방은 밝음을 찾는다.

목숨 받음은 같지만 사는 방식은 다르고, 추구하는 바는 달라도 목숨 유지함은 같다.

살펴보면 목숨 지님은 같되 바라는 바가 다르니, 각자 본성에 맞게 제 방도를 따르네.

넘실대는 뜨거운 연기를 뛰어넘어, 번쩍이는 밝은 불빛으로 향하네.

외진 풀 섶에서 몸 빼내어 나와서, 목숨을 다하는 곳은 이 집이라네.

본래 죽음을 가벼이 여겨 자초한 것이니, 비록 타서 문드러진들 무엇을 슬퍼하리.

어찌 남산의 붉은 표범처럼, 운무를 피해 바위굴 속에만 숨어 있으리.

【해제】

[전진륜]『고금주』: "불나방飛蛾은 등불에 스치기를 잘하여, 일명 화화火花라고도 하고 일명 모광慕光이라고도 한다."[256)]

【주석】

1 **[전진륜]**『이아』「석조」: "'蝙蝠(편복)'은 복익(服翼 : 박쥐)이다." 곽박 주 : "제(齊) 지역 사람들은 직묵(蠟蟔)[257]이라고 하고, '선서(仙鼠)'라고도 한다." 초공(焦贛)『초씨역림(焦氏易林)』「예지소축(豫之小畜)」: "'박쥐는 밤에 몸을 숨기고 활동하며[蝙蝠夜藏]' 낮에는 감히 다니지 못한다."

2 **[전진륜]**『박아』: "'舛(천)'은 등지는 것[偝]이다."
『후한서』「반고전」'殊形詭制(궁실의 서로 다른 모양과 제도)' 이현(李賢) 주 : "'詭(궤)'는 다른 것[異]이다."[258]
좌사「오도부(吳都賦)」: "기이하고 신기한 부류가 잡다하게 섞여 있다[詭類舛錯]."
[전중련]『태평어람』권951에는 '欲(욕 : 바람)'이 '態(태 : 모양)'로 되어 있다.

3 **[전중련]**『태평어람』에는 '齊生(제생)'이 '生齊(생제)'로, '欲(욕)'이 '態(태)'로 되어 있다. 송본에는 '住(주)'가 '性(성)'으로 되어 있다.[259]

---

256) 이 작품의 창작 시기를, 정복림은 내용상 좌절을 겪은 후 자신의 인생 태도의 표현이라고 보고, 임천왕 막료 시절 제재를 받은 뒤인 원가 17년(440) 전후로 추론했다(『교주』, 62~63쪽). 그 근거로「금지령의 해제에 감사하는 표[謝解禁止表]」와「은총을 입어 사면됨을 감사하는 상소[謝隨恩被原疏]」를 제시했다. 해당 작품의 [해제] 역주 참조.
257) 저본의 '蠌(택)'은 '蟔'의 오자여서 바로잡았다.
258) 반고의 작품「서도부(西都賦)」의 문장이다.
259) '住'는 주석찬에도 '性'으로 되어 있다. '性'이 옳은 것 같다. '會性(회성)'은 본성에 잘 부합하는 것, 또는 본성을 잘 파악하는 것이다. 마음을 모은다, 소통한다는 뜻으로도 사용된다. 사영운(謝靈運)의「산거부(山居賦)」에서 용례를 찾을 수 있다. "옛날 이를 갈 무렵부터, 실로 글 짓는 것을 좋아했다. 종이를 당기고 붓을 잡고서, '마음을 모으고 정신을 소통시켜', 시를 지어 뜻을 밝히고, 부를 지어 상세히 서술했으며, 잠과 명과 뇌와 송이, 각자 다 조리가 있었다[伊昔齠齔, 實愛斯

4 **[전진륜]** 『설문해자』: "'燋(초 : 홰)'는 손에 드는 불 즉 홰에 불을 붙이는 데 쓰는 불씨이다."

『이아』「석고(釋詁)」: "'緝熙(즙희)'는 밝은 것[光]이다."[260]

5 **[전진륜]** 『진서(晉書)』「주효전(周虓傳)」: "'몸을 빼낼[拔身]' 겨를도 없이, 홀연히 그 목숨을 잃었다."

'畢命(필명 : 생명이 끝남)'은 「거위[野鵝賦]」(주석 33)에서 보았다.

6 **[전진륜]** 『노자』 제75장 : "백성들이 '죽음을 가벼이 여기는[輕死]' 것은, 그 윗사람들[其上]이[261] 그들의 삶을 챙겨주기를 과도하게 요구하기 때문에, 백성 자신들의 죽음을 가볍게 여기게 된 것이다."

[전중련] 『맹자』「진심(盡心) · 하」: "양혜왕은 그 백성들을 '짓밟으면서[糜爛]' 전쟁을 했다."

7 **[전진륜]** 『열녀전』: "남산에 검은 표범이 있는데 이레 동안 안개가 끼고 비가 오자 먹이를 먹으러 내려오지 않았는데, 그것은 자신의 털을 윤택하게 해서 무늬를 이루고자 해서이다. 그래서 몸을 동굴에 감춘 채 재해를 멀리한 것이다."

[전중련] 엄가균 : "당 봉연(封演)의 『봉씨견문기(封氏聞見記)』 권5에 있다.

文. 援紙握管, '會性通神'. 詩以言志, 賦以敷陳, 箴銘誄頌, 咸各有倫]"(『송서』「사영운전(謝靈運傳)」). 하승천(何承天)의 「백구부(白鳩賦)에도 있다. "천 · 지 · 인 삼극이 정신을 모으고, 기린 · 봉황 · 거북 · 용 · 백호의 오령이 '마음을 소통한다'[三極協神, 五靈'會性']"(『송서』「부서지(符瑞志) · 하」).

260) '燋煙(초연)'은 뜨거운 연기이고, '浮景(부경)'은 유동하는 빛이다.

261) 저본의 '其(기)'는 원문이 '其上(기상)'으로 되어 있어서 고쳤다. '邀得(요득)'은 자신이 초래한 결과라는 뜻이고, '糜爛(미란)'은 본래 썩어 문드러지는 것인데, 여기선 불에 타버리는 것을 표현한다.

옛말에 '남산의 붉은 표범[南山赤豹]'은, 안개가 끼고 이슬이 내리는 날이면 자신의 터럭이 난 몸[毛體]을 아꼈다. 온갖 새와 짐승이 다 먹이를 먹으러 나가는데도, '붉은 표범만 깊이 숨어서[赤豹深藏]' 나오지 않았다고 한다. 그래서 옛날부터 이것으로 현자가 '세상을 피해 은거하는 것[隱居避世]'을 비유했다. 그리고는 포조의 이 부를 인용했는데, '豈若山南赤豹, 避雨霧而深藏(어찌 남산의 붉은 표범처럼, 비와 안개를 피해 깊이 숨겠는가)'라고 했다. 그렇다면 당대의 판본은 '文'자가 '赤'자로 돼 있던 것이다."[262)]

262) 번역은 이를 따랐다. '文豹'는 (얼룩무늬가 있는) 표범이다.

爲柳令讓驃騎表

臣言 : 伏承詔書, 加臣驃騎將軍, 餘如故. 顧循空薄, 屢墜成命,[1] 仰當天寵, 伏抱慙灼.[2] 臣素陋人, 本絶分望, 適野謝山川之志, 輟耕無鴻鵠之歎,[3] 宦希鄕部, 富期農牧.[4] 夙當昌朝, 早値恩洽.[5] 天綱紛横, 皇曆歸聖,[6] 佐輪不般, 良馬未汗, 功半下列, 爵超上賞,[7] 奮迹騰光, 參駕龍服,[8] 翰起雲飛, 拂翼虹路.[9] 雖囊之脫駕拖紫, 弛擔丹轂,[10] 方之微臣, 彼安足齒. 齊此而歸, 懼塵王度,[11] 況遂頻煩, 重彰濫越.[12] 伏願天德曲成, 資始令終,[13] 雨露之惠, 自華及殞,[14] 特屈慈奬, 降申愚固,[15] 則綢繆之施, 復踰造物.[16] 不勝感躍惶駭之情. 謹拜表以聞.

유원경을 위해 쓴, 표기장군 직의 제수를 사양하는 표

신 아룁니다. 삼가 조서 받자오니, 신에게 표기장군을 더해 주시고 나머지는 옛날대로 한다고 하셨습니다. 생각건대 공소空疏하고 천박함 때문에 받자온 명령을 누차 실추시켰는데, 우러러 천총을 입으니 삼가 부끄럽고 초조한 마음뿐입니다. 신은 본디 비루한 사람이어서 포부와 소망도 애초부터 갖지 않았습니다. 야외로 나가도 비심裨諶처럼 산천에서 도모하여 일을 성사시킬 뜻을 지니지 못했고, 농사를 그만둔다 해도 진승陳勝처럼 홍곡鴻鵠의 뜻을 펴지 못하는 데 대한 탄식도 하지 않았습니다. 벼슬은 시골의 아전이 되는 정도나 바랐고, 재물은 농지와 목축으로 불리기를 기대했습니다. 그런데 일찍이 번창하고 융성하는 왕조를 만나 흡족한 은혜를 이미 받았습니다. 천하의 기강이 어지럽다가 황제의 운세가 폐하께로 돌아왔으나, 수레바퀴가 붉게 물들 정도로 헌신하지 못했고 견마처럼 땀 흘리며 보필하지도 못해, 공은 하급 관리의 절반에 불과한데 벼슬은 상등의 포상을 넘어섰습니다. 떨치고 일어나 밝게 빛나고, 육룡이 이끄는 수레를 몰면서, 날개를 떨치고 구름 위로 날아올라, 무지개 뜨는 하늘길을 날고 있습니다. 비록 예전에 관중管仲 같은 이에게는 죄를 용서해 호송하던 수레에서 풀어주어 자줏빛 인끈을 차게 했고, 진경중陳敬仲 같은 이에게는 죄를 사면하고 바퀴통을 붉게 칠한 수레를 타는 고관에 임명한 적이 있었지만, 미천한 신에게 내린 은총에 견주면, 그것이 어찌 따질 만한 가치가 있겠습니까? 삼가 이에 마무리 말씀을 올리자면, 폐하의 풍도를 더럽히게 될까 두렵습니다. 더군다나 빈번하게 천거해주시고, 분수에 넘치게도 거듭해 표창을 해주셨습니다. 엎드려 바라옵건대, 하늘의 덕이 하나도 빠짐없이 두루 이루어져, 아름다운 시작이 끝까지 아름답게 이어지고, 우로雨露와 같은 은혜가 꽃이 필 때부터 질 때까지 두루 미치길 바랍니다. 다만 인자하신 포상을 거두시어, 저의 고사하는 뜻을 부디 받아주시면, 은근한 정을 베풀어 주심이 조물주도 뛰어넘으실 것입니다. 감격하여 두근거리고 두려운 마음을 감당하지 못합니다. 삼가 재배하며 표로써 아룁니다.

【해제】

[전진륜] 뒤에 「복주산의 연회에 시종하여—칙명으로 유원경을 위해 짓다侍宴覆舟山—勅爲柳元景作」 시가 있는데,[263] 아마 그 사람인 것 같다.

『송서』 「유원경전」: "자는 효인孝仁으로 하동河東 해현解縣: 옛 치소는 지금의 산서성 임의현(臨猗縣) 임진진(臨晉鎭) 남동쪽 사람이다. (…중략…) 어려서부터 활쏘기와 말타기를 잘하여 (…중략…) 용맹한 것으로 알려졌다. (…중략…) 태조가 만나보고 또 가상히 여겼다. (…중략…) 효무제가 신정新亭: 지금의 남경시 우화대구(雨花臺區)에 있으며, 옛 건강(建康) 궁성의 남서쪽에 이르러 즉위를 하자, 유원경을 시중侍中으로 삼고 좌위장군左衛將軍을 겸임시켰으며 (…중략…) 옹주雍州[264] 자사로 전임시켰다. (…중략…) 효건454~456 중에[265] 다시 영군領軍과 태자첨사太子詹事로 삼고 시중을 보탰으며, 곧 '표기장군驃騎將軍', 본주本州[266] 대중정大中正으로 전임시켰다. (…중략…) 대명 3년459 '상서령尙書令'으로 옮겼다. (…중략…) 6년462에 사공司空으로 승진시키고, 시중·상서령·대중정은 이전 그대로 두었다. 고사하자 시

---

263) 문집 권5(송본 권8)에 2수가 실려 있다. 이 2수의 시는 유원경이 효무제가 베푼 연회에 참석하면서 칙명으로 시를 지어야 했는데, 포조가 대신 지어준 것이다.

264) 저본의 '雝(옹)'은 표점교감본에는 '雍(옹)'으로 되어 있어서 고쳤다. 이곳의 옹주는 동진시대에 교치(僑置)한 주로, 치소는 지금의 호북성 양양시(襄陽市)에 있었다.

265) '孝建中(효건중)'과 '大明三年(대명삼년)'은 『송서』(표점교감본)의 원문이 아니고, 전진륜이 『송서』의 긴 내용을 개괄한 것이지만, 그대로 번역했다.

266) 조비가 즉위한 후, 각 주에 관리의 감찰을 맡은 중정(中正)을 설치했고, 폐제(廢帝) 조방(曹芳) 때, 사마의(司馬懿)가 각 주에 '大中正(대중정)'을 설치했다. 이때 유원경은 옹주 자사에 재임했으므로, 이곳의 '본주(本州)'는 '옹주'이다.

중・표기장군과 남연주南兗州 자사를 제수했다. (…중략…) 효무제가 죽자 (…중략…) 유조遺詔를 받아 어린 임금을 보좌해 상서령으로 옮기고 단양윤丹陽尹을 맡았는데 시중과 '표기장군'은 전과 같았다. (…중략…) 유원경은 장수에서 시작해 조정에서 직무를 맡기까지, 비록 뛰어난 점은 없었지만 정대하고 점잖은 장점은 있었다."

『송서』「백관지百官志・상」: "표기장군은 1명으로 제2품이다. 상서령은 기밀의 중요한 정무를 총괄하는 임무를 맡으며 제3품이다."

[전중련] 송본에는 '讓양'이 '謝사'로 되어 있다.[267)]

『송서』「효무제기孝武帝紀」: "효건 3년456 10월 정미丁未에 영군장군領軍將軍 유원경에게 표기장군[268)]을 보탰다." 이 표는 이때 지은 것이다.[269)]

【주석】

1 **[전진륜]** 『삼국지』「오서(吳書)・오주전(吳主傳)」 배송지(裴松之) 주에 삼국 위 어환(魚豢)의 『위략(魏略)』을 인용하여 말했다. "손권(孫權)은 본성이

267) 내용으로 보아 '讓'이 옳다. 정복림도 장부본을 따라 '讓'으로 고쳤다(『교주』, 797쪽).

268) '상서령'은 뒤로 붙어야 한다. 즉 "상서령 건평왕 유굉에게 중서감과 위장군 직을 보태주었다[尙書令建平王宏加中書監・衛將軍]"가 되어야 한다. 유굉(劉宏, 434~458)은 문제의 일곱째 아들로, 원가 21년(444)에 건평왕에 봉해지고, 24년(447)에 상서령이 되었으며, 효무제 즉위 후에 상서좌복야(尙書左僕射)와 중군장군(中軍將軍)이 되었고, 이때 중서감과 위장군에 임명되었다.

269) 조도형(曹道衡)도 이때 지은 것으로 보았다. 그는 제목의 '令(령)'자는 유원경이 나중에 상서령이 된 것 때문에, 후인이 베껴 적는 과정에서 잘못 넣은 것이라고 보았다(「창작 시기」, 395~396쪽). 정복림도 같은 견해이다(『교주』, 797~798쪽).

'공소하고 천박했다[空薄]'."

[전중련] 『상서』「소고(召誥)」: "[태보(太保 : 소공(召公))가 (…중략…) 말했다. (…중략…)] 왕(성왕(成王))께서 이에 '성명(成命 : 이미 내려진 천명)'을 이루시면 [백성을 다스림이 이제 아름다워질 것입니다.]"

2 [전진륜] 『모시』「상송 · 장발(長發)」 제5장 : "'하늘의 은총'을 많이 받으시기를[何'天之寵']."[270]

『방언』: "'灼(작)'은 놀라는 것[驚]이다."

3 [전진륜] 『좌전』「양공 · 31년」: "[정나라 대부 비심(裨諶)은 모사(謀事)에 능했는데, 야외에서 추구하는 일은 성과가 있었으나 읍성 안의 일은 시원치 않아, 자산(子産 : 공손교(公孫僑))은] 비심과 함께 수레를 타고 '야외로 나가서[適野]' [계책이 쓸 만한지 알아보도록 했다.]"

『사기』「진섭세가(陳涉世家)」: "일찍이[271] 다른 사람과 함께 남의 농사 품을 팔았는데, 밭 갈기를 그만두고 밭두둑 위로 가서 한참 동안 슬프게 한탄하고 말했다. '만약 부귀해진다면 서로 잊지 맙시다.' 함께 품 파는 사람이 웃으면서 대답했다. '자네는 농사 품을 팔면서 어찌 부귀할 수 있겠는가?' 진승(陳勝)이 말했다. '아! 제비와 참새가 어찌 "큰기러기와 고니의 뜻[鴻鵠之志]"을 알 수 있겠는가?'"[272]

4 [전진륜] 『후한서』「마원전(馬援傳)」: "[마원이] 관속에게 말했다. '나의 종제

---

270) '寵(총)'은 중간송본에는 '龍(룡)'으로 되어 있는데, 정현의 전에 마땅히 '寵'이 되어야 한다고 했다.
271) 저본의 '常(상)'은 표점교간본에는 '嘗(상)'으로 되어 있다.
272) '分望(분망)'은 신분에 마땅한 분수 안의 소망이다.

소유(少游)는 항상 내가 강개하고 큰 뜻이 많은 것을 안타까워해 말했소. "선비가 한평생을 살면서 다만 입고 먹는 것이 풍족하고, 하택거(下澤車)를 타고 관단마(款段馬)를 몰면서, 군의 '아전[掾吏]'이 되어 분묘를 지키며, '향리(鄕里)'에서 착한 사람이라는 칭찬만 들으면 됩니다"라고.'"[273)]

『사기』「화식열전(貨殖列傳)」: "선곡(宣曲) 임씨(任氏)의 선조는 창고를 관리하는 독도창리(督道倉吏)를 맡았다. (…중략…) 부자들이 사치를 다투었지만, 임씨는 자신을 낮추고 검소한 생활을 하며, '농경과 목축[田畜]'에 힘썼다. 농경지와 가축을 사람들은 모두 저렴한 가격의 것만 다투어 사들였지만, 임씨만은 비싸고 품질 좋은 것을 구했다. 그래서 여러 대에 걸쳐 부를 유지했다."

5 **[전중련]** 전송문에는 '朝(조 : 왕조)'가 '期(기 : 시기)'로 되어 있다.[274)]

6 **[전진륜]** 『송서』「효무제기」: "원가 30(453)년 원흉 태자 유소(劉劭)가 부왕 문제 유의륭(劉義隆)을 시해했는데, (…중략…) 삼남 효무제(유준(劉駿))가 무리를 이끌고 들어가 토벌했다. (…중략…) 4월 신유(辛酉)에 효무제가 율주(溧洲)에 묵었다. 계해(癸亥)에 관군장군(冠軍將軍) 유원경의 선봉대가 신정(新亭)에 이르러 군영의 보루를 건설했다. 갑자(甲子)에 역적 유소가 친히 무리를 이끌고 유원경을 공격했으나 대패해 후퇴했다. 병인(丙寅)에 효무제가 강녕(江寧 : 남경의 옛 이름으로 현 남경시의 중남부 강녕구 지역)에 묵었

---

273) '下澤車'는 물기가 많은 습한 땅에서 타는 작고 가벼운 수레이고 '款段馬'는 작고 느린 말이다. 포조 문장의 '鄕部(향부)'는 '鄕官部吏(향관부리)'로 지방의 하급 관리를 말한다.

274) '恩洽(은흡)'은 임금의 은혜가 두루 흡족하게 미치는 것이다.

다. 정묘(丁卯)에 대장군 강하왕(江夏王) 유의공(劉義恭)이 달려와서 표를 받들어 제왕에 옹위하는 존호(尊號)를 올렸다. 무진(戊辰)에 효무제가 신정으로 갔다. 기사(己巳)에 황제에 즉위해서 천하에 대사면을 내렸다."

『한서』「율력지·상」: "옥형(玉衡)을 비롯한 북두칠성의 두병(斗柄)이 되는 세 별이 가리키는 방향으로 사시와 절기를 확정하니, 이는 '하늘의 기강[天之綱]'이다."[275]

7 **[전진륜]** 『좌전』「성공·2년」: "[내 손과 팔꿈치에 박힌 화살을 뽑을 겨를이 없어 부러뜨린 채 계속 수레를 모느라] '왼쪽 수레바퀴는 피로 검붉게 물이 들었소[左輪朱殷]'."

『사기』「진세가(晉世家)」: "무릇 인과 의로써 나를 이끌고, 덕과 은혜로써 나를 권계했다면, 이들은 '상등의 상[上賞]'을 받았다. 행동으로써 나를 보좌해 마침내 공을 이루도록 했다면, 이들은 그다음 등급의 상을 받았다. 적의 화살과 돌을 맞는 어려움과 '견마처럼 땀 흘려 싸운 공로[汗馬之勞]'가 있다면, 이들은 다시 그다음 등급의 상을 받았다."

장형「응한(應閒)」: "사업을 수립하는 것[立事][276]에는 세 가지가 있는데, 후세에 모범이 될 만한 말을 전하는 것[立言]은 '하등의 일[下列]'이다."

[전중련] 송본에는 '佐(좌 : 돕다)'가 '左(좌 : 좌측)'로 되어 있다.[277]

---

275) '天綱(천강)'은 제위(帝位)의 계통(繼統)이고, '紛橫(분횡)'은 어지럽혀 멋대로 하는 것이다. '皇曆(황력)'은 황조(皇朝)의 기운(氣運)이다.

276) 출처는 「칠변(七辯)」이 아니라 「응한(應閒)」이어서 고쳤다. '입사(立事)'는 『좌전』「양공·24년」에 나오는, '입덕(立德)'·'입공(立功)'·'입언(立言)'의 '삼불후(三不朽)'를 말한다.

277) 『전송문』에도 '佐'로 되어 있다. 『좌전』의 기록을 보면, '左'가 옳다. 오덕풍, 29a

8 **[전진륜]** 육기 「한 고조 공신 송가[漢高祖功臣頌]」: "'팔뚝을 걷어붙이며' 구름처럼 일어나고, '발을 높이 치켜들며' 범이 먹이를 낚아채듯이 한다['奮臂'雲興, '騰迹'虎噬]."[278]

『초씨역림』「건지비(乾之否)」: "여섯 마리의 용을 몰다[驂駕六龍]."[279]

『모시』「정풍·대숙우전(大叔于田)」 제2장 : "'두 필의 복마'가 앞서서 달린다['兩服'上襄]." 정현 전 : "'兩服(량복)'은 수레의 양쪽 끌채 안에 있는 말이다."

9 **[전진륜]** 『사기』「고조본기」(「대풍가(大風歌)」): "큰바람 일어나니 '구름이 흩날리는구나'[大風起兮'雲飛揚']."

육기 「오 정헌처사 육군 뇌(吳貞獻處士陸君誄)」[280] : "'구름 낀 하늘'에서 '날개를 함께하며', '하늘길'에서 '짝지어 날아 보자' 했거늘[附翼雲霄, 雙飛天路]."

10 **[전진륜]** 『사기』「이사열전(李斯列傳)」: "나는 '말에서 내려 쉴 배[所稅駕]'[281]를 알지 못했다." 사마정 「색은」: "'稅駕(탈가)'는 '수레와 말을 멈추는 것[解駕]'으로 휴식한다는 뜻이다."

쪽 참조. '朱殷(주은)'은 검붉은 빛이다. 피는 본래 '붉은[朱]'데 오래되면 '검붉어[殷]'진다(두예(杜預) 주).

278) '奮迹(분적)'은 떨치고 일어나 적극적으로 일을 하는 것이고, '騰光(등광)'은 빛을 사방으로 드날리는 것이다.

279) '參駕(참가)'는 '驂駕(참가)'와 같은데, 곁마[驂]가 딸린 수레를 말하며, 수레를 몬다는 뜻도 있다. '龍服(룡복)'은 천자의 수레이다. 천자의 수레는 '여섯 필 말[六龍]'이 몰았으며, '服'은 중앙에서 실제로 수레를 끄는 말 즉 복마(服馬)이다.

280) 정헌처사는 육기의 친형 陸玄(육현)이다. '翰起雲飛(한기운비)'는 날개를 힘차게 쳐서 구름 낀 하늘로 날아오르는 것으로, 발분(發奮)하여 적극적으로 업적을 내는 것을 비유한다. '拂翼虹路(불익홍로)'는 하늘을 힘차게 난다는 뜻으로 역시 발분하는 것을 비유한다.

281) 표점교감본에는 '所以(소이)'의 '以' 자가 없어서 고쳤다.

내 견해는 이렇다. 『좌전』「장공(莊公)·9년」에 "[포숙아(鮑叔牙)가] 당부(堂阜)에 이르러서 관중을 '풀어주었다[稅]'"라고 했는데, 왕인지의 『경전석문』에 "'稅(탈·설)'은 본래는 또 '說(탈)'로도 적었고, 上(상)과 活(활)의 반절 즉 '설'과 같다"라고 했으며, 「성공·9년」에 "실무자가 '정나라 사람이 바친 초나라 죄수입니다'라고 하자, [진후(晉侯)가] '풀어주게[稅]' 했다"라고 했는데, 『경전석문』에서 "'稅'은 음이 吐(토)와 活(활)의 반절 즉 '탈'"이라고 했다. 그런즉 '稅'은 '脫(탈)'과 통용할 수 있다.

양웅 「해조(解嘲)」: "청색의 인끈을 묶고 '자주색 인끈을 드리우며', '수레의 바퀴통을 붉게 칠했다'[紆青'拖紫', '朱丹其轂']."[282]

『좌전』「장공·22년」: "[제 환공(桓公)이 진(陳)에서 망명해온 진경중(陳敬仲)을 경(卿)으로 삼으려 하자 사양하면서 말했다.] '교도와 훈육을 제대로 받지 못한 사람을 이미 용서하시고[赦其不閑于敎訓] 그 죄와 허물을 면하게 해주시어, "어깨에 짊어진 짐을 내려놓게[弛於負擔]" 하셨습니다.'"

[전중련] 송본에는 '弛(이 : 없애다)'가 '捨(사 : 버리다)'로 되어 있다.[283]

11 **[전진륜]** 『좌전』「소공·12년」: "우리 '임금의 덕행과 풍도[王度]'를 생각한다."[284]

---

282) 한대(漢代)의 제도에 의하면, 벼슬아치가 차는 인끈은 공후(公侯)는 '자수(紫綬)'를, 구경(九卿)은 '청수(青綬)'를 찼다. '단곡(丹轂)'은 고급 관원이 타는 수레이다.

283) '弛擔(이담)'은 어깨에 멘 짐을 내려놓고 쉬게 한다[息肩]는 뜻으로, 무거운 책임을 벗게 해주는 것을 비유한다. '捨擔(사담)'도 같은 뜻이다.

284) '塵(진)'은 더럽히는 것이다. '齊此而歸(제차이귀)'는 공문서 용어로 마무리 말을 이끄는 역할을 한다. '齊'는 '齋(재)'와 통하며 '敬(경)'의 뜻이다. 「시랑의 임

12 **[전진륜]** 육운(陸雲) 「형 평원군에게 보낸 답서[答兄平原]」: "천자의 명령이 '빈번하게[頻繁]' 내렸습니다."

『옥편』: "'越(월)'은 넘는 것[踰]이다."285)

13 **[전진륜]** 『주역』 「건괘 · 단사(彖辭)」: "[위대하도다, 건괘의 으뜸 되는 덕[乾元]은] 만물이 '그것에 의지하여 생겨나고 시작이 된다'[萬物'資始']."

『모시』 「대아 · 기취(旣醉)」 제3장: "고상한 풍도와 밝은 절조로 '아름다운 마무리'를 할 것이다[高朗'令終']."

[전중련] 『전송문』에는 '德(덕)'이 '聽(청)'으로 되어 있다.286)

『주역』 「건괘 · 문언」: [비룡(飛龍)이 하늘에 있다는 것은] 바로 '하늘의 덕[天德]'을 나타내는 자리에 있다는 것이다."

『주역』 「계사상전」: "만물을 '완곡하고 다양한 방법으로 온전하게 해주면서[曲成]' 빠뜨림이 없다."

14 **[전진륜]** 『모시』 「소아 · 육소(蓼蕭)」 제1장 '零露(령로: 떨어지는 이슬)' 정현 전: "'露(로)'는 하늘이 만물을 '윤택하게[潤]' 해주는 것으로, 제왕의 '은택(恩澤)'이 먼 곳에 있는 나라라고 해서 미치지 않음이 없음을 비유한다."287)

15 **[전진륜]** 『상서』 「대우모」: "우(禹)는 절하며 머리를 조아리고 '고사(固辭)'

기 만료를 보고하고 궁문을 떠나며 올리는 소[侍郎報滿辭閤疏]」의 '奉此而歸(봉차이귀)'(주석 23의 역주) 참조.

285) '遂(수)'는 천거하거나 추천하는 것이다. '重彰(중창)'은 거듭 표창하는 것이고, '濫越(람월)'은 과도하게 넘치는 것이다.

286) '德'이 옳다. '天德(천덕)'은 제왕의 덕을 나타낸다. '資始令終(자시령종)'은 '善始令終(선시령종)'·'善始善終(선시선종)'과 같다. 처음부터 끝까지 한결같이 잘하는 것이다.

287) '華(화)'는 꽃이 피는 것이고, '殞(운)'은 꽃이 지는 것이다.

했다.” 공안국 전 : “거듭해 사양하는 것이 ‘固(고)’이다.”[288]

16 **[전진륜]** ‘綢繆(주무)’는 「연꽃[芙蓉賦]」(주석 24)에서 보았다.[289]

『장자』 「대종사」 : “위대하도다! 저 ‘만물을 창조한 자[造物者]’여. 내 몸을 이처럼 펼 수도 없이 구부러지게 했구나.”

---

288) ‘愚固(우고)’에는 어리석고 고루하다는 뜻도 있다. ‘降申(강신)’은 신칙(申飭)을 내려주는 것이다.

289) ‘綢繆’의 본뜻은 얽어 묶는 것인데, 이곳에서는 ‘은근한 뜻이나 은혜’를 비유한다. 『문선』 권42 오질(吳質)의 「동아왕(조식(曹植))에게 보낸 답서[答東阿王書]」의 ‘慰喩之綢繆(은근한 위무)’에 대해 여연제(呂延濟)는 “‘綢繆’는 은근한 뜻[殷勤之意]이다”라고 주를 달았다.

謝秣陵令表

臣照言 : 卽日被尙書召, 以臣爲秣陵令.[1] 臣負鍤下農, 執羈末皁,[2] 情有局塗, 志無遠立,[3] 遘命逢天, 得汚官牒,[4] 不悟恩澤無窮, 謬當獎試. 用謝刀筆, 猥承宰職,[5] 豈是闇懦, 所能克任.[6] 今便抵召, 違離省闥,[7] 係戀罔極, 不勝下情. 謹拜表以聞.

말릉령 직의 제수에 감사하는 표

신 포조 아룁니다. 즉일 상서의 부름을 받았는데, 신을 말릉령에 임명했습니다. 신은 가래를 둘러멘 하층 농민이요 고삐를 잡은 말단 관리로, 가깝고 좁은 방도만 생각할 뿐 큰일을 하려는 원대한 뜻은 없었습니다. 그런데도 하늘과 같은 좋은 명운을 만나 관리의 명부를 더럽혔습니다. 이제 또 뜻밖에도 은택이 무궁하여 외람스럽게도 장려해 시용試用하시는 은혜를 입었습니다. 문서로 모시는 이 직책[중서사인]을 맡기에도 부족한 사람으로서, 외람되이 고을 수령의 직책을 받았습니다. 어찌 이 우매하고 나약한 사람이 맡을 수 있는 일이겠습니까. 이제 곧 부름을 받들어 중서성을 떠납니다. 염려하고 보살펴 주시는 성은이 망극하여, 감읍하는 마음을 감당할 길이 없습니다. 삼가 재배하며 표로써 아룁니다.

【해제】

[전진륜] 『송서』「주군지 · 양주揚州 · 단양윤丹陽尹」: "관리하는 현이 여덟 곳이다.[290] 말릉령秣陵令은, 그 지명 '秣陵'이 본래는 금릉金陵인데, 진시황이 개칭했다. 본래의 치소는 경읍京邑에서 60리 떨어져 있었다. 지금의 고치촌故治邨이 그곳이다. 동진 안제安帝 의희義熙 9년413 치소를 경읍京邑으로 옮겼는데, 투장鬪場에 있었다. 공제恭帝 원희元熙 원년419에 양주부揚州府의 금방참군禁防參軍을 없애고 치소를 그 자리로 옮겼다."

『송서』「백관지 · 하」: "'현령縣令'과 현장縣長은 진秦 때에 설치한 관직으로, 큰 현은 '영令'이라고 하고 작은 현은 장長이라고 한다. 모든 현의 관서에서 '영'으로 봉록이 천 석인 자는 제6품이고, 모든 현에서 '영'으로 6백 석인 자는 제7품이다.

[전중련] 송본에는 "이때 중서사인이었다"라는 자주自註가 있다. 내 견해는 이렇다. 『남사』「포조전」에서는, "그래서 시를 올렸는데, 유의경이 진기하게 여겨 곧 자기 왕국의 시랑으로 임명했으니, 매우 인정을 받은 것이며, 말릉령으로 옮겼다. 문제는 중서사인으로 삼았다"라고 했다. 이것은 문제 때이다. 그런데 우염의 「포조집서」에서는 "효무제 초에 해우령海虞令을 제수받고 태학박사太學博士로 옮겼고 중서사인이 되었다. 말릉령이 되어 외직으로 나갔고, 또 영가령永嘉令으로 전임했다"

290) 표점교감본에는 '단양윤' 조의 설명 중에 '領縣八'이라는 표현이 있고, 8현 중 두 번째에 '말릉령' 항목이 있다. 저본에서 '丹陽尹, 領秣陵令'이라고 한 것은 전진륜의 설명이다. 번역은 『송서』의 원문에 따랐다. 또 '村'은 '邨'으로 되어 있는데 '故治邨' 3자가 지명이다.

라고 했다. 이것은 세조효무제 때이다. 자주에 의하면, "이때 중서사인이었다"라고 했고, 이 「표」의 본문에 "문서로 모시는 이 직책[중시사인]을 맡기에도 부족한 사람으로서, 외람되이 고을 수령의 직책을 받았습니다", "이제 곧 부름을 받들어 중서성을 떠납니다" 등의 표현이 있으니, 이는 먼저 중서사인이었고, 나중에 말릉령으로 나간 증거이다. 우염의 「서」가 당연히 『남사』보다 믿을 만하다. 포조는 효무제 초부터 대명 4년460까지 현령의 관직을 세 번 옮겼다. 하나는 해우령이고, 하나는 말릉령이며, 하나는 영가령이다. 『한서』 「단영종전段令宗傳」의 여순 주에 "변경 지역 관리邊吏는 3년에 한 번 바꾼다"라고 한 것을 관례로 보면, 포조가 효건 원년454에 해우령에 제수된 것으로부터, 3년이 지나 효건 3년456에 태학박사로 옮겨 중서사인을 겸임하다가 말릉령으로 나갔다.[291] 또 3년이면 대명 3년459에 영가령으로 옮겼고, 또 3년이면 대명 6년462에 임해왕의 전군참군에 제수되었다. 이렇게 보면 전후가 상당히 부합한다.

【주석】

1 **[전진륜]** 『송서』 「백관지·상」 '상서(尙書)' 조: "'녹상서사(錄尙書事)'[292]는

291) 정복림은 해우는 강소성 상숙시(常熟市)이고, 말릉은 수도 건강의 교현(郊縣)이어서, 이곳 현령을 '변리(邊吏)'로 보기 어렵고, '3년에 한 번 바꾸는' 것도 서한 시대 변리의 임기일 뿐이어서 따르기 어렵다는 전제하에, 포조의 작품과 사료를 근거로, 포조가 태학박사로 중서사인을 겸직하다가 말릉령으로 나간 시기를 효무제 대명 원년(457)으로 보았다(『교주』, 807~808쪽).

292) '녹상서사(錄尙書事)'는 '녹상서'라고도 한다. 정식 관명(官名)은 아니고 직무를

직무가 총관(總管)하지 않는 것이 없다. (…중략…) 무릇 중호장군(重號將軍)[293]과 자사(刺史)는 모두 각 조(曹)[294]에 명하여 임용할[295] 수 있다. 다만 시제(施除) 및 가절(加節)[296]은 할 수 없다."

2 **[전진류]** 『이아』: "가래[鍬]를 '鍤(삽)'이라고 한다."[297]

『예기』「단궁 · 하」: "만약 모두 다 사직(社稷)을 지킨다면 누가 '말굴레와 고삐를 잡고[執羈靮]' 군주를 시종하겠습니까?"

『좌전』「소공 · 7년」: "[사람에게는 10등급이 있는데] 사(士 : 제4등급)는 '皁(조 : 제5등급)'[298]를 신하로 둔다."

말하는 것으로, 고급 관원들이 겸직했지만, 상서성의 업무를 실질적으로 관장했다. 『송서』「무제본기 · 중」에 의하면, 동진의 사도(司徒) 왕밀(王謐)은 유유(劉裕)에 의해 녹상서사가 되면서, 양주(揚州) 자사의 업무를 겸임했다.

293) 한 무제가 곽거병(霍去病)을 위해 특별히 만든 직함으로, 대장군 다음의 직책인 표기장군(驃騎將軍)을 지칭하는 것이었다. 그 후 대장군 · 표기장군 · 거기장군(車騎將軍) · 위장군(衛將軍) 등 고급의 무장을 '중호장군'이라고 부르고, 직책이 낮은 나머지 장군직들을 잡호장군(雜號將軍) 또는 열장군(列將軍)이라고 불렀다.

294) 유송 중앙 관제 중 상서성(尙書省)은 상서령(尙書令)이 업무를 총괄하고, 좌 · 우복야(左 · 右僕射) 각 1인과 6상서(吏部 · 祠部 · 度支 · 左民 · 都官 · 五兵)가 있어, 그 아래에 설치한 20조(曹)의 업무를 각각 분장했다.

295) 저본의 '擢用(탁용)'은 표점교감본에는 '授用(수용)'로 되어 있다. '授用'은 제수(除授)하여 임용(任用)하는 것이다.

296) '施除'는 제수(除授 : 천자가 직접 관리를 임명하는 것)를 시행하는 것이고, '加節'은 절월(節鉞)을 더해 주는 것이다. '절월'은 부절(符節)과 부월(斧鉞)로, 고대 제왕 권력의 상징이다. 천자가 직접 임명한 외교관이나 군관(軍官)이 군사를 동원하고 장수를 파견하거나, 관리가 천자 대신 순수(巡狩)하며 황제의 조칙을 시행할 때 사용했다.

297) 중간송본에는 없고, 『문선』 권60 사혜련(謝惠連) 「고총 제문[祭古冢文]」의 이선 주에 『이아』의 글로 인용되어 있다. '臿'은 '鍤(삽)'으로 되어 있는데, 옳다. '鍤'은 '揷(삽)'으로도 적는데 '가래'라는 뜻일 때 통용한다. '負鍤(부삽 : 가래를 메다)'은 손수 농사를 짓는 것을 말한다.

[전중련] 송본에는 '鍤(삽)'이 '揷(삽)'으로 되어 있다.

나음의 「시랑직을 제수하심에 올리는 소[拜侍郎上疏]」(주석 1의 [전중련])를 참고할 것.

3 **[전진륜]** 위 문제 조비 「조가령 오질에게 보낸 편지[與朝歌令吳質書]」: "'길[塗路]'은 비록 '가깝지만[局]', 관리로서 지켜야 할 직책이 제한이 있[어서 찾아뵐 수가 없었]소." 이선 주: "『이아』에서 '局(국)'은 가까운 것[近]이라고 했다."

[전중련] 『전송문』 엄가균 교주(校注): "('遠(원)'은) '建(건)'으로 된 판본도 있다."[299]

4 **[전진륜]** 『설문해자』: "'遘(구)'는 만나는 것[遇]이다."[300]

『후한서』[301] 「이고전(李固傳)」: "그 [아들과 사위, 처가 식솔로서] '관리의 명부[官牒]'에 이름이 든 자가 모두 49명입니다."

[전중련] 『전송문』 엄가균 교주: "('遘'는) '此(차)'로 된 판본도 있다."

5 **[전진륜]** 『사기』 「소상국세가 찬(蕭相國世家贊)」: "[상국 소하(蕭何)는] 전

---

298) 양백준(楊伯峻)은 『전국책』 「조책(趙策)」의 "補'黑衣'之數('검은 옷을 입은 위사(衛士)'의 인원수를 충원해 주다)"를 인용하고, '皁'는 시위(侍衛) 중에서 직급은 없고 정원만 있는 자이지, 오늘날의 '皁役(조역: 하급 관노)'을 말하는 것은 아니라고 했다(양백준, 『춘추좌전주(春秋左傳注)』 제1판, 북경: 중화서국, 1981, 1284쪽. 이하 '양백준'으로 약칭함). 포조 문장의 '末皁(말조)'는 말단 조역이라는 뜻이다.

299) '局'이 '국부적인 것, 지엽적인 것'이라는 뜻이므로, '遠'이 되어야 '원대한 것'이라는 뜻으로 자연스럽게 호응한다. '局塗(국도)'는 협소한 방도(方途)이고, '遠立(원립)'은 원대한 포부를 세우는 것이다. '情(정)'과 '志(지)'는 마음과 포부이다.

300) '遘命逢天(구명봉천)'은 하늘이 준 좋은 명운을 만난다는 뜻이다. 흔히 '逢天遘命(봉천구명)'으로 많이 쓴다.

301) 저본의 '漢書(한서)'는 '後漢書(후한서)'의 잘못이어서 고쳤다.

국시대 진(秦) 때에는 '문안(文案)을 담당하는 관리[刀筆吏]'였다."

두우(杜佑) 『통전(通典)』「직관전(職官典) · 현령(縣令)」: "현령은 현읍(縣邑)의 장으로, '재(宰)'라고도 하고 윤(尹)이라고도 하고 영(令)이라고도 하고 대부(大夫)라고도 하는데, 그 직책은 같다."302)

6 **[전진륜]** 『후한서』「유언전(劉焉傳)」: "장노(張魯)는 (익주(益州) 자사) 유장(劉璋)이 '우매하고 나약하다[闇懦]'고 여겨 더는 그의 명을 받들어 따르지 않았다."

7 **[전진륜]** 조식「중선 왕찬(王粲) 뇌[王仲宣誄]」: "'궁궐'에서 핵심적인 업무를 맡았다[秉機'省闥']."303)

[전중련] 송본에는 '抵(저)'가 '祇(지)'로 되어 있다.304)

'省闥(성달)'은 중서성(中書省)을 가리킨다. 포조는 전임 관직이 중서사인(中書舍人)이었다.

---

302) '謬(류)'는 겸사말로 '謬當(류당)'은 잘못(외람되이) 맡았다는 뜻이고, '奬試(장시)'는 격려하여 일을 맡긴다는 뜻이다. '謝(사)'는 '遜(손)'의 뜻으로 못 미친다는 말이다. '猥(외)'는 겸사말로 '猥承(외승)'은 외람되이 직무를 받든다는 뜻이며. '宰職(재직)'은 현령 직책을 말한다.

303) 왕찬(王粲, 177~217)은 위나라 건국 후 시중(侍中)을 지냈다.

304) 『문선』 권20 사첨(謝瞻, 385~421)의「무군장군 왕홍(王弘), 서양태수 유등지(庾登之)와 전별 차 모여—이때 나는 예장 태수였고 유등지는 태자서자(太子庶子)로 부름을 받아 동쪽으로 환도했다[王撫軍庾西陽集別時爲豫章太守庾被徵還東]」시의 첫 구에 "'祇召'旋北京('부름을 받고' 북쪽 서울로 돌아가네)"가 있고, 이선은 이것을 '부름을 받다[被召]'로 풀이했는데, '祇'의 본뜻은 '공경한다[敬]'이고, '祇召'는 '부름을 받든다[奉召]'라는 뜻이다. 따라서 '祇'가 더 낫다. '係戀(계련)'은 차마 떠나지 못한다는 뜻이고, '下情(하정)'은 윗사람에 대하여 자신의 마음을 낮추어 표현하는 말이다.

『남제서』「행신전(倖臣傳)」: "『진령(晉令)』에는 중서사인(中書舍人)은 직위가 9품에 들어 있다. 동진에서는 통사랑(通事郎)을 설치했는데 조서(詔書)와 고명(誥命)을 관장했다. 그 후에 낭(郎 : 통사랑)을 시랑(중서시랑)으로 환원했으며, 사인(중서사인)도 통사(중서통사사인)라고 했다. (…중략…) 효무제 이래 사족과 서인을 두루 섞어서 선발했으니, 동해의 포조 같은 사람은 재능과 학식으로 명성이 알려져 있었다."

解褐謝侍郎表

臣照言：臣孤門賤生，操無炯迹.[1] 鶉棲草澤，情不及官.[2] 不悟天明廣矚，騰滯援沈.[3] 觀光幽節，聞道朝年.[4] 榮多身限，思非終報.[5]

삼베옷을 벗고 시랑이 됨을 감사하는 표

신 포조 아뢰니다. 신은 빈한한 가문의 비천한 출신으로 조행에 있어서 빛나는 자취도 없습니다. 메추라기처럼 초야에 묻혀 살면서, 벼슬을 하겠다는 마음은 전혀 먹지도 못했습니다. 그런데 뜻밖에도 하늘같이 밝으신 폐하의 넓은 살피심으로, 막히고 가라앉아 있는 자를 뚫어 주고 끌어올려 주셨습니다. 어두운 시절에 밝은 나라의 광채를 보고, 젊은 나이에 올바른 치국의 도를 듣게 되었습니다. 영예는 넘치나 몸이 한계가 있어, 생각건대 끝내 보답할 수 있는 바가 아닙니다.

【해제】

[전진륜] 황보밀皇甫謐 「석권론釋勸論」: "어떤 사람은 쇠뿔을 두드려서 제齊에서 벼슬을 구했고,[305] 어떤 사람은 '갈옷을 벗고解葛' 진秦의 재상이 되었다."[306]

---

305) 제의 대부 영척(甯戚)이 어려운 시절 쇠여물을 주면서 쇠뿔을 두드리고 노래로 자신의 마음을 피력해, 환공(桓公)에게 발탁된 일을 말한다. 『여씨춘추』「거난(擧難)」, 『예문유취』 권94(채옹(蔡邕), 「금조(琴操)」 인용), 『안자춘추』「문하(問下)」, 『설원(說苑)』「존현(尊賢)」 등에 실려 있다.

『송서』「백관지·하」: "왕작王爵의 제후국王國에는 (…중략…) 진晉 무제 초에 사師·우友·문학文學 각 1인을 두었다. (…중략…) 태수太守를 내사內史로 이름을 바꾸고, 상相 및 복僕을 없애고, '낭중령郎中令'·중위中尉·대농大農을 두어 삼경三卿으로 삼았다. 대국에는 좌·우상시左右常侍 각 3인을 두고, 낭중郎中을 없애고 '시랑侍郎' 2인을 두었다. (…중략…) 유송劉宋 이래로는 진晉의 제도를 한결같이 썼다."

『송서』「백관지·하」: "왕작 제후국의 공公·삼경·사·우·문학은 제6품이다."

[전중련] 원가 16년439에 포조는 「삼베옷을 벗고 시랑이 됨을 감사하는 표」를 지었다. 우염의 「포조집서」에 의하면 포조는 일찍이 두 번 시랑이 되었다. 한 번은 임천왕 유의경의 막료이고, 한 번은 시흥왕 유준의 막료이다. 그런데 「삼베옷을 벗고 시랑이 됨을 감사하는 표」를 보면, "신은 외로운 가문의 비천한 출신으로 조행에 빛나는 자취도 없습니다. 메추라기처럼 초야에 묻혀 살면서, 벼슬을 하겠다는 마음은 전혀 먹지도 못했습니다. 뜻밖에도 하늘같이 밝으신 폐하의 넓은 살피심으로, 막히고 가라앉아 있는 자를 뚫어 주고 끌어올려 주셨습니다"라고 했는데, 이것은 처음 벼슬할 때의 말이다. 마땅히 이 해439에 지은 것이다.[307]

---

306) 오고대부(五羖大夫) 백리해(百里奚) 이야기이다. 그는 진(晉) 헌공(獻公)의 딸이 진(秦) 목공(穆公)에게 시집갈 때 배종한 잉신(媵臣)인데, 초(楚)로 도망을 가자 목공이 그의 능력을 인정해 다섯 마리 흑양(黑羊)을 주고 다시 데려가서 재상으로 삼았다. 『사기』의 「노중련열전(魯仲連列傳)」·「상군열전(商君列傳)」 등에 실려 있다.

307) 정복림은 포조가 임천왕의 시랑으로 처음 벼슬길에 나선 시기는 원가 12년

【주석】

1 **[전진륜]** 『설문해자』: "'烱(형)'은 빛나는 것[光]이다."

『집운』: "'烔(동)'[308]은 무덥게 찌는 것[炎蒸]이다." 문장의 의미를 보면 '烔'이 되어야 할 것 같다.

[전중련] 왕충 『논형』「자기편(自紀篇)」: "저는 '보잘것없는 종족의 외로운 가문 출신[細族孤門]'입니다."

뒤에 나오는 「시랑 직을 제수하심에 올리는 소[拜侍郎上疏]」(주석 1의 [전중련])를 참고할 것.

2 **[전진륜]** 『장자』「천지(天地)」: "대저 성인은 '메추라기처럼 일정한 거처도 없이 살고[鶉居]' 새의 새끼가 어미가 물어다 주는 것만 먹듯이[鷇食][309] 먹이도 찾지 않는다." 주(注)[310]: "새가 일정한 거처가 없는 것과 같다."

좌사 「영사시」 제7수: "어느 시대인들 특출한 인재가 없으리오, 버림받아 '초야'에서 지낼 뿐이라오[何'世'無奇才, 遺之在'草澤']."[311]

3 **[전진륜]** 『광운』: "'촉(矚)'은 자세히 살피는 것[視]이다."

---

(435)이라고 보았다(정복림, 『포조연구(鮑照硏究)』 제1판, 南京: 鳳凰出版社, 2009, 26~28쪽. 이하 『연구』로 약칭함; 『교주』, 804쪽).

308) 저본에는 이곳도 '烱'으로 되어 있는데 '烔'의 잘못이어서 고쳤다.

309) 저본의 '處(처)'는 '食(식)'의 잘못이어서 고쳤다.

310) 저본의 '注(주)'는 육덕명(陸德明)의 '석문(釋文)'이나 성현영(成玄英) '소(疏)'의 내용을 간접 인용한 것 같다. 육덕명의 『석문』에 "'鶉居', 謂無常處也('순거'는 일정한 거처가 없음을 말한다)"로 되어 있고, 성현영 소에 "野居而無常處也(야외에 살면서 일정한 거처가 없다)"로 되어 있다. 곽상 주는 "無意而期安(편안하기를 바라는 마음이 없다)"이다.

311) 저본의 '處(처)'는 '世(세)'의 잘못이다. 『문선』 권21에도 '世'로 되어 있다.

『후한서』「최인전(崔駰傳)」: "어찌하여[何][312] 뜻을 이루지 못하고 오래도록 '벼슬길에 나오지 못했는가[沈滯]'."

[전중련] 『효경』「삼재장(三才章)」: "'하늘의 밝음[天之明]'을 본받는다."

4 **[전진륜]** 『주역』「관괘(觀卦) · 육사」: "나라의 광명을 살핀다[觀國之光]."[313]

[전진륜] 『논어』「이인(里仁)」: "'아침에 도를 들으면[朝聞道]' 저녁에 죽어도 좋다."

5 **[전중련]** 송본에는 이 밑에 '臣云云(신운운)' 3자가 더 있다.[314]

---

312) 표점교감본에는 '何(하)'가 '胡(호)'로 되어 있다.
313) '幽節(유절)'은 벼슬하기 전 시절을 말한다.
314) 이하에 누락이 있는 것 같다. '臣云云'도 상소문에는 어울리지 않는 표현이다.

謝解禁止表

臣言：被宣令解臣禁止. 天光鄭重, 不可勝逢.[1] 飛走知感, 矧臣人類.[2] 臣聞獲過於神, 或憑尸祝以請;[3] 得罪於君, 可因左右而謝. 臣自惟孤賤, 盜幸榮級. 闇蔽大義, 狷狂世禮.[4] 奇非阮籍, 無保持之助;[5] 才愧馮衍, 有轗軻之因.[6] 自非聖朝超然覽臣於視聽之外,[7] 則今日渥澤, 更成妄遭, 來辰萎葉, 終先朝草.[8] 小人歲暮, 知能何報, 徒厚恩華, 憂懼歎息, 不任下情. 謹詣拜表以聞.[9]

금지령의 해제에 감사하는 표

신 아룁니다. 신의 금지령을 해제하신다는 명령을 전달받았습니다. 하늘과 같은 밝은 빛으로 거듭거듭 비춰주시니 감당하기 어렵습니다. 날짐승과 길짐승도 감격할 줄 아는데, 하물며 신은 사람의 무리임에랴. 신神에게 잘못을 저질렀으면 혹 제사를 주관하는 제관을 통해 용서를 구할 수 있고, 임금에게 죄를 지었으면 좌우의 신하에게 의지해 사죄할 수 있다고, 신은 들었습니다. 신은 본디 외롭고 비천한 사람인데, 외람되게도 영예로운 직급을 얻었습니다. 인간으로서 지켜야 할 큰 도리에 어둡고 미숙해, 세속의 예절을 어기고 제멋대로 행동했습니다. 기행을 저지르면 완적阮籍이 아니어서 보호하고 지켜줄 원조 세력이 없고, 재주는 풍연馮衍에게 못 미치니 고달프고 여의치 못한 곤고困苦가 있습니다. 당연히 성조께서, 보고 듣는 소문을 벗어나서 신을 초연하게 살피지 않으셨다면, 오늘의 두터운 은혜는 더욱 허망한 일이 되었을 것이니, 내일 아침에 시들 잎이, 끝내 오늘 아침에 싹이 돋을 풀보다 앞섰을 것입니다. 소인은 이미 노쇠했으니 어떻게 보답할 수 있을지 모르겠습니다. 그저 영화로운 은혜를 두터이 베풀어 주심에, 염려스럽고 두려워 탄식하면서, 감읍하는 마음을 누를 길이 없습니다. 삼가 대각臺閣으로 나아가 재배하고 표로써 아룁니다.

【해제】

[전중련] 송본에는 '表'자가 없다.[315)]

【주석】

1 **[전진륜]** 『좌전』「장공·22년」: "산 위에 재목이 있는데, '하늘의 밝은 빛[天光]'이 그것을 비추고 있다."

---

315) 이글의 제목은 『송문기(宋文紀)』에는 「謝解禁止'疏'」로 되어 있고, 『문장변체휘선(文章辨體彙選)』에는 「謝解禁止'啓'」로 되어 있다. 정복림의 『교주』에서는, 본문의 "謹詣拜'表'以聞"이, 송본·사고전서본·사부비요본 포조 문집과 『송문기』·『문장변체휘선』에 "謹詣拜'疏'以聞"으로 되어 있는 점에 근거해서, 『송문기』를 따라 제목을 「謝解禁止'疏'」로 고쳤다. 지어진 시기에 대해서는, 조도형은 '선령(宣令)'은 번왕(藩王)의 명령이라는 점, 포조의 글 속에 '세례(世禮 : 세속의 예법)'를 어긴 것과 임천왕 유의경이 '예(禮)'를 매우 중시했다는 점 등을 근거로, 임천왕 유의경 막하에 있을 때 지은 것으로 추측했다(「창작 시기」, 383쪽). 정복림도 조도형의 견해에 동의하면서, 임천왕 막료 초기에는 양인의 관계가 원만했던 점과 원가 21년(444) 정월에 임천왕이 죽은 점을 근거로, 원가 16년에서 20년 사이(439~443)로 한정하면서, 원가 17·18년(440~441)일 가능성이 크다고 보았다(『교주』, 845쪽).

[전중련] 『한서』「왕망전(王莽傳)·중」: "[왕망이, 섭정하면서 썼던 거섭(居攝)이라는 연호를 버리고, 섭정은 하면서도 새로 시작한다는 의미의 초시(初始)라는 연호로 바꿈으로써, 여러 차례 나타난 서응(瑞應)에 맞추려 한 것은,] 그러나 하늘이 부명(符命)을 '거듭거듭[鄭重]' 내려준 뜻에 부합하는 것은 아니다." 안사고 주: "'鄭重(정중)'은 '빈번히[頻煩]'라고 하는 것과 같다."316)

2 **[전진륜]** 『장자』「지북유(知北遊)」: "[변화에 따라 태어나고 죽어가는 것에 대해,] 살아 있는 사물들[生物]이 그것을 애달파 하고, '세상의 모든 사람[人類]'이 그것을 슬퍼한다."

[전중련] 좌사 「오도부」: "'날짐승과 길짐승'의 보금자리도 다 뒤진다[窮'飛走'之棲宿]."

3 **[전중련]** 『논어』「팔일(八佾)」: "'하늘에 죄를 지으면[獲罪於天]' '빌어볼[禱]' 곳도 없다."

『장자』「소요유(逍遙遊)」: "[주방 요리사[庖人]가 음식을 만들지 않는다고 해서] '시축(尸祝: 신에게 축문을 읽고 제를 주관하는 사람)'이 제기를 넘어 주방으로 가서 그 일을 대신할 수는 없다."

4 **[전진륜]** 『설문해자』: "'澁(삽)'은 매끄럽지 않은 것이다."

『장자』「산목(山木)」: "'미친 듯이 거리낌 없이 제멋대로[猖狂]' 아무렇게나 행동해도, 올바른 큰 도리를 지킨다."

[전중련] 송본에는 '義(의)'가 '誼(의)'로 되어 있다.317)

---

316) '宣令(선령)'은 제왕의 명령을 전달하는 것이다.
317) '誼'는 '義'의 고자이다. '闇澁(암삽)'은 '暗澁'과 같으며 어둡고 민활하지 못한

5 **[전진륜]** 혜강(嵇康) 「산도에게 주는 절교 편지[與山巨源絶交書]」: "'완적(阮籍)'은 입으로 남의 과실을 거론하지 않아서 나는 매번 그를 스승으로 삼았소. 그러나 그에게 미칠 수는 없었소. 매우 착한 성품이 남보다 뛰어나고 남과 다투지도 않았소. 다만 술 마시는 것이 지나칠 뿐이었소. 그래서 예법에 얽매인 인사들이 그를 규탄하고 원수처럼 미워했으나, 다행히도 대장군[318]이 있어서 그를 보호하고 지켜주었소."

6 **[전진륜]** 『후한서』 「풍연전(馮衍傳)」: "자는 경통(敬通)이다. (…중략…) 회양왕(淮陽王) 유현(劉玄)의 경시(更始) 2년(24) 상서복야(尙書僕射) 포영(鮑永)에게 [대장군의 직책을 맡겨] 파견해 북방을 안정토록 했는데, (…중략…) '풍연'을 입한장군(立漢將軍)으로 삼았다. (…중략…) 경시제가 이미 죽었다는 [사실을 확인하자] (…중략…) 하내(河內)에서 [즉위한 광무제에게] 투항했다. 광무제(光武帝, 25~57 재위)는 풍연 등이 제때에 투항하지 않았다고 원망했다. 포영은 공을 세운 것으로 속죄할 수 있어 [마침내 임용되었지만,] 풍연은 혼자 쫓겨났다. (…중략…) 뒤에 위위(衛尉) 음흥(陰興)과 신양후(新陽侯) 음취(陰就)[319]가 외척으로 신분이 높아져 [풍연을 매우 공경해 중시하자] 풍연은 마침내 그들과 교우를 맺었다. (…중략…) 광무제가 서한 출신인 외척

것이다. 앞 구의 '盜幸(도행)'은 뜻밖에 얻게 되었음을 표현하는 겸사말이고, '榮級(영급)'은 영예로운 작위(爵位)이다.

318) 사마소(司馬昭)를 말한다. 『문선』 권43 이선 주에 손성(孫盛)의 『진양추(晉陽秋)』를 인용해 설명했다. 하증(何曾)이 사마소 앞에서, 완적이 방종하고 제멋대로이니 원방(遠方)으로 추방해야 한다고 하자, 사마소는 "이 사람은 평소에 몸이 약하고 병이 많으니, 그대가 용서해주길 바라오"라며 완적을 두둔했다.

319) 음흥은 광무제의 두 번째 황후인 음황후(陰皇后)의 오빠이고, 음취는 동생이다.

의 빈객을 징계해 법으로 탄핵했다. (…중략…) 풍연은 이로 인해 죄를 얻었다. (…중략…) 현종(顯宗 : 명제, 58~75 재위)이 즉위하자, 풍연은 또 문장을 지나치게 꾸며 사실에 부합되지 않는다는 지적을 많이 받고, 마침내 집에 유폐되었다. 풍연은 북지(北地) 임씨(任氏)의 딸을 아내로 맞이했으나 독살스럽고 질투가 많아 첩을 거느리지 못했고, 자녀들이 직접 물을 긷고 절구질을 했는데, 늙어서 결국 쫓아버렸다. 마침내 일시에 '몹시 고달프게[埳壈]' 되었다."

[전중련] 송본에는 '因(인 : 원인)'이 '困(곤 : 곤고)'으로 되어 있다.[320)]

7 **[전진륜]** 반표 「왕명론」 : "범속을 초월해 멀리까지 살피다[超然遠覽]."

8 **[전진륜]** 『초사』 「이소」 '雖萎絶其亦何傷兮(비록 말라죽어도 가슴 아플 게 무엇이겠는가)' 왕일 주 : "'萎(위)'는 병드는 것[病]이다."[321)]

9 **[전진륜]** '詣(예)' 아래에 아마 '閣(각)' 자가 빠진 것 같다.

[전중련] 송본에는 '表'가 '疏(소)'로 되어 있다.

---

320) 내용상 '困'이 더 낫다. 오덕풍, 30a쪽 참조. 번역은 이를 따랐다.

321) '萎葉(위엽)'은 시들어 떨어지는 잎이다. 『문선』 권25 사선원(謝宣遠)의 「안성에서 사영운에게 답함[於安城答靈運]」 시에 "萎葉愛榮條, 涸流好河廣(시든 잎은 꽃 핀 가지 사랑하고, 마른 물은 넓은 하천 좋아한다)"이라고 했는데, 이선은 '萎葉'에 대해 『초사』 주를 인용하여 "가지와 잎이 일찍 시들고 병들어 떨어지는 것[枝葉早萎痛絶落]"이라고 했다. '來辰(래신)'은 '來晨(래신)'과 같다. 내일 아침이다. '朝草(조초)'는 아침에 돋은 풀이다. 이 2구는 사면받지 못했다면 다시 한 번 싹 틀 기회조차 없이 완전히 시들었을 것임을 말했다.

皇孫誕育上表

兼郎中令侍郎臣照言:[1] 伏承東儲積慶, 皇孫誕育.[2] 國啓昌期, 民迎福運.[3] 臺禁稱祉, 井廬相賀.[4] 伏惟聖懷, 載深鴻悆.[5] 不任下情. 謹詣閣上表以聞.[6]

황손의 탄생을 축하하며 올리는 표

낭중령 겸 시랑 포조 아뢰옵니다. 동궁 저하에게 경사스러운 일이 잇따라서, 황손께서 탄생하셨다는 소식을 삼가 받자왔습니다. 나라는 번창한 시기를 열었고 백성은 복된 운수를 맞이했습니다. 궁궐에서는 홍복洪福을 말하고 여염에서도 서로 축하합니다. 엎드려 생각건대 저하의 마음에는 커다란 기쁨이 깊으실 것입니다. 벅찬 마음을 누를 길이 없습니다. 삼가 대각臺閣으로 나아가 표로써 아뢰옵니다.

【해제】

[전중련] 송본에는 '表'가 '疏'로 되어 있다.[322)]

---

322) 중응등본과 『군서습보』 및 『전송문』에도 '疏'로 되어 있다. 포조가 태자를 모신 것은, 문제의 태자 유소(劉劭, 426~453), 효무제의 태자 전폐제 유자업(劉子業, 449~466), 명제의 태자 후폐제 유욱(劉昱, 463~477) 3명이다. 이 중 유욱은 포조가 죽은 466년에 겨우 4세였을 뿐만 아니라 후사도 없었다. 유자업은 죽을 때 나이가 17세에 불과했고 실제로 후사가 없었다. 유소는 『송서』의 「문제기」와 「예지(禮志)」 등에 의하면 원가 15년(438) 4월에 태자비를 맞았다. 그리고 4명의 아들을 두었는데, 정비 출신 유위지(劉偉之)와 모친이 미상인 세 아들이 있었

육기「가밀賈謐에게 답함答賈長淵」 시 : "훌륭한 후손을 '크게 낳아 기르시어''誕育'洪胄', [노魯 땅에서 선조의 위업을 잇게 하셨소.]"

이선 주 : "[『모시』「대아 · 생민生民」의] 모전毛傳에 '"誕탄"은 큰 것大이라고 했다'라고 했다."

【주석】

1 **[전진륜]** ('낭중령'과 '시랑'은) 「삼베옷을 벗고 시랑이 됨을 감사하는 표」(해제 [전진륜])에서 보았다.

[전중련] 송본에는 '照(조)'가 '等(등)'으로 되어 있다.

2 **[전진륜]** 『여씨춘추』「심응람(審應覽)」'寡人之在東宮之時[과인이 "동궁"에 있을 때]' 고유(高誘) 주 : '"東宮(동궁)'은 태자가 거처하는 곳이다."

원굉(袁宏) 『후한기(後漢紀)』「효순황제기(孝順皇帝紀) · 하」 : "태자는 '나라의 버금[國之儲貳]'으로 백성의 운명[民命][323]이 그에게 달려 있다."

다. 유소가 원가 30년(453) 2월 부친 문제(文帝)를 시해하고 즉위했다가 효무제에게 진압된 뒤, 그해 5월 네 아들은 유소와 함께 참수되었다. 포조가 왕국의 시랑이었던 것은 임천왕 유의경과 시흥왕 유준(劉濬)의 막하에서이다. 『송서』「백관지 · 하」에, 왕국에는 '삼경(三卿)'의 첫째에 '낭중령'(제6품)이 있고, 그 아래에 '시랑'의 직급이 나온다. 따라서 시랑으로서 상급인 낭중령을 겸직하려면, 제후왕의 신임을 얻어야 한다. 포조는 시흥왕의 시랑 시절에는 능력을 그다지 인정받지 못했지만, 임천왕 막하에서는 비교적 중시를 받았다. 따라서 임천왕의 시랑이던 시기 중 태자 유소가 태자비를 맞은 1년 뒤인 원가 16년(439) 이후에 이 상소문은 지어졌을 것이다. 정복림은 원가 16년이 가장 가능성이 크다고 보았다(『교주』, 871~872쪽).

323) '民命'은 저본에는 '巨命'으로 되어 있는데, 주천유(周天游)의 『후한기교주(後漢紀校注)』(天津古籍出版社, 1987)에서 '巨(거)'를 '民(민)'으로 바로잡은 것을 따

3 **[전진륜]** 조식 「동지에 버선을 바치는 것에 대한 표[冬至獻韈表]」[324)] : “천 년 긴 ‘빈칭하는 시기’입니다[千載‘昌期’].”

4 **[전진륜]** 『후한서』 「원소전(袁紹傳)」 ‘三臺(삼대)’ 이현 주 : “한대의 관직에, ‘상서(尙書)는 “중대(中臺)”이고 어사(御史)는 “헌대(憲臺)”이며 알자(謁者)는 “외대(外臺)”로, 이들이 “삼대(三臺)”이다’.”[325)]

채옹(蔡邕) 『독단(獨斷) · 상』 : “한의 제도에는, 천자가 거처하는 곳은 ‘출입문에 금지가 있어서[門閤有禁]’, 황제를 모시는 사람이 아니면 함부로 들어갈 수가 없어서, ‘금중(禁中)’이라고 한다.”[326)]

『좌전』 「양공 · 30년」 : “[정나라 자산이] ‘민간의 집[廬井]’은 다섯 집을 한 조로 묶었다.”[327)]

랐다. ‘東儲(동저)’는 ‘東宮儲君(동궁저군)’의 줄임말로 황세자를 말한다.

324) 『북당서초(北堂書鈔)』 권156에는 제목이 「冬至獻履襪頌表(동지에 신과 버선을 바치는 것을 기리며 올리는 표)」로 되어 있는데, “나라와 가정에서 ‘동지에 신과 버선을 만들어 바치는 것’은 복을 받아 오래도록 누리라고 하는 뜻입니다[國家‘冬至, 獻履貢襪’, 所以迎福踐長]”라고 한, 표문의 내용을 보면 『북당서초』의 제목이 옳다. 『초학기』와』 『태평어람』에도 실려 있다.

325) 손성연 교집 『한관의(漢官儀) · 상』에도 같은 내용이 실려 있다.

326) 저본의 ‘門閤(문합)’은 정영(程榮)의 『한위총서(漢魏叢書)』본에는 ‘門戶(문호)’로 되어 있고, 이하 문장도 표현이 다소 차이가 있다. ‘臺禁(대금)’은 ‘三臺禁中(삼대와 금중)’으로 궁궐을 가리킨다.

327) 두예의 주에 따른 번역이다. 양백준은, 인용문 뒤에 나오는 “取我田疇而‘伍’之”가 『여씨춘추』 「낙성(樂成)」편에 “取我田疇而‘賦’之(내 전답을 거두어 거기에 ‘세금을 부과했다’)”로 인용된 점과 『좌전』 「소공 · 5년」에 “鄭子產作‘丘賦’(정나라 자산이 ‘구부’를 시행했다)”를 근거로 ‘伍(오)’를 ‘賦(부)’의 차자(借字)로 보고 “들판에 있는 집에도 세금을 부과했다”라는 뜻으로 풀이했다(양백준, 1181~1182쪽). ‘구부’는 1구(丘)당 말 1필과 소 3두를 바치게 한 제도이다. 1구는 16정(井)이다. ‘井廬(정려)’는 민간인 거주 지역을 가리킨다.

5 **[전진륜]** 『광운』 : "'悆(여)'는 기쁜 것[喜]이다."

6 **[전진륜]** 『후한서』 「중장통전(仲長統傳)」 : "[비록 삼공(三公)을 설치해두었지만] 모든 업무는 '대각(臺閣)'으로 모여들었다." 이현 주 : "'臺閣'은 상서대(尙書臺)이다."

[전중련] 송본에는 '閣(각)'이 '閤(합)'으로 되어 있고, '表'는 '疏'로 되어 있다.[328)]

---

328) 『전송문』과 『군서습보』도 같다. 주응등본에는 '表'가 '疏'로 되어 있다. '閤'은 '閣'과 통한다.

征北世子誕育上表

臣等言 : 臣聞本枝無疆, 布諸前典;[1] 衆多彌貴, 信之華封.[2] 故德積則慶深, 業昌則祚廣.[3] 伏承王子以中氣正月, 鍾靈納和.[4] 誕躬紫閣, 膺祚朱紱.[5] 弧矢夙陳, 珪璋攸覿.[6] 雲光麗輝, 巖澤昭采.[7] 嘉祥爰孚, 柔顔載睟.[8] 凡在氓隷, 莫不忭悅.[9] 臣霑恩踰物, 慶倍自中, 不勝殊歡溢喜, 謹奉表以聞.

정북세자께 왕자의 탄생을 축하하며 올리는 표

신 등은 아룁니다. 신이 듣기로는, 자손이 무궁하게 번창함은 이전의 전적『시경』에 적혀 있고, 자손 많음이 더욱 귀한 것임은 화華 봉인封人의 세 축원에서도 증명할 수 있다고 했습니다. 따라서 인덕이 축적될수록 경사慶事가 깊어지고, 훈업이 창성할수록 홍복洪福은 넓어진다고 합니다. 왕자께서 중기中氣 정월에 영묘한 기운이 모이고 화락한 기운을 받아, 자줏빛 찬란한 전각에서 탄생하시어, 주홍색 폐슬蔽膝을 늘인 왕자의 옷을 입으셨습니다. 활과 화살은 이미 진열되어 있고, 옥규玉圭와 옥장玉璋을 그윽이 보시었습니다. 구름 빛도 아름답게 빛나고 산과 물도 밝게 찬란하니, 상서로운 조짐이 정말 미쁘고, 화락하고 희열에 찬 얼굴이 모두 함치르르합니다. 모든 무지한 백성들조차도 좋아하고 기뻐하지 않는 사람이 없습니다. 신은 남들보다 훨씬 많은 은혜를 입었기에 심중에서 우러나는 경하의 마음이 배나 더하니, 특별한 기쁨과 넘치는 즐거움을 누를 길이 없습니다. 삼가 표를 받들어 아룁니다.

【해제】

[전진륜] 『송서』 「백관지 · 상~하」 : "정북장군征北將軍은 1인으로, (…중략…) 제3품이다."

『송서』에 의하면 강하왕江夏王 유의공劉義恭이 원가 9년432에 정북장군이 되었고, 형양문왕衡陽文王 유의계劉義季가 원가 21년444에 정북대장군이 되었으며, 그의 아들 공왕恭王 유의劉嶷가 계승했다. 진희왕晋熙王 유칭劉昶은 전폐제가 즉위하자 정북장군이 되었고, 파릉왕巴陵王 유휴약劉休若은 명제 태시 7년471 정북대장군이 되었으며, 계양왕桂陽王 유휴범劉休範은 명제가 유자훈劉子勛의 반란을 평정한 뒤 정북대장군에 승진했다. 포조는 문제 때에 중서사인이 되었고, 「황하가 맑아짐을 기리는 송문河清頌」을 올린 것이 원가 24년447이니, 여러 왕 중에서 형양왕 유의계가 가까운 듯하다.

[전중련] 송본에는 '表'가 '疏'로 되어 있다.

『송서』 「문제기」 : "원가 26년449 겨울 10월 갑진甲辰에 양주揚州 자사 시흥왕 유준劉濬을 정북장군, 개부의동삼사開府儀同三司, 남연주南兗州와 서연주西兗州 2주의 자사南西兗二州刺史로 삼았다." 내 견해는 이렇다. 포조는 일찍이 시흥왕의 시랑이었으니, 이 「표」의 정북장군도 시흥왕일 것이다.[329]

---

329) 조도형과 정복림도 전중련의 견해에 동의해, 정북장군을 시흥왕 유준으로 보았다. 조도형은 포조가 시흥왕 막하를 떠난 시기를 원가 29년(452) 5월로 보고, 이 작품이 지어진 시기를 원가 27년에서 29년 사이(450~452)의 정월로 적시했다(「창작 시기」, 381~382쪽). 정복림은, 시흥왕이 남연주자사가 된 원가 28년

【주석】

1 **[선신륜]** 『모시』「대아 · 분왕」 제2장 : "직계와 방손(傍孫)이 백 대까지 번창하기를[本支百世]."[330)]

[전중련] 『모시』「주송 · 열문(烈文)」 제1장 : "우리에게 베푼 은혜 '끝도 한도 없으시니', 자손들도 그것을 지키고 누린다네[惠我'無疆', 子孫保之]."

2 **[전진륜]** 『장자』「천지」 : "요임금이 화(華 : 지금의 섬서성 화현) 지방을 순시하는데, 화의 봉인(封人 : 변경을 지키는 관리)이 말했다. '아! 성인이여, 삼가 성인을 위해 축원을 합니다. 성인께서 수를 누리십시오[壽].' [요임금이 사양했다.] '성인께서 부를 누리십시오[富].' [요임금이 사양했다.] '성인께서 아들을 많이 낳으십시오[多男子].' [요임금이 사양했다.]"[331)]

3 **[전중련]** 『주역』「소축괘(小畜卦) · 상사」 : "'덕이 축적되어[德積]' 가득 찬다."

4 **[전진륜]** 『속한서』「율력지」 주 : "윤달에는 중기(中氣)[332)]가 없다. 북두칠성

3월에 포조는 이미 그 막하를 떠났다는 전중련의 견해를 근거로, 이 표가 지어진 시기를 원가 27년(450)과 28년(451) 두 해 중의 정월로 보았다(『교주』, 860~861쪽).

330) '本枝(본지(本支))'는 후손을 말한다. 모전(毛傳)에 "'本'은 본종(本宗 : 맏집)이고 '支'는 지자(支子 : 지파의 자손)이다"라고 했다. '前典(전전 : 이전의 전적)'은 『모시』를 말한다.

331) '衆多彌貴(자손 많음이 더욱 귀함)'은 '多男子'를 말한다.

332) '중기(中氣)'는 24절기 중 매월 중순 이후에 오는 것을 말한다. 중순 이전에 오는 것은 '절기(節氣 : 절령(節令))'라고 한다. 예를 들면 입춘(立春)은 정월의 절기이고 '우수(雨水)'는 정월의 '중기'이다. '중기정월'은 정월의 후반기를 가리킨다. 인용문은 『후한서』「율력지 · 중」「가규논력(賈逵論曆)」 조의 이현 주에도, 두예(杜預)의 『장력(長曆)』을 인용한 글 가운데에 들어 있다. 현존 『후한서』의 '팔지(八志)' 30권은 사마표의 『속한서』를 수록한 것이고, 그 주는 기본적으로 유소(劉昭)의 『속한서』 주이기 때문이다.

의 두병(斗柄)이 월건(月建)을 정면으로 가리키지 않고, 두 월건(月建) 사이를 비스듬히 가리키는 것이 다른 달과 다른 점이다."[333]

5 **[전진륜]**『진서(晉書)』「좌귀빈전(左貴賓傳)」: "평민의 흰 집에서도 날개를 나란히 했고, '궁궐의 자줏빛 전각'에서도 함께 날았습니다[比翼白屋, 雙飛'紫閣']."[334]

『주역』「곤괘(困卦)·구이」: "[술과 음식을 배불리 먹어 괴로울 때] '천자와 고급 관리가 착용하는 주홍색의 무릎 가리개[朱紱]'가 바야흐로 올 것이다."[335]

6 **[전진륜]**『예기』「내칙(內則)」: "[국군(國君)의 세자가 태어나면] 사례(射禮) 등의 의전을 관장하는 사인(射人)이 '뽕나무로 만든 활과 쑥대로 만든 화살[桑弧蓬矢]' 여섯 개로 천지와 사방의 여섯 방향으로 쏜다."

『모시』「소아·사간(斯干)」 제8장: "[사내아이가 태어난다면] '옥장[璋]'[336]을 노리개로 준다네[載弄之璋]."

7 **[전진륜]**『서경잡기』: "한(漢)나라 후궁의 거처가 있는 액정(掖庭)에 월영대(月影臺)와 '운광전(雲光殿)' (…중략…) 등이 있는데, 모두 예쁘고 아리따운 후궁들이 거처하는 곳이다."[337]

---

333) '鍾靈(종령)'은 신령스러운 기운이 모이는 것이다.

334) '좌귀빈'은 좌사(左思)의 누이 좌분(左芬)이며, 인용문은 좌분의 「무원 양황후의 뇌를 올리는 표[獻武元楊皇后誄表]」의 문장이다.

335) '膺祚(응조)'는 하늘이 내리는 복을 받는다는 뜻이다.

336) 고급 관원이 지니는 옥기(玉器)에 규(圭)와 '장(璋)'이 있다.『설문해자』에 의하면 규는 위가 뾰족하고 아래가 평평한 모양이고, 장은 규를 세로로 절반으로 쪼갠 모양이다[剡上爲圭, 半圭爲璋].

337) 표조 문장에서의 '雲光(운광)'은 상운(祥雲)의 광채를 말한다. '巖澤(암택)'은 '山巖水澤(산암수택)' 즉 산과 물이다.

8 **[전진륜]** ‘嘉祥(가상 : 경사스러운 조짐)’은 「거위[野鵝賦]」(주석 19)에서 보았다.

『모시』 「대아 · 억(抑)」 제7장 : “얼굴을 온화하고 부드럽게 한다[輯柔爾顔].”

[전중련] 『맹자』 「진심 · 상」 : “[군자의 성품이 겉으로 드러나는 것은] 얼굴에는 함치르르하게 나타난다[睟然見于面].”

9 **[전진륜]** 가의 「과진론(過秦論)」 : “[진섭(陳涉)은] ‘하층의 무지한 백성[甿隸之人]’이다.”[338]

[전중련] 송본에는 ‘忭(변 : 기뻐하다)’이 ‘抃(변 : 손뼉 치다)’으로 되어 있다.

---

338) ‘氓隸(맹례)’는 ‘甿隸(맹례)’와 같다. 노비나 상민(常民)을 달리 이르는 말이다.

拜侍郎上疏

臣言 : 臣北州衰淪, 身地孤賤.[1] 衆善必違, 百行無一.[2] 生丁昌運, 自比人曹.[3] 操乏端槩, 業謝成迹. 徂年空往, 瑣心靡述. 褫轡投簪, 於斯終志.[4] 束菜負薪, 期與相畢.[5] 安此定命, 忝彼公朝. 不悟乾羅廣收, 圓明兼覽,[6] 雕瓠飾笙, 備雲和之品;[7] 潢汙流藻, 充金鼎之寶.[8] 鎩羽暴鱗, 復見翻躍;[9] 枯楊寒炭, 遂起煙華.[10] 未識微躬, 猥能及此;[11] 未知陋生, 何以爲報? 祇奉恩命, 憂愧增灼, 不勝感荷屛營之情.[12] 謹詣閤拜疏以聞.

시랑 직을 제수하심에 올리는 소

신 아룁니다. 신은 북방의 쇠락한 출신으로 신분과 지위가 고단孤單하고 미천합니다. 각종 선한 행동은 모조리 다 어긋나고, 백 가지 덕행 중 하나도 이룬 게 없었습니다. 살아서 창성한 국운을 만나서 자신을 사람들 무리에 견주게 되었습니다. 그러나 조행에는 단정함과 공평함이 결핍되고, 사업에는 이뤄놓은 성과가 없습니다. 흐르는 세월은 헛되이 보내었고, 얕은 계책에는 이렇다 할 것이 없습니다. 그래서 고삐를 벗어놓고 비녀를 벗어 던지고 여기에서 제 뜻을 마칠까 생각했습니다. 푸성귀를 묶고 땔나무를 짊어지면서 그것으로 더불어 마치기를 기약했습니다. 이 정해진 운명에 안주해야 하는데, 저 조정을 더럽히게 되었습니다. 그런데 뜻밖에도, 하늘 그물처럼 널리 인재를 거두시고, 둥근 거울처럼 환하고 밝게 아울러 살피시어, 박을 깎아 만든 생황이 운화산雲和山의 좋은 목재로 만든 슬瑟과 같은 악기의 반열에 충당되고, 고인 물에 떠 있는 마름이 황금으로 만든 귀중한 솥을 채울 귀한 음식으로 충당되었습니다. 깃이 부러진 새와 비늘이 뒤집힌 물고기가 다시 날개를 치고 도약할 수 있게 되었고, 마른 버들과 식은 숯이 마침내 꽃을 피우고 연기를 피울 수 있게 되었습니다. 변변찮은 식견과 미천한 몸으로 외람되이 이 일을 맡을 수 있을지, 비루한 소생이 무엇으로써 보답할지 모르겠습니다. 은혜로운 명령을 삼가 받들면서, 걱정스럽고 부끄러운 마음은 더욱 달아오릅니다. 감격스럽고도 황공무지한 마음 누를 길이 없습니다. 삼가 대각에 나아가 재배하고 소로써 아룁니다.

【해제】

[전진륜] 이하 3편의 제목에 대한 주는 모두 「삼베옷을 벗고 시랑이 됨을 감사하는 표解褐謝侍郎表」에서 상세히 다루었다.

[전중련] 송본에는 '拜'자가 없다.[339)]

우염의 「포조집서」에 의하면, 임천왕 유의경이 죽자 시흥왕 유준이 또 시랑으로 끌어 썼다고 했는데, 이 표는 시흥왕의 시랑일 때 지은 것이다. 「옥기 파는 이를 보고見賣玉器者」 시의 주주석4 '從洛入函轅'에서, 포조가 임천왕 사후 일찍이 형양왕 유의계의 부름에 따랐음을 고증했다. 그렇다면 그가 시흥왕의 시랑이 된 것은, 마땅히 또 원가 24년447 유의

339) 정복림은 장부본을 따라 '拜'자를 넣었다(『교주』, 839쪽).

계가 죽은 뒤여야 할 것이다. 따라서 이 글은 아마도 원가 24년에 지었을 것이다.[340]

【주석】

1 **[전진륜]** 『송서』「주군지 · 1」 '서주(徐州)' 조에는 서주자사(徐州刺史) 아래에 동해태수(東海太守)가 속해 있다.[341]

[전중련] 우염 「포조집서」: "포조는 본래 상당(上黨) 사람으로, 가문이 빈천했다."

『송서』「주군지 · 1」 '서주 · 회양군(淮陽郡)': "상당령(上黨令): 상당은 본래 유우군(流寓郡)으로 통폐합해 배치했다."

내 견해는 이렇다. 남조(南朝)가 교치(僑置)한 동해군(東海郡)은 치소가 지

340) 정복림은 『송서』「문제기」의 기록을 근거로, 형양왕 유의계가 원가 24년(447) 8월 서주(徐州) 자사 직에서 죽었기 때문에, 포조가 시흥왕 막하로 들어간 것은 빨라도 이해 8월 이후로 보았다(『교주』, 840쪽 참조). 그런데 포조에게는 「임천왕의 복상을 마치고 전리로 돌아가며[臨川王服竟還田里]」 시가 있다. 포조가 임천왕 유의경의 시랑 직에 있을 때인 원가 21년(444) 정월에 임천왕이 죽자 복상(服喪)을 다 마친 뒤에 고향으로 돌아갔음을 보여주는 시이다. 황절(黃節)은 오여륜(吳汝綸)의 『한위육조백삼가집선(漢魏六朝百三家集選) · 포참군집선(鮑參軍集選)』의 견해를 인용해서, "호미를 버려둔 지 십 년이 되어 간다[捨耨將十齡]"의 10년과 임천왕의 시랑이 된 뒤 3년 복상을 마친 시기까지가 대략 10년으로 일치한다고 여겨, 이 시의 창작 시기를 원가 23년으로 보았다. 그러나 전중련은 진 태시(泰始) 이후 번왕의 복상은 '자최삼월(齊衰三月)'이었고 송대에는 진대의 예제를 계승한 점을 근거로, 원가 21(444)년 작으로 보았다(「임천왕의 복상을 마치고 전리로 돌아가며」 [해제]). 이 점을 참고로 하면, 형양왕 사후 3개월 복상을 마친 원가 24년(447) 연말 무렵 시흥왕의 시랑이 되어 부임한 것으로 보는 것이 더 합리적이다.

341) 전진륜의 말은 『송서』의 원문이 아니라 내용을 개괄한 설명이다.

금의 강소성 연수현(漣水縣) 북쪽이다. 교치한 상당군은 지금의 강소성 숙천현(宿遷縣) 지역이다. 문집에 실린 다음의 사료들을 상호 참고할 수 있다.[342)]

「말릉령 직의 제수에 감사하는 표[謝秣陵令表]」: "신은 가래를 둘러멘 하층 농민이요, 고삐를 잡은 말단 관리입니다."

「영안령 직에서 금지령을 해제하심에 감사하는 계[謝永安令解禁止啓]」: "신은 밭 갈고 띠 베는 하등의 집안으로 바탕이 사씨(謝氏)와 같은 가품(家品)이 아닙니다."

「시랑의 임기 만료를 보고하고 궁문을 떠나며 올리는 소[侍郎報滿辭閤疏]」: "신은 어리석고 둔하고 빈궁하고 미천하며, 감정과 기욕은 상궤를 어기고 우매하며, 신분은 실개천 담벼락보다 미약하고, 처지는 우물 안보다 더 어둡습니다. 본디부터 분수를 지켜, 밭을 일구고 잡초를 베며, 닭을 기르고 돼지를 키워, 나라에 바칠 세금을 충당해야 했습니다."

2 **[전진륜]** 『세설신어(世說新語)』「현원(賢媛)」: "허윤(許允)의 부인은 (…중략…) 매우 못생겼다. 혼례의 교배례(交拜禮)가 끝난 뒤에, (…중략…) 허윤이 물었다. '부녀자에게는 사덕이 있는데, 그대는 그 중 몇이나 지니셨소[婦有四德, 卿有其幾]?' 부인이 말했다. '(…중략…) 그런데 "선비에게는 백행[士有百行]"이 있는데, 낭군께서는 몇이나 지니셨는지요?'"[343)]

---

342) 정복림은 포조의 조적(祖籍) '上黨'을 산서 상당(지금의 산서성 장치시(長治市) 상당구)이라고 보고, 이후 지금의 산동 염성(郯城)에 치소를 둔 동해군으로 이주했으며, 동진 이후 남서주(南徐州)의 경구(京口 : 지금의 강소성 진강시(鎭江市))로 옮겼다고 했다(『교주』, 841쪽).

343) 제자집성(諸子集成) 본에는 이곳의 '其(기)' 자는 없다.

3 **[전중련]** 『이아』「석고」: "'丁(정)'은 만나는 것[當]이다."

『모시』「대아 · 공류(公劉)」 제4장 : '乃造其曹(이에 "그 [돼지] 무리"에게로 다가가)' 모전 : "'曹(조)'는 무리[群]이다."

4 **[전진륜]** '褫嚳(치비 : 고삐를 풀다)'는 懸車(현거 : 수레를 묶어두고 쓰지 않다, 은퇴한다)의 뜻인 것 같다.

지우(摯虞) 「징사 호소 찬(徵士胡昭贊)」: "'관모를 고정하는 비녀를 벗어던지고' 관복의 띠를 말아 관직을 그만두고, 소식을 끊고 자취를 감추어 은둔했다['投簪'卷帶, 韜聲匿迹]."[344)]

5 **[전진륜]** 『세설신어』「덕행」: "관녕(管寧)과 화흠(華歆)이 함께 채소밭에서 '자루가 긴 호미로 푸성귀를 캐는데[鋤菜]', 땅속에 금 조각이 있는 것을 보았다. 관녕은 기와나 돌과 다름없이 여기고 호미질을 했는데, 화흠은 집어서 던져버렸다."

『한서』「주매신전(朱買臣傳)」: "늘 '땔나무를 베어[艾薪樵]' 팔아서 먹을 것을 공급했는데, '땔나무 묶음을 어깨에 메고[擔束薪]' 길을 가면서도 책을 암송했다."

6 **[전진륜]** 조식 「양수에게 준 편지[與楊德祖書]」 '天網(천망)' 이선 주[345)] : "최식(崔寔) 「본론(本論)」에 있다. '하늘을 가득 채우는 그물[彌天之網]을 쳐서

---

344) 앞의 '端槩(단개)'는 공정하고 공평하다는 뜻이다. '槩'는 '概'의 속자로 평미레[平木 : 되에 담은 곡식을 고르는 방망이]로 '平'의 뜻을 지닌다.

345) 『문선』 권42에 있다. 권47의 육기 「한 고조 공신 송가[漢高祖功臣頌]」에도 똑같은 주가 있다. 「본론」은 「정론(政論)」을 말하는데, 「정론(正論)」이라고도 한다. 이선 주에 인용된 글은 『후한서』 「최식전」 등에는 수록되지 않은 잔편(殘篇)이다. 엄가균의 『전후한문(全後漢文)』에는 '雄(웅)'이 '士(사)'로 되어 있다.

"해내의 영웅들을 다 망라한다[羅海內之雄]"."

'圓明(원명)'은 「물시계」(주석 31 『대대예기』 「증자천원(曾子天圓)」 인용)에서 보았다.[346]

7 **[전진륜]** 『박아』 : "'생황[笙]'은 '포(匏 : 박)'로 만든다."[347]

『주례』 「춘관종백(春官宗伯) · 대사악(大司樂)」[348] : "'운화(雲和)'의 슬(瑟)" 정현 주 : "'雲和'는 산 이름이다. 아름다운 나무가 생산된다. 그것으로 슬을 만드는데, 그 소리가 맑고 깨끗하다."

8 **[전진륜]** 『좌전』 「은공 · 3년」 : "[정성과 믿음만 있다면] '웅덩이에 고인 썩은 물[潢污行潦之水]'도 귀신에게 제물로 바칠 수 있다."[349]

반악(潘岳) 「금곡원에 모여 짓다[金谷集作詩]」 : "좨주 왕후(王詡)는 '솥 안에 든 실물'을 조화시켰다[王生和'鼎實']."[350]

---

346) 『대대예기』에서는 '하늘[天]'은 '둥글고[圓]' 둥근 것은 '밝다[明]'라는 내용이었다. '圓明'은 둥근 거울이 밝게 빛나는 것을 말한다. 당 백거이(白居易)의 「거울을 정표로 이별함[以鏡贈別]」 시에 "달이 이지러져 하늘 어두울 때도, '동그랗고 환하게' 홀로 사라지지 않지요[月破天暗時, '圓明'獨不歇]"라고 했다. '圓滿明朗(원만하고 명랑함)'의 뜻으로도 쓰인다.

347) '瓠(호 : 표주박)'와 '匏(포 : 박)'는 모두 박과(Cucurbitaceae) 식물이다.

348) 전진륜의 이 주는 『문선』 권4 장형 「동경부(東京賦)」의 이선 주를 인용한 것이다. 중간송본 『주례』에는 '瑟(슬)' 앞에 '琴(금)' 자가 더 있고, 정현 주의 문장은 "雲和, 地名也. (…중략…) 雲和·空桑·龍門, 皆山名(운화는 지명이다. (…중략…) 운화·공상·용문은 모두 산 이름이다)"뿐이다.

349) '潢汙(황오(潢污))'는 웅덩이에 고인 더러운 물이다.

350) '鼎實(정실)'은 솥 안에 든 음식 재료이다. 『주역』 「정괘(鼎卦) · 구이」에 "솥에 실물이 들어 있다[鼎有實]"라고 했다. 반악의 시에서는 삼공(三公)을 말한다. 삼공이 국사를 처리하는 것은 '솥 안의 음식 재료를' 요리하는 것과 같다. 당시 왕후는 국자좨주(國子祭酒)가 되어 삼공을 보좌했다는 뜻이다.

9 **[전진륜]** 『회남자』「숙진훈(俶眞訓)」 : "나는 새들[飛鳥][351)]은 '날개가 부러진다[鎩羽]'." 허신(許愼) 주 : "'鎩(쇄)'는 날개가 상하는 것[殘羽]이다."
『삼진기(三秦記)』 : "하진(河津)은 일명 용문(龍門)이라고도 하는데, 양 기슭에 산이 있어서 물길과 뭍길이 모두 막혀, 어별(魚鼈)이 올라갈 수가 없다. 강과 바다의 큰 물고기들이 용문 아래로 [수천 마리가] 몰려든다. 올라가면 용이 되지만, 올라가지 못하면 물가에서 '아가미를 드러내고[曝鰓]' 뒤집힌다."[352)]

10 **[전진륜]** 『주역』「대과(大過) · 구이」 : "'마른 버드나무[枯楊]'에 새싹이 움튼다."
『사기』「천관서(天官書)」 : "동지는 낮이 매우 짧다. 흙과 '숯[炭]'을 저울의 양 끝에 각각 매달아서, 숯 쪽이 올라가고, 사슴이 뿔을 갈고, 난이 새 뿌리가 나오고, 샘물이 솟아나면, 이를 통해서 대략 동지가 되었음을 알 수 있다."

11 **[전중련]** 송본에는 '未(미)'가 '末(말)'로 되어 있다.[353)]

12 **[전진륜]** 『국어』「오어(吳語)」 : "옛날 초나라 영왕(靈王)이 (…중략…) 홀로 가다가 산림 속에서 길을 잃고 '두려워 벌벌 떨면서[屛營]' 방황했습니다."

---

351) 전진륜의 주는 안연지(顔延之) 「오군영(五君詠) · 혜중산(嵇仲山)」, 사첨(謝瞻) 「안성에서 영운에게 답함[於安城答靈運]」, 강엄(江淹) 「잡체시(雜體詩) · 포참군융행(鮑參軍戎行)」의 이선 주를 인용했는데, 『문선』에는 세 곳 모두 '高飛(고비)'가 '飛鳥(비조)'로 되어 있다. 통행본 『회남자』도 같다. 번역은 이를 따랐다.

352) '紀(기)'는 '記(기)'는 잘못이라 바로잡았다. 『태평환우기(太平寰宇記)』 권46에 인용된 『삼진기』의 원문에는, '兩旁有山(양방유산)' 4자는 없고, '龜魚(귀어)'는 '魚鼈之屬(어별지속)'으로 되어 있으며, '大魚(대어)' 다음에 '數千(수천)' 두 자가 있고, '曝鰓水次也(폭새수차야)'는 '則暴腮龍門(즉폭시용문)'으로 되어 있다. 번역은 이를 따랐다. '翻躍(번약)'은 새가 날개를 치고 물고기가 도약하는 것이다.

353) 『군서습보』도 '末'로 되어 있다. '未識(미식)'은 뒤의 '未知(미지)'와 같은 뜻이지만, '末識(말식)'은 변변치 못한 지식이라는 뜻으로, '微躬(미궁 : 미천한 신분)'과 잘 어울리고, 문맥상으로도 더 낫다. 번역은 이를 따랐다.

侍郎報滿辭閤疏

臣言 : 臣所居職限滿, 今偏收迹.[1] 金閨雲路, 從玆自遠,[2] 鮪鯉沈藏, 方絶光景,[3] 祇戀遲廻, 結涕濡泗.[4] 臣嚚杌窮賤, 情嗜踳昧,[5] 身弱涓蝵, 地幽井谷.[6] 本應守業, 墾畛剗荕,[7] 牧鷄圈豕, 以給征賦.[8] 而幼性猖狂, 因頑慕勇;[9] 釋擔受書, 廢耕學文.[10] 畵虎旣敗, 學步無成.[11] 反拙歸跂, 還陋鷰雀.[12] 日晏途遠, 塊然自喪.[13] 加以無良, 根孤伎薄.[14] 旣同馮衍負困之累, 復抱相如消渴之疾.[15] 志逐運離, 事與衰合,[16] 束馬埋輪, 絶游息世.[17] 宿福餘慶, 爰遘聖明,[18] 煦蒸霜霰, 孶甲雲露,[19] 得從下走, 叨迹人行,[20] 操勒負羈, 班榮扈隸,[21] 矜愚訓短, 哀有弗及.[22] 奉此而歸, 足以沒齒.[23] 雖摩肌髮, 無報天德.[24] 更冀營魂, 還能結草.[25] 不勝感戀之情. 謹詣闕拜疏奉辭以聞.

시랑의 임기 만료를 보고하고 궁문을 떠나며 올리는 소

신 아룁니다. 신이 이 직책을 맡은 후 임기가 다 됐으니 이제 물러날까 합니다. 금마문金馬門의 청운의 길은 이로부터 절로 멀어질 것이며, 다랑어와 방어처럼 물속에 깊이 잠겨 바야흐로 밝은 햇빛 같은 은총은 끊어지게 될 것입니다. 다만 차마 떠나지 못하는 연연함으로 머뭇거리며 눈물이 앞을 가릴 뿐입니다. 신은 어리석고 둔하고 빈궁하고 미천하며, 감정과 기욕嗜慾은 상궤를 어기고 우매하며, 신분은 실개천 담벼락보다 미약하고, 처지는 우물 안보다 더 어두웠습니다. 본디부터 분수를 지켜, 밭을 일구고 잡초를 베며, 닭을 기르고 돼지를 키워, 나라에 바칠 세금을 충당해야 했습니다. 그런데 어려서부터 성품이 제멋대로이고, 완우頑愚하여 만용 부리기를 잘해, 지게를 벗어놓고 책을 받아 들었으며, 밭 갈기를 그만두고 글을 배웠습니다. 그러나 범을 그리는 것은 이미 실패했고, 걸음걸이를 배우는 것에도 성취가 없이, 도리어 졸렬해져서 기어 다니게 되었고, 더 비루해져서 제비와 참새가 되었습니다. 날은 저물고 갈 길은 먼데, 홀로 외롭게 스스로 상심喪心했습니다. 게다가 훌륭한 점도 없는 데다, 뿌리는 외롭고 가지도 박약했습니다. 이미 풍연馮衍처럼 곤경에 처한 고달픔이 있는 데다, 또 사마상여司馬相如처럼 소갈증을 지니고 있었습니다. 뜻은 시운을 따라 떠나가 버렸고, 일은 노쇠함과 함께했습니다. 그래서 말을 매어두고 수레바퀴를 땅에 묻고, 교유를 끊고 세속의 일은 그만두고 있었습니다. 그런데 전생의 복록과 여경餘慶 덕택으로, 이미 이러한 태평성대를 만나게 되어, 서리와 싸락눈 속에 따뜻한 햇볕을 쬐었고, 구름과 이슬 속에 싹을 틔웠습니다. 바삐 일하는 무리에 끼일 수 있었고, 외람되이 사람의 행렬을 뒤따르게 되어, 고삐를 잡고 굴레를 메고서, 호종하는 신하의 영예로운 반열에 들었는데, 가르침이 부족함을 불쌍히 여기시고, 따라가지 못함을 애처롭게 여기셨습니다. 삼가 이에 마무리를 아뢰오니, 이로써 목숨을 바칠 만합니다. 비록 살과 머리카락이 다 닳아 없어져도 하늘과 같은 은덕을 갚을 길이 없습니다. 영혼이 되어 다시 결초보은할 수 있기를 거듭 바랍니다. 감격하여 연연한 마음을 누를 길이 없습니다. 삼가 궐에 나아가 재배하며 이 소를 받들어 올리며 사직을 아룁니다.

【해제】

[진진륜] ‘閣각’과 ‘閤합’은 고내에 많이 동용했다.

[전중련] 송본에는 ‘報보’ 자와 ‘疏소’ 자가 없다.[354)]

시흥왕 유준이 포조를 불러 시랑으로 삼은 것이 원가 24년447이었음은 이미 「시랑 직을 제수하심에 올리는 소」의 [전중련]에서 보았다. 원가 28년451 3월이 되어 시흥왕은 남연주 자사의 직을 그만뒀고, 포조가 시랑이 된 지도 이미 3년여가 되었으니, ‘임기 만료를 보고하고 궁문을 떠난報滿辭閤’ 것은 아마 이때의 일인 듯하다. 원가 28년에 시흥왕은 무리를 이끌고 과보산瓜步山에 가서 성을 쌓았는데, 포조는 마땅히 보좌하는 관리로서 따라갔을 것이다. 시흥왕이 남연주자사 직을 그만두게 되었다면, 시흥왕은 응당 남서주南徐州 자사의 직무로 나아갔을 것이다.[355)] 그러나 포조는 원가 29년452에 여전히 강북에 머물러 있었다. 나는 「과보산 갈문瓜步山楬文」에 보주를 달면서, 「갈문」이 원가 29년 임진년 5월 포조가 양주揚州로 돌아갈 때 지은 것이며, 그렇다면 원가 28년에 시흥왕이 경구京口로 돌아갈 때는 포조가 결코 시종하고 가지 않았다는 것을 고증했다. 원가 30년453 봄에 시흥왕은 형주荊州 : 치소는 지금의 호북성 강릉시(江陵市) 자사가 됐는데, 원흉 태자 유소가 문제를 시해하자

354) 사고본·사부비요본과 『문장변체휘선』에는 ‘侍郎滿辭閤表’로 되어 있고, 『송문기』에는 ‘侍郎滿辭閤疏’로 되어 있다. 정복림은 장부본을 따라 ‘侍郎報滿辭閤疏’로 제목을 고쳤고, 지은 시기도 전중련의 견해를 좇아 대략 원가 28년(451) 3월에 지은 것이라고 했다(『교주』, 850쪽).

355) 당시 남연주의 치소는 광릉(廣陵 : 지금의 강소성 양주시)이고 남서주의 치소는 경구(京口 : 지금의 강소성 진강시(鎭江市))였다.

시흥왕도 따라서 모반했고, 실패한 뒤 5월에 처형됐다. 만약 포조가 아직도 시흥왕의 막하에 있었다면 마땅히 연좌됐을 것이지만, 사실은 그렇지 않았다. 따라서 원가 28년451 시흥왕이 남연주 자사의 직무를 그만둘 때, 포조는 이미 병으로 직무를 떠났음을 알 수 있다.

【주석】

1 **[전진륜]** 육기 「변망론(辨亡論)」 : "'자취를 거두어' 멀리 숨었다['收迹'遠遁]."

2 **[전진륜]** 강엄 「별부(別賦)」 '金閨之諸彦(금규의 여러 선비)' 이선 주 : "'金閨(금규)'는 금마문(金馬門)이다."[356)]

『진서(晉書)』 「황보밀전(皇甫謐傳)」 : "'하늘에 구름이 다니는 길[雲路 : 청운의 길]'에 신령스러운 날개를 치고 오른다."

[전중련] 『장자』 「산목(山木)」 : "그대도 '여기로부터 점차 멀어질 것이오[自此遠矣]'."

3 **[전중련]** 『설문해자』 : "'鮪(유)'는 '鮥(락 : 다랑어)'이다." "'鯁(경 : 방어)'은 물고기 이름이다."

[전중련] 『전송문』에는 '鯁'이 '綆(경)'으로 되어 있다.[357)]

4 **[전진륜]** 『모시』 「진풍(陳風) · 택피(澤陂)」 제1장 : "'눈물 콧물'이 줄줄 흘

---

356) '금마문'은 한대에 학사들이 조칙을 기다리던 곳인데 출입문 곁에 '동제의 말 조각[銅馬]'이 놓여 있어서 이런 이름을 갖게 되었다.

357) '鯁'이 옳다. '光景(광경 : 밝은 햇빛)'은 은택과 교화를 비유한다. 『한시외전(韓詩外傳)』 권3에 "공자는 재지가 뛰어난 영걸(英傑)로 성덕(聖德)을 갖추었으니, 제자들은 '그의 교화를 입이[被光景]' 덕행이 드러났다. 『시경』에서는 이를 일러 '일취월장(日就月將)'(「주송(周頌) · 경지(敬之)」)이라고 한다"라고 했다.

러내린다[‘涕泗’滂沱].” 모전 : “눈물을 ‘涕(체)’라고 하고 콧물을 ‘泗(사)’라고 한다.”358)

5 **[전진륜]** 『좌전』 「문공(文公) · 18년」 : “전욱씨(顓頊氏)에게는 못난 자식이 있었는데, [가르치고 깨우칠 수 없고 남의 말을 들을 줄도 몰랐으며,] 가르쳐줘도 깨쳐 알지 못하고 내버려 두면 ‘야단스레 떠들어대었으며[嚚]’, [도덕을 오만하게 짓밟고 천륜을 어지럽혀서] 사람들이 그를 ‘도올(檮杌)’359)이라고 불렀다.”

좌사 「위도부(魏都賦)」 이선 주 : “사마표(司馬彪)의 『장자』 「천하(天下)」의 ‘踳駁(준박)’ 주에 ‘“踳(준)”은 舛(천)의 뜻으로 읽으며, (舛은) 어기는 것[乖]’이라고 했다.”360)

6 **[전진륜]** 『설문해자』 : “‘涓(연)’은 적은 물이 졸졸 흐르는 것이다.”

『주역』 「정괘(井卦) · 육사」 : “‘우물 가장자리에 벽돌을 쌓으니[井甃]’ 나쁠 게 없다.”

『주역』 「정괘(井卦) · 구이」 : “‘우물 속[井谷]’의 붕어를 활로 쏜다.”

[전중련] 송본에는 ‘甃(추 : 우물 벽돌)’가 ‘氂(리 · 모 : 소 · 말의 꼬리, 얼룩소)’로 되어 있다.361)

---

358) ‘遲廻(지회)’는 머뭇거리며 나아가지 못하는 모양을 나타내는 의태어이다. ‘遲徊’ ‘遲回’로도 적는다. 「‘목놓아 부르는 노래’를 본떠[代放歌行]」 주석 10 [황절] 참조.

359) 중국 고대 신화에 등장하는 괴물의 하나로, 도철(饕餮) · 궁기(窮奇) · 혼돈(混沌)과 함께 사흉(四凶)으로 불린다. ‘嚚杌(은올)’은 어리석고 완고한 것이다.

360) 통행본 초횡(焦竑)의 『장자익(莊子翼)』, 곽경번(郭慶藩)의 『장자집석(莊子集釋)』, 왕선겸(王先謙)의 『장자집해(莊子集解)』 등에는 ‘踳’은 모두 ‘舛(천)’으로 되어 있다. 곽경번은 “司馬作‘踳’(사마표의 주본(注本)에는 ‘踳’으로 되어 있다)”이라고 했고, 왕선겸도 이것을 인용했다. ‘踳昧(준매)’는 도리에 벗어나고 우매한 것이다.

7 **[전중련]** 송본에는 '畛(진 : 두렁)'이 '疁(류 : 화전)'로 되어 있다.[362)]

8 **[전진륜]** 『설문해자』: "'畛'은 전답 사이의 길이다."

『설문해자』: "'圈(권)'은 가축을 기르는 우리[閑]이다."

『광운』: "'艿(잉)'은 풀을 베지 않은 것(잡초)이다."

양운(楊惲) 「손회종에게 준 답서[報孫會宗書]」: "그래서 몸소 처자를 데리고 '힘을 합해 농사를 지었으며, 전원에 물을 대고 산업에 힘을 다해, 그로써 관부에 세금을 납부했습니다[戮力耕桑, 灌園治産, 以給公上]'."

[전중련] 앞 작품(「시랑 직을 제수하심에 올리는 소」)의 보주(주석 1의 [전중련])를 참고할 것.

9 **[전진륜]** '猖狂(창광 : 미친 듯이 행동함)'은 「금지령의 해제에 감사하는 표」(주석 4)에서 보았다.

10 **[전진륜]** 『후한서』 「정홍전(丁鴻傳)」: "나이 열세 살에 환영(桓榮)에게서 『구양상서(歐陽尙書』(구양생(歐陽生)의 금문 『상서』)를 '전수했는데[受]', 삼 년이 지나자 장구(章句)에 밝고 논란에 능해졌다. 박사를 도와 경전을 강의하는 도강(都講)이 되었는데, 마침내 마음을 한 곬으로 집중해 정예해졌다. 삼베옷을 입고 '짐을 짊어진[荷擔]' 사람들이, 천 리를 멀다 않고 찾아왔다."

---

361) 『전송문』도 같다. 모의(毛扆) 교감본도 '甃'로 고쳤다. 노문초는 "'涓甃'는 세미(細微)함을 비유한다. '涓塵(연진 : 실개천과 먼지)'과 같다"라고 했다. 오덕풍, 31b쪽 참조. 정복림은 장부본을 따라 '甃'로 고쳤다. '涓甃(연추)'는 실개천을 따라 쌓은 벽돌 둑으로, 역시 보잘것없다는 뜻이 된다. 번역은 이를 따랐다.

362) 주응등본과 『전송문』, 노문초도 '疁'로 되어 있다. '墾畛'은 '논밭의 두렁을 일군다'라는 뜻으로 어색하지만, '墾疁'는 '화전을 일군다'가 되어 자연스럽다. 오덕풍은 '畛'은 '疁'의 일부가 떨어져 나간 괴자(壞字)가 분명하다고 보았다(31b쪽).

『후한서』「고봉전(高鳳傳)」: "집안은 '농사일[農畝]'을 가업으로 했지만, 오로지 '책을 읽고 외는[誦讀]' 것에만 전념해서 밤낮을 쉬지 않았다. [아내는 들에 나가면서] 마당에 보리를 말리고 있는데 [고봉더러 닭이 먹지 못하도록 지키게 했다.] 마침 폭우가 쏟아졌으나, 고봉은 장대를 쥐고 '경서를 암송하느라[誦經]', 빗물에 보리가 떠내려가는 것도 몰랐다."

11 **[전진륜]** 『후한서』「마원전(馬援傳)」: "[나는 젊었을 적에 호협(豪俠)하고 의기 넘치는 친구] 두계량(杜季良)을 '본받으려[效]' 했으나 그처럼 되지는 못하고 천하의 경박한 사람이 되었으니, 이른바 '범을 그리려다 개를 그린[畫虎不成反類狗]' 꼴이 되었다."

『후한서』「반고전」[363] : "(전국시대 연(燕)의 읍인) 수릉(壽陵)의 미성년 젊은이 중에 조(趙)의 수도 한단(邯鄲 : 지금의 하북성 한단시)에서 '걸음걸이를 배우는[學步]' 자가 있었는데, '비슷하게나마 이루지도 못했을[未得髣髴]' 뿐만 아니라 자기의 옛 걸음걸이도 잊어버려 '엉금엉금 기어서 돌아왔다[匍匐而返]'."

12 **[전진륜]** 『한서』「예악지」「교사가(郊祀歌)19장 · 청양(靑陽)」: "[봄기운이 발동해] '기어 다니는 벌레'에게도 다 미쳤다['跂行'畢逮]." 안사고 주 : "발이 있어 기어 다니는 모든 것들을 '跂行(기행)'이라고 한다."

'鳶雀(연작)'은 「유원경을 위해 쓴 표기장군 직의 제수를 사양하는 표」의 '輟耕(철경)' 주(주석 3)에서 보았다.

---

363) 『한서』의 「서전(敍傳) · 상」에서 반고가 자신의 백부 반사(班嗣)의 말을 인용한 데에 나온다. 「서전」에는 '未得(미득)'의 앞과 뒤에 각각 '曾(증)' 자와 '其(기)' 자가 있고, '失(실)' 앞에 '又復(우부)' 2자가 있으며, '匍匐(포복)' 앞에 '遂(수)' 자가 있다. 이 '한단학보(邯鄲學步)' 이야기는 본래 『장자 · 추수(秋水)』에 실려 있다.

13 **[전진륜]** 『사기』 「오자서열전(伍子胥列傳)」 : "나는 '날은 저물었는데 갈 길은 멀다[日暮途遠]', 나는 그래서 상규와 인정을 어기고서 일을 실행한 것이다."

『회남자』 「원도훈」 : "빼어나게 홀로 서고, '외롭게 홀로 지낸다[塊然獨處]'."[364]

[전중련] 송본에는 '遠(원 : 멀다)'이 '遶(요 : 에우다)'로 되어 있다.

14 **[전진륜]** 『상서』 「태서(泰誓)·하」 : "[만약 주왕(紂王)이 나를 이긴다면] 오직 나 이 소자가 '좋지 않기[無良]' 때문이다."

『안자춘추(晏子春秋)』 「내편·잡(雜)·상」 : "노나라 소공(昭公)이 대답해 말했다. '나는 젊었을 적에 (…중략…) 안으로는 보필하는 사람이 없고 밖으로는 보좌하는 사람이 없어서, (…중략…) 비유컨대 추봉(秋蓬 : 가을 망초) 같았으니, "그 뿌리는 외로운데 지엽만이 무성해[孤其根而美枝葉]", 가을바람이 불어오기만 하면 뿌리마저 뽑혔을 것이오.'"

사마천 「임안(任安)에게 보낸 답서[報壬少卿書]」 : "[주상께서 내 선친이 태사령인 점 때문에] '보잘것없는 재주[薄伎]'[365]를 바칠 수 있게 하셔서, 호위가 주밀한 궁중에 출입하게 되었습니다."

15 **[전진륜]** '馮衍(풍연)'은 「금지령의 해제에 감사하는 표」(주석 6)에서 보았다.

『사기』 「사마상여열전」 : "'사마상여(司馬相如)'는 항상 '소갈증(消渴症)'이 있었다."

[전중련] 송본에는 '消'가 '痟(소)'로 되어 있다.[366]

---

364) '自喪(자상)'은 스스로 상실감에 빠지는 것이다.

365) 저본의 '薄技(박기)'는 『문선』 권41에는 '薄伎'로 되어 있어서 고쳤다. '根孤伎薄(근고기박)'은 세력 기반도 없고 재지도 박약한 것을 뜻하는 성어가 되었다.

366) 주응등본과 『전송문』도 같다. 노문초는 '消'로 교감했다. '消'와 '痟'는 '소갈증'

16 **[전중련]** 송본에는 '運(운)'이 '軍(군)'으로 되어 있다.[367)]

17 **[전진륜]** 『국어』「제어(齊語)」: "환공(桓公)은 (…중략…) 병거(兵車)를 줄에 매달고 '말발굽을 미끄러지지 않도록 단단히 싸매어서[束馬]', 태항산(太行山)과 벽이산(辟耳山) 사이의 계곡인 구하(拘夏) 협곡을 넘어갔다."[368)]

『후한서』「장강전(張綱傳)」: "순제(順帝) 한안(漢安) 원년(142)에 여덟 사신을 선발해 풍속을 순찰하도록 파견했다. (…중략…) 다른 사람들은 모두 명령을 받들고 해당 부서로 갔지만, 장강만 혼자 수도 낙양의 도정(都亭)에서 '자신의 수레바퀴를 떼어 땅에 묻고[埋其車輪]', [돌아와 대장군 양기(梁冀) 등을 탄핵하는 상주를 했다.]"

도연명「귀거래혜사(歸去來兮辭)」: "세속과의 사귐을 멈추고 교유를 단절하려고 한다[請息交兮絶游]."

[전중련] 송본에는 '游(유)'가 '遊(유)'로 되어 있다.

18 **[전진륜]** 『주역』「곤괘 · 문언」: "선행을 쌓은 집안에는 반드시 '후손들이 누리게 될 경사[餘慶]'가 있다."[369)]

19 **[전진륜]** '莩甲(부갑 : 씨껍질이 갈라짐)'은 「남새밭 아욱」 주(주석 12)에서 보았다.[370)]

일 때는 통용한다.

367) 주응등본도 '軍'으로 되어 있는데, '運'이 옳다. 정복림은 장부본을 따라 '運'으로 고쳤다(『교주』, 850~851쪽). 이 2구는 운도 따르지 않고 시간만 흘러 포부와 사업도 쇠락했음을 말했다.

368) 포조 글에서 '束馬(속마)'는 말을 매어두고 은퇴한다는 의미이다. '埋輪(매륜)'도 포조 글에서는 물러난다는 의미이다.

369) '宿福(숙복)'은 전생에 지은 선행 때문에 받도록 정해진 복덕이다.

370) '煦蒸(후증)'은 햇볕을 따뜻하게 쬐는 것으로 '화육(化育)'의 의미이다.

[전중련] 송본에는 '甲(갑)'이 '申(신)'으로, '露(로)'가 '落(락)'으로 되어 있다.[371)]

20 [전진륜] 『한서』「소망지전(蕭望之傳)」 안사고 주 : "'下走(하주)'라는 말은 자신을 가리키는 겸사로, '분주하게 뛰어다니면서 일을 한다'라는 뜻이 담겨있다."[372)]

21 [전진륜] 『설문해자』 : "'勒(륵)'은 말 머리에 씌우는 굴레이다."

『좌전』「희공 · 24년」 : "신이 '말굴레와 말고삐를 잡고[負羈絏]' [그대를 모시고 천하를 순행(巡行)했습니다.]"

『좌전』「소공 · 7년」 : "[사람에게는 10등급이 있는데] 여(輿 : 제6등급)는 '隸(례 : 제7등급)'를 신하로 둔다."

사마상여 「상림부(上林賦)」 : "'천자의 수레를 호종하는 신하들'이 분주히 뛰어다닌다['扈從'橫行]."[373)]

[전중련] 오여륜(吳汝綸) 『한위육조백삼가집선(漢魏六朝百三家集選) · 포참군집선(鮑參軍集選)』 : "'勒'은 마땅히 '靮(적)'이 되어야 한다. 『예기』「단궁 · 하」에 "'굴레와 가슴걸이를 잡고[執羈靮]" 시종한다'라고 했는데, 주에 "'靮"은 가슴걸이[韁]'라고 했다."

22 [전중련] 송본에는 '有(유)'가 '宥(유)'로 되어 있다.[374)]

---

371) '甲'과 '露'가 옳다. 정복림은 모두 장부본을 따라 고쳤다(『교주』, 850~851쪽,).

372) '叨迹人行(도적인행)'은 사람들 속으로 들어가게 되었다는 뜻이다. '叨'는 '외람되이'라는 의미의 겸사말이고, '迹'은 뒤따르는 것이며, '人行'은 사람 행렬이다.

373) '班榮(반영)'은 조반(朝班 : 조정에서 조회에 참여하는 벼슬아치들이 늘어 서는 차례)에 들어가게 된 영광이다. '扈隸(호례)'는 제왕을 호종하는 신하를 말한다.

374) 『전송문』과 『군서습보』도 같다. '宥'가 옳다. '哀宥(애유)'는 가련히 여겨 너그럽게 용서하는 것이다. 『위서(魏書)』「현조기(顯祖紀)」에 이 말이 보인다. "죄는 비록 형서(刑書 : 형률에 관한 책)에 부합하지만, 매번 '哀宥'를 가하셨다." 후대의 기록이지만, 『주서(周書)』의 「효민제기(孝閔帝紀)」에도 있다. "[황제가 침궁

23 **[전중련]** 『논어』 「헌문(憲問)」 : "(관중(管仲)은) '죽을 때까지[沒齒]' 원망하는 말이 없었다."[375]

24 **[전중련]**[376] '天德(천덕 : 제왕의 덕)'은 「유원경을 위해 쓴 표기장군 직을 사양하는 표」의 보주(주석 13 [전중련])에서 보았다.

25 **[전진륜]** 『초사』 「원유(遠游)」 : "'나의 영혼'을 싣고서 채색구름 밖으로 올라간다[載'營魂'而升霞]."[377]

『좌전』 「선공(宣公) · 15년」 : "진(晉)의 대부 위무자(魏武子)에게 폐첩(嬖妾)이 있었는데, [아들이 없었다.] 위무자가 병이 들자 아들 위과(魏顆)에게 명령했다. '[내가 죽거든] 이 사람을 반드시 개가시키도록 하라.' 병이 위중해지자 말했다. '반드시 순장하도록 하라.' 죽은 뒤에 위과는 개가를 시키면서 말했다. '병이 깊어지면 정신이 혼란스럽게 된다. 나는 정신이 온전할 때의 말씀을 따른 것이다.' 진나라 땅 보씨(輔氏 : 지금의 섬서성 대려현(大荔縣) 동쪽)의 전투에서 위과는 한 노인이 '풀을 엮어서[結草]' 진(秦)의 장수 두회(杜回)

(寢宮)의 서당(西堂)인 우침(右寢)에서 송사를 듣는데] '가련히 여겨 너그럽게 용서하는[哀宥]' 바가 많았다"라고 했다. '矜愚(긍우)'는 우매한 이를 긍휼히 여기는 것이고, '訓短(훈단)'은 가르침을 받음이 부족한 것이다.

375) '奉此而歸(봉차이귀)'는 고대 공문서의 용어로 마무리 말을 끌어내는 역할을 한다. 유원경을 위해 쓴, 표기장군 직의 제수를 사양하는 표[爲柳令讓驃騎表]」의 '齊此而歸'(주석 11의 역주 22)를 볼 것. '足以沒齒(족이몰치)'는 이로써 목숨을 바칠 만하다는 뜻이다. 『문선』 권12 조식(曹植)의 「자신을 돌아보며 자책하는 시[責躬詩]」에도 같은 표현이 있다.

376) 저본에는 '補注(보주)' 2자가 누락된 것 같다.

377) 석음헌총서본 『초사보주』에는 '魂(혼)'은 '魄(백)'으로 되어 있고 왕일 주에 "'魂'으로 된 판본도 있다"라고 했다. 홍흥조 보주에는 "양의 기운이 '魄'에 충만하면 '魂'이 된다"라고 했다. '升(승)'은 '登(등)'으로 되어 있다. '營魂(영혼)'은 영혼(靈魂)이다.

를 저지하는 것을 보았는데, 두회는 풀에 걸려 넘어져서 붙잡혔다. 그날 밤 꿈을 꾸었는데 그 노인이 말했다. '나는 그대가 개가시킨 여인의 아비요. 그대가 선친이 정신이 온전할 때의 유언을 따랐기에, 내가 이로써 보답하는 것이오.'"

[전중련] 송본에는 '還(환 : 다시)'이 '遠(원 : 멀리)'으로 되어 있다.

【평설】

[전중련] 담헌譚獻 : 자구를 조탁했다. 구절은 신기하나 정감은 부족하니, 그저 조탁만이 뛰어날 뿐이다. 군주에게 상주하는 글의 문체는 여기에 이르러 점차 정도를 벗어났다. 이조락(李兆洛), 『변체문초(駢體文鈔)』

轉常侍上疏

臣言：即日被中曹板轉臣爲左常侍.[1] 臣自惟常人, 觸事無可,[2] 謬被拔擢, 實爲光榮.[3] 臣既無髣髴, 上報殊絕之恩, 有分每豐其過. 前後輕重, 輒得原恕. 獎以君子之方, 赦以不閑教訓.[4] 大愆不責, 矜澤必加. 是臣所以夙夜自念, 知遭遇之至深且厚也. 未冀未望, 便荷今榮,[5] 欣喜感悅, 不敢僞讓. 庶保終始, 身命爲初. 不勝下情. 謹詣閤拜疏謝以聞.

좌상시左常侍로 전임시켜주심에 감사하는 상소

신 아룁니다. 이날로 중조中曹로부터 신을 좌상시로 전임시킨다는 부판府板을 받았습니다. 신은 본디 상사람인 데다, 해 온 일도 이렇다 할 만한 것이 없었는데, 외람되이 발탁되었으니 실로 영광입니다. 신은 비슷하게나마 이룬 것도 없는데, 특별하고 남다른 은혜에 보답해 드려야 함에도, 베풀어 주신 정의情誼가 매양 저의 과실에 대해 넉넉하게 대하셨습니다. 연거푸 일어난 크고 작은 일들은, 그때마다 번번이 용서를 받았습니다. 군자의 방도로 합리적으로 장려해주시고, 교도와 훈육을 제대로 받지 못한 사람을 용서하셨습니다. 큰 잘못을 꾸짖지 않으시고, 가련히 여기는 은택을 반드시 주셨습니다. 이는 신이 밤낮으로 스스로 잊지 않고 생각하고 있는 바이오니, 저의 조우遭遇가 지극히 깊고 두터움을 알고 있습니다. 바라고 희망하지 않았으나 지금의 영예를 입었으니, 기쁘기 그지없어 감히 거짓으로 사양하지 못하겠습니다. 삼가 처음부터 끝까지 한결같이 유지해서, 신명을 다해 초심을 지키겠습니다. 감격에 겨운 마음 누를 길이 없습니다. 삼가 전각으로 나아가 재배하고 소를 올려 사의를 표합니다.

【해제】[378)]

【주석】

1 **[전진륜]** 『송서』「백관지 · 상」: "중앙에서 제배(除拜)하면 참군사(參軍事 : 참군)이고, 왕부에서 '부판(府板)'을 하면 행참군사(行參軍事 : 행참군)이다."[379)]

---

378) 조도형은, 이 글의 서두에서 '稱臣'한 것과 말미에서 "삼가 전각으로 나아가 재배하고 소를 올려 사의를 표합니다"라고 한 격식에 근거해서, 원가(424~453) 시기 번왕에게 올린 글로 보았다. 그리고 원가 시기 속료(屬僚)로 임직한 번왕인 임천왕 유의경, 형양왕 유의계, 시흥왕 유준 3인 막하의 임직 상황과 이 글의 내용을 근거로, 비교적 중시를 받았던 임천왕 막료 때에 지은 것이라고 보았다(「창작 시기」, 382~383쪽). 정복림은 '"遷"常侍'라고 하지 않고 '"轉"常侍'라고 한 것이 승진이 아니라 같은 품급으로 전직했음을 표현한 것이므로, 같은 품급인 시랑(侍郎) 직에서 상시(常侍) 직으로 옮긴 것이라고 보았다. 또 몇 차례의 과오로 인한 처벌과 용서가 있었다는 이 글의 내용과 '교도와 훈육을 제대로 받지 못했다[不閑教訓]'라는 말이, 「금지령의 해제에 감사하는 표」의 '인간으로서 지켜야 할 큰 도리에 어둡고 미숙해, 세속의 예절을 어기고 제멋대로 행동했다[闇澁大義, 猖狂世禮]'는 표현과 같이, 예법을 어긴 과실이라는 점을 근거로, 이 글은 「금지령의 해제에 감사하는 표」(439~440)보다 뒤인 원가 18~9년(441~442)에 지어진 것으로 보았다(『교주』, 857~858쪽).

379) '제배'는 이전 직책을 해제하고 새 직책을 내린다는 뜻(『한서』「경제기(景帝紀)」 여순 주 : "凡言除者, 除故官就新官也")으로 중앙에서 임명하는 것을 말하고, '부판'은 위진남북조시대에 제왕(諸王) · 삼공(三公) · 대장군(大將軍) 등 고급 관원이 자기 휘하에 부서를 개설하고 관원을 선발하는 것(육기 「평원내사를 제수하심에 감사하는 표[謝平原內史表]」 이선 주 : 凡王封拜, 謂之板官)이다. '중조(中

2 **[전진륜]** 왕헌지(王獻之) 「여석첩(礜石帖)」[380)] : "누님은 성품이 정이 많고 깊으니, '부딪힌 일[觸事]'이 특별히 감당하기 어려울 것입니다. 제가 바야흐로 오래오래 근심해야 할 바입니다."

3 **[전중련]** 『한서』 「공손홍 · 복식 · 예관전(公孫弘卜式倪寬傳) · 찬」 : "복식은 목부(牧夫) 가운데서 '선발했고[拔]' 상홍양(桑弘羊)은 장사꾼 가운데서 '발탁했다[擢]'."

曹)'는 이부상서(吏部尙書)가 관장하는 이부조(吏部曹)를 가리키는 것 같다. 이부조는 하급 관리의 임면(任免)을 담당했다. 「백관지 · 상」에는 '상서령(尙書令)' 조에서 '제조(諸曹)'의 업무에 대한 설명이 이어지는데, 이에 대해서는 「부 도조와의 이별에 부쳐[贈傅都曹別]」 해제의 [전진륜] 및 역주를 볼 것. 「백관지 · 하」에는 '왕작 제후국[王國]'의 관제에 대한 설명 중 '상시'와 '시랑'에 대한 설명이 있다. "대국(大國)에는 '좌 · 우상시(左 · 右常侍)' 각 3인을 두고, 낭중(郎中)은 없애고, '시랑(侍郎)' 2인을 두었다. (…중략…) 진제(晉制)로는 전서령(典書令)이 '상시' 아래 '시랑' 위에 있었는데, 강좌(江左)로 와서는 '시랑'이 '상시' 바로 다음이 되었고, 전서령은 삼군(三軍)의 아래에 자리하게 되었다." 이에 의하면 유송시대에는 '좌상시'가 '시랑' 바로 윗자리에 있었지만, 품급은 같았다. 정복림은 명확한 기재는 없지만 대체로 9품 속리(屬吏)일 것으로 추정했는데(『교주』, 857쪽), 이에 반해 Chen은 모두 7품에 속하는 것으로 보았다(473쪽).

380) 『왕헌지집(王獻之集)』 권2에 같은 제목이 2편 있는데, 이것은 두 번째 글이다. 첫 번째 것은 내용으로 보면 형에게 보낸 편지이다. 임모본(臨摹本)에는 이것이 앞 편지에 바로 붙어 있다. 흔히 「자성첩(姊性帖)」으로 불린다(손가부(孫稼阜), 「명가임명첩(名家臨名帖) - 왕탁이 임모한 왕헌지의 『자성첩』[王鐸臨王獻之『姊性帖』]」, 『서법(書法)』, 2016.11, 76~77쪽 참조). '姊(자)'는 왕헌지의 아내 치도무(郗道茂)를 말한다. 치도무는 왕헌지의 외사촌 누나이자 첫 부인이다. 그러나 왕헌지는 동진 효무제(孝武帝, 373~396 재위)의 칙명으로 치도무와 이혼하고, 간문제(簡文帝, 371~372 재위)의 딸이자 효무제의 이복동생인 신안공주(新安公主)와 재혼을 했다. '부딪힌 일[觸事]'은 '당한 일[遇事]'로 강제 이혼을 당한 일을 말하는 것 같다. 포조의 글에서는 해온 일을 뜻한다. '無可(무가)'는 이렇다 할 만한 것이 없다는 뜻이다.

4 **[전진륜]** (‘赦以不閑于敎訓’은) 「유원경을 위해 쓴 표기장군직을 사양하는 표」에서 보았다.[381)]

5 **[전중련]** 『전송문』에는 ‘未冀(미기)’가 ‘末冀(말기)’로 되어 있다.[382)]

381) 주석 10에서 ‘弛擔’의 출처를 설명한 『좌전』 「장공·22년」 기록을 말한다. 앞의 ‘有分每豐其過(유분매풍기과)’의 ‘分’은 ‘恩分(은분 : 은정(恩情)이나 정분(情分))’의 뜻이고, ‘豐’은 ‘厚(후 : 두터이 하다)’의 뜻이다. 『국어(國語)』 「진어(晉語)·8」에 “‘豐’兄弟之國, 使無有間隙(형제의 나라를 도탑게 대하여 틈이 벌어지지 않도록 한다)”의 위소(韋昭) 주에 “‘豐’은 ‘厚’이다”라고 했다.

382) ‘末冀’가 옳다.

謝隨恩被原疏

臣言：卽日被曹宣命, 元統內外五刑以下, 浩澤盪汰, 臣亦預焉.[1] 得從漢律故謬之辨, 闇遭周典肆眚之科,[2] 大喜卒至, 非願所圖, 魚愕鷄睨, 且悚且慙.[3] 臣誠下愚, 不達義方,[4] 然君尊臣泰, 豈同犬馬.[5] 且常侍臣淵穆疏草, 卽臣所作,[6] 助人爲恭, 猶加敬憶, 自己率禮, 寧敢慢忘.[7] 繇臣悴賤, 可侮可誣, 曾參殺人, 臣豈無過.[8] 寢病幽栖, 無援朝列,[9] 身孤節卑, 易成論硋.[10] 幸大明臨下, 仁道毓物,[11] 澤洎覊走, 臣覃末慶.[12] 然古人有言："楊者易生之木也. 一人植之, 十人拔之, 無生楊矣."[13] 何則? 植之者難, 拔之者易. 況臣一植之功不立, 衆拔之過屢至, 同彼風霜, 異此貞脆.[14] 『書』稱天秩有禮, 『易』載神福在謙.[15] 臣之謙禮, 理謝福秩, 仰銜俯愧, 行歎坐戚. 卽欲顚沛, 拜恩下庭, 但臣病久柴羸, 不堪冒涉,[16] 小得趨馳, 星駕登路.[17] 不勝荷佩之誠. 謹上疏以聞.

은총을 입어 사면됨을 감사하는 상소

신 아룁니다. 즉일卽日로 조曹에서 전하는 조칙을 받은바, 자사가 다스리는 구역 안팎의 오형五刑 이하 모든 형벌을 받은 사람들에게 큰 은택이 흘러넘치게 되었으니, 신도 거기에 들어 있습니다. 한漢의 법률이 고의와 과실을 변별했던 법을 따르게 되었고, 주周의 법전이 과실을 사면했던 규정을 은근히 만나, 큰 기쁨이 뜻밖에 닥쳤으나 감히 기대하지도 못하던 일이라, 물고기가 놀라 쳐다보듯 닭이 놀라 곁눈질하듯이, 송구스럽고 부끄러울 따름입니다.

신은 실로 지극히 어리석어 올바른 도리를 잘 알지 못합니다. 그러나 군주는 존귀하고 신하는 태평하니, 신하가 어찌 견마와 같겠습니까? 또한 상시 신 연목淵穆의 상소문 초고는 바로 신이 지은 것입니다. 남을 도와주기를 공손하게 하고, 그러고도 더욱 마음속 기억을 공경스럽게 가지며, 스스로 예로써 단속해야 함을, 어찌 감히 게을리하며 잊어버릴 수 있겠습니까? 신은 보잘것없고 미천한 몸이니, 업신여기고 무고해도 좋습니다. 증삼曾參 같은 어진 이도 살인을 저질렀다는 헛소문이 나는데, 저에게 어찌 과실이 없겠습니까? 병을 앓아 집에 칩거하느라고, 조정 백관들에게 도움을 청할 수도 없었습니다. 신세는 외롭고 절조는 비천하니, 쉽사리 중론의 표적이 되었습니다. 다행히 커다란 밝음이 아래에까지 이르고, 어진 도가 만물을 보살펴 기르며, 은택이 날짐승 길짐승에게도 미치어, 신에게도 마지막의 경사가 이르렀습니다.

그런데 옛사람들이 "버들은 잘 자라는 나무이지만, 한 사람이 심고 열 사람이 뽑으면 살아남을 버들이 없다"라고 했습니다. 심기는 어렵지만 뽑기는 쉽기 때문입니다. 하물며 신은 한 사람이 심는 공적은 이루어지지도 않고, 여러 사람이 뽑는 것과 같은 과실은 누차 닥치니, 저 풍상은 같이 겪었으나 이 꿋꿋하고 취약함은 다릅니다. 『상서』「고요모」에 "하늘의 등급으로 예법을 만들었다"라고 했고, 『주역』「겸괘·단사」에 "귀신이 내리는 복은 겸손함에 있다"라고 했습니다. 따라서 신은 겸손하고 겸양하는 예법을 지켜, 도리상 제게 주어진 이 복록을 사양해야 함에도 그러하지 못하여, 우러러보나 굽어보나 언제나 부끄러울 따름이고, 앉아 있으나 걸어 다니거나 한숨 쉬고 슬퍼할 따름입니다. 즉시 달려 나가 뜰 밑에서 은총을 받들어야 하오나, 신이 병이 오래되어 몸이 파리하게 여위어, 위험을 무릅쓰고라도 달려갈 수가 없습니다. 조금이라도 움직일 수 있게 되면 서둘러 길에 오르겠습니다. 충심에서 우러나는 감격을 누를 길이 없습니다. 삼가 상소하여 아룁니다.

【해제】

[전중련] 송본에는 '疏'가 '表'로 되어 있다.[383)]

---

383) 사고본과 사부비요본도 같다. 정복림은 글 말미의 '謹上疏以聞'을 근거로, 장부본을 따라 '疏'로 고쳤다(『교주』, 864쪽). 창작 시기에 대해서, 조도형은, "'元統內外(원통내외)'가 자사의 통치 구역 안팎"이라고 한 전중련의 견해(주석 1)를 근거로, 번왕에게 올린 글로 보고, 효무제 초기에 번왕에게는 '下官(하관)'이라고만 부르게 한 법령을 제정했기 때문에, 번왕에게 자신을 '신하라고 칭한(稱臣)' 것은 원가(424~453) 시기이며, 이 글의 내용이 「거위[野鵝賦]」와 일치하는 데가 있는 점 등을 근거로, 임천왕 막료 때에 지어진 것이라고 보았다(「창작 시기」, 380~381쪽). 정복림은 글 속의 '漢律(한율)'과 '周典(주전)'에 근거한 '사면[被原]'은 천자의 대사면을 뜻하고, '커다란 밝음이 아래에 미침[大明臨下]'은 『모시』 "「대아·대명」은 주 문왕의 명덕(明德)을 찬미한 것"이라고 한 「모시서」의 표현을 빌린 것이라는 점에서, 문제가 대사면을 실시했을 때로 보았다. 그리고 문제가 원가 19년(442) 4월 갑술(甲戌)에 대사면을 실시했다는 『송서』 「문제기」의 기록을 근거로, 원가 19년 4월 이후의 작으로 보면서, 자신의 기존 견해인 '원가 17년 설'(『연구』, 64쪽)을 수정했다(『교주』, 864~865쪽).

【주석】

1 **[전진륜]**『송서』「임천열무왕도규전(臨川烈武王道規傳)·자의경(子義慶)」: "형주(荊州) 자사 유의경은 마음을 기울여 아랫사람들을 위무해, '형주 관할 구역 내[州統內]'의 주관 관리의 연로한 가족으로서 관사에 따라가서 살 수 없는 자에게, 해마다 소식을 알아보고 휘하의 다섯 문관을 파견해 집으로 음식을 보냈다."

『송서』「영포후준고전(營浦侯遵考傳)」: "'관할 구역 내[統內]'에서 가뭄으로 백성이 굶주리자 구휼을 하라고 문제(文帝)가 조칙을 내렸는데, 예주(豫州) 자사 유준고(劉遵考)가 조명(詔命)을 받들지 않았기 때문에 면직되었다."

'統內(통내)'는 '部下(부하)'라고 하는 것과 같다.

『송서』「형양문왕의계전(衡陽文王義季傳)」: "서주(徐州) 자사로 옮겼는데, (…중략…) 태조 문제가 또 조칙을 내렸다. '(…중략…) 저 "자사 관할 구역 내[元統]"의 지역은 병마(兵馬)가 다 위무가 당당하게 하라.'" 포조의 글에서 '원통내외(元統內外)'라고 한 것은 자사가 통치하는 구역 안팎을 뜻한다.

『회남자』「요략(要略)」: "[언사(言辭)가 비록 곡절이 있고 길게 뻗어나가며, 복잡하고 멀리까지 언급되어도,] 깊은 의미를 '깨끗하게 씻어 밝혀[洮汰滌盪]' [막히고 엉김이 없이 단단히 잡아 흩어지지 않게 해야 한다.]"[384)]

[전중련]『상서』「순전(舜典)」: "'다섯 가지 형벌[五刑]'을 시행하라."[385)]

---

384) '浩澤(호택)'은 커다란 은택이고, '盪汰(탕태)'는 본래 큰물이 휩쓸고 지나가는 것이지만, 여기서는 은택을 받음을 비유했다.

385) 공안국(孔安國) 전에 "'五刑(오형)'은 묵(墨 : 자자(刺字))·의(劓 : 코 베기)·비(剕 : 발꿈치 베기)·궁(宮 : 거세)·대벽(大辟 : 사형)이다"라고 했다. 『주례』「추

2 **[전진률]** 『한서』「형법지」: "소하(蕭何)는 진(秦)의 법률을 주워 모아 당시에 적합한 것을 취하여, '도율(盜律)·적률(賊律)·수율(囚律)·포율(捕律)·잡률(雜律)·구율(具律)·호율(户律)·흥률(興律)·구율(廐律) 등 구장률(九章律 : 한율구장(漢律九章))'을 만들었다."

『후한서』「곽궁전(郭躬傳)」: "형제가 함께 살인한 자가 있었는데, (…중략…) 천자는 형이 아우를 깨우치지 못했다고 여겨, 형에게 무겁게 벌하고 동생은 사형(死刑)을 감면했다. 중상시(中常侍) 손장(孫章)이 조칙을 전하면서, 둘 다 중벌에 처하라고 잘못 말했다. 상서가, 손장이 조명(詔命)을 핑계로 일을 저질렀으니, 죄는 마땅히 요참(腰斬)에 처하여야 한다고 상주했다. 천자가 다시 곽궁을 불러 물었다. 곽궁이 대답했다. '손장은 벌금형에 처해야 합니다.' 천자가 물었다. '손장은 조칙을 빙자해 살인을 저질렀는데, 벌금이 무슨 말인가?' 곽궁이 말했다. '법령에는 고오(故誤)[386]가 있습니다. 손장이 명령 전달을 잘못한 것은 사안이 과실에 속한 것입니다. 과실범은 조문에는 처벌이 가볍습니다.'"

『주례』「추관(秋官)·대사구(大司寇)」: "무릇 제후 간의 소송 사건은 '방국

관(秋官)·사형(司刑)」에서는 묵죄(墨罪)·의죄(劓罪)·월죄(刖罪 : 비(剕))·궁죄(宮罪)·살죄(殺罪 : 대벽)로 되어 있다. 이처럼 진한(秦漢) 이전의 오형은 신체를 훼손하는 육형(肉刑)이었다. 서한 초 문제(文帝)·경제(景帝) 시기에 이러한 육형을 태형(笞刑)과 장형(杖刑)으로 대체하자는 주장이 제기되고 위진남북조 시기에 육형의 폐지에 관한 논쟁이 이어졌고, 수당(隋唐)에 이르러 태형·장형·도형(徒刑)·유형(流刑)·사형(死刑)의 오형으로 확정되었다.

386) 저본의 '過(과)'는 '故(고)'의 오자여서 고쳤다. '故誤(고오)'는 고의(故意)와 과실(過失)을 말한다. '故謬(고류)'는 '故誤'와 같다.

을 다스리는 여섯 가지 법전[邦典]'에 근거해 판정한다."

『춘추』「장공·22년」: "큰 죄를 지은 자를 사면했다[肆大眚]."[387]

3 **[전중련]** 왕포(王褒) 「통소부(洞簫賦)」: "(퉁소 소리를 듣고) 우물쭈물 뒤로 물러나며, '물고기처럼 살피고 닭처럼 곁눈질한다'[遷延徙迤, '魚瞰鷄睨']."

이선 주: "물고기는 눈이 멀지 않았고 닭은 곁눈질하기를 잘해서, 이를 취해 비유한 것이다."

4 **[전진륜]** 『좌전』「은공·3년」: "신은 '자식을 사랑하면 올바른 방도로 가르쳐야 한다[愛子, 教之以義方]'고 들었습니다."

[전중련] 『논어』「양화(陽貨)」: "다만 가장 지혜로운 사람과 '가장 어리석은 사람[下愚]'은 바꾸지 못한다."

5 **[전중련]** 『사기』「삼왕세가(三王世家)」: "신은 가만히 생각해보니 개와 말처럼 주인을 위해 애쓰는 충심을 감당하지 못하겠습니다[不勝犬馬之心]."

6 **[전진륜]** '常侍(상시)'는 「삼베옷을 벗고 시랑이 됨을 감사하는 표」(해제의 『송서』「백관지·하」 인용)에서 보았다.[388]

7 **[전중련]** 장형(張衡) 「남도부(南都賦)」: "예법을 준수해 어김이 없다[率禮無違]."

8 **[전진륜]** 『사기』「감무전(甘茂傳)」: "옛날 노나라 사람 중에 '증삼(曾參)'과 성명이 같은 자가 '살인(殺人)'을 했습니다. 어떤 사람이 증삼의 어머니에게 알려줬습니다. '증삼이 살인을 저질렀습니다[曾參殺人].' 그 어머니는 베를 짜

387) '肆眚(사생)'은 죄인을 사면하는 것이다.
388) '淵穆(연목)'은 인명이고, '疏草(소초)'는 '소'의 초고이다.

면서 태연자약했습니다. 잠시 후에 한 사람이 또 알려줬으나 그 어머니는 여전히 베를 짜며 태연자약했습니다. 삼시 후에 또 한 사람이 알리자 그 어머니는 북을 던지고 베틀에서 내려와 담을 넘어 달아났습니다."[389)]

9 **[전진륜]** 반악 「추흥부(秋興賦)[390)] · 서」: "외람되이 '조정 관원의 반열[朝列]'에 끼어들었습니다."

10 **[전진륜]** 『옥편』: "'硋(애)'는 머무르는 돌[止石]이다."[391)]

11 **[전진륜]** 『모시』「대아(大明(대명))」 소서 : "'대명(大明)'은 주 문왕(文王)이 '광명정대한 덕[明德]'을 지니고 있어서 하늘이 다시 무왕(武王)에게 명(命)을 준 것을 읊었다."

12 **[전진륜]** 『설문해자』: "'翾(현)'은 작게 파닥파닥 나는 것이다."[392)]

13 **[전진륜]** 『전국책』「위책(魏策)」: "대저 '버드나무는 눕혀서 심어도 살고 거꾸로 심어도 살며 꺾어서 심어도 산다오. 그러나 '열 사람을 시켜 버드나무를 심게 해도 한 사람이 뽑으면 살아남을 버드나무가 없게 될 것이오[使十人樹楊, 一人拔之, 則無生楊矣]'."[393)]

---

389) 여러 사람이 무고하면 거짓도 참인 것처럼 여겨지게 된다는 뜻의 성어 '증삼살인(曾參殺人)'은 본래 『전국책』「진책(秦策) · 2」에 실려 있는데, "대저 증삼은 어질고 그 모친은 믿음을 지녔지만, 세 사람이 의심하니 자모(慈母)도 믿을 수 없었다"라고 마무리했다. '繇(요)'는 말미암는다는 뜻일 때는 음이 '유'로, '由(유)'와 같다.

390) 저본의 '閑居賦(한거부)'는 '秋興賦'의 잘못이어서 바로잡았다. '寢病(침병)'은 '臥病(와병)'과 같다.

391) '論硋(론애)'는 중론이 머무는 표적이라는 뜻이다.

392) '澤洎(택계)'는 은택이 물이 스미듯이 아래로 미치는 것이고, '翾走(현주)'는 날짐승과 길짐승을 말한다.

393) 사부비요본에는 '十人(십인)' 앞에 '使(사)' 자가 있다. '楊(양)'은 버드나뭇과

14 **[전진륜]** 은중문(殷仲文) 「남주의 환공(환현(桓玄))에게—구정산에서 짓다[南州桓公九井作]」: "'꿋꿋함과 취약함'을 무엇으로 드러내는가, 바로 저 소나무와 조균(朝菌)에 실어낸다네[何以標'貞脆', 薄言寄松菌]."

15 **[전중련]** 『상서』 「고요모(皐陶謨)」: "하늘이 정한 등급으로 예법을 만들었다[天秩有禮]."

『주역』 「겸괘(謙卦)·단사」: "'귀신(鬼神)'은 가득 차서 넘치는 것에 해를 주고 '겸손한 것에 복을 준다[福謙]'."394)

16 **[전진륜]** 『광운』: "'瘵(사)'는 (핏기가 전혀 없이) 여윈 것[瘦]이다."

『설문해자』: "'羸(리)'는 (핏기가 전혀 없이) 여윈 것[瘦]이다."395)

식물의 총칭으로 흔히 백양나무나 포플러를 가리킨다.

394) 뒤의 '謙禮(겸례 : 겸양해야 하는 예의)'와 '福秩(복질 : 복록(福祿))'은 이곳의 "天'秩'有'禮'"와 "神'福'在'謙'"에서 따와 합성한 표현이다. '仰銜俯愧(앙함부괴)'는 '俯仰銜愧(부앙함괴)'와 같다. '銜愧'는 마음속으로 부끄럽다는 뜻으로, 권2의 「치료 약을 하사하심에 감사하는 계[謝賜藥啓]」의 '銜慙(함참)'과 같다(주석 7의 역주 참조). '行歎坐戚(행탄좌척)'은 걸으며 탄식하고 앉아서 근심한다는 뜻이다. '戚'은 '慼(척)'과 같다. 권4의 「'갈 길은 험난하고'를 본떠[擬行路難]」 제4수에서 "安能行嘆復坐愁(걸으며 탄식하고 앉아서 또 근심할 수 있겠소)?"라고 했다.

395) 오덕풍은 『광운』의 풀이를 근거로 '柴(시)'는 '瘵'의 오자일 가능성을 제기하면서, 또 그렇지 않다면 '柴'를 '瘵'와 통용했을 가능성에 대한 의문도 제시했다(32b쪽). '瘵'가 필사 과정에 의미부인 '疒(녁)'이 탈락하고 소리부인 '柴'만 남게 되었을 가능성이 있다. 또 '柴(시)'는 본의가 땔감용으로 묶은 잔 나뭇가지인데, 거기에서 말랐다는 의미가 파생되었다. 『진서(晉書)』 「허자전(許孜傳)」에 "'柴毁骨立', 杖而能起('비쩍 말라' 뼈만 앙상하여 지팡이를 짚고서야 일어설 수 있었다)"라고 했는데, '柴毁(시훼)' 또는 '柴毁骨立(시훼골립)'은 부모님 상에 너무 슬퍼하여 몸이 수척해진 것을 표현한 말이다. '柴毁'와 같은 의미로 ''柴瘠(시척)'이라는 표현도 있는데, '柴羸(시리)'는 바로 '柴瘠'과 똑같은 표현이다. '冒涉(모섭)'은 험난함을 무릅쓰고 산 넘고 물 건너 달려가는 것이다. 앞의 '顚沛(전

17 **[전진륜]** 『모시』「용풍·정지방중」 제3장 : "새벽 별 보면서 일찍 말 몰고 출발한다[星言夙駕]."396)

패)'는 자빠지고 엎어지는 것으로, 서둘러 허둥지둥 달려가는 것을 표현했다. 권3의 「송백의 노래(松柏篇)」에 "'顚沛'去迎醫('자빠지고 엎어지며' 의원을 찾아간다)"라고 했다. 이 시의 주석 11 및 역주 9를 볼 것.

396) '小得(소득)'은 조금 무엇을 할 수 있게 된다는 뜻이고, '趨馳(추치)'는 달려간다는 뜻으로, 직무를 맡음을 비유한다.

포참군집

鮑參軍集

권2

귀안 전진륜 주

전중련 보주집설

계啓

論國制啓

臣啓 : 臣聞尺之量錦, 工者裁之;[1] 袤丈之木, 繩墨在焉.[2] 事無巨細, 非法不行.[3] 當今世間政睦, 藩國相望,[4] 君擧必書, 動成准式.[5] 息躬聖壤, 十有餘載, 條制節文, 宜其備矣,[6] 諸王列封, 動靜兼該.[7] 而竊見國之處事未盡善, 臣之暗蔽, 私心有惜. 伏見彭城國舊制, 猶有數卷,[8] 雖多殊革, 大綱可依, 愚謂宜令掌固刊而撰之,[9] 上著朝典藩邦之度, 下揆國訓繁簡之宜, 傍酌州府寬猛之中,[10] 章程久具, 永爲恒制,[11] 豈伊今美, 乃足貴之將來. 臣忝充直員, 脫以啓聞,[12] 煩而非要, 伏追慙悚.[13] 謹啓.

왕국의 제도를 논하는 계

신 아룁니다. 한 자짜리 비단도 장인이 마르고, 열 자짜리 나무도 먹줄로 바로잡으며, 일은 대소를 불문하고 법도가 아니면 행하지 않는다고, 신은 들었습니다. 지금은 세상이 안한安閑하고 정치가 화목하며, 번국은 서로 바라보일 정도로 번성하며, 임금의 거동은 반드시 기록하여 모두가 법식이 됩니다. 성스러운 땅에서 몸을 맡겨 추스른 지 십여 년인데, 조례 제도와 예절에 관한 규정이 마땅하게 구비되어 있고, 여러 왕과 제후의 거동에 관한 규범이 다 갖추어져 있습니다.

그러나 가만히 보면 왕국의 일 처리가 다 훌륭하지는 않아서, 신은 우매하고 사리에 어둡습니다만, 개인적인 생각으로는 안타까움이 있습니다. 삼가 팽성국彭城國의 옛 제도를 살펴보니 아직도 몇 권이 남아 있는데, 비록 없애거나 고쳐야 할 것도 많지만 큰 강령은 의거할 만합니다. 저의 생각은 이러합니다. 전례를 맡은 장고掌故를 시켜 추려내고 골라내게 해서, 위로는 조정의 전장典章에서 정한 번국의 법도를 드러내고, 아래로는 왕국의 훈령에서 번거로움과 간략함을 알맞게 헤아리고, 옆으로는 다른 주부州府의 관대함과 혹독함의 절충점을 참작해, 장정章程이 영구히 갖추어져 영원히 변함없는 제도가 되도록 하시면, 어찌 다만 지금의 아름다움뿐이겠습니까? 장래에도 충분히 귀중한 것이 될 것입니다. 신은 외람되게도 머릿수만 채우면서 되는대로 계를 올리는바, 번거롭기만 하고 요령을 갖추지 못했으니, 엎드려 참괴하고 황공할 따름입니다. 삼가 아뢥니다.

【해제】

[전진륜] 권1에 「정북세자께 왕자의 탄생을 축하하며 올리는 표征北世子誕育上表」가 있어서, 이미 그 정북세자가 유의계劉義季일 것으로 추정했다. 이 「왕국의 제도를 논하는 계」에서는 "삼가 팽성국의 옛 제도를 보니 아직도 몇 권이 남아 있다"라고 했으니, 포조는 틀림없이 일찍이 팽성지금의 강소성 서주시(徐州市)을 관할한 자사의 요속僚屬이었을 것이다. 『송서』 「형양문왕의계전衡陽文王義季傳」에 "원가 22년445 예주豫州의 양군梁郡에 진독進督하고 서주 자사로 옮겼고, [(…중략…) 24년447 유의계가 병이 위

독해지자 황제가 중서령 서담지徐湛之를 파견해 병을 살피고 서울로 환도하도록 했는데, 출발하기 전에 팽성에서 죽었다]"라고 했다. 생각건대 포조는 팽성에 따라갔을 것이기 때문에, 시에도 「시종하여 옛 궁궐에 들러서從過舊宮」라는 작품이 있게 됐을 것이다.[1] 「왕국의 제도를 논하는 계」의 문장의 의미를 헤아려보면 반드시 서주에서 지은 것이라고 단정할 수는 없고, 어쩌면 나중에 기억을 떠올려서 쓴 것일 수도 있다.[2]

---

1) 전진륜은 이 시의 해제에서, 무제 유유(劉裕)가 팽성현(彭城) 사람이라는 『송서』「무제기(武帝紀)」의 기록, 유유는 송을 건국한 후 팽성에 종묘를 건축했다는 「예지(禮志)·3」의 기록, 그리고 「형양문왕의계전」의 기록을 인용하고, 「정북세자께 왕자의 탄생을 축하하며 올리는 표」가 유의계에게 올린 글일 가능성을 추정하면서, 이 시도 유의계의 부름을 받아 그를 수행해서 부임하며 지었을 가능성을 제기했다(문집 권5 시 해제 참조).

2) 정복림은 이 상소문이 현재 번국(藩國)의 제도를 만듦에 있어, 팽성국의 옛 제도를 참고하자고 한 점에 초점을 두고, 팽성에 진수(鎭守)했던 형양왕 유의계와 시흥왕 유준(劉濬) 두 제후의 막하에서 지은 것이라고 보았다. 구체적인 시기는, 『송서』「형양문왕의계전」의 기록과 "(원가 22년 가을 7월에) 남연주(南兗州) 자사인 형양왕 유의계를 서주 자사 직책으로 바꿨다. 24년 (…중략…) 8월 을미에 (…중략…) 서주 자사인 형양왕 유의계가 죽었다"라는 「문제기(文帝紀)」의 기록 및 포조가 원가 24년부터 28년(451) 봄까지 시흥왕 유준의 막료로 있었던 점을 근거로, 원가 23년(446)부터 27년(450) 사이로 보았다(『교주』, 821~822쪽). '啓(계)'는 의견을 개진하는 편지 형태의 상주문(上奏文)이다. 양 유협(劉勰)의 『문심조룡(文心雕龍)』「주계(奏啓)」에서 다음과 같이 설명했다. "'계(啓)'라는 것은 '연다(開)'는 뜻이다. 은(殷) 고종(高宗)이 '그대들의 마음을 "열어" 의견을 충분히 개진하여 짐의 마음을 비옥하게 하라["啓"乃心, 沃朕心]'라고 했는데, 그 의미를 취한 것이다. 경제(景帝)의 이름이 '啓'여서 양한시대에는 명칭이 없었다. 위(魏)의 전기(箋記 : 서찰)에 처음 '啓聞(계문)'이라고 했는데, 주사(奏事)의 끝에 간혹 '삼가 아룁니다(謹啓)'라고 하기도 했다. 진(晉) 이후로 '계'가 성행했는데 그것을 표(表)와 주(奏)의 용도로 겸용하기도 한다. 정견을 진술하고 사안을 담론하였으니[陳政言事] 주(奏)의 분지요, 작위를 사양하고 은택에 감사하였으니[讓爵謝恩] 표(表)의 지류이기도 하다." 『태평어람』「문부(文部)」 권11

【주석】

1 **[전중련]** 『전송문』에는 '之量(지량)'이 '量之'로 되어 있다.[3)]

2 **[전진륜]** 『설문해자』: "남북의 길이를 '袤(무)'라고 한다."

[전중련] 송본에는 '在(재)'가 '左(좌)'로 되어 있다.[4)]

『예기』「경해(經解)」: "예(禮)가 '국가를 올바르게 통치하는 것[正國]'은 저울이 경중(輕重)을 달아 알맞게 하고, '승묵(繩墨)'이 곡직(曲直)을 재어 올바르게 하는 것과 같다."

3 **[전중련]** 『삼국지』「촉서(蜀書)·제갈량전(諸葛亮傳)」: "'일은 대소를 가리지 않고[事無巨細]' 제갈량이 모두 도맡아 처리했다."

4 **[전중련]** 오여륜: "'問(문)' 자는 오자이다."[5)]

'계(啓)'에서는 후한 복건(服虔)의 『통속문(通俗文)』을 인용하여 "관의 서신을 계라고 한다[官信曰啓]"라고 했다.

3) 『전송문』에서도 잘못된 도치(誤倒)일 가능성을 언급했다. 뒤의 "袤丈之木"과 호응 관계이므로 "尺量之錦"이 되어야 한다.

4) '左'는 의미가 통하지 않는다. "열 자 길이의 나무도 먹줄과 먹이 '있다'"라는 표현도 어색하다. 오덕풍은 「이소(離騷)」의 "背繩墨以追曲兮(먹줄과 먹을 등지고 굽은 것을 좇는구나)"의 왕일 주가 "먹줄과 먹은 굽음과 곧음을 바르게 하는 수단이다[繩墨, 所以'正'曲直]"라고 한 것을 근거로 제시하면서, '正'의 오자일 가능성을 제기했는데(33a쪽), 옳다. 전중련이 인용한 『예기』「경해」의 '正國(정국)'도 근거가 된다. "繩墨'正'焉[먹줄로 '바로잡는다']"이 되면 앞의 "工者'裁'之[장인이 '마름질한다']"와 대우도 정교하게 된다.

5) 자형으로 보아 '開(한)'의 오자로 보인다. 오덕풍(吳德風)도 오여륜의 견해와 함께 '問' 자 아래에 '疑(의심스럽다)' 자를 적은 『군서습보』도 인용하면서, '閒'의 오자일 가능성을 제기했다(「오덕풍」, 33a쪽). 권6의 「농부가 채소 심는 것을 보고[觀園人藝植]」 시의 "政緩吏'平睦'(정치는 여유 있고 관리는 '화평하고 돈목하다')" 구를 참고하면, '平(평)'의 오자일 가능성도 없지 않다. '藩國相望(번국상망)'은 제후국이 서로 인접할 정도로 많다는 뜻이다.

5 **[전진륜]** '君擧(군거)' 구는 『좌전』에 보인다.[6)]

6 **[전중련]** 『진서(晉書)』「식화지(食貨志)」: "무제 태시(泰始) 2년(266)에 상이 조칙을 내렸다. '(…중략…) 주관하는 자가 공평하게 논의해서, "조례와 제도[條制]"를 다 마련하도록 하라.'"

『예기』「방기(坊記)」: "예(禮)라는 것은, 사람들의 심리상의 일반적 정황에 근거해, 그것을 '통제할 규정을 만들어[節文]', 백성들이 잘못을 범하지 않도록 방지하는 것이다."[7)]

7 **[전중련]** 『주역』「계사상전」: "'움직임과 멈춤[動靜]'에는 일정한 원리가 있다."[8)]

좌사 「위도부(魏都賦)」: "'다 갖춰지고' 광대하다['兼該'泛博]."

8 **[전진륜]** 『송서』「팽성왕의강전(彭城王義康傳)」: "무제 영초(永初) 원년(420) 팽성왕에 봉해졌다. (…중략…) [문제가 원가] 6년(429)에 (…중략…) 시중으로 초빙했다. (…중략…) 성격이 관리의 직무를 좋아하고, 공문서 처리를 매우 꼼꼼히 했으며, 시비를 잘 가려서 척결해, 정밀함을 다하지 않음이 없었다. (…중략…) 관직과 작위를 아끼어 일찍이 관위(官位)와 봉작(封爵)으로 남에게 회뢰(賄賂)하지 않았다. 그러나 무릇 조정의 인사로서 재능과 쓸모가 있는 사람은 모두 자기 왕부(王府)로 끌어들였다. 업무 실적이 없거나 자신의 마

---

6) 「장공(莊公)·23년」에 "君擧必書(군주의 거동은 사관이 반드시 기록한다)"라고 했다.

7) '節文(절문)'은 예절의 규정이다.

8) '動靜'은 여기서는 기거동정(起居動靜)의 원칙을 말한다. 『주역』「간괘(艮卦)·단사」에 "때가 멈출 만하다면 멈추고, 때가 갈 만하다면 간다. '움직이고 멈추는 것'을 제때를 어기지 않으면 그 도가 광명할 것이다[時止則止, 時行則行, '動靜'不失其時, 其道光明]"라고 했다.

음을 거스르면 즉시 조정의 관원으로 전임시켰다. 그 수하들이 기꺼이 진력하며 감히 속이지 못했다. (…중략…) 22년(445) 태사첨사 범엽(范曄) 등이 보반을 일으키자 일의 여파가 유의강에게도 미쳤다. [(…중략…) 그리하여 유의강과 그 아들 천릉후(泉陵侯) 유윤(劉允), 딸 시녕(始寧)·풍성(豐城)·익양(益陽)·평서(平西) 등 네 현주(縣主)를 폐하여 서인으로 강등하고 왕족의 적(籍)을 끊어, 안성군(安成郡 : 치소는 지금의 강서성 안복현(安福縣))으로 귀양 보냈다. (…중략…)] 28년(451) 정월 [중서사인 엄룡(嚴龍)을 파견하여 사약을 보내] 사사(賜死)하려 했으나 [사약 마시기를 거부해 (…중략…) 이불을 덮어 씌워 죽였다. 이때 나이 43세였는데, 후(侯)의 예로 안성에 안장했다.]"[9)]

9 **[전진륜]** 『한서』「사마상여전·하」: "마땅히 '장고(掌故)'로 하여금 그(封禪) 예의를 아뢰게 해 살펴보셔야 합니다." 안사고 주 : "'掌故'는 태상(太常)[10)]의 관속으로 옛날의 전장 제도를 주재하는 자이다."

반고 『문선』「양도부·서」 이선 주 : "공안국(孔安國)은 석책(射策) 시험을 거쳐 '掌固(장고)'가 되었다."

「서도부」 이선 주 : "광형(匡衡)은 석책(射策) 갑과(甲科)를 거쳐 '太常掌故(태상장고)'에 제수되었다." 육신본에는 이곳도 '掌固'로 적었으니, '故'와 '固' 두 자는 통용한다. 『주례』「하관」의 '掌固'와는 다르다.[11)]

---

9) '팽성왕' 작위는 유의강이 서인이 된 후 없어졌고, 유의강의 아들 여섯 중 요절한 둘을 제외한 나머지 넷은 안성에 머물다가, 원가 30년(453) 태자 유소(劉劭)가 모반을 일으켰을 때 살해당했다. '팽성국의 옛 제도'는 팽성왕 유의강 당시의 제도를 말하는 것 같다. '暗蔽(암폐)'는 우매한 것이고, '私心(사심)'은 개인적인 의견이다.

10) 저본의 '太史(태사)'는 '太常'의 잘못이어서 고쳤다.

10 **[전진륜]**『진서(晉書)』「왕징전(王澄傳)」: "[형주 자사인 왕징이] 곽서(郭舒)를 한미하고 보잘것없는 가문에서 발탁해 별가(別駕)에 임명해 '주부(州府)'의 일을 위임했다."

『좌전』「소공·20년」: "[정령의 시행은] '관대함[寬]'으로써 '혹독함[猛]'의 단점을 '보완하고[濟]', '혹독함'으로써 '관대함'의 단점을 보완해야 한다."

[전중련] 송본에는 '宜(의 : 알맞음)'가 '誼(의 : 옳음)'로 되어 있다.

『전송문』에는 '府(부)'가 '縣(현)'으로 되어 있다.[12)]

11 **[전진륜]**『한서』「고제기(高帝紀)」: "천하가 이미 다 안정되자, (…중략…) 승상 장창(張蒼)에게 명해 '장정(章程)'을 확정하도록 했다."

12 **[전진륜]** '直員(직원)'은 「삼베옷을 벗고 시랑이 됨을 감사하는 표」에서 보았다.[13)]

13 **[전중련]**『사기』「태사공자서(太史公自序)」: "유가의 학설은 '광범하여 요점을 잡아내기가 어렵다[博而寡要]'."

---

11) 『주례』「하관사마(夏官司馬)」의 속관(屬官)인 '掌固'는 성곽과 수로를 수축하는 등의 업무를 담당했다. '殊革(수혁)'은 잘라내어 없애거나 고치는 것이다. '殊'는 자르는 것[絶·斷]이고 '革'은 고치는 것[更·改]이다.

12) 제후국 제도이므로 '縣'은 맞지 않은 것 같다. 사부비요본에도 '府'로 되어 있다. '州府(주부)'는 주의 관서이다. '朝典(조전)'은 조정의 전장이고, '國訓(국훈)'은 왕국의 훈령이다.

13) '直員'에 대한 주는 「삼베옷을 벗고 시랑이 됨에 감사하는 표」나 다른 '표'·'소'는 물론 '부'에도 없다. 수직(守直)하는 인원이라는 뜻의 겸사로 보고 머릿수만 채운다는 뜻으로 번역했다. '脫(탈)'은 소략(疏略)한 것이다.

謝上除啓

臣言 : 被宣賜臣上除. 臣伏事日淺, 蒙荷已豊,[1] 天澤所及, 且喜且懼.[2] 但臣自丁常桓,[3] 來塗階級, 非所敢冀,[4] 今日榮願, 直爾不少, 冒乞停止上除.[5] 伏願重許,[6] 干穢悚息.

승직 조칙을 거둬주시기를 청하는 계

신 아룁니다. 신을 승직시켜 주신다는 조칙을 전달받았습니다. 신은 지금의 이 직책을 맡은 지도 아직 일천한데 은혜를 입음은 이미 풍성해서, 폐하의 은택이 저에게 미침이 기쁘면서도 두렵기도 합니다. 다만 신은 본디에 평범한 재능을 타고나서, 장래에 관품官品의 승진 질서를 흐리는 것은 감히 바라는 바가 아니었습니다. 지금의 영예로운 바람도 이처럼 적지 않으니, 승직 조칙은 부디 거두어 주시길 감히 청합니다. 삼가 거듭 윤허하시길 바라며, 죄를 범하는 일이라 두려워 감히 숨을 쉴 수가 없습니다.

【해제】

[전진륜] 『한서』「전분전田蚡傳」: '君除吏盡未? 吾亦欲除吏경은 관리를 임용하는 것을 다 했는가? 나(무제(武帝))도 관리를 임용하려고 한다' 안사고 주 : "무릇 '除제'라고 하는 것은 이전의 관직을 제거하고 새로운 관직으로 나아가게 하는 것이다."14)

【주석】

1 **[전중련]** 가의 「과진론」 : "제위에 오른 지 '얼마 되지 않았다'[享國'日淺']."

2 **[전중련]** 『주역』 「이괘(履卦) · 상사」 : "'위는 하늘이고 아래는 못[上天下澤]'이 이괘(履卦, ䷉)이다."[15]

『논어』 「이인(里仁)」 : "[부모의 연세는 기억해두지 않을 수 없다.] 그것은 한편으로는 그 장수하심으로 인해 '기뻐하고[喜]', 한편으로는 그 연세 많으심으로 인해 '두려워하는[懼]' 마음가짐이다."

3 **[전진륜]** '丁(정 : 만나다)'은 「시랑 직을 제수하심에 올리는 소」(주석 3)에서 보았다.

『설문해자』 : "나무로 만든 제기[木豆]를 '梪(두)'라고 한다." '常梪(상두)'는 분명하지 않다. 내 견해는 이렇다. 앞에 「좌상시로 전임시켜주심에 감사하는 상소」가 있는데, 이 '梪' 자는 혹시 '梐(호 : 고대 관부(官府)의 문에 통행을 제한하기 위해 설치한 가로막이 나무)' 자로, 호위가 주밀(周密)한 궁중에 출입한다[出入周衛]는 뜻을 취한 것은 아닌지 모르겠다.[16]

---

14) 자세한 것은 「좌상시(左常侍)로 전임시켜주심에 감사하는 상소」 주석 1 및 역주를 볼 것. '上除(상제)'는 관직을 승천(陞遷)하는 것이다.

15) '天澤(천택)'은 천자의 은택을 말한다.

16) 정복림은 『이아』 「석기(釋器)」의 "나무 제기[木豆]를 '豆'라고 한다"와 곽박 주의 "'豆'는 예기(禮器)이다" 및 육덕명의 『음의(音義)』의 "'豆'는 글자 본래의 의미인데, 본래는 또 '梪(두)'로도 적는다", 그리고 『동한문기(東漢文紀)』 권28의 「노상 한칙이 공묘의 예기를 제조한 것을 적은 비[魯相韓勑造孔廟禮器碑]」의 "君於是造立禮器, 樂之音符, 鐘磬瑟鼓, 雷洗觴觚, 爵鹿柤'梪'(공이 그래서 예기를 제조하여 설치했다. 악경의 음부(音符)와 종 · 경 · 슬 · 고, 뇌(罍 : 술그릇) · 세(관세용 대야) · 상(술잔) · 고(술잔), 작(술잔) · 녹(술잔) · 조(俎 : 제기) · '두(제기)' 등이다)"를 근거로, '常梪'는 상용의 식기를 말하며, 평범한 재주와 기량을 비유

4 **[전진륜]** 『갈관자(鶡冠子)』「천칙(天則)」: “[군주는 근거 없이 왕이 되어서는 안 되고] 신하는 근거 없이 ‘관직의 품계[階級]’만 높아서는 안 된다.”

[전중련] 채옹 「변양을 추천하는 상서[薦邊文禮書]」: “변양(邊讓, 자가 문례)은 ‘관직의 품계[階級]’와 신분 지위 등에도 역시 당연히 초연합니다.”

『예기』「악기」 ‘禮義立, 則貴賤等矣(예의가 확립되면, 귀천의 등급이 생긴다)’ 정현 주: “‘等(등)’은 ‘등급[階級]’이다.”[17)]

5 **[전중련]** 송본에는 ‘止上(지상)’이 ‘不止(부지)’로 되어 있다.[18)]

6 **[전중련]** 『전송문』에는 ‘願(원)’이 ‘望(망)’으로 되어 있다.[19)]

하는 것으로 보았는데(『교주』, 827쪽), 옳은 견해이다.

17) ‘塗(도)’는 더럽혀 혼란케 한다는 뜻이다.

18) ‘止上’이 옳다. 정복림도 장부본을 따라 ‘止上’으로 고쳤다(『교주』, 826~827쪽). 『군서습보(群書拾補)』에서는 ‘不上’으로 교감했는데, ‘停不上除’는 ‘승진 임용을 정지하고 벼슬을 내려주지 않는다’라는 뜻이 되어 ‘停止上除’와 같은 뜻이 된다. 오덕풍, 33b쪽 참조.

19) 뜻은 같다. ‘干穢(간예)’는 ‘負穢(부예)’와 같다. ‘負穢’는 ‘負罪(부죄: 죄를 짓다)’의 뜻이다. ‘悚息(송식)’은 ‘두려워 숨이 멎는다’, ‘황공하다’라는 뜻으로 상소문이나 서신의 상투어이다.

謝賜藥啓

臣衛躬不謹, 養命無術.[1] 情淪五難, 妙謝九法.[2] 飈落先傷, 衰痾早及.[3] 遐澤近臨, 猥委存卹.[4] 痾同山嶽, 蒙靈藥之賜;[5] 惠非河間, 謬仙使之屈.[6] 恩逾脯糗, 惠重帷席.[7] 荷對銜慙, 伏抱衿渥.[8]

치료 약을 하사하심에 감사하는 계

신은 자신의 건강 지키기를 삼가지 못해, 양생함에 별다른 방책이 없었습니다. 감정은 양생을 방해하는 다섯 가지 어려움에 빠지고, 묘방妙方으로는 신선이 되는 아홉 가지 법술이 없습니다. 쇠락하여 일찍 몸이 상하고 노쇠한 병이 벌써 닥쳤습니다. 그런 가운데 먼 은택이 가까이 임하여, 외람되게도 가련히 여겨 구휼해 주셨습니다. 병이 산악과 같은데 영약을 하사해주셔서, 은혜롭게도 하간河間 사람도 아닌데 폐하의 사자가 외람되이 저를 찾아왔습니다. 은택은 건포와 건량보다도 많고, 은혜는 휘장과 깔개보다도 무겁습니다. 은혜를 입음에 부끄러울 뿐이며, 긍휼히 여겨 내려주시는 은혜를 엎드려 끌어안습니다.

【해제】[20]

【주석】

1 **[전중련]** 혜강(嵇康) 「양생론(養生論)」: "옛날 신농씨(神農氏)가 '상등의 약은 "생명을 보양하고", 중등의 약은 성정을 보양한다[上藥"養命", 中藥養性]'라고 한 것은, 참으로 성정과 생명의 이치를 잘 안 것이니, 약물의 도움을 받아 조양(調養)을 해야 양생의 목적을 이룰 수 있는 것이다."

2 **[전진륜]** 강엄 「잡체시(雜體詩)·징군 허순(許詢) 「자서」[許徵君自序]」 '五難(오난)' 이선 주: "상수(向秀)의 「혜강의 '양생론'을 힐난함[難嵇康養生論]」에 있다. '양생에 "다섯 가지 어려움[五難]"이 있으니, 명예와 이욕에 대한 집착을 없애지 못하는 것[名利不滅]이 첫 번째의 어려움이고, 희로애락의 감정을 제거하지 못하는 것[喜怒不除]이 두 번째의 어려움이며, 음악과 여색에 대한 탐닉을 버리지 못하는 것[聲色不去]이 세 번째의 어려움이고, 음식의 맛에 대한 미련을 끊지 못하는 것[滋味不絶]이 네 번째의 어려움이며, 정신이 흩어져 사라지는 것[神慮消散]이 다섯 번째의 어려움이다.'"

---

20) 정복림은 포조의 「휴가를 청하는 계[請假啓]」 2편은 효무제 효건(孝建) 3년(455) 태학박사 겸 중서사인으로 재임할 때 지은 것인데, 거기에서 "신은 병을 앓아서 겨우 목숨만 잠시 머물러 있는 상태가 되어, 병든 몸은 고질이 되었습니다. 근자에 귀향하도록 윤허하신 이래로 머무는 자리를 자주 바꾸며, 밤낮으로 위독하기가 서너 번입니다. 맥없이 한번 쓰러지니, 시간만 바라보며 죽기를 기다리고 있습니다"라고 한 것은, 그해에 오래 앓았음을 말한 것이므로, 이 상소문도 같은 해인 효건 3년에 지은 것이라고 했다(『교주』, 811쪽). 권1 「물시계를 보고[觀漏賦]」 해제의 역주 참조.

『열선전(列仙傳)』 권상 「연자(涓子)」 : "[연자는] 탕산(宕山)에 은둔하면서 (…중략…) 백양(伯陽 : 노자(老子)의 자)으로부터 신선이 되는 9종의 수양법인 '구선법(九仙法)'을 전해 받았다."

3 **[전진륜]** 『설문해자』 : "'飀(표)'는 회오리바람[扶搖風]이다."[21]

『광운』 : "'痾(아)'는 '疴(아)'로도 쓰는데 병이 든 것[病]이다."

4 **[전진륜]** 『사기』 「초세가(楚世家)」 : "평왕(平王)은 빼앗았던 정나라 땅을 돌려주고, 나라 안의 백성들을 '존휼(存恤 : 위무하고 구제함)하고' 정치와 교화를 바로잡았다."

[전중련] 송본에는 '澤(택)' 자가 빈칸으로 되어 있다.[22]

5 **[전진륜]** '㿰(이)'는 '疹(진 : 앓다)'의 오자인 것 같다. 아마도 '疹' 자를 속자로 '疹'으로 적었는데, 다시 정자로 바꾸면서 '㿰'로 적은 것 같다.[23]

6 **[전진륜]** 좌사 「위도부」 '玄俗無影(현속은 그림자가 없다)' 이선 주 : "현속(玄俗)[24]은 스스로 '하간(河間 : 지금의 하북성 창주시(滄州市)에 속함) 사람'이라고 했다. 파두(巴豆)와 운영(雲英)을 경단으로 만들어 저자에서 약을 팔았다. 일곱 환(丸)에 1전인데 백병(百病)에 효험이 있었다. 왕이 전광병(顚狂病

---

21) '飀落(표락(飄落))'은 바람에 나부끼며 떨어지는 것으로, 여기서는 쇠락(衰落)을 비유한다.

22) 사고본에는 '撫(무)' 자로 되어 있다. 정복림은 장부본을 따라 '澤' 자를 넣었다(『교주』, 811~812쪽). '遐澤(하택)'은 천자의 은택이다. '卹(휼)'은 '恤'과 같다.

23) 『강희자전』에도 『자휘보(字彙補)』를 인용하여 "'疹' 자인 것 같다[疑卽'疹'字]"라고 하고, 포조의 "㿰同山嶽, 蒙靈藥之賜" 2구를 인용했다.

24) 저본의 '元(원)'은 본래 '玄(현)' 자인데, 청 강희제(康熙帝)의 이름 玄燁(현엽)에 대한 피휘 때문에 이렇게 적었다. 『문선』에는 '玄俗'으로 되어 있다. 현속은 서한의 의원이자 전설 속의 신선이다.

: 정신이상)을 앓았는데, 복약한 뒤 뱀 백여 마리를 배출했다. 왕실의 늙은 사인(舍人)이 스스로 말하기를, 아버지 현감(玄甘)이 아들 현속을 보았더니 그림자가 없다고 하더라고 했다. 왕이 현속을 불러 햇빛에 나오게 했는데 실제로 그림자가 없었다. [하간은 옛 조(趙) 지역인데, 문제(文帝) 3년에 하간국(河間國)이 되었다.]"[25)]

7 **[전진륜]** 『한시외전』 권6 : "옛날 곽(郭) 나라의 군주가 성곽을 나서서 수레를 모는 어자(御者)에게 말했다. '내가 목이 말라 물을 마시고 싶다.' 어자가 청주를 올렸다. 또 말했다. '내가 배가 고파 밥을 먹고 싶다.' 어자가 '건포와 건량[乾脯糧糗]'을 바쳤다. '어떻게 준비했느냐?' 어자가 말했다. '신이 저축해두었습니다.' '어떻게 저축해두었느냐?' 어자가 말했다. '임금께서 망명 다니시다가, 도중에 기갈이 나실까 걱정해서입니다.'"

『예기』 「단궁·하」 : "공자가 기르던 개가 죽자 자공(子貢)에게 묻도록 하면서 말했다. '"해진 휘장[敝帷]"을 버리지 않는 것은 말이 죽으면 매장하기[埋馬] 위함이요, 해진 수레 덮개[[敝蓋]를 버리지 않는 것은 개가 죽으면 매장하기[埋狗] 위해서이다. 나는 가난하여 수레 덮개가 없어 그것을 묻음에 "깔개[席]"로써 하려 하니, 그 머리가 직접 흙에 묻히지 않도록 하라.'"

8 **[전중련]** 오여륜 : "'衿(금)'은 '矜(긍)'으로 교감해 고친다." 내가 살펴보니, 각 판본이 모두 '衿'으로 되어 있는데, 오여륜은 어느 판본을 근거했는지 모르겠다.[26)]

---

25) '謬'는 겸사말이고(「말릉령 직의 제수에 감사하는 표[謝秣陵令表]」 주석 5의 역주 참조), '仙使(선사)'는 신선의 사자인데, 황제의 사신을 기리는 칭호로 쓰인다.

26) 오덕풍은 '衿渥(금악)'은 의미가 통하지 않으므로, 마땅히 '矜'이 되어야 한다고 했다. 『전송문』에는 '矜'으로 되어 있다. '矜渥'은 긍휼히 여겨서 악택(渥澤 : 은

택)을 베풀어 준다는 뜻이다. 서진 이밀(李密)의 「진정표(陳情表)」에 "猶蒙'矜育'(유몽긍육 : 여전히 긍휼히 여겨 양육해 주셨다)"이라는 말이 있고, 사혜련(謝惠連)의 「제고총문(祭古冢文)」에서 "廣漢'流渥'(광한류악 : 광한 태수 진총(陳寵)은 은택을 베풀었다)"이라고 했다. '銜慙(함참)'은 마음속으로 부끄럽다는 뜻이다. 「은총을 입어 사면됨을 감사하는 상소」의 '銜愧(함괴)'와 같다. 주석 15의 역주를 볼 것. '荷對(하대)'는 임금의 '약 하사[賜藥]'의 은총을 입었다는 뜻이다. '對'는 '對揚(대양)'의 뜻으로 보았다. '對揚'은 신하가 임금의 하사를 받았을 때 감사의 뜻을 표하던, '답사(荅謝)'와 '송양(頌揚)'의 의미를 합친 말이다. 『상서』「열명(說命) · 하」에, 은나라 재상 부열(傅說)이 고종(高宗) 무정(武丁)에게 "敢對揚天子之休命(감히 천자의 아름다운 명령에 보답하고 드러내도록 하겠습니다)"라고 말했는데, 공안국 전에 "미명(美命)을 받음에 답하여 칭양(稱揚)하는 것"이라고 했다. 『모시』「대아 · 강한(江漢)」 제6장에도 "對揚王休(임금님(주 선왕(宣王)) 은덕에 보답하고 송양합니다)"라고 했다.

謝永安令解禁止啓

臣田茅下第, 質非謝品.[1] 志終四民, 稀絶三仕.[2] 邀世逢辰, 謬及推擇,[3] 恩成曲積, 榮秩兼過.[4] 雖誓投纖生, 昊天罔極,[5] 迄無犬馬, 孤慙星歲. 加以淪節雪飈, 沈誠款晦,[6] 値天光燭幽, 神照廣察,[7] 澡釁從宥, 與物更稟,[8] 遂晞曬陽春, 湔汰秋水,[9] 綴翼雲條, 葺鮮決沼,[10] 洗瞻明目, 抃手太平,[11] 重甄再造, 含氣孰比?[12] 不悟乾陶彌運, 復垂埏飾,[13] 矯迹升等, 改觀非服,[14] 振纓珥筆, 聯承貴寵.[15] 豈臣浮朽, 所可恭從, 實非愚瞢, 所宜循踐.[16] 瑣族易灰, 脆漏已迫,[17] 空荷載幬, 終責仰復,[18] 飮冰肅事, 懷火畢命.[19] 不勝屛營之情, 謹啓事以聞.[20]

영안령 직에서 금지령을 해제하심에 감사하는 계

신은 전답의 띠 풀 같은 하등의 가문으로서, 본디 사謝씨와 같은 상품의 문벌이 아닙니다. 포부는 사·농·공·상 네 등급의 평민에 머물러 있었고, 희망은 여러 차례 벼슬할 생각을 끊었습니다. 태평한 세상 좋은 시절을 만나서 외람되이 발탁되는 영광이 저에게도 미쳤으니, 은혜는 곡진하게 축적되고 영예와 관품官品이 모두 과분합니다. 비록 보잘것없는 생명이라도 바치고자 맹세했지만, 하늘과 같은 은택은 가없이 큰데도, 지금까지 견마지로를 다하지 못했으니, 지나간 세월이 부끄러울 따름입니다. 게다가 저의 절조는 눈보라 속에 빠지고 저의 정성은 꽉 막힌 어둠 속에 빠졌으나, 하늘과 같은 밝은 빛이 어두운 곳을 비추고 신명神明과 같은 보살핌이 널리 살피시니, 죄를 씻고 용서를 받게 되고 다른 사람들과 더불어 다시 아뢰게 되어, 마침내 따뜻한 봄볕에 쬐어 말리고 맑은 가을 물에 깨끗이 씻으며, 구름 낀 나뭇가지에서 날개를 꿰매고 커다란 연못에서 비늘을 수선하며, 쓸개를 깨끗이 씻고 눈을 밝게 뜨고 태평시대에 손뼉 치며 동참하게 되었습니다. 거듭 살피심을 다시 만났으니 생명을 지닌 사람 누구에게 견주겠습니까? 뜻밖에도 하늘이 빚어주는 은택이 두루 운행하여 다시 찰흙을 빚는 은총이 드리워지니, 몸을 들어 승진하여 분수에 넘치는 일을 다시 맡아, 갓끈을 떨치고 붓을 귓가에 꽂고 귀한 총애를 연이어 받게 되었습니다. 어찌 신처럼 부박하고 쓸모없는 사람으로서, 삼가 좇을 수 있는 바이겠습니까? 실로 어리석고 우매한 신이 좇아 실천할 수 있는 바가 아닙니다. 비천한 가문은 재가 되기 쉽고 취약한 시각은 이미 닥쳐왔습니다. 그런데 공연히 실어주고 덮어주시는 은혜를 입어 마침내 우러러 보답해야 할 책무를 맡게 되었으니, 얼음을 마시면서 일을 엄숙히 삼가고, 불을 끌어안고 목숨을 다하겠습니다. 두려워하는 마음 감당하지 못합니다. 삼가 일을 여쭈어 아룁니다.

【해제】

[전진륜] 『송서』「주군지·3」'형주荊州·남하동태수南河東太守' 조: "네 개의 현을 관할한다. (…중략…) '영안령永安令': [영안은 본래] 전한의 체현彘縣: 지금의 산서성 곽주시(霍州市)인데 순제順帝 양가陽嘉 2년133에 이름을 '永

安'으로 바꾸었다. 나중에 평양군平陽 : 치소는 지금의 산서성 임분시(臨汾市) 요도구(堯都區)에 소속되었다."[27]

나머지는 「말릉령 직의 제수에 감사하는 표」에서 보았다.

[전중련] 우염의 「포조집서」에 포조는 효무제 때에 '영가령永嘉令'이 되었다고 했는데, 이 글의 제목은 '영안령永安令'으로 되어 있으니, 우염 「서」에서 말한 '영가'가 '영안'의 잘못인지, 아니면 포조가 또 '영안령'이 된 적이 있는지 모르겠다.[28]

---

27) 본래 진(秦)이 설치한 하동군(河東郡)은 산서성에 있었으나, 동진이 교치한 남하동군은 호북성 송자현(松滋縣) 일대이다. 전진륜이 인용한 영안현에 관한 설명은 모두 이전 지명이고, 유송의 영안현은 남하동군에 교치한 속현이다.

28) 오비적(吳丕績)은 포조가 효무제 대명 2년(458) 말릉령에서 '영가령(永嘉令)'으로 전임한 것으로 보면서, '영가령'이 '영안령'의 오자일 가능성을 제기했다(오비적, 『포조연보(鮑照年譜)』, 人人文庫·臺北 : 臺灣商務印書館, 1974, 38~39쪽). 전중련도 「포조연표(鮑照年表)」에서 대명 2년에 영가령이 된 것으로 계년(繫年)을 하고 주에서 '영가령'이 '영안령'의 잘못일 가능성을 매우 조심스럽게 밝혔다(『집주』, 435·442쪽). 조도형은 '영가령'은 '영안령'의 잘못이 아니고, 포조는 원가 29년에서 30년까지(452~453) '영안령'을 역임했으며, 원가 30년 태자 유소(劉劭)가 부친인 문제를 시해한 사건에, 그가 한때 모셨던 시흥왕 유준(劉濬)이 연루된 것 때문에, 효무제가 즉위한 후 '금지' 형을 받았는데, 포조는 그 전인 원가 29년에 이미 유준의 막료를 그만두었기 때문에 혐의가 풀려 곧 금지령이 풀렸으니, 이때 지은 것이 이 상소문이라고 보았다(「창작 시기」, 385~391쪽). 정복림은 먼저, 우염 「서」의 '영가령'은 '영안령'의 잘못이고, 그가 영안령이 된 것은 효무제 즉위 후 몇 차례의 관직을 옮긴 후라고 보았다. 이어서 이 상소문의 내용은 금지령의 해제 후 새로운 직책을 받은 것이 분명하다고 보고, 『송서』 「효무제본기」와 「효무14왕전」의 내용을 근거로, 유자욱(劉子頊)이 대명 5년(460) 10월에서 이듬해 7월까지 오흥(吳興) 태수 직에 임명되었을 때, 포조가 그의 군부(軍府)의 보좌관이 되었을 가능성이 큰 것으로 보고, 이 상소문은 대명 5년(460)에 지은 것이라고 했다(『교주』, 814~816쪽).

【주석】

1 **[전진륜]**『진서』「석륵재기(石勒載記)」: "석륵이 또 조서(詔書)를 내려 공경과 백관에게, 현량(賢良)·방정(方正)·직언(直言)·수이(秀異)·지효(至孝)·염청(廉淸) 각 1명씩을 해마다 천거하도록 하여, 석책(射策)의 답변이 가장 우수한 상제(上第)는 의랑(議郞)에 배수하고 중간인 중제(中第)는 중랑(中郞)에, '가장 낮은 하제(下第)'는 낭중(郎中)에 임명하도록 했다."

[전중련]『자치통감』「위기(魏紀)·1」: "상서 진군(陳群)은, 한의 조정에서 직접 선발해 쓴 제도로는 인재를 다 발탁할 수가 없었으니, 이제 구품관인법(九品官人法)을 확립하여, 주와 군에 모두 중정(中正)을 설치하여 인재의 선발을 책임지도록 하는데, 주와 군에서 어질면서 식견이 있고 인재 감별력이 있는 자를 발탁하여 중정의 일을 맡겨, 인물을 구별하여 그 '고하(高下)'의 '차례를 매기도록[第]' 했다."

『신당서(新唐書)』「유학전(儒學傳)·유충(柳沖)」: "위나라 때에 구품(九品)을 확립하고 중정을 설치하여, 귀족 자제인 세주(世胄)를 높이고 한문 인사인 한사(寒士)를 낮추어, 권력은 지체 좋은 집안으로 돌아갔다. 주의 대중정(大中正)·주부(主簿)와 군의 중정·공조(功曹)는 모두 명망 있는 성씨인 저성(著姓)의 사족에서 선발하여 임명함으로써, 문벌을 정하고 인물을 품평했다. 진(晉)과 송도 그것을 답습하여 비로소 '성을 숭상하게[尙姓]' 되었다. (…중략…) 양자강을 건너 남조가 시작되어서는, 교성(僑姓)으로 그렇게 했으니, 왕(王)·'사(謝)'·원(袁)·소(蕭) 씨가 대성이었다."[29]

---

29) '僑姓'은 서진 말의 회제(懷帝, 307~313 재위) 영가(永嘉) 연간과 민제(愍帝,

2 **[전진륜]** 『상서』「주관(周官)」: "[사공(司空)은 나라의 땅을 장악하여] '사방의 백성들[四民]'을 거주하게 한다."[30)]

[전중련] 『논어』「공야장(公冶長)」: "영윤(令尹) 자문(子文)은 '세 번 벼슬하여[三仕]' 영윤이 되었지만 [기뻐하는 기색이 없었다.]"

3 **[전진륜]** 『사기』「회음후열전(淮陰侯列傳)」: "애당초 평민으로 지낼 적에는 가난한 데다 이렇다 할 덕행도 없어 하급 관리로도 '추천되어 선발되지[推擇]' 못했다."[31)]

4 **[전진륜]** 『후한서』「진귀전(陳龜傳)」: "저는 '나라의 은혜를 과도하게 입어, 영예와 품계가 모두 넘칩니다[過受國恩, 榮秩兼優].'"

5 **[전진륜]** 이 구는 『모시』[32)]에 보인다.

6 **[전진륜]** '飇(표 : 회오리바람)'는 앞의 「치료 약을 내려주심에 감사하는 계」(주석 3)에서 보았다.[33)]

313~317 재위) 건흥(建興) 시기에 중원지역의 전란으로 강남으로 이주한 귀족 가문을 가리킨다. 이때의 이주를 흔히 "영가의 난에 귀족들이 남으로 이주했다[永嘉之亂, 衣冠南渡]"라고 표현한다. 이중 낭야(琅琊) 왕씨와 진군(陳郡) 사씨가 왕도(王導, 276~339)와 사안(謝安, 320~385) 이후 특히 남조를 대표하는 망족(望族)이 되어, 용항(龍亢) 환씨(桓氏)·영천(潁川) 유씨(庾氏)와 함께 4대 세족이 되었다. '謝品(사품)'은 진군 사씨와 같은 상품의 가문이라는 뜻이다.

30) 공안국 전에 "동관(冬官)으로 경(卿)이며, 나라의 공토(空土)를 주관하여 '사농공상(士農工商)의 사민(四民)'을 거주하게 한다"라고 했다. 『한서』「식화지(食貨志)·상」에도 "사농공상 사민(四民)이 업(業)을 가지도록 한다"라고 했다. '四民'은 '사농공상의 계층'으로 귀족이나 관리가 아닌 일반백성을 가리킨다.

31) '邀世逢辰(요세봉신)'은 좋은 세상을 만난다는 뜻이다. '邀'는 '逢'의 뜻이다.

32) 「소아·육아(蓼莪)」 제4장의 "부모님의 은덕에 보답하려 해도, 하늘처럼 높고 높아 끝이 없구나[昊天罔極]"를 말한다. '纖生(섬생)'은 섬약한 생명이다. 뒤의 '星歲(성세)'는 세월이다.

7 **[전진륜]** 반고 「동도부」 : "거룩한 밝은 빛을 널리 펴 '어두운 곳을 밝게 비추었다'[散皇明以'燭幽']."[34]

8 **[전진륜]** 『좌전』 「선공(宣公) · 12년」 '觀釁而動[적의 틈새를 살펴 움직인다]' 두예 주 : "'釁(흔)'은 죄이다."[35]

9 **[전진륜]** 『설문해자』 : "'晞(희)'는 마르는 것[乾]이다."

『설문해자』 : "'曬(쇄)'는 햇볕에 쬐어 말리는 것[暴]이다."

『전국책』 「초책 · 4」 : "한명(汗明)이 춘신군(春申君)을 만나서 (…중략…) 말했다. '(…중략…) 그대만 유독 [저를] 깨끗하게 씻어줄[湔祓]'[36] 생각이 없습니까?'"

[전중련] 송본에는 '泼(발)'이 '汰(태)'로 되어 있다.[37]

10 **[전진륜]** '葺鲜泱沼(용선결소)' 구는 '葺鱗天沼(용린천소)'가 되어야 할 것 같다. 『초사』 「구장 · 비회풍(悲回風)」에 "물고기는 '비늘을 엮어 붙여서[葺鱗]' 스스로 남과 구별하지만, 교룡은 자신의 무늬를 감춘다"라고 했고, 목화의 「해

---

33) '款晦(관회)'의 '款'을 '窾(관 : 공허함)'의 뜻으로 보았다. '窾晦(관회)'는 '空晦(공회)'의 뜻인데, 이는 '顽空(완공 : 꽉 막혀 통하지 않는 허무한 상황)'과 '晦暗(회암 : 캄캄한 어둠)'을 뜻한다.

34) '燭(촉)'은 『문선』에는 이선본 · 오신본 · 육신본 모두 '爥(촉)'으로 되어 있는데, 같은 글자이다.

35) 「桓公(환공) · 8년」의 '讐有釁, 不可失也(적에게 틈이 있으니, 이 기회를 놓치면 안 된다)'의 '釁'에 대해, 두예는 '틈새[瑕隙]'라고 주를 달았는데, 「선공 · 12년」의 '釁'도 같은 뜻이 돼야 한다(양백준, 722쪽 참조). '舋(흔)'은 '釁'과 같은 글자이다. '澡釁(조흔)'은 허물을 씻는 것이다. '更稟(갱품)'은 신하가 임금을 뵙고 다시 아뢰는 것이다.

36) 사부비요본에는 '湔拔(전발 : 잘못을 씻고 발탁하다, 추천하여 발탁하다)'로 되어 있다.

37) '湔泼'이나 '湔汰' 모두 물을 대어[泼 · 汰] 더러운 것을 깨끗이 씻는다[湔]는 뜻이다.

부」에 "'하늘의 못[天沼]'으로 날아올라, 그곳 큰 바다인 궁명(窮溟)에서 노닌다"라고 했다.

[전중련] 송본에는 '決(결 : 터놓다)'이 '洪(홍 : 크다)'으로 되어 있다.[38)]

11 **[전진륜]** 『초사』「천문」'鰲載山抃(큰 자라가 산을 짊어지고 다리를 움직여 춤을 춘다)' 주 : "손뼉을 치는[39)] 것을 '抃(변)'이라고 한다."

[전중련] 『공양전』「은공 · 원년」'所見異辭, 所聞異辭, 所傳聞異辭(직접 본 것 즉 자기와 부왕의 시대를 표현하는 말이 다르고, 들은 것 즉 조부의 시대를 평가하는 말이 다르고, 전해 들은 것 즉 증조부와 고조부의 시대를 평가하는 말이 다르다)' 하휴(何休) 해고(解詁) : "직접 본 시대의 경우에는 '태평하게[大平]' 다스리는 것이 분명히 드러난다."[40)]

12 **[전진륜]** 『양자법언』「선지(先知)」: "천하를 '도자기를 빚듯이 다스리는[甄陶]' 것은 강유(剛柔)의 조화에 있지 않겠는가!"[41)]

『한서』「가연지전(賈捐之傳)」: "[군신이 서로 덕을 찬미하면] '생명을 지닌[含氣]' 모든 것들이 각자 알맞은 제 위치를 찾는다."

13 **[전진륜]** 『회남자』「정신훈」: "조화옹이 만물을 빚어내는 것은 비유하자면 '도공이 점토를 반죽해 도기를 만드는[陶人之埏埴]' 것처럼 땅에서 취했을 따름이다."[42)]

---

38) '洪'이 낫다. '鮮(선)'은 '鱗(린)'의 오자가 분명해 보인다. '綴翼(철익)'은 날개를 엮어 붙이는 것이고, '雲條(운조)'는 구름 위로 높이 솟은 나뭇가지이다.

39) 저본의 '手拍(수박)'은 석음헌총서본에는 '擊手(격수)'로 되어 있다.

40) '洗膽(세담)'은 '洗心(세심)'과 같다. '明目(명목)'은 눈을 밝게 뜨는 것이다.

41) '重甄再造(중견재조)'는 '부활 · 재생하다'라는 뜻이다.

42) '乾陶(건도)'는 천자의 은택을 비유하고, '彌運(미운)'은 두루 운행하여 미치는

14 **[전진륜]** 육기 「오왕의 낭중령 시절 옛 양·진 지역에 시종하여 짓다[吳王郎中時從梁陳作]」: "[옛적에 오왕 사마안(司馬晏)의 오국 낭중령(郎中令)이 되는 행운을 입어,] '자취를 높이 들어' 숭현문으로 들어갔다['矯迹'入崇賢]."

유량(庾亮) 「중서령을 사양하는 표[讓中書令表]」[43]: "마침내 폐하의 총애를 입어 '누차 외람되이 분수에 넘치는 작록을 받았습니다[累忝非服]'."

15 **[전진륜]** 하후담(夏侯湛) 「동방삭 화상 찬[東方朔畫贊]」: "옛 어부를 본떠 '갓끈을 씻고 은둔하기'를 바랐다[希古'振纓']."[44]

최인(崔駰) 「두헌에게 올린 주기[奏記竇憲]」[45]: "'붓을 귓가에 꽂고' 간독을 손에 들어 기록할 준비를 하고, 조하를 배알했습니다['珥筆'持牘, 拜謁曹下]."[46]

16 **[전진륜]** 『설문해자』: "'瞢(몽)'은 눈이 어두운 것이다."

것이다.

43) 『문선』 권38에는 이선본·오신본·육신본 모두 '謝(사)'가 '讓(양)'으로 되어 있어서 고쳤다. '改觀(개관)'은 면모를 일신하는 것이다.

44) 전진륜이 인용한 예문의 '振纓(진영)'은 '濯纓(탁영)'의 뜻으로 은둔을 뜻한다. 『문선』의 유량 주에 "마치 옛 어부가 발을 씻고 '갓끈을 떨치라고[振纓]' 했듯이 하는 것이다. 시대의 청탁(清濁)에 따라 세속에서 은둔하는 것을 말하는 것이다. '振' 자 역시 씻는 것[濯]이다"라고 했다. 포조 문장의 '振纓'은 '彈冠(탄관)'의 뜻으로 벼슬길에 나가는 것을 말한다. 『진서(晉書)』 「주복전(周馥傳)」에 "'振纓'中朝(주복이 '갓끈을 털어 의관을 정제하고' 조정으로 들어갔다)"의 '振纓'이 더 알맞은 예이다. 정복림은 이것을 인용했다(『교주』, 820쪽).

45) 『문선』 권24 반악 「가밀을 위해 지어 육기에게 주는 시[爲賈謐作贈陸機詩]」의 이선 주에는 '紀(기)'가 '記(기)'로 되어 있어서 고쳤다. 『후한서』 「최인열전」에 의하면, 두헌이 거기장군(車騎將軍)이 되자 최인을 불러 썼는데, 최인은 주부(主簿) 직을 맡았을 때, 수십 차례 「주기(奏記)」를 올려 간했으나, 두헌이 그 의견을 받아들이지 않았다고 한다.

46) '珥筆(이필)'은 언제든지 글을 쓸 준비가 된 모습을 말하는 것으로, 옛날 사관이 조정에 들어갈 때는 언제나 이렇게 했다.

17 **[전진륜]** 『여씨춘추』「중동기(仲冬紀)·충렴(忠廉)」: "오왕 합려(闔閭)가 오왕 요(僚)의 아들인 왕자 경기(慶忌)를 죽이고 싶어 했다. (…중략…) 요리(要離)가 말했다. '(…중략…) 왕께서 진실로 도와주실 수 있다면 신이 반드시 해낼 수 있습니다.' 오왕이 '좋다'고 했다. 이튿날 아침 요리에게 거짓으로 죄를 씌워, 그의 아내와 아들을 잡아서 불태워 그 '재[灰]'를 바람에 날렸다. [요리는 달아나 위(衛)로 가서 왕자 경기를 알현했다.]"[47)]

『삼국지』「위서·전예전(田豫傳)」: "나이가 70이 지나서도 자리를 차지하고 있는 것은, 비유컨대 통금의 종이 울리고 '물시계의 물이 다했는데도[漏盡]' 밤길을 다니며 쉬지 않는 것과 같으니, 이는 죄인입니다."

18 **[전중련]** 송본에는 '幬(주)'가 '燾(도)'로 되어 있고, '責(책)'이 '貴(귀)'로 되어 있다.[48)]

『예기』「중용」: "비유컨대 '하늘과 땅이 붙잡아 실어주지 않음이 없고 덮어서 가려주지 않음이 없는 것[天地之無不持載, 無不覆幬]'과 같다. [(…중략…)

---

47) 제자집성본(諸子集成本)에는 '闔閭(합려)' 두 자는 없고, '助(조)' 앞에는 '能(능)' 자가 있으며, '加(가)' 다음에 '要離(요리)' 두 자가 있다. '瑣族(쇄족)'은 '細族(세족)'과 같다. '한족(寒族)' 즉 한문(寒門)을 말한다. '灰(회 : 재로 되다)'는 몰락하는 것을 비유한다.

48) 바로 다음 인용인 『예기』「중용」의 정현(鄭玄) 주는 "'幬(도)' 역시 '覆(부 : 덮다)'이다. '大德敦化'는 만물을 후생(厚生)하게 하는 것이니 천자를 비유한다. '幬'는 '燾(도)'로도 적는다"라고 했다. '載幬(재도)'는 '載燾(재도)'로도 쓰며, '載覆(재부)'와 같은 뜻이다. 이것을 '天覆地載(천부지재)'라고도 표현하는데, 임금의 은혜가 큼을 비유한다. '貴'보다는 '責(책임을 지게 되다)'이 낫지만, 앞의 '荷(하 : 짊어지다, 은혜를 입다)'와 대우인 점을 고려하면 '負(부)'가 되어야 할 것 같다. 오덕풍은 '責'도 틀린 것 같고 문의(文義) 상 '負'가 되어야 할 것 같다고 했다(34a쪽). '仰復(앙복)'은 윗사람의 은혜에 보답하는 것이다.

큰 덕이 백성들을 두텁게 교화하니[大德敦化], 이것이 하늘과 땅이 위대한 바이다.]"

19 **[전진륜]** 『장자』「인간세(人間世)」: "(섭공자고(葉公子高)가 말했다.) [저는 이제] 아침에 사명을 받들고 저녁에 '얼음을 마셔야[飮冰]' 하니, 제가 걱정과 두려움으로 속에 열이 나서이겠지요?"

『오월춘추(吳越春秋)』「구천(勾踐)·7년」: "월왕은 오에 원수를 갚고자, (…중략…) 겨울에는 항상 '얼음을 끌어안고[抱冰]', 여름에는 또한 '불을 움켜쥐며[握火]', (…중략…) 문에 쓸개를 매달아 놓고 드나들며 맛을 보았다."[49]

20 **[전진륜]** '屛營(병영 : 황공하다)'은 「시랑 직을 제수하심에 올리는 소」(주석 12)에서 보았다.

49) 진기유(陳奇猷)의 교석본에는 '冬則(동즉)'은 '冬常(동상)'으로, '夏則(하즉)'은 '夏還(하환)'으로 되어 있다.

通世子自解啓

僕以常材, 無用於世, 遭逢謬幸, 被受恩榮. 誠願論畢, 久宜捐落. 仁眷篤終, 復獲淹停. 感今惟昔, 銜佩無已. 但自無堪, 尸素累載.[1] 腹心之愧, 寤寐爲憂. 今請解所職, 願蒙矜許. 自奉淸塵, 於玆六祀,[2] 墜辰永往, 遺恩在心. 執紙哽咽, 言不自宣.

세자에게 해직을 간청하는 계

신은 보잘것없는 그릇으로 세상에 쓸모가 없는데도, 외람되이 요행을 만나 영광스러운 은총을 입었습니다. 저의 직책을 그만두는 일을 논해주시기를 충심으로 원하오니, 오래전에 마땅히 저를 파면하셔야 했습니다. 그런데도 인자하게 보살피심이 끝까지 돈독하시어, 다시 오래 머물 수 있었습니다. 지금을 느끼고 옛적을 생각해보면, 은혜 입음에 감복하여 마지못합니다. 그러나 스스로 감당하지 못하고, 하는 일 없이 녹만 먹은 지 여러 해가 되었습니다. 충심으로 부끄러워 자나 깨나 걱정이었습니다. 이제 맡은 직책을 그만두기를 청하오니, 원하옵건대 부디 윤허하여 주십시오. 저하를 모신 지 어언 6년이 되었습니다. 떨어진 별은 영원히 떠나셨지만, 남은 은혜는 마음속에 간직하고 있습니다. 종이를 잡으니 목이 메어 말이 이루어지지 않습니다.

【해제】

[전진륜] 이 세자가 누구인지는 모르겠다. 앞의 「거위野鵝賦」로 추측하면 경서景舒 : 임천왕 유의경의 세자 엽(燁)의 자가 가까운 듯하다. 임해왕 유자욱은 죽을 때에 겨우 11세였으니 세자가 있을 수 없다.

[전중련] 송본에는 '啓' 자가 없다. '自解자해'는 임천왕국의 시랑侍郎을 스스로 해직함을 말한다. 내 생각은 이렇다. 임천왕 유의경은 원가 16년439에 강주江州 자사가 되어 포조를 왕국의 시랑으로 삼았다. 21년444 봄 정월에 임천왕이 죽자, 포조는 석 달의 상을 마치고 세자에게 상서하여, 스스로 시랑 직을 그만두고 고향으로 돌아갔다. 『포참군집』에 「임천왕의 복상을 마치고 고향으로 돌아가며臨川王服竟還田里」 시가 있어 증명할 수 있다. 포조가 임천왕국의 시랑이었던 기간은 모두 6년이다. 이 「계」에 "이제 맡은 직책을 그만두기를 청하오니 원하옵건대 부디 윤허하여 주십시오. 맑은 먼지존귀한 사람를 모신 지 어언 6년인데, 떨어진 별은 영원히 떠나셨지만 남은 은혜는 마음속에 간직하고 있습니다" 등의 구가 있는데, 유의경이 이미 죽었음을 말하는 것이 분명하고, 6년의 햇수도 서로 부합한다.[50]

---

50) 조도형의 견해도 같다(「창작 시기」, 386~387쪽). 정복림은 창작 시기에 대해서는 같은 견해이지만, '自解'의 내용에 대해서는 다른 견해를 보인다. 즉 포조가 그만두려는 것은 임천왕 유의경의 '시랑'이 아니라, '좌상시(左常侍)' 직이라고 보았다(『교주』, 828~829쪽).

【주석】

1 **[전중런]** 반악「관중 시(關中詩)」: "'하는 일 없이 녹반 받은 것'이 심했습니다['尸素'以甚]."[51]

2 **[전진룬]** 노심(盧諶)「유곤에게 주는 시[贈劉琨詩]·서」: "수레 뒤에 일어나는 맑은 먼지를 받들어 모신 지가 '이제' 5년이 되었습니다[自奉清塵, 于今五稔]."[52]

---

51) '畢(필)'은 '맡은 직책[所職]'을 끝내는 것이고, '捐落(연락)'은 버리다, 파면한다는 뜻이다. '仁眷(인권)'은 왕의 은총을 말하고, '淹停(엄정 : 오래 머묾)'은 '유임(留任)'의 뜻이다. '銜佩(함패)'는 감은(感恩)하여 입에 머금고 몸에 지닌다는 뜻으로 은혜를 영원히 잊지 못한다는 뜻이다. '尸素(시소)'는 '尸位素餐(시위소찬 : 자리만 차지하고 녹만 받아먹는 일)'의 줄임말이다.

52) '清塵(청진)'은 존귀한 사람에 대한 경칭이다. '墜辰(추진 : 떨어진 별)'은 죽은 임천왕 유의경을 가리킨다.

重與世子啓

奉還誨, 深承殷勤篤眷之重. 披讀未終, 悲愧交集. 僕以常人, 所蒙隆厚, 久應知退, 非適今日.[1] 銜恩戀德, 用缺進心. 今日之請, 必願鑒許.[2] 且僕棲遲無事, 咫尺館第,[3] 餐稟夙微, 非旦則夕,[4] 居職還私, 兩者無異,[5] 而於僕無用, 有以自處,[6] 豈非仁念始終之惠. 重致于日, 彌深慙感.[7]

거듭 세자에게 올리는 계

내려주신 교시를 봉독하고, 은근하게 보살펴 주시는 무거운 은혜를 깊이 받들었습니다. 펼쳐 읽기를 다 마치기도 전에, 슬픔과 부끄러움이 번갈아 찾아들었습니다. 신은 상사람으로 은혜 입음이 융성하고 두터웠으니, 오래전에 응당 물러날 줄 알았어야 했으니, 꼭 오늘이어야 하는 것은 아니었습니다. 은덕에 감동하고 그리워하기만 할 뿐 행동함에 마음을 다 바치지는 못했습니다. 오늘의 청원은 반드시 살펴 윤허해주시기 바랍니다. 또 신은 머물러 쉬면서 하는 일이 없는 데다, 부저府邸도 지척에 있어, 저하의 풍도風度와 덕음德音을 모시고 듣는 것을, 아침이 아니면 저녁에라도 할 수 있습니다. 따라서 직무를 맡아보는 것과 사적인 일을 보는 것, 두 가지가 서로 다를 바가 없습니다. 그런데 신은 쓸모도 없으면서 스스로 편안하게 있을 수 있었던 것이, 어찌 인자한 마음과 한결같으신 은혜 때문 아니겠습니까? 거듭 아뢰어 계를 올리려 하니, 더욱 부끄러울 뿐입니다.

【해제】[53)]

【주석】

1 **[전중련]** 『주역』「건괘·문언」: "나아갈 줄은 알고 '물러날 줄은 알지' 못한다[知進而不'知退']."

2 **[전중련]** 송본에는 '日(일)'이 '者(자)'로 되어 있다.

3 **[전진륜]** 『모시』「진풍(陳風)·형문(衡門)」 제1장: "'머물러 살' 만하다네[可以'棲遲']."

『설문해자』: "주대의 제도로 寸(촌)·'尺(척)·咫(지)'·尋(심)은 모두 사람의 신체[54)]를 법도로 삼았다. 중간 체격인 부인의 손 길이는 8치인데 이것을 '咫'라고 한다. 주척(周尺)이다."

『후한서』「환자전서(宦者傳序)」[55)]: "그들의 '관사와 저택[府署第館]'이 도성과 지방 성읍에 바둑판처럼 늘어서 있다."

4 **[전중련]** 송본에는 '夙(숙)'이 '風(풍)'으로 되어 있다.[56)]

5 **[전중련]** 『송서』「임천열무왕전」에 의하면, 유의경은 서울에서 죽었다. 이곳

---

53) 앞의 「세자에게 해직을 간청하는 계」의 속계(續啓)로 같은 해에 지은 것이다.
54) 저본의 '人爲體(인위체)'는 '人之體(인지체)'의 잘못이다.
55) 저본의 '論(론)'은 '序(서)'의 잘못이어서 고쳤다.
56) 송본·주응등본·『전송문』 및 노문초도 모두 같다. 또 노문초에는 '微(미)'를 영초송본(影鈔宋本)에 근거하여 '徽(휘)'로 고쳤다. '風徽(풍휘)'는 '風度(풍도)'와 '徽音(휘음)'을 합친 말로, 세자의 인덕(仁德)이라는 뜻이 되어 더 좋다. '餐稟(찬품)'은 섭취하고 받는다는 뜻이다. 후대의 기록이지만 『속고승전(續高僧傳)』 권19의 '석관정(釋灌頂)' 조에 "'餐稟'『法華』(『법화』를 '찬품하다')"라는 표현이 있다.

의 글 뜻에 따르면 포조의 집도 역시 서울에 있었다. 그래서 『포참군집』의 「서울로 돌아오는 길에 삼산에 이르러 석두성을 바라보며[還都至三山望石頭城]」 시에 "나그네는 고향 집 얼른 보고 싶어 조바심 난다[遊子遲見家]" 구가 있으며, 「후저를 출발하며[發後渚]」 시에 "겨울이 시작되자 집을 떠난다[方冬與家別]" 구가 있는 것이다.[57]

6 **[전중련]** 『장자』 「소요유(逍遙遊)」: "지금 자네는 큰 나무를 심어놓고 그것이 '쓸데가 없음[無用]'을 걱정하지만, 왜 그것을 아무것도 없는 고을의 광막한 들판에 심어놓고, 그 곁을 마음 내키는 대로 배회하면서 그 아래에서 유유자적하게 누워 있지 않은가. 도끼에 베어지지도 않고 그것을 해칠 외물도 없지 않은가. 쓰일 만한 데가 없으니 또 무슨 곤고(困苦)가 있겠는가!"

『사기』 「이사열전(李斯列傳)」: "(사람이 훌륭하게 되는가 그렇지 않은가 하는 것은) '자신이 처한[自處]' 상황에 달려 있다."[58]

7 **[전진륜]** '于日(우일)'은 마땅히 '干冒(간모)'가 되어야 할 것 같다.[59]

[전중련] 송본에는 '于'가 '干'으로 되어 있다.

---

57) 석두성(石頭城)의 옛터는 유송(劉宋) 수도였던 건강(建康: 지금의 강소성 남경시)의 청량산(清凉山)에 있었다. '석두성'은 흔히 남경의 별칭으로도 사용된다. 후저(後渚)는 건강성 밖 강가에 있던 나루 이름이다.

58) '自處(자처)'는 자기 자신을 안배하는 것이다.

59) 오덕풍우 『규서습보』를 따라 '干啓(간계)'가 되어야 한다고 했는데(34b쪽), 다음의 「휴가를 청하는 계」에 같은 표현이 있다(역주 7 참조). 번역은 이를 취했다.

請假啓(一)

臣啓 : 臣居家之治, 上漏下濕.1 暑雨將降, 有懼崩壓.2 比欲完葺, 私寡功力,3 板鍤陶塗, 必須躬役.4 冒欲請假三十日, 伏願天恩, 賜垂矜許. 干啓復追悚息.5 謹啓.

휴가를 청하는 계(1)

신 아룁니다. 신은 사는 집을 수선하지 못하여, 위에서는 비가 새고 바닥은 습기가 차오릅니다. 여름비가 곧 내리게 될 텐데, 무너져 깔리게 될까 두렵습니다. 이제 지붕을 수선해야 하는데, 사적으로 들여야 할 시간과 품이 모자랍니다. 흙을 파서 이겨 담장을 쌓고 새끼를 꼬고 흙을 바르는 등의 일을 반드시 제가 직접 하여야 합니다. 감히 30일의 휴가를 청하오니, 엎드려 비옵건대 천은을 내리시어 부디 윤허하여 주시옵기를 바랍니다. 감히 아뢰며 다시 두려워 숨을 죽입니다. 삼가 아룁니다.

【해제】

[전진륜] 『당류함唐類函』: "진晉의 법령에는, 급한 일로 내는 휴가의 경우 한 달에 다섯 번 쓸 수 있으며 1년 중에는 60일을 한도로 한다. 천리 내에서는 질병으로 20일을 연장할 수 있다. 도로가 와해瓦解된 연고로는 95일까지 연장할 수 있다. 이것이 그 일이다."[60)]

【주석】

1 **[전진륜]** 『장자』「양왕(讓王)」: "공자의 제자 원헌(原憲)이 노나라에 있을 때, 사방으로 벽만 두른 좁은 집에 잡초로 지붕을 덮고 망초 대로 방문을 만들었는데 완전치도 못했고, 뽕나무로 지도리를 만들고 깨진 옹기로 창문을 낸 방 두 개에, 누더기로 창문을 막고 있었다. '위에서는 비가 새고 아래에서는 습기가 차올랐지만[上漏下濕]', [단정히 앉아서 금을 타며 노래를 불렀다.]"

[전중련] 『전송문』에는 '之(지)'가 '乏(핍 : 모자라다)'으로 되어 있다.[61]

2 **[전진륜]** 『좌전』「양공 · 31년」: "[자산이 말했다. 그대는 정나라의 마룻대인데] 마룻대가 부러지면 추녀가 '무너질[崩]' 것이고 저도 거기에 '깔리게[壓]'[62] 될 것입니다."

3 **[전진륜]** 『좌전』「양공 · 31년」: "객관(客館)의 담장을 풀로 덮어 완전하게

---

60) 『초학기(初學記)』 권20 「정리부(政理部) · 가(假)」에도 같은 문장이 실려 있다. '道路解故'는 구체적 정황은 알 수 없지만, 문맥상 '도로가 유실되거나 하여 통행이 어려운 경우'를 말하는 것으로 보여, 이러할 경우 휴가를 95일까지 연장해준다는 의미로 풀이했다.
이 글의 창작 시기에 대해, 조도형은 종영(鍾嶸) 『시품』「제포영휘 · 제한난영(齊鮑令暉 · 齊韓蘭英)」 조와 『남제서』「황후(皇后) · 무목배황후전(武穆裴皇后傳)」 등의 기록을 근거로, 한난영은 송 효무제 때 문학 활동을 시작했는데, 당시 아직 포영휘는 살아 있었으며, 포영휘는 포조가 효무제 중서사인으로 재직하는 중에 죽었을 가능성이 크다고 보았다(「창작 시기」, 398쪽). 정복림은, 이 두 계의 내용으로 보아, 앞 계에서 신청한 30일 휴가 기간에 포영휘가 죽었을 가능성이 크다고 보고, 그 시기를 효무제 효건 3년(456) 봄에서 여름 사이로 보았다(『교주』, 834~835쪽). 제2수 말미에 '和景(화경)'과 '靑陽(청양)'이라는 표현이 있는데, 이를 보면 봄일 가능성이 크다.
61) 내용상 '乏'이 더 낫다.
62) 중간송본에는 '厭(압)'으로 되어 있다.

수선했다[繕完葺牆]."[63]

4 **[전진륜]** 『사기』「전단열전(田單列傳)」: "[선난은] 이에 '남장을 쌓는 거푸집 널빤지와 가래'를 직접 들었다'[身操'版揷']."

『모시』「빈풍 · 칠월」 제7장 : "밤에는 '새끼를 꼰다'[宵爾'索綯']."

『상서』「자재(梓材)」: "담장에 '흙을 발라 칠하고[塗墍]' 지붕을 잇도록 한다."

[전중련] 송본에는 '鍤陶(삽도)'가 '揷綯(삽도)'로 되어 있다.[64]

5 **[전중련]** 『전송문』에는 '干(간)'이 '手(수)'로 되어 있다.[65]

---

63) 양백준은, '完'은 '院(원)'의 차자(借字)로 '垣(원 : 담장)'의 뜻이라고 했다(양백준, 1186쪽). '完葺(완즙)'은 초가지붕을 수선하는 것이다. '功力(공력)'은 들여야 할 시간과 노력을 말한다.

64) '鍤'과 '揷'은 통용한다. '陶'는 벽을 바를 흙을 이기는 것이고 '綯'는 이엉을 고정할 새끼를 꼬는 것이다.

65) '手啓'는 직접 쓴다는 뜻인데, 신하가 주군에게 쓸 수 있는 표현이 아니다. 『군서습보』에도 '干'으로 되어 있는데, 옳다. '干'은 『좌전』「문공·4년」의 "今陪臣來繼舊好, 君辱貺之, 豈敢'干'大禮以自取戾(지금 신을 데리고 와서 옛 우호 관계를 잇고자 하는데, 군왕께서 연회를 베풀어 주시는데, 어찌 감히 대례를 '범하면서' 스스로 죄를 짓겠습니까)"의 '干'과 같은 용례이다. '干啓'는 윗사람의 뜻을 범하고 자기 뜻을 피력하는 글을 올린다는 뜻이다.

請假啓(二)

臣啓：臣所患彌留，病軀沈痼.[1] 自近蒙歸，頻更頓處，日夜間困或數四.[2] 委然一斃，瞻景待化. 加以凶衰，嬰遘慘悼. 終鮮兄弟，仲由所哀,[3] 臣實百罹，孤苦風雨.[4] 天倫同氣，實惟一妹,[5] 存沒永訣. 不獲計見，封瘞泉壤臨送.[6] 私懷感恨，情痛兼深. 臣母年老，經離憂傷，服麤食淡，羸秏增疾.[7] 心計焦迫，進退罔躓.[8] 冒乞申假百日,[9] 伏願天慈，賜垂矜許. 臣違福履，身事屯悴,[10] 歎息和景，掩淚春風,[11] 執啓涕結，伏追惶悚. 謹啓.

휴가를 청하는 계(2)

신 아룁니다. 신은 병을 앓아서 겨우 목숨만 잠시 머물러 있는 상태가 되어, 병든 몸은 고질이 되었습니다. 근자에 귀향하도록 윤허하신 이래로 머무는 자리를 자주 바꾸며, 밤낮으로 위독하기가 서너 번입니다. 맥없이 한번 쓰러지니, 시간만 바라보며 죽기를 기다리고 있습니다. 게다가 흉사가 닥쳐, 참담한 지경을 당했습니다. 형제가 적음은 자로子路가 슬퍼한 바인데, 신은 실로 온갖 근심이 얽힌 데다, 외롭고 고달픔을 일찍 당했습니다. 천륜의 동기로는 실로 오직 여동생 하나뿐인데, 생사 간에 영원히 결별했습니다. 만날 수 있는 방도도 없이, 땅속에 묻고 영원히 보냈습니다. 사사로운 정회에는 뼈에 사무치는 한이 맺히고, 마음 애통하기는 남보다 배는 깊습니다. 신의 모친은 연로하신 데다 슬프고 가슴 아픈 일을 겪고, 거친 옷을 입고 맛없는 음식을 먹어, 파리하게 여위신 데다 병이 더하셨습니다. 마음속으로 초조하고 급하여, 나아가고 물러감에 허둥댈 뿐입니다. 감히 휴가를 백일로 늘여주시기를 청하오니, 부디 하늘 같은 사랑으로 불쌍히 여겨, 윤허하여 주시기를 바랍니다. 신은 복록과는 거리가 먼 데다, 몸은 곤고하고 괴로운 일을 만났으니, 따스한 봄 풍경 속에서 탄식하고, 봄바람에 눈물을 닦습니다. 이 계를 손에 쥐고 눈물이 맺혀, 엎드려 생각건대 황송할 뿐입니다. 삼가 아뢰옵니다.

【주석】

1 **[전진륜]** 『상서』「고명(顧命)」: "[병이 나날이 심해져] 이미 '죽기 직전 잠시 숨이 머물러 있는 상태가 되었다'[旣'彌留']"

유정 「오관중랑장에게 주는 시[贈五官中郎將]」 제2수 : "나는 오래되어 낫지 않는 고질병에 걸렸다[余嬰沈痼疾]."[66]

[전중련] 송본에는 '軀(구 : 몸)'가 '願(원 : 바라다)'으로 되어 있다.[67]

2 **[전진륜]** 『사기』「왕전열전(王翦列傳)」: "삼 일 밤낮을 '머물러 쉬지[頓舍]' 않았다."[68]

66) 「오관중랑장에게 주는 시」 4수는 오관중랑장이던 조비(曹丕)가 병문안을 온 것에 대한 답례로 유정이 지어 보낸 시이다. 저본의 '膺(응)'은 '嬰(영)'의 잘못이어서 고쳤다. '彌留(미류)'는 병이 위중한 것을 가리킨다.

67) '軀'가 더 낫다. 정복림은 장부본을 따라 '軀'로 고쳤다(『교주』, 836쪽).

68) '頓舍(돈사)'에는 머물러 쉬는 집의 뜻도 있다. '頓處(돈처)'는 머물러 쉬는 곳이다. '蒙歸(몽귀)'는 「휴가를 청하는 계(1)」에 의해 휴가를 윤허 받아 집으로 돌아온 것을 말한다.

3 **[전진륜]** '終鮮(종선)' 구는 『모시』에 보인다.[69]

『예기』「단궁 · 상」: "자로는 누나의 상을 당했는데, 상기가 끝나 탈상할 수 있게 되었는데도 탈상하지 않았다. 공자가 '왜 탈상하지 않느냐'고 묻자, 자로는 '저는 "형제가 적어[寡兄弟]" 차마 탈상할 수 없습니다'라고 대답했다."

[전중련] 『사기』「중니제자열전(仲尼弟子列傳)」: "'중유(仲由)'는 자가 자로(子路)이다."

4 **[전진륜]** 『모시』「왕풍 · 토원(兔爰)」 제1장: "이런 '숱한 걱정'을 만나다[逢此'百罹']."

[전중련] 송본에는 '風雨(풍우)'가 '夙丁(숙정 : 일찍 당하다)'으로 되어 있다.[70]

5 **[전진륜]** 종영(鍾嶸) 『시품(詩品)』「하품 · 제포영휘(齊鮑令暉)」: "포영휘의 악부와 시는 왕왕 개성이 매우 참신하고 수사가 대단히 산뜻한데, 의고시가

---

69) 「정풍(鄭風) · 양지수(揚之水)」에 나온다. '委然(위연)'은 아프거나 지쳐 기운이 없는 모양이다. '瞻景(첨경)'은 상황을 살핀다는 뜻이고, '待化(대화)'는 죽을 때를 기다린다는 뜻이다. '化'는 죽는 것이다. 「물시계를 보고[觀漏賦]」 주석 24의 역주 참조. '凶衰(흉쇠)'와 '慘悼(참도)'는 누이동생의 죽음을 가리킨다. '嬰遘(영구)'는 좋지 않은 상황을 만나는 것이다. 『晉書(진서)』「육엽전(陸曄傳)」에 '嬰遘疾疢(질병에 걸리다)'라는 표현이 있다.

70) 『전송문』과 『군서습보』도 같다. '孤苦風雨'는 문의가 통하지 않는다. '孤苦夙丁'을 정복림은 '夙丁孤苦'의 도치로 보고, '夙丁'의 용례로 『양서(梁書)』「간문제기(簡文帝紀)」의 "朕以不造, 夙丁閔凶(짐이 불행하여 일찍이 우환을 당했다)"을 제시하면서, 간문제는 포조보다 후대이긴 하지만 '夙丁'이라는 표현의 용례가 있었을 것이고 그렇지 않다면 포조가 만든 말일 것이라고 했다(『교주』, 838쪽). 서진 이밀(李密)의 「진정표(陳情表)」에 '夙遭(숙조)'라는 말("臣以險釁, '夙遭'閔凶 : 신은 운명이 기구하여 부모님이 돌아가시는 우환을 '일찍 만났습니다'")이 있는데, 포조가 이것을 '夙丁'으로 바꿨을 가능성은 충분하다. 또 '夙丁'이 '零丁(령정 : 외지할 데 없이 외로운 모양)'의 잘못일 가능성도 있다. 역시 「진정표」에 '零丁孤苦'라는 말이 있는데, 이것은 '孤苦零丁'으로 적어도 전혀 어색하지 않다.

더욱 뛰어나다. (…중략…) 포조는 일찍이 효무제에게 대답하여, '신의 누이는 재주가 좌분(左芬)에게 버금가지만, 신의 재주는 좌사(左思)에 못 미칩니다' 라고 한 적이 있다."

[전중련] 『곡량전(穀梁傳)』[71] 「은공·원년」: "형제는 '하늘이 정한 질서[天倫]'이다."

『주역』「건괘·문언」: "'같은 기운[同氣]'이 서로 찾는다."

6 **[전진륜]** 『설문해자』: "'窆(폄)'은 관을 땅속에 묻는 것이다."

『설문해자』: "'瘞(예)'는 묻어서 덮는 것이다."

내가 보기에 『예기』에서는 '窆'을 대부분 '封(봉)'으로 적었다.[72]

7 **[전진륜]** '麄(추)'는 '麤(추 : 거칠다)'의 속자이다.[73]

『사기』「숙손통열전(叔孫通列傳)」: "여후(呂后)께서는 폐하와 고난을 함께 하고 '맛없는 음식을 함께 먹었는데[食啖]',[74] 어찌 그런 정리를 등질 수 있습니까?"

'羸(리 : 파리하다)'는 「은총을 입어 사면됨을 감사하는 상소[謝隨恩被原疏]」(주석 16)에서 보았다.

---

71) 저본의 '公羊傳(공양전)'은 '穀梁傳'의 잘못이어서 바로잡았다. '同氣'는 형제자매이다.

72) '封瘞(봉예)'는 매장하는 것이고, '泉壤(천양)'은 땅 밑이며, '臨送(림송)'은 직접 송별하는 것이다. '兼深(겸심)'은 아픔이 두 배나 깊다는 뜻이다.

73) 『전송문』에는 '麤'로 되어 있다.

74) 배인 「집해」에, 서광(徐廣)의 말을 인용하여, '啖(담)'은 '淡(담)'으로 된 판본도 있다고 하고, 여순(如淳)의 견해를 인용하여 "음식에 채소[菜茹]가 없는 것이 '啖'이다"라고 했다. 사마정(司馬貞)의 「색은」에는, 『설문해자』를 인용하여 '淡'은 맛이 없는 것이라고 했다.

『설문해자』에는 '秏(모 : 줄이다)'가 '毦(모 : 덜다)'로 되어 있다.

『박아』 : "'秏'는 줄이는 것[減]이다."

[전중련] 송본에는 '秏'가 '耗'로 되어 있다.[75)]

8 **[전진륜]** 『초사』 「구장 · 비회풍(悲回風)」 : "강물은 '아득히' 한없이 넓어 규율도 없네['罔'茫茫之無紀]."

『설문해자』 : "'躓(지)'는 넘어지는 것[跲]이다."[76)]

9 **[전진륜]** 「휴가를 청하는 계(1)」(해제)에서 보았다.[77)]

10 **[전진륜]** 『모시』 「주남 · 규목(樛木)」 제1장 : "'복록'에 편안하네['福履'綏之]."[78)]

11 **[전진륜]** 양 원제(元帝) 「찬요(纂要)」 : "봄을 청양(青陽)이라고 하고 그 경물을 '화경(和景)'이라고 한다."

---

75) '秏'와 '耗'는 통용하는 글자이다.

76) '心計(심계)'는 마음속으로 무엇을 하려고 하는 것이고, '焦迫(초박)'은 초조하고 급박한 것이다. '罔躓(망지)'는 혼란하여 어수선하고 허둥대는 것이다.

77) '申假(신가)'는 휴가를 연장하는 것이다.

78) '福履(복리)'는 '福祿(복록)'과 같은 뜻이다. '身事(신사)'는 자신이 처한 상황이고, '屯悴(준췌)'는 '屯難困悴(준난곤췌 : 어렵고 고달픔)'한 것이다.

奉始興王白紵舞曲啓

侍郞臣鮑照啓:[1] 被敎作「白紵舞歌辭」,[2] 謹竭庸陋, 裁爲四曲, 附啓上呈. 識方澳悴, 思塗猥局.[3] 言旣無雅, 聲未能文,[4] 不足以宣贊聖旨, 抽拔妙實. 謹遣簡餘, 慙隨悚盈. 謹啓.

시흥왕에게 「흰 모시 춤의 노래」를 바치는 계

시랑 신 포조 아룁니다. 교서를 받잡고 「흰 모시 춤의 노래」를 지었습니다. 삼가 용렬하고 고루한 재주를 다하여, 네 곡을 지어 「계」를 첨부하여 올립니다. 인식의 방도는 때가 끼고 누추하며, 사고의 길은 편협하기 그지없어, 말은 전아하지 못한 데다 성률도 무늬를 이루지 못하니, 성지를 선양하여 훌륭한 실적을 끌어내기에 부족합니다. 삼가 글을 올리며 부끄럽고 두려울 따름입니다. 삼가 아룁니다.

【해제】

[전진륜] 『송서』 「시흥왕준전始興王濬傳」: "자는 휴명休明이다. (…중략…) 원가 13년436 8세에 시흥왕에 봉해졌다. (…중략…) 유준은 어려서부터 책을 좋아하고 자질이 단정하고 아름다웠다. 모친 반숙비潘淑妃에게 황제의 큰 총애가 미쳤다. (…중략…) 태자 유소劉劭와 함께 무술巫術로 부왕의 죽음을 비는 저주를 시행한 일이 발각되자 (…중략…) 황상께서 여러 날을 슬프게 탄식하며, 반숙비에게 말했다. '(…중략…)

호두虎頭 : 유준의 아명도 또한 저와 같으니, 더는 깊은 사려가 미친 바가 아니구려'."

『악부해제』 권상 「흰 모시의 노래白紵歌」 : "악부 옛 가사는 춤추는 사람의 아름다움을 크게 칭찬하고 마땅히 방년 시절에 즐길 것을 말했다. 그 중 '흰 모시白紵'를 칭찬한 부분의 가사는 '바탕은 가벼운 구름 같고 빛깔은 은과 같네, 마름질하여 겉옷을 만들고 나머지로 패건佩巾을 만들었네. 겉옷은 몸을 감아 빛나고 패건은 먼지를 터네質如輕雲色如銀, 製以爲袍餘作巾. 袍以光軀巾拂塵'이다."

[전중련] 송본에는 이 「계」가 「'흰 모시 춤의 노래'를 본떠代白紵舞歌辭」 시 4수의 앞에 붙어 있다.[79)]

【주석】

1 **[전진륜]** '시랑'에 대해서는 「삼베옷을 벗고 시랑이 됨을 감사하는 표」(해제)에서 보았다.

2 **[전진륜]** 채옹 「독단(獨斷)」 : "제후가 명령하는 말을 '교(敎)'라고 한다."

3 **[전진륜]** 『초사』 유향 「구탄(九歎) · 석현(惜賢)」[80)] '切澳涊之流俗(세속에 더럽게 물든 자들을 자른다)' 왕일 주 : "'澳涊(전년)'은 때가 끼어 더러운 것[垢濁]이다."

---

79) 전중련은 「포조연표」에서 원가 26년(449) 삭으로 넣었다(『집주』, 433쪽). 정복림은 포조가 시흥왕의 시랑이었던 원가 24년(447)에서 원가 28년(451) 3월 사이에 지은 것으로 보았다(『교주』, 286쪽).

80) 저본의 '遠游(원유)'는 '惜賢'의 잘못이어서 고쳤다.

나머지는 「말릉령 직의 제수에 감사하는 표」(주석 3 '情有局塗')에서 보았다.

4 **[전중련]** 『논어』 「술이」: "선생님께서 '정음[雅言]'으로 읽으신 것은 『시경』과 『서경』이고, 예를 집행할 때도 [모두 정음으로 하셨다.]"

『예기』 「악기」: "'소리가 서로 어우러져 일정한 무늬를 이루는 것[聲成文]'을 음(音)이라고 한다."[81]

81) '妙實(묘실)'은 좋은 결실을 비유한다. 서진 육운(陸雲)의 「파양부군 장중응에게[贈鄱陽府君張仲膺]」 시에 "神林何有, 奇華'妙實'(신림에는 무엇이 있는가? 기이한 꽃과 오묘한 열매라네)"라고 했다.

서書

登大雷岸與妹書

吾自發寒雨, 全行日少,[1] 加秋潦浩汗, 山溪猥至,[2] 渡泝無邊, 險徑遊歷,[3] 棧石星飯, 結荷水宿,[4] 旅客貧辛, 波路壯闊, 始以今日食時, 僅及大雷.[5] 塗登千里, 日踰十晨, 嚴霜慘節, 悲風斷肌,[6] 去親爲客, 如何如何!

向因涉頓, 憑觀川陸;[7] 遨神淸渚, 流睇方曛;[8] 東顧五洲之隔, 西眺九派之分;[9] 窺地門之絶景, 望天際之孤雲.[10] 長圖大念, 隱心者久矣![11] 南則積山萬狀, 負氣爭高,[12] 含霞飮景, 參差代雄,[13] 凌跨長隴, 前後相屬,[14] 帶天有匝, 橫地無窮. 東則砥原遠隰, 亡端靡際.[15] 寒蓬夕捲, 古樹雲平.[16] 旋風四起, 思鳥群歸. 靜聽無聞, 極視不見.[17] 北則陂池潛演, 湖脈通連.[18] 苧蒿攸積, 菰蘆所繁.[19] 栖波之鳥, 水化之蟲,[20] 智呑愚, 彊捕小, 號噪驚聒, 紛乎其中.[21] 西則廻江永指, 長波天合.[22] 滔滔何窮, 漫漫安竭![23] 創古迄今, 舳艫相接.[24] 思盡波濤, 悲滿潭壑.[25] 煙歸八表, 終爲野塵.[26] 而是注集, 長寫不測,[27] 修靈浩蕩, 知其何故哉![28] 西南望廬山, 又特驚異.[29] 基壓江湖, 峯與辰漢相接.[30] 上常積雲霞, 雕錦縟.[31] 若華夕曜, 巖澤氣通,[32] 傳明散綵, 赫似絳天.[33] 左右靑靄, 表裏紫霄.[34] 從嶺而上, 氣盡金光,[35] 半山以下, 純爲黛色. 信可以神居帝郊, 鎭控湘·漢者也.[36] 若潨洞所積, 溪壑所射,[37] 鼓怒之所豗擊, 湧澓之所宕滌,[38] 則上窮荻浦, 下至狶洲,[39] 南薄鷰派, 北極雷澱,[40] 削長埤短, 可數百里.[41] 其中騰波觸天, 高浪灌日,[42] 呑吐百川, 寫泄萬壑.[43] 輕煙不流, 華鼎振涾.[44]

弱草朱靡, 洪漣隴蹙.[45] 散渙長驚, 電透箭疾.[46] 穹溘崩聚, 坻飛嶺覆.[47] 回沫冠山, 奔濤空谷.[48] 磓石爲之摧碎, 碕岸爲之整落.[49] 仰視大火, 俯聽波聲,[50] 愁魄脅息, 心驚慄矣![51] 至於繁化殊育, 詭質怪章,[52] 則有江鵝·海鴨·魚鮫·水虎之類,[53] 豚首·象鼻·芒鬚·針尾之族,[54] 石蟹·土蚌·燕箕·雀蛤之儔,[55] 折甲·曲牙·逆鱗·返舌之屬.[56] 掩沙漲, 被草渚,[57] 浴雨排風, 吹澇弄翮.[58] 夕景欲沈, 曉霧將合, 孤鶴寒嘯, 遊鴻遠吟,[59] 樵蘇一歎, 舟子再泣.[60] 誠足悲憂, 不可說也.[61]

風吹雷飈, 夜戒前路.[62] 下弦內外, 望達所屆.[63] 寒暑難適, 汝專自愼. 夙夜戒護, 勿我爲念. 恐欲知之, 聊書所覩. 臨塗草蹙, 辭意不周.

대뢰안에 올라서 누이에게 부친 편지

내가 찬비 속에 출발한 뒤 온전히 길만 갈 수 있었던 날은 적었다. 게다가 가을 빗물이 넘실거려 산골 물이 엄청나게 불어나서, 물길을 거슬러 건너는 것도 끝이 없었으니, 험한 길을 지나왔구나. 잔도와 돌길에서 별을 보고 밥을 먹고, 연잎을 엮어 물가에서 잠을 자며, 나그네 생활은 쪼들리고 괴로우며, 물길은 아득히 멀어서, 비로소 오늘 아침 때에야 겨우 대뢰에 도착했구나. 길은 천 리에 올랐고 날은 열흘이 넘었는데, 짙은 서리는 뼈마디를 아리게 하고, 매서운 바람은 살을 에는구나. 가족을 떠나서 나그네가 되었으니, 어찌할꼬, 어찌할꼬!

지난 시간 물을 건너고 머물러 묵고 하면서, 물과 뭍을 두루 살펴보았다. 맑은 물가에서 정신을 노닐게 하고, 막 땅거미 지는 모습도 죽훑어보았다. 동쪽으로 다섯 섬이 막고 있는 것을 돌아보고, 서쪽으로 아홉 가닥 물길이 나뉘는 것을 조망했다. 땅 문의 빼어난 경치를 살펴보고, 하늘가의 외로운 구름을 바라보았다. 긴 도모와 큰 염원을 마음속으로 헤아린 지 오래되었구나!

남으로는 첩첩한 산의 만 가지 형상이 기세를 뽐내고 높이를 다투어, 노을을 삼키고 해를 마시며 들쭉날쭉 번갈아 웅대하다. 높이 뻗친 긴 구릉은 앞뒤로 서로 이어져, 하늘을 띠처럼 한 바퀴 두르면서, 땅에 끝없이 가로로 뻗쳐 있단다. 동으로는 숫돌처럼 평평한 들판과 멀리 뻗친 진펄이 끝없고 가없다. 차가운 망초는 저녁 바람에 말려 솟아오르고, 마른 나무는 구름처럼 높다랗게 솟아있다. 회오리바람이 사방에서 일어나고 보금자리를 그리는 새들은 무리 지어 돌아가는구나. 고요히 귀 기울여 들어도 아무것도 들리지 않고, 시선이 다하도록 보아도 아무것도 보이지 않는다. 북으로는 못물이 땅속으로 흐르고 호수의 수맥은 서로 통해 이어지니, 그곳은 바로 모시풀과 쑥이 쌓인 곳이고, 줄풀과 갈대가 무성한 곳이란다. 물결에 서식하는 새와 수중생활에 익숙한 물고기는, 지혜로운 놈이 어리석은 놈을 삼키고 강자가 약자를 포획하여, 부르짖고 놀라 떠드는 소리가 그 속에서 왁자지껄하구나. 서쪽으로는 굽이치는 강이 길게 뻗어 있고 먼 물결이 하늘과 맞닿아, 넘실넘실 흘러가니 어찌 끝이 있으며 아득히 드넓으니 어찌 다함이 있으랴! 예로부터 지금까지 이곳에는 이물과 고물이 이어질 정도로 많은 배들이 오갔단다. 사념은 파도에 다하고 비애는 깊은 골짜기에 가득하구나. 안개는 팔방의 끝으로 돌아가 마침내 아지랑이가 되었다. 그런데 이 양자강이 한데 모어들고 길게 쏟아지는 것은 그 변화를 헤아릴 수가 없구나. 강물의 신은 아무런 생각이 없으니, 그 까닭을 어찌 알겠는가!

남서쪽으로 여산廬山을 바라보니 또한 특별히 경이롭다. 산기슭은 강물결을 누르고 봉우리는 은하수와 맞닿아 있다. 위에는 늘 구름과 노을이 쌓여 비단에 아름답게 수놓은 듯하다. 약목若木의 꽃 저녁놀은 저녁에 빛나고 산의 바위와 못의 물은 물안개를 통해 서로 이어진다. 밝은 빛을 펼치고 채색을 발산하니 붉게 물든 하늘처럼 붉구나. 좌우로 모여드는 푸른 구름은 자소봉紫霄峰을 안팎으로 감싼다. 산봉우리를 따라 오르면 기운은 금빛을 다하지만, 산 중턱 아래로는 순전히 검은 빛이다. 실로 신선의 거처요 천제의 교외로서, 상수湘水와 한수漢水를 지키고 통제할 만한 곳이다.

작은 여울들이 쌓인 것, 골짜기 물이 쏟아지는 것, 세차게 흐르는 물이 서로 부딪히는 것, 소용돌이가 휘몰아치는 것 등은, 위로는 갈대 우거진 포구에까지 뻗쳤고, 아래로는 멧돼지가 출몰하는 물가에까지 이른다. 남쪽으로는 제비 지류에 다가가고, 북쪽으로는 천둥 못으로 이른다. 긴 것을 덜어 짧은 것에 보태면 수백 리 사방이 될 것이다. 그 가운데서 솟구치는 파도는 하늘에 닿고, 높은 물결은 태양을 적시는구나. 온갖 냇물을 삼키고 토하며 수없이 많은 골짜기의 물을 쏟아 내린다. 가벼운 안개는 흐르지도 않고 화려한 가마솥 같은 팽려호에는 물이 끓어 넘친다. 약한 풀은 줄기가 물에 잠기고, 큰 물결은 언덕까지 튀어 오른다. 흩어지는 물결은 길게 솟구쳐, 번개처럼 튀어오고 화살처럼 빠르구나. 큰 물결은 삽시에 모였다 흩어지니, 작은 섬처럼 날아가고 산꼭대기처럼 뒤집힌다. 되돌아오는 포말은 산을 뒤덮고, 성난 파도는 골짜기를 텅 비게 한다. 빨래 돌이 그 때문에 부서지고, 물굽이 기슭은 그 때문에 부스러져 내린다. 고개 들어 대화성을 보고 머리 숙여 파도 소리를 들으니, 혼백마저 걱정되어 숨결이 가빠지고 심장은 놀라서 두근거리는구나! 번다하게 화생化生되고 색다르게 길러지며 특이한 바탕과 괴이한 외모로는, 갈매기 · 바다오리 · 어교魚鮫 · 물범의 부류와 돈수豚首 · 상비象鼻 · 망수芒鬚 · 침미針尾의 족속과 석해石蟹 · 토방土蚌 · 연기燕箕 · 작합雀蛤의 무리와 절갑折甲 · 곡아曲牙 · 역린逆鱗 · 반설返舌의 족속들이 있다. 사구에 몸을 가리고 풀 우거진 물가에 몸을 덮고, 비에 몸을 씻고 나란히 바람을 맞으며 물을 뿜고 깃촉을 움직이는구나. 저녁 해는 잠기려 하고 새벽안개가 모이려 하는데, 외로운 학은 차갑게 쓸쓸히 울고 떠돌이 기러기는 멀리서 울음을 운다. 나무꾼과 꼴꾼은 한숨을 쉬고 사공도 눈물을 흘린단다. 실로 족히 슬프고 근심스럽지만, 말로 다 표현할 수가 없구나.

바람이 불고 뇌성에 폭풍이 이니 밤에 앞길을 조심하여야겠다. 하현 전후하여 도착해야 할 곳에 이를 수 있으리라 기대된다. 추위와 더위는 적응하기 어려우니 너는 부디 스스로 조심하여라. 밤낮으로 삼가 조심하되 내 걱정은 하지 말아라. 궁금해 할 것 같아 잠시 본 바를 적었다. 떠나기에 바쁘고 급하여 글이 꼼꼼하지 못하다.

【해제】

[진진륜] 『곤학기문困學紀聞』 「지리地理」: "포조의 「대뢰안에 올라 누이에게 부친 편지」에 '잔도와 돌길에서 별을 보고 밥을 먹고 연잎을 엮어 물가에서 잠을 자며, 나그네 생활은 쪼들리고 괴로우며 물길은 아득히 멀다'라고 했는데, 그 표현이 신기하고 아름다워 필묵으로 표현할 수 있는 한계를 초월했으니, 암송할 만하다. 포조의 여동생 포영휘는 글재주가 있고 시를 잘 지었는데, 종영의 『시품』에 보인다. 대뢰는 안휘성 서주舒州 망강현望江縣에 있으니 『수경주』에서 말하는 '대뢰구大雷口'이다. 진晉 때에 '대뢰수大雷戍'가 있었고 진陳 때에는 '대뢰군大雷郡'을 설치했다. 유량庾亮의 「온교에게 답하는 편지報溫嶠書」에 '"뇌지雷池"를 한 걸음도 지나지 않았다'라고 했다."

나머지는 「휴가를 청하는 계(2)」 주석 5 『시품』 인용에서 보았다.

[전중련] 『태평어람』 「강남제수江南諸水·뇌수雷水」: "『수경水經』에서 말했다. '뇌수는 남쪽으로 "대뢰수"를 거쳐 서쪽으로 양자강으로 흘러드는데, 이것을 "대뢰구"라고 한다. 한 가닥은 남동쪽으로 양자강으로 흘러드는데, 이것을 소뢰구小雷口라고 한다.'"

오여륜 『고시초古詩鈔』: "포조에게 「대뢰안에 올라 누이에게 부친 편지」가 있는데 「심양에서 서울로 돌아오는 길에上潯陽還都道中」 시와 취지가 같다."

내 견해는 이렇다. 「심양에서 서울로 돌아오는 길에」 시는 강주江州에서 서울로 돌아올 때 지은 것이니, 이때는 원가 17년440 10월인데,

임천왕 유의경이 강주에서 남연주南兗州로 전임하여, 포조도 수행한 것이다. 이 편지에는 "가족을 떠나서 나그네가 되었으니, 어찌할꼬, 어찌할꼬!"라는 말이 있으니, 처음 집을 떠날 때의 말투이므로, 마땅히 원가 16년439 임천왕이 강주로 부임하면서 포조를 좌리佐吏로 끌어 쓸 때 지은 것이다. 임천왕이 강주로 부임한 것은 4월인데, 포조의 편지에는 '찬비寒雨'와 '가을 빗물秋潦'이라는 말이 있으니, 포조가 강주로 간 것은 이미 가을 이후가 아닌가 한다.[82)]

【주석】

1 **[전중련]** '發(발)'은 출발하는 것으로, 여정을 시작하는 것이다.

완적(阮籍) 「동평부(東平賦)」: "'차가운 가을비'가 질펀하게 내린다['寒雨'淪而下降]."

2 **[전진륜]** 목화 「해부」: "끝없이 넓은 물은 '질펀하다'[瀰濔'浩汗']."

---

82) 조도형은 『송서』의 「임천왕의경전」과 「문제기」 등의 사료를 근거로, 임천왕 유의경이 원가 9년(432) 형주(荊州) 자사가 되었고, 원가 16년(439) 2월에는 형양왕 유의계가 형주 자사가 되고, 동년 4월에 유의경은 강주(江州) 자사가 되었으니, 임무 교대 기간인 439년 2월에서 4월 사이에 유의경은 강주로 부임하기 전, 관례에 따라 임명 교지를 받으러 환도했을 것이며, 이 시기에 포조는 유의경에게 '시를 지어 자신의 포부를 밝혔을[貢詩言志]'(『남사(南史)』「포조전」) 것이고, 유의경이 강주 자사로 부임한 뒤, 그의 왕국 시랑으로 부임했을 것이라고 보았다(「창작 시기」, 379쪽). 정복림은 이 편지가 유의경 막료로 부임하면서 처음 집을 떠날 때 지은 것이라는 전중련과 조도형의 견해에는 동의하지만, 그 시기를 원가 12년(435)이라고 보았다. 즉 포조가 임천왕의 막료로 처음 나선 것은 유의경이 형주 자사 시절이던 원가 12년의 일이라고 본 것이다(『연구』, 26~28쪽; 『교주』, 876~877쪽).

마융(馬融) 「장적부(長笛賦)」: "'가을 물'이 그(대나무) 뿌리를 할퀴고 간다['秋潦'漱其下趾]."

『설문해자』: "'潦(료)'는 땅에 고인 빗물이다."

『한서』 「구혁지(溝洫志)」: "물을 '많아져 가득 차면[猥盛]' 넘쳐흐른다." 안사고 주: "'猥(외)'는 많은 것이다."

마융 「장적부」: "산에서 내려오는 물이 엄청나게 쏟아진다[山水猥至]."

3 **[전진륜]** 『이아』 「석수(釋水)」: "물이 역류하여 거슬러 올라가는 것을 '泝洄(소회)'라고 하고, 순류하여 하류로 내려가는 것을 '泝游(소유)'라고 한다."

『진서』 「이충전(李充傳)」: "저 평탄한 큰길을 버려두고 이 '험난한 오솔길[險徑]'을 좇는다."

[전중련] 송본에는 '歷(력)' 자가 없다.[83)]

곽박 「강부(江賦)」: "찾아보아도 '가없이 넓다'[尋之'無邊']."

사영운 「화자강에 들어서니 마원의 세 번째 골짜기이다[入華子岡是麻源第三谷]」 시: "'험난한 오솔길'은 헤아릴 수도 없다['險徑'無測度]."

『설문해자』: "'歷'은 지나가는 것[過]이다."

4 **[전진륜]** 『한서』 「장량전(張良傳)」: "한왕(漢王)을 설득하여 '잔도(棧道)'를 모두 불태워버리도록 했다."

최호(崔浩): "험난하기 그지없는 곳에는 산의 바위에 옆으로 구멍을 뚫어 널빤지 다리를 놓아 '각(閣: 잔교(棧橋))'을 설치했다."[84)]

---

83) 정복림은 장부본을 따라 '歷' 자를 넣었다('교기' 2, 『교주』, 877·879쪽).

84) 『강희자전』 '棧' 자 풀이에 인용된 문장이다.

사영운 「적석에 노닐다가 배를 타고 바다에 들어서다[游赤石進帆海]」 시 : "'수상생활'로 오랜 시간 지내 왔다['水宿'淹晨暮]."

[전중련] 송본에는 '荷(하)' 아래에 '衣(의)' 자가 있다.[85)]

5 **[전진륜]** 『좌전』 「소공·5년」 : "'일(日)'의 수는 10이다." 두예 주 : "[일중(日中 : 태양이 남중하는 정오 무렵)은 왕(王)에 해당하고,] '식시(食時)'는 공(公)에 해당한다."[86)]

『한서』 「회남왕안전(淮南王安傳)」 : "황상께서 (…중략…) 「이소」에 주를 달도록 하자, 날 샐 무렵에 조칙을 받고 '아침 식사할 무렵[日食時]'에 다 만들어 올렸다."

6 **[전진륜]** 송옥(宋玉) 『초사』 「구변(九辯)」 : "겨울에는 또 '된서리'를 무겁게 내린다[又申之以'嚴霜']."

이릉(李陵) 「소무에게 답하는 편지[答蘇武書]」 : "'스산한 바람'이 쏴쏴 부는 소리만 들려옵니다[但聞'悲風'蕭條之聲]."[87)]

7 **[전진륜]** '頓(돈 : 머묾)'은 「휴가를 청하는 계(2)」(주석 1 '頓處')에서 보았다.

[전중련] 『모시』 「衛風(위풍)·氓(맹)」 제1장 '至于頓丘(돈구에 이르렀다)' 모전 : "언덕이 하나로 된 것을 '돈구(頓丘)'라고 한다."

8 **[전진륜]** '渚(저 : 모래톱)'는 「거위[野鵝賦]」(주석 24)에서 보았다.

---

85) 정복림은 장부본에 따라 '衣' 자를 없앴다(『교주』, 877·879쪽). '星飯(성반)'은 별이 뜬 뒤에 밥을 먹는다는 뜻으로, 저녁 식사가 매우 늦음을 말한다.

86) 중간송본에는 '爲(위)'가 '當(당)'으로 되어 있다. 번역은 이를 따랐다. '食時'는 아침 식사를 할 무렵이라는 뜻으로 오전 7시에서 9시까지 사이를 가리킨다.

87) '慘節(참절)'은 엄동의 계절을 가리키는데, 여기서는 '斷肌(단기 : 살을 에다)'와 대우이므로 '관절을 아리게 한다'라고 풀이했다.

반고 「유통부」 : “양유기(養由基)가 활을 들고 ‘곁눈질만 하는데도’ 원숭이는 나무를 끌어안고 울부짖었다[養‘流睇’而猿號兮].”

『초사』 「구장 · 사미인(思美人)」 ‘與纁黃以爲期(저녁 무렵에 만나기로 기약을 한다)’ 왕일 주 : “‘曛(훈)’[88]은 땅거미가 내리는 때이다.”

[전중련] 송본에는 ‘睇(제 : 흘깃 보다)’가 ‘涕(체 : 눈물)’로 되어 있다.[89]

『옥편』 : “‘遨(오)’는 노니는 것[遊]이다.”

육기 「예장의 노래[豫章行]」 : “‘맑은 냇물의 모래톱’으로 배를 띄운다[汎舟‘淸川渚’].”

『예기』 「내칙(內則)」 ‘睇視(제시)’ 정현 주 : “‘睇’는 비스듬히 바라보는 것[傾視]이다.”

9 **[전진륜]** 『수경주』 「강수(江水)」 : “양자강 물은 (…중략…) 또 동쪽으로 대현(軑縣)의 옛 성 남쪽을 지나간다. 성은 산의 남쪽에 있고 남쪽으로 ‘오주(五洲)’를 마주하고 있다. 강 가운데에 다섯 개의 섬이 이어져 있어서 ‘오주’라는 이름을 얻었다. 송 효무제가 강주에서 거병하여 섬 위에 장군의 깃발을 세우니 상서로운 보랏빛 구름이 그것을 뒤덮었던 곳이 바로 이 ‘오주’이다.”[90]

곽박 「강부」 : “심양에는 ‘아홉 물줄기’를 흐르게 한다[流‘九派’乎潯陽].”

[전중련] 송본에는 ‘五(오)’가 ‘三(삼)’으로 되어 있다. ‘오주(五洲)’는 멀리 심양

---

88) 석음헌총서본에는 ‘纁黃(훈황)’으로 되어 있다. 왕일 주에서 인용한 문장 뒤에는 “‘纁(훈)’은 ‘曛(훈)’으로 된 판본도 있다”라는 주가 더 있다.

89) 정복림은 장부본에 따라 ‘睇’로 고쳤다(『교주』, 877·879쪽).

90) 이 ‘오주’는 지금의 호북성 남동부 무한(武漢) 동쪽 희수현(浠水縣) 남서쪽 양자강 가운데에 있다(『교주』, 883쪽).

(尋陽)[91]의 서쪽에 있어서 대뢰로부터는 더 서쪽이 되니, '동쪽으로 돌아본다[東顧]'라고 할 수 없다. 아마도 이것은 오호(五湖)를 가리켜서 말한 것 같다.

『사기』「소진열전(蘇秦列傳)」'五渚(오저)에 이르렀다' 색은 : "'오저'는 다섯 개의 섬이다. 어떤 이는 '오저'가 바로 오호라고 한다."

『사기』「하거서(河渠書)」: "오(吳) 지방에 이르면 삼강(三江 : 북강 · 중강 · 남강의 세 줄기) · '오호(五湖)'와 물줄기로 서로 통한다."[92] 정의 : "위소(韋昭)는 '사실은 하나의 호수이니 지금의 태호(太湖)'라고 했다."

대뢰에서 동쪽으로 오호를 바라보면, 대개 안휘성 남부지역은 육지가 가로막고 있다.

『상서』「우공」: "'아홉 가닥의 강물[九江]'이 크게 바로잡혔다." 공안국 전 : "양자강은 이 형주의 경계에서 아홉 가닥으로 나누어진다."

『경전석문』: "'구강'은 『심양지기(潯陽地記)』[93]에 '첫째 오백강(烏白江), 둘째 방강(蚌江), 셋째 오강(烏江), 넷째 가미강(嘉靡江), 다섯째 견강(畎江), 여섯째 원강(源江), 일곱째 누강(累江),[94] 여덟째 제강(提江), 아홉째 균강(箘江)'이라고 했다. 장수원(張須元)의 『연강도(緣江圖)』에는 '첫째 삼리강(三里江), 둘째 오주강(五洲江), 셋째 가미강, 넷째 오토강(烏土江), 다섯째

---

91) 『한서』「지리지 · 상」'여강군(廬江)' 조에 속현(屬縣)으로 '尋陽'이 있고, 『송서』「주군지(州郡志 · 2」'강주(江州) 자사' 아래 '심양(尋陽) 태수' 조에 "심양은 본래 현 이름으로 물 이름에서 현 이름을 취했다. 물은 남쪽으로 양자강으로 흘러든다[尋陽本縣名, 因水名縣, 水南注江]"라고 했다. 지금은 일반적으로 '潯陽(심양)'으로 적는다. 심양은 당시 강주 치소로 지금의 강서성 구강시(九江市)이다.

92) 『한서』「구혁지」에도 인용되어 있다.

93) 저본의 '潯陽記'는 중간송본에는 '潯陽地記'로 되어 있어서 고쳤다.

94) 저본에는 '廩江(름강)'으로 되어 있는데, 중간송본에 근거하여 고쳤다.

백방강(白蚌江), 여섯째 백오강(白烏江), 일곱째 균강, 여덟째 사제강(沙提江), 아홉째 늠강(廩江)으로, 물의 상단에 따라 들쑥날쑥하여 어떤 것은 백 리나 되고 어떤 것은 오십 리로, 악릉(鄂陵 : 지금의 호북성 악주(鄂州))에서 시작하여 강구(江口 : 지금의 강서성 구강시)에서 끝나는데 상락주(桑落洲 : 양자강이 구강시에서 안휘성 동릉(東陵)으로 넘어가는 지역)에서 합친다'라고 했다."

10 **[전진륜]** 『하도괄지상』 : "무관산(武關 : 지금의 섬서성 상락시(商洛市) 남동쪽에 있음)이 '땅의 문[地門]'인데 그 꼭대기는 하늘과 나란하다."

장협(張協) 「칠명(七命)」 : "까마득히 먼 변방 아득한 곳에 '자취를 감추고', 그윽한 산 깊숙하고 외진 곳에서 소리가 삼켜진다['絶景'乎大荒之遐阻]."[95]

도연명 「영빈사(詠貧士)」 제1수 : "'외로운 구름'만이 홀로 의지할 곳이 없다['孤雲'獨無依]."

[전중련] 이 '地門(지문)'은 '天際(천제 : 하늘가)'와 짝을 이룬 것으로 구체적인 지명이 아니다.[96]

11 **[전진륜]** 하안(何晏) 「경복전 부(景福殿賦)」 : "'광활한 지역'을 멀리 바라본다[遠覽'長圖']."[97]

최원(崔瑗) 「좌우명(座右銘)」 : "'마음속으로 잘 헤아린' 뒤에 움직인다['隱心'而後動]." 이선 주 : "'隱(은)'은 헤아리는 것[度]이다."

---

95) 이주한 주에 '絶(절)'은 滅(멸 : 사라지는 것)이고 '景(영)'은 影(영 : 모습)이라고 했다.

96) '地門(지문 : 땅의 문)'은 대지(大地)를 통칭하는 말로 쓰인다.

97) 포조 글에서 '長圖(장도)'는 오래 꿈꾸어온 포부라는 뜻이다.

12 **[전중련]** 육유『입촉기(入蜀記)』: "동류현[東流 : 지금의 안휘성 남부 팽택현(彭澤縣) 일대]을 지나가면서 들르지는 않았다. '뇌강구(雷江口)에서 양자강으로 가는데, 강 남쪽의 뭇 산들은 수많은 산봉이 울울창창하게 병풍처럼 늘어서 있어서, 모두 수십 리에 걸쳐 끊이지 않고 이어진다[自雷江口行大江, 江南群山, 蒼翠萬疊, 如列屛障, 凡數十里不絶]'. 금릉(金陵 : 지금의 남경시) 이서 지역에서는 보지 못한 풍경이다."

내 견해는 이렇다. 이 글은 후대의 남송 사람이 기록한 것이기는 하지만, 포조의 말과 서로 부합하고 있으니, 산수의 경치는 시대에 따라 달라지지 않는다.

응소(應劭)『한서』「고제기(高帝紀)·상」'집해음의(集解音義)': "'負(부)'는 의지하는 것[恃]이다."

13 **[전중련]**『초사』「원유(遠遊)」: "음양(陰陽)과 풍우(風雨)와 회명(晦明)의 육기(六氣)를 먹고 밤이슬의 수분을 마시며, 남중할 때 정양의 기운으로 입을 헹구고 '아침노을을 머금어 목을 부드럽게 한다'[餐六氣而飮沆瀣兮, 漱正陽而'含朝霞']."

왕융『문선』「삼짇날 곡수유상 시의 서[三月三日曲水詩序]」'揆景緯以裁基(해와 별을 헤아려 동서남북의 방향을 정하다)' 이선 주: "'景(경)'은 햇빛이다."

사마상여「자허부」: "산은 험준하고 '울쑥불쑥하다'[岑崟'參差']."

14 **[전진륜]**『설문해자』: "'隴(롱)'은 한나라 천수군(天水郡)의 고개 이름이다."

[전중련]『이아』「석구(釋丘)」'묘구(畝丘)' 곽박 주: "언덕에 전답의 이랑처럼 '언덕의 경계[壟界]'[98]가 있는 것이다."

---

98) 중간송본에는 '隴(롱)'이 '壟(롱)'으로 되어 있다.

『설문해자』: "'屬(촉)'은 이어지는 것이다."

15 **[전진륜]** 『이아』「석지(釋地)」: "땅이 낮고 습기가 많은 곳을 '隰(습)'이라고 하고, 넓고 평평한 곳을 '原(원)'이라고 한다."

[전중련] 송본에는 '砥(지)'가 '碅(호?)'로 되어 있다.[99]

사마상여 「상림부」: "바라보아도 '끝이 없고' 살펴보아도 '가없다'[視之'無端', 察之'無涯']."

16 **[전진륜]** 『비아(埤雅)』: "'蓬(봉 : 망초)'은 베지 않은 풀인데, 잎이 사방으로 마구 자라서 바람이 불 때마다 뿌리째 뽑혀서 공중에 선회한다."

17 **[전중련]** 『예기』「대학」: "[마음이 있지 않으면] 보아도 보이지 않고 들어도 들리지 않는다[視而不見, 聽而不聞]."[100]

『맹자』「등문공(藤文公)·하」: "[사흘 동안 음식을 먹지 못해] 귀가 들리지 않고 눈이 보이지 않았다[耳無聞, 目無見]."

18 **[전진륜]** 『설문해자』: "'坡(파 : 비탈)'라고 하는 것은 '阪(판)'[101]이다."

곽박 「강부」: "'땅속으로 복류하던 물이' 솟구쳐 나온다['潛演'之所汩淈]."

곽박 「강부」: "여기에 포산 아래의 동정과 파릉의 지하도가 있다[爰有包山洞庭, 巴陵地道]." 이선 주: "곽박의 『산해경』「대황동경(大荒東經)」 주에 있

---

99) 정복림은 장부본을 따라 '砥'로 고쳤다(『교주』, 877·899쪽).

100) 중간송본에는 '弗見(불견)'과 '弗聞(불문)'의 '弗'이 모두 '不'로 되어 있고 두 '之' 자는 없다.

101) '阪(판)' 자의 풀이에 나오는 말로, 경운루장판에는 '陂(피)'는 '阪'으로 되어 있다. '土(토)' 부의 '坡(파)'와 '阜(부)' 부의 '陂(피·파)' 자는 모두 "비탈이다[阪也]"라고, '阪' 자로써 풀이했다. 단옥재는 '坡'의 주에서 "坡者曰阪"을 인용했고, 陂(피)'의 주에서는 "'陂'와 '坡'는 독음과 뜻이 모두 같다"라고 했다.

다. '동정호의 땅굴은 장사(長沙)의 파릉에 있는데, 오현(吳縣 : 지금의 강소성 소주시(蘇州市) 오중구(吳中區)로 태호 동쪽에 있음) 남쪽의 태호(太湖) 가운데에 포산(苞山)이 있고, 산 아래에 동정(洞庭) 땅굴이 있어서 물 밑으로 잠행을 하면 "통하지[通]" 않는 곳이 없다고 하는데, 이름하여 "지맥(地脈)"이라고 한다.'"

[전중련] 『예문유취』 권27에는 '湖脈通連(호맥통련)'이 '湖澤脈通(호택맥통)'으로 되어 있다.

『예기』「월령」'중춘지월' : "'저수지[陂池]'의 물을 걸러내지 말아야 한다." 정현 주 : "물을 저장해 둔 곳을 '陂(피 : 보)'라고 한다."

사마상여 「상림부」 : "'피지'에 물이 넘쳐서 흐른다[衍溢'陂池']." 곽박 주 : "'陂池'는 강 옆의 작은 물길이다."

'演(연)'은 마땅히 '濥(인)'이 되어야 한다. 『문선』「강부」의 이선 주에 "설문해자』를 인용하여, '演'은 수맥이 땅속으로 흐르는 것"이라고 했다.

내 견해는 이렇다. 지금 『설문해자』에서는 '濥' 자를 "수맥이 땅속으로 꿈틀꿈틀[濥濥] 흐르는 것이다. '水'의 뜻을 취하고 '夤(인)'의 독음을 취했는데, 弋(익)과 刃(인)의 반절[인(yín)]이다"라고 풀이했다. 따로 '演'자에 대해서는 "물이 길게 흐르는 것으로, '水'의 뜻을 취하고 '寅(인)'의 독음을 취했는데, 以(이)와 淺(천)의 반절[연(yǎn)]이다"라고 풀이했다. '夤(인)'자는 '夕(석)'의 뜻을 취했으니, '寅'과는 다른 글자이다. 따라서 '濥' 역시 '演'과 다르다. 여기서는 대체로 복류(伏流)하는 물을 말하고 있으므로, 바로 좌사의 「촉도부」에서 말한 "演以潛沫(잠수(潛水)와 매수(沫水)는 '땅속으로 흐른다')"의 '演'과 같다.

19 **[전진륜]**『광아』: “‘苧(서 · 저 : 모시풀)’는 풀로 끈을 꼴 수 있다. ‘苧(저)’도 같다.”

『이아』「석초」: “흰쑥[蘩] 종류의 풀은 (봄에는 다양한 이름이 있지만) 가을이 되면 ‘蒿(호 : 쑥)’로 통칭한다.”

『이아』「석초」: “‘艻(조)’는 갈대 이삭[葭華]이다. ‘葭(가)’는 ‘이삭이 패지 않은 갈대[蘆]’이다.” 곽박 주 : “‘葭華(가화)’는 지금의 ‘蘆(로)’이다.” “‘蘆(로)’는 ‘葦(위 : 갈대)이다.”[102]

‘菰(고 : 줄풀)’는 「거위[野鵝賦]」(주석 24)에서 보았다.

[전중련]『예기』「월령」 정현 주 : “‘蒿’ 역시 쑥[蓬蕭]의 일종이다.”[103]

『설문해자』: “‘蒿’는 쑥[菣]이다.”

『옥편』: “갈대가 이삭이 아직 패지 않은 것이 ‘蘆’이다.”

20 **[전중련]**『예문유취』 권27에는 ‘波(파)’가 ‘風(풍)’으로 되어 있다.

『설문해자』: “물고기[魚]는 ‘물속에 사는 동물[水蟲]’이다.”

21 **[전진륜]**『설문해자』: “‘號(호)’는 부르짖는 것[呼]이다.”

『설문해자』: “‘聒(괄)’은 시끄럽게 떠드는 소리[讙語]이다.”

『옥편』: “‘噪(조)’는 마구 떠드는 것[呼噪]이다.”

[전중련]『전송문』에는 ‘乎(호)’가 ‘牣(인 : 차다)’으로 되어 있다.

곽박 「강부」: “온갖 부류의 온갖 소리가 서로 어울려 ‘귀가 따갑도록 떠든다’

---

102) 중간송본에는 “艻, 葭華(주 : 卽今蘆也). (…중략…) 葭, 蘆(주 : 葦也)”로 되어 있는데, 이에 따라 번역했다.

103) 중간송본에는 없다. 『강희자전』에 인용되어 있다.

[千類萬聲自相'喧聒']."[104]

22 **[전중련]** 『전송문』에는 '永(영)'이 '水(수)'로 되어 있다.[105]

왕포(王褒) 「퉁소부(洞簫賦)」 : "'굽이치는 강'과 흐르는 내가 그 산 밑에 물을 댄다['迴江'流川, 而漑其山]." 이선 주 : "'迴江(회강)'은 강이 구부러져 흐르는 것이다."

23 **[전진륜]** 양웅 「감천부(甘泉賦)」 '指東西之漫漫(동서로 끝도 없이 뻗쳐 있다)' 이선 주 : "'漫漫(만만)'은 끝이 없이 넓은 모양이다."

24 **[전진륜]** 곽박 「강부」 : "배의 고물과 이물이 서로 끊임없이 이어진다[舳艫相屬]." 이선 주 : "'舳(축)'은 배의 뒤쪽 즉 고물이고 '艣(로)'는 배의 머리 즉 이물이다."

[전중련] 『설문해자』 : "'迄(흘)'은 도달하는 것이다."

25 **[전진륜]** 사영운 「조부의 덕을 찬술함[述祖德]」 시 제2수 '隨山疏濬潭(산을 따라 깊은 물길 열린다)' 이선 주 : "초(楚) 지방 사람들은 깊은 물을 '潭(담)'이라고 한다."

26 **[전진륜]** 조예(曹叡) 「지독한 추위(苦寒行)」 : "'팔방의 먼 구석'까지 그 교화로 정숙하고 맑아졌다['八表'以肅淸]."

'野塵(야진)'은 「남새밭 아욱[園葵賦]」(주석 2)에서 보았다.[106]

---

104) '驚聒(경괄)'은 놀라서 떠드는 것이다.
105) 여타 모든 판본에는 '永'으로 되어 있다. 오덕풍은 '水'는 식자공의 오식(誤植)일 것으로 보았다(36b쪽). '永指(영지)'는 길게 뻗어나가는 것이다.
106) 인용문 중의 '野馬(야마 : 아지랑이)'와 '塵埃(진애 : 먼지)'를 말한다. 이곳의 '野塵'은 '野馬'에 가깝다.

27 **[전중련]** '寫(사 : 쏟다)'는 「물시계[觀漏賦]」(주석 7)에서 보았다.[107)]

28 **[전진륜]** 『초사』「이소」: "'신령스럽고 원대한 분께서 사려가 깊지 못함'을 원망한다[怨'靈修之浩蕩'兮]."[108)]

[전중련] 『초사』「이소」 왕일 장구 : "'靈(령)'은 신령한 것[神]이고 '修(수)'는 멀리 보는 것[遠]이다." "'浩(호)'는 '浩浩'와 같고 '蕩(탕)'은 '蕩蕩'과 같으니, 사려가 없는 모양이다."

29 **[전진륜]** 『속한서』「군국지(郡國志)」 주 : "『여산기(廬山記)』[109)]에 있다. "'산(山)"은 심양(尋陽)의 남쪽에 있다. (…중략…) 광속(匡俗) 선생이라는 자가 있어, 은(殷)과 주(周)의 교체기에 나서 그 산 아래에서 은둔해 숨어 살면서, 신선으로부터 도를 전해 받아 같은 봉우리에서 함께 지냈다. 당시 그들이 머물러 있던 곳이 "신선의 집[仙人之廬]"이라고 하여 "여산(廬山)"이라고 명명했다. 그 산은 큰 영(嶺)이 일곱 개가 있는데, 바닥의 둘레를 한 바퀴 돌면 305리에 걸쳐 드리워져 있다. 그중 남령(南嶺)은 궁정호(宮亭湖 : 파양호(鄱陽湖)의 한 부분)를 향하고 있으며, 그 아래에 신묘(神廟) 즉 궁정묘(宮亭廟)가 있다. 산 북쪽에서는 일곱 개의 영이 하나로 합쳐지는데 올라간 사람이 없었다. 남동쪽에 향로산(香爐山)이 있는데 산 위에는 운무가 향을 피우는 연기처럼 자욱하게 뒤덮고 있다.'"

---

107) '注集(주집)'은 한군데로 쏟아져 모여드는 것으로, 양자강을 가리킨다.

108) '修靈(수령)'은 신령스러운 지혜를 가진 사람이라는 뜻인데, 여기서는 신령 즉 양자강 수신을 가리킨다.

109) 『후한서』「군국지 · 4」 '여강(廬江)' 조의 주에는 '廬山記略(여산기략)'으로 되어 있다.

30 **[전진륜]** 안연지(顔延之)「동궁에 숙직하면서 정 상서에게 답하다[直東宮答鄭尙書]」시 : "일어나서 '대진성과 은하수'가 남중하는 것을 바라본다[起觀'辰漢'中]." 이선 주 : "'辰'은 대진(大辰)이다.『이아』「석천(釋天)」에 있다. '대진은 동방 7수 중 방(房)·심(心)·미(尾) 세 별자리이다.' 곽박은 '용성(龍星) 즉 대화성은 밝아서 때를 표시하는 별로 여기기 때문에 "大辰"이라고 한다'라고 주를 달았다.『모시』「소아·대동(大東)」모장(毛萇) 전에 "'한(漢)"은 은하수이다'라고 했다."

[전중련] 송본에는 '相(상 : 서로)'이 '連(련 : 잇닿다)'으로 되어 있다.[110)]

31 **[전중련]**『설문해자』: "'縟(욕)'은 번다한 채색 장식이다."

32 **[전진륜]** '若華(약화)'는「연꽃[芙蓉賦]」주(주석 6)에서 보았다.[111)]

33 **[전진륜]** 장형「사현부(思玄賦)」: "화염의 불똥을 높이 튀어 오르게 하여 '하늘을 붉게 물들인다'[揚芒熛而'絳天'兮]."

34 **[전진륜]**『설문해자』: "'靄(애)'는 구름이 자욱하게 낀 모양이다."

『여산기(廬山記)』: "산 남쪽의 간적관(簡寂觀)은 백운봉(白雲峰) 아래에 있다. 그 가운데에 한 봉우리가 홀로 우뚝 높이 솟아난 것이 있으니 이름을 '자소봉(紫霄峯)'이라고 한다. (…중략…) 진시황이 일찍이 올랐었다. 은하수[雲漢]와 서로 맞닿아 있기에 '자소봉'이라는 이름을 붙였다."

35 **[전중련]** 송본에는 '盡(진)'이 '甚(심 : 초과하다)'으로 되어 있다.[112)]

---

110) 주응등본과 장씨원간본,『전송문』도 같다.

111) 여기서는 저녁놀을 표현한 것이다. '巖澤(암택)'은 山水(산수)이고 '氣(기)'는 '雲氣(운기)'이다.

112) 주응등본과『전송문』도 같다. 다만『전송문』에는 "『예문유취』에는 '盡'으로 되

36 **[전진륜]** 사마상여 「미인부(美人賦)」: "문은 낮에도 닫혀 있어, 아련하기가 '신선이 사는 곳' 같다[門閤晝掩, 曖若'神居']."

『초사』「구가·소사명(少司命)」: "저녁에는 '천제가 사는 하늘의 교외'에서 묵는다[夕宿兮'帝郊']."

『설문해자』: "'湘水(상수)'는 영릉(零陵 : 지금의 호남성 영주시(永州市) 영릉구 남쪽)현의 양해산(陽海山)에서 발원하여 북쪽으로 양자강으로 흘러든다."

[전중련] 『설문해자』: "'控(공)'은 끌어당기는 것[引]이다."

『상서』「우공」: "동쪽으로 흘러가서 '한수[漢]'가 되게 했다."

37 **[전진륜]** 『설문해자』: "작은 물이 큰물로 흘러드는 것을 '潀(총)'이라고 한다."

『설문해자』: "'洞(동)'은 물이 빠르게 흐르는 것이다."

[전중련] 『이아』「석고(釋詁)」 '壑(학)' 곽박 주: "'壑'은 도랑이 흐르는 산골짜기[谿壑]이다."

38 **[전진륜]** 목화 「해부」: "이때 바다가 '세차게 출렁이어', 물결이 끓어 넘치고 하늘로 솟구친다[於是'鼓怒', 溢浪揚浮]."

목화 「해부」: "큰 물결 첩첩이 포개어지며 '서로 부딪는다'[磊匒匌而'相豗']."

이선 주: "'相豗(상회)'는 서로 부딪는 것[相擊]이다."

곽박 「강부」: "'세차게 굽이치는 물'은 소용돌이를 더한다['迅澓'增澆]." 이선 주: "'澓(복)'은 물이 돌아서 흐르는 것이다. 독음은 伏(복)이다."

어 있다"라고 주를 달았다. 오덕풍은 다음 2구와의 대우를 고려하면 '盡'이 되어야 할 것 같다고 했다(36b쪽). 정복림은 장부본과 『예문유취』에 따라 '盡'으로 고쳤다(『교주』, 878쪽). '氣盡金光(기진금광)'은 운기(雲氣)가 온통 황금빛으로 물들었다는 뜻이다. '黛色(대색)'은 흑색이다.

유향(劉向) 『설원(說苑)』 : "네 개의 큰 강[四瀆]은 [양자강 · 황하 · 회수 · 제수를 말하는데] 어떻게 제후(諸侯)로 간주하는가? 더러운 찌꺼기들을 '깨끗이 씻어서[蕩滌 · 宕滌]' [온갖 냇물을 소통시켜 준다. (…중략…) 그래서 제후로 간주한다.]"

39 **[전진륜]** 『설문해자』 : "'荻(적)'은 갈대[萑]이다."

『설문해자』 : "'浦(포)'는 물가[濱]이다."

마융 「광성송(廣成頌)」 : "'사납고 큰 돼지'를 붙잡는다[抾'封狶']." 『후한서』 「마융전(馬融傳)」 주 : "'狶(희)'는 돼지[豕]이다. 虛(허)와 起(기)의 반절[희(xǐ)]이다."

『이아』 「석수(釋水)」 : "물 가운데에서 사람이 살 수 있는 곳을 '洲(주)'라고 한다."

40 **[전진륜]** 『설문해자』 : "'𠂢(파)'는 물이 비스듬히 갈라져 흐르는 것이다."

『통아(通雅)』 : "물결이 출렁거리는 것을 '澱(전)'이라고 한다."

[전중련] 송본에는 '𠂢'가 '爪(조 : 손톱)'로 되어 있다.[113]

『이아』 「석기(釋器)」 : "'澱'은 앙금(埅)을 말한다." 곽박 주 : "찌꺼기[滓]가 '澱'이다."

『설문해자』 : "'澱'은 찌꺼기와 앙금이다."

41 **[전진륜]** 『모시』 「패풍 · 북문(北門)」 제2장 : "정사도 모두 나에게 '보태지네'

113) 주응등본과 『전송문』에는 '瓜(과 : 오이)'로 되어 있다. 양자강으로 쏟아져 들어오는 물길을 묘사한 대목이어서 '𠂢'가 옳다. '𠂢'는 '派(파)'의 본자이다. 다음 구 '澱'도 여기서는 얕은 물 또는 괸 물 즉 못이나 호수를 말한다. '雷澱'은 '雷池(뢰지)' 즉 대뢰수이다.

[政事一'埤益'我].” 모전 : "'埤(비)'는 두텁게 하는 것[厚]이다.”

[전중련] 『전국책』「진책(秦策)」: “지금 진(秦)의 토지 형세는 '남는 곳을 잘라 모자라는 곳을 보완하면[斷長續短]' 사방 수천 리가 됩니다.”

『광아』: "'埤'는 보태는 것[益]이다.”

42 **[전진륜]** '騰波(등파 : 솟구치는 파도)'는 「물시계를 보고」(주석 7)에서 보았다.

[전중련] 송본에는 '其(기)' 자가 없다.[114)]

43 **[전진륜]** 『모시』「소아・시월지교(十月之交)」 제3장 : "'온 강물'이 끓어오른다['百川'沸騰].”

『주례』「지관사도(地官司徒)・도인(稻人)」: “논도랑을 이용해 물을 '흐르게 한다[寫]'.”

『옥편』: "'洩(설)'은 '泄(설)'과 같다.”

『진서』「고개지전(顧愷之傳)」: "'수많은 골짜기[萬壑]'에는 물이 다투어 흐른다.”

[전중련] 목화 「해부」: “수많은 냇물을 토해내고 받아들인다[噓噏百川].” 이선 주 : "'噓噏(허흡)'은 '吐納(토납)'과 같다.”

44 **[전진륜]** 양웅 「감천부」: “약수를 '작은 물'처럼 건넌다[梁弱水之'濎濴'兮].”[115)] 이선 주 : "'濎濴(정영)'은 물이 작게 흐르는 모양이다.”

『설문해자』: "'涾(답)'은 물이 끓어 넘치는 것이다. 지금 하삭(河朔 : 황하 이

---

114) 주응등본도 없다. 있어야 자연스럽다. 정복림은 장부본을 따라 보충했다(『교주』, 878・880쪽).

115) '약수'는 고대 신화전설에 나오는 강으로 험하여 건너기가 어렵다고 한다.

북 지역) 방언으로는 끓어 넘치는[沸溢] 것을 '涾'이라고 한다."

[전중련] 『전송문』에는 '涾'이 '沓(답)'으로 되어 있다.[116)]

'華鼎(화정)' 구는 팽려호(彭蠡湖)의 물보라가 뒤집히는 모습이 마치 솥[鼎] 속에서 물이 끓는 것 같다고 묘사한 것으로 보인다.

45 **[전진륜]** 『열녀전』 : "사람이 태어나 세상에서 살아가는 것[人生世間]은 마치 가벼운 먼지가 '연약한 풀[弱草]' 위에 붙어 있는 것과 같다."[117)]

『모시』「위풍(魏風)·벌단(伐檀)」 제1장 : "황하의 물은 맑게 '잔물결이 치고 있네'[河水淸且'漣'猗]." 공영달 소 : "바람이 물 위에 불어 물결에 무늬가 이루어지는 것을 '漣(련)'이라고 한다."

『설문해자』 : "'蹙(축)'은 긴박하게 닥치는 것[迫]이다."

[전중련] '朱(주)'는 '幹(간)'의 뜻으로 풀이한다. 『육서고(六書故)』에 보인다. 풀줄기를 가리킨다.

'靡(미)'는 '披靡(피미)'의 뜻으로, 풀이 물에 잠겨 있는 것을 형용한다.

목화 「해부」 : "물결을 마시면 '거대한 물결'이 닥쳐든다[噏波則'洪漣'踧蹜]."

'隴蹙(롱축)'은 높이 솟은 물결이, 산의 언덕[丘隴]이 서로 닥쳐들 듯이, 앞뒤로 바짝 닥쳐드는 것을 말한다. 목화의 「해부」에서도 '울퉁불퉁한 산언덕[碨磊山壟]'이라는 말로 물결이 높고 울쑥불쑥하게 솟구치는 모양을 형용했다.

46 **[전중련]** 『옥편』 : "'渙(환)'은 물이 많은 모양이다."

---

116) '沓'에도 '涾'의 뜻이 있다.

117) 『삼국지』「위서·하안전(何晏傳)」의 배송지 주에 인용된 문장으로, 표점교감본에는 '人生(인생)'과 '世間(세간)' 사이의 '在(재)' 자는 없다.

『초씨역림(焦氏易林)』「임(臨)·겸(謙)」: "'흩어져 흘러서[散渙]' 물이 길게 뻗친다."

47 **[전진륜]** 『이아』「석수」: "[작은 '洲(주)'를 '渚(저)'라고 하고,] 작은 '渚'를 '沚(지)'[118]라고 하고, 작은 '沚'를 '坻(저)'라고 한다."

[전중련] 『이아』「석고」에 "'穹(궁)은 큰 것[大]"이라고 했고, 『옥편』에 "'溘(합)'은 물[水]"이라고 했으니, '穹溘'은 큰 물결을 말한다.

사마상여 「상림부」 곽박 주: "'坻'는 기슭[岸]이다."[119]

목화 「해부」: "'높은 산[岑嶺]'처럼 날아 솟구쳤다가 '다시 뒤집힌다[反覆]'."

48 **[전진륜]** 마융 「장적부(長笛賦)」: "끓어 넘치며 '물보라를 토해낸다'[瀏瀑'噴沫']."

반고 「서도부」: "'산을 모자처럼 뒤덮고 있는' 붉은 전당이 매우 많다[豐'冠山'之朱堂]."

49 **[전진륜]** 『광운』: "'碪(침)'은 다듬잇돌이다."

『비창』: "'碕(기)'는 구부러진 물가 기슭이다."

『설문해자』: "'韲(제)'는 잘게 채를 쳐서 소금에 절인 채소이다." 서개(徐鍇): "잘게 썰어[膾] 초에 절이는 것[酢]이다. 『장자』「대종사(大宗師)」에 '만물을

118) 저본의 '址(지)'는 중간송본에 '沚'로 되어 있어 고쳤다.

119) 『문선』「상림부」의 이선 주는 곽박의 주를 채록했는데, '臨坻注壑(물이 모래톱에 이르면 골짜기로 쏟아진다)'의 주에는 등전(鄧展)의 설을 인용하여 "'坻'는 물 가운데 산[水中山]이다"라고 했다. 장형의 「남도부」의 '坂坻巀嶭而成甗(벼랑은 가파르게 솟아 시루처럼 되었다)'와 목화의 「해부」의 '若乃巖坻之隈(바위 벼랑의 굽이 같은 것은)'의 이선 주에서 "곽박의 「상림부」 주에 '"坻"는 기슭이다'라고 했다[郭璞上林賦注曰: 坻, 岸也]"라고 했다.

“잘게 나누어도[蟄]” 도리에 어긋나게 하기 위한 게 아니다’[120]라고 했는데, 만물을 ‘잘게 채 친 채소[蟄]’처럼 여긴다는 뜻이다.”[121]

[전중련] 송본에는 ‘碕(기)’가 ‘倚(의)’로 되어 있다.[122]

50 **[전진륜]** 『모시』「빈풍 · 칠월」 제1장 : “칠월에 ‘화성’이 서쪽으로 내려온다[七月流‘火’].” 모전 : “‘火’는 대화(大火 : 동방 7수 중의 심수(心宿))이다.

『이아』「석천」 : “‘大火’를 ‘大辰(대진)’이라고 한다.” 곽박 주 : “‘大火’는 심수(心宿)이다. 중간에서 가장 밝기 때문에 계절의 변화를 표시하는 일을 주재한다.”

『초사』「칠간(七諫) · 자비(自悲)」 : “‘하늘 불’이 뜨겁게 솟구치는 것을 ‘보고’, ‘큰 바다’의 파도 소리가 우렁차게 울리는 것을 ‘듣는다’[‘觀天火’之炎煬兮, ‘聽大壑’之波聲].”

『초사』「구장 · 비회풍(悲回風)」 : “‘파도 소리’가 세차고 시끄럽게 울리는 것을 ‘듣는다’[‘聽波聲’之洶洶].”

51 **[전진륜]** 송옥 「고당부(高唐賦)」 : “‘숨을 죽이고’ 더욱 슬픔에 잠긴다[‘脅息’增欷].” 이선 주 : “‘脅息(협식)’은 움츠려 숨을 죽이는 것이다.”

『박아』 : “‘慄(률)’은 급박한 것이다.”

52 **[전중련]** 『주례』「춘관종백(春官宗伯) · 태종백(大宗伯)」 ‘以禮樂合天地之化百物之産(예와 악으로 천지가 화육하여 생산한 온갖 사물을 융합한다)’ 정

---

120) 저본의 ‘以爲義’는 금본에는 ‘爲義’로 되어 있으며, 「천도(天道)」편에는 ‘爲戾(위려)’로 되어 있는데, 황금굉(黃錦宏, 1974)과 진고응(陳鼓應, 1975)의 견해를 좇아 ‘戾’의 뜻으로 풀이했다.

121) ‘蟄落(제락)’은 다진 채소 조각처럼 흩어져 떨어진다는 뜻이다.

122) 파도가 깅가 바위 기슭에서 부서지는 것을 표현한 것이므로 ‘碕岸(구부러진 바위 기슭)’이 낫다. 오덕풍, 37a쪽 참조.

현 주 : "서로 다른 부류의 생물[非類]을 태어나게 할 수 있는 것을 '化(화)'라고 한다."

『예기』「악기(樂記)」 '煦嫗覆育萬物(만물을 따뜻하게 불어 덮어주고 길러준다)' 정현 주 : "'育(육)'은 낳는 것이다."

『설문해자』 : "'詭(궤)'는 변화시키는 것[變]이다."123)

『광아』 : "'質(질)'은 형체[軀]이다."

53 **[전진륜]** 『본초강목(本草綱目)』「금부(禽部)」 : "『석명(釋名)』에 있다. "'갈매기[鷗]"라는 새는 물 위에 떠서 거품[漚]처럼 가볍게 출렁거린다. 바다에 사는 것을 "바다 갈매기[海鷗]"라고 부르고, 강에 사는 것을 "강 갈매기[江鷗]"라고 부르는데, 강하(江夏 : 지금의 호북성 북동부와 하남성 남서부 지역) 사람들은 "강아(江鵝)"라고 잘못 부른다.'"

『금루자(金樓子)』 : "'바다오리[海鴨]'는 크기는 보통의 오리 정도이고 흰 바탕에 얼룩무늬가 있어서, '얼룩오리[文鴨]'라고도 한다."

『산해경』「중차팔경(中次八經)」 : "형산(荊山)에서 (…중략…) 장수(漳水)가 발원하여 남동쪽으로 흘러 수수(睢水)로 흘러든다. 그 속에 (…중략…) '교어(鮫魚)'가 많다." 곽박 주 : "'鮫'는 붕어(鮒魚) 종류로 거죽에 진주 무늬가 있고 단단하며, 꼬리[尾] 길이가 서너 자 되고 끝에 독이 있어서 사람을 쏜다[螫]."

『양면기(襄沔記)』 : "면수(沔水)에 생물이 있는데, 서너 살 어린아이처럼 생

---

123) 금본 『설문해자』에는 '책망한다[責]'라는 뜻만 있다. 전중련의 인용은 『문선』 권53 육기 「변망론(辯亡論) · 상」 '詭趣(궤취)'의 이선 주에 『설문해자』의 풀이로 인용된 말이다.

기고 껍질은 잉어 같다. 가을이면 모래사장에 나와 햇볕을 쬐는데, 무릎은 범의 발바닥처럼 생겼다. 늘 물속에 들어가 있는데, 이름을 물범[水虎]이라고 한다."

54 **[전진륜]** 곽박 「강부」 : "물고기로는 '강돈'과 '해희(해돈(海豚), 돌고래)'가 있다[魚卽'江豚''海豨']." 이선 주 : "『임해수토기(臨海水土記)』에 '"해희"는 머리는 돼지 모양이고 몸길이는 아홉 자'라고 했다."

곽박 「강부」 : "어떤 것은 사슴뿔 또는 '코끼리 코' 같은 것이 있고, 어떤 것은 범처럼 생기거나 용의 얼굴 모양을 하고 있다[或鹿觡'象鼻', 或虎狀龍顔]."[124)]

왕은(王隱) 『교광기(交廣記)』 : "오(吳) 때에 광주(廣州)를 설치하고 등수(滕修)를 자사로 임명했다. 어떤 사람이 등수에게 '새우의 수염[蝦鬚]'이 길이가 1장이나 된다고 말했는데, 등수가 믿지 않았다. 그 사람이 뒤에 동해에 가서 길이가 4장 4치가 되는 새우수염을 구해와서 밀봉하여 등수에게 보여주자, 등수는 마침내 승복했다."

'針尾(침미)'는 앞(주석 53 『산해경』 「중차팔경」 '형산' 조 곽박 주)에서 보았다.

[전중련] 『북사(北史)』 「진랍전(眞臘傳)」 : "진랍국(眞臘國 : 크메르)에는 (…중략…) [바다에] 이름을 건동(建同)이라고 하는 물고기가 있는데, 네 발이 있고 비늘이 없으며, 물을 빨아들여 위로 뿜어내는데, 그 높이가 50·60자[尺][125)]가 된다."

55 **[전진륜]** 『해보(蟹譜)』 : "명주(明州 : 치소는 지금의 절강성 영파시(寧波市))와 월주(越州 : 치소는 지금의 절강성 소흥시(紹興市))의 산간 계곡의 '바위

---

124) 저본의 '䋣(파?)'는 '觡(격 : 사슴뿔)'의 오자이다.
125) 표점교감본에는 '丈(장)'이 '尺(척)'으로 되어 있어서 고쳤다.

굴[石穴]'에는 작은 게[小蟹] 종류도 나는데, 그 빛깔이 붉고 껍질이 단단하다. 민간에서는 '석해(石蟹)'라고 부른다."

『예기』「월령」: "계추의 달에 (…중략…) '참새[雀]'[126]가 큰물에 들어가서 '대합조개[蛤]'가 된다."

[전중련] 『전송문』에는 '蚌(방)'이 '蜂(봉)'으로 되어 있고, 송본에는 '儔(주)'가 '疇(주)'로 되어 있다.[127]

『본초』: "'石蟹'는 남해에서 나는데, 평범한 게일 뿐인데 세월이 오래되면 물거품이 서로 달라붙어 굳어져서 돌이 되는데, 조수가 밀려올 때마다 물 위에 떠돈다."[128]

『설문해자』: "'蚌'은 무명조개[蜃]의 일종으로 늙으면 진주를 생산하는데, 일명 함장(含漿)이라고 한다."

『홍화현지(興化縣志)』: "홍어(魟魚)는 머리는 둥글고 매끈한 것이 제비 같고, 몸뚱이는 둥글넓적하여 '키[簸箕]'처럼 생겼는데, '연홍어(燕魟魚)'라고도 한다."

56 **[전진륜]** 『영파지(寧波志)』: "참게[鱟]는 생김새가 엎어놓은 말[覆斗] 같고 그 '껍데기[殼]'가 딱딱하지만, 허리께에 횡으로 직선 무늬가 있어서 부드러워 '구부려 접을[屈摺]' 수 있는데, 한 번 구부려 접을 때마다 한 번씩 나아간다."

『함사(函史)』: "『물성지(物性志)』에 있다. '민어[鯢]는 생김새가 조기[石首

---

126) 중간송본에는 '爵(작)'으로 되어 있는데 통용한다.
127) '蜂'은 '蚌'이 옳고 '疇'는 '儔'와 통한다.
128) 『본초』에서 말하는 '石蟹'는 게의 화석이다.

魚] 같으며, 세 개의 "이빨[牙]"이 쇠톱처럼 생겼다.'"

『사기』「한비열전(韓非列傳)」: "저 용이란 동물[蟲]은 길을 들여서 탈 수도 있지만, 목 아래에 길이가 한 재[尺] 되는 '거꾸로 난 비늘[逆鱗]'이 있어서[129] [그것을 건드리는 사람이 있으면 반드시 죽인다.]"

『예기』「월령」'중하지월': "'반설(反舌)'이 울음을 멈춘다." 『경전석문』: "'反舌(반설)'은 채백개(蔡伯喈)는 '두꺼비[蝦蟆]'라고 했다." 공영달 소: "채씨는 말했다. '벌레 이름으로 "鼃(와 : 개구리)" 종류인데 지금은 "蝦蟆(하마 : 두꺼비)"라고 한다. 그 "혀[舌]"가 뿌리는 입 옆에서 앞으로 드러나 있는데, 끝은 안쪽으로 향해 있다. 그래서 "反舌"이라고 한다.'"[130]

[전중련] '折(절)'은 '拆(탁)'이 되어야 할 것 같다. 모승(毛勝)의 『수족가은부(水族加恩簿)』에 "자라[鼈]는 일명 '갑탁옹(甲拆翁)'이라고 한다"라고 했다.

『본초』: "'이무기[蜃]'는 교룡의 일종인데, 그 생김새가 뱀 같으면서 더 크고, 용 뿔 모양의 뿔이 있으며, 붉은색 수염이 있고, 허리 아래로는 '비늘[鱗]'이 모두 '뒤집혀 있다[逆]'."

왕민지(王旻之)「낭야태수 허계언에게 보낸 편지[與瑯琊太守許誡言書]」[131]

---

129) 표점교감본에는 '物(물)'이 '蟲(충)'으로 되어 있고, '一寸(일촌)'은 '尺(척)'으로 되어 있다.

130) 공영달「소」는 뒤에서는 '反舌'을 새 이름으로 보았다. "반설이라는 새는 봄에 울기 시작하여 오월이 되면 차츰차츰 그치는데, 그 소리를 자주 바꿔서 '반설'이라는 이름을 얻었다[反舌鳥春始鳴, 至五月稍止. 其聲數轉, 故名反舌]." 지빠귀를 가리킨다.

131) 저본의 '許誠言(허성언)'은 『태평광기(太平廣記)』「수족(水族)·3」과 「잡록(雜錄)·2」에 '許誡言'으로 되어 있어 고쳤다.

: "귀군의 임기현(臨沂縣) 기사촌(其沙村)에 '비늘이 거꾸로 난 물고기[逆鱗魚]'가 있는데, 약물로 조제할 수가 있습니다. ['역린이[逆鱗]'는 『선경(仙經)』에서는 육지(肉芝 : 동물성 영지)라고 부른다.]"132)

57 **[전진륜]** 『진서』 「곽박전(郭璞傳)」 : "모친의 장지를 기양(暨陽)으로 잡았는데, 물에서 백 보 남짓 떨어진 곳이었다. (…중략…) 그 뒤에 '모래가 불어나서[沙漲]' 묘에서 수십 리 떨어진 곳까지가 모두 뽕밭이 되었다."

58 **[전진륜]** 목화 「해부」 : "'물결을 불어내니' 온갖 냇물이 거꾸로 흐른다['吹澇'則百川倒流]."

[전중련] 곽박 「강부」 : "원추는 산의 동쪽에서 '날고 있다'[鴛雛'弄翮'乎山東]."

59 **[전중련]** 송본에는 '鶴(학)'이 '雛(추 : 새의 새끼)'로 되어 있다.133)

60 **[전진륜]** 『사기』 「회음후열전(淮陰侯列傳)」 : "'땔나무와 풀을 베어 와서[樵蘇]' 나중에 밥을 짓느라 허둥대면, 병사들이 편히 쉬고 배불리 먹을 수가 없습니다."

『모시』 「패풍 · 포유고엽(匏有苦葉)」 : "'뱃사람'을 불러온다[招招'舟子']."

[전중련] 『예문유취』 권27에는 '泣(읍)'이 '泫(현 : 눈물짓다)'으로 되어 있다.

『한서음의』 : "진작(晉灼)은 '樵(초)'는 땔나무를 베는 것이고 '蘇(소)'는 풀을 베는 것이라고 했다."

61 **[전중련]** 『예문유취』 권27에는 '悲憂(비우)'가 '憂悲'로 되어 있다.

---

132) '逆鱗' 이후 부분은 『태평광기』 「수족 · 3」에는 주문(註文)으로 되어 있어서 [ ] 안에 넣었다.

133) 뒤의 동사 '嘯(소)'에 부합하려면 '鶴'이 낫다.

62 **[전진륜]** 도연명 「귀거래혜사(歸去來兮辭)」: "'앞으로 남은 길'이 얼마나 되는지 행인에게 물어본다[問征夫以'前路']."

[전중련] 송본에는 '吹(취)'가 '久(구)'로 되어 있다.134)

63 **[전진륜]** 『석명(釋名)』: "'弦(현)'은 반달을 부르는 이름이다. 그 모양이 한쪽은 구부러지고 한쪽은 곧은 것이 마치 활의 시위[弦]를 당겨놓은 것 같아서이다."

[전중련] 『모시』「소아·천보(天保)」 제6장 공영달 정의: "15일과 16일이 되면 월구(月球)는 다차서 둥글게 된다. (…중략…) 그 뒤로는 점차 이지러져서 23일과 24일이 되면 역시 딱 절반만 남게 되는데, 그것을 '하현(下弦)'이라고 한다."

'届(계)'는 이르는 것이다.

'所至(소지)'는 도착하려고 하는 강주(江州)를 가리킨다.

【평설】

[전중련] 팽조손彭兆蓀: 고아하면서도 수려한 것은 힘찬 필력에 달려 있다. 육운陸雲의 「차무안에게 답하는 편지答車茂安書」와 오균吳均의 「주원사에게 보내는 편지與朱元思書」가 모두 미치지 못한다.135) 문장 구성

134) 의미상으로 '吹'가 나은 것 같다. 오덕풍은 '吹' 자가 망가져서 오른쪽 '欠(흠)' 부분만 남고, 이것이 다시 '久'로 고쳐진 것 같다고 했다(37b쪽).

135) 이 두 글도 산수 풍광을 묘사한 서경이 담긴 편지이다. 장부(張溥)의 『한위육조백삼가집제사(漢魏六朝百三家集題辭)』의 「오조청집(吳朝請集) 제사」에서는 오균의 글을 육운·포조의 글과 함께 이렇게 평가했다. "「주원사에게 보내는 편지」는 부양(富陽: 지금의 절강성 항주시(杭州市) 부양구)에서 동려(桐廬: 지금의 항주시 동려현)에 이르는 산수를 크게 칭찬했으나 본떠 지으려는 사람이 없는데, 육운

면에서 이것과 흡사할 수 있는 것은 『수경주』 이외에는 오직 유종원柳宗元의 소품 유기遊記만이 가까울 뿐이다. 『남북조문초(南北朝文鈔)』

허련許樰 : 구름과 안개가 변화하고 소멸하는 것을, 남김없이 그려내어 아름다움을 다했으니, 이사훈李思訓이 몇 달을 그려도 그림으로 그려내기가 아마 어려울 것이다. (…중략…) 구절마다 단련하고 조탁하여 찌꺼기가 없으니 진실로 정밀함의 극치이다. (…중략…) 포조의 변체騈體는 동한·위·진晉·송·제·양·진陳·수 여덟 왕조 동안 가장 뛰어났다. 강엄江淹이 조금 뒤에 나와 발을 들여놓고 맞섰으나, 필치가 신기하고 웅건하면서도 아정하고 고결한 면에는 미치지 못했다. 『육조문혈(六朝文絜)』 권7

오여륜吳汝綸 : 신기하고 웅건하여 경탄하여 마지않게 한다. 이전에 이러한 문체가 없었으니 포조가 창시한 것이다. 『한위육조백삼가집선』 「포조집선」

담헌譚獻 : 곱고 아름다우면서도 신기하고 공교하니, 「'갈 길은 험난하고'를 본떠擬行路難」 시 18수와 아름다움을 충분히 견줄 만하다. 전부터 일찍이 비흥比興의 수법으로 이런 문장을 지으려 했으니 소위 시인의 문장산문이다. (…중략…) 한 마디도 정교하지 않은 말이 없으니, 고인에게 미치지 못하는 점도 여기에 있다. 이조락(李兆洛) 『변체문초(騈體文鈔)』 권30 「비(批)」

(陸雲)이 무현(鄮縣 : 지금의 절강성 영파시(寧波市))의 산수를 묘사한 글(「차무안에게 답하는 편지」)과 포조가 대뢰(大雷)의 산수를 묘사한 글(「대뢰안에 올라 누이에게 부친 편지」) 같은 것은 그 물결이 아직도 전해지고 있으니, 왕통(王通)이 『문중자(文中子)』 「사군편(事君篇)에서 오균의 문장은 괴이하면서 분노에 차 있다고 평한 것은 아마 이를 말한 것이 아니겠는가[「與朱元思書」盛稱富陽桐廬山水, 微矜摹擬, 則士龍鄮縣·明遠大雷, 波瀾尙存, 謂之怪怒, 殆以此哉!]"

송頌

河淸頌-幷序

臣聞善談天者, 必徵象於人; 工言古者, 先考績於今.[1] 鴻犧以降, 遐哉邈乎![2] 鏤山嶽, 雕篆素,[3] 昭德垂勳, 可謂多矣.[4] 而史編唐堯之功, 載"格于上下";[5] 樂登文王之操, 稱"於昭于天".[6] 素狐玄玉, 聿彰符命;[7] 朴牛文螾, 爰定祥曆.[8] 魚鳥動色, 禾雉興讓.[9] 皆物不盈眥, 而美溢金石.[10] 詩人於是不作, 頌聲爲之而寢, 庸非惑歟?[11]

自我皇宋之承天命也, 仰符應龍之精, 俯協河龜之靈,[12] 君圖帝寶, 粲爛瑰英.[13] 固以業光曩代, 事華前德矣. 聖上天飛踐極, 迄玆二十有四載. 道化周流, 玄澤汪濊.[14] 地平天成, 含生阜熙,[15] 文同軌通, 表裏禔福.[16] 曜德中區, 黎庶知讓;[17] 觀英遐外, 夷貊懷惠.[18] 恤勤秩禮, 散露臺之金; 舒國賑民, 傾鉅橋之粟.[19] 約違迫脅, 奢去泰甚.[20] 讌無留飮, 畋不盤樂.[21] 物色異人, 優遊鯁直.[22] 顯靡失心, 幽無怨魄.[23] 精炤日月, 事洞天情.[24] 故不勞仗斧之臣, 號令不嚴而自肅;[25] 無辱鳳擧之使, 靈怪不召而自彰.[26] 萬里神行, 飆塵不起.[27] 農商野廬, 邊城偃柝.[28] 冀馬南金, 塡委內府;[29] 馴象西爵, 充羅外囿.[30] 阿紈纂組之饒, 衣覆宗國;[31] 魚鹽杞梓之利, 傍贍荒遐.[32] 士民殷富, 繁軼五陵;[33] 宮宇宏麗, 崇冠三川.[34] 閭閈有盈, 歌吹無絕.[35] 朱輪疊轍, 華冕重肩.[36] 豈徒世無窮人, 民獲休息,[37] 朝呼韓·罷酤鐵而已哉![38] 是以嘉祥累仍, 福應尤盛.[39] 靑丘之狐, 丹穴之鳥, 栖阿閣, 遊禁園;[40] 金芝九莖, 木禾六秀, 銅池發, 膏畝腴.[41] 宜以謁薦郊廟, 和協律呂,[42] 煙霏霧集, 不可勝紀.[43] 然而聖上猶昧旦夙興, 若有望而未至;[44] 宏規遠圖, 如有追而莫及.[45] 神明之貺, 推而弗居也. 是以琬碑鏐檢, 盛典蕪而不治;[46] 朝神省方, 大化抑而未許.[47] 崇文協律之士, 蘊儛頌於外;[48] 坐朝陪宴之臣, 懷揄揚於內.[49] 三靈佇睠, 九壤注心, 旣有日矣.[50]

歲宮乾維, 月躔蒼陸,[51] 長河巨濟, 異源同淸, 澄波萬壑, 潔瀾千里.[52] 斯誠曠世偉觀, 昭啓皇明者也.[53] 語曰 : 影從表, 瑞從德, 此其效焉. 宣尼稱"鳳凰不至, 河不出圖",[54] 傳曰 : "俟河之淸, 人壽幾何!"[55] 皆傷不可見者也. 然則古人所未見者, 今殫見之矣.[56] 孟軻曰 : "千載一聖, 是旦暮也." 豈不信哉![57] 夫四皇六帝, 樹聲長世, 大寶也;[58] 澤浸群生, 國富刑淸, 鴻德也;[59] 制禮裁樂, 惇風遷俗, 文敎也.[60] 殊華通羯, 束顙絳闕, 武功也;[61] 鳴禽躍魚, 滌穢河渠, 至祥也.[62] 大寶鴻德, 文敎武功, 其崇如此; 幽明協贊, 民祇與能, 厥應如彼.[63] 唯天爲大, 堯實則之.[64] 皇哉唐哉, 疇與爲讓?[65] 抑又聞之 : 勢之所覃者淺, 則美之所傳者近;[66] 道之所感者深, 則慶之所流者遠. 是以豐功偉命, 潤色縢策,[67] 盛德形容, 藻被歌頌.[68] 察之上代, 則奚斯 · 吉甫之徒鳴玉鑾於前;[69] 視之中古, 則相如 · 王褒之屬馳金羈於後.[70] 絶景揚光, 淸埃繼路.[71] 故班固稱漢成之世, 奏御者千有餘篇, 文章之盛, 與三代同風. 繇是言之, 斯乃臣子舊職, 國家通議, 不可輟也.[72] 臣雖不敏, 敢不勉乎![73] 乃作頌曰:

황하가 맑아짐을 기리는 송—서와 함께

신은, 천상天象을 잘 이야기하는 사람은 반드시 사람에게서 그런 현상을 증거로 취하고, 옛일을 잘 말하는 사람은 먼저 오늘날에서 쌓여온 성과를 살핀다고 들었습니다. 황제와 복희 이래로 까마득히 멀고도 아득한 세월이 흘렀습니다. 그 사이 산악의 바위에 새기고 흰 비단에 전서로 적어서, 제왕의 선덕을 밝게 드러내고 공훈을 후세에 전하여 남겨둔 것이 정말로 많다고 할 만합니다. 그런데 사서에 요임금의 공적을 편찬하면서 "하늘과 땅에까지 이르렀다"라고 기록했고, 음악에 주 문왕의 조행操行을 올리면서 "아, 하늘에서 밝게 빛난다"라고 칭송했습니다. 흰 여우와 검은 옥은 하늘이 내린 상서로운 소명으로서 빛났고, 큰 소와 큰 지렁이로 상서로운 역상曆象을 확정했습니다. 상서로운 물고기와 새의 출현에 군신은 감동했고, 상서로운 벼와 흰 꿩의 출현에 겸양의 기풍이 일었습니다. 모두 나타난 물건은 눈꼬리에도 차지 않을 정도로 보잘것없는 것들이지만, 그 아름다움은 금석에 새겨 기릴 만큼 크나큽니다. 『시경』시대의 시인은 이제는 나오지 않게 되어 찬송하는 노래가 그 때문에 스러졌으니, 어찌 당혹스러운 일이 아니겠습니까?

우리 송나라가 천명을 받은 이후로, 위로는 응룡應龍의 정기에 부합하고 아래로는 하귀河龜의 영검에 합치되니, 군주의 도서와 황제의 전적이 찬란하고 진귀합니다. 실로 훈업은 지나간 시대보다 빛나고, 업적은 이전의 덕업보다 화려합니다. 성상께서 비룡이 되어 제위에 오르신 후로, 지금까지 24년이 되었습니다. 도덕의 교화는 두루미치고, 깊은 은택은 넓고도 깊습니다. 하늘과 땅이 모두 태평하고 안정되었으며, 생명을 지닌 모든 것들이 풍성하고 화락하며, 문자와 법도가 통일되어 안팎으로 큰 복입니다. 덕화를 중원 지구에 밝게 펴시니 뭇 백성들이 교화를 받아 겸양할 줄 알게 되고, 먼 외방에까지 영재를 살피시니 변방의 오랑캐들도 그 은혜를 가슴 깊이 간직합니다. 벼슬아치를 구휼하고 위로하시어 조정의 예산을 나눠주시고, 나라를 편안히 하고 백성을 진휼하시어 조정의 곡식을 내놓았습니다. 검약할 때도 군색하고 누추할 정도는 아니었고, 사치해도 지나치고 과분할 정도는 아니었습니다. 연회를 열어도 무절제하게 마시지는 않고, 사냥을 나가도 돌아오기를 잊을 정도로 탐닉하지는 않았습니다. 비범한 사람을 물색하여 등용하고 정직한 이를 우대하시니, 현귀하게 된 사람은 본심을 잃지 않고, 은거하는 이는 원망하는 기색이 없습니다. 정성스러운 마음은 해와 달보다 빛나고, 추구하는 일은 하늘의 이치에 통합니다. 따라서 호위하는 신하를 고되게 부리지 않지만, 호령은 엄하지 않아도 저절로 정숙하며, 먼 곳으로 가는 사신을 고생스럽게 파견하지 않지만, 신령스럽고 기이한 현상은 부르지 않아도 절로 드러납니다. 만 리 먼 지방까지 신속히 순행하시는데, 회오리치는 먼지바람조차 일지 않습니다. 농부와 상인은 안심하고 들에서 오두막을 치고 자고, 변방의 성에서는 딱따기를 엎어 둔 채 야간 순시를 안 해도 되게 되었습니다. 북방 기주冀州의 말과 남방 형주·양주의 황금은 황궁 안의 창고에 가득 차 있고, 길들인 코끼리와 키우는 공작은 황궁 밖의 동산에 가득 차 있습니다. 제나라 동아현東阿縣

흰 비단과 붉은 명주실로 엮은 끈이 풍부하여, 온 나라를 뒤덮고 있습니다. 어업과 제염업 및 고리버들과 가래나무 등의 산업으로 얻은 소득은 옆으로 먼 변방에 미칠 만큼 풍족합니다. 사대부와 서민이 모두 풍요로우니 그 번성함이 장안長安 : 전한을 능가하고, 궁실이 장대하고 화려하니 그 높고 큼이 낙양洛陽 : 후한보다 뛰어납니다. 여염에는 인파가 가득 차서 노래와 음악이 끊이지 않고, 고급 관원이 탄 붉은 수레는 바퀴가 서로 포개질 정도로 즐비하고, 화려한 면류관을 쓴 고관들은 어깨가 서로 겹칠 정도로 넘쳐납니다. 어찌 다만 한나라 때처럼, 세상에 궁핍한 사람이 없고 백성들은 편히 쉴 수 있으며, 흉노의 호한야선우呼韓邪單于를 내조하게 하고, 주류와 염철鹽鐵의 국가 전매를 그만두게 하는 것뿐이겠습니까! 따라서 상서로운 조짐은 계속되고 복의 서응은 더욱 번성합니다. 청구국靑丘國의 구미호와 단혈산丹穴山의 봉황새가, 궁궐의 높은 처마에 깃들고 천자의 금원禁苑에 노닐며, 아홉 줄기의 금빛 영지와 여섯 이삭의 키 큰 벼가, 청동 낙수받이에서 피어나고 기름진 밭에서 살집니다. 마땅히 교사郊祀와 묘사廟祀에 고하여 바치고 악곡에 맞춰 송가를 지어야 합니다. 이런 상서로운 일들이 구름이 날고 안개가 모이듯이 많아 미처 다 기록할 수가 없습니다. 그런데도 성상께서는 여전히 어둑어둑한 새벽에 일찍 일어나시는 근면함이, 마치 바라는 바를 아직 이루지 못한 것이 있는 듯이 하고, 원대하게 규획規劃하고 도모하는 것은, 마치 추구하는 바 목표에 아직 미치지 못함이 있는 듯이 하십니다. 그리하여 천지신명이 내려주시는 복록을 밀쳐 사양하고 자처하지 않으십니다. 따라서 옥돌에 비문을 새겨 공적을 찬양하고 순금으로 봉인을 하는, 성대한 의전은 버려두고 하지 않으시며, 천신에게 고하고 사방을 순행하며, 크게 교화하는 일은 억제하고 허락하지 않으십니다. 문치를 숭상하고 음률을 맞추는 인사는 무곡과 송가를 밖에 간직해두고, 조회에 참여하고 연회를 모시는 신하는 찬송하는 마음을 안에 품고 있습니다. 천·지·인의 삼령이 오래도록 바라보고, 구주의 백성들이 마음을 쏟은 지 이미 여러 날이 지났습니다.

세성은 북서 방향에 머무르고, 월건은 동방을 밟은, 원가 24년[447] 정해년 음력 2월에, 긴 황하와 큰 제수가 근원은 다르지만 동시에 맑아져, 맑은 물결이 온 골짜기를 넘실거리고 깨끗한 물결이 천 리에 뻗쳤습니다. 이는 실로 세상에 드문 장관으로 천자의 총명하심을 밝게 드러내 주는 것입니다. 속담에 그림자는 외표를 따르고 길상은 덕성을 좇는다라고 했는데, 이것이 바로 그 효험입니다. 공자는 "봉황도 날아오지 않고 황하에서는 그림도 내지 않는다"라고 탄식했고, 『좌전』에서는 "황하가 맑아지기를 기다리는데, 사람의 목숨은 얼마나 되는가"라고 했습니다. 모두 태평성대를 볼 수 없음을 슬퍼한 것입니다. 그러한즉 고인이 보지 못한 것을 이제 다 보게 된 것입니다. 맹자는 "천년에 한 사람의 성인이 나타나는 것은 아침과 저녁 사이처럼 아주 짧은 시간"이라고 했는데, 어찌 믿지 않을 수 있겠습니까! 저 삼황오제와 비견하는 불후의 명성을 먼 후세에까지 세운 것은 황제의 큰 보배요, 뭇 생령에게 은택이 스미고 나라가 부유해지고 형벌이 맑아진 것은 황제의 큰 덕입니다. 예의와 악장을 제정하고 풍속을 순박하고 바르게 한 것은 문화적 교화요, 달아난 갈족羯族을 채찍질해 우리 조정에 머리를 조아리게 한 것은 군사적인 공훈이며, 우짖는 새와 뛰노는 물고기가 강물에서 더러움을 씻는 것은 지극한 길상입니다. 큰 보배와 큰 덕, 문화적 교화와 군사적 공훈이 그 높고 큼이 이와 같고, 유형무형의 현상이 서로 협조해 돕고 인간과 신이 능력을 함께 해 그 호응함이 저와 같습니다. 오직 하늘만이 위대한데 요임금께서 실로 그것을 본받으셨습니다. 한나라의 황제입니까? 요임금입니까? 누구에게 양보하시겠습니까? 또한, 형세가 뻗어나가는 바가 얕으면 아름다움은 가까이만 전해지지만, 도가 감동케 하는 바가 깊으면 경사스러움은 멀리 흘러간다고 들었습니다. 이리하여 풍성한 공적과 위대한 천명은 서적에 아름답게 기록하고, 성대한 덕의 나타난 모습은 송가로 아름답게 표현해 왔습니다. 상고시대를 살펴보면 해시奚斯와 길보吉甫의 무리가 앞에서 송가를 짓는 일을 선도했고, 중고시대를 보면 사마상여司馬相如와 왕포王褒의 무리가 뒤에서 힘껏 찬송하는 부의 창작에 몰두했습니다. 찬송하는 발길은 찬란히 빛이 나고 맑은 먼지는 길에서 끊이지 않았습니다. 그래서 반고班固는, 한 성제成帝시대에 글을 지어 바친 것이 천여 편이나 되어, 문장의 성대함이 하·은·주 삼대와 같다고 말했습니다. 이로 미루어 말하자면, 이것은 신하 된 자의 본연의 직분이요 국가의 통상적인 도리로서, 그만둘 수 없는 일입니다. 신이 비록 민첩하지 않지만, 감히 힘쓰지 않을 수 있겠습니까? 이에 이 송가를 짓습니다.

【해제】

[선진륜] 『송서』「부서지符瑞志」: “송 문제 원가 24년447 2월 무술戊戌에 황하와 제수濟水[136)]가 함께 맑아졌다. 용양장군龍驤將軍이며 청주靑州·기주冀州 2주의 자사인 두탄杜坦[137)]이 이렇게 보고했다.”

[전중련] 『송서』「임천열무왕전臨川烈武王傳·부포조전附鮑照傳」: “원가 중에 황하와 제수가 함께 맑아졌는데 당시에 길조로 여겼다. 포조는 「황하가 맑아짐을 기리는 송가」를 지었는데 그 ‘서’가 매우 훌륭하다.”[138)]

【주석】

1 **[전진륜]** 『한서』「동중서전(董仲舒傳)」: “천상(天象)을 잘 이야기는 사람은 반드시 인사(人事)에서 증거를 찾고, 옛일을 잘 말하는 사람은 반드시 오늘날에서 검험(檢驗)한다.”[139)]

---

136) ‘濟水’는 황하 하류의 지류 중 하나로, 하남성 제원시(濟源市)에서 발원하여 하남성과 산동성을 거쳐 발해로 흘러든다. 지금의 하남성 제원시와 산동성 제남시(濟南市)·제녕시(濟寧市)·제양현(濟陽縣) 등은 모두 제수에서 유래한 지명이다. 지금의 황하 하류는 원래 제수의 물길이었다.

137) 유송시대에 교치(僑置)한 청주는 지금의 산동성 북부, 기주는 산동(山東) 반도 지역이다. 두탄은 서진 시기 진남대장군(鎭南大將軍)과 사례교위(司隷校尉)를 역임했는데, 『좌전』 주를 단 두예(杜預, 222~285)의 현손(玄孫)이다.

138) 정복림은 당시 황하의 옛 물길은 서주(徐州)를 경유해서 동으로 흘러 바다로 유입했고, 포조는 서주자사 형양왕(衡陽王) 유의계(劉義季)의 막료였기 때문에, 황하가 맑아진 것을 직접 목도하고 송가를 지어 찬미한 것은 상당히 자연스러운 일이라고 했다(『교주』, 901쪽).

139) 『한서』「동중서전」 중, 무제가 즉위하여 원광(元光) 원년(134 B.C.) ‘현량문학지사(賢良文學之士)’를 뽑을 때, 동중서(董仲舒)에게 한 책문(策問) 중의 한 대목에 나온다. “천자가 책문했다. 무릇 ‘천상을 잘 이야기는 사람은 반드시 인사에

[전중련] 『전송문』에는 '先(선 : 먼저)'이 '允(윤 : 진실로)'으로 되어 있다.[140)]

동중서(179~104 B.C.) 『춘추번로(春秋繁露)』 「고공명(考功名)」 : "'성과를 따져 점검하는[考績]' 법은 그 축적된 바를 살피는 것이다. 천도는 뭇 정기를 축적하여 광채를 내고, 성인은 뭇 선행을 축적하여 공적을 이룬다."

2 **[전진륜]** 『사기』 「오제본기(五帝本紀)」 '昔帝鴻氏有不才子(옛날 제홍씨에게는 덜떨어진 아들이 있었다)' 배인(裴駰) 집해(集解) : "가규(賈逵)는 '제홍(帝鴻)'은 황제(黃帝)라고 했다."[141)]

『사기』 「오제본기(五帝本紀)」 장수절(張守節) 정의(正義) : "[내 견해는 이렇다. 태사공은 『세본(世本)』과 『대대예기(大戴禮記)』에 의거하여 황제(黃帝) · 전욱(顓頊) · 제곡(帝嚳) · 당요(唐堯) · 우순(虞舜)을 오제라고 했다. (…중략…) 그러나] 공안국(孔安國)의 「상서서(尙書序)」,[142)] 황보밀(皇甫謐)의 『제왕세기(帝王世紀)』, 손씨(孫氏) 주 『세본(世本)』에는 모두 복희(伏犧) · 황제(黃帝) · 신농(神農)을 삼황(三皇)이라고 했다."

서 증거를 찾고, 옛일을 잘 말하는 사람은 반드시 오늘날에서 검험(檢驗)한다'라는 말을 들었다. 그래서 짐은 천인 감응 관계에 대해, 그대에게 묻노라. 위로는 요순(堯舜)을 찬미하고 아래로는 걸주(桀紂)를 애도하는데, 이처럼 점진적으로 멸망하고 점진적으로 창성하는 도리는 허심탄회하게 고쳐야 할 것이다[制曰 : 蓋聞'善言天者, 必有徵於人; 善言古者, 必有驗於今.' 故朕垂問乎天人之應, 上嘉唐虞, 下悼桀紂, 浸微浸滅浸明浸昌之道, 虛心以改]."

140) 여타 판본은 모두 '先'으로 되어 있다. 오덕풍은 '允'은 '先'의 형오(形誤)로 보았다(38a쪽).

141) 『좌전』 「문공(文公) · 18년」에도 같은 말이 있다. 포조의 본문 중 '犧(희)'는 송본에는 '羲(희)'로 되어 있다.

142) 「상서서」에서는, 복희 · 신농 · 황제의 책을 '삼분(三墳)'이라고 하고, 소호(少昊) · 전욱(顓頊) · 고신(高辛) · 당요(唐堯) · 우순(虞舜)의 책을 '오전(五典)'이라고 한다고 했다.

3 **[전진륜]** 『효경구명결(孝經鉤命決)』: "태산에 봉선(封禪)을 올리면서 성과를 고찰하여 불을 피워 하늘에 세를 지냈고, 양보산(梁父山)에 봉선을 올리면서 '바위에 공적을 새기고[刻石]' 연호를 새로 정했다."[143]

좌사(左思) 「오도부(吳都賦)」: "간책에 조충서를 새기고 '흰 비단에 전서를 쓴다'[鳥策'篆素']." 이선 주: "'篆素(전소)'는 흰 비단에 전서로 글씨를 쓰는 것이다."

4 **[전중련]** 『좌전』「환공(桓公)·2년」: "백성을 다스리는 자는 '밝은 덕을 밝히어 드러내고[昭德]', 어기고 사악함을 막아, 명령을 위반하지 못하도록 해야 한다."

왕일(王逸) 「구사(九思)·수지(守志)」: "현혁한 공업을 세우고 '공훈을 후세에 남긴다'[建烈業兮'垂勳']."

5 **[전중련]** 『상서』「요전(堯典)」: "요임금은 광휘가 사방의 먼 곳까지 온 세상을 가득 채우고 '위아래로 하늘과 인간에게 두루 미쳤다[格于上下]'."

6 **[전중련]** 『모시』「대아·문왕(文王)」 제1장: "[문왕은 위에 계시어,] 아, 천상에서 찬란히 빛나는구나[於昭于天]."

7 **[전진륜]** 『송서』「부서지(符瑞志)·상」: "우임금 유하씨(有夏氏)는 (…중략…) 황하에서 몸을 씻으면서 손으로 물을 떠먹는 꿈을 꾸었으며, '꼬리가 아홉 개 달린 흰 여우[白狐九尾]'가 나타나는 상서로운 징조도 있었다. (…중략…) 치수가 끝나자 하늘이 '현규(玄珪: 검은색 옥규)'를 내려 공적이 이루어졌음을 알렸다."[144]

---

143) '鏤山嶽(루산악)'은 산악의 바위에 공적을 새긴 각석(刻石)을 말한다.

144) 인용문 중 '하후씨(夏后氏)'는 『송서』「부서지」의 원문에는 '유하씨(有夏氏)'로

[전중련] 유경(劉庚) 『계서(稽瑞)』: "전국시대 제나라 사람 전구자(田俅子) 즉 전구(田鳩)가 말했다. '은나라의 탕이 왕이 될 때 "꼬리가 아홉 개 달린 흰 여우[白狐九尾]"의 서조(瑞兆)가 있었다.'"

『계서』: "손유지(孫柔之) 『손씨서응도(孫氏瑞應圖)』: '제왕이 된 사람은 마음과 힘을 다하여 천명에 순응해서 천하를 다스리되, 남에게는 후하게 대하고 자기에게는 각박하게 해야 한다. 물길이 하나로 통하고 사해 안의 온 천하가 다 같이 서울에 하나로 모이면 "현규(玄珪)"가 출현한다. 하나라의 우임금 때에 자신의 궁실은 낮추고 물길을 다스리는 치수에 진력하자, 하늘이 "현규"를 내려주었다.'"[145]

8 **[전진륜]** 『초사』 「천문(天問)」: "언제나 계덕(季德)을 지니고 있었는데, 어디서 저 큰 소를 얻었는가[恆秉季德, 焉得夫朴牛]."[146] 왕일 주: "'박(朴)'은

되어 있다. 『여씨춘추(呂氏春秋)』에 하우(夏禹)의 혼인과 관련된 이야기가 다음과 같이 실려 있다. "우임금은 나이가 서른이 되었으나 장가를 들지 못했다. 도산(塗山)에 이르렀을 때 혼기를 놓쳐 후사를 잇지 못할까 걱정이 되어 사람들에게 알렸다. '내가 장가를 들게 될 때는 반드시 조짐이 있을 것이다.' 그때 '꼬리 아홉 개 달린 흰 여우[白狐九尾]'가 우임금에게 다가왔다. 우임금이 말했다. '흰 것은 나의 옷이다. 꼬리 아홉 개가 그 증거이다.' 그리하여 도산 사람들이 노래했다. '어슬렁어슬렁 흰 여우여, 아홉 개의 꼬리가 크고도 튼실하구나. 가정을 이루게 되면, 우리 고을 번창할 것이라[綏綏白狐, 九尾龐龐. 成于家室, 我都攸昌].' 그리하여 도산씨의 딸[塗山女]에게 장가들었다."

145) '聿(율)'은 다음 구의 '爰(원)'과 같은 문장의 접속 역할을 하고, '符命(부명)'은 하늘이 제왕이 될 만한 사람에게 내리는 상서로운 징조이다.

146) 번역은 왕일의 주를 따랐다. 왕국유(王國維)는 "왕항(王恒)은 대저 왕해(王該·王亥: 탕 임금의 8대조)의 아우로서 왕해와 함께 아버지 왕계(王季)의 덕을 지녔는데, 형 왕해가 잃어버렸던 길들인 소를 다시 손에 넣었다[恒蓋該弟, 與該同秉季德, 復得該所失服牛也]"라고 했다. 마무원(馬茂元) 주편, 『초사주석(楚辭注釋)』, 咸寧: 湖北人民出版社, 1985, 260쪽 참조.

큰 것이다. 탕(湯) 임금은 언제나 14대조인 설(契)이 남긴 먼 후대의 덕을 지니고 그것을 닦고 확충했다. 하늘이 그 뜻을 가상히 여겨, 사냥을 나가서 '큰 소[朴牛]'라는 상서로운 동물을 얻게 했다."

『하도설징(河圖說徵)』: "황제가 흥기하니 '큰 지렁이[大螾]'가 나타났다."

[전중련] 송본에는 '文(문 : 무늬)'이 '大(대 : 큰)'로 되어 있다.[147)]

『계서』: "『하도계명징(河圖稽命徵)』[148)]에 '황제(黃帝)는 토덕(土德)을 지녔기 때문에 먼저 큰 지렁이가 나타나는 길조가 있었다'라고 했다. 『여씨춘추(呂氏春秋)』「유시람(有始覽)」에 '황제 때에 하늘이 큰 지렁이와 큰 땅강아지를 나타나게 했다'라고 했다.[149)] 응소(應劭)는 '"인(螾)"은 지렁이이다. 황제(黃帝)는 토덕(土德)을 타고나서 땅이 그 신령스러움을 보인 것인데, 지렁이는 굵기가 대여섯 아름이 되고 길이가 10장이나 되었다'라고 했다. 위소(韋昭)는 '누런 것은 땅의 색이고 지렁이도 땅의 사물이기에 길조로 여긴 것'이라고 했다."[150)]

9 **[전진륜]** 『사기(史記)』「주본기(周本紀)」: "무왕(武王)이 황하를 건너는데

---

147) 의미상 '大'가 더 낫다.

148) 저본에는 '하도설명징(河圖說命徵)'으로 되어 있는데, 바로잡았다.

149) 원문은 "黃帝之時, 天先見大螾大螻"이다.

150) 인용 중 응소의 말 이후 부분은 『사기』「봉선서(封禪書)」의 "진시황이 천하를 병합한 후에 황제가 되자, 어떤 이가 말했다. '황제는 토덕(土德)을 얻었기에 누런 용과 땅속의 지렁이가 출현한 것이다'[秦始皇帝旣倂天下而帝, 或曰 : '黃帝得土德, 黃龍地螾見']"에 대한 「집해」이다. 인용문 중 '故地有神螾, 大五六圍'는 표점 교감본에는 '故地見其神, 螾大五六圍'로 되어 있는데, 번역은 이를 따랐다. 또 '長十餘丈'까지가 응소의 말이다. 그 뒷부분은 위소(韋昭)의 말인데, 원문은 "黃者地色, 螾亦地物, 故以爲瑞"이다.

중간에 '흰 물고기[白魚]'가 튀어 올라 왕의 배 안으로 들어왔다. 무왕이 몸을 숙여 그것을 집어서 제사를 지냈다. 물을 건넌 뒤에 하늘에서 불이 아래로 내려와서 왕이 머무는 집에 이르러 맴돌다가 까마귀로 변했는데, 그 색깔이 붉고 소리가 우렁찼다."[151]

『사기』「노주공세가(魯周公世家)」: "성왕의 아우 당숙우(唐叔虞)가 '벼[禾]'를 얻었는데, 뿌리가 서로 다른 것이 이삭이 하나였다. 그것을 성왕에게 바쳤다. 성왕은 당숙우더러, 그것을 삼감(三監)이 일으킨 반란[152]을 평정하러 동토(東土)에 가 있던 주공에게 바치도록 명하고 「궤화(饋禾)」 시를 지었다."

『효경원신계(孝經援神契)』: "주 성왕 때에 남방 월상족(越裳族)이 '흰 꿩[白雉]'을 바쳤는데, 수도에서 3만 리나 떨어진 곳이었다. 그것은 제왕이 된 자가 제사에서 법도를 넘지 않고, 연음과 식사, 복식이 절도가 있으면 나타난다."

반고(班固) 「전인(典引)」: "옛날 희(姬) 성의 나라 즉 주(周)에 '흰 꿩[素雉]', '붉은 까마귀[朱烏], 검은 찰기장[玄秬]', '누런 보리[黃麰]'가 출현하는 일이 있자, 임금과 신하가 감동하여 얼굴빛이 환해지고, 좌우의 시신(侍臣)들이 서로

---

151) '祥曆(상력)'은 상서로운 역상(曆象)이다.

152) 주 무왕은 상(商)을 멸한 후, 주(紂)의 아들 무경(武庚)을 상의 옛 땅(지금의 하남성 안양시(安陽市) 일대)에 봉하고, 자신의 아우 관숙(管叔 : 주공의 형) · 채숙(蔡叔 : 주공의 아우) · 곽숙(霍叔 : 주공의 아우)을 각각 그 동쪽인 위(衛), 남쪽인 용(鄘), 북쪽인 패(邶)에 봉하여 무경을 감독하게 했다. 이들이 삼감이다. 무왕은 자기의 아들 성왕이 13세의 어린 나이에 세습하게 되자 아우 주공더러 섭정하게 했는데, 이에 불만을 품은 삼감이 세력을 규합하여 반란을 일으켰다. 이것이 삼감의 난이다. 주공은 삼감의 반란을 정벌하러 출정하여, 무경과 관숙을 죽이고, 채숙을 추방하고 곽숙을 서인으로 폐했다. 이것이 이른바 주공의 동정(東征)이다.

인사를 하고 축하를 했다.”

[전중련] 유경 『계서』 : “『손씨서응도』에 ‘제왕이 된 사람이 덕행이 고상하면 “가화(嘉禾 : 상서로운 벼)”[153]가 출현한다’라고 했다. 다른 판본에는 ‘세상이 태평하면 출현한다’라고 했다. 『제기(帝紀)』에 ‘신농(神農) 때에 “가화”가 출현했다’라고 했다. 서정(徐整)의 『삼오력(三五曆)』[154]에 ‘황제 때에는 “가화”를 식량으로 했다’라고 했다. 『상서중후(尙書中候)』에 ‘요임금 때에 세상이 맑고 태평하여 복희 때만큼이나 융성하여 “가화”가 끊임없이 출현했다’라고 했다. 『예두위의(禮斗威儀)』에 ‘임금이 토덕(土德)을 지니고 왕이 되어 그 정치가 태평하면, “가화”가 여러 곳에서 동시에 출현한다’라고 했다.”[155]

10 **[전진륜]** 반고 「답빈희(答賓戲)」 : “복은 ‘눈초리에도 차지 않을 정도로 적고 잠

---

153) ‘가화’는 ‘한 포기에 두 이삭’, ‘두 포기에 한 이삭’, ‘세 포기에 한 이삭’ 등의 이상 생장 형태를 보이는 곡물을 가리키는 말로, 고대에는 태평성대에 나타나는 길조로 여겼다.
『송서』 「부서지·하」 : “가화(嘉禾)는 오곡의 으뜸으로, 제왕의 덕이 창성하면 ‘두 포기에 하나의 이삭이 붙는다[二苗共秀]’. 주나라가 덕치를 할 때는 ‘세 포기에 하나의 이삭이 팬 것[三苗共穗]’이 나타났고, 은나라가 덕치를 할 때는 ‘같은 포기에 다른 이삭이 붙은 것[同本異穟]’이 나타났으며, 하나라가 덕치를 할 때는 ‘다른 포기에 같은 이삭이 달린 것[異本同秀]’이 나타났다.”

154) ‘서가(徐嘉)’는 ‘서정(徐整)’의 잘못이다. 서정은 삼국시대 오나라 사람이다. 『삼오력』은 『삼오역기(三五曆紀)』라고도 하며, 삼황 이래 사적을 기록한 책인데 지금은 유실되어, 『태평어람』·『예문유취』 등의 유서에 부분적으로 인용되어 전해진다.

155) ‘動色(동색)’은 감동하는 기색이 낯빛에 나타나는 것이고, ‘興讓(흥양)’은 겸양의 기풍이 일어나는 것이다. 『예기』 「대학(大學)」에 “한 집안이 겸양하면 온 나라에 ‘예양(禮讓)의 기풍이 일어난다’[一家讓, 一國‘興讓’]”라고 했고, 「방기(坊記)」에 “국가를 통치하는 자가 사람을 귀히 여기고 녹(祿)을 천히 여기면 백성들에게 ‘예양의 기풍이 일어난다[興讓]’”라고 했다.

깐이지만', 화는 세상에 가득 넘치도록 많고 오래다[福'不盈眥', 禍'溢於世'].”

11 **[전진륜]** 반고 「양도부서(兩都賦序)」: “주나라의 성왕과 강왕이 죽자 '태평을 찬양하는 노래가 없어지고', 제왕의 은택이 다하자 '시가 지어지지 않았다'[昔成康沒而'頌聲寢', 王澤竭而'詩不作'].”

[전중련] 송본에는 '詩人(시인)' 구가 '頌聲(송성)' 구 뒤에 놓여 있다.156)

12 **[전진륜]** 반고 「서도부(西都賦)」: “'위로는' 동방 정수(井宿)의 정수를 깨닫고, '아래로는 「하도」의 신령스러움에 부합한다'['仰'悟東井之精, '俯協河圖之靈'].”157)

『비아(埤雅)』: “날개가 있는 것을 '응룡(應龍)'이라고 한다.”

하안(何晏) 「경복전부(景福殿賦)」: “신귀(神龜)의 등에 쓰인 글(「낙서(洛書)」)은 황하의 근원에서 나왔다[龜書出於河源].”158)

『송서』 「부서지·중」: “'황룡(黃龍)'은 청룡(靑龍)·적룡(赤龍)·백룡(白龍)·흑룡(黑龍) 등 동·남·서·북 사방을 대표하는 '사룡(四龍)'의 장(長)이다. 못물을 다 빼고 물고기를 잡지 않아서, 은덕이 깊은 원천에 미치게 되면,

---

156) '詩人(시인)'은 『시경』의 송시(頌詩)를 지었던 시인을 말한다.

157) '河圖(하도)'는 복희씨(伏羲氏) 때에 황하에서 용마가 지고 나왔다는 그림이다. '낙서(洛書)'와 함께 팔괘의 바탕이 되었다고 한다. 『주역』 「계사상전」에 “황하에서 그림이 나오고 낙수에서 글이 나왔는데[河出圖, 洛出書], 성인이 그것을 법칙으로 했다. 역(易)에 사상(四象)이 있어서 그것을 보여준다”라고 했다.

158) '龜書(귀서)'는 '洛書(락서)'로 우왕(禹王)이 홍수를 다스렸을 때 낙수(洛水)에서 나온 신귀(神龜)의 등에 쓰여 있었다는 글이다. '河源(하원)'은 황하의 근원인데, 여기서는 낙수(洛水)를 가리킨다. 낙수는 섬서성 위남시(渭南市) 남서부에서 발원하여 섬서성 남동부 및 하남성 북서부 낙양시를 거쳐 하남성 공의시(鞏義市)에서 황하와 합류한다. '河龜(하귀)'는 바로 '洛書'이다.

황룡이 못에 헤엄치게 된다." 송 무제(武帝) 영초(永初, 420~422) 중에 청룡이 세 차례 출현했다. 문제 원가(424~453) 중에 청룡・황룡・흑룡이 동시에 나타났다. "'영귀(靈龜)'는 신령스러운 거북이다. 왕자(王者)가 공덕과 은택이 밝고, 산천에서 고기잡이와 사냥을 시기를 맞춰서 하면 나타난다." 원가 중에 흰 거북이 세 차례 나타났다.[159]

[전중련] 송본 및 『송서』「포조전」에는 '仰符(앙부)' 구가 '仰應龍木之精(위로는 용목의 정기와 호응하고)'으로 되어 있다. 송본에는 '河龜(하귀)'가 '龜水(귀수)'로 되어 있다.[160]

『회남자』「남명훈(覽冥訓)」: "[우레 수레를 모는데,] '응룡'을 중앙에 세웠다[服'應龍']." 고유(高誘) 주: "'덕치에 감응하는 용'을 모는 것이다. 일설에는 '응룡'은 '날개가 있는 용'이라고 한다."

반고「답빈희」: "'응룡'은 괴어 흐르지 않는 물에 잠겨 있다['應龍'潛于潢汙]." 이선 주: "항대(項岱: 서한 사람)는 '하늘에는 구룡(九龍)이 있는데, "응룡"은 날개가 있다'라고 했다."

13 **[전진륜]** 반고「전인」: "'찬란함'을 갖추었도다! 참으로 신명의 법식이로다[備哉'粲爛', 眞神明之式也]!"[161]

14 **[전진륜]** 사마상여「촉의 부로들을 힐난함[難蜀父老]」: "깊은 은혜가 '심원하

---

159) 인용문에는 전진륜이 『송서』의 내용을 요약한 것도 섞여 있는데, 그 부분은 인용부호 밖으로 처리하여 구분했다.

160) 정복림은 장부본과 『송서』를 따라 고쳤다(『교주』, 902・906쪽).

161) '君圖(군도)'와 '帝寶(제보)'는 '하도'와 '낙서'처럼 군주와 제왕의 천명을 상징하는 상서로운 도서 전적을 말한다. '瑰英(괴영)'은 옥의 정화라는 뜻으로 매우 진귀함을 나타낸다.

고 광대하다'[湛恩'汪濊']."[162]

[전중련] 『주역』「계사하전」: "역의 원리는 음효와 양효가 여섯 개의 효의 위치로 '두루 유동한다'['周流'六虛]."

15 **[전진륜]** 앞 구('地平天成')는 『상서』「대우모(大禹謨)」에 보인다.[163]

조식(曹植) 「대주행(對酒行)」: "'생명을 지니고' 은택을 입는다['含生'蒙澤]."

[전중련] 『송서』「포조전」에는 아래 구가 '上下含熙(상하가 밝은 광채를 머금고 있다)'로 되어 있다.

장형(張衡) 「동경부(東京賦)」 설종(薛綜) 주: "'阜(부)'는 큰 것이다."

『주례(周禮)』「지관사도(地官司徒)·목인(牧人)」 '牧六牲而阜蕃其物(육축을 길러 번식하게 한다)' 가공언(賈公彦) 소: "'阜'는 무성한 것이다."[164]

16 **[전진륜]** 『설문해자』: "'釐(희)'는 집안이 행복한 것이다."

[전중련] 『송서』「포조전」에는 '釐'가 '禔(지·제: 편안하다)'로 되어 있다.[165]

---

162) '天飛踐極(천비천극)'은 제위에 오른다는 뜻이다. '天飛'는 '飛龍在天(비룡재천)'의 뜻이고, '踐極'은 '踐祚(천조)'라고도 하며 '登極(등극)'과 같다. '玄澤(현택)'은 천자의 은택이다. 『문선』 권20 응정(應貞)의 「진 무제의 화림원 연집(宴集)에서[晉武帝華林園集詩]」 시의 "玄澤滂流(현택이 널리 흐른다)"의 이선 주에 "'玄澤'은 성은(聖恩)이다"라고 했다.

163) '地平天成(지평천성)'은 우(禹) 임금의 치수(治水)가 성공하여 천지의 만물이 질서를 회복했다는 것에서 유래한 것으로, 모든 일의 처리가 타당하다는 뜻을 나타내는 성어가 되었다.

164) '阜熙(부희)'는 창성하고 화락하다는 뜻이다.

165) 오덕풍은, '釐'의 의미가 비교적 덜 부합하는 반면, '禔'는 '편안하다(安)'라는 의미이므로 '禔'가 되어야 할 것 같다고 하면서, 출처로 『한서』「사마상여전」(「촉의 부로들을 힐난함[難蜀父老]」)의 '中外禔福'을 제시했다(38b쪽). '釐'는 다음자(多音字)로 독음이 '리'일 때는 다스린다는 뜻이지만, 독음이 '희'일 때는 행복·길상의 뜻이 있다. 후대이기는 하지만 『송서』의 찬자(撰者)인 양 심약(沈約)의

『예기』「중용(中庸)」: "수레는 '바퀴의 폭을 통일하고', 문자는 '문자의 체를 통일했다'[車'同軌', 書'同文']."

17 **[전진륜]** 『후한서』「채옹전(蔡邕傳)」: "'인간 세상[中區]'에 태평한 시대를 열었다."

[전중련] 『국어』「주어(周語)·상」: "선왕은 '덕화를 밝게 펴되[耀德]' 무력의 위세를 드러내지 않았다."

18 **[전중련]** 『송서』「포조전」에는 '外(외)'가 '表(표)'로, '貊(맥)'이 '貉(학)'으로 되어 있다.[166]

『주례』「하관사마(夏官司馬)·직방씨(職方氏)」: "직방씨는 (…중략…) '사이(四夷)'·팔만(八蠻)·칠민(七閩)·'구학(九貉)' [등의 나라의 백성 (…중략…) 등을] 변별한다."

장삼(張參) 『오경문자(五經文字)』: "'貉(학)'은 경전(經典)에서 계속 계승하는 동안 '蠻貊(만맥)'으로 적게 되었다."

『논어』「이인(里仁)」: "소인은 '은혜에 관심을 가진다[懷惠]'."

19 **[전진륜]** 『사기』「효문제본기(孝文帝本紀)」: "문제는 일찍이 '노대(露臺)'를 지으려고, 목수를 불러 계산을 해보았더니, 비용이 황금 백 근에 해당했다. 임금이 말했다. '황금 백 근은 중민(中民 : 중산층) 열 가구의 가산에 해당한다.

「헌아(獻雅)」 시에 "禮獻旣同, 膺此'釐福'(예로 봉헌함은 이미 같지만, 이 '희복'을 받았다)"라고 하여, '釐福(희복)'이라는 단어가 사용되었다.

166) '夷貊(이맥)'은 '夷貉(이학)'과 같은 뜻으로 중국이 동방과 북방의 이민족을 부르던 표현이다. 『사기』「일자열전(日者列傳)」에 "'夷貊'不服不能攝('이맥'이 불복하더라도 섭복하게 할 수가 없다)"이라고 했다. '觀英(관영)'은 영걸(英傑)한 인재를 살펴 채용한다는 뜻이다.

나는 선제께서 남겨주신 궁실을 받들면서, 언제나 그분들을 욕되게 할까 봐 두려워했다. "노대"는 뭣 하러 짓겠는가?'"[167]

『상서』「무성(武成)」: "[무왕은 은나라를 친 후, (…중략…) '녹대(鹿臺)'에 쌓인 재물을 흩어 나눠주고] 주왕의 양식 창고인 '거교(鉅橋)'를 열어 거기의 '식량[粟]'을 방출하여 빈민을 구제했다."

『송서』「문제기(文帝紀)」: "원가 24년(447) 봄 정월 갑술(甲戌)에 전국에 사면령을 내리고, 문무 관원들에게 관위(官位) 1등급을 하사했다. 옥에 갇힌 죄수에게 죄를 감경하고, 부세와 채무를 체납한 모든 사람에게 감면해 주되 각각 차등을 두었다. 홀로 사는 노인과 각종 질환을 앓는 이로 혼자 힘으로 살아갈 수 없는 사람들에게, 1인당 곡식 열 말씩을 하사했다. 건강(建康: 지금의 남경시)과 말릉(秣陵: 지금의 남경시 강녕구(江寧區) 말릉가) 2현에 금년 전조(田租)의 절반을 면제했다."

[전중련] 송본에는 '恤勤秩禮(휼근질례)'가 '秩禮恤勤(질례휼근)'으로 되어 있고, '舒國賑民(서국진민)'이 '賑民舒國(진민서국)'으로 되어 있으며, '鉅橋'는 '御邸(어저)'로 되어 있다. 『송서』「포조전」에는 '散(산)'이 '罷(파)'로, '舒(서)'가 '紓(서)'로 되어 있다. 『전송문(全宋文)』에는 '賑'이 '振(진)'으로 되어 있다.[168]

---

167) 이에 따르면 '露臺'를 지으려던 조정의 예산을 관리와 백성 구휼에 충당했다는 뜻이 된다. 「집해」에는 서광(徐廣)의 견해를 인용하여 "'露(로)'는 '靈(령)'으로 된 판본도 있다"라고 했다. 그런데 다음 구의 '鉅橋(거교)'를 보면 '露臺'는 '鹿臺(록대)'의 잘못으로 볼 수도 있다. '녹대'와 '거교'는 모두 은의 주(紂)가 세운 건축이다. 『상서』「무성」에 주 무왕이 '녹대에 쌓인 재물[鹿臺之財]'과 '거교에 쌓인 곡식[鉅橋之粟]'을 백성들에게 나눠주었다고 했다(중간송본, 393쪽).

『상서』「고요모(皐陶謨)」: "하늘이 정한 질서에는 천자·제후·경대부·사·서인의 다섯 능급이 있다[天秩有禮]."

20 **[전진륜]** 장형 「서경부(西京賦)」: "백 개나 되는 수많은 담장도 좁고 누추하다고 여기고, 아홉 자짜리 대자리 아홉 개를 깐 명당(明堂)도 '비좁다고' 규모를 늘렸다[狹百堵之側陋, 增九筵之'迫脅']."

『노자(老子)』 제29장: "[성인은] '극심함을 없애고, 사치함을 없애고, 과도함을 없앤다[去甚·去奢·去泰]'."[169]

[전중련] 송본에는 '泰甚(태심)'이 '甚泰'로 되어 있다.

21 **[전진륜]** 『사기』「은본기(殷本紀)」: "주왕(紂王)은 (…중략…) 주지육림으로 '밤을 새우는 연회[長夜之飮]'를 열었다."[170]

『상서』「오자지가(五子之歌)」: "[우임금의 손자 태강(太康)은 무도하여] '무절제하게 일락에 탐닉하여' 낙수(洛水)의 남쪽으로 사냥을 나가[乃'盤遊無度', 畋于有洛之表] [백일이 넘도록 돌아오지 않았다.]"

22 **[전진륜]** 『한서』「공손홍전찬(公孫弘傳贊)」: "'비범한 사람[異人]'이 동시에 출현했다."

『후한서』「내흡전(來歙傳)」: "태중대부(太中大夫) 단양(段襄)은 '꿋꿋하니

---

168) '散'은 『사기』「효문제본기」의 내용에 근거하면, '罷'가 낫다. 또 오덕풍은 '鉅橋'는 은대의 곡창(穀倉) 이름이므로 '御邸'가 낫다고 했다(38b쪽). '恤勤(휼근)'은 진휼하고 위로하는 것이고, '秩禮(질례)'는 고대에 신분을 구분하는 예인데 여기서는 관리의 뜻으로 풀이했다. '舒國(서국)'은 나라를 편안하게 하는 것이다.
169) 저본의 '去泰去甚(거태거심)'은 원문이 '去甚·去奢·去泰'로 되어 있어서 고쳤다.
170) '長夜之飮(장야지음)이 바로 '留飮(류음 : 손님을 붙들어 두고 오래도록 연음을 지속함)'이다. '盤樂(반락)'은 행락을 즐기는 것이다.

[骨鯁]' 일을 맡길만합니다." 이현(李賢) 주 : "'骨鯁(골경)'은 곧은 것이다."

[전중련] 송본에는 '遊(유)'가 '游(유)'로 되어 있다. 『송서』「포조전」에는 '鯁直(경직)'이 '據正(거정 : 정의에 근거함)'으로 되어 있다.[171)]

『열선전』 권상 「관령윤(關令尹)」 : "관령(關令) 윤희(尹喜)는 주(周)의 대부이다. 도교의 양생술에 밝았다. (…중략…) 노자가 서쪽으로 유람을 했는데, 윤희가 먼저 하늘에 나타난 조짐을 알아보고, 진인(眞人)이 틀림없이 그곳을 지나갈 것이라고 미리 알고, '찾아가서[物色]' 그를 막아 세웠더니 과연 노자였다."[172)]

23 **[전중련]** 『송서』「포조전」에는 '靡(미)'가 '不(불)'로 되어 있고, '魄(백)'이 '氣(기)'로 되어 있다.[173)]

『사기』「회남왕안전(淮南王安傳)」 : "제후들은 '딴마음[異心]'을 가지지 않고, 백성들은 '원망하는 마음[怨氣]'이 없었다."

24 **[전중련]** 『전송문』에는 '炤(소 : 밝다)'가 '昭(소 : 밝다)'로 되어 있다.[174)]

『주역』「대장괘(大壯卦) · 단전」 : "꿋꿋하고 굳세니 '천지 만물의 진정[天地之情]'을 알 수 있다."[175)]

25 **[전진륜]** 『한서』「무제기(武帝紀)」 : "태산(泰山)과 낭야(琅邪)의 군도(群

---

171) '優遊(우유)'는 우대 또는 관대하게 대한다는 뜻이다.

172) 인용 부분의 원문은 "關令尹喜者, 周大夫也. 善內學, (…중략…) 老子西遊, 喜先見其氣, 知有眞人當過, 物色而遮之, 果得老子"이다.

173) '魄'은 넋(마음, 정신)으로 '怨魄(원백)'은 원망하는 마음이다. '失心(실심)'은 여기서는 본심을 잃는다는 뜻이다.

174) '炤'와 '昭'는 통한다.

175) '天情(천정)'은 '天理(천리)' '天意(천의)'와 같다. 천지자연의 이치 즉 올바른 도리를 말한다.

盜) 서발(徐勃) 등이 험준한 산세에 의지하고 성을 공격하여 [도로가 막혔는데,] 직지수의사자(直指繡衣使者) 포승지(暴勝之)[176] 등을 파견하여 암행어사가 입는 옷인 수의(繡衣)를 입고 '병권을 상징하는 도끼를 잡고[杖斧]' 구역을 나누어 추포하게 했다."

[전중련] 『송서』「포조전」에는 '仗(장 : 의지하다, 잡다)'이 '杖(장 : 잡다)'으로 되어 있다. 송본에는 '臣(신)'이 '使(사)'로 되어 있고, 아래 구는 '號令不肅而自嚴(호령은 엄숙하게 하지 않아도 스스로 엄정하다)'으로 되어 있다.[177]

『효경』「삼재(三才)」: "그 정치는 '엄하지 않아도 잘 다스려진다[不嚴而治]'."

26 **[전진륜]** 육기 「연연주(演連珠)」 제4수 : "금마(金馬)와 벽계(碧鷄)의 신이 산다는 산이 반드시 '왕명을 받고 먼 길 가는 사신을 욕되게' 했습니다[金碧之巖, 必'辱鳳擧之使']."

[전중련] 송본에는 '使(사 : 사신)'가 '事(사 : 일)'로 되어 있다.[178]

『사기』「봉선서」: "옛날 봉선을 할 때는 동해에서는 비목어(比目魚)를 공물로 바쳤고 서해에서는 비익조(比翼鳥)를 공물로 바쳤으며, 그런 뒤에는 '부르지 않아도 스스로 오는[不召而自至]' 열다섯 종의 길상의 사물이 있었다."

27 **[전진륜]** 『열자』「황제(黃帝)」: "황제가 [즉위한 지 15년이 되어 (…중략…) 또 15년이 지나갔다. (…중략…)] 낮잠을 자다가 꿈을 꾸었는데, 화서국(華胥國)을 유람했다. (…중략…) 허공을 타고 가는데 마치 땅을 딛고 있는 것 같았

---

176) '暴滕之(포등지)'의 '滕'은 '勝(승)'의 잘못이어서 고쳤다.
177) 두 글자 모두 '쥐다[持]'는 뜻이 있다. '杖斧之臣(장부지신)'은 무기를 쥔 신하라는 뜻으로 병권을 가진 무신, 또는 무기를 소지한 호위군인을 뜻한다.
178) 정복림은 장부본을 따라 '使'로 고쳤다(『교주』, 902·907쪽).

으며, [(…중략…) 산골짜기도 그의 발걸음을 헛디디게 할 수가 없었으니,] '정신이 가는 것[神行]'일 뿐이었다."

[전중련] 최인(崔駰) 「북순송(北巡頌)」: "'정신이 움직이듯[神行]' 교화가 신속하다."

「고시십구수(古詩十九首)·금일양연회(今日良宴會)」: "덧없기가 마치 '회오리치는 먼지' 같다[奄忽若'飇塵']."

목화(木華) 「해부(海賦)」: "가벼운 먼지조차 일지 않는다[輕塵不飛]."

28 **[전진륜]** 양웅(揚雄) 「장양부(長楊賦)」: "'변방 성'에서 일어날 재난이 영원히 없게 해준다[永亡'邊城'之災]."

장형(張衡) 「응한(應閒)」: "제(齊)의 노중련(魯仲連)이 화살을 묶어두니 제의 요성(聊城) 지방은 오히려 '딱따기를 쓰지 않게 되었다[弛柝]'."

29 **[전진륜]** 『좌전』 「소공(召公)·4년」: "'기주(冀州)'의 북부 지역은 '말[馬]'이 생산되는 곳이다."

『모시』 「노송(魯頌)·반수(泮水)」: "'남방 형주(荊州) 양주(揚州)에서 나는 황금'을 많이 보냈다[大賂'南金']."[179)]

30 **[전진륜]** 『한서』 「서역전찬(西域傳贊)」: "큰 코끼리, 사자, 맹견과 타조 따위의 동물이 '황궁 밖의 동산[外囿]'에서 사육되고 있다."

[전중련] 송본에는 '西(서)'가 '栖(서)'로, '囿(유)'가 '苑(원)'으로 되어 있다.[180)]

---

179) '內府(내부)'는 궁중의 곳간이다.

180) 사고본에는 '西'가 '棲(서)'로 되어 있다. '棲'는 '栖'와 같고 본자는 '西'이다. 앞의 '馴(순)'과 비슷한 의미이다. '西爵(서작)'은 새장 속에 서식하는 공작새이다.

31 **[전진륜]** 이사(李斯) 「간축객서(諫逐客書)」[181] : "'동아의 비단'으로 지은 옷['阿縞'之衣]"

『사기』「이사열전(李斯列傳)」 배인(裴駰) 집해(集解) : "서광(徐廣)은 말했다. '제 "동아현[東阿 : 지금의 산동성 요성시(聊城市) 속현]"은 비단의 생산지이다.'"

『한서』「지리지(地理志)」 : "제(齊) 지역에서는 '얼음처럼 희고 고운 비단[冰紈]'을 생산한다."

『한서』「경제기(景帝紀)」 : "수놓은 비단과 '붉은 끈[纂組]'은 '여공(女紅 · 女功)' 즉 길쌈을 해치는 일이다."

[전중련] 『전송문』에는 '纂(찬 : 붉은색 명주 끈)'이 '綦(기 : 연둣빛 비단)'로 되어 있다.

『맹자』「등문공(滕文公) · 상」 : "우리 등(滕)과 '동종의 나라[宗國]'인 노(魯)의 선군(先君)도 그렇게 하지 않았다."[182]

32 **[전진륜]** 『주례』「하관사마 · 직방씨」 : "그 북동 지역이 유주(幽州)인데 (…중략…) '그곳의 산업[其利]'으로는 '어업과 제염[魚鹽]'이 있다."

『좌전』「양공 · 26년」 : "'고리버들과 가래나무[杞梓]', 피혁 같은 것은 초(楚)

---

181) '上秦始皇書(상진시황서)'는, 『사기』「이사열전(李斯列傳)」에는 '上書(상서)'로만 되어 있고, 『전진문(全秦文)』에는 '上書諫逐客(상서간축객)'으로 되어 있으며, 『문선』 권39에는 '上書秦始皇(상서진시황)'으로 되어 있다. 흔히 쓰는 제목으로 고쳤다.

182) 번역에 보충한 부분의 원문은 '莫之行'이다. '之(지)'는 친상(親喪)에 삼년상을 제대로 치르는 것을 가리킨다. '宗國(종국)'은 여기서는 조국(祖國)의 뜻으로 쓰였다. '衣覆(의부)'는 옷처럼 뒤덮는다는 뜻이다.

나라에서 진(晉) 나라로 가져가는 것이다."[183]

[전중련] 양웅「축빈부(逐賓賦)」: "'먼 변방 지역'으로 귀양을 보낸다[投棄'荒遐']."

33 **[전진륜]**『한서』「유협전(遊俠傳)·원섭(原涉)」: "온 지역의 여러 호족과 장안과 '오릉(五陵)' 지역의 여러 기개와 절조를 지닌 자들이 다 그를 추앙하여 귀의했다." 안사고 주: "'오릉'은 장릉(長陵)·안릉(安陵)·양릉(陽陵)·무릉(茂陵)·소릉(昭陵·平陵)이다."[184]

[전중련]『송서』「포조전」에는 '士(사)'가 '土(토)'로 되어 있고, 아래 구는 '五陵旣有慚德(한나라가 이미 덕화가 널리 미치지 못함을 부끄러워했다)'으로 되어 있다.[185]

34 **[전진륜]**『사기』「진본기(秦本紀)」: "장양왕(莊襄王) 원년(249 B.C.)에 (…중략…) 처음 '삼천군(三川郡)'을 설치했다." 위소 주: "'三川(삼천)'은 하수(河水)·낙수(洛水)·이수(伊水)이다."

[전중련]『송서』「포조전」에는 아래 구가 '三川莫之能比(삼천도 그것과 견줄 수 없다)'로 되어 있다.

35 **[전진륜]**『관자(管子)』「입정(立政)·수헌(首獻)」: "이(里)에는 장벽을 쌓아

183) '杞梓(기재·기자)'는 좋은 목재이다. '杞梓之利'는 그것으로 벌어들이는 소득을 말한다. 또 '杞梓之才(기재지재)'처럼 걸출한 인재의 비유로도 사용된다.

184) '五陵'은 고조(高祖)·혜제(惠帝)·경제(景帝)·무제(武帝)·소제(昭帝)의 능묘이다. 모두 지금의 섬서성 함양(咸陽) 인근에 소재한다. 여기서는 장안(長安) 즉 전한을 가리킨다. 뒤의 '三川'은 낙양(洛陽) 즉 후한을 가리킨다.

185) '士'가 옳다. '士民(사민)'은 '士庶(사서)'와 같으며 사대부와 일반백성을 가리킨다. '殷富(은부)'는 풍성하고 넉넉한 것이다.

틈새를 막고, 도로는 하나만 만들고 출입문은 하나만 만들어[博出入], '마을의 문[閭閈]'을 세심하게 살피고 문의 빗장을 잘 관리하고 열쇠는 이위(里尉)가 간직하도록 한다."[186)]

36 **[전진륜]** 양운(楊惲) 「손회종에게 보낸 답서[報孫會宗書]」: "[우리 집이 흥성할 적에는] '붉은 바퀴의 수레[朱輪]'[187)]를 타던 사람이 10인이었다."

좌사(左思) 「오도부(吳都賦)」: "약진하는 귀한 말은 발자취가 첩첩하고, '붉은 바퀴의 수레는 바퀴 자국이 겹겹이 포개졌다[躍馬疊跡, '朱輪累轍']."

육운(陸運) 「구민(九愍)」: "'화려한 면류관'에 드리운 옥 장식을 떨친다[振'華冕'之玉藻]."

나머지('重肩(중견)')는 「황폐한 성[蕪城賦]」(주석 5 '人駕肩')에서 보았다.

37 **[전진륜]** 『장자』 「추수(秋水)」: "공자가 말했다. '(…중략…) 요순시대에는 천하에 "곤궁한 사람이 없었는데[無窮人]", 그것은 지혜로 그렇게 된 것은 아니었다.'"

『한서』 「경제기・찬」: "한(漢)이 흥성하게 되면서 번잡하고 가혹한 법령을 없애고, 백성들에게 '민생을 안정시키고 경제력을 회복할[休息]' 시간을 주었다."

38 **[전진륜]** 『한서』 「선제기(宣帝紀)」: "흉노의 '호한야선우(呼韓邪單于)' 계후산(稽侯狦)이 조빙을 왔는데, 알현을 알리면서 번신(藩臣)이라고만 하고 이름을 말하지 않았다."

---

186) 저본에는 단구(斷句)의 오류와 누락이 있는데 바로잡았다. 원문은 다음과 같다. "築障塞匿, 一道路, 博出入, 審閭閈, 愼筦鍵, 筦藏于里尉."

187) '朱輪(주륜)'은 바퀴에 붉은 칠을 한 수레로, 공경열후(公卿列侯) 및 녹봉 2천 석 이상의 고급 관원이 타던 수레이다.

『한서』「두연년전(杜延年傳)」: "[곽광(霍光)이] 현량을 천거하고 '주류와 염철(鹽鐵)의 전매 제도를 파기할 것[罷酒榷鹽鐵]'을 의논했는데, 모두 두연년이 발의한 것이었다."[188]

39 **[전진륜]** '嘉祥(가상 : 길상(吉祥))'은 「거위[野鵝賦]」 주(주석 20)에서 보았다. 반고 「양도부서(兩都賦序)」: "이로써 백성들이 다 즐거워하고, '복을 예시하는 길조가 더욱 성했다[福應尤盛]'."

40 **[전진륜]** 『산해경』「대황동경(大荒東經)」: "청구국(青丘國)이 있는데, 꼬리가 아홉 개 달린 여우가 있다."[189] 이것은 『송서』「부서지」의 원가 연간 기록에는 싣지 않았다.

『산해경』「남차삼경(南次三經)」: "'단혈산(丹穴山)에 (…중략…) 새가 있는데', 그 생김새가 닭[鷄][190] 같으면서 오색찬란한데 이름을 '봉황(鳳皇)'이라고 한다."

『상서중후(尙書中候)』「잡편(雜篇)·상」: "황제(黃帝) 때에 하늘의 기운이 아름답게 형통하고, 오행의 기운(機運)이 상생 변화하여[五行期化],[191] '봉황(鳳皇)'이 높은 누각에 둥지를 짓고 나무에서 울었다."

『송서』「부서지」: "'봉황(鳳皇)'은 어진 새다. 삼을 도려내고 알을 쪼개지 않으면 출현한다. (…중략…) 문제 원가 14년(437) 3월 [병신(丙申)에] 큰 새가

188) '酤鐵(고철)'은 주류와 철을 국가에서 전매하는 것이다.
189) 곽박의 주에 "세상이 태평하면 출현하는데 길조이다[太平則出而爲瑞也]"라고 했다.
190) 저본의 '鵠(곡·학)'은 '鷄(계)'의 오자여서 고쳤다.
191) 저본의 '五得(오득)'은 '五行(오행)'의 잘못이어서 고쳤다.

두 차례 말릉(秣陵) 사람 왕의(王顗)의 동산 자두나무에 모였다. (…중략…) 무늬가 오색찬란하고 꿩처럼 생긴 뭇 새가 뒤를 따랐다. (…중략…) 그 새가 모였던 영창리(永昌里)를 '봉황리(鳳皇里)'로 개칭했다."

[전중련] 『일주서(逸周書)』「왕회(王會)」: "성왕 때에 '청구국에서 구미호를 헌상했다[靑丘獻九尾狐]'."[192)]

41 **[전진륜]** 『한서』「선제기(宣帝紀)」: "'금색 지초 아홉 줄기[金芝九莖]'가 함덕전(函德殿) '동지(銅池)'에서 자랐다." 안사고 주: "'동지'는 낙수받이 통인데, 동으로 만들었다."

『송서』「부서지」: "'가화(嘉禾)'는 오곡의 으뜸으로, 제왕의 덕이 창성하면 두 포기에 하나의 이삭이 붙는다." 원가 연간에 가화가 모두 32번 나타난 상황이 등재되어 있다.[193)]

[전중련] 『송서』「포조전」에는 '六(륙)' 자 아래에 '仞(인)' 자가 있다. 송본에는 '腴(유: 살지다)' 자가 없다.[194)]

---

192) 현존 『일주서·왕회』에는 "靑丘狐九尾(청구국의 여우는 꼬리가 아홉이다)"로 되어 있다. 정복림은 이 말이 『시전명물집람(詩傳名物集覽)』 권3에서 『주서(周書)』를 인용한 것으로 밝혔다(『교주』, 921쪽).

193) '원가(元嘉)' 이하(인용 부호 다음 부분)는 모두 전진륜이 『송서』의 내용을 개괄한 설명이다. 저본에서 인용으로 처리한 것은 잘못이다.

194) 정복림은 장부본을 따라 '腴' 자를 보충했다(『교주』, 903·907쪽 참조). '木禾(목화)'는 전설 속의 거대한 곡물이다. 『산해경』「해내서경(海內西經)」에 나온다. "곤륜산은 사방 팔백 리고 높이가 만 인(仞)이다. 그 위에 '목화(木禾)'가 있는데, 길이가 5심(尋: 1심은 8척)이고 굵기가 다섯 아름이다." 곽박 주에 "'木禾'는 곡류(穀類)이다. 흑수(黑水) 기슭에 자라는데 먹을 수 있다. 『목천자전』에 보인다"라고 했다. 『목천자전(穆天子傳)』 권4에 "흑수의 기슭에, 야맥(野麥)이 있고, '답근(荅菫)'이 있는데, 서막(西膜: 서방 사막)에서 말하는 '목화(木禾)'이

42 **[전진륜]** 반고「양도부서」: "흰 기린, 붉은 기러기, 영지 떨기, 진귀한 솥의 출현을 기린「백린가(白麟歌)」·「주안가(朱雁歌)」·「지방가(芝房歌)」·「보정가(寶鼎歌)」를 '교사와 묘사에 바쳤다[薦於郊廟].'"

「양도부서」: "황궁 밖에는 악부를 설치해 '음률을 맞추는[協律]' 일을 일으켰다."

[전중련] 이 2구는『송서』「포조전」에는 '宜以和協律呂, 謁薦郊廟'로 되어 있다.

43 **[전진륜]** 양웅「극진미신(劇秦美新)」: "[상서로운 조짐들이] '구름이 움직이고' 바람이 스치듯이, '안개가 모이고' 비가 흩뿌리듯이['雲動'風偃, '霧集'雨散] [많이 나타났다.]"

44 **[전진륜]**『좌전』「소공·3년」: "노나라의 보정인 참정(讒鼎·䜛鼎)의 명문에 있다. "'날 새기 전 이른 새벽에 일어나" 성명(盛名)이 밝게 빛났는데, 후대의 자손에 이르러 오히려 나태할 수 있겠는가["昧旦"丕顯, 後世猶怠].'"

[전중련] 송본에는 '昧旦夙興(매단숙흥)'이 '夙興昧旦'으로 되어 있다.

45 **[전진륜]** 반고「서도부」: "'굉장한 규모'를 헤아려 크게 도읍을 일으켰다[度'宏規'而大起]."

『좌전』「양공·28년」: "'멀리까지 도모하는[遠圖]' 자가 충성스럽다."

46 **[전진륜]**『죽서기년(竹書紀年)』「제계(帝癸)」'편(扁)이 군대를 이끌고 민산(岷山)[195]을 정벌하다[扁帥師伐岷山]' 조: "제계(帝癸) 즉 걸(桀)이 편(扁)

다"라고 했다.

195) 원주에 '山民(산민)'으로 된 판본도 있다고 했다.

에게 명령을 내려 산민(山民)을 정벌하게 했다. 산민이 걸에게 두 여인을 시집 보내었는데, 하나는 완(琬)이고 하나는 염(琰)이었다. 걸은 두 여인을 사랑했으나 자식이 없었다. 그들의 이름을 초화옥(苕華玉)에 '새겼다[斲]'. 초(苕)는 '완(琬)'이고, 화(華)는 염(琰)이다."[196]

『한서』「무제기」'登封泰山(원봉(元封) 원년 4월 태산에 올라 봉선을 행했다)' 안사고 주 : "맹강(孟康)은 '돌에 공적을 새기고 연호를 제정한 글은 금책(金策 : 금제의 간책)・석함(石函 : 석제의 상자)・금니(金泥 : 수은과 금을 반죽하여 장식함)・옥검(玉檢 : 옥간(玉簡)의 문서를 보관하는 상자)으로 봉하는 것이 있다'라고 했다."

[전중련] 육기「책수재문(策秀才文)」: "'나라의 성대한 의전'이 있다[有'國之盛典']."

47 **[전진륜]** 사마상여「봉선문(封禪文)」: "삼가 천신을 배알한다[謁款天神]."[197]

『주역』「관괘(觀卦)・상사」: "선왕은 이로써 '각 지방을 살펴[省方]' 민정을 관찰하고 교화를 편다."

[전중련]『상서』「대고(大誥)」: "그래서 나(성왕(成王))는 [우리 우방 제후들을] '크게 깨우쳐[大化]' 이끌려는 것이오."[198]

---

196) 왕국유(王國維)의 '소증(疏證)' 본에는 "癸命扁伐山民, 山民女于桀二人, 曰琬, 曰琰. 后愛二人, 女無子焉, 斲其名於苕華之玉. 苕是琬, 華是琰"으로 되어 있다. 번역은 이를 따랐다. '琬碑(완비)'는 아름다운 옥 비석이고, '鏐檢(류검)'은 질 좋은 황금으로 봉인하는 것으로, 공적을 길이 남기는 것을 말한다.

197) '朝神(조신)'이 바로 '謁神(알신)'이다.

198) 이 대목은 성왕이 삼감(三監)의 난을 평정하러 주공(周公)을 파견하면서 전쟁을 반대하는 대신들에게 동정(東征)의 필요성을 강조한 말이다. 공영달은 "'大化'는

48 **[전진륜]** 『삼국지』「위서 · 명제기(明帝紀)」: "청룡(靑龍) 4년(236) (…중략…) '숭문관(崇文觀)'을 설치하고 '글을 잘 짓는 사람들[善屬文者]'을 불러들여 충원했다."199)

『한서』「예악지(禮樂志)」: "무제는 (…중략…) 교사(郊祀)의 예를 제정하고 (…중략…) 악부(樂府)를 설립하여 (…중략…) 이연년(李延年)을 '협률도위(協律都尉)'로 삼았다."

49 **[전진륜]** 『예기』「단궁(檀弓) · 하」: "조회에는 앉지도 못하고 연회에는 참여도 하지 못한다[朝不坐, 燕不與]."200)

반고 「양도부서」: "[여러 문인 고관들이 부를 지어] 우아하고 차분하게 '끌어올려 찬양했다'[雍容'揄揚']."

50 **[전진륜]** 『춘추원명포(春秋元命苞)』: "하늘과 땅을 만들고 임금을 빚어내어, '이 세 가지 신령스러운 존재[三靈之貺]'를 소통하게 하여, 끊임없이 왕래하며 발단을 같이하게 했다."

속석(束皙) 「보망시(補亡詩)」 "아득히 넓은 구양[茫茫九壤]" 이선 주: "'구양(九壤)'은 구주(九州)이다."201)

51 **[전진륜]** 『통감』「송기(宋紀) · 7」에 원가(元嘉) 24년은 '강어대연헌(强圉大淵獻)'이라고 했는데,202) 이 해는 정해(丁亥)년으로, '해(亥)'는 사유(四維)

교화를 크게 행하는 것[大爲敎化]"이라고 했다.

199) 저본의 '召(소)'는 표점교감본에는 '徵(징)'으로 되어 있다. 뜻은 같다.

200) 저본의 '宴(연)'은 중간송본에는 '燕(연)'으로 되어 있는데, 통용한다.

201) '佇聸(저권(佇眷))'은 오래도록 지켜보며 보살피는 것이고, '注心(주심)'은 '關心(관심)'과 같다.

202) '강어(强圉)'는 천간으로 '정(丁)', '대연헌(大淵獻)'은 지지로 '해(亥)를' 말한

중에서는 북서 방향이다.[203)]

고염무(顧炎武) 『일지록(日知錄)』 권30 '艮巽坤乾(간손곤건)' : "역법을 연구하는 사람들의 천반(天盤) 이십사시(二十四時)에 이른바 '간 · 손 · 곤 · 건'이란 것이 있는데, 그 출발이 어딘지를 모르고 있었다. 내가 보니 『회남자』 「천문훈(天文訓)」에 이런 말이 있다. '자오(子午 : 북남)와 묘유(卯酉 : 동서)는 이승(二繩)이고, 축인(丑寅 : 북동방) · 진사(辰巳 : 남동방) · 미신(未申 : 남서방) · 술해(戌亥 : 북서방)는 사구(四鉤)이며, 북동은 보덕지유(報德之維)이고, 남서는 배양지유(背陽之維)이며, 남동은 상양지유(常羊之維)이고, 북서는 제통지유(蹏通之維)이다.' (…중략…) 이른바 보덕지유 · 상양지유 · 배양지유 · 제통지유가 바로 '간 · 손 · 곤 · 건'이다. 후인들이 문장을 줄여서, 괘명(卦名)으로 그것을 대체한 것일 뿐이다."[204)]

다. 『통감』 「송기 · 7」은 "起强圉大淵獻, 盡上章攝提格, 凡四年. 太祖文皇帝中之下, 元嘉二十四年丁亥(정해년에서 시작하여 경인년(庚寅年)에 끝나니, 모두 4년이다. 태조 문제 중하 편, 원가 24년 정해)"로 시작한다.

203) 중국인은 고대에 팔괘(八卦)로 팔방을 표현했는데, 태(兌, ☱) · 이(離, ☲) · 진(震, ☳) · 감(坎, ☵)은 사우(四隅)라고 하여 각각 서 · 남 · 동 · 북을 가리키고, 건(乾, ☰) · 곤(坤, ☷) · 손(巽, ☴) · 간(艮, ☶)은 사유(四維)라고 하여 각각 북서 · 남서 · 남동 · 북동을 가리킨다. 또 십이지(十二支)로는 술(戌)과 해(亥)는 북서, 미(未)와 신(申)은 남서, 진(辰)과 사(巳)는 남동, 축(丑)과 인(寅)은 북동에 해당한다.

204) '二繩'은 사시(四時)를 대표하는 동지와 하지, 춘분과 추분이 각각 북에서 남, 동에서 서로 이어지는 '두 개의 선'이 되어 직각으로 교차하면서 1년을 네 개의 계절로 구분하는 것을 가리키고, '四鉤'는 丑과 寅, 辰과 巳, 未와 申, 戌과 亥 여덟 개의 시진(時辰)이 연결되면, 그 사이에 네 개의 구석이 생기게 되는데, 이것을 말한다. 음기는 북방에서 극에 달하고 양기는 동방에서 시작하는데, 북동방은 음에서 양으로 나아가는 방향이므로 '報德'의 구석이라고 한다. 양기는 남방에서 극에 달하고 음기는 서방에서 시작하는데, 남서방은 양기를 등지고 음기로 향하

『초사』「이소」‘내 길을 곤륜산으로 바꾸어서[邅吾道夫崑崙兮]’ 왕일 주 : “‘邅(전)’은 전환하는 것[轉]이다.”

『속한서(續漢書)』「율력지(律曆志) : “태양이 ‘동륙(東陸(동방))’에 운행하면 봄이라고 한다.”[205)]

[전중련] 『전송문』에는 ‘邅(전 : 돌다)’이 ‘躔(전)’으로 되어 있다.

『설문해자』 : “‘躔(전)’은 밟는 것[踐]이다.” 서개(徐鍇) 『설문해자계전(說文解字繫傳)』 : “별의 ‘躔次(전차)’는 별이 운행해 나아가는[履行] 것이다.”

52 **[전진륜]** ‘萬壑(만학)’은 「대뢰안에 올라서 누이에게 부친 편지」(주석 43)에서 보았다.

‘千里(천리)’는 「물시계[觀漏賦]」(주석 31)에서 보았다.

53 **[전진륜]** ‘皇明(황명)’은 「영안령 직에서 금지령을 해제하심에 감사하는 계」(주석 7)에서 보았다.[206)]

54 **[전진륜]** 좌사 「영사시(詠史詩)」 제4수 : “담론은 ‘공자’를 준칙으로 했다[言論準‘宣尼’].”

[전중련] ‘봉조(鳳鳥)’ 2구는 『논어 · 자한(子罕)』에 보인다.[207)]

55 **[전중련]** 2구는 『좌전』「양공 · 8년」에 보인다.[208)]

기 때문에 ‘背陽’의 구석이라고 한다. 남동방은 양기가 쇠하지 않고 머물러 있기에 ‘常羊(徜徉)’의 구석이라고 하며, 북서방은 순음(純陰)의 방향으로 양기가 싹터 발밑에서부터 소통하려 하므로 ‘蹏通(蹄通)’의 구석이라고 한다. ‘宮(궁)’은 동사로 머무른다는 뜻이고, ‘乾維(건유)’는 북서쪽이다.

205) ‘蒼陸(창륙)’은 ‘東陸’이다. 동방의 색은 청색이다.

206) ‘曠世(광세)’는 세상에서 보기 드문 것이고, ‘偉觀(위관)’은 장관(壯觀)이다.

207) 「자한」 제8장에 나온다. 이 2구 뒤에 “나는 다 틀렸나보다[吾已矣夫]!”라는 탄식의 말이 붙어 있다.

56 **[전중련]** 송본에는 '미(未)'가 '불(不)'로 되어 있다.

57 **[전진륜]** 『맹자외서(孟子外書)』「성선변(性善辨)」: "1천 년에 성인 한 사람이 출현하는 것은 아침과 저녁 사이처럼 가까운 것이다."209)

[전중련] 『송서』「포조전」에는 '信(신)'이 '大(대)'로 되어 있다.

58 **[전진륜]** 하안 「경복전부」: "또한 [경복전을 건축한 위 명제(明帝)를 보태어] '삼황을 사황으로 부르고 오제를 육제로도 부를 수 있는데', 일찍이 어찌 주 문왕과 하 우왕이 말할 만하겠는가[方'四三皇而六五帝', 曾何周・夏之足言]."210)

『주역』「계사하전」: "성인의 '큰 보물[大寶]'을 지위(地位)라고 한다."

[전중련] 『상서』「필명(畢命)」: "좋은 기풍과 명망을 세운다[樹之風聲]."

『좌전』「양공・31년」: "아름다운 명성을 먼 후대에까지 전한다[令聞長世]."

59 **[전중련]** 『한서』「서전(敍傳)・하」: "나라가 부유하고 형벌이 맑다[國富刑淸]."

「서전・하」: "이에 '큰 덕[洪德・鴻德]'을 폈다."

60 **[전중련]** 『예기』「명당위(明堂位)」: "[주공이] 예와 악을 제정했다[制禮作樂]."

『상서』「우공」: "서울에서 사방 삼백 리 이내 지역에서는 '예악과 제도 등 문화적 교화[文教]'를 헤아린다."211)

---

208) 제7장에 '주시(周詩)'로 인용되어 있다. 이른바 일시(逸詩)이다.

209) 『안씨가훈(顔氏家訓)』「모현(慕賢)」에도 유사한 표현이 있다. "옛사람이 말했다. '1천 년에 성인이 한 사람 나타나는 것은 아침과 저녁의 사이 같고, 오백 년에 현인 한 사람이 나타나는 것은 어깨를 나란히 하는 것과 같다.' 이는 성인과 현인은 얻기가 어렵다는 말이다[古人云: '千載一聖, 猶旦暮也; 五百年一賢, 猶比髆也.' 言聖賢之難得]."

210) '四皇六帝(사황육제)'는 유 송 문제의 치적이 '삼황오제(三皇五帝)'의 반열에 들 만하다는 말이다.

211) '惇風遷俗(돈풍천속)'은 '이풍역속(移風易俗)'과 같은 말이다.

61 **[전진륜]** 심약(沈約) 「제의 고 안륙소왕 소면(蕭緬) 비문[齊故安陸昭王碑文]」 '戎羯窺窬(융갈이 틈을 엿보는데)' 이선 주 : "주봉(朱鳳)의 『진서(晉書)』에 '전후하여 하북(河北)의 여러 군현으로 옮겨 산간에 거주했는데, 이들을 "갈호(羯胡)"라고 부른다'라고 했다."

『진서』 「손초전(孫楚傳)」 : "제왕을 참칭한 자들을 '조정에 머리를 조아리도록[稽顙絳闕]' 했다."

[전중련] 송본에는 '殊華逋羯(수화포갈)'이 '誅箠羯黠(주추갈힐)'로 되어 있고, '絳(강)'은 '象(상)'으로 되어 있다.[212)]

『모시』 「빈풍 · 칠월」 제4장 : "아울러 '무술 연마'를 함께 한다[載纘'武功']."

62 **[전진륜]** 첫 구('鳴禽躍魚(명금약어) : 우는 새와 도약하는 물고기')는 앞(주석 9 '魚鳥動色' 『사기』 「주본기」)에서 보았다.

반고 「동도부」 : "허물을 걷어내고 묵은 때를 씻는다[滌瑕盪穢]."

『사기』 「태사공자서(太史公自序)」 : "우임금이 하천을 준설(浚渫)하여 구주가 평안해졌고, 선방궁(宣防宮)[213)]을 세우기에 이르러 물길을 열어 황하를

---

212) 『송서』 「포조전」에는 '誅箠逋羯'로 되어 있다. '殊華逋羯'은 의미가 통하지 않으므로, 『송서』나 송본처럼 되어야 할 것 같다. 번역은 『송서』를 따랐다. '絳闕(강궐)'은 붉은 칠을 한 궐문(闕門)으로 조정을 가리킨다. 육기(陸機)의 「오등론(五等論)」에 "징과 북이 경성에서 울리고, 창과 화살 '대궐'에 날아다닌다[鉦鼙震於閫宇, 鋒鏑流乎'絳闕']"라고 했다. '束顙(속상)'은 머리를 조아리는 것으로 귀순(歸順)을 뜻한다.

213) 『사기』 「하거서」의 기록에 의하면, 한 무제 때 황하 하류의 호자제(瓠子堤)가 붕괴한 후 그것을 다시 막고 그 제방 위에 선방궁을 세웠다고 한다(卒塞瓠子, 築宮其上, 名曰宣房宮). 사마천(司馬遷)은 이때 무제를 수행하여 이 공정에 참가한 후 『사기』의 「하거서」편을 지었다(余從負薪塞宣房, 悲『瓠子』之詩而作『河渠書』).

소통하게 했다. '「하거서(河渠書)」' 제7권을 지었다."

63 **[전중련]** 송본에는 '協(협 : 협조하다)'이 '同(동 : 함께)'으로 되어 있다.[214)]

64 **[전중련]** 『논어』「태백(泰伯)」: "[공자가 말했다.] 높고도 높도다! '오직 하늘만이 높고 큰데, 요임금만이 그것을 본받았구나[唯天爲大, 唯堯則之]'."

65 **[전진륜]** 반고「전인」: "[심원하고 광대하도다! 하늘의 큰 법칙이여. 그 누가 그것을 끝까지 추구할 수 있겠는가?] 요임금인가, 한나라 황제인가! 한나라 황제인가, 요임금인가[唐哉皇哉, 皇哉唐哉]!"[215)]

[전중련] 송본에는 '讓(양 : 양보하다)' 자가 빠졌다.[216)]

66 **[전중련]** 『광운』: "'覃(담)'은 미치는 것[及]이다."

67 **[전진륜]** 좌사「위도부(魏都賦)」: "금속제 끈으로 묶은 상자 속에 보관한, '하늘에 제사 지낸 내용을 적은, 옥으로 만든 간책'을 엿본다[闚'玉策'於金縢]."

[전중련] 송본에는 '偉(위)'가 '韙(위 : 바르다[是])'로 되어 있다.

반표(班彪)「왕명론(王命論)」: "제왕의 자리는 반드시 밝고 성스럽고 뚜렷하고 아름다운 덕행과 '풍부하고 큰 공리[豐功]'가 누적된 업적이 있어야 한다."

『논어』「헌문(憲問)」: "[정(鄭)의 외교문서는] 동리(東里 : 옛터는 지금의 하남성 신정현(新鄭縣) 성안) 출신 자산(子産)이 '윤문을 했다[潤色]'."

68 **[전진륜]** 「모시대서」: "'頌(송)'은 '성대한 덕의 형상과 모습[盛德之形容]'을

---

214) '民祇(민기)'는 '人祇(인기)' 즉 '人神(인신)'과 같다. 사람과 신령이다.

215) "唐哉皇哉, 皇哉唐哉"에 대해 이현(李賢)은 『후한서』「반고전」 주에서 "'당재(唐哉)'는 요임금을 말하고, '황재(皇哉)'는 한나라 황제를 말한다[唐哉, 謂堯也; 皇哉, 謂漢也]"라고 했다.

216) 정복림은 장부본을 따라 보충했다(『교주』, 903쪽).

찬미하여, 그들이 이룩한 공업을 신명(神明)에게 고하는 것이다."

69 **[전진륜]** 반고 「양도부서」 : "노나라의 공자 해사(奚斯)가 노나라를 찬송했다." 이선 주 : "『한시(韓詩)』 「노송(魯頌) · 비궁(閟宮)」에 '새로 지은 사당 성대하고 아름다워라. 이 시는 "해사"가 지은 것이다[新廟奕奕, "奚斯"所作]'라고 했다. 설군(薛君)은 '해사는 노나라의 공자이다. 이 시는 노나라의 새 사당이 크고 아름답게 성한 것을 말한다. 이 시는 공자 해사가 지은 것이다'라고 했다."

『모시』 「대아 · 증민(蒸民)」 : "'길보'가 이 시를 지었으니, 아름답기가 맑은 바람 같다['吉甫'作頌, 穆如淸風]."

『초사』 「이소」 : "'옥제의 수레 방울'을 딸랑딸랑 울린다[鳴'玉鑾'之啾啾]."

70 **[전진륜]** 반고 「양도부서」 : "따라서 언어(言語 : 시와 문장 등의 문사)로 임금을 모시는 신하들, 이를테면 '사마상여' · 우구수왕(虞丘壽王) · 동방삭(東方朔) · 매고(枚皐) · '왕포(王褒)' · 유향(劉向) 등이, 아침저녁으로 의논하고 사유하며 나날이 다달이 바쳤다." 이선 주 : "'사마상여'는 자가 장경(長卿)이고 무기상시(武騎常侍)를 지냈다. '왕포'는 자가 자연(子淵)으로, 임금이 왕포에게 대조(待詔)토록 했는데, 왕포 등은 자주 천자의 사냥에 시종했으며 간대부(諫大夫)로 발탁되었다."

조식(曹植) 「백마편(白馬篇)」 : "백마의 머리에 '황금 굴레'를 장식했다[白馬飾'金羈']."

[전중련] 『송서』 「포조전」에는 '馳(치 : 달리다)'가 '施(시 : 행하다)'로 되어 있다.

71 **[전진륜]** 장협(張協) 「칠명(七命)」 : "까마득히 먼 변방 아득한 곳에 '자취를

감춘다'['絶景'乎大荒之遐阻]."[217]

[전중련] 『한서』 「예악지(禮樂志)」 「상재유(象載瑜)」 : "찬란히 '빛을 발한다'[爛'揚光']."

72 **[전진륜]** 반고 「양도부서」 : "따라서 '성제 때[孝成之世]'에 그것들을 논하여 기록했는데, 대개 '황제에게 상주한 것이 천여 편이 되었다[奏御者千有餘篇]'. 그리하여 그 후 '한의 문장[大漢之文章]'은 찬란하게 '하・은・주 삼대와 풍격을 같이했다[與三代同風]'."

「양도부서」 : "부를 짓는 이 일이 비록 보잘것없지만, 전대의 신하들이 해오던 '본연의 법식[舊式]'이요, 국가의 '전래해오는 미풍양식[遺美]'이니, 빠뜨릴 수는 없다."

[전중련] 『송서』 「포조전」에는 '議(의 : 의논)'가 '義(의 : 도리)'로 되어 있다.[218]

73 **[전중련]** 『송서』 「포조전」에는 '敢(감 : 감히)'이 '寧(녕 : 어찌)'으로 되어 있다.

---

217) '이곳의 '絶景(절영)'은 '絶影(절영)'으로 조조가 타던 명마의 이름으로 볼 수도 있다. '淸埃(청애)'는 수레 뒤에서 일어나는 맑은 먼지로, 모두 찬송의 글을 창작하는 것을 비유한다. 앞의 '玉鸞(옥란)'이 천자의 말에 매다는 방울이고, '金羈(금기)'가 말에 매는 굴레인 것과도 잘 어울린다.

218) '通議'보다는 '通義'가 낫다. 그런데 오덕풍은 둘 다 '遺美(유미)'의 오류로 보았다. 그 근거는 인용한 반고의 「양도부서」의 뒷부분에 "斯事雖細, 然'先臣之舊式', '國家之遺美', '不可闕'也(글을 짓는 이 일이 보잘것없는 것이지만 '전대의 신하들이 하던 옛 법식'이요, '국가의 전해오는 미풍'이니 '빠뜨릴 수가 없습니다')"라는 표현이 있다는 점이다(41a·b쪽). '通義'는 '遺美'의 형오(形誤)일 가능성이 있어 보인다. 참고할 만한 견해이다. '遺美'는 전해 내려오는 미풍양속이다.

窺刊崩石, 捃逸殘竹,[74] 巢風寂寥, 羲埃綿邈.[75] 鉅生大年, 贍學淵聞,[76] 鞶繡成景, 粉繢顯軒.[77] 徒翫井科, 未覩天河.[78] 亘古通今, 明鮮晦多, 千齡一見, 書史登科.[79]

旋我皇駕, 揆景方塗,[80] 淩周躐殷, 蹶唐轢虞,[81] 如彼七緯, 累璧重珠.[82] 高祖撥亂, 首物定靈,[83] 更開天地, 再鑄群生. 帝御三傑, 龍步八垌,[84] 朔南暨敎, 海北騰聲,[85] 淪深格高, 浹遐洞冥,[86] 龜鼎遷宋, 玄圭告成.[87] 大明方徽, 鴻光中微, 聖命誰堪? 皇曆攸歸,[88] 謀從筮協, 神與民推,[89] 黃旗西映, 紫蓋東輝,[90] 納瑞螭玉, 升政衡機,[91] 金輪豹飾, 珠冕龍衣.[92] 正位北辰, 垂拱南面,[93] 天下何思, 日用罔倦, 復禮歸仁, 觀恒通變,[94] 一物有違, 戚言毁膳.[95] 非躬簡法, 厚下安宅, 謙德彌光, 損道滋益.[96] 孝崇饗祀, 勤隆耕籍,[97] 饘酎秋羊, 封墐春骼,[98] 嬰耄兼粱, 鰥孤重帛.[99] 體由學染, 俗以敎遷,[100] 禮導刑淸, 樂悒風宣,[101] 分衢讓齒, 折訟歸田,[102] 野旌伏彦, 朝賞登賢.[103] 儒訓優柔, 武節猋鷙,[104] 文憲精宏, 戎容犀利.[105] 樞鈐明審, 程蘸周備,[106] 吏礪平端, 民羞幸覬.[107] 桴鼓凝埃, 烽驛垂轡,[108] 銷我長劍, 歸爲農器.[109] 閩外水鄕, 郭表炎國,[110] 隴首西南, 渤尾東北,[111] 艴艴嶺丹, 渾渾泉黑,[112] 移琛雲朔, 轉集邛僰,[113] 狼歌薦功, 鳥譚陳德.[114] 治博化光, 民阜財盛,[115] 班白行謠, 淸綺高詠,[116] 雲表幽和, 物章明慶, 麗植雕質, 蠢行藻性,[117] 仁草晨莩, 德宿宵映.[118] 海無隱飈, 山有黃落,[119] 牛羊內首, 閭戶外拓,[120] 瑞木朋生, 祥禽輩作,[121] 薰風蕩閨, 飴露流閤,[122] 器範神妙, 劑調衆藥.[123]

匪直也斯, 偉慶方臻,[124] 注彼四瀆, 媚此雙川,[125] 伏靈遙紀, 閟貺遐年,[126] 澄波海岳, 鏡流蔥山.[127] 泉室凝澱, 水府淸涓,[128] 俛瞰夷都, 降眡驪淵,[129] 朱宮潛耀, 紫閣陰鮮.[130] 昔在爽德, 王風不昌,[131] 迺溢迺竭, 或壅或亡.[132] 潔源濫壑, 曾是未央.[133] 先民永慨, 大道悠長,[134] 云何其瑞, 實鍾我皇?[135] 聞諸師說, 天竦聽密,[136] 介焉如響, 匪遠惟疾,[137] 矧是皇心, 妙夫貞一,[138] 左右天經, 戶牖人術,[139] 訏謨布簡, 絲言盈室,[140] 穢有緜祀, 淸豈崇日. 一人之慶, 吹萬秉和,[141] 靈根方固, 修源重波.[142] 副睿貳哲, 帝體皇柯,[143] 景雲蔚嶽, 秀星駢羅.[144] 垂光九野, 騰響四遐,[145] 輔車鼎足, 磐石虎牙,[146] 世匹周室, 基永漢家.[147] 泰階旣平, 洪河旣淸,[148] 大人在上, 區宇文明,[149] 樵夫議道, 漁父濯纓.[150] 臣照作頌, 鋪德樹聲.

이지러진 비석에 새겨진 기록 살피고, 부서진 죽간의 유실된 것 주워 모아도,

유소씨有巢氏의 세상은 적막하게 아득하고, 복희씨의 시대는 까마득히 멀 뿐이요.

아득히 멀고 긴 세월이 흐르면서, 배움이 넉넉해지고 견문이 정심해져,

주 성왕과 한 경제를 수놓아 찬양하고, 전욱과 황제를 아름답게 분식했네.

좁은 우물 안에서만 노느라, 넓은 은하수를 못 보았으나,

상고부터 오늘에 이르기까지, 밝은 일은 적었고 어두움 많아,

천 년에 한 번 보는 상서로운 현상은, 찬송한 내용이 서책에 실려 있다.

곧이어 우리 송 왕조의 황제가, 해그림자 헤아리어 나아갈 길 정하자,

주나라를 능가하고 은나라를 넘으며, 당요唐堯를 밀치고 우순虞舜을 짓밟아,

저 빛나는 일월日月과 금목수화토 다섯 별이, 벽옥처럼 포개지고 진주처럼 늘어섰다.

무제가 발란반정撥亂反正 난세를 평정하고, 첫 황제로 즉위하여 위령을 확정하여,

하늘과 땅 새로이 다시 열었고, 뭇 생령을 다시 새로 빚어내었네.

황제께서 빼어난 신하들을 거느리고, 용처럼 범처럼 팔방을 병합하여,

북쪽에서 남쪽까지 교화가 미치고, 바다의 북쪽에도 명성이 들끓었네.

심연까지 미치고 고공까지 다다르며, 먼 곳까지 스미고 어두운 곳 통찰하여,

천하의 운세가 송나라로 옮겨오고, 특별히 큰 훈업이 완성을 고하였네.

큰 밝음이 바야흐로 아름답더니, 큰 빛이 중도에서 희미해졌다.

성스러운 천명을 맡은 이 누구인가? 황통이 폐하에게 귀의하였다.

계책과도 합치하고 점괘와도 부합되며, 귀신도 함께하고 백성들도 밀어줬다.

천자의 황색 깃발 서쪽을 비추고, 천자의 자색 수레 동쪽에서 빛난다.

상서로운 용 모양의 옥새를 가납하고, 천문을 관찰하여 승평을 이룩했다.

황금빛 수레에 표범 무늬 장식하고, 진주 면류관에 곤룡포를 입으셨다.

북극성이 중앙에 자리를 잡고서, 옷깃을 드리우고 팔짱 끼고 남면하니,

천하의 백성들이 무슨 걱정 있으랴? 날마다 활용하여 게으르지 아니하네.

예의에 합당하고 인으로 귀의하며, 항구성을 살피고 변화에도 통달하여,

도리에 어긋남이 하나라도 있으면, 백성을 걱정하며 반찬을 줄이셨네.

자신을 박대하고 법 집행은 간소하게, 아랫사람 후대하고 집안을 편케 했다.

겸양의 미덕은 더욱더 빛나고, 손실 감내 도리는 더욱더 번성한다.

효성에선 제사를 숭상하였고, 근면함은 적전籍田 친경親耕 융숭히 했다.

가을에는 제물 갖춰 종묘에 제사하고, 정월에는 땅에 드러난 해골을 매장했다.

영아와 노인에게 곡식 배로 나눠주고, 홀아비와 고아에게 비단 배로 주었다.

자신의 바탕은 배움으로 물들이고, 사회의 습속은 교화로써 바꾸니,

예절이 바로 서고 형벌이 맑아지며, 음악이 창성하고 바른 풍속 널리 펴져,

남녀가 유별하고 연장자에 양보하며, 송사를 처결하여 화해를 이끌었네.

재야에선 은둔 선비 찾아내어 표창하고, 조정에선 어진 신하 등용하여 포상하네.

너그러운 훈도는 부드럽고 관대하며, 씩씩한 기개는 불꽃처럼 용맹하다.

예법과 제도는 정밀하고 광대하며, 군대의 위용은 견고하고 예리하다.

사물의 핵심을 밝게 살피고, 규정과 법도를 두루 갖췄다.

관리는 공명정대 힘써 갈고닦으며, 백성은 요행수를 부끄러이 여긴다.

북채와 북에는 먼지가 엉겨 붙고, 변방 경보 역마는 고삐를 드리웠다.

우리의 장검을 모두 녹여서, 모조리 농기구로 바꿔버렸다.

민월閩越 지역 이남의 물 고을에서, 장군鄣郡 지역 바깥의 염방炎方에까지,

농수산隴首 남서쪽의 북서부에서, 발해 끝 북동쪽의 북동부까지,

붉은빛 찬란한 오령 이남 지역부터, 검은빛 넘실대는 흑수黑水 이북 지역까지.

운중과 삭방에서 보물을 옮겨오고, 공도邛都와 북도僰道에서 사냥매를 보내오며,

백랑국白狼國은 송가로 공적을 기리고, 남방의 야만국도 덕치를 찬송하네.

치적이 널리 퍼지고 교화는 찬란하며, 백성들은 넉넉하고 물산은 풍성하다.

반백의 노인은 길을 가며 흥얼대고, 싱그러운 젊은이는 소리 높여 노래한다.

구름은 화락한 서상瑞祥을 나타내고, 물상은 경사로운 길조를 드러낸다.

고운 바탕 다듬기를 엄격하게 실천하고, 선한 덕성 가꾸기를 꾸준하게 행한다.

상서로운 주초朱草가 새벽에 피어나고, 경사스러운 덕성德星은 밤중에 빛난다.

바다에는 숨어 있는 회오리도 일지 않고, 산에는 숲을 만들 나무가 풍부하며,

소와 양도 안으로 머리를 조아리고, 여염집은 밖으로 확장해 나갔으며,

상서로운 나무는 짝을 지어 자라나고, 상서로운 새들은 무리 지어 비상하며,

훈풍은 문을 통해 불어 들오고, 감로는 누각에서 흘러내리네.

기량과 법도는 신기하고 오묘하며, 질병을 치료할 온갖 약물을 조제하네.

이에 그칠 뿐만이 아니었으니, 위대한 경사가 바야흐로 모여든다.

저 네 개의 큰 도랑에 흘러 모이고, 이 두 개의 하천을 아름답게 한다.

아득한 시간 동안 신령스러움 간직하고, 기나긴 세월 동안 좋은 선물 감추다가,

곤륜에서 맑은 물결 일으키어서, 파미르고원을 거울처럼 흘러왔다.

물속의 거처방에 찌꺼기는 가라앉고, 깊은 물은 맑고도 깨끗해졌다.

빙이冰夷가 사는 황하 굽어살피고, 검은 용이 사는 심연 내려다본다.

붉은 궁궐은 물속에 잠겨 빛나고, 자주 전각은 그늘에서 선명하구나.

옛날에 제왕이 덕화를 어겨, 왕자王者의 기풍이 창성하지 않을 적엔
넘치기도 하였고 마르기도 하여서, 옹색해지거나 멸망해 버렸네.
맑은 원천이 골짝에 넘치게 되면, 일찍이 다해버린 적이 없었네.
옛 성현이 길게 탄식했듯이, 큰 도가 행해진 건 아득히 먼데,
어찌하여 그러한 상서로움이, 실로 우리 황실에 모여든 건지?
옛 스승들 말씀을 들어보면은, 하늘은 높아도 듣는 것은 정밀해,
미세하고 잔단 일도 메아리처럼, 저 먼 곳에 빠르게 전해진단다.
하물며 황제의 마음 쓰심은, 오묘하여 올곧고 한결같을 뿐이라
하늘의 현상을 가까이 살피시어, 인사를 시행하는 방도로 삼았다.
원대한 계획은 죽간에 기록하고, 명주실 같은 말씀 방안에 가득하다.
무성하여 대대손손 이어질 테니, 맑음이 어찌 하루에 그칠 뿐이랴.
한 사람에 일어난 경사로운 일이, 만인에게 두루 미쳐 모두 다 화락하고,
신령스러운 바탕이 바야흐로 단단하니, 먼 원천은 맑은 물결 거듭할 테고.
폐하는 예성叡聖 철왕哲王 자질 지니고, 천자의 체모와 황제 법식 갖추어,
상서로운 구름이 산악에 울창하고, 빼어난 덕성德星이 가지런히 늘어섰네.
광채를 구주에 두루 드리우고, 소리를 사방의 먼 끝까지 울리네.
의지하며 보좌하는 세력이 굳건히 확립되어, 너럭바위와 범 이빨처

럼 굳건하다네.

재왕의 세대는 주실周室에 필적하고, 왕업의 토대는 한조漢朝만큼 영원하네.

삼태성의 별들이 평평해지고, 황하의 물길이 맑아졌도다.

훌륭한 덕 갖춘 분이 위에 계시어, 온 천하가 문명 교화 입게 되었다.

나무꾼이 치국의 도를 의논하고, 어부가 갓끈을 씻게 되었다.

신 포조가 이 송가를 지어 바치니, 인덕仁德을 전파하고 성예聲譽를 세우련다.

【주석】

74 **[전진륜]** 첫 구(‘竊刊崩石’)는 「서」의 주(주석 4 ‘鏤山嶽(루산악)’)에서 보았다.

『한서』 「예문지(藝文志)」 : “무제 때에 군정(軍政) 양복(楊僕)이 ‘유루하고 유실된 자료들을 주워 모았다[捃摭遺逸]’.” 안사고 주 : “‘捃摭(군척)’은 잃어버린 것을 주워 모으는 것[拾取]이다.”

순욱(荀勖) 「목천자전서(穆天子傳序)」 : “『목천자전』은 서진 무제 태강(太康) 2년(281)에 급현(汲縣) 주민이 옛 무덤을 발굴하여 얻은 책인데, 모두 ‘죽간(竹簡)’을 흰 명주실로 엮은 것이다.”

75 **[전진륜]** 『사기』 「보삼황본기(補三皇本紀)」[219)] : “‘유소씨(有巢氏)’, [(…중

219) 『사기색은(史記索隱)』의 저자 사마정(司馬貞)이 『사기』에 「오제본기」만 있고 ‘삼황본기’가 없는 것 때문에 보충해 넣은 것이다. 금본에는 대부분 빠져 있다.

략…) 무회씨(無懷氏) 등, 이들이 대체로 삼황 이래로] 천하를 통치한 자라는 칭호를 가졌다."

반고 「전인」: "결승과 계각 이전의 시대에는 '쓸쓸하고 공허하여' 알려 전할 문자가 없었으니, 『주역』의 「계사전」에서는 그 이전 것을 수집하여 글로 설명할 수가 없었다[踰繩越契, '寂寥'而亡詔者, 系不得而綴也]."

육기 「문부(文賦)」: "짧은 편폭 안에 '심원한 내용'을 담는다[函'綿邈'於尺素]."[220]

76 **[전진륜]** 『장자』「소요유(逍遙遊)」: "단명하는 것은 '장수하는 것[大年]'에 미치지 못한다."[221]

77 **[전진륜]** 『양자법언(揚子法言)』「과견(寡見)」: "오늘날의 학자들은 문장을 아름다운 문채로 꾸밀 뿐만 아니라, '그것을 허리띠와 패건(佩巾)에 수놓는다[繡其鞶帨]'."

『한서』「경제기(景帝紀)」: "주대에는 '성왕'과 강왕을 말하고 한대에는 문제와 '경제'를 말하노니, 훌륭하도다[周云'成'·康, 漢言文·'景', 美矣]!"

『사기』「오제본기」: "황제는 소전(少典)의 아들로, 성은 공손(公孫)이고 이름은 '헌원(軒轅)'이다. (…중략…) '전욱(顓頊)' 고양씨는 황제의 손자이고 창의(昌意)의 아들이다."[222]

---

220) '巢風(소풍)'과 '羲埃(희애)'의 '風'과 '埃'는 '風埃'의 호문으로 보아 시대와 세상으로 풀이했다.

221) '鉅生大年(거생대년)'의 '生'과 '年'도 '生年(살아온 세월)'의 뜻으로 보았다. '鉅'는 '巨(거)'와 같다.

222) '鞶繡(반수)'와 '粉繢(분회(粉繪))'는 찬미하여 기리고 분식하는 것이다.

78 **[전진륜]** 『맹자』「이루(離婁)·하」 "[물은 원천에서 흘러와] 구덩이를 채운 뒤에 나서 나아간다[盈科而後進]." 조기(趙岐) 주 : "'科(과)'는 구덩이이다."223) 『모시』「대아·운한(雲漢)」 제1장 "높도다! 저 '운한'이여[倬彼雲漢]." 정현 전 : "'雲漢'은 '천하(天河 : 은하수)'를 말한다."

79 **[전진륜]** 왕가(王嘉) 『습유기(拾遺記)』 : "신선이 사는 단구(丹丘)는 천 년에 한 번 밝아지고[千年一燒], '황하는 천 년에 한 번 맑아지는데[黃河千年一清]', 지성(至聖)의 군주는 그것을 커다란 서상(瑞祥)으로 여긴다."224)

80 **[전진륜]** 『모시』「용풍(鄘風)·정지방중(定之方中)」 : "'해그림자를 헤아려 방향을 정해[揆之於日]', [초구(楚丘)에 거택을 지으셨네.]"225) 공영달 소 : "해가 뜨고 지는 것을 헤아려 그 그림자를 측량하는 것을 말한다."

81 **[전진륜]** 『박아(博雅)』 : "'淩(릉)'은 달리는 것[馳]이다."

---

223) '井科(정과)'는 '井坎(정감)' 즉 '坎井(우물)'과 같다. 이 구는 우물 안 개구리와 같다는 뜻이다.

224) '科(과)'는 송본·주응등본·장씨원간본과 『전송문』에는 '歌(가)'로 되어 있는데, 옳다. 『악부시집』에 이렇게 설명했다. "'登歌(등가)'라는 것은 제사(祭祀)나 연향(宴饗)에서 '당상에서 연주하는 음악[堂上所奏之歌]'이다. 『예기』「명당위(明堂位)」에서 '당상에 올라가 「청묘」를 노래하고["升歌"淸廟], 당 아래에서 「상무」를 취주한다[下吹象武]'라고 했고, (…중략…) 『상서대전(尙書大傳)』에 '옛날 제왕이 「청묘」를 "승가(升歌)"할 때는 우와 슬[竽瑟]의 소리가 사람의 노랫소리를 어지럽히지 않게 종과 우(竽) 같은 악기를 없앴는데, 「청묘」를 "승가"하는 것은 선인의 공렬(功烈)과 덕택(德澤)을 노래하는 것이기 때문이다'라고 했다. 이에 의하면, '등가'라고 하는 것은, 각자 조종(祖宗)의 공덕을 칭송하기 위해, 악기 반주를 없애고 지극한 덕을 밝힌 것이다." 여기서는 찬양하여 칭송한다는 뜻이다.

225) 「정지방중」은 위(衛) 문공(文公)을 찬미한 시다. '揆景(규영)'은 해그림자를 측량해 시각과 방위를 확정하는 것이다. '方塗(방도)'는 나아갈 올바른 길을 변별하여 정하는 것이다.

『초사』「구가 · 국상(國殤)」 ‘淩余陣兮躐余行(우리 진지 침범하여 우리 대오 짓밟는다)’ 왕일 주 : “‘躐(렵)’은 짓밟는 것[踐]이다.”

『설문해자』 : “‘蹷(궐)’은 쓰러지는 것[僵]이다.”

『설문해자』 : “‘轢(력)’은 수레가 짓밟는 것[車所踐]이다.”

82 **[전진륜]** 유주(劉晝) 『유자신론(劉子新論)』[226] 권2 「사순(思順)」 : “‘칠위(七緯)’가 법도에 따르면서 천상(天象)을 밝힌다.” ‘칠위’는 해와 달과 금 · 목 · 수 · 화 · 토성의 다섯 별이다.

『송서』 「부서지」 : “요(堯)임금이 제위에 있을 때, ‘해와 달이 벽옥을 합한 듯이 동시에 떠오르고[日月如合璧]’ ‘오성이 진주를 꿴 듯이 나란히 서 있었다[五星如連珠]’.”

[전중련] 『계서』 : “『역곤령도(易坤靈圖)』에서 말했다. ‘지극한 덕치가 이루어지는 왕조에는 “해와 달이 구슬을 이은 것 같고[日月連璧]” 초하루와 보름의 월상(月像)이 가장 정밀한데, “해와 달은 보석을 합친 듯하고, 오성은 진주를 꿴 듯하다[日月如合寶, 五星如連珠]”.’”

83 **[전진륜]** 『송서』 「무제기(武帝紀)」 : “고조 무황제는 이름이 유(裕)이고 팽성현(彭城) 수리(綏里 : 지금의 강소성 서주시(徐州市) 동산구(銅山區)) 사람이다. 한 고조 유방의 이복 아우 초원왕(楚元王) 유교(劉交)의 후예이다. 동진 안제(安帝) 의희(義熙) 14년(418) 6월에 상국(相國)과 송공(宋公)에 구석의 예[九錫之禮][227]로 임명되었다. 공제(恭帝) 원희(元熙) 원년(419) 정월에

226) 저본의 ‘劉勰(류협)’은 ‘劉晝(류주)’의 잘못이어서 바로잡았다. 『신론(新論)』은 유주의 『유자신론(劉子新論)』으로 흔히 『유자(劉子)』라고 한다.

송공의 작위가 송왕(宋王)으로 승등(陞等)했다. 2년(420) 6월에 동진 공제가 송왕에게 제위를 선양했다."

『한서』「고제기(高帝紀)」: "모든 신하가, '황제께서는 미천한 신분에서 떨쳐 일어나 "난세를 바로잡아 그것을 올바른 방향으로 돌려[撥亂世反之正]", 천하를 평정하고 한나라의 태조가 되셨으니, 그 공이 으뜸이라 시호를 "고황제(高皇帝)"로 높이어 부르자'라고 말했다."

『주역』「건괘·단사(彖辭)」: "건도(乾道)는 '온갖 사물 중 으뜸으로 나서서[首出庶物]', [만국이 다 평안하다[萬國咸寧].]"[228)]

84 **[전진륜]** 『사기』「고조본기」: "[고조가 말했다.] 병영 막사에서 작전을 짜고 지휘를 하며 천 리 밖 전장에서 승부를 결정짓는 것은, 나는 장량(張良)보다 못하다. 국가를 수호하고 백성을 위무하며 양식을 공급하고 보급로가 끊어지지 않게 하는 것은, 나는 소하(蕭何)보다 못하다. 백만 대군을 연합하여 싸우면 반드시 이기고 공격하면 반드시 탈취하는 것은, 나는 한신(韓信)보다 못하다. 이 세 사람은 모두 '인걸(人傑)'이다. [나는 그들을 쓸 수 있었다. 이것이 내가 천하를 취할 수 있었던 이유이다.]"

---

227) '九錫'은 고대 중국에서 천자(天子)가 제후·대신 등 특별한 공로가 있는 신하에게 내리던 아홉 가지 은전(恩典), 즉 거마(車馬)·의복(衣服)·악현(樂縣·樂懸: 종(鐘)·경(磬) 등 매다는 악기)·주호(朱戶: 홍칠을 한 대문)·납폐(納陛: 어전으로 오를 때 신분 노출을 피하는 귀빈 전용 계단, 또는 층계가 낮거나 기울기가 덜한 계단으로 갈 수 있는 특권)·호분(虎賁: 문을 지키는 약간 명의 무사)·궁시(弓矢)·부월(斧鉞: 죄인을 주살할 수 있는 권한)·거창(秬鬯: 검은 기장과 향초(香草)를 섞어 빚은 술)이다.

228) 왕필(王弼)은 "만국이 다 편안한 까닭은 각국에 군주가 있기 때문이다"라고 했다.

『후한서』「하진전(何進傳)」: "진림(陳琳)이 말했다. (…중략…) '지금 장군은 (…중략…) "용마가 고개를 쳐들고 범이 걸음을 옮기듯 위풍당당하며[龍驤虎步]" 가슴속에는 상황 파악과 기민한 일 처리 능력을 지니고 있습니다.'"
장준(張駿) 「동문행(東門行)」: "상서로운 구름이 '팔극'을 뒤덮고, 감미로운 비가 '사방 먼 곳'을 적신다[慶雲蔭'八極', 甘雨潤'四坰']."

85 **[전진륜]** 『상서』「우공」: "'북쪽과 남쪽으로 우(禹)의 명성과 교화가 미쳐[朔南暨聲敎]' 사방의 먼 변방까지 이르렀다."

86 **[전진륜]** 육기 「한 고조 공신 송가[漢高祖功臣頌]」: "문성후(文成侯) 장량(張良)은 군사를 일으킴에 있어, '유명계(幽冥界)의 일까지 통달하고 통철했다[通幽洞冥]'."[229]

87 **[전진륜]** 2구 모두 「서」의 주석(주석 44 '昧旦(매단)'과 주석 7 '玄玉(현옥)')에서 보았다.

88 **[전진륜]** 『송서』「소제기(少帝紀)」: "이름은 의부(義符)이고 무제의 장자이다. (…중략…) 일상의 기거와 행위[居處所爲]에 과실이 많았다. (…중략…) 태후가 명령을 내렸다. '(…중략…) 이제 형양왕(滎陽王)으로 폐하노라. (…중략…) 진서장군(鎭西將軍) 의도왕(宜都王) 의륭(義隆)을 맞아들여 "황통(皇統)"을 계승토록 하라.'"[230]

---

229) '淪深格高(륜심격고)'는 깊은 물 속까지 내려가고 높은 하늘까지 다다르는 것이다.
230) 인용문 중 '太后' 뒷부분은 태후가 내린 명령에 들어 있는 말이다. '진서장군 의도왕 의륭'은 '원가(元嘉)의 치세'를 이룩한 문제(文帝, 424~453 재위)이다. '큰 빛이 중도에 희미해진' 것은 소제(少帝, 422~424 재위)가 용렬하여 즉위 2년 만에 폐위된 일을 말한다.

89 **[전진륜]**『상서』「대우모(大禹謨)」: "[순임금이 말했다.] 내 뜻은 먼저 정해졌는데, '사문하고 상의한 의견도 모두 일치하고[詢謀僉同]', '귀신도 다 귀의하고 점괘도 모두 합치되었다[鬼神其依, 龜筮協從]'."

90 **[전진륜]**『삼국지』「오서 · 오주전」'[황무(黃武) 4년] 태상 고옹(顧雍)을 승상으로 삼다[以太常顧雍爲丞相]' 배송지 주 : "[위소(韋昭)의『오서(吳書)』에 있다.] 진화(陳化)가 말했다. '『주역』「설괘전(說卦傳)」에서 만물은 동방인 진방(震方)에서 생겨난다고 했으며, 게다가 선현은 천명을 잘 안다고 들었습니다. 전부터 전해오는 말에 의하면, 천자의 의장인 "자주색 수레 덮개[紫蓋]"와 "황색 기치[黃旗]"는 그 기운이 남동방에 있습니다.'"

[전진륜] 송본에는 '映(영)'이 '暎(영)'으로 되어 있다.231)

91 **[전진륜]** 채옹「독단」: "천자의 어새(御璽)는 옥에 용무늬를 조각한 '옥리(玉螭)'와 범 모양의 조각을 한 호뉴(虎紐)로 한다."

『상서』「순전(舜典)」: "'선기옥형(璇璣玉衡)'을 살펴서 '칠정(七政)'을 정리했다."232)

92 **[전진륜]**『주례』「하관사마 · 제복(齊僕)」: "제후가 천자를 봄 · 여름 · 가을 · 겨울에 빙문(聘問)하는 조(朝) · 종(宗) · 근(覲) · 우(遇)와 빈객에게 연향

---

231) '暎'은 '映'의 속자이다.

232) 이 구에는 대체로 두 가지 해석이 있다. 하나는『상서정의(尙書正義)』의 견해로, '선기옥형'을 옥으로 만든 천체 운행 관측기구, 즉 '혼천의'로 보고 '칠정'을 일월(日月)과 오성 즉 '칠요(七耀)'로 보아, '옥으로 만든 혼천의를 살피어 일곱 천체의 운행을 바로잡았다'라고 풀이한다. 다른 하나는『사기』「천관서(天官書)」의 견해로, '선기옥형'을 '북두칠성'으로 본다. "'북두칠성'은 이른바 '"선기옥형"으로, 칠정(七政)을 정리했다'라고 한 것이다[北斗七星, 所謂'璇璣玉衡, 以齊七政']."

(宴享)을 베푸는 향례(饗禮)와 식례(食禮)에 모두 '황금빛 큰 수레[金路]'를 몰아 빈객을 모신다."

『모시』「소아・채기(采芑)」 제2장 : "붉은 가죽으로 차축을 감싸고 가로나무에 무늬를 장식한다['約軝'錯衡]." 정현 전 : "'約軝(약저)'는 수레바퀴의 장식이다."

최표(崔豹) 『고금주(古今注)』「문답석의(問答釋義)」 : "우형(牛亨)이 물었다. "'면류관(冕旒冠)"은 번로(繁露 : 면류관에서 진주를 수실로 꿰어 드리운 것)로 꾸민다는 것은 무슨 말인가?' 답했다. "'진주(珍珠)"를 엮어 드리우는데, 포개진 것이 이슬이 많이 맺힌 것 같다는 뜻이다.'"

『상서』「익직(益稷)」 : "[나는 고인의 무늬를 살펴, 해와 달과 별[日月星辰]과] 산과 '용'과 꿩의 여섯 가지로 옷의 무늬를 만들려 한다[山'龍'華蟲作繪]."

93 **[전진륜]** 『주역』「정괘(鼎卦)・상사」 : "군자는 이 괘의 형상을 보고 '위치를 바로잡고[正位]' 교령(敎令)을 엄정하게 한다."

『상서』「무성(武成)」 : "[무왕은 직무마다 적임자를 선발하여 맡기고 자신은] '옷깃을 드리우고 팔짱을 낀 채 힘들이지 않고 있었지만' 천하는 잘 다스려졌다['垂拱'而天下治]."

[전중련] 『주역』「설괘전」 : "성인은 '남쪽을 향하고 천하의 정사를 듣는다[南面而聽天下]'."

94 **[전진륜]** 첫 구 '天下何思(천하하사)'는 「자벌레」(주석 8 '何慮何思')에서 보았다.

『주역』「계사상전」 : "[음양이 교차하여 만물이 생성 변화하는 원리를] 백성들은 '날마다 활용하면서도[日用]' 알지 못한다."

『주역』「계사하전」: "[황제와 요순이] '시대에 따른 변화의 원리에 통달하여[通變]' 백성들이 '게으르지 않도록[不倦]' 했다."

『주역』「항괘(恒卦) · 단사」: "'그 항구 불변의 현상을 살피면[觀其恒]' 천지 만물의 실정을 알 수 있다."

[전중련] 『논어』「안연(顔淵)」: "하루라도 자기의 사욕을 억제하고 '언행이 예의에 합당하게' 할 수 있으면 천하 사람들이 모두 '인으로 귀의할' 것이다[一日克己'復禮', 天下'歸仁'焉]."

95 **[전진륜]** 『상서』「다방(多方)」: "[하의 걸(桀)은] 백성들을 '염려하는 말[戚言]'을 하려고 하지 않았다."

『한서』「선제기(宣帝紀)」: "[원평(元平) 4년 정월에 조칙을 내렸다.] '(…중략…) 올해는 흉년이 들어서 [이미 사자를 파견하여 궁핍해진 사람들을 진휼하도록 했다.] 태관령(太官令)더러 "반찬의 가짓수를 줄이게[損膳]" 하고, [재인(宰人)의 수를 줄이도록 하라.']"

96 **[전진륜]** '非(비)'는 마땅히 '菲(비)'가 되어야 한다.

『진서』「무제기」: "장차 '법령을 간소화하고 근본에 힘쓰는 것[簡法務本]'으로써, 해내(海內)의 백성들에게 은혜로 보살피도록 하라."

『주역』「박괘(剝卦) · 상사」: "윗사람은 '아랫사람에게 넉넉하게 해 편안히 기거하도록[厚下安宅]' 해야 한다."

『주역』「겸괘(謙卦) · 단전」: "겸손하면 더욱 높아지고 밝아진다[謙尊而光]."

『주역』「익괘(益卦) · 단전」: "'윗사람이 손해를 보고 아랫사람에게 이익을 주면[損上益下]' 백성들의 기쁨은 무궁할 것이다."

[전중련] 송본에는 '非'가 '菲'로 되어 있다.[233)]

97 **[전진륜]** 『모시』 「노송 · 비궁(閟宮)」 제3장 : "'제사 받들기'를 어기지 않는다['享祀'不忒]."

『예기』 「월령」 '맹춘지월' : "[천자는 삼공 · 구경 · 제후 · 대부를 거느리고] '황제의 적전에서 몸소 농사를 짓는다[躬耕帝籍]'."

98 **[전진륜]** 『설문해자』 : "'饘(전 : 진하게 쑨 죽)'은 주(周)나라에서는 '饘'이라고 하고, 송(宋)나라에서는 '호(餬)'라고 했다."

『서경잡기(西京雜記)』 : "한나라의 제도는 종묘에서 팔월에 '음주(飮酎)'를 하는데, '구온(九醞)과 태뢰(太牢)'를 사용했다."[234)]

'封(봉)'은 「휴가를 청하는 계」 제2편(주석 6)에서 보았다.

'墐(근)'은 「물시계를 보고」(주석 10)에서 보았다.

『예기』 「월령 · 맹춘지월」 : "'들판에 널려 있는 해골을 매장해준다[掩骼埋胔]'."

99 **[전진륜]** 『석명』 「석장유(釋長幼)」 : "사람이 갓 태어난 것을 '嬰兒(영아)'라고 한다."

『예기』 「곡례 · 상」 : "여든과 아흔을 '耄(모)'라고 한다."

위 문제 조비 「환계에게 하사하는 조서[賜桓階詔]」 : "선자(宣子)는 검약한

---

233) 주응등본과 『전송문』에도 '菲'로 되어 있고, 노문초는 '非'로 교감했다. '菲'가 낫다. '菲躬'은 자신에게 비박(菲薄)하게 대하는 것이다.

234) 통행본 『서경잡기』의 원문("漢制宗廟, 八月飮酎, 用九醞太牢.")을 근거로 번역했다. '구온(九醞)'은 정월에 처음 빚어 팔월에 완성한 술로 '순주(醇酒)'라고도 한다. '태뢰(太牢)'는 종묘 제사에 소와 양과 돼지를 온전하게 갖춘 희생을 말한다.

생활을 지키어 대광주리 밥에 생선국으로만 끼니를 때웠기에 '기장을 더 하사해준[加粱之賜]' 일이 있었다."

『윤문자(尹文子)』[235] 「대도(大道) · 상」 : "옛날 진(晉)은 극심하게 사치하여, 문공(文公)은 검약함으로 그것을 바로잡고자 했다. 그래서 의복은 '비단옷을 겹쳐 입지[重帛]' 않고 음식은 고기를 두 가지 이상 같이 먹지 않았다."

100 [전진륜] 『진서』 「우부전(虞溥傳)」 : "'배움이 사람을 물들이는 것[學之染人]'은 단청이 건물을 물들이는 것보다 심하다."

101 [전중련] 『예기』 「제통(祭統)」 : "[어진 자는 제사를 지냄에 있어서 (…중략…)] '예로써 인도를 한다[道之以禮]'."[236]

102 [전진륜] 『모시』 「대아 · 면(緜)」 제9장 : "우와 예가 그 공평함을 판단해주기를 청하니, 문왕께서 그 성정을 깨우쳐주셨네[虞芮質厥成, 文王蹶厥生]."

모전 : "우와 예의 군주가 전답의 소유권을 다퉜는데, 오랜 시간이 흘렀지만 공평하게 해결이 되지 않았다. 그래서 서로 말했다. '서백(西伯 : 주 문왕)이 어진 사람인데, 어째서 가서 물어보지 않는 거요.' 그리하여 함께 주나라로 갔다. 그 국경에 들어서니, 농사짓는 사람들은 서로 전답의 경계를 양보하고, 길을 가는 사람들은 길을 서로 양보하는 것을 봤다. 성읍에 들어가니, 남녀는 서로 길을 달리하여 다니고, 반백(斑白)의 노인들은 손에 물건을 들고 다니지 않았다. 조정에 들어가니, 사(士)는 대부(大夫)에게 양보하고, 대부는 경(卿)에게

---

235) 『尸子(시자)』는 『尹文子』의 잘못이어서 바로잡았다. 인용문은 「대도 · 상」에 있는데 '중육(重肉)'은 '겸육(兼肉)'으로 되어 있고, '衣(의)' 앞에 '乃(내)' 자가 있다.
236) '暢(창)'은 왕성한 것이고 '宣(선)'은 널리 퍼지는 것이다.

양보했다. 이를 본 두 나라 군주는 감탄하여 서로 말했다. '우리 같은 소인배는 군자의 조정을 밟을 자격이 없소.' 그리하여 서로 양보해서, 그들이 다투던 전답을 한전(閒田 : 농사짓지 않고 놀려두는, 경계에 물린 전답)으로 삼기로 하고 물러났다."

[전중련] 송본에는 '折(절)'이 '析(석)'으로, '歸(귀)'가 '推(추)'로 되어 있다.[237)]

103 **[전진륜]** 『후한서』「순우공전(淳于恭傳)」: "세속을 떠나 조용히 지내며 마음을 다스리려고 '산천으로 잠적했다[潛于山澤]'. 행동거지가 모두 반드시 예의와 법도를 따랐다. (…중략…) 병이 위독해지자, 사신이 자주 문안을 했다. (…중략…) 사후에 조서를 내려 기리고 찬양했고 (…중략…) '바위에 사적을 새기고 정려를 세워 표창했다[刻石表閭]'."[238)]

『사기』「소상국세가(蕭相國世家)」: "어진 이를 천거하면 상등의 포상을 받게 한다[進賢受上賞]."

104 **[전진륜]** 『대대례기』「자장문입관(子張問入官)」: "'관대하고 온유하게 하되[優而柔之]' 스스로 그렇게 되도록 한다."

사마상여「봉선문(封禪文)」: "위무의 절도는 질풍처럼 빠르다[武節猋逝]."

[전중련] 『예기』'유행(儒行)' 육덕명(陸德明)『경전석문(經典釋文)』: "'儒(유)'라는 말은 '넉넉하다[優]' 조화롭다[和]는 뜻이다."

『설문해자』: "'儒'는 '부드러운 것[柔]'이다."[239)]

---

237) '折'과 '推'가 낫다. '절송(折訟)'은 송사를 처결하는 것이고, '推田'은 소유권을 다투던 전답을 한전으로 미루어두는 것을 가리킨다. 오덕풍, 42a쪽 참조. '歸'는 『교주』에는 '推'로 되어 있다(904쪽).

238) '伏彦(복언)'은 은거하는 현인이다.

105 [전진륜] 장화(張華) 「하소에게 답함[答何劭]」 제1수 : "'예법과 제도'를 어찌 능히 넘어설 수 있으리['文憲'焉可踰]."

『예기』 「옥조(玉藻)」 : "'군대의 위용[戎容]'은 과감하고 굳세다."

『한서』 「풍봉세전(馮奉世傳)」 : "무기는 '견고하고 예리하지[犀利]' 않다."

진작(晉灼) 주 : "'犀(서)'는 견고한 것이다."

[전중련] 『좌전』 「소공 · 7년」 : "[정(鄭) 나라는] 그 사용하는 사물이 '광범한데다[弘]', 그중에서 '정화를 취한 것[取精]'도 많다."

106 [전진륜] 『설문해자』 : "'樞(추)'는 문지도리[戶樞]이다."

『설문해자』 : "'程(정)'은 법식[品]이다."

『설문해자』 : "'矱(확)'은 '蒦(확 : 재다, 자)'으로, 혹은 '尋(심)'의 뜻을 취하는데, '尋' 역시 度(도 : 재다, 법도)의 뜻이다."

「이아서」 : "『이아』는 육예(六藝) 즉 육경을 공부하는 '검건(鈐鍵 : 관건, 핵심)'이다." 형병(邢昺) 소 : "'검(鈐)'은 자물쇠(鑠)이다."[240]

107 [전진륜] 『속한서』 「백관지(百官志)」 : "세조 광무제(光武帝)가 조칙을 내렸다. '지금부터는 사과(四科)[241]를 살펴 인재를 초빙하되, 자사(刺史)와 녹봉

---

239) '儒訓(유훈)'은 유학을 바탕으로 한 가르침을 가리키고, '武節(무절)'은 용맹한 기상 즉 상무 정신을 가리킨다.

240) '樞鈐(추검 : 문지도리와 자물쇠)'은 일을 처리하는 데 있어 가장 핵심이 되는 관건이고, '程矱(정확)'은 규정과 법식이다.

241) 『후한서』 「백관지」 주에 응소(應劭)의 『한관의(漢官儀)』를 인용했는데, 여기에 후한 광무제(光武帝)의 이른바 「사과로 인재를 선발하도록 하는 조서[四科取士詔]」가 수록돼 있다. 이 글에서 '사과'를 다음과 같이 설명했다. "첫째, 덕행이 높고 빼어나며 지조와 절개가 맑고 깨끗할 것. 둘째, 학문이 통달하고 품행이 방정하며, 경학은 오경박사에 적합할 것. 셋째, 법령에 통달해 의심스러운 사안을

2천석 관리에 대해서는 재능이 빼어나고 특이하며 효성스럽고 청렴한 "관리[吏]"를 살펴 모두 사실 여부를 철저하게 확인하며, 현과 읍에서 재능이 출중하고 덕행이 어질며 청렴결백하고 "공평하고 단정한[平端]" 사람을 선택해 직책을 주어 능력을 철저히 시험하도록 한다.'"

『좌전』「선공(宣公)·16년」: "'요행을 바라는 백성이 많은 것[民之多幸]'은 나라의 불행이다."

108 [전진륜] 『한서』「장창전(張敞傳)」: "'북채와 북 즉 긴급을 알리는 북소리[桴鼓]'는 거의 울리지 않고 저자에는 도적이 없었다."

『사기』「사마상여전(司馬相如傳)」 '烽擧燧燔(봉화가 오르고 연기가 피다)' 색은: "'烽(봉: 봉화)'은 적을 보면 올리는 것이다."

『옥편』: "'驛(역)'은 지금의 遞馬(체마) 즉 역마(驛馬)이다."[242]

109 [전진륜] 『공자가어(孔子家語)』「치사(致思)」: "도검과 창을 녹여 농구를 만든다[鑄劍戟以爲農器]."[243]

『송서』「문제기(文帝紀)」: "태조 문제는 유년부터 특별하게 우수하여, 스승

충분히 해결할 만하여, 규정과 법률에 근거해 자세히 따져 물을 수 있고 문장은 어사(御史)에 적합할 것. 넷째, 성품이 꿋꿋하면서 지략이 풍부해, 어려운 일을 만나도 미혹되지 않으며 충분히 해결할 만큼 명민하고, 재능은 삼보(三輔)의 영(令)을 맡을 만할 것." 인용문은 이 글 뒤에 이어지는 부분인데, 표점교감본에 근거하여 자구와 단구를 다음과 같이 수정해 번역했다. "自今以後, 審四科辟召, 及刺史·二千石察茂才尤異孝廉之吏, 務盡實覈, 選擇英俊·賢行·廉絜·平端於縣邑, 務授試以職." '礪(려: 숫돌, 숫돌에 갈다)'는 단련하고 권면하는 것을 비유하고, '幸覬(행기)'는 요행과 분수에 넘치는 일을 바라는 것이다.

242) '烽驛(봉역)'은 변경의 긴급 상황을 알리는 역참, 또는 그곳의 말이다.

243) 원문에는 '위(爲)' 앞에 '이(以)'가 있어서 보충했다.

의 엄격한 교육이 없었지만, 온화하고 총민한 자질을 천부적으로 타고나고, 군주가 될 인품을 절로 지녔다[自稟君人].[244] 정식으로 제위에 올라 통치를 하면서 오랜 시간이 흐르자, 기강이 갖춰지고 실행되며 법령이 명확하고 세밀해져, 처벌에는 일정한 조문이 있고, 포상에는 남발하는 품계가 없었다. 따라서 안으로는 맑고 밖으로는 편안해져 온 세상이 조용했다."

110 [전진륜] 『산해경』「해내남경(海內南經)」: "'민(閩)'은 바다 가운데에 있다."

곽박 주: "'閩越(민월)' 즉 '西甌(서구)'는 지금의 건안군(建安郡: 치소는 지금의 복건성 건구시(建甌市))이다."

육기 「답장사연(答張士然)」 시: "나는 본디 '수향'의 인사이다[余固'水鄕'士]."

『후한서』「공손찬전(公孫瓚傳)」: "일남(日南: 지금의 베트남 중부)에는 '장기(瘴氣: 축축하고 더운 땅에서 일어나는 독한 기운)'가 많다."

『초사』「원유(遠遊)」: "훌륭하여라, 남방의 '화덕(火德)'이여[嘉南州之'炎德']."[245]

111 [전진륜] 『사기』「천관서」: "따라서 중국의 산맥과 하천은 남서방에서 북동방으로 흐르니, 그 줄기는 시작은 농(隴: 감숙성 일대)과 촉(蜀: 사천성 일대)에 있고 끄트머리는 발해와 갈석산(碣石山: 하북성)에서 끝난다."[246]

---

244) 저본의 '秉君臣(병군신)'은 표점교감본에는 '禀君人(품군인)'으로 되어 있어서 고쳤다.

245) '鄣(장)'은 '鄣郡(장군)'으로 지금의 강소성 장흥현(長興縣: 태호(太湖) 서남변) 남서쪽에 있었다. '炎國(염국)'은 기후가 무더운 남방의 나라[南國]를 말한다.

246) '정의(正義)'에서는 다음과 같이 설명했다. "중국의 산과 하천은 북동으로 흐르고 뻗어나간다는 말이다. 예컨대, 종남산(終南山·秦嶺山脈)은 머리는 곤륜산의 총령(葱嶺)에 있고, 북동으로 뻗어 농산과 연결되어 남산(南山)과 화산(華山)에

112 **[전진륜]** 『설문해자』: "'赩(혁)'은 매우 붉은 것이다."

『광주기(廣州記)』: "대유(大庾)·치안(治安)·임하(臨賀)·계양(桂陽)·게양(揭陽)이 '오령(五嶺)'이다."247)

매승(枚乘) 「칠발(七發)」 '沌沌渾渾(물결이 끊임없이 이어진다)' 이선 주: "'渾渾(혼혼)'은 물결이 서로 뒤따르는 모양이다."

『한서』「지리지(地理志)·상」 안사고 주: "'黑水(흑수)' 즉 黑河(흑하)는 장액(張掖: 지금의 감숙성 소속 시)의 계산(雞山)에서 발원하여[出] 남류한 뒤 돈황(敦煌)에 이르러 삼위산(三危山)을 지나 또 남류(南流)하여 남해(南海)로 유입한다."248)

113 **[전진륜]** 『모시』「노송·반수(泮水)」 제8장: "찾아와 '보물'을 바친다[來獻其'琛']."

『한서』「지리지·하」: "'운중군(雲中)'은 진(秦)나라 때 설치했다."

『한서』「지리지·하」: "'삭방군(朔方)'은 무제 원삭(元朔) 2년에 개설했다[開]. 서부도위(西部都尉)가 유혼현[窳渾]을 다스린다."249)

『한서·지리지·하』의 '월휴군[越嶲]' 속현으로 '공도현[邛都: 지금의 사천성 서창시(西昌市) 남동]'이 있고, '건위군[犍爲]' 속현으로 '북도현[僰道: 지금의

이르고 황하를 건너 북동으로 뻗어 갈석산에서 끝난다. 황하는 머리는 곤륜산에서 시작하고, 위수(渭水)와 민강(岷江)은 농산에서 발원해 모두 동북동으로 흘러 발해로 들어간다."

247) '오령' 이남 지역을 흔히 '영남(嶺南)'이라고 한다.

248) 표점교감본에는 '在(재)'는 '出(출)'로 '流(류)'는 '南流(남류)'로 되어 있어서 고쳤다.

249) 표점교감본에는 '開(개)'에서 단구를 했는데 옳다. 또 '西部都渾(서부도혼)'은 '西部都尉(서부도위)'로 되어 있어서 고쳤다.

사천성 의빈현(宜賓縣) 남서 안변진(安邊鎭)]'이 있다.

[전중련] 송본에는 '朔(삭)'이 '勉(면)'으로, '集(집)'이 '隼(준)'으로 되어 있다.[250]

114 **[전진륜]** 『후한서』 「서남이전(西南夷傳)」: "익주(益州) 자사 주보(朱輔)는 (…중략…) 한(漢)의 덕치를 널리 알렸다. (…중략…) 문산(汶山) 이서 지방은 전대에 가본 적이 없었고, 중국의 역법을 그곳에 시행해 본 적도 없었다. '백랑(白狼)'·반목(槃木)·당추(唐菆) 등 백여 국이 (…중략…) 교화를 추앙해 귀순했으며 시 3수를 지었다."

『후한서』 「서남이전·론」: "그 교화가 미친 지역은 귓불에 구멍을 뚫어 커다란 귀고리를 달아 드리우거나 다리에 문신한 무리와 짐승처럼 혈거(穴居)하고 '새처럼 말하는[鳥語]' 부류 등 온갖 종족과 부족들[擧種盡落]이, 귀순해오고 관리의 파견을 요청하여, 바다를 건너고 산을 넘어 몇 단계의 통역을 거쳐 속국이 되었다."[251]

115 **[전진륜]** 『공자가어』 「변악해(辯樂解)」: "옛날 순임금이 오현금(五絃琴)을 탄주하면서 「남풍시(南風詩)」를 지었다. '남풍이 훈훈하구나, 우리 백성들 노여움 풀어 주리로다. 남풍이 때맞춰 부는구나, "우리 백성들 재물을 넉넉하게" 하리로다[南風之薰兮, 可以解吾民之慍兮; 南風之時兮, 可以"阜吾民之財"兮].'"

---

250) '朔'과 '隼'이 옳다. '雲朔'은 지명으로 운중군과 삭방군을 가리키며, 다음 구의 지명 '邛僰' 즉 공도(邛都)·북도(僰道)와 서로 호응한다. '隼'은 사냥매를 말하며, '轉隼(사냥매를 보내오다)'이 되어야 앞 구의 '移琛(보옥을 보내오다)'와 호응한다. 오덕풍, 42b쪽 참조.

251) 표점교감본에는 '踵(종)'이 '種(종)'으로 되어 있어서 고쳤다. '狼歌(랑가: 이리의 노래)'와 '鳥譚(조담: 새의 이야기)'은 남서 지역 이민족의 노래와 언어인데, 한족들이 알아들을 수 없었기에 이렇게 표현한 것이다.

116 [전진룬] ‘斑白(반백 : 희끗희끗한 머리털)’은 앞의 주(주석 102)에서 보았다. ‘淸綺(청기 : 맑고 화려함)’는 한창때의 젊은이를 가리키는 것 같다.

117 [전진룬] 장화 「여사잠(女史箴)」: “사람들은 모두 그 용모를 꾸밀 줄은 알지만, ‘그 본성을 가꿀[飾其性]’ 줄은 모른다. ‘본성을 가꾸지 않으면[性之不飾]’ 혹 올바른 예의를 어기게 되니, ‘가꾸고 꾸며서 삿된 마음을 극복하여 성인이 되어라[斧之藻之, 克念作聖]’.”[252]

118 [전진룬] 『송서』 「부서지 · 하」: “‘朱草(주초)’는 풀의 정수이다. 세상에 성인의 덕화가 있으면 나타난다. (…중략…) 송 문제 원가 11년(434)에 ‘주초’가 나타났다.”[253]

『사기』 「천관서」: “하늘이 맑을 때 ‘경성(景星)’을 볼 수 있는데, 경성은 ‘덕성(德星)’이다. 그 모양은 일정하지는 않은데, 항상 정도(正道)가 행해지는 나라에 나타난다.”[254]

119 [전진룬] 『한시외전』 권5: “주 성왕 때 (…중략…) 월상씨(越裳氏 : 지금의 베트남 · 라오스 일대)가 여러 단계의 통역을 거쳐 왔다. (…중략…) 통역하는 사람이 말했다. ‘저에게 통역을 명령한 월상국의 노인이 말했습니다. “오래되었구나. 하늘에 세찬 바람[迅風]과 폭우[疾雨]가 일지 않고, 바다에는 거친 파도가 일지 않은 지 지금 삼 년이나 되었구나. 그것은 중국에 아마도 성인이 출현

---

252) ‘表(표)’와 ‘章(장 : 창(彰))’은 드러내고 밝힌다는 뜻이다. ‘麗植(려식)’과 ‘蠢行(준행)’은 엄격하고 꾸준하게 수립하고 실행한다는 뜻으로 풀이했는데, ‘麗’는 ‘厲(려 : 맹렬하다)’와 통한다. ‘雕質(조질)’과 ‘藻性(조성)’은 아름다운 자질과 본성이다.

253) ‘仁草(인초)’는 서초(瑞草)로 주초처럼 흔히 볼 수 없는 풀을 가리킨다.

254) ‘德宿(덕수)’는 ‘德星’과 같다.

했기 때문일 것이다.'"'[255]

『예기』「월령」: "중추의 날에 초목은 '누렇게 시들어 떨어신나[黃落]. [이에 땔나무를 베어 숯을 만든다.]"

120 **[전진륜]** 『진서(晉書)』「동이전(東夷傳)」'숙신씨(肅愼氏)' 조: "'소와 말[牛馬]'을 살필 때마다 '남서쪽을 향해[向西南]' 잠을 잔 지가 삼 년이 되었습니다. [그것은 그쪽에 대국이 있다는 것을 알았기 때문입니다. 그래서 왔습니다.]"[256]

『후한서』「두헌전(竇憲傳)」: "영토를 '크게 넓혔다[恢拓境宇]'."[257]

121 **[전진륜]** 『송서』「부서지·하」: "'서로 다른 나무가 가지나 줄기가 붙어 결이 서로 통하는 것[木連理]'은 제왕의 덕화와 은택이 순수하고 두루 미치고 팔방이 하나로 통합이 되면 나타나는 것이다." 그리고 원가 연간에 27회 출현한 일을 기록했다. 또 흰 제비[白燕], 흰 까마귀[白烏], 흰 참새[白雀], 흰 비둘기[白鳩], 흰 꿩[白雉], 흰 까치[白鵲], 적색과 백색이 섞인 앵무[赤白鸚鵡] 등의 무리

---

255) 『예문유취』 권8에 인용된 문장이다. 통행본 『한시외전』에는 '重三(중삼)'이 '重九(중구)'로 '朝(조)'가 '至(지)'로 되어 있고, 바로 다음의 '曰(왈)' 앞에는 '譯(역)'자가 있으며, '迅風雨(신풍우)'는 '迅風疾雨'로 되어 있다. '海(해)' 다음의 '之(지)'자는 없고, '中國有(중국유)'는 '中國殆有'로 되어 있으며, 마지막의 '乎(호)'자는 없다(뇌염원(賴炎元) 주역, 『한시외전금주금역(韓詩外傳今註今譯)』('고적금주금역(古籍今註今譯)'본), 臺北: 臺灣商務印書館, 1994, 207쪽). 번역은 이를 따랐다. '隱飇(은표)'는 눈에 보이지 않는 회오리바람이다.

256) '內首(내수)'는 신복(臣服)하고 귀부(歸附)하는 것을 말한다. 『문선』 권46 안연지(顔延之)의 「삼짇날 곡수유상 시의 서[三月三日曲水詩序]」에 "穹居之君, 內首禀朔; 卉服之酋, 迴面受吏(천막에 거처하는 군주가 머리를 안으로 하여 정삭을 아뢰고, 풀잎 옷을 입은 추장이 얼굴을 돌리어 벼슬을 받는다)"라고 했는데, 여향의 주에 "'內首'와 '迴面(회면)'은 모두 귀순하여 와서 신하가 되는 것[賓服爲臣]이다"라고 했다.

257) 표점교감본에는 '疆宇(강우)'가 '境宇(경우)'로 되어 있어서 고쳤다.

가 여러 차례 나타난 것을 기록했다.[258)]

122 **[전진륜]** '薰風(훈풍 : 훈훈한 바람)'은 앞의 주(주석 115 '民阜')에서 보았다.

『이아』「석궁(釋宮)」: "궁중의 문을 '闈(위)'라고 하고, 작은 '위'를 '閨(규)'라고 하며, 작은 '규'를 '閤(합)'이라고 한다."

『송서』「부서지·중」: "'감로(甘露)'는 왕자(王者)의 덕이 지극히 크고 화락한 기운이 성하면 내린다." 그리고, 원가 연간에 46회에 걸쳐 나타난 것을 기록했다.[259)]

[전중련] 송본에는 '閤(합)'이 '閣(각)'으로 되어 있다.[260)]

123 **[전진륜]** 좌사 「위도부(魏都賦)」: "[궁중 식사 담당자인 선부는 전담하는 관원이 있고[膳夫有官],] '약을 조제하는 약제사'도 전담하는 관리가 있다['藥劑'有司]."

[전중련] 송본에는 '衆(중)'이 '象(상)'으로 되어 있다.[261)]

124 **[전진륜]** 『모시』「용풍·정지방중」 제3장 : "사람으로서 마음가짐이 성실하

---

258) '白鳥(백조)'는 '白烏(백오)'의 잘못이어서 고쳤다. '元嘉(원가)' 이하는 모두 전진륜이 『송서』의 내용을 개괄한 설명이다. 저본에서 인용으로 처리한 것은 잘못이다.

259) '元嘉' 이하는 전진륜이 『송서』의 내용을 개괄한 설명이다. 저본에서 인용으로 처리한 것은 잘못이다. '飴露(이로)'는 '甘露(감로)'이다. 천하가 태평하면 하늘에서 내린다는 달콤한 이슬이다.

260) 두 글자는 고대에 통용하는 경우가 많았다.

261) 주응등본과 『전송문』에도 '象'으로 되어 있다. '기범(器範)'은 기량과 법도이다. 원굉(袁宏)의 「삼국명신찬(三國名臣贊)」에 "'기량과 법도'가 자연스레 우러나니, 본보기와 준칙 됨에 빌릴 것이 없다[器範自然, 標準無假]"라고 했다. 여연제는 『문선』 주에서 "기량과 법도가 자연에서 나왔으니 사람들이 우러러보는 기준과 준칙이 되어 빌릴 것이 없다는 뜻이다. '범(範)'은 법(法)이다"라고 했다.

고 깊이 있을 '뿐만 아니니다'['匪直'也人,[262] 秉心塞淵]."

『집운(集韻)』: "'臻(진)'은 將(장)과 先(선)의 반절[진(zhēn)]이다."

[전중련] 송본에는 '臻'이 '溱(진)'으로 되어 있다.[263]

125 **[전진륜]** 『이아』「석수(釋水)」: "양자강[江]·황하[河]·회수[淮]·제수[濟]를 바다로 흘러드는 네 개의 큰 하천 즉 '사독(四瀆)'이라고 한다."

'雙川(쌍천)'은 황하와 제수를 말한다.

126 **[전진륜]** 『모시』「용풍·재치(載馳)」 제2장: "내 생각은 '멈출 수가 없다'[我思'不閟']." 모전: "'閟(비)'는 그만두는 것[閉]이다."[264]

127 **[전진륜]** '蔥山(총산)'은 「연꽃」(주석 20)에서 보았다.

[전중련] 송본에는 '海(해)'가 '崐(곤)'으로 되어 있다.[265]

128 **[전진륜]** 좌사 「오도부」: "'물속 거처'에서 비단을 짜서 생초를 만다['泉室'潛織而卷綃]."[266]

『설문해자』: "'澱(전)'은 재은(滓垽: 앙금)이다."

장기(莊忌) 「애시명(哀時命)」: "산석(山石)을 파서 기둥 삼아 방을 만들고,

---

262) 왕인지(王引之)의 『경전석사(經傳釋辭)』에서는 '匪(비)'를 '彼(피)'로 보아서, 이 구절을 '저 정직한 사람은[彼正直之人]'이라고 풀이했다.

263) 『한서』「왕포전(王褒傳)」의 '萬祥畢溱(온갖 상서로움이 다 모여든다)' 안사고 주에서 '溱'은 '臻'과 같은 글자라고 했다.

264) '伏靈(복령)'과 '閟晄(비황)'은 신령스러운 복조(福祚)를 간직하는 것이고, '遙紀(요기)'와 '遐年(하년)'은 오랜 세월이다.

265) 문맥상 황하의 상류를 가리키고 있어서 '崐'이 더 낫다. '崐岳(곤악)'은 곤륜산이다.

266) 유량의 주는 "세속에는 교인(鮫人: 인어)이 수중에서 나와, 인가(人家)에 몸을 맡기고 여러 날 동안 생초(生綃: 삶지 않은 명주실로 얇고 성기게 짠 옷감)를 팔았다"라고 했다. '泉室(천실)'은 중국 신화에서 물속에 있다고 하는 거처방이다.

아래로 내려가 '물가'에서 몸을 씻고 옷을 걸치네[鑿山楹以爲室, 下披衣于'水渚']."267)

[전중련] 『전송문』에는 '室(실)'이 '石(석)'으로 되어 있다.

129 [전진륜] 『산해경』「해내북경(海內北經)」: "'종극연(從極淵)'은 깊이가 삼백 길[仞]이나 되는데, 하백(河伯) '빙이(冰夷 : 풍이(馮夷))'가 항상 '그곳에 거처한다[都焉]'."

『설문해자』: "'眡(시)'는 보는 모양이다."

『장자』「열어구(列禦寇)」: "천금의 값어치가 있는 진주는 반드시 '구중의 깊은 물 속[九重之淵]', 온몸이 검은 여룡(驪龍)의 턱밑에 있다."268)

130 [전진륜] 『초사』「구가 · 하백(河伯)」: "물고기 비늘로 지붕을 꾸미고 대청엔 교룡의 무늬를 그리고, '자줏빛 자개로 성궐을 쌓고 궁실을 붉은 단청으로 칠했다'[魚鱗屋兮龍堂, '紫貝闕兮朱宮']."

육운(陸雲) 「개는 걸 반기는 부[喜霽賦]」: "여섯 필 용이 모는 태양은 '자줏빛 누각'에서 빛난다[曜六龍于'紫閣']."269)

131 [전진륜] 『상서』「반경(盤庚) · 중」: "그래서 너희들이 '덕을 어기게 되면[爽

---

267) '水府(수부)'는 석음헌총서본에는 '水渚(수저)'로 되어 있어서 고쳤다. '水府(수부)'는 본래 수신이나 용왕이 산다는 물속의 거처를 말하는데, 여기서는 깊은 물을 가리킨다. 『문선』 권12 목화의 「해부」에 "그리고 대해의 '물속 궁전[水府]' 안, 지극히 깊은 정원에는 오악(五嶽)을 짊어지는 거대한 자라와 높은 산처럼 우뚝 솟은 정자가 있다[爾其'水府'之內, 極深之庭, 則有崇島巨鼇, 峌峴孤亭]"라고 하여 '水府'가 나온다. '淸涓(청연)'은 맑고 깨끗한 모양이다.

268) '夷都(이도)'와 '驪淵(려연)'은 모두 깊은 물을 가리킨다.

269) '朱宮(주궁)'과 '紫閣(자가)'은 물속 수신이 거처하는 궁궐이고, '潛耀(잠요)'와 '陰鮮(음선)'은 물속에서 아름답게 빛나는 것이다.

德]’[위로부터 하늘이 너희들을 벌할 것이다.]”

[전중련] 「모시대서」: “[「관저」에서 「인시지(麟之趾)」까지 즉「주남(周南)」 시의 교화는] ‘왕자의 풍화[王者之風]’이다.”

132 [전진륜] 『국어』 「주어(周語)·상」: “유왕(幽王) 2년에 서주의 삼천(三川)[270]이 모두 지진으로 흔들렸다. 태사(太史) 백양보(伯陽父)가 말했다. ‘(…중략…) 옛날 이수(伊水)와 낙수(洛水)가 “마르자[竭]” 하가 “멸망했고[亡]”, 황하가 “마르자[竭]” 상이 “멸망했습니다”. 이제 주의 덕이 마치 하와 상 두 왕조의 말기와 같습니다. (…중략…) 산이 무너지고 “하천이 마르는 것[川竭]”은 “멸망[亡]”의 징조입니다.’”

『국어』 「주어·하」: “영왕(寧王) 22년에 곡수(穀水)와 낙수(洛水) 두 강의 물결이 서로 침범하며 넘실거려서 장차 왕궁을 무너뜨리려 했다. 왕이 그것을 ‘막으려[壅]’ 하자 태자 진(晉)이 간했다. ‘안 됩니다. (…중략…)’ 왕이 끝내 ‘막았다[壅]’. (…중략…) 왕실이 ‘크게 어지러워졌다[大亂]’.”

133 [전진륜] 「물시계」의 ‘우직(紆直)’ 주(주석 31)에서 보았다.[271]

[전중련] 송본에는 ‘潔(결)’이 ‘絜(혈)’로 되어 있다.[272]

134 [전진륜] 『모시』 「대아·판(板)」 제3장: “‘옛사람들’께서 하신 말씀이 있다[‘先民’有言].”[273]

---

270) 『국어』 「주어(周語)·상」의 위소(韋昭) 주에 의하면, 서주 때의 ‘삼천’은 기산(岐山)에서 발원하는 경수(涇水)·위수(渭水)·낙수(洛水)이다.

271) 「물시계」의 ‘우직(紆直)’ 주가 있는 주석 31은 ‘곡직(曲直)’과 ‘원방(圓方)’에 대한 주이다.

272) ‘絜’에도 ‘潔’의 뜻이 있다.

273) ‘大道(대도)’는 오제(五帝)시대에 선양(禪讓)한 일을 가리킨다. 『예기』 「예운

135 **[전중련]** 송본에는 '瑞(서)'자가 빠졌다.[274]

136 **[전진륜]** 『사기』「송미자세가(宋微子世家)」: "송의 사성(司星) 자위(子韋)가 말했다. '"하늘은 높지만 낮은 곳의 소리를 듣습니다[天高聽卑]'. 임금께서 군주 된 자가 해야 할 말 세 가지를 하셨으니, 형혹(熒惑 · 火星)도 의당 자리를 옮길 것입니다.'"』[275]

[전중련] 송본에는 '竦(송 : 높다)'이 '踈(소 : 성기다)'로 되어 있다.[276]

137 **[전진륜]** 『주역』「계사상전」: "[군자가 장차 무엇을 하려거나 무엇을 실행하

(禮運)」에 공자가 "'대도'가 행해진 것과 삼대의 빼어난 영현(英賢)의 일은, 나는 직접 보지는 못했으나 기록은 남아 있다['大道'之行也, 與三代之英, 丘未之逮也, 而有志焉]"라고 했는데, 정현은 "'大道'는 오제(五帝) 때를 말한다"라고 했다. 오제가 양위한 일을 말하는 것이다.

274) 정복림은 장부본을 따라 보충했다(『교주』, 905쪽).

275) 송 경공(景公) 37년의 일이다. 이 해에 형혹(熒惑) 즉 화성(火星)이 심수(心宿)에 들어가 있었다[熒惑守心]. 심수는 세 개의 별로 이루어져 있는데, 고대 중국인들은 그것이 각각 황제, 황자(皇子) 그리고 황실의 가장 중요한 인물을 상징한다고 여겼다. 또 화성은 전쟁·기아·사망 등의 재앙과 관련된 별이기 때문에 화성이 심수에 들어가 있는 '熒惑守心(형혹수심)'은 황실에 매우 위급한 일이 닥치는 것을 예고한다고 보았다. 더구나 28수 중 심수는 송나라의 분야(分野)였기에, 송실(宋室)로서는 '위급존망지추(危急存亡之秋)'였던 것이다. 그래서 하늘의 별자리를 살피는 것을 주 업무로 하는 사성(司星)이었던 자위(子韋)가 그 재앙을 재상[相]에게 옮기라고 하자, 경공이 재상은 고굉지신이기에 안 된다고 했다. 다시 백성[民]에게 옮기라고 하자, 군주는 백성이 없으면 존재할 수가 없다며 역시 안 된다고 했다. 다시 일 년의 수확[歲]으로 옮기라고 하자, 흉년이면 백성들이 굶주리게 되는데 자신이 누구를 위한 군주가 되겠느냐면서 역시 안 된다고 했다. 이것이 바로 '군주 된 자가 해야 하는 말 세 가지'이다. 이 대화 뒤에, "그래서 살폈더니 화성이 과연 세 번 옮겼다[於是候之, 果徙三度]"라는 내용이 있다.

276) 오덕풍은 노문초는 '踈(소)'로 교감했는데, 옳다고 했다. '踈'는 '疏(소)'와 같은데, 『노자』 제73장에 "天網恢恢, '疏'而不失(하늘의 그물은 아득히 넓어서, 그물코가 '성기지만' 빠뜨리지 않는다)"이라고 한 말을 근거로 제시했다(43b쪽). 참고할 만하다.

려 할 때, 역점(易占)에 물어서 그 길흉의 말을 얻으면,] 역도(易道)의 지시를 받는 것이 '마치 메아리가 치는 것과 같이 빠를[如響]' 것이다."

[전중련] 송본에는 '介(개)'가 '分(분)'으로 되어 있고, 모의(毛扆)는 "'匪(비)'자는 연자(衍字)인 것 같다"라고 했다. 내 견해는 이렇다. 송본에는 이상 네 구가 "云何其實, 我皇聞, 諸師說天, 竦聽密分"으로 되어 '聞(문)'과 '分'으로 운을 맞췄는데, 어구가 뜻이 통하지 않는 것은 별개 문제이고, '匪'자는 연자(衍字)가 아니다.[277]

138 **[전진륜]** 『주역』「계사하전」: "천하 사물의 모든 움직임은 모두 '순일한 데서 올바름을 얻는 것[貞夫一]'으로부터 나온다."

139 **[전진륜]** 곽박(郭璞) 「강부(江賦)」: "(강물에서 나타나는 여러 가지 부상(符祥)은) 위로는 하늘과 땅의 도리를 분명하게 하고, 아래로는 '인간 세상의 여러 현상을 통괄하여 모았으니[經紀天地, 錯綜人術] [그 절묘함은 말로 다 설명할 수 없고, 그 일은 붓으로 다 기록할 수가 없다.]"[278]

---

277) 정복림은 장부본을 따라 '分' 자를 없애고, 단구도 장부본을 따랐다(『교주』, 905·910쪽). '介焉(개언)'은 미세한 것이다. '介'는 '芥(개 : 겨자, 티끌)'와 같다. 『열자』「양주」에 "亡'介焉'之慮者('조그마한' 염려도 없는 때)"이라는 말이 있다. '匪'는 '彼(피)'의 뜻이다. 『모시』「소아·소민(小旻)」 제3장 말미는 "如匪行邁謀, 是用不得于道(저 길가는 사람과 논의하는 것과 같으니, 그래서 정도로 사용할 수는 없다)"이고, 제4장의 말미는 "如彼築室于道謀, 是用不潰于成(저 집 지으려는 사람이 길에서 논의하는 것과 같으니, 그래서 성공을 이룰 수 없다)"이다. 앞의 '匪'에 대해 『경전석사(經傳釋辭)』에서는 '彼(피)'의 뜻이라고 했다.

278) 포조 글은 「강부」의 이 2구를 변용한 것이다. '左右(좌우)'는 좌우에 둔다는 뜻이고 '戶牖(호유)'는 방도로 삼는다는 뜻이다. '天經(천경)'은 하늘에서 나타나는 여러 현상 즉 '天象(천상)'이다. '人術(인술)'은 '人事(인사)'·'人情(인정)'과 같은 뜻인데, 장선(張銑)은 「강부」 주에서 물의 도리를 법도로 삼아 정사(政事)를

140 **[전진륜]** 『모시』「대아 · 억(抑)」 제2장 : "'위대한 계획'은 국운을 안정시킨다['訏謨'定命]."

『예기』「치의(緇衣)」 : "'왕의 말은 처음엔 명주실같이 가늘지만[王言如絲]', 밖으로 나가 백성들에게 전해지면 인끈 만큼 굵어진다."279)

141 **[전진륜]** 『상서』「진서(秦誓)」 : "[나라가 번영하고 편안한 것도] '한 사람의 경사스러움[一人之慶]'을 바라기 때문이다."

『장자』「제물론(齊物論)」 : "대저 '수천수만 개의 구멍에 바람이 불어[吹萬]' 그 소리가 제각각 다른데 또 그것들을 스스로 멈추게도 한다. 소리는 모두 그것들이 스스로 내는 것이지만, 울부짖게 하는 것은 누구인가?"

[전중련] 송본에는 '秉(병 : 지니다)'이 '稟(품 : 받다)'으로 되어 있다.280)

142 **[전진륜]** 장형(張衡) 「남도부(南都賦)」 : "[남양(南陽)은] 하나라시대에 '그 기반을 단단히 다졌다'['固靈根'於夏葉]."

최표 『고금주』 : "한 명제(明帝)가 태자일 때 악인(樂人)이 노래 4장을 지어 태자의 덕을 찬미했다. 제1장이 「해는 다시 찬란하고[日重光]」이고, 제2장이 「달은 다시 둥글어지고[月重輪]」이며, 제3장이 「별은 다시 빛나고[星重耀]」이고, 제4장이 '「바다는 다시 윤택해지고[海重潤]」'이다."

143 **[전진륜]** 장형 「동경부(東京賦)」 : "'지혜롭고 밝은 분(성군(聖君))'께서 깊이

펴는 것이라고 설명했다.

279) 다음 2구 중 '숭일(崇日)'은 종일(終日)의 뜻이다. 『순자(荀子)』「부편(賦篇) · 지부(知賦)」에 "사해를 두루 흐르는 데도 일찍이 하루를 채운 적이 없다[周流四海, 曾不崇日]"라고 했다. 양경(楊倞)은 주에서 "'숭(崇)'은 채우는 것[充]"이라고 했다.

280) '綿祀(면사)'는 '綿代(면대 : 대대손손)'와 같고, '崇日(숭일)'은 '終日(종일)'과 같다. '吹萬(취만)'은 은택이 온 천하에 두루 퍼지는 것을 비유한다.

살피신다[‘睿哲’玄覽].”[281]

144 **[전진륜]** 『춘추운두추(春秋運斗樞)』: “천추(天樞 : 북두칠성 첫 번째 별)가 제 자리를 찾으면 ‘상서로운 구름[景雲]’[282]이 나타난다.”

양웅 「감천부(甘泉賦)」: “‘나란히 늘어서고’ 줄지어 펼쳐져 있다[‘駢羅’列布].”

145 **[전진륜]** 『회남자』「원도훈(原道訓)』: “[이른바 무형이라는 것은 하나를 말함이고 이른바 하나라는 것은 (…중략…)] 위로는 구천(九天)에 통하고 아래로는 ‘구야(九野)’까지 관통한다.”

육기 「오추행(吳趨行) : “제왕의 공업(功業)은 ‘사방의 먼 곳’에서도 흥성했다[帝功興‘四遐’].”

146 **[전진륜]** 『좌전』「희공 · 5년」: “속담에 이른바 ‘“수레의 덧방나무와 바퀴”는 서로 의지하고, [입술이 없어지면 이가 시리다[“輔車”相依, 脣亡齒寒]’]는 것이다”

『사기』「회음후전(淮陰侯傳)」: “괴통(蒯通)이 한신(韓信)을 설득했다. ‘(…중략…) 천하를 삼분하여 “솥발처럼[鼎足]” 나란히 서십시오.’”

『사기』「효문제기(孝文本紀) : “고조가 왕실 자제를 봉할 때 봉지(封地)를 ‘개의 이빨처럼[犬牙]’ 서로 어긋나게 하여 서로 견제하게 했는데, 이것이 이른바 종실(宗室)을 ‘반석(盤石)’처럼 굳건하게 하는 것이다.”

---

281) ‘副(부)’와 ‘貳(이)’는 ‘나누어 (지녔다)’는 뜻으로 쓰였고, ‘體(체)’와 ‘柯(가 : 도낏자루)’는 체모(體貌 : 예모(禮貌))와 법식(法式)을 말한다. 『이아』「석고(釋詁)」에 ‘柯’를 ‘法’이라고 설명했는데, 곽박 주에서 『모시』「빈풍(豳風) · 벌가(伐柯)」의 제2장 “伐柯伐柯, 其則不遠(나무를 베어 도낏자루 만들려면, 그 본은 멀리 있지 않네)”를 인용했는데, 여기서 ‘柯’에 법식과 본보기라는 뜻이 생겨났다.

282) 『태평어람』「천부」 권5에는 ‘景星(경성 : 서성(瑞星))’으로 되어 있다.

147 [전진륜] 『좌전』「선공(宣公) · 3년」: "점괘가 나라를 30'대[世]'까지 전할 것이라고 나왔다."

148 [전진륜] 양웅 「장양부(長楊賦)」: "이로써 옥형(玉衡 : 북두칠성의 다섯 번째 별)이 바로잡히고 '태계 즉 삼태성(三台星)이 평평해졌다'[是以玉衡正而'泰階平'也]."[283]

반고 「서도부」: "[서도 장안은] '홍하(洪河 : 황하)'와 경수(涇水)와 위수(渭水)를 띠처럼 두르고 있다[帶以'洪河' · 涇 · 渭之川]."

149 [전진륜] 『주역』「건괘 · 구오」: "용이 하늘에 날고 있으니, '대덕을 지닌 분'을 만나는 데 이롭다[飛龍在天, 利見'大人']."

『주역』「건괘 · 구이 · 문언」: "용이 지상에 나타나 있다는 것은 '천하가 문명의 교화를 받는다'는 것이다[見龍在田, '天下文明']."

사잠(史岑) 「출사송(出師頌)」: "'천하'를 한데 섞어 하나로 한다[混一'區宇']."

150 [전진륜] 양웅 「장양부」: "사로서 '왕도를 논하지 않는' 자가 있다면 '나무꾼이 그를 비웃을' 것이다[士有'不談王道'者, '樵夫笑之']."[284]

---

283) '泰階'는 삼태성(三台星)으로 큰곰자리에 딸린 자미성(紫微星)을 지키는 별이다. 각 한 쌍씩인 상태성 · 중태성 · 하태성으로 이루어져 있는데, 각각 천자와 제후 · 공경대부와 사서인(士庶人)을 관장한다고 한다. 태계(泰階)가 평평해진다는 것은 천하가 태평해지는 것을 나타낸다. 『한서』「동방삭전(東方朔傳)」의 응소 주에 『황제태계육부경(黃帝泰階六符經)』을 인용하여, "'泰階'는 하늘의 세 층계이다. 세 층계가 평평해지면, 음양(陰陽)이 조화를 이루고, 풍우(風雨)가 때맞춰 오며, 사직(社稷)과 신기(神祇)가 모두 의당함을 얻고, 천하(天下)가 크게 편안해지니, 이를 태평(太平)이라고 한다"라고 했다.

284) 여기서 말하는 '王道'는 유가가 이상으로 삼는 정치사상으로, 인덕(仁德)을 근본으로 다스리는 도리를 말한다. 이 2구는 모두 지금이 왕도정치가 행해지는 태평성대임을 표현한 것이다.

『초사』「어부(漁父)」: "창랑의 물이 맑으면 '내 갓끈을 씻을' 수 있다[滄浪之水靑兮, 可以'濯吾纓']."

【평설】

[전중련] 이조락:대개 수사가 화려하고 기름지면 문장의 뼈대를 해친다. 그러면서도 포조는 문채가 웅장하고 양 간문제簡文帝 소강蕭綱은 생각이 맑으니 실로 일시의 인걸이다.『변체문초(駢體文抄)』 권2[285]

오여륜 : 서는 멀리 한대의 양웅揚雄과 사마상여를 거의 따라가려 하지만 , 송은 육조의 평범한 작품이다.『포참군집선』

담헌 : 땅을 개간하고 물을 대듯이 가꾼 결과로 찬란한 광채가 피어났다. 문장을 펼쳐 나가는 것이 교묘하면서도 단단하여 쓸데없는 구절이 하나도 없다. 서에도 기복 변화와 강약 장단이 있으니, 양 간문제와 함께 논하는 것은 옳지 않다.『변체문초』「비(批)」[286]

손덕겸 : 기세와 풍격이 방대하니 한대의 문장에 뿌리를 두었다.『육조여지』

---

285) 『변체문초』 권2에 '송(頌)'체 문장 중 포조의 「황하가 맑아짐을 기리는 송」에 이어 양 간문제의 「대법송(大法頌)」이 수록되어 있다. 이 말은 포조의 「황하가 맑아짐을 기리는 송」 제목 뒤에 적은 주이다. 간문제의 「대법송」 제목 뒤의 주에도 "간문제의 「대법송」과 「마보송(馬寶頌)은 제목은 모두 상규에는 맞지 않지만, 문장의 화려하고 기름진 점은 안연지(顔延之)와 포조에게 뒤지지 않는다[「大法」·「馬寶」, 題皆不經, 而文之華腴, 不下顔·鮑]"라는 평어가 실려 있다.

286) 『변체문초』 권2의 이조락의 평에 대한 비평이다.

佛影頌

形生麗怪, 神照潭寂.[1] 驗幽以明, 考心者迹. 六塵煩苦, 五道綿劇.[2] 乃炳舟梁, 爰悟淪溺.[3] 色丹貌績, 留相瓊石.[4] 金光絶見, 玉毫遺覿.[5] 俾昏作朗, 效順去逆.[6]

불영을 기리는 송

형상이 드러난다는 것은 대단히 괴이하지만, 정신의 살핌은 심원하고 적정寂靜하다. 어두운 세상을 징험하는 것은 밝은 것을 통해서 하고, 마음을 고찰하는 것은 드러난 자취로써 한다. 심성을 어지럽히는 육진六塵은 몹시 괴롭고, 끝없이 윤회하는 오도五道는 한없이 비참하다. 이에 열반으로 이끌 배와 다리를 밝혀 드러내고, 이에 기심機心 망상에 빠진 이를 깨닫게 한다. 빛깔은 붉고 모습은 수놓은 듯 선명하게, 고운 옥돌에 광상光相이 남아 있다. 금색상金色相은 나타나지 않게 되고, 미간백호상眉間白毫相도 볼 수 없지만, 혼암昏闇한 사람을 밝게 깨닫게 하고, 순정順正함을 실행하고 역사逆邪함을 없앤다.

【해제】

[전진륜] 『송서』「임천왕도규전」에 "유의경은 만년에 사문沙門을 봉양하여 비용을 꽤 들였다"라고 했으니, 이 송은 임천왕 유의경을 위하여 지은 것 같다.

[전중련] 『대지도론大智度論』 : “석가모니 부처가 월지국月氏國에 가서 나찰녀羅刹女를 항복시키고, 부처는 그 식굴에서 하룻밤을 묵었는데, 지금도 불영佛影이 남아 있다. 어떤 사람이 안에 들어가서 보았더니 보이지 않고, 굴 밖에 나와서 멀리서 보니, 부처의 모습光相이 부처가 계실 때와 같았다.”

징관澄觀 『화엄경소초華嚴經疏鈔』 권21 : “석실에 불영이 남아 있어서 독룡毒龍이 마음을 고쳐먹게 한 것이 바로 『관불삼매해경觀佛三昧海經』이다. 그 일은 너무 길어서, 이제 대략의 뜻만 간략히 진술한다. 바로 제7경에서 부처가 아난阿難에게 말한 대목이다. 여래께서 나건가라국那乾訶羅國 옛 선산仙山의 참파카화림薝蔔花林의 독룡지毒龍池 옆 청련화천靑蓮華泉의 북쪽 나찰혈羅刹穴 가운데 있는 아나사산阿那斯山에 도착하셨다. 그때 그 굴에는 다섯 나찰이 있어서 용녀龍女로 화하여 독룡과 사통했다. 용은 또 우박을 내리고 나찰은 난행亂行을 일삼아 기근과 전염병이 돈 지 이미 4년이 지났다. 당시 왕은 놀라고 두려워서 하늘과 땅의 신령에게 제사를 지내고 기도했으나 아무런 소용이 없었다. (…중략…) 이하는 대의 인용의 방식을 취한다. 한 바라문婆羅門이 있어서 부처의 공덕을 찬미하고 그 왕은 향을 피우며 멀리 여래에게 청원했다. 여래가 나건가라국의 왕 불파부제弗巴浮提의 청원을 받아들여 신통한 변화를 널리 나타내자, 나찰과 독룡은 이미 감화를 받았다. 그때 용왕은 무릎을 길게 꿇고 합장을 하고 세존에게 간절히 빌었다. ‘여래께서 늘 이곳에 머물러주십시오. 부처께서 만약 계시지 않으시면, 저는 악심이 발동하여 무상無上의 보리菩提를 이룰 도리가 없습니다.' 세존께서는 용굴龍窟을 떠나지 않고 또 용왕의 청원을 받아들여 성안으로 들어가 교화를 펴셨다. 옛날 보리의 도를 행하시던 곳으로 다니셨는데 모든 용이 다 수종隨從했다. 부처께서 돌아가시려 한다는 말을 듣고, 통곡하며 빗줄기처럼 눈물을 흘리면서, 부처에게 아뢰었다. '세존이시여. 부처께서는 늘 이곳에 머물러 주십시오. 어찌 저를 버리려 하십니까? 저는 부처를 뵙지 못하면 악행을 저질러야 하니 마침내 악도惡道로 떨어지게 될 것입니다.' 그때 세존께서 용왕을 위로하셨다. '내가 너의 청원을 받아들여 너의 굴속에 천오백 년 동안 앉아 있겠노라.' 석가모니 부처釋迦文佛께서 몸을 날려 바위 속으로 들어가시자, 거울로 사람의 얼굴 모습을 보는 것과 똑같았다. 모든 용이 부처께서 바위 속에 계시자 그림자가 밖으로 드러나는 것을 보았다. 그때 모든 용이 다 합장을 하고 기뻐하며 그 못에서 나오지 않고 언제나 부처님의 모습을 뵈었다. 그때 세존께서는 석굴 안에서 결가부좌를 하고 계셨는데, 중생들이 볼 때 멀리서 바라보면 보이고 가까이 다가가면 나타나지 않았다. 수백 수천의 제천諸天이 불영佛影에 공양을 드리면, 불영도 설법을 진행하셨다. 당시 범천왕梵天王이 합장하고 공경의 예를 표하면서 게송으로 찬미했다. '여래께서 석굴 안에 앉아계시니, 몸을 날려 바위 속으로 들어가셨네. 태양처럼 아무런 장애도 없고, 황금빛 광상光相이 다 갖춰졌네. 제가 지금 최상의 예를 올리나이다. 석가모니 구세존救世尊이시여!' 『관불삼매해경』의 경문은 매우 광범하다. 다시 중생더러 불좌佛座에서 보게 하니, 1

장 6척의 부처 형상이 짚방석에 앉아 있는 것이 보였다. 석굴을 하나 지었으니 높이가 1장 6척이고 깊이가 24보步인네 청백색의 석상을 모셨으며, 또 이 굴을 칠보로 꾸민 굴로 만들려고 하자, 또 부처의 형상이 나타나 석벽 속으로 뛰어 들어갔다는 것 등이다. 도선道宣의 『광홍명집廣弘明集』에는 원공遠公 : 혜원(慧遠), 334~416의 「석영찬石影讚」이 실려 있어서, 거기서 말하는 장소가 『관불삼매해경』에서 말한 것과 완전히 같으니, 불영은 지금의 서역 나건가라국 남산의 옛 선인의 석실 속에 있는데, 유사流沙를 건너서 오솔길을 가면, 여기서 1만5천8백 리가 떨어져 있으며, 세상을 감동케 하는 보응은 별전別傳에 상세히 실려 있다고 했다. 현장玄奘의 『대당서역기大唐西域記』 제8권에서도 역시 언급했다. 혜원의 「만불영명서萬佛影銘序」에서 말했다. '예전에 서역의 사문을 만났는데 수행을 위해 행각行脚을 하던 이야기를 빈번히 들었다. 그래서 불영佛影이 있는 것은 알고 있었지만 전해 들은 내용이 아직 선명하게 이해되지 않았다. 그러다가 이 여산廬山에서 서역 계빈국罽賓 : 아프가니스탄과 파키스탄 사이 또는 인도 카슈미르 지역에 있었던 나라의 선사를 만났는데, 그는 남국의 율학도사律學道士로 그가 전하는 말이 예전에 들었던 내용과 일치할 뿐만 아니라 아울러 그 사람이 직접 유력하며 거쳐 온 곳이었다. 그래서 상세히 물어 그림으로 그리고 명문을 짓는다.'"

내 견해는 이렇다. 혜원이 여산廬山에서 불영佛影을 그린 시점에, 유의경은 이미 불교에 빠져 있었고, 그가 강주 자사로 부임할 때는 원가 16년439으로, 의희義熙 12년416 혜원이 죽은 지 겨우 24년밖에 안 지났기 때문에, 틀림없이 그 그림을 보았을 것이다. 포조의 이 「송」은 문체가 혜원의 「만불영명萬佛影銘」과 같으니, 틀림없이 임천왕 유의경을 위해 지은 것일 것이다.[287)]

【주석】

1 **[전중련]** 송본에는 '麗(려)'가 '麄(추 : 크다, 거칠다)'로 되어 있다.[288)]

2 **[전진륜]** 손작(孫綽) 「천태산 유람 부[遊天台山賦]」 이선 주 : "『중론(中論)』에 인간의 심성을 어지럽히는 '육진(六塵)'은 색(色) · 성(聲) · 향(香) · 미(味) · 촉(觸) · 법(法)이라고 했다."

[전중련] 서간(徐幹) 『중론』 : "눈(眼) · 코(鼻) 및 귀(耳) · 혀(舌 : 입) · 몸(身) · 뜻(意 : 마음) 등이 육정(六情)인데, 이 눈 등의 육정이 색 등의 '육진'을 행한다."

『대지도론』 : "중생이 지은 업에 따라가게 되는 다섯 곳 즉 '오도(五道)'로 윤회하는 방법은 각각 다르다. 모든 '천도(天道)'와 '지옥도(地獄道)'는 모두 화생(化生 : 자취도 없고 의탁할 곳도 없이 홀연히 생겨남)한다. '아귀도(餓鬼

---

287) 전중련은 원가 16년 작으로 보았고(『집주』, 432쪽), 정복림도 전중련의 견해에 전적으로 동의했다(『교주』, 949~950쪽).

288) 주응등본도 같다. 『전송문』과 노문초 『군서습보』 및 『석문기(釋文紀)』 권15에는 '麤(추)'로 되어 있다. '麤'는 '大(대)'의 뜻이고, '麄'는 '麤'의 속자이다. '神照(신조)'는 정신으로 살펴 알아내는 능력이다. 『후한서』 「정홍전(丁鴻傳)」에 "비록 은밀한 음모(隱謀)가 있더라도, 그 실정을 '신처럼 알' 것이다['神照'其情]"라고 했고, 유송 종병(宗炳, 375~443)의 「형양 내사(內史) 하승천(何承天)에게 또 보낸 답서[又答何衡陽書]」에 "만약 성신으로 믿는 현자라면 '정신의 감찰(鑑察) 능력이 유독 밝을 것입니다[獨朗神照]'"라고 했다.

道)'는 두 가지 태어나는 법식이 있으니 태생(胎生)하기도 하고 화생하기도 한다. '인간도(人間道)'와 '축생도(畜生道)'는 네 가지 태어나는 법식이 있으니 난생(卵生) · 습생(濕生 : 습한 곳에서 태어남) · 화생 · 태생이다."

『중론』: "'오도(五道)'라고 말하는 것은 설일체유부(說一切有部)[289]의 승려들이 말하는 것이다."

『중론』: "보살은 천안(天眼)을 얻어, 중생이 '오도'를 윤전(輪轉)하며 그 속에서 빙빙 도는 것을 본다."

『옥편』: "'緜(면)'은 彌(미)와 然(연)의 반절[면(mián)]로 햇솜이고, 얽히는 것이고, 끊임없이 이어지는 것이다. 지금은 '綿'으로 적는다."

3 **[전진륜]** 『모시』「대아 · 대명(大明)」 제5장 : "'배를 지어 서로 이어 다리를 만들었으니[造舟爲梁]', [그 광채 찬란히 빛나지 않겠는가!]"

[전중련] 『부법장경(付法藏經)』: "일체중생은 삼계(三界 : 중생이 생사 윤회하는 욕계(欲界) · 색계(色界) · 무색계(無色界) 등 삼종의 세계)의 생사대해에서 벗어나려면 반드시 법선(法船)을 빌려야 비로소 건너서 벗어날 수 있다."

『대지도론』: "득도하여 열반에 드는 교량[涅槃之津梁]"

『법화경(法華經)』: "내가 모든 중생(衆生)을 보니 '고해에 빠져 있다[沒在于苦海]'."[290]

---

289) 붓다가 입멸한 후 300년 초에 상좌부(上座部)에서 갈라져 나온 파이다. 설산부(雪山部)가 경(經)을 중시한 데 반해, 이 파는 논서(論書)를 중심으로 자신들의 견해를 전개하며, 모든 현상의 본체는 과거 · 현재 · 미래에 걸쳐 변하지 않으므로 영원히 소멸하지 않고 존재한다고 주장한다(곽철환, 『시공 불교사전』, 시공사, 2003.7; 네이버 지식백과, '설일체유부(說一切有部)' 재인용).

290) '淪溺(륜닉)'은 나쁜 상황이나 고통스러운 처지에 빠져 스스로 벗어나기 어려운

4 **[전진륜]** 『설문해자』: "'瓊(경)'은 붉은색의 옥이다."

5 **[전중련]** 『마가반야바라밀경(摩訶般若波羅密經)』: "열네 번째는 온몸이 황금색인 '금색상(金色相)'이니, 그 색이 미묘하여 염부단금(閻浮檀金)보다 낫다."[291]

『마가반야바라밀경』: "서른한 번째는 미간에 흰 털이 있는 '미간백호상(眉間白毫相)'으로, 여리고 희기가 두라면(兜羅綿)과 비슷하다."[292]

6 **[전진륜]** 『좌전』「은공3년」: "'충순(忠順)을 버리고 반역을 하는 것[去順效逆]'은 화를 재촉하는 것이다."

것을 뜻하는데, 여기서는 기심(機心)과 망상에 빠진 것을 말한다.

291) '염부단금'은 염부나무(閻浮樹) 숲 사이를 흐르는 강에서 나는 적황색의 사금이다.

292) '두라면'은 사라수(娑羅樹)에서 나오는 버들개지 같은 것으로 만든 흰 솜이다. '金色相'과 '眉間白毫相'은 모두 부처가 갖추고 있다는 서른두 가지 뛰어난 신체의 특징인 '삼십이상(三十二相)'에 들어 있다.

명銘

淩煙樓銘—幷序

臣聞憑飈薦響, 唱微效長; 垂波鑒景, 功少致深.[1] 是以冰臺築乎魏邑, 鳳閣起於漢京,[2] 皆所以贊生通志, 感悅幽情者也.[3] 伏見所置淩煙樓, 棲置崇逈, 延瞰平寂. 卽秀神皐, 因基地勢.[4] 東臨吳甸, 西眺楚關.[5] 奔江永寫, 鱗嶺相葺,[6] 重樹窮天, 通原盡日.[7] 悲積陳古, 賞絶舊年. 誠可以暉曠高明, 藻澈遠心矣.[8] 夫識緣感傾, 事待言彰, 匪言匪述, 綿世罔傳. 敢作銘曰:

巖巖崇樓, 藐藐層隅.[9] 階基天削, 戶牖雲區.[10] 瞰江列楹, 望景延除.[11] 積淸風路, 合綵煙塗.[12] 俯窺淮海, 俛眺荊吳.[13] 我王結駕, 藻思神居.[14] 宜此萬春, 脩靈所扶.[15]

능연루 명—서와 함께

신이 듣기로는, 바람에 의지하여 소리를 전하면 노랫소리가 약해도 멀리 전해지고, 물결을 이용하여 형상을 비추면 힘은 적게 들이고도 깊이 도달할 수 있다고 했습니다. 그래서 빙정대冰井臺를 위의 도읍에 쌓았었고, 봉황각鳳凰閣을 한의 서울에 세웠습니다. 모두 마음속 생각을 피력하는 데 도움을 주고, 심원하고 고아한 정취를 느껴 즐기도록 하는 바입니다. 지어놓으신 능연루를 삼가 살펴보니, 높고 탁 트인 곳에 자리 잡고 있어서, 멀리 내려다보면 평온하고 고요합니다. 신선이 사는 언덕에 높이 솟아 있고, 땅의 형세에 맞추어 터를 잡았기 때문입니다. 동쪽으로는 오의 교외와 접하고, 서쪽으로는 초의 관문을 바라봅니다. 달리는 강물은 영원토록 쏟아지고, 비늘처럼 연이은 산은 첩첩이 이어집니다. 겹겹이 우거진 나무는 하늘을 뒤덮고 있고, 탁 트인 평원은 아득히 멀어 끝이 없습니다. 비애는 오랜 옛적부터 쌓여왔고, 찬상讚賞은 옛적에 끊어졌습니다만, 이제 이곳은 실로 밝은 햇빛이 높은 누각을 환하게 열어주고, 아름다운 문장이 심원한 마음을 깨끗이 밝힐 수 있게 되었습니다. 무릇 식견은 느끼는 바를 따라 기울어지고, 사적事績은 말을 빌려서 드러나는 것이니, 말하지 않고 서술하지 않으면, 아득히 먼 후세까지 전해지지 않습니다. 감히 아래와 같이 명을 짓습니다.

우뚝 솟은 높다란 누각, 까마득한 층층의 처마

섬돌과 토대는 하늘을 깎았고, 문과 창은 구름의 구역이라.

강을 굽어보며 기둥을 늘어놓고, 해그림자 살펴서 섬돌을 펼쳤다.

바람길엔 맑은 기운 쌓여 있으며, 구름길엔 고운 빛이 어려있구나.

고개 숙여 양주 지역 살피어보고, 구푸려서 형주 지역 조망을 한다.

우리 임금 수레 타고 행차하시어, 신령한 이곳에서 문조文藻를 펼치신다.

틀림없이 이곳은 만 년이 가도록, 신령께서 영원히 지켜 줄 것이다.

【해제】

[전진륜] 『송서』「임천열무왕도규전」: "유의경은 (…중략…) 원가 16년439 산기상시散騎常侍, 강주江州와 예주豫州293) 서양西陽·진희晉熙·신채新蔡 3군의 도독제군사都督諸軍事, 위장군衛將軍, 강주 자사를 새 관직으로 받았다."

『송서』「주군지·2」'강주 자사' 조: "[동진 성제成帝 함강咸康 6년340에] 심양尋陽: 지금의 강서성 구강시(九江市)으로 치소를 옮겼다."294)

'서'의 '동오東吳'와 '서초西楚'라는 말로 따져보면 이 누각은 당연히 임천왕이 강주 자사 시절에 건축한 것이다.

[전중련] 송본에는 제하題下의 주에서 "송 임천왕이 세웠다"라고 했다.295)

【주석】

1 **[전진륜]** 육기(陸機)「연연주(演連珠)」제17수: "바람을 이용하여 소리를 실어 보내면, 노래는 저절로 멀리 전해진다[乘風載響, 音徽自遠]."

「연연주」제8수: "거울이 두께가 두껍지 않으면, 지극히 깊은 연못도 비추어 볼 수 있다[鑑之積也無厚, 則照有重淵之深]."

[전중련] 송본에는 '垂(수: 드리우다)' 자 아래의 주에서 "'乘(승: 이용하다)'으

293) 저본에는 '豫州' 2자가 빠졌다. 西陽 등 3군은 모두 예주에 속하는 군이다.
294) 표점교감본에 근거하여 수정하고 번역했다.
295) 송본에는 '建(건)'이 '起(기)'로 되어 있다. 정복림은 유의경이 강주 자사로 심양(尋陽)으로 출발한 것이 원가 16년 4월이고, 누대 건축에 일정한 시간이 필요한 점을 근거로, 이 명은 원가 17년(440)에 지어진 것으로 추정했다(『교주』, 954쪽).

로 된 판본도 있다"라고 했다.[296]

『순자』「권학(勸學)」: "'바람이 가는 방향을 향해 고함치면[順風而呼]' 소리를 더 빠르게 하지 않아도 '들리는 것이 더 뚜렷하다[聞者彰].'"

'景(영)'은 '影(영)'과 통용한다.

2 **[전진륜]** 『업도고사(鄴都故事)』: "조조(曹操)가 동작대(銅雀臺)를 짓고 또 금호대(金虎臺)[297]와 '빙정대(冰井臺)'를 지었는데, 이른바 업중의 세 누대[鄴中三臺]이다."

내 견해는 이렇다. 봉황이 아각(阿閣)에 둥지를 틀었는데, 당대(唐代)에 이르러 그 때문에 '봉각(鳳閣)'과 '난대(鸞臺)'라는 명칭이 생겨났다. 한대(漢代)에는 각(閣)의 이름이 매우 많지만, '봉각'이라는 이름은 오히려 찾아볼 수가 없다.[298]

3 **[전중련]** 『주역』「계사상전」: "[대저 『역』은 성인이 심오한 것을 다 파고 은미(隱微)한 것을 깊이 연구한 바이다.] 오직 심오한 이치를 궁구했기 때문에 '천

296) 주응등본과 『전송문』·『군서습보』도 같다. 앞의 '憑飇(바람에 의지한다)'와 대우인 점을 고려하면 '乘波(승파)'가 나아 보인다.

297) 후에 금봉대(金鳳臺)로 개칭했다. 서진 육홰(陸翽)의 『업중기(鄴中記)』에 의하면, 후조(後趙)의 제3대 왕인 '석호(石虎, 334~349 재위)' 시대에 피휘(避諱)로 인해 '金虎'를 '金鳳'으로 고친 것이다['金鳳'臺初名'金虎', 至石氏改今名].

298) 사영운(謝靈運)의 「위태자 조비(曹丕)의 '업중집'시를 본떠[擬魏太子鄴中集詩]·평원후 조식(平原侯植)」에 "朝遊登'鳳閣', 日暮集華沼(아침에 나가서 '봉각'에 오르고, 날 저물어 '화소'에 모였다)"라고 했는데, 여향은 "'鳳閣'은 내성(內省: 궁중)이고, '華沼'는 연락(宴樂)의 장소이다. '沼'는 못[池]이다"라고 했다. 또 『삼보황도(三輔黃圖)』「한궁(漢宮)」에 "또 '鳳凰闕(봉황궐)'이 있는데, 한 무제가 만들었고, 높이는 70장(丈) 5척(尺)이다, 봉황궐은 또 별풍궐(別風闕)이라고도 하고 또 초요궐(嶕嶢闕)이라고도 하는데, 원궐문(圓闕門) 안 2백 보에 있다"라고 했다. 정복림은 이를 근거로 포조가 말한 '봉각'이 이 '봉황궐'일 가능성을 제기했다(『교주』, 956쪽). '阿閣'은 사방에 차양(遮陽)을 덧댄 높은 누각이다.

하 사람들의 막힌 생각을 열어 소통하게[通天下之志]' 할 수 있고, [오직 은미한 것을 연구했기에 천하의 일을 이룰 수 있었다.]"[299]

반고 「서도부」: "옛날을 생각하는 '그윽한 정회'를 토로한다[發思古之'幽情']." 왕희지(王羲之) 「난정집서(蘭庭集序)」: "또한 '심원하고 고아한 정회'를 충분하고 후련하게 풀어낼 수 있다[亦足以暢敍'幽情']."

4 **[전진륜]** 장형 「서경부」: "실로 지상에서 '심오한 구역이요 신명이 모여드는 지역'이다[實惟地之'奧區神皐']."

[전중련] 도연명 「사천을 유람하며[遊斜川詩]·서」: "[증성산(曾城山)은] 여러 언덕 가운데서 유독 빼어났다[獨秀中皐]."[300]

5 **[전진륜]** 『사기』「오자서열전(伍子胥列傳)」: "[초(楚) 평왕(平王)에게는 이름을 건(建)이라고 하는 태자가 있었다. (…중략…)] 태자 건에게는 이름을 승(勝)이라고 하는 아들이 있었다. (…중략…) 초의 태자태부(太子太傅)이던 오자서는 승과 함께 오로 달아나 '소관(昭關)'에 도착했다." 사마정 색은: "그 '관(關)'은 양자강의 서쪽에 있으니 바로 오와 초의 국경[吳楚之境]이다."

[전중련] 『강남통지(江南通志)』: "'소관'은 화주(和州) 함산현(含山: 지금의 안휘성에 속함) 소현산(小峴山) 서쪽에 있는데, 오자서가 초에서 오로 달아날 때 '소관'을 지나갔다고 했는데, 바로 이곳이다."

'소관'은 대체로 심양(尋陽)의 동쪽에 있다. 여기서 "서쪽으로 초의 관문을 바라본다"라고 한 것은 관문의 총칭일 뿐이지 구체적으로 '소관'을 가리키는 것

299) '通志(통지)'는 생각을 밖으로 드러내는 것이다.
300) '延瞰(연감)'은 멀리 조감하는 것이다.

은 아니다.[301]

6 **[전진륜]** '葺鱗(집린 : 비늘처럼 붙임)'은 「영안령 직에서 금지령의 해제에 감사하는 계」(주석 10)에서 보았다.

7 **[전중련]** 송본에는 '日(일)'이 '目(목)'으로 되어 있다.[302]

8 **[전중련]** 송본에는 '澈(철)'이 '撤(철)'로 되어 있다.[303]

『예기』「월령」'중하지월' : "[이달에는 (…중략…)] '높고 밝은 곳[高明]'에서 살 수 있고, '멀리까지[遠] 조망할 수 있다.'"[304]

9 **[전진륜]** 『장자』「소요유」: "'아득히 먼 고야산[藐姑射之山]'에 신선이 살고 있다." 곽상 주 : "'藐(막)'은 먼 것이다."

[전중련] 『광아』: "'巖巖(암암)'은 높은 것이다."

『모시』「대아 · 숭고(崧高)」 제4장 : "'아름답게' 완공되었다[既成'藐藐']."

모전 : "'藐藐'은 아름다운 모양이다."

---

301) '吳甸(오전)'은 옛 오의 국도의 교외이다. '甸'은 본래 왕도 주위 500리 이내 지역을 가리킨다.

302) '目'이 더 낫다. '盡目(진목)'은 '極目(극목)'과 같다. 눈으로 볼 수 있는 한계까지 한없이 본다는 뜻으로, 일망무제함을 말한다.

303) 『전송문』에도 '撤'로 되어 있다. 문맥상 '澈'이 낫다. 오덕풍, 44a쪽 참조. '澈'은 맑게 한다는 뜻이다.

304) 정현 주에서 "'高明(고명)'은 누관(樓觀 : 누각과 궐문)을 말한다"라고 했다. 이 2구의 의미는, 능연루가 햇빛이 잘 들고 사방이 두루 통하여 이곳에서 좋은 글로 심원한 마음을 펼칠 수 있다는 뜻으로 보았다. '高明'은 또 『상서』「홍범」"沈潛剛克, '高明'柔克(가라앉아 숨는 것은 강팍함으로 이기는 것이고, '높고 밝은 것'은 부드러움으로 이기는 것이다)"의 「공전(孔傳)」에서 '高明'은 '하늘[天]'을 말하는 것이라고 한 것처럼, '하늘'로 볼 수도 있다. 정복림은 이 뜻으로 보았다(『교주』, 958쪽). '陳古(진고)'는 '往古(왕고)'와 같고, '舊年(구년)'은 '昔年(석년)'과 같다.

『모시』「대아・첨앙(瞻卬)」제7장 : "'아득히 넓은' 높은 하늘['藐藐'高天]"

모전 : "'藐藐'은 큰 모양이다."

『방언』 주 : "'藐藐'은 아득히 먼 모양이다."

'隅(우 : 구석)'는 「황폐한 성」 주(주석 28 '峻隅')에서 보았다.[305)]

10 **[전진륜]** 좌사 「위도부」 : "[동작・금호・빙정의 세 누대가 우뚝하게 늘어서 있어] '응달진 토대' 위에 높다란 누대를 높이 세웠는데, '화산의 사방을 깎아 세운' 듯한 험준함을 본떴다[亢陽臺於'陰基', 擬'華山之削成']."[306)]

『부자(苻子)』[307)] : "요임금이 (허유(許由)한테) 말했다. '내가 화려한 전각 위에 앉아 있으니, 삼연하게 소나무가 마룻대에서 자라나고, 내가 격자창 안에 서 있으니, 뭉게뭉게 "구름이 바라지창에서 피어올랐습니다[雲生于牖]"'."

11 **[전진륜]** 좌사 「촉도부」 : "화려한 조각창을 배열하여 강을 굽어본다[列綺窗而瞰江]."

육기 「연연주」 제29수 : "'해그림자를 바라보고' 태양의 운행을 헤아리면, 영허(盈虛)의 도수를 알 수 있다['望景'揆日, 盈數可期]."

『설문해자』 : "'楹(영)'은 기둥이다."

『설문해자』 : "'除(제)'는 전각의 섬돌이다."

---

305) 「황폐한 성」에서 '峻隅(준우)'는 높이 솟은 성가퀴를 가리켰다. 이곳의 '層隅(층우)'는 능연루 지붕의 치켜세운 겹처마를 가리키는 것으로 보인다.

306) 이선 주에 "대사(臺榭)는 높고 커서 '양(陽)'이라고 했고, 토대[基]는 낮기에 '음(陰)'이라고 했다"라고 했다. '天削(천삭)'은 하늘을 깎아 만든 것처럼 높다는 것이다.

307) 『부자』는 전진(前秦) 부견(苻堅)의 조카 부랑(苻朗)의 저작인데 원본은 일실되었다. 인용문은 『태평어람』 권80에 실린 것이다.

12 **[전중련]** 송본에는 '路(로)'가 '露(로)'로 되어 있고,[308] '合(합)' 아래의 주에서 "'含(함)'으로 된 판본도 있다"라고 했다.

13 **[전진륜]** 『상서』「우공」: "'淮海(회해 : 회수 이북에서 해주(海州 : 지금의 연운항시(連雲港市))에 이르는 강소성 북부 지역)'는 양주(揚州)이다."

'荊吳(형오)'는 「떠도는 생각」(주석 15)에서 보았다.[309]

'俛(부 · 면)'가 바로 '俯(부)' 자이다. 2자 중 1자는 오자임이 분명하다.[310]

14 **[전진륜]** 곽박 「유선시(遊仙詩)」 제12수 : "'수레에 말을 매어' 우듬지(산속의 산림)를 찾아간다['結駕'尋木末]."

육기 「문부(文賦)」: "어떤 때에는 '아름다운 구상력'이 아름다운 문채와 부합한다[或'藻思'綺合]."

'神居(신거 : 신선의 거처)'는 「대뢰안에 올라서 누이에게 부친 편지」(주석 36)에서 보았다.

15 **[전진륜]** 왕연수(王延壽) 「노 영광전 부(魯靈光殿賦)」: "'신령'이 그 마룻대

---

308) 주응등본과 『전송문』에도 '露'로 되어 있다. 그러나 의미상 '路'가 더 나은 것 같다. 오덕풍은 "'風露'는 '煙塗(연도)'와 서로 대우를 이루므로 '露'가 더 나은 것 같다. 아마도 '露'와 '路'가 발음이 서로 같은 데다 '風路'는 '風露'보다 드물게 보이는 표현이기 때문에, 잘못하여 '路'를 '露'로 바꾸게 되었을 것이다"라고 했는데(44a쪽), 오덕풍의 말 중 첫 문장의 '風露'와 '露'는 '風路'와 '路'의 오자임이 분명하다. '風路'는 바람이 불어오는 길이고 '煙塗'는 구름이 오가는 길이다.

309) "동쪽으로는 오나라 경계와 접하고 서쪽으로는 초나라 관문을 바라본다"라고 한 '서'의 문장을 고려하면, 이곳의 '형오'는 능연루 서쪽에 있는 '형주'의 뜻으로 보는 것이 좋다. 그래야 동쪽인 '회해(양주)'와 서로 잘 대응된다.

310) 오덕풍은 '俛'가 '仰(앙)'의 오자일 것이라고 했다(44a쪽). 일반적인 상황에서는 매우 일리 있는 견해이지만, '능연루'가 높은 곳에 지어졌음을 묘사하고 있는 이 글에서는 일부러 '굽어본다'라는 의미의 이체자를 사용했을 가능성이 있다.

와 처마를 '떠받치고' 있어서, 천 년이 지나도록 더욱 굳건하기만 하다['神靈扶'其棟宇, 歷千載而彌堅]."[311)]

311) '脩靈(수령)'은 「대뢰안에 올라서 누이에게 부친 편지[登大雷岸與妹書]」의 '修靈(수령)'(주석 28)과 같다.

飛白書勢銘

秋毫精勁, 霜素凝鮮.[1] 霑此瑤波, 染彼松煙.[2] 超工八法, 盡奇六文.[3] 鳥企龍躍, 珠解泉分.[4] 輕如游霧, 重似崩雲.[5] 絶鋒劍摧, 驚勢箭飛.[6] 差池鷰起, 振迅鴻歸.[7] 臨危制節, 中險騰機.[8] 圭角星芒, 明麗爛逸.[9] 絲縈髮垂, 平理端密.[10] 盈尺錦兩, 片字金溢.[11] 故仙芝煩弱, 旣匪足雙;[12] 蟲虎瑣碎, 又安能匹.[13] 君子品之, 是最神筆.

비백서의 필세 명

가을의 터럭은 정밀하고 굳세며, 서리 빛 비단에는 깨끗함이 엉겨 있다. 이 요지瑤池의 물결을 흠뻑 적셔서, 저 소나무 그을음에 물을 들인다. 팔법八法보다 훨씬 더 교묘한 데다, 여섯 서체書體 진기함을 다 발휘했다. 새가 날아오르고 용이 뛰어오르며, 진주가 풀어지고 샘물이 흩어진다. 경쾌함은 피어나는 안개와 같고, 묵직함은 무너지는 구름과 같다. 뾰족한 끄트머리 칼로 휙 베었고, 힘차게 뻗친 기세 화살이 날아간다. 들쑥날쑥 제비가 날아오르고, 휘익휘익 기러기가 되돌아간다. 위태로움 만나면 절주를 억제하고, 험난함에 직면하면 기미를 살핀다. 옥규玉珪의 모서리와 별의 빛살이, 환하게 빛나고 찬란하게 빼어나다. 흰 명주실 휘감고 검은 머리 드리우니, 고르고 정연하며 단정하고 빽빽하다.

한 자尺 규격 글씨가 고운 비단 한 필이요, 한 조각 글자가 황금 스무 냥이다.

그러므로, 지영서芝英書도 힘없고 연약하여, 적수 될 자격이 부족할 뿐이라,

조충 호서虎書 자지레한 부스러기가, 또 어찌 필적인들 할 수 있으랴.

군자가 그것을 품평한다네, 이야말로 최상의 신필이로다.

【해제】

[전진륜] 장회관張懷瓘 『서단書斷』: "'비백飛白'이라는 서체는 후한 좌중랑左中郞 채옹蔡邕, 133~192이 시작한 것이다. 왕은王隱과 왕음王愔이 모두 말했다. '비백은 해서의 변형이다. 본래는 궁전의 편액에 쓰는 글씨체로, 기세가 굳센 데다가 문자는 마땅히 가볍고 필획이 꽉 차지 않고 비는 곳이 있어야 하기에, 이름을 "飛白"이라고 하는 것이다'. 왕승건王僧虔, 426~485은 말했다. '비백은 팔분八分: 예서 팔분과 소전 이분을 합친 서체을 가볍게 쓴 것이다.' (…중략…) 당 이작李綽의 『상서고실尙書故實』에서 말했다.[312] '채옹이 홍도문鴻都門: 홍도는 황실 장서각에서 문을 수리하던 장인들이 비帚로 백토를 칠하는 것을 보고서 마침내 창안해 낸 것이다.'"

312) 전진륜의 『서단』 인용에는 중간 생략이 있는데, 이 문장은 생략할 수 없는 내용이어서 보완 번역했다. '비백서(飛白書)'는 필세가 나부끼는 듯하고[飛] 필획에 실낱을 풀어놓은 것과 같은, 비어 있는 흰 부분이 드러나서[白], 이런 이름이 붙었다.

【주석】

1 **[전진륜]** 육기 「문부」 : “[풍부한 문사가 분분히 떠오르고 끊임없이 닥쳐오니] 오로지 ‘붓과 비단’으로 그려내기만 하면 된다[惟‘毫素’之所擬].” 이선 주 : “‘毫(호)’는 붓이다. ‘素(소)’는 흰 비단이다.”

[전중련] 성공수(成公綏) 「낡은 붓을 버리면서 지은 부[棄故筆賦]」 : “문자와 계각으로 생각을 펼쳐내기 위해, ‘가을 터럭의 까끄라기(붓)’를 집어 든다[乃發慮於書契, 採‘秋毫之穎芒’].”

반첩여 「원가행(怨歌行)」 : “제 동아현의 ‘흰 비단’을 막 잘라내니, 희고 깨끗하기가 ‘서리와 눈’ 같다[新裂齊‘紈素’, 皎潔如‘霜雪’].”

2 **[전진륜]** 조식 악부시 : “먹은 ‘푸른 솔을 태워 만든 그을음’에서 나오고, 붓은 잽싼 토끼의 털에서 나왔다[墨出‘青松煙’, 筆出狡兔翰].”313)

3 **[전진륜]** 『법서원(法書苑)』 : “왕희지는 글씨를 잘 썼는데, 15년 동안 ‘永(영)’ 자만 썼다. 그 ‘여덟 가지 필획의 필법(八法)’의 자세는 모든 글자에 다 통용할 수 있다. 이것이 ‘영자팔법(永字八法)’이다.”314)

『주례』 「지관사도 · 보씨(保氏)」 : “다섯 번째는 ‘육서(六書)’이다.” 정현 주 :

---

313) 『태평어람』 권605에 인용되어 있다.

314) 『산당사고(山堂肆考)』 「왕희지팔법(王羲之八法)」에는 ‘書苑’은 ‘法書苑’으로 ‘偏工書永’은 ‘工書, 十五年偏攻永字’로 되어 있고, ‘一切字’ 뒤에 ‘也’ 자가 있으며, 인용문은 여기까지이다. 인용문 뒤에 ‘八法, 謂側 · 勒 · 弩 · 趯 · 策 · 掠 · 啄 · 磔是也’가 있고 ‘永字八法也’ 5자는 없다. 정복림, 『교주』, 966쪽에서 재인용. 側(측)은 점[丶], 勒(륵)은 가로획[一], 弩(노)는 세로획[丨], 趯(적)은 갈고리[亅], 策(책)은 좌측의 우상 방향 삐쳐 올림[㇀], 掠(략)은 삐침[丿], 啄(탁)은 우측의 좌하 방향 짧은 삐침[丿], 磔(책)은 파임[㇏]이다.

"'육서'는 상형(象形)·회의(會意)·전주(轉注)·처사(處事 : 지사(指事))·가차(假借)·해성(諧聲 : 형성(形聲))이다."

[전중련] 채옹 「전세(篆勢)」[315] : "창힐(蒼頡)이 성인의 뜻을 좇아 쓰는 규칙을 만들고 문자를 제정했다. 전서의 체식(體式)에 '여섯 가지 서법(六篆)'이 있으니, 정교하고 아름다워 신묘한 경지에 이르렀다."[316]

4 **[전진륜]** 최원(崔瑗) 「초서세(草書勢)」 : "'목을 빼고 발꿈치를 높이 들고 새가 솟구치는 것이' 날아서 떠나려고 하는 듯이 한다['竦企鳥峙', 志在飛移]."

위항(衛恒) 「사체서세(四體書勢)」 : "힘차게 유달리 튀어나오니, 마치 강물에서 '용이 솟구치는' 것 같다[矯然特出, 若'龍騰'于川]."

최원 「초서세」 : "어떤 것은 이어 쓰고서 점을 찍은 것이, 그 형상이 '진주를 꿰어 놓은' 것 같아서, 떨어진 듯 이어져 있다[或黝黗點黷, 狀如'連珠', 絶而不離]."

위항 「사체서세」 : "마치 상서로운 바람이 '물에 스치어' 맑은 물결을 아름답게 일으키는 것 같다[若翔風'厲水', 淸波漪漣]."

[전중련] 채옹 「전세」 : "용이 뛰어오르고 새가 날개를 치는 듯하다[龍躍鳥震]."[317]

5 **[전진륜]** 종요(繇) 「예세(隸勢)」 : "마치 종을 매다는 종틀을 늘어놓은 듯하고, 마당의 횃불에서 '연기가 솟아오르는' 듯하다[若鐘簴設張, 庭燎'飛煙']."

---

315) 이 글과 최원의 「초서세」, 종요의 「예세」는, 모두 『진서』 「위항전(衛恒傳)」에 실린, 위항의 「사체서세(四體書勢)」에 인용되어 있다.

316) 포조가 말한 '六文(육문)'은 채옹의 「전세」에서 말한 '六篆(육전)' 또는 '六書(육서)' 중 여섯 가지 서체 즉, 대전(大篆)·소전(小篆)·팔분(八分)·예서(隸書)·행서(行書)·초서(草書)나 '육체(六體)'를 말하는 것으로 보는 것이 좋다. '육체'는 주석 13을 볼 것.

317) 이하 14구는 모두 비백서의 다양한 필세에 대한 묘사이다.

종요 「예세」 : "빽빽하기는 마치 '구름이 널려 있는' 듯하다[鬱若'雲布']."

6 **[전중련]** 유소(劉劭)[318] 「비백찬(飛白贊)」 : "곧은 획은 '화살이 날아가는' 것을 본뜨고[直準'箭飛'], [굽은 획은 자벌레의 구부리는 자세를 본뜬다[屈擬蠖勢].]"[319]

7 **[전진륜]** 『모시』 「패풍 · 연연(燕燕)」 제1장 : "'제비들' 날아가는데, 그 날개 '들쑥날쑥하구나'['燕燕'于飛, '差池'其羽]."

위항 「서세」 : "어떤 것은 붓을 들어 힘껏 휘두르니, '마치 기러기가 하늘 높이 나는 것처럼 아득하고 경쾌하다'[或引筆奮力, '若鴻雁高飛, 邈邈翩翩']."

[전중련] 색정(索靖) 「초서장(草書狀)」 : "검은 곰이 산악에서 마주 보고 웅크리고, '나는 제비가 들쑥날쑥 앞서거니 뒤서거니 한다'[玄熊對距於山嶽, '飛燕相追而差池']."

'振迅(진신 : 날개를 치는 모양)'은 「춤추는 학」 보주(주석 23)에서 보았다.

채옹 「전세」 : "멀리서 바라보면, '큰 기러기와 고니가 무리 지어 날듯이, 끊임이 없고 자유자재하다'[遠而望之, '若鴻鵠群遊, 絡繹遷延']."

8 **[전진륜]** 종요 「예세」 : "[자체의 크고 작음은] 상황에 따라 가장 알맞게 변화시키는 것이며 '일정불변의 규정'은 없다[隨事從宜, 靡有'常制']."

최원 「초서세」 : "서체를 변화시키는 '기미'는 상황에 적응하여 가장 알맞은 방법을 따르는 것이다['機微'要妙, 臨時從宜]."

---

318) 저본의 '劉紹'는 '劉劭'의 잘못이어서 고쳤다. '飛白贊'은 『전삼국문』 권32에는 '飛白書勢(비백서세)'로 되어 있다.

319) '絶鋒(절봉)'은 검봉(劍鋒)처럼 필획의 끝이 날카로움을 말하고 '劍摧(검좌)'는 검으로 자르는 것이다. '摧'는 벤다는 뜻일 때는 음이 '좌(cuò)'이다.

9 **[전진륜]**『예기』「유행(儒行)」: "자신의 큰 원칙을 버리고 뭇사람의 바라는 바에 맞춘다[毁方而瓦合]" 정현 주: "자신의 큰 '모서리[圭角]'를 버리고 [아래로 뭇사람과 작은 것을 맞춘다.]" 공영달 소: "'圭角(규각)'은 규 끄트머리에 있는 뾰족한 모서리를 말한다."

『사기』「천관서」: "전성(塡星: 土星)은 빛이 누렇고 '아홉 개의 빛살[九芒]'[320]이 있는데 음률(音律)로는 황종궁(黃鐘宮)에 해당한다."

종요「예세」: "밝게 빛나는 것은 '별이 늘어서 있는' 것 같다[煥若'星陳']."

10 **[전진륜]** 채옹「전세」: "어떤 것은 붓을 가뿐하게 들어 안으로 들어가는데, 처음은 희미하나 끝은 짙게 하여 끊어진 듯 이어진 듯하니, 이슬방울이 '명주실'을 따라 흘러내려 아래쪽 끝에서 엉기는 것 같다[或輕筆內投, 微本濃末, 若絶若連, 似水露緣'絲', 凝垂下端]."

종요「예세」: "어떤 것은 '숫돌처럼 평평하고' 먹줄처럼 똑바르다[或'砥平'繩直]."

11 **[전진륜]**『좌전』「민공(閔公)·2년」: "'상등의 누인 비단' 서른 '필'['重錦'三十'兩']" 두예 주: "'重錦(중금)'은 비단 중에 곱고 누인 것인데 [한 필이] 2장(丈)을 두 줄로 했기 때문에 '양(兩)'이라고 한다."

『사기』「여불위열전(呂不韋列傳)」: "그 식객들더러 들은 바를 모아서 토론하게 하여 저술했는데, (…중략…) 이름을『여씨춘추(呂氏春秋)』라고 했다. 수도 함양(咸陽)의 저자 문에 늘어놓고는 그 위에 '천금(千金)'의 돈을 걸어두고, 제후와 유세객과 빈객을 초빙하여 '한 글자[一字]'를 더하거나 뺄 수 있는

---

320) 저본의 '光芒(광망)'은 표점교감본에는 '九芒(구망)'으로 되어 있어서 고쳤다.

자에게 '천금'을 준다고 했다."

『사기』「평준서(平準書)」: "'황금(黃金)'은 '일(溢)'을 단위로 삼는다." 집해 : "20 냥(兩)이 1 '일(溢)'이다."[321]

12 **[전진륜]** 위속(韋續) 『묵수(墨藪)』 권1 「오십육종서(五十六種書)」: "육국(六國)시대에 각각 서로 다른 서체로 부신(符信)을 만들면서 '지영서(芝英書)'라는 서체를 만들었다. 혹자는 한대(漢代)에 영지 세 종류가 전각 앞에 자라났기 때문에 만들었다고 한다."[322]

13 **[전진륜]** 『한서』「예문지 · 육예략 · 소학(小學)」: "육체(六體)는 고문(古文) · 기자(奇字) · 전서(篆書) · 예서(隸書) · 무전(繆篆) · '충서(蟲書 : 조충서(鳥蟲書))'이다." 안사고 주 : "['蟲書'는] 벌레와 새의 형상으로 부신(符信)에 적는 것이다."[323]

위속 『묵수』 권1 「오십육종서」: "주 문왕의 사관(史官)[324]인 사일(史佚)이 '호서(虎書)'를 만들었다."

【평설】

[전중련] 허련 : 광박廣博하고 심오하고 노련하고 단단하다. 가락은 깊이 가라앉고 대의는 풍부하다. 당唐에서는 오직 유종원柳宗元만이 왕왕

---

321) '盈尺(영척)'은 사방 한 자 규격의 글씨를 말하고 '片字(편자)'는 글자 한 자를 말한다.

322) '仙芝(선지)'는 서체 이름으로 '지영서'를 가리킨다. '煩弱(번약)'은 허약하고 무기력한 것이다.

323) '瑣碎(쇄쇄)'는 자질구레하고 별 볼 일 없는 것이다.

324) 저본의 '書(서)'는 '史(사)'의 잘못이어서 고쳤다.

이러한 것을 이어받았다.『육조문혈』 권10

단헌 : 이 체는 마침내 끊어졌다. 이조락 『변체문초』 권22 「비」

藥奩銘

歲賫走丸, 生猒隤牆.[1] 時無驟得, 年有遐方.[2] 水玉出煙, 靈飛生光.[3] 龜文電衣, 龍綵雲裳.[4] 九芝八石, 延正盪斜.[5] 二脂六體, 振衰返華.[6] 毛姬餌葉, 鳳子藏花.[7] 景絶翠虬, 氣隱赬霞.[8] 深神罕別, 妙奇不揚,[9] 或繫虎杖, 或亂蛇牀.[10] 故不世不可以服, 未達不可以嘗.[11] 眩精逆目, 是乃爲良.[12]

약상자 명

굴러내리는 공처럼 세월은 떨어지고, 무너지는 담장을 살아 있는 것은 싫어한다.

시간은 자주자주 얻을 수 없고, 세월은 떠나갈 먼 곳이 있다.

수정에선 구름이 피어오르고, 『영비경』에선 광채가 퍼져나간다.

영귀靈龜의 무늬에 번개 같은 저고리, 신룡神龍의 무늬에 구름 같은 치마.

아홉 줄기 영지와 여덟 가지 광석은, 바른 기운 연장하고 기울어진 것을 씻어준다.

다섯 가지 광물 기름과 여섯 가지 진액은, 노쇠함을 떨치어 한창때로 되돌린다.

모녀毛女는 솔잎 먹어 신선이 되고, 봉자鳳子는 꽃을 고이 간직하였다.

푸른 규룡에 모습을 숨기고, 붉은 노을에 기운을 숨겼다.

심오하고 신비로운 것은 잘 구별되지 않고, 오묘하고 기이한 것은 잘 드러나지 않는다.

호장근虎杖根처럼 번잡하게 하기도 하고, 사상자蛇床子처럼 혼란스럽게 하기도 한다.

따라서, 삼대 의원의 처방 아니면 복용할 수 없고, 약 성질을 잘 모르면 맛볼 수 없다.

정신을 아찔하게 하고 눈을 불편하게 하는 것, 그것이야말로 진정한 양약이다.

【해제】

[전진륜] 『설문해자』 : "'籢렴'은 경대鏡籢이다." 서개 : "속자로는 '匳'으로 적는다."

『고금운회거요古今韻會擧要』 : "'匳'은 속자로는 '奩'으로 적는다."

[전중련] 『화엄경음의華嚴經音義』 : "『주총珠叢』에서 '낮고 작은 모든 기물을 다 "匳렴"이라고 한다'라고 했다."325)

【주석】

1 **[전진륜]** '走丸(주환 : 비탈을 구르는 공)'은 「물시계」(주석 18)에서 보았다.

325) 정복림은 이 명의 창작 시기에 대해, 「휴가를 청하는 계」 두 편과 「치료 약을 하사하심에 감사하는 계」, 「송백의 노래[松柏篇]」 등을 통해, 포조가 효건 3년(456) 오래도록 병을 앓아서 효무제가 약을 하사했음을 알 수 있는데, 이 해에 포조는 그 약상자를 벗 삼아 지내면서 이 글을 지었을 것이라고 추론했는데(『교주』, 960쪽), 일리 있는 견해이다. 이 글에 나오는 양생(養生) 관련 사물은 모두 약상자에 그려진 그림을 설명한 것으로 보인다.

사마상여 「상림부」 : "[상림원 주변의] '담장을 무너뜨리고' 해자를 메운다['隤牆'塡塹]."

내가 보기에, 이것은 『맹자』의 '巖牆(암장)'의 의미를 겸하고 있다.[326)]

[전중련] 『한서』 「사마상여전」의 「상림부」 안사고 주 : "'賨(운)'은 바로 '隕(운 : 떨어지다)' 자이다."[327)]

2 **[전중련]** 『초사』 「구가·상부인(湘夫人)」 : "시간은 '여러 번에 걸쳐서 얻을' 수 있는 것이 아니다[時不可兮'驟得']."

3 **[전진륜]** 사마상여 「상림부」 : "'수옥'이 수북이 쌓여 있다['水玉'磊砢]." 이선 주 : "'水玉'은 수정(水精·水晶)이다."[328)]

혜강(嵇康) 「양생론에 대한 반박에 답함[答難養生論]」[329)] : "적송자(赤松子)는 '水玉'을 복용하고서 '구름을 타고 날 수 있게[乘煙]' 되었다."

『한무제내전(漢武帝內傳)』 : "도술을 익혀 수명을 연장하는 방법은 매우 많

---

326) 「진심(盡心)·상」의 "是故知命者不立乎'巖牆'之下(따라서 천명을 아는 사람은 '무너지는 담장' 밑에 서지 않는다)"의 '巖牆'을 말한다. 주희(朱熹)는 '암장'은 '곧 무너지려고 하는 담장[牆之將覆者]'이라고 했다.

327) 『문선』 「상림부」의 이선 주도 같다.

328) 『본초강목(本草綱目)』 「금석부(金石部)」의 '파리(玻璃 : 유리)' 조에서, 이시진(李時珍)은 "본래 '頗黎(파려)'로 적는다. '파려'는 나라 이름이다. 그것이 '물'처럼 맑고 '옥'처럼 단단하기에, '水玉(수옥)'이라고 하며, '水精(수정)'과 같은 이름이다"라고 했다. 또 바로 다음의 '水精' 조에서는, "맑고 투명하며 광채를 영롱하게 발하는 것이 '물의 정화(水之精英)'와 같아서 그 뜻을 합친 것이다. 『산해경』에서는 '水玉'이라고 했고, 『광아』에서는 '石英(석영)'이라고 했다"라고 했다. 『본초경』 「상약(上藥)」 편에는 '옥석(玉石)' 조에 18종의 광물질 약이 수록되어 있는데, 그중에 '백석영(白石英 : 백수정)'과 '자석영(紫石英 : 자수정)'이 들어 있다.

329) 저본의 '養生論'은 '答難養生論'의 잘못이어서 바로잡았다.

지만, 모두가 다 「오제육갑영비(五帝六甲'靈飛')」의 도술과 육정육임(六丁六壬)의 명칭을 소리높이 외치는 것이 필요하다."[330]

[전중련] 송본에는 '靈飛(령비)' 아래의 주에서 "어떤 판본에는 '神靈(신령)'으로 되어 있다"라고 했다.[331]

『산해경』「남산경(南山經)」: "당정산(堂庭山)에는 (…중략…) '水玉'이 많다."[332]

『열선전』「적송자」: "적송자는 (…중략…) '水玉'을 복용하고 신농씨(神農氏)를 가르쳤다."

4 **[전진륜]** 앞 구('龜文電衣 · 귀문전의')는 분명하지 않다.[333]

---

330) 『한무제내전』에는 『영비경(靈飛經)』과 『영비생경(靈飛生經)』이라는 서명도 등장한다. 『신선전(神仙傳)』의 '동곽연(東郭延)' 조에는 동곽연이 도사 이소군(李少君)으로부터 '오제육갑좌우영비술(五帝六甲左右靈飛之術)'을 전해 받은 이야기가 실려 있다. 지금의 도장(道藏)에는 『상청경궁영비육갑좌우상부(上清瓊宮靈飛六甲左右上符)』와 『상청경궁영비육갑록(上清瓊宮靈飛六甲簶)』이 있다. '육정'은 정묘(丁卯) · 정사(丁巳) · 정미(丁未) · 정유(丁酉) · 정해(丁亥) · 정축(丁丑)인데, 도교에서는 이들이 음신(陰神)으로 천제(天帝)의 사역을 받는데 도사가 주문(呪文)으로 불러서 부릴 수 있다고 여긴다. '육임'은 임신(壬申) · 임오(壬午) · 임진(壬辰) · 임인(壬寅) · 임자(壬子) · 임술(壬戌)로, 중국 고대 궁정(宮廷) 점술의 일종이다. 태을(太乙) · 둔갑(遁甲)과 합쳐 삼식(三式)으로 부르는데, 그 중에서도 육임을 삼식의 으뜸으로 여긴다고 한다.

331) 주응등본과 『전송문』에도 같은 주가 있다.

332) 곽박 주에 "'水玉'은 오늘날의 '水精'이다. (…중략…) 적송자(赤松子)가 복용한 것으로 『열선전』에 보인다"라고 했다. 원가(袁珂)는 『열선전』을 인용하여, "적송자는 신농(神農)시대의 우사(雨師)인데, '水玉'을 복용하고 신농을 가르쳤으며, 불 속으로 들어가 자신을 태울 수도 있었다. 염제(炎帝)의 어린 딸이 그를 추종하여, 역시 신선이 되어 함께 떠났다"라고 했다.

333) 『태평어람』 권122에는, 최홍(崔鴻)의 『십륙국춘추(十六國春秋) · 전진록(前秦錄)』을 인용하여, 고릉(高陵 : 지금의 섬서성 서안시(西安市) 고릉구) 백성이 우

곽박 「화악찬(華岳讚)」: "그 누가 이곳에 노니는가? '용이 모는 수레를 타고 구름 의상을 갖춘 신선이지'[其誰游之? '龍駕雲裳']."[334)]

5 **[전진륜]** '九芝(구지 : 아홉 줄기의 영지)'는 「황하가 맑아짐을 기리는 송가」(주석 41 '金芝九莖')에서 보았다.

『신선전(神仙傳)』: "노자(老子)가 (…중략…) 제시한, 속세를 떠나 신선이 되는 법에는 '구단(九丹)'과 '팔석(八石)', 옥례(玉醴)와 금액(金液)이 있다."[335)]

6 **[전진륜]** '二脂(이지)'는 분명하지 않다.[336)]

물을 파다가 등에 팔괘 무늬가 있는 큰 거북을 얻은 이야기를 실었다. 포조의 「송백의 노래」에 "거북의 수명을 어찌 얻을 수 있으리[龜齡安可獲]"라는 구절이 있다. 또 포조가 「송백의 노래」를 지으면서 참고한 것으로 보이는 부현(傅玄)의 「방가행(放歌行)」에는 "영귀도 말라버린 껍데기가 있고, 신룡도 썩어버린 비늘이 있다[靈龜有枯甲, 神龍有腐鱗]"라는 표현이 있다. 여기에서의 '영귀'와 '신룡'은 모두 장수의 상징이다.

334) 『산해경도찬(山海經圖讚)』 중의 한 편으로, 제목이 『전진문』에는 '화산(華山)'으로 되어 있고, '從之(종지)'는 '游之(유지)'로 되어 있어서 고쳤다.

335) '八石'에 대해서는 「유 중랑을 따라 원산의 석실에 놀러 가서[從庾中郞遊園山石室]」의 '八瓊(팔경)'(주석 9와 역주)을 볼 것. '玉醴'와 '金液'은 모두 전설상의 선약(仙藥)이다.

336) '二脂六體'는 '五脂六醴(오지육례)' 또는 '五臟六體(오장육체)'의 잘못은 아닌지 모르겠다. '五脂'는 '오석지(五石脂)'를 말한다. 서진 장화의 『박물지』 권1에 "명산대천의 큰 굴이 마주 본 곳에 음양이 교합하는 기운이 생기면 '석지(石脂)'와 옥고(玉膏)가 나는데, 그것을 먹으면 죽지 않고 신룡(神龍)과 영귀(靈龜)가 되어 공중을 다닐 수 있다"라고 했다. 『신농본초경(神農本草經)』의 「상경(上經)·옥석(玉石)」에 '오색석지(五色石脂)'가 있다. '六醴'는 『후한서』 「풍연전(馮衍傳)·하」에 실린 풍연의 「현지부(顯志賦)」에 나온다. "'육례'의 맑은 진액을 마시고, '오지'의 무성한 꽃잎을 먹는다[飮六醴之淸液兮, 食五芝之茂英]." 이현 주에서는 "아마 '육기(六氣)' 같다"라고 하고 '굴원'의 「원유(遠遊)」의 "'여섯 가지 기운'을 먹고 이슬을 마신다[餐'六氣'而飮沆瀣兮]"의 '육기'를 예로 들었다. 왕일은 『능양자명경(陵陽子明經)』을 인용하여, 봄에는 동쪽의 아침노을[朝霞], 가을에는 서쪽의 저녁노을[淪陰], 겨울에는 밤이슬[沆瀣], 여름에는 남중할 때의 태양의

『한서』「익봉전(翼奉傳)」: "사람에게는 오장과 '육체(六體・六腑)'가 있는데, 오장은 하늘을 본떴고 '육체'는 땅을 본떴다."

7 **[전진륜]** 『열선전』「모녀(毛女)」: "모녀는 자는 옥강(玉姜)이다. (…중략…) 진시황의 궁녀인데, 화음산(華陰山) 속으로 도망하여 송백을 먹고 온몸에 털이 돋아나서 '毛女'라고 부른다."[337]

『수진록(修眞錄)』: "선인의 이름이 '봉자(鳳子)'인데, 생진(笙璡)과 구구(九口)에서 만났다. (…중략…) 각각 장생불사의 비결인 '생생이사(生生二肆)'의 부적을 서로에게 주었다."[338]

8 **[전진륜]** 『포박자(抱朴子)』「박유(博喩)」: "'푸른 규룡[翠虬]'은 우(禹)를 도와 치수(治水)에 공을 세운 화익(化益・伯益)을 보고서는 '검은 구름[玄雲]'[339]

기운[正陽], 그리고 하늘과 땅의 현황의 기운[玄黃]을 마시는데, 이것을 '육기'라고 했다. '五臟六體'라고 보면, 전진륜이 인용한 『한서』「익봉전」의 기록이 근거가 된다.

337) 금본 『열선전』의 내용은 전진륜의 인용과 차이가 있다. "毛女者, 字玉姜, 在華陰山中, 獵師世世見之. 形體生毛, 自言秦始皇宮人也. 秦壞, 流亡入山避難, 遇道士谷春, 教食松葉, 遂不飢寒, 身輕如飛(모녀의 자는 옥강으로, 화산 속에 사는데 사냥꾼들이 대대로 보았다. 온몸에 털이 나 있는데, 스스로 진시황의 궁녀였다고 한다. 진나라가 멸망한 후 산속으로 도망 와서 피난했는데, 도사 곡춘을 만나 솔잎 먹는 것을 배워 마침내 배고픔과 추위를 느끼지 못하고 몸이 가벼워져 마치 날아다니는 것 같게 되었다)."

338) 『설부(說郛)』의 「치허잡조(致虛雜組)」에는, 선인 봉자가 학의 화신인 '草履(초리 : 초혜(草鞋), 짚신)'를 간직한 이야기가 실려 있다. "이웃 사람이 짚신을 빌리러 왔는데, 봉자가 말했다. '다른 사람 짚신은 빌릴 수 있어도, 내 짚신은 빌릴 수 없는[不借] 것이오.' 그 사람이 화를 내며 욕을 했다. 봉자가 짚신을 집어 던지자 학이 되어 날아갔다. 그래서 후인들은 짚신의 별명을 '不借(불차)'로 부르게 되었다." '藏花(장화)'의 '花'는 '草履'를 말하는 것 같다.

339) 통행본 『포박자』에는 '絳雲(강운)'이 '玄雲(현운)'으로 되어 있다.

속으로 도망쳐 올라가고, [봉황새[靈鳳]는 조수를 길들이는 맹희(孟戲)를 보고 단혈산(丹穴山)으로 도망쳐 돌아갔다. (…중략…) '푸른 규룡'은 날개가 없어도 하늘을 날고, 등사(螣蛇 · 騰蛇)는 발이 없어도 번개처럼 달린다.]"

'絶景(절영 : 자취를 감춤)'은 「대뢰안에 올라서 누이에게 부친 편지」(주석 10)에서 보았다.

'赬(정 : 붉은색)'은 「황폐한 성」(주석 14)에서 보았다.

[전중련] 양웅 「해난(解難)」 : "'푸른 규룡'과 붉은 용이 하늘로 올라가려고 할 적에 반드시 창오의 깊은 물에서 몸을 솟구치는 것을, 그대만이 보지 못했는가 [獨不見夫'翠虬'絳螭之將登乎天, 必聳身于蒼梧之淵]?"

9 **[전중련]** 송본에는 '揚(양 : 드러나다)'이 '楊(양 : 백양나무)'으로 되어 있다.[340)]

10 **[전진륜]** 『이아』 「석초」 : "蒤(도 : 감제풀)는 '虎杖(호장)'이다." 곽박 주 : "불경이[紅草] 비슷하면서 굵고 크며 잔가시가 있는데, 붉은 물을 들일 수 있다." 『회남자』 「설림훈(說林訓)」 : "'蛇牀(사상)'은 생김새는 천궁이[靡蕪] 비슷하지만, 향내를 풍기지 못한다."

[전중련] 『전송문』에는 '蛇(사)'가 '蚰(곤 : 벌레)'으로 되어 있다.[341)]

『이아』 「석초」 : "盱(우)는 '虺牀(훼상)'이다." 곽박 주 : "'사상(蛇牀)'으로, 일

---

340) '揚'이 옳다. 정복림은 장부본을 따라 '揚'으로 고쳤다(『교주』, 960쪽).

341) '虎杖'과 '蛇牀'은 모두 약초 이름이어서 '蛇'가 맞다. '繁(번)'과 '亂(란)'은 번잡하고 혼란한 것이다. 『회남자』 「범론훈(氾論訓)」에 "대저 '사람을 혼란케 하는' 것으로는 궁궁이와 고본, '사상자'와 미무가 있으니, 이것들은 다 생김새가 흡사하기 때문이다. 따라서 검공은 막야검 비슷하게 생긴 검에 속기 쉬우니, 대장장이의 비조인 구야자만이 그 종별을 구분할 수 있다[夫亂人者, 若芎藭之與藁本也, 蛇牀之與麋蕪也, 此皆相似. 故劍工惑劍之似莫邪者, 唯歐冶能名其種]"라고 했다.

명 '마상(馬牀)이라고도 한다."

11 **[전진륜]** 『예기』「곡례(曲禮)·하」: "의원이 '삼대를 세습하지 않았으면',[342] 그가 조제한 약을 '복용하지 않는다'[醫'不三世', '不服'其藥]."

[전중련] 『논어』「향당(鄕黨)」: "계강자(季康子)가 약을 보내오자, 선생님께서 절을 하고 받으면서 말씀하셨다. '내가 이 약의 성분을 잘 모르니 감히 복용할 수 없습니다[丘未達, 不敢嘗].'"[343]

12 **[전진륜]** 『상서』「열명(說命)·상」: "만약에 약을 먹고 '어지럽고 눈앞이 캄캄하지' 않다면, 그 질병은 낫지 않는다[藥弗'瞑眩', 厥疾弗瘳]."[344]

『공자가어』「육본(六本)」: "'양약(良藥)'은 입에는 쓰나 치료에 이롭고, 충언은 '귀에는 거슬리지만[逆耳]' 행동에는 이롭다."

【평설】

[전중련] 담헌 : 질탕하게 화려하다. 이조락 『변체문초』 권22 「비」

---

342) 공영달의 소에는 또 '又說'을 인용하여, "'삼세'라는 것은 첫째 『황제침구경(黃帝針灸經)』, 둘째 『신농본초경(神農本草經)』, 셋째 『소녀맥결(素女脈訣)』인데, 이 삼세의 의서를 익히지 않았다면 그의 약은 먹어서는 안 된다['三世'者, 一曰黃帝針灸, 二曰神農本草, 三曰素女脈訣, 若不習此三世之書, 不得服食其藥]"라고도 했다.

343) 저본의 '子曰'은 '康子饋藥, 拜而受之曰'의 잘못이어서 바로잡았다.

344) '眩精逆目(현정역목)'은 눈이 어질하고 뒤집히는 현상 즉 '명현(瞑眩)현상'을 말한다.

石帆銘

應風剖流, 息石橫波,[1] 下潀地軸, 上獵星羅.[2] 吐湘引漢, 歙蠡呑沱, 西歷岷冢, 北瀉淮河.[3] 眇森宏藹, 積廣連深,[4] 淪天測際, 亘海窮陰. 雲旌未起, 風柯不吟;[5] 崩濤山墜, 鬱浪雷沈.[6] 在昔鴻荒, 刊啓源陸,[7] 表裏民邦, 經緯鳥服,[8] 瞻貞視晦, 坎水巽木, 乃剡乃鏟, 旣刳旣斲,[9] 飛深浮遠, 巢潭館谷.[10] 涉川之利, 謂易則難;[11] 臨淵之戒, 曰危乃安.[12] 泊潛輕濟, 冥表勤言,[13] 穆戎遂留, 昭御不還, 徒悲猿鶴, 空駕滄煙.[14] 君子彼想, 祇心載惕,[15] 林簡松栝, 水採龍鷁,[16] 覘氣涉潮, 投祭沈璧,[17] 揆檢含圖, 命辰定歷.[18] 二崤虎口, 周王夙趨;[19] 九折羊腸, 漢臣電驅;[20] 潛鱗浮翼, 爭景乘虛;[21] 衡石赤鯀, 帝子察殂;[22] 靑山斷河, 后父沈軀.[23] 川吏掌津, 敢告訪途.[24]

석범산 명

바람에 응하여 물흐름이 갈리고, 돌에 기대어 물결이 솟구친다.

아래로는 지하 축에 흘러 모이고, 위로는 하늘에 널린 별을 잡는다.

상수를 토해내고 한수를 이끌며, 팽려호로 모이고 타수를 삼킨다.

서쪽에서 민산과 파총을 지나왔고, 북쪽으로 회수와 황하를 쏟아낸다.

어둑하게 아득하고 아련하게 넓으며, 광활하게 쌓이고 깊숙하게 이어진다.

하늘을 빠뜨리며 가장자리 헤아리고, 바다에 뻗쳐서야 물흐름은 끝이 난다.

깃발처럼 흐르는 구름도 일지 않고, 나뭇가지 스치는 바람도 아니 운다.

무너지는 파도에 산조차 무너지고, 빽빽한 물결에 천둥도 침몰한다.
먼 옛날 아득한 태고 시절에, 개발하지 않은 땅을 개간하고 개척하여,
사람 사는 나라를 안팎으로 열어놓고, 새 옷 입은 인류를 기획하고 다스리며,
하괘를 보고서 상괘를 살피니, 감괘의 물이요 손괘의 나무이니,
뾰족하게 깎아서 노를 만들고, 움푹하게 파내어 배를 만들어,
깊숙이 날아가고 멀리멀리 떠가며, 깊은 물에 자리하고 계곡에 머물렀네.
하천을 건너가는 이로움이란, 쉽다고 생각하면 어렵게 된다.
깊은 물에 다가가는 경계심이란, 위태롭게 여기면 안전해진다.
멱라수에 잠기어 가볍게 건너갔고, 명冥은 그 직분에 근면함을 보였다.
주 목왕은 정벌 왔다 마침내 머물렀고, 주 소왕은 거동하여 돌아가지 않았다.
원숭이와 학을 부질없이 슬퍼하며, 창망한 운무 속에 공연히 타고 있다.
군자여 그대들을 생각하면서, 공경하는 마음에다 삼가는 맘 담아서,
숲속에서 소나무와 노송나무 골라와서, 물 위에서 용주의 큰 배를 만들었네.
기후를 살피어서 파도 건너고, 구슬을 물에 던져 제를 지내어,
그림 속 의미를 헤아리고 살펴서, 시진을 운용하여 역법을 제정했네.
효산의 두 봉우리 범 아가리 속으로, 주왕은 바람처럼 달려 나갔고.

구절양장 험준한 산비탈 길을, 한나라의 왕존은 번개처럼 몰았다.

(어류와 조류는) 비늘을 잠그고 날개를 띄우며, (마술사는) 경물과 다투고 허공으로 날았다.

형석산과 붉은색 요어가 있고, 제왕 딸은 제 죽음을 살펴보았다.

청요산에서 보이는 끊어진 황하 물은, 우 임금의 아버지가 빠져 죽은 곳이다.

하천 담당 관리는 나루를 관장하며, 길 묻는 사람에게 이렇게 일러준다.

【해제】

[전진륜] 『형주기荊州記』 : "무릉武陵 무양현舞陽 : 지금의 호남성 서부 회화시(懷化市) 일대에 석범산石帆山이 있는데, 그 모양이 마치 수백 폭의 돛을 펼친 것 같다."

『송서』 「임천왕도규전」에 "임해왕 유자욱이 형주 자사가 되자 포조는 전군참군이 되어 서기의 임무를 담당했다"라고 했으니, 이 명은 당연히 형주에 있을 때 지은 것이다.[345)]

---

345) 전중련은 효무제 대명 7년(463)에 지은 것으로 보았다(『집주』, 436쪽). 정복림은 임천왕 유의경이 강주 자사 시절 포조가 그의 시랑으로 재직할 때 지은 것으로 보았다. 그의 주장은 다음과 같다. 첫째, 무릉군(武陵郡) 무양현(舞陽縣)은 무수(舞水·潕水 : 원수(沅水)의 지류)의 북쪽에 있어서 얻은 이름이므로, 그 위치는 지금의 호남성 지강현(芷江縣) 남동쪽에 있다. 둘째, 표점교감본 『송서』 「주군지·3」의 '형주 자사' 조와 그 『교감기』, '영주(郢州) 자사' 조 및 그 예하 '무릉 태

【주석】

1 **[전진륜]** 『수경주』 「강수(江水) · 여강수(廬江水)」 : "[연이은 산봉우리의 남쪽에 큰 길이 있는데, 전하는 바에는 광속(匡俗) 선생이 개통시켜서] 강변의 도로[에까지 닿도록 한 것이라고 한다]. 암벽 위에는 [궁전의 터가 세 군데 있다. (…중략…) 산 아래에 또 신묘(神廟)가 있는데 궁정묘(宮庭廟)라고 한다. (…중략…)] 이 산묘(山廟)는 매우 신령스러워, '바람을 나누고 강물을 쪼갤 수 있다[分風劈流]'."[346]

사영운 「남산에서 북산으로 가며[於南山往北山詩]」 : "돌은 가로로 비스듬히 뻗었고 물은 '나뉘어 흐른다'[石橫水'分流']."

[전중련] 『초사』 「구가 · 하백」 : "거센 바람 불어와서 '물결을 일으킨다'[衝風起兮'橫波']."[347]

2 **[전진륜]** 『모시』 「대아 · 부예(鳧鷖)」 제4장 : "물오리와 갈매기가 '합수머리'

수'와 그 예하의 '무양현(舞陽縣)', 「효무제기」 등의 기록에 의하면, 무릉군 무양현이 형주 관할이었던 것은 효무제 효건 원년(454) 6월 이전이고, 그 이후에는 새로 설치한 영주(郢州)에 예속되었다. 따라서 효무제 대명 6년(462) 7월 임해왕 유자욱이 형주 자사가 되고, 포조가 그의 참군이 되어 강릉(江陵)에서 임직할 때에는 이곳까지 갔을 가능성이 작다. 셋째, 『송서』의 「문제기」 및 「임천열무왕도규전」에 의하면, 유의경은 원가 9년(432) 6월부터 16년(439) 4월까지 형주 자사였고, 포조는 원가 12년(435) 임천왕의 시랑으로 원가 16년까지 줄곧 형주에 머물렀는데, 당시 무릉군은 아직 형주의 관할 하에 있었다. 따라서 포조는 이 기간 무릉의 무양현에 갈 기회가 있었을 것이고, 이 명은 원가 13년(436)에서 16년(439) 사이에 지어졌을 가능성이 매우 크다. 『교주』, 969~970쪽 참조.

346) 「대뢰안에 올라서 누이에게 부친 편지」 주석 29에서 인용한 『속한서』 「군국지(郡國志)」 주 참조.

347) 이 2구는 석범산이 물살을 가르며 나아가는 배와 같음을 묘사했다.

에 놀고 있다[鳧鷖在'潨']." 모전 : "'潨(총)'은 물이 모이는 곳[水會]이다."

『하도괄지상』 : "'지하(地下)'에 네 개의 기둥이 있는데, 넓이가 십만 리이고 삼천육백 개의 '축(軸)'이 있다."

양웅 「우렵부(羽獵賦)」 : "환하게 빛나기는 '하늘의 별이 널려 있는 것' 같았다[煥若'天星之羅']."

[전중련] 송본에는 '獵(렵)'이 '猲(갈・렵)'로 되어 있다.[348]

『국어(國語)』 가규(賈逵) 주 : "'獵'은 차지하는 것[取]이다."[349]

양웅 「우렵부」 : "장차 '위로는 해・달・별의 삼령이 드리우는 서응(瑞應)을 취하려' 한다[方將'上獵三靈之流']."

3 **[전진륜]** '湘(상 : 상수)'은 「대뢰안에 올라 누이에게 부친 편지」(주석 36)에서 보았다.

『상서』 「우공」 : "'파총산(嶓冢山)'에서 양수(漾水)를 인도하여 동쪽으로 흐르면 '한수(漢水)'가 되고, 또 동쪽으로 흐르면 창랑수(滄浪水)가 된다. 서수(澨水)를 거쳐 대별산(大別山)에 이르러 남쪽으로 흘러 양자강으로 들어간다. 동쪽으로 모여들어, 모인 물이 '팽려호(彭蠡 : 지금의 파양호(鄱陽湖))'이다. 동쪽으로 흐르면 북강(北江)인데, 바다로 흘러든다."

『상서』 「우공」 : "'민산(岷山)'에서 강수(江水)를 인도하여 동쪽으로 흐르면

---

348) '猲'은 '렵'으로 읽으면 '獵'의 고자로 통용한다.

349) 『국어』에는 「오어(吳語)」에 '犯獵(범렵)'이 있고, 「월어(越語)・하」에 '弋獵(익렵)'이 있는데, 후자는 '사냥'이고, 전자는 위소 주에 의하면 침범하여 '놀라게[震]' 하는 것이다. 이 주는 『문선』 권8 양웅의 「우렵부」 이선 주에서 인용한 것으로 보인다.

별도의 지류가 '타수(沱水)'가 된다."

『상서』 「우공」 : "황해(黃海)와 태산(泰山) 및 '회하(淮河)' 일대가 서주(徐州)이다."

『상서』 「우공」 : "형산(荊山)과 '황하(黃河)' 사이가 예주(豫州)이다."

『설문해자』 : "'歙(흡)'은 코를 움츠리는 것[縮鼻]이다. 숨을 들이마신다[斂氣]고도 한다."[350]

[전중련] 『예문유취』 권8에는 '吐(토 : 토하다)'가 '牽(견 : 이끌다)'으로 되어 있다.

4 **[전중련]** 송본에는 '宏(굉)'이 '弘(홍)'으로 되어 있다. 『전송문』에는 '宏'이 '泓(홍 : 물이 깊고 넓은 모양)'으로 되어 있다.

『광아』 : "'眇(묘)'는 아득히 넓은 것[莫]이다. '眇'는 먼 것[遠]이다."

5 **[전진륜]** 『여씨춘추』 「계하기(季夏紀)」 : "그 구름의 모양이 (…중략…) 마치 공중에 매달아 놓은 깃발[懸旌][351] 같으면서 붉은데, '구름 깃발[雲旌]'이라고 한다."

[전중련] 송본에는 '旌(정)'이 '族(족)'으로 되어 있다.[352]

---

350) '斂氣(렴기)' 부분은 경운루장판본에는 없다. 『강희자전』에서 인용한 것으로 보인다. '歙'에는 '숨을 들이쉰다'라는 뜻 외에 '거두어들인다'라는 뜻도 있다. 『장자』 「산목(山木)」에 "(내가 탄 배를 부딪친) 배 위에 한 사람이라도 있으면 '장흡(張歙)'하라고 외칠 것이다[有一人在其上, 則呼張歙之]"의 '張歙'에 대해 육덕명은 『석문』에서 "'張'은 배를 사이를 띄우는 것[開]이고, '歙'은 배를 거두어 뒤로 물리는 것[斂]이다"라고 했다.

351) 저본의 '懸釜(현부 : 매단 솥)'는 『태평어람』에는 '懸旌(현정)'으로 인용되어 있는데, 번역은 이를 따랐다.

352) 주응등본에도 '族'으로 되어 있고, 노문초는 '旌'을 '族'으로 교감했다. 그러나 오

사영운 「산거부(山居賦)」: "나무에는 '가지를 흔들어 울리면서' '바람'이 일어 나네[木'鳴柯'以起'風']."[353)]

6 **[전진륜]** 목화 「해부」: "'거센 물결'이 우레처럼 내달린다['驚浪'雷奔]."[354)]

[전중련] 『예문유취』 권8에는 '墜(추)'가 '逐(축 : 달린다)'으로 되어 있다.[355)]

7 **[전진륜]** 『양자법언(揚子法言)』 「문도(問道)」: "'까마득한 태곳적[鴻荒之世]'은 인간이 금수와 가까워서 성인은 싫어한다."

[전중련] 『상서』 「익직(益稷)」: "[홍수가 하늘을 뒤덮어 (…중략…)] 산길을 따라가며 '나무를 베어 길을 내면서 물을 다스렸습니다[刊木]'."[356)]

8 **[전진륜]** 『공자가어』 「집비(執轡)」: "자하(子夏)가 말했다. '저는 『산서(山書)』에서 땅은 동서의 방향을 "위(緯)"라고 하고 남북의 방향을 "경(經)"이라고 한다고 들었습니다.'"

'鳥服(조복)'은 「황하가 맑아짐을 기리는 송」에서 보았다.[357)]

덕풍은 『여씨춘추』의 인용문을 근거로 '雲旌'이 옳다고 했다(45a쪽). 정복림은 장부분을 따라 '旌'으로 고쳤다(『교주』, 971쪽). '雲旌'은 모여든 구름의 모양이 깃발 같음을 표현한 것이고, '雲族'은 '雲層(운층)'과 같다.

353) '淪天(륜천)' 2구는 하늘이 잠기고 바다까지 이어질 정도로 물이 넓고 큼을 묘사했다. '陰(음)'은 물[水]이다.

354) 좌사의 「촉도부」에도 같은 구절이 있다.

355) '墜(떨어지다)'가 되어야 '沈(가라앉다)'과 잘 호응한다.

356) '源陸(원륙)'은 개발하지 않은 토지이다.

357) 「황하가 맑아짐을 기리는 송」은 물론, 앞의 부·표·소·서 등 어느 장르의 글에도 '鳥服'이라는 어휘는 없다. 다만 「황하가 맑아짐을 기리는 송」 주석 114에 '鳥譚(조담)'에 대한 주석은 있다. 『후한서』 「남서이전론」을 인용하여, '새처럼 말하는 변방 민족'의 뜻으로 '조담'을 풀이한 것이다. 이곳의 '조복'이 새의 깃털로 지은 옷을 입은 먼 변방의 종족을 말한다는 점에서 상통하다. 『사기』 「하본기(夏本紀)」에는 "鳥夷皮服('조이'는 가죽을 입는다)"이라는 표현이 있고, 배인(裴駰)

[전중련]『좌전』「희공 · 28년」: "산과 강이 각각 '바깥과 안을 막아주고 있다[表裏山河]'."[358]

『좌전』「소공 · 28년」: "하늘과 땅을 '날줄과 씨줄 삼아 법도로 하는 것[經緯]'을 文(문)이라고 한다."

『상서』「우공」의 "島夷皮服(도이피복)"의 '島夷'가 『한서』「지리지 · 상」에서는 '鳥夷(조이)'로 되어 있고, 안사고는 "바다에 사는데, 복장과 용모 · 행동거지가 모두 새를 닮았다"라고 주를 달았다.

9 **[전진륜]**『상서』「홍범(洪範)」: "[의심스러운 일을 복서(卜筮)로 점을 쳐서 결정하는 것으로는 (…중략…)] 서괘(筮卦)에서는 '정(貞 : 하괘 · 내괘)'이라고 하는 것이 있고, 회(悔 : 상괘 · 외괘)라고 하는 것이 있다."

『주역』「설괘전(說卦傳)」: "'손(巽)'은 '나무[木]'이고, (…중략…) '감(坎)'은 '물[水]'이다."[359]

『주역』「계사하전」: "'나무를 움푹하게 파내어서[刳木]' 배를 만들고, '나무를 뾰족하게 깎아서[剡木]' 노를 만들었다."

『설문해자』: "'斲(착)'은 깎아내는 것[斫]이다."

의 집해에 "정현은 '동방의 민족으로 새와 짐승을 잡아먹는다'라고 했고, 공안국은 '그 가죽을 입는다'라고 했다"라고 했다. 바로 밑 전중련의 보주 참조.

358) '表裏(표리)'와 '經緯(경위)'는 동사이다.

359) 이 2구에서 설명한 것은, 하괘는 감괘(坎卦, ☵)로 물을 상징하고 상괘는 손괘(巽卦, ☴)로 나무를 나타내는 환괘(渙卦, ䷺)이다. 이 괘는, 돛(帆)을 펴고 바람을 받으면서, 나무로 만든 배가 물 위를 나아가는 모습을 나타내기도 한다. 이 괘의 「단사(彖辭)」에서 "괘사(卦辭)에서 '큰 하천을 건너는 데 이로움이 있다'라고 한 것은 나무 즉 뗏목 · 배를 탑승하는 공로가 있기 때문이다[利涉大川, 乘木有功]"라고 했다. 석범산의 모습이 물 위를 나아가는 배 같음을 표현한 것이다.

'鏟(산)'은 「황폐한 성(蕪城賦)」에서 보았다.[360]

10 **[전중련]** 『한서』 「서전(敍傳) · 상」 '嬀巢姜於孺笠兮(진완(陳完) 즉 전완(田完)은 어릴 적 점괘에 강(姜) 성의 제(齊)나라에 사는 것이 좋다고 했다)'[361]

응소 주 : "'巢(소)'는 거주하는 것[居]이다."

'潭(담 : 깊은 물)'은 「대뢰안에 올라 누이에게 부친 편지」(주석 25)에서 보았다.

『광아』 : "'館(관)'은 머무는 곳[舍]이다."

좌사 「촉도부」 '含谿懷谷(계곡을 끌어안았다)' 유규(劉逵) 주 : "물이 [강으로 흘러드는 것을 谿(계)라고 하고] 골짜기로 흘러드는 것을 '谷(곡)'이라고 한다."

11 **[전진륜]** 『주역』 「환괘 · 괘사」 : "큰 강을 건너는 데 이롭다[利涉大川]."[362]

12 **[전진륜]** 『모시』 「소아 · 소민(小旻)」 제6장 : "깊은 물가에 다가가듯이 조심한다[如臨深淵]."

13 **[전진륜]** '泊(박)'은 '汨(멱)'이 되어야 할 것 같다.

『사기』 「굴원열전(屈原列傳)」 : "이에 돌을 품고 마침내 스스로 '멱라수(汨羅水)'에 뛰어들어 자살했다." 응소 주 : "'汨水(멱수)'는 '羅(라)' 지역에 있어서 '멱라(汨羅)'라고 한다."[363]

『초사』 「구장 · 섭강(涉江)」 : "슬프구나, 남방 미개한 사람들이 나를 알아주

---

360) 주석 7에 '鏟利銅山'에 대한 주에서, 『사기』 「오왕비열전(吳王濞列傳)」을 인용하여 구리광산[銅山]을 이용해 엽전을 만든 일만 설명했지, '鏟'자에 대해 풀이한 것은 없다. '鏟'은 깎아서 평평하게 하는 것이다.

361) 반고의 「유통부(幽通賦」의 문장이다.

362) 수괘(需卦) · 송괘(訟卦) · 동인괘(同人卦) · 고괘(蠱卦) · 대축괘(大畜卦) · 이괘(頤卦) · 익괘(益卦) · 중부괘(中孚卦) · 미제괘(未濟卦) 등에도 같은 표현이 있다.

363) 정복림도 『포참군집주』의 이 견해와 『사기』, 『초사』의 이 인용문을 인용했다(『교주』, 975~976쪽).

지 않으니, 내일 아침에 나는 양자강과 상수를 '건너리라'[哀南夷之莫吾知兮, 旦余'濟'乎江・湘]."

『예기』「제법(祭法)」: "'명(冥)은 그 직분에 근면하게 종사하다가' 물에 빠져 죽었다['冥勤其事'以水死]."[364)]

14 **[전진륜]** 『죽서기년(竹書紀年)』 권하 「주 목왕(周穆王)」: "37년에 정벌하기 위하여 대군을 크게 일으켜 동쪽으로 구강(九江)까지 가서 자라와 악어를 꾸짖어 다리를 만들었다. [마침내 월(越)을 정벌하고 서주(徐州)에 이르렀다.]"[365)]

『포박자』「석체(釋滯)」: "주 '목왕'은 남방을 정벌하러 갔다가 온 군대가 모두 다른 사물로 화했으니, 군자는 '원숭이와 학[猿鶴]'이 되고 소인은 모래와 벌레[沙蟲]가 되었다."[366)]

『좌전』「희공・4년」: "주 소왕은 남방을 정벌하러 가서 돌아오지 않았다[昭王南征而不復]."

[전중련] 송본에는 '穆戎(목융)' 2구가 '穆我戒逐, 留御不還'으로 되어 있고, '鶴(학)'은 '鵠(학)'으로 되어 있다.[367)]

---

364) '冥'은 契(설)의 6세손으로 그 관직이 물의 신 현명(玄冥)의 수관(水官 : 치수 담당 관리)이었다.

365) 저본의 인용은 『문선』 권16 강엄(江淹) 「한부(恨賦)」 주를 호극가(胡克家)의 『문선고이』를 참고해 정리한 것이다. 왕국유(王國維)의 『금본죽서기년소증(今本竹書紀年疏證)』에는 "三十七年, 大起九師, 東至于九江, 架黿鼉以爲梁. 遂伐越, 至于紆[紓・舒・徐]"로 되어 있다. 번역은 이를 참고했다.

366) 통행본에는 "三軍之衆, 一朝盡化, 君子爲鶴, 小人成沙"로 되어 있고, 교감기에 『태평어람』을 인용했는데, 전중련의 인용문과 거의 같다. 다만 '猿'과 '鶴' 사이, '沙'와 '蟲' 사이에 모두 '爲' 자가 있다. 번역은 이를 따랐다.

367) 정복림은 앞 구는 장부본을 따라 '穆戎遂留'로 고쳤다(『교주』, 971쪽). '鶴'과 '鵠'은 학과(鶴科)의 새를 총칭하는 명칭으로 통용한다. 권5의 「황학기에 올라

15 **[전중련]** 손덕겸(孫德謙) 『육조여지(六朝麗指)』 : "'君子彼想'은 '想彼君子'가 되어야 할 것 같다. 유협(劉勰)이 말한 이른바 '顚倒文句(글귀를 도치하는 방법)'[368]일 것이다. 무엇 때문에 도치하는가? 표현의 신기함을 추구해서이다."

16 **[전진륜]** 『모시』 「위풍(衛風) · 죽간(竹竿)」 제4장 : "노송나무 노를 젓는 '소나무 배'가 떠 있다[檜楫'松舟']."

『광운』 : "'栝(괄)'은 '檜(회 : 노송나무)'와 같다."

『회남자』 「본경훈(本經訓)」 : "용 모양의 배에 익조 모양의 뱃머리[龍舟鷁首]"

고유 주 : "'鷁(익)'은 큰 새인데, 뱃머리에 그 새 모양을 그려 부친 것이다."

[전중련] 송본에는 '栝'이 '括(괄 : 묶다)'로 되어 있다.[369]

17 **[전진륜]** 『포박자』 : "'조석(潮汐)'이라고 하는 것은 ['潮'는 아침에 밀려오는 것이고 '汐'은 저녁에 쓸려가는 것으로,] 한 달 중에 하늘이 동쪽으로 돌았다 서쪽으로 돌았다 하기에, '조수(潮水)' 역시 커졌다 작아졌다 하게 되는 것이다."[370]

『제왕세기(帝王世紀)』 : "요(堯)는 여러 신하와 함께 황하에 '구슬을 빠뜨려 제사를 지내고[沈璧]' [책을 얻었으니] 바로 『악하기(握河紀)』인데, 지금의 『상서중후(尚書中候)』의 「악하기」 편이 그것이다."[371]

(登黃鶴磯)」 해제의 역주 3 참조. '滄煙(창연)'은 차가운 운무이다. '蒼煙(창연 : 드넓게 낀 운무)'으로 볼 수도 있다.

368) 저본의 '之(지)'는 금본 『문심조룡』 「정세(定勢)」에는 '文(문)'으로 되어 있어서 고쳤다.

369) '栝'이 옳다. 정복림도 장부본을 따라 '栝'로 고쳤다(『교주』, 971쪽).

370) 통행본 『포박자』에는 없고, 『태평어람』 「시서부(時序部) · 하지(夏至)」에 인용되어 있다. 「지부(地部) · 조수(潮水)」에는 '故潮'는 '故潮水'로 되어 있다.

371) 이것은 『문선』 권46 왕융(王融) 「삼짇날 곡수유상 시의 서[三月三日曲水詩序]」의 '握河沈璧'의 이선 주에서 인용했다. 『초학기(初學記)』 권9에 인용된 문장은

[전중련] 송본에는 '沈(침)'이 '涵(함 : 적시다)'으로 되어 있다.[372)]

18 **[전진륜]** '檢(검 : 점검하다)'은 「황하가 밝아심을 기리는 송」(주석 46)에서 보았다.

『예기』「예운」: "황하에서 용마가 지고 나온 그림 즉 하도(河圖)가 나왔다[河出馬圖]."

『상서』「요전(堯典)」: "해와 달과 별들의 운행을 '헤아려 관측했다[厤象日月星辰]'."[373)]

[전중련] 송본에는 '含(함)'이 '舍(사)'로 되어 있다.[374)]

『노사(路史)』: "황제 헌원씨가 '『하도(河圖)』'를 받고 '역법(曆法)을 제정했으니[作歷]', 해는 갑인(甲寅)을 벼리로 하고 날은 갑자(甲子)를 벼리로 했다."

19 **[전진륜]** '二崤(이효 : 효산의 두 봉우리)'는 「거위[野鵝賦]」(주석 22)에서 보았다.

『전국책』「제책(齊策) · 3」: "이제 진(秦)은 사방이 막힌 나라로 비유하자면 '범의 아가리[虎口]'와 같습니다. 군(맹상군(孟嘗君))께서 들어가신다면 신

"堯率諸侯群臣, 沈璧於河, 受圖書, 今『尙書中候 · 握河紀』之篇是也"로 되어 있어서 참고하여 번역했다. '投祭(투제)'는 제물을 지면이나 수중에 던지며 제사를 지내는 것이다.

372) 『제왕세기』의 기록에 의하면 '沈'이 옳다.

373) 저본에는 '書歷象(서력상)' 이하를 『예기』의 문장으로 처리했는데, 옳지 않다. 이곳의 '書'는 『尙書(상서)』이고 이하 문장은 「요전」의 글이다. 또 저본의 '歷(력)'은 중간송본에는 '厤(력)'으로 되어 있어서 고쳤는데, '厤'은 '曆(력)'의 고자로 '歷'과도 통용한다.

374) 오덕풍은 '舍'는 오자라고 했다(45b쪽). '含圖(함도)'는 그림의 의미를 간직하고 음미한다는 뜻으로 보았다.

(소진(蘇秦))은 군께서 나오실 곳이 어디에 있는지 모르겠습니다."

[전중련] 오여륜 : "'夙(숙)'은 '風(풍)'이 되어야 할 것 같다."[375)]

20 **[전진륜]** 『한서』「왕존전(王尊傳)」: "이전에 낭야(琅邪)의 왕양(王陽)이 익주(益州) 자사가 되어 순행하는 길에 공래산[邛郲 : 지금의 사천성 성도시(成都市) 서쪽에 있음]의 '구절판(九折阪)'에 이르러 탄식했다. '선친께서 주신 몸을 받들고 어떻게 이런 험한 곳을 자주 타고 넘어야 하는가?' (…중략…) 왕존이 자사가 되어 그 비탈에 이르러서 말했다. '이곳이 왕양이 두려워했던 길이 아닌가?' (…중략…) 마부에게 고함을 질렀다. '몰아라. 왕양은 효자였고, 나 왕존은 충신이다.'"

『사기』「위세가(魏世家)」'羊腸(양장)' 장수절(張守節) 주 : "'양장판도(羊腸阪道)'는 태항산[太行] 위에 있다."

[전중련] 송본에는 '臣(신)'이 '惡(오)'로 되어 있다.[376)]

21 **[전진륜]** 위 문제 조비(曹丕)「창해부(滄海賦)」: "(자라와 악어는) 비늘을 펼치고 (큰 기러기와 봉황은) 날개를 씻고서, 각각 물속에 잠기고 하늘에 날아오른다[揚鱗濯翼, 載沈載浮]."

『열자』「주목왕(周穆王)」: "주나라 목왕 때에 서극(西極)[377)] 나라에서 환술

---

375) 호응하는 표현이 '電驅(전구 : 번개처럼 말을 몰다)'이므로, '夙趨(숙추 : 일찍 달려가다)'보다는 '風趨(풍추 : 바람처럼 달리다)'가 더 잘 어울린다.

376) 사고본에는 '臣'으로 되어 있다. '臣'이 옳다. 오덕풍은 신이 형오(形誤)로 '亞(아)'가 되어 다시 '惡'로 잘못되었다고 보았다(45b쪽). 정복림은 장부본과 사고본을 따라 고쳤다(『교주』, 971쪽).

377) '西極'은 옥문관(玉門關) 이서 지역의 총칭으로 '서역(西域)'이라고도 한다. 『북당서초(北堂書鈔)』 권129와 『태평어람』 권173, 권626에는 '西域國(서역국)'으

(幻術)에 능한 화인(化人)이 왔는데, 물과 불 속으로 들어가고 쇠붙이와 돌을 통과하며, '허공을 나도 떨어지지 않고[乘虛不墮]' '실재하는 사물을 부딪쳐도 방해받지 않았다[觸實不硋]'."[378]

22 **[전진륜]** 『산해경』「대황북경(大荒北經)」: "매우 먼 변방에 '형석산(衡石山)'이 있다.

『산해경』「서차삼경(西次三經)」: "태기산(泰器山)이 있는데 관수(觀水)가 발원한다. (…중략…) 여기에는 '문요어(文鰩魚)'가 많은데 생김새는 잉어 같으며 물고기 몸에 새 날개가 있고 몸은 푸른색에 무늬가 있으며 머리는 희다. 항상 서해로 가면서 동해에서 노닌다."[379]

『산해경』「북차삼경(北次三經)」: "발구산(發鳩山)이 있는데, 산 위에는 산뽕나무가 많다. 거기에 새가 있는데 그 모습이 까마귀 같으면서 머리에는 무늬가 있고, 흰 부리에 붉은 발을 지녔다. 이름을 정위(精衛)라고 하는데 그 울음소리는 자기 이름을 부르는 소리이다. 이는 '염제의 어린 딸[炎帝之少女]'로 이름을 여왜(女娃)라고 한다. 여왜는 동해에서 노닐다가 빠져서 돌아오지 못했다. 그래서 정위가 되어 항상 서산의 나무와 돌을 물어다가 동해를 메우는 것이다."

[전중련] 송본에는 '赤(적)'이 '赬(정)'으로 되어 있다.[380]

로 인용되어 있다.

378) '化人'은 환인(幻人)이라고도 하는데 마술사이다. 『열자』의 '觸實(촉실)'은 통과 마술을 말하는 것 같고, 포조 문장의 '爭景(쟁경)'은 '觸實'을 가리키는 것 같다.

379) 금본에는 '秦器(진기)'는 '泰器'로, '濩水(확수)'는 '觀水'로 '鰩魚'는 '文鰩魚'로 되어 있다. 번역은 이를 따랐다.

380) 오덕풍은 『모시』「주남·여분(汝墳)」 제3장의 "魴魚赬尾, 王室如燬(방어는 꼬리

『산해경』「중차십이경(中次十二經)」: "동정산(洞庭山)이 있는데, (…중략…) '요임금의 두 딸[帝之二女 : 아황(娥皇)과 여영(女英)]이 이곳에 산다. 자주 양자강 물이 깊은 곳에서 노닌다. 예수(澧水)와 원수(沅水)의 풍파가 소수(瀟水)와 상수(湘水)의 깊은 물에서 맞부딪히는데,[381] (…중략…) 그녀들이 출입할 때 반드시 회오리바람과 폭우를 동반하기 때문이다."

23 **[전진륜]**『산해경』「중차삼경(中次三經)」: "'청요산(靑要山)'이 있는데, 바로 천제의 숨겨둔 도읍이다. 북쪽으로 바라보이는 '황하의 물굽이[河曲]'에는 가조(駕鳥)[382]가 많다. 남쪽으로 바라보이는 선저(墠渚)에는 '우 임금의 아버지(禹父 : 곤(鯀))가 누런 곰으로 화한 곳으로 달팽이와 나나니벌이 많다."

24 **[전진륜]**『오월춘추』「합려내전(闔閭內傳)」: "초구흔(椒邱訢)은 (…중략…) 제왕(齊王)의 사신으로 오(吳)로 가는데 '회수 나루[淮津]'를 건너면서 나루에서 말에게 물을 먹이려고 했다. '나루의 관리[津吏]'가 말했다. '수중에는 신이

지느러미가 붉고, 왕실은 불타는 듯하다)"를 근거로, 본래는 '赬'이었는데 글자가 망가져 '赤'으로 되었을 것으로 추정했다(46a쪽).

381) 이 부분은 금본에는 '澧·沅之風, 交瀟·湘之淵'으로 되어 있다. '帝子(제자)'는 요(堯)의 두 딸 아황과 여영으로 보는 것이 나을 듯하다.『초사』「구가·상부인(湘夫人)」에 "'帝子'降兮北渚(제왕의 딸 북쪽 섬에 내려온다)"라고 하여 '帝子'라는 표현이 나오는데, 왕일은 "'帝子'는 요의 딸[堯女]을 말한다"라고 했다. 전설에 의하면 아황과 여영은 순의 두 아내가 되었고, 순이 제왕이 되어 순수하다가 죽자 상수(湘水) 가에서 피눈물을 흘리고 죽어 상수의 여신이 되었으며, 흘린 눈물이 대나무에 묻어 반죽(斑竹)이 되었는데 그것을 '상비죽(湘妃竹)'이라고 한다고 한다.

382) 곽박은 혹은 '駕鳥(들거위)'라고도 했다. 뒤의 '墠堵(선도)'는 금본에는 '墠渚'로 되어 있다. 정재서,『산해경』초판, 서울 : 민음사, 1985, 158쪽 참조. '駕鳥'에 대해서는 권1「거위[野鵝賦]」해제 참조.

있어서 말을 보면 나와서 그 말을 해치니 그대는 말에게 물을 먹이지 마시오.'"

『장자』「서무귀(徐無鬼)」: "황제(黃帝)가 구자산(具茨山)에서 대외(大隗)를 만나려고, [방명(方明)이 말을 부리고, 창우(昌寓)가 참승을 하고, 장약(張若)과 습붕(謵朋)이 앞에서 인도하고, 곤혼(昆閽)과 활계(滑稽)가 뒤를 따랐다.] 양성(襄城) 들판에 이르러 일곱 성인이 모두 방향을 잃어버리니 '길을 물을[問途]' 데가 없어졌다."

【평설】

[전중련] 허련: 기이하고 특이하면서도 예스러우니, 조탁과 퇴고가 범상하지 않다. 옛사람이 포조의 시를 일컬어, 장협張協의 '신기하고 특이함諔詭'을 얻었고 장화張華의 '곱고 화려함靡嫚'을 지녔다고 했는데,[383] 나는 이 명에 대해서 그렇게 말하겠다.『육조문혈』 권10

담헌: 교묘함을 다하지 않았기 때문에 거침없고 자연스럽다. 이조락 『변체문초』 권22「비」

---

383) 종영의『시품』「중품·송참군포조(宋參軍鮑照)」에 나오는 말이다. 부록의「제가평론」참조.

瓜步山楬文

歲舍龍紀, 月巡鳥張,[1] 鮑子辭吳客楚, 指兗歸揚,[2] 道出關津, 升高問途.[3] 北眺氈鄕, 南矖炎國,[4] 分風代川, 揆氣閩澤,[5] 四睨天宮, 窮曜星絡,[6] 東窺海門, 候景落日,[7] 游精八表, 駃視四遐,[8] 超然遠念, 意類交橫. 信哉! 古人有數寸之籥, 持千鈞之關,[9] 非有其才施, 處勢要也. 瓜步山者, 亦江中眇小山也, 徒以因迴爲高, 據絶作雄, 而淩淸瞰遠, 擅奇含秀, 是亦居勢使之然也. 故才之多少, 不如勢之多少遠矣.[10] 仰望穹垂, 俯視地域,[11] 涕洟江河, 疣贅丘嶽.[12] 雖奮風漂石, 驚電剖山,[13] 地綸維陷, 川鬪毁宮,[14] 毫髮盈虛,[15] 曾未注言; 況乎沈河浮海之高, 遺金堆璧之奇,[16] 四遷八聘之策, 三黜五逐之疵,[17] 販交買名之薄, 吮癰舐痔之卑,[18] 安足議其是非!

과보산 갈문

세성이 용의 해에 머문 진년辰年, 월건이 조장鳥張에 도는 5월, 나는 오吳 땅을 떠나 초楚 땅에 머물다가, 남연주南兗州를 향하여 양주揚州로 돌아간다. 길이 산의 관문과 강의 나루를 벗어나니, 높은 곳에 올라 앞길을 물어본다. 북쪽으로 양털 천막을 친 고을을 바라보고, 남쪽으로 무더운 나라를 바라보면서, 대천代川 쪽 바람을 구분하고, 민택閩澤 쪽 날씨를 헤아린다. 서쪽으로 천궁天宮을 보며 별들이 한없이 반짝이는 것을 바라보고, 동쪽으로 해문산海門山 쪽을 보면서 지는 해를 보고 때를 가늠한다. 필빙의 끝을 두루 생각하고, 사방의 번 곳을 재빨리 살피는데, 초연한 먼 상념이 일어, 온갖 생각들이 번갈아 찾아온다.

진실이로다. 옛사람이 몇 치 안 되는 작은 열쇠만 있으면 아무리 무거운 문이라도 지탱할 수 있었던 것은, 그 재능을 사용한 것이 아니라 처한 형세가 요지이기 때문임이. 과보산은 역시 양자강 가운데 있는 자그마한 산일뿐이다. 다만 큰 산에서 멀리 떨어져 있기에 상대적으로 높은 곳이 되어, 맑은 양자강 강물을 넘어 멀리까지 바라볼 수 있고, 기이함을 자랑하고 빼어남을 지닐 수 있는 바이니, 이것 역시 처한 형세가 그렇게 만든 것이다. 따라서 재능이 많고 적음은 형세가 좋고 나쁨보다 훨씬 못한 것이다.

(이곳에 올라) 푸른 하늘이 드리운 것을 우러러보고 땅의 구역을 굽어보니, 강물은 눈물과 콧물처럼 가느다랗게 보이고 산악은 혹과 사마귀같이 나지막하게 보인다. 비록 거센 바람이 돌을 떠다니게 하고 진동하는 번개가 산을 갈라, 땅이 꺼져 밧줄이 함몰하고 하천이 범람하여 궁실宮室이 허물어져도, 이런 것은 보잘것없는 변화로 여겨 일찍이 주의를 기울인 적이 없었다. 그런데 하물며 황하에 빠지고 바다를 건넌 고상함, 황금을 버리고 백벽白璧을 밀쳐버린 기행, 네 번 좌천되고 여덟 번 부름을 받은 책략, 세 번 쫓겨나고 다섯 번 축출된 하자, 친구를 팔고 명예를 판 천박함, 종기를 빨고 치질을 핥은 비속함 같은 것이, 어찌 그 시비를 논할 만한 가치가 있으리!

【해제】

[전진륜] 『술이기述異記』: "'과보瓜步'는 오 지방에 있는데, 그곳 사람들이 강가에서 오이를 팔았기 때문에 이런 이름이 붙었다."

『명승지名勝志』: "'과보산'은 육합현六合 : 지금의 남경시 육합구 남동쪽 20리에 있으며 동쪽으로는 양자강을 면하고 있다."

『주례』「추관사구·직금職金」'楬而璽之푯말에 기록하고 도장을 찍다' 정현 주: "푯말을 세워 그 수량을 나눠 기록하고 나면,384) 또 그것을 봉인하여, (…중략…) 표지로 삼은 것이 있는데, 그것을 '갈저楬櫫 : 푯말'라고 한다."

내 견해는 이렇다. 포조가 임해왕 유자욱의 서기 업무를 맡은 것은, 이 글 속의 "오 땅을 떠나 초 땅을 떠돈다"와 뒤에 「임해왕을 시종하고 형주로 가려고 막 신저를 출발하며從臨海王上荊初發新渚」 시가 있으니, 그것을 증명할 수 있다. 이 글에서 "남연주南兗州 : 치소는 지금의 강소성 양주시를 향하여 양주揚州 : 치소는 지금의 강소성 남경시로 돌아간다"라고 했고, 앞의 「황폐한 성」 오신 주에서, 임해왕 유자욱이 형주 자사로 부임해 다스릴 때 포조가 수행하여 광릉으로 갔다고 했으며, 뒤의 「심양에서 서울로 돌아오는 길에上潯陽還都道中」 시의 오신 주에서 포조가 임해왕의 참군이 되어 형주로부터 돌아왔다고 했고, 또 「서울로 돌아오는 길에 삼산에 이르러 석두성을 바라보며還都至三山望石頭城」 시의 문인담聞人倓 주에서, 포조가 임해왕의 참군이 되어 형주에서 돌아왔다고 했으니, 당시 틀림

384) 지본의 '旣楬櫛, 書其數量'은 중간송본에는 '旣楬書櫛其數量'으로 되어 있다. 번역은 이를 따랐다.

없이 그의 부관이 된 일이 있었을 것이다. 그 중간에 실제로 형주로부터 환도한 일이 있었으니, 어찌 나중에 다시 유자욱을 따라 옹주雍州로 부임하여 바로 반란군에게 죽었겠는가? 「임해왕자욱전臨海王子頊傳」을 살펴보면 유자욱은 대명 5년461에 임해왕으로 변경하여 봉해졌고, 그 해에 형주 자사로 옮겼으며, 8년464에 전장군前將軍으로 승진했다. 그런데 『자치통감』에 대명 8년이 '알봉집서閼逢執徐'[385]라고 했으니, 이 해는 바로 갑진甲辰년이어서, 이 글 첫머리의 '세성이 "용기龍紀"에 머물렀다'라고 한 것과도 꼭 부합한다.

[전중련] 전진륜의 견해에는 아직 논의의 여지가 있다. 「황폐한 성」에 대한 오신의 주장은 앞에서 이미 취하지 않았다. 「심양에서 서울로 돌아오는 길에」의 오신 주와 「서울로 돌아오는 길에 삼산에 이르러 석두성을 바라보며」의 문인담 주도 모두 믿을 수 없다. 이에 대해서는 해당 시 주에서 상세히 설명할 것이다. 임해왕은 대명 6년462 가을에 형주로 부임하여 태시 2년466 주살되었으니, 그 사이가 모두 5년이며, 포조는 형주에서 함께 화를 당했으니, 그 사이에 과보로 갈 이유가 없다. 본문의 첫머리에서 "세성은 용의 해에 머물고辰年, 월건은 조장鳥張을 도는데"라고 했으니 틀림없이 '진辰' 년의 5월에 지은 것이다. 포조는 태시 2년466 형주에서 죽었고, 우염의 「포조집서」에서 이때 포조의 나

385) '閼逢'은 천간 중 '甲(갑)'이고 '執徐'는 지지 중 '辰(진)'이다. 『이아』「석천」에 "태세성(太歲星)이 '甲'에 있는 것을 '閼逢'이라고 한다"라고 했고, 또 "태세성이 '辰'에 있는 것을 '執徐'라고 한다"라고 했다.

이 50여 세라고 했다. 이에 근거하여 역으로 추산하여 보면, 그가 한평생 만난 '진' 년은, 동진 안제 의희 12년416 병진년丙辰 : 3세경, 송 문제 원가 5년428 무진년戊辰 : 15세경, 원가 17년440 경진년庚辰 : 27세경, 원가 29년452 임진년壬辰 : 39세경, 효무제 대명 8년464 갑진년甲辰 : 51세경이다. 갑진년에는 형주에 있었고, 병진년에는 아직 어린애였으며, 무진년에도 아직 어려서, '오 땅을 떠나 초 땅에 머물다가, 남연주를 향하여 양주로 돌아간' 자취를 찾을 수 없다. 경진년 10월에는 임천왕 유의경이 남연주 자사가 되어 포조는 강주로부터 따라갔는데, 비록 과보까지 갈 수는 있었더라도, 초겨울孟冬의 일이다. 문집의 「서울로 돌아오는 길에還都道中」, 「환도의 송시還都口號」 등 여러 시에서, 모두 '초겨울初冬'이라고 분명히 말했으니, 5월에는 아직 강주에 있었고 과보로 갈 근거가 없다. 이상의 여러 '진' 년은 모두 부합하지 않는다. 그렇다면 원가 29년452 임진년이 남았을 뿐이다. 앞의 「시랑 직을 제수하심에 올리는 소」와 「시랑의 임기 만료를 보고하고 궁문을 떠나며 올리는 소」의 [전중련]에서, 원가 24년447에 시흥왕 유준이 포조를 시랑으로 끌어 쓴 것을 살폈다. 28년451에 시흥왕은 남서주南徐州 · 남연주 두 주 자사로 무리를 이끌고 과보에 성을 쌓고, 3월에 남연주의 임무를 그만두었다. 이때 포조는 시흥왕국의 시랑이 된 지 이미 3년여가 되었다. 그 후 원가 30년453 시흥왕은 형주 자사가 되었는데, 태자 유소劉劭가 시역하자 시흥왕도 역모에 가담했다가 주살되었다. 이때 포조는 이미 시흥왕의 막하에 있지 않았다. 그렇지 않다면 연루되지 않았을 리가 없다. 그렇다면 포조가 시흥왕의 막하를 떠난 것은 원가 28년451 봄 시흥왕이 남연주 자사를 그만두었을 때일 것으로 여겨진다. 문집의 「치료 약을 하사하심에 감사하는 계」와 「휴가를 청하는 계(2)」의 기술에 의하면, 포조는 중년에 병이 많다고 했는데, 시랑의 임기를 채운 뒤에 어쩌면 즉시 남연주를 떠나지 않고, 강북에 체류하면서 회초淮楚[386)]에 나그네로 머물다가, 원가 29년452 임진년이 되어서야 비로소 과보를 거쳐 양주로 돌아온 것은 아닐지? 「서울로 돌아오는 길에 삼산에 이르러 석두성을 바라보며」와 「후저를 출발하며」 시에 의하면, 이때 포조의 집은 건강建康 : 지금의 남경시에 있었다. 그래서 이 글에 '양주로 돌아가다'란 말이 있는 것이다.[387)]

【주석】

1 **[전진륜]** 『사기』 「천관서(天官書)」 : "'세성(歲星)'의 운행에는 '영축(嬴縮 : 차고 기욺)'이 있다. 그것이 '천체에 머무는 위치[舍]'에 따라서, 지상의 해당 국가의 길흉을 판단한다. 그것이 위치한 곳에 대응하는 나라를 정벌할 수는 없지만, 그 나라는 남을 정벌할 수 있다. [세성이 머물러야 할 곳을 지나쳐 있는 것을 영(嬴)이라고 하고, 못 미친 것을 축(縮)이라고 한다.] (…중략…) 세성은

386) '회초'는 본래 양자강 이북 회수(淮水) 유역의 옛 초나라 통치 영역을 말한다. 대체로 지금의 산동성 남부, 강소·안휘성 회수 이북 지역과 하남성 남동부 지역에 해당한다.

387) 조도형도 전중련의 견해에 동의했다(「창작 시기」, 385쪽). 정복림도 이들의 견해를 취했다(『교주』, 979~981쪽).

일명 (…중략…) '기성(紀星)'이라고도 한다."

왕응린(王應麟) 『곤학기문(困學紀聞)』 「천도(天道)」 : "주희(朱熹)가 일찍이 채원정(蔡元定)에게, 열두 띠가 언제 생겨났으며, 무슨 책에 처음 보이는지를 물었다. 또 28수의 상을 가지고 말하자면, 오직 용(龍)과 우(牛)만이 합치되고 나머지는 다 다르다. 범[虎]은 사신(四神)으로는 서쪽 방위인데 오히려 북동쪽인 인(寅)의 띠에 해당하고, 닭[鷄]은 새의 종류여서, 사신으로는 남방이어야 하는데 오히려 서쪽인 유(酉)에 해당한 것 같은 경우에는, 또 어그러진 정도가 매우 심하다고 했다. 주희의 『한문고이(韓文考異)』 「모영전(毛穎傳)」의 '封卯地(죽은 모영 즉 다 쓴 붓을 동쪽 땅에 묻었다)' 조에서는, 열두 동물이 연유한 바를 볼 수 없다고 말했다. 내 견해는 이렇다. '吉日庚午, 旣差我馬(좋은 날 경오에 나의 말을 고르셨네)'(『모시』 「소아 · 길일(吉日)」 제2장)라고 한 것이, '오(午)'가 말이라는 증거이고, '계동(季冬)의 달에 [유사에게 명령을 내려] 흙으로 소 인형을 만들게 하여[出土牛] [추위를 몰아낸다]'(『예기』 「월령」)고 한 것이, '축(丑)'이 소라는 증거이다. 또 채옹의 「월령론(月令論)」에서, '십이지에 해당하는 짐승에서, 다섯 계절(봄 · 여름 · 늦여름 · 가을 · 겨울)에 먹는 것은 반드시 집안 식구들이 키운 돼지[丑牛] · 양[未羊] · 개[戌犬] · 닭[酉雞] · 돼지[亥豕]뿐이다. 그 나머지 범[虎] 이하는 먹는 것이 아니다'라고 했고, 『예기』 「월령」 '맹춘지월' 조의 '정의(正義)'에서 '닭은 오행의 목(木)에 해당하는 가축이고, 양은 화(火)에 해당하는 가축이며, 소는 토(土)에 해당하는 가축이고, 개는 금(金)에 해당하는 가축이며, 돼지는 수(水)에 해당하는 가축이다. 그러나 음양으로 물상을 취하는 것은 여러 방법이 있어서, 오(午)는 말이고 유(酉)는 닭인 것이 반드시 확정적인 것은 아니다'라고 했다. 열두 동물은 왕충 『논형』 「물세(物勢)」 편(제4장)에 보이고, 『설문해자』에서도 "'巳(사)"는 "뱀[蛇]"의 모양을 본뜬 것'이라고 했다."

옹원기(翁元圻) 『곤학기문주(困學紀聞注)』 : "『논형』 「물세(物勢)」 편에서는 진(辰)의 용에 대해서만 언급하지 않았다. 「언독(言毒)」 편에서 '진(辰)은 용에 해당하고, 사(巳)는 뱀에 해당한다'라고 했다."

『사기』 「율서(律書)」 : "청명풍(淸明風)이 서쪽으로 '장수(張宿)'의 위치에 이른다. '장(張)'은 만물이 모두 펼쳐졌다는 말이다. 다시 서쪽으로 '주수(注宿)'에 이르는데, '주(注)'는 만물이 쇠퇴하기 시작하고 양의 기운이 아래로 쏟아진다. 그래서 '주(注 : 쏟다)'라고 하는 것이다. 이상은 모두 오월에 해당한다." 색은 : "'注'는 '咮(주 : 부리)'이다. 『사기』 「천관서」에, 유수(柳宿)는 '새의 부리[鳥咮]'[388]라고 했으니, '주(注)'는 바로 '유수(柳星)'이다."

[전중련] 송본에는 '舍(사)'가 '含(함)'으로 되어 있다.[389]

2 **[전진륜]** 유송 시기의 남연주(南兖州)는 치소가 광릉(廣陵 : 지금의 강소성 양주시)이고, 양주(揚州)는 치소가 건업(建業 : 지금의 강소성 남경시)이었다.

[전중련] 『송서』 「주군지 · 1」 : "원가 28년(451) 남연주는 치소를 우이(盱眙 : 지금의 강소성 회안시(淮安市) 관할 현)로 옮겼고, 30년(453)에 남연주를 없

388) 「천관서」에는 '鳥注(조주)'로 되어 있고, '색은'에서 "『한서』 「천문지」에는 '注'가 '喙(훼)'로 되어 있다. 『이아』에서는 새의 부리[鳥喙]를 '柳(류)'라고 한다"라고 했다.

389) 앞에 인용한 『사기』 「천관서」의 기록처럼 '舍'가 옳다. 정복림은 장부본을 따라 '舍'로 고쳤다(『교주』, 981쪽).

애고[省][390] 남서주(南徐州)에 병합했다가, 뒤에 다시 설치하고 치소를 광릉으로 환원했다."

3 **[전진륜]** 고염무(顧炎武) 저 황여성(黃汝成) 집석 『일지록집석(日知錄集釋)』 권31 '과주득명(瓜洲得名)' : "왕명성(王鳴盛)이 말했다. 한구(邗溝) 운하를 뚫어 양자강과 회수가 이미 소통하게 되었지만, 물길은 여전히 얕고 좁았다. 육조는 모두 건업(建業)을 도읍으로 했는데, 남북의 왕래는 과보(瓜步 : 지금의 남경시 육합구(六合區) 남동부)가 가까워서 편리했다. 그래서 한구와 경구(京口 : 지금의 강소성 진강시(鎭江市))가 마주 보고 있는 길은 취하지 않았다. (…중략…) 포조의 「과보산 갈문」에 '나는 오 땅을 떠나 초 땅에 머물다가, 남연주를 향하여 양주로 돌아간다. 길이 관문과 나루를 벗어나니, 높은 곳에 올라 앞길을 묻는다' 운운했다. 이에 근거하여 살펴보면 남북조시대의 과보는 사통팔달의 나루터였음이 분명하다."

4 **[전진륜]** 이릉 「소무에게 답하는 편지[答蘇武書]」 '毳幙(취막)' 주 : "'취막'은 '전장(氈帳 : 유목 민족이 거주하는, 짐승의 털로 만든 천막. 게르)'이다."[391] '炎國(염국 : 남방 지역)'은 「황하가 맑아짐을 기리는 송가」(주석 111)에서 보았다.

[전중련] 송본에는 '曬(쇄 : 햇볕을 쬐다)'가 '矖(시 : 바라보다)'로 되어 있다. 『옥편』에 "'矖'는 바라보는 것"이라고 했다.[392]

---

390) 표점교감본에는 '南兗州' 앞에 '省(생)' 자가 있어서 추가했다.

391) '氈鄕(전향 : 모전을 사용하는 고을)'은 북방 지역이다.

392) 주용등본과 『전송문』에도 '矖'로 되어 있다. 앞 구 '北眺(북쪽으로 조망하다)'와 대우가 되어야 하므로 '南矖(남쪽으로 바라보다)'가 되어야 한다.

5 **[전진륜]** 『한서』「지리지·하」: "'代郡(대군 : 서한시대 치소는 지금의 하북성 울현(蔚縣) 남서쪽)'은 (…중략…) 유주(幽州)에 속한다."

'閩澤(민택 : 민월 지역의 소택)'은 「황하가 맑아짐을 기리는 송가」 주(주석 110 '閩外水鄉(민외수향)')에서 보았다.393)

6 **[전진륜]** 『사기』「천관서」: "하늘의 '중궁(中宮)'에는 천극성(天極星 : 북극성이 속한 성좌)이 있다. (…중략…) '동궁(東宮)'은 창룡(蒼龍)으로, 방수(房宿)와 심수(心宿)가 있다. (…중략…) '남궁(南宮)'은 주조(朱鳥 : 朱雀)로, 권(權 : 레굴루스)과 형(衡 : 자미원(紫微垣))이 있다. (…중략…) '서궁(西宮)'은 함지(咸池)로, 천오황(天五潢)이 있다. (…중략…) '북궁(北宮)'은 현무(玄武)로, 허수(虛宿)와 위수(危宿)가 있다."

『하도괄지상』: "'민산(岷山)'의 정기(精氣)가 위로 올라가서 '정락(井絡 : 정수(井宿))'이 된다."394)

[전중련] '四睨(사예)'는 마땅히 '西睨(서예)'가 되어야 할 것 같다. 그래야 비로소 앞뒤 문장의 '北眺(북조)', '南矖(남시)', '東窺(동규)'와 서로 짝이 맞고, 다음 구 '窮曜星絡(별들이 한없이 반짝이는 것)'과도 호응한다. 『설문해자』에서 "'睨(예)'는 곁눈질로 보는 것"이라고 했다.395)

7 **[전진륜]** 팽대익(彭大翼) 『산당사고(山堂肆考)』: "초산(焦山)은 진강(鎭江)

---

393) '代川'과 '閩澤'은 각각 북과 남이고, '分風(분풍)'과 '揆氣(규기)'는 바람과 날씨를 살피는 것을 말한다.

394) 이것은 좌사 「촉도부」에 나오는 문장이다. 이에 대한 유규(劉逵)의 주에 인용된 『하도괄지상』의 글에는 '精(정)'이 '地(지)'로 되어 있다.

395) 정복림도 이 견해를 인용했다(『교주』, 984쪽).

의 양자강 가운데 있는데, 한대의 처사 초선(焦先)이 이곳에 은둔했기 때문에 이렇게 불린다. 옆에 두 개의 해문산(海門山)이 있다."[396)]

[전중련] 『청일통지(淸一統志)』: "초산의 가닥이 동쪽으로 뻗어나가는 데에 두 개의 섬이 양자강 강물 속에서 서로 마주하고 있어서, '해문산'이라고 한다. 일명 (…중략…) 쌍봉산(雙峰山)이라고도 한다."

8 **[전진륜]** '八表(팔표 : 팔방의 끝)'는 「대뢰안에 올라서 누이에게 부친 편지」(주석 26)에서 보았다.

『광운』: "'駃(결)'은 '快(쾌 : 빠르다)'와 같다."

'四遐(사하 : 사방의 먼 곳)'는 「황하가 맑아짐을 기리는 송가」(주석 145)에서 보았다.

[전중련] 송본에는 '駃'이 '駛(사 : 달리다 · 빠르다)'로 되어 있다.[397)]

9 **[전진륜]** 『설문해자』: "'闟(약)'은 빗장 아래의 열쇠이다."

10 **[전중련]** 『맹자』「공손추(公孫丑) · 상」: "[제(齊)나라의 속담에 있다.] 비록 지혜가 있다 하더라도 '형세를 이용하는 것[乘勢]'보다 못하다."

『신자(愼子)』「위덕(威德)」: "따라서, 현인이 어질지 못한 자에게 굴복하는 것은 '자신의 권세가 가볍고 지위가 낮기[權輕位卑]' 때문이고, 어질지 못한 자가 어진 이에게 복종하는 것은 '어진 이의 권세가 무겁고 지위가 높기[權重位尊]' 때문임을 알 수 있다. 그래서 요(堯) 임금은 필부로서 세 사람도 다스리지

---

396) '候景(후영)'은 해그림자를 헤아리는 것이다. '景'은 '影(영)'이다.

397) 『전송문』에도 '駛'로 되어 있고, 노문초도 '駛'로 교감했다. 두 글자 모두 같은 뜻이다.

못했는데, 걸(桀)은 천자가 되어 천하를 혼란하게 한 것이다. 나는 이를 통하여 '권세와 지위[勢位]'는 믿을 만하지만, '어질고 지혜로움[賢智]'은 흠모할 만한 가치가 없다는 것을 알았다."

11 **[전진룬]** 『이아』「석천」: "'穹蒼(궁창)'은 높고 푸른 하늘이다."

『주례』「지관사도 · 대사도」: "구주의 '땅의 구역[地域]'과 동서남북의 길이와 면적의 수치를 두루 알아야 한다."

12 **[전진룬]** 『설문해자』: "'涕(체)'는 눈물을 흘리며 우는 것[泣]이다."

『설문해자』: "'洟(이)'는 콧물[鼻液]이다."

『장자』「대종사」: "저들은 삶을 '피부에 붙어 있는 혹이나 사마귀처럼 쓸모없는 것[附贅縣疣]'으로 여긴다."[398]

13 **[전진룬]** 『관자(管子)』[399]「탁지(度地)」: "물의 성질은 높은 곳에서 낮은 곳으로 흘러가면 속도가 빨라져서 '돌을 쳐서 떠가게 하기[漂石]'도 한다."

『장자』「제물론」: "'급박한 우레가 산을 무너뜨리고[疾雷破山]' 바람이 바다를 뒤흔들어도 지인(至人)을 놀라게 하지는 못한다."

14 **[전진룬]** 『열자』「탕문(湯問)」: "공공씨(共工氏)가 전욱(顓頊)과 제위를 다투다가 노하여 부주산(不周山)을 쳐서, 하늘을 받치는 기둥[天柱]을 부러뜨리고, '땅을 묶고 있는 밧줄[地維]'을 끊었다. 그래서 하늘은 북서쪽이 기울어져서 해와 달과 별들이 그쪽으로 흘러가고, 땅은 남동쪽이 차지 않게 되어 온갖

---

398) '疣贅(우췌)'는 체표에 자라는 물사마귀로, 군더더기나 사족을 뜻하는데, 여기서는 동사로 쓰였다. '涕洟'도 동사로 쓰였다.
399) 저본의 '莊子(장자)'는 '管子(관자)'의 잘못이어서 고쳤다.

냇물이 그곳으로 돌아간다."

나머지는 「황하가 맑아짐을 기리는 송가」 주(주석 132)에서 보았다.

'綸(륜)'은 마땅히 '淪(륜)'이 되어야 할 것 같다.[400)]

15 **[전중련]** 송본에는 '豪盈髮虛(호영발허)'로 되어 있다.[401)]

16 **[전진륜]** 『장자』 「외물」 : "요임금이 허유(許由)에게 천하를 주려 하자 허유는 도망을 갔다. 탕 임금이 무광(務光)에게 주려 하자 무광은 화를 냈다. 기타(紀他)는 그 이야기를 듣고 제자를 거느리고 관수(窾水)로 가서 은둔했는데, 제후들이 그를 위문했다. 3년 뒤에 신도적(申徒狄)은 그 때문에 '황하에 빠져 자살했다[踣河]'."

『삼국지』 「위서 · 관녕전(管寧傳)」 : "황초(黃初) 4년 공경(公卿)에게 세속

---

400) '淪'이 되어야 한다. 오덕풍(47a쪽)과 정복림(『교주』, 987쪽)도 전진륜의 견해를 인용했다. '川鬪(천투)'는 하천이 범람하는 것이고 '毁宮(훼궁)'은 궁궐을 무너뜨리는 것이다. 이 구는 『국어』 「주어(周語) · 하」를 전고로 한 것이다. "주 영왕(靈王) 22년(571 B.C. 노 양공 23년)에 '곡수와 낙수가 범람하여 거센 물살이 서로 싸울 듯이 부딪쳐서 곧 왕궁을 무너뜨릴 듯했다[穀·洛鬪, 將毁王宮]'. 왕이 그것을 막으려 하자, 태자 진(晉)이 간하여 말했다. '안 됩니다. 제가 듣기로는, 옛날 왕자(王者)는 산을 무너뜨리지 않고, 소택을 메우지 않으며, 하천 흐름을 막지 않고, 못 둑을 열어 물을 쏟아내지 않았다고 합니다. 산은 흙이 쌓인 것이고, 소택은 만물이 귀의하는 곳이며, 하천은 기운을 소통하고, 못은 물이 모이는 곳입니다. (…중략…) 지금 우리가 하려는 정책이 실은 천리(天理)를 어겨 두 하천의 신을 어지럽히는 것은 아닐까 합니다. (…중략…).' 왕은 끝내 막아버렸다." 「황하가 맑아짐을 기리는 송」 주석 132 참조.

401) 『전송문』도 송본과 같다. 주응등본에는 '毫盈髮虛(호영발허)'로 되어 있다. '豪'에도 '毫(털)'의 뜻이 있다. '豪盈髮虛'와 '豪髮盈虛'는 같은 뜻이다. '注言(주언)'은 '注意(주의 : 주의를 기울이다)'의 뜻이다. 이 2구는 앞에서 말한 거대한 천재지변도 괴보산 입장에서는 보잘것없이 미세한 변화여서 주의하거나 말할 필요가 없었다는 뜻이다.

을 따르지 않는 지조 높은 독행군자(獨行君子)를 천거하라고 조칙을 내려, 사도 화흠(華歆)이 관녕을 천거했다. 문제가 승위하여 관녕을 부르자, 마침내 가속을 이끌고 '바다를 건너[浮海]' 요동군(遼東)으로 돌아갔다. (…중략…) 조칙을 내려 관녕을 태중대부(太中大夫)로 불렀으나 고사하고 받지 않았다."

『한시외전』 권10 : "오나라의 연릉계자(延陵季子)는 제나라에 가다가 '길에 떨어진 황금[遺金]'을 보고 목자(牧者)를 불러 주우라고 했다. 목자가 말했다. '(…중략…) 나는 한여름에도 갖옷을 입고 있는데, 그대에게는 내가 "황금을 취할[取金]" 사람으로 보이는가?' 연릉계자는 그가 현자임을 알아채고 성명을 물었다. 목자는 말했다. '그대는 겉모양만 보고 판단하는 사람이니, 어찌 성씨를 말해줄 만하겠는가!' 그리고는 떠나가 버렸다."

내가 보기에 '堆(퇴 : 쌓다)'는 '推(추 : 밀치다)'가 되어야 할 것 같다.

『한시외전』 : "초 양왕(襄王)이 사신을 파견해서, '황금 10근과 백벽(白璧) 100쌍'을 가지고 장자(莊子)를 초빙해 재상으로 삼고자 했으나, 장자는 '고사(固辭)'했다."[402]

[전중련] 송본에는 '堆'가 '椎(추)'로 되어 있다.[403]

---

402) 뇌염원 본에는 없다. 『예문유취』 권84에 인용된 문장이다. 『문선』 권32 좌사 「영사시」 제3수 이선 주에도 인용되어 있는데, '十斤(십근)'은 '千斤(천근)'으로, '固辭(고사)'는 '不許(불허)로 되어 있다. 『산당사고』 「진보(珍寶)」에는 '十斤'은 '千斤'으로, '固辭'는 '固辭不許'로 되어 있다.

403) 『한시외전』에서 인용한 두 편의 기록은 모두 황금을 '밀쳐버린[推]' 이야기이다. 포조의 글도 그러한 뜻이다. '推'가 옳다. 오덕풍은 형오(形誤)로 '추(椎)'가 되고 다시 글자가 망가져 '堆'가 된 것으로 추정했다(47a쪽). 정복림도 『한시외전』의 두 이야기를 인용한 뒤에, '推'가 되어야 할 것이라고 한 전진륜의 말을 인용했다(『교주』, 987쪽).

17 [전진륜] 『한서』「주부언전(主父偃傳)」: "무제가 [주부언 등을] 불러 만난 뒤, 주부언 등에게 낭중(郎中) 벼슬을 주었다. 주부언은 자주 상소문을 올려 업무를 언급하여, 알자(謁者) · 중랑(中郎) · 중대부(中大夫)로 승진했는데, 1년에 '네 번을 승진했다[四遷]'."

『열녀전』「제고축녀(齊孤逐女)」: "고아로 마을에서 쫓겨났던 여인(고축녀)은 제나라 즉묵(卽墨 : 지금의 산동성 청도시(青島市) 즉묵구)의 여인으로 제나라 재상의 아내가 되었다. 처음 축녀(逐女)가 고아가 되어 부모가 없을 때는, 형상이 몹시 누추하여 향(鄕)에서 '세 번 쫓겨나고[三逐]' 이(里)에서 '다섯 번 쫓겨났다[五逐]'."

유사한 어휘의 용례를 보충한다,

『후한서』「종호전(鍾晧傳)」[404] : "전후하여 공부(公府)에 '아홉 번 초빙되었으나[九辟]' (…중략…) 모두 나아가지 않았다. [(…중략…) 사후에 유림(儒林)이 칭송했다.] '(…중략…) 주부(州府)의 부름에 "다섯 번 나아가고[五就]" 삼공의 부름을 "아홉 번 응할[九應]" 기회가 있었지만, [왕명에 응하여 나아가지 않고 유유자적하게 세월을 보냈다.]'"

채옹「태구장(太丘長) 진식(陳寔) 비문[陳太丘碑文]」: "예주(豫州)에서 '다섯 번 관직에 불렸고[五辟]' 삼공의 관부에 '여섯 번 불렸으며[六辟]' 대장군 직에 '두 번 불렸다[再辟]'."

---

404) '竇融傳(두융전)'은 '鍾晧傳'의 잘못이어서 바로잡았고, 뒤의 「종호전」과는 같은 열전이어서 한데 합쳤다. '九膺(구응)'은 표점교감본에는 '九應(구응)'으로 되어 있는데 옳다.

『포박자』「일민(逸民)」: “정현은 (…중략…) 공부(公府)에서 ‘열네 번 초빙했으나[十四辟]’ 모두 나아가지 않았다.”

『진서(晉書)』「왕부전(王裒傳)」: “‘누차에 걸쳐 초빙했지만[三徵七辟]’ 모두 나아가지 않았다.”

‘八聘(팔빙)’은 자세히 알 수 없다.405)

18 [전진륜] 『사기』「역상전(酈商傳)」: “역상의 아들 역기(酈寄)는 자가 황(況)으로 여록(呂祿)과 잘 지냈다. (…중략…) 태위 주발(周勃)은 북군(北軍 : 수도 방위군)에 들어갈 수가 없자, 사람을 시켜 역상을 겁박하여, 역상의 아들 역기가 여록을 속여 유람을 떠나도록 하게 했다. 주발은 그 틈을 이용하여 북군에 들어가 웅거할 수 있게 되었고, 마침내 여(呂) 씨를 모두 죽였다. (…중략…) 천하 사람들은 역기가 ‘친구를 팔아먹었다[賣交]’라고 했다.”

『회남자』「전언훈(詮言訓)」: “공손용(公孫龍)은 언설(言說)에 뛰어나 ‘명예를 탐했고[貿名]’, 등석(鄧析)은 변설을 잘하여 법을 어지럽혔다.”

『한서』「영행전(佞倖傳)」: “등통(鄧通)은 (…중략…) 선박의 통행을 관장하는 황두랑(黃頭郎)이 되었다. (…중략…) 문제가 일찍이 종기를 앓았는데, 등

---

405) 정복림은, 『좌전』「소공·13년」의 “是故明王之制, 使諸侯歲聘以志業, 間朝以講禮, 再朝而會以示威, 再會而盟以顯昭明(따라서 현명한 군주의 제도는, 제후들더러 매년 ‘빙문(聘問)’하여 자신의 직책을 기억하도록 하고, 3년에 한 번 ‘조현(朝見)’하여 예를 익히도록 하며, 두 번째 조현에는 제후들이 ‘회합(會合)’하도록 하여 위의(威儀)를 보이고, 두 번째 회합에는 ‘맹약(盟約)’을 함으로써 신의를 드러내도록 한다)”에 대한 두예의 주 중 ‘팔빙(八聘)’을 인용했다. 두예의 주는 다음과 같다. “12년에 한 번 맹약하는 것은 신의를 밝히는 것이다. ‘여덟 번 빙문하고[八聘]’ 네 번 조현(朝見)하고, 두 번 회합하고, 군주는 한 번 순행하여, 사방의 산악[方嶽] 아래에서 맹약한다.” 『교주』, 988쪽 참조.

통은 왕을 위해 그것을 '빨아준[嗽吮]' 적이 있다."

『장자』「열어구(列禦寇)」: "진왕(秦王)이 병이 나자 의원을 불렀는데, '종기를 터뜨리고 부스럼을 없애는[破癰潰痤]' 자에게는 수레 한 대를 주고, '치질을 핥는[吮痔]' 자에게는 수레 다섯 대를 주었으니, 치료하는 병이 저급할수록 수레를 더 많이 주었다."